Walter Satterthwait · Eskapaden

WALTER SATTERTHWAIT

Eskapaden

ROMAN

AUS DEM AMERIKANISCHEN
VON
URSULA-MARIA MÖSSNER

HAFFMANS VERLAG

Die Originalausgabe
»Escapade«
erschien 1995 bei St. Martin's Press, New York.

Für Dr. Olga Taxidou,
me pollá filákia

Deutsche Erstausgabe

1. Auflage, Herbst 1997

Gesamtherstellung: Ebner Ulm
ISBN 3 251 00371 2

Der Zauberer ist ein Schauspieler,
der die Rolle eines Zauberers spielt.

Jean-Eugène Robert-Houdin

Für Sex lohnt es sich zu sterben.

Michel Foucault

ERSTER TEIL

Die Morgenpost

12 Yeoman's Row, Knightsbridge
15. August 1921

Liebe Evangeline,

heute keine maliziösen Mäkeleien von mir. Heute habe ich Gutes zu vermelden, ganz Wunderbares sogar. Morgen früh werden die Allardyce und ihre bezahlte unverehelichte Gesellschafterin nämlich nach Devon entfleuchen zu einer Séance.

Jawohl, Du armes, neidisches Ding, zu einer Séance. In Devon. In einem veritablen Spukschloß. Klirrende Ketten und geisterhafte Stimmen und triefendes Ektoplasma und eines dieser übergewichtigen Medien mit kryptischen Botschaften von der lieben verstorbenen Tante Delilah. *Und* eine Bahnfahrt durch das West Country! Das wilde Moor, die weite Landschaft – befreit von dem Schmutz und Ruß des trostlos trüben London! Ich bin wirklich schon ganz verrückt vor Aufregung!

Die Allardyce hat die letzten zwei Tage damit verbracht, mit ihren Verbindungen zu aristokratischen Kreisen anzugeben. Sie ist eine Verwandte – zweifellos eine sehr entfernte (ätsch) – von Alice, Viscountess Purleigh, deren Mann Robert, der Viscount, der Sohn des Earl of Axminster ist. Die Séance wird auf Maplewhite stattfinden, dem Anwesen des Earls. Ab morgen, meine liebe Evy, werde ich mich somit in adeligen Kreisen bewegen. Aber Du brauchst Dir keine Sorgen zu machen: nie werde ich all die einfachen, rechtschaffenen Leute wie Dich vergessen, die so schrecklich nett zu mir waren, bevor ich zu Ruhm und Größe gelangte.

Ich muß jetzt die Koffer packen (ihre und meine) und habe daher keine Zeit, mehr als nur ein paar Zeilen zu schreiben. Aber ich wollte Dir doch mitteilen, daß ich das Buch zu lesen begonnen habe, das Du mir geschickt hast, Mrs. Stopes' *Eheliche Liebe*. Es ist schon kurios und recht ergötzlich, all die Körperteile so kühn über die gedruckten Seiten stolzieren zu sehen, mit sachlichen lateinischen Namen, die wie Togen um ihre glatten warmen

Schultern drapiert sind. Ich werde das Buch nach Devon mitnehmen, aber natürlich ganz diskret. Denn sollte die Allardyce jemals ahnen, was ich da mit so großem Eifer lese, sie würde vor Entrüstung rot anlaufen. Raffiniert wie ich bin, habe ich den Originaleinband entfernt und ihn durch den von *Mansfield Park* ersetzt. Ich vermute, daß dies Miss Austen fast so freuen, wie es Mrs. Stopes mißfallen würde.

Wie geht es Deinem reizenden Bruder? Wie geht es Mary?

Ich muß aufhören. Ich schreibe Dir, sobald ich in dem Spukschloß angekommen bin, und ich werde Dir *alles* berichten.

Liebe Grüße,
Jane

Eins

Der Große Meister jagte den schweren Lancia auf der glatten Straße durch unübersichtliche Kurven, als hätte ihm der liebe Gott persönlich ein Telegramm geschickt, das ihm Unsterblichkeit zusicherte.

»Sie fahren zu schnell, Harry«, sagte ich. Das hatte ich schon einmal gesagt, doch es hatte nichts genützt. Im Grunde erwartete ich auch nicht, daß es jetzt etwas nützen würde. Aber hin und wieder möchte man bestimmte Dinge klargestellt wissen.

Der Große Meister lächelte mich an. Er hatte ein breites, übermütiges, bezauberndes Lächeln. Es gab einem das Gefühl, daß er sich unendlich glücklich schätzte, sich in der jeweiligen Gesellschaft zu befinden, und für gewöhnlich gab es einem das Gefühl, daß man sich unendlich glücklich schätzen konnte, die eigene Gesellschaft offerieren zu können. Dieses Gefühl hatte sich allerdings weitgehend verflüchtigt, seit er sich ans Steuer gesetzt hatte.

»Phil, Phil«, sagte er. »Sie machen sich gar zu viele Sorgen. Ich habe unzählige Jahre darauf verwandt, an meinen Reflexen zu feilen. Wie Sie sehr wohl wissen. Bei einem geringeren Mann befänden Sie sich in der Tat in Gefahr. Bei mir hingegen sind Sie so sicher wie ein winzig kleiner Säugling in seiner Wiege.«

So redete er immer.

»Sie sollen nicht auf *mich* sehen«, sagte ich, »sondern auf die Straße.«

»Peripheres Sehvermögen«, sagte er und lächelte wieder, ohne die Augen von mir abzuwenden, während er eine weitere Kurve schnitt. Seine Zähne waren weiß. Seine Augen waren graublau und strahlend, und das Lächeln verstärkte die Linien, die von den Augenwinkeln ausgingen. »Auch darüber verfüge ich«, sagte er. »Durch Training, durch Arbeit läßt es sich auf ein Leistungsniveau anheben, das die meisten Menschen nie für möglich halten würden.«

»Harry«, sagte ich. »Sehen – Sie – auf – die – Straße.«

Er lachte. Aber er sah wieder auf die Straße und wandte mir sein Profil zu. Lockiges, schwarzes Haar, ein bißchen widerspenstig und ein bißchen grau an den Schläfen. Kräftige Nase, breiter Mund, kräftiges Kinn. Kein schönes Gesicht, eigentlich fast schon ein häßliches Gesicht. Aber ein dynamisches Gesicht, so wuchtig wie die Klinge einer Axt.

Ich spähte durch die verschmierte Windschutzscheibe. Die Scheibenwischer quietschten und schoben das Wasser auf dem Glas herum, ohne es wegzuschaffen.

Wir hatten Dartmoor hinter uns gelassen, den kalten, grauen Nebel und die endlos sich hinziehenden kahlen, grauen Hügel. Die Landschaft war rauh und leer, aber zumindest hatte man die Autos gesehen, die einem entgegenkamen. Das war besser als das hier.

Das hier war grauer Regen vorn und drohend aufragende schwarze Hecken rechts und links und endlose Möglichkeiten für Zusammenstöße. Manchmal standen direkt hinter den Hecken auf beiden Seiten Bäume, deren schwarze Äste und schwarze Blätter über die Straßen hingen und einen langen dunklen Tunnel bildeten. Die Scheinwerfer richteten genausowenig aus wie die Scheibenwischer.

Ich ließ mich zurücksinken und seufzte.

Für gewöhnlich war ich der Chauffeur. Das gehörte zu den Aufgaben, für die ich engagiert worden war. Für gewöhnlich saßen der Große Meister und seine Frau im Fond. Aber die Frau des Großen Meisters war zu krank gewesen, um Paris zu verlassen, und so waren wir ohne sie nach Amsterdam und anschließend nach London gefahren. Dem Großen Meister hatte das ganz und gar nicht behagt.

Er hatte geschmollt, bis Lord Endover ihm den Lancia anbot – »Behalten Sie ihn so lange, wie Sie wollen, alter Knabe.« Der Große Meister hatte einen schnellen Blick aus dem Fenster von Lord Endovers Stadthaus in Belgravia auf den Lancia geworfen, der am Straßenrand stand und dessen lange weiße Karosserie so schnittig und so vielversprechend und so gefährlich war wie die zweite Frau eines Bankiers. Seine Augen hatten aufgeleuchtet, und da wußte ich, daß ich vermutlich nie hinter dem Steuer dieses Kraftpakets sitzen würde.

Der Regen spritzte über die Motorhaube des Wagens, klatschte auf die Windschutzscheibe. Die Scheibenwischer quietschten.

In England fährt man auf der linken Straßenseite. Aber auf diesem Sträßchen bestand kein großer Unterschied zwischen rechts und links. Hätte ich den Arm aus dem Beifahrerfenster gestreckt, hätte ich die Hecken berühren können. Nur daß es eigentlich gar keine Hecken waren. Hecken sind Pflanzen und geben nach, wenn man mit ihnen zusammenstößt. Das hier waren Steinmauern, die spärlich mit Farnen und Buschwerk kaschiert waren und mir glatt den Arm gebrochen hätten.

Gerade raste er wieder durch eine Linkskurve. Doch diesmal rutschten die Hinterräder des Lancia unter uns weg, und der Wagen schlingerte auf die hohe Mauer rechts von uns zu. Ich hielt den Atem an und stützte mich krampfhaft ab.

Als ob krampfhaftes Abstützen etwas genutzt hätte, wenn eine Tonne dahinrasendes Metall auf hundert Tonnen festsitzendes Gestein geprallt wäre.

Der Große Meister ging vom Gas und begann ganz leicht gegenzulenken, während der Lancia um Haaresbreite an der Mauer entlangschlitterte. Schwarze Äste griffen nach der Karosserie, schrammten über mein Fenster. Dann, im letztmöglichen Sekundenbruchteil, gerade als ich mich damit abgefunden hatte, daß alles aus war, griffen die Räder wieder. Der Große Meister schaltete herunter, trat aufs Gaspedal, und der Wagen schoß wieder vorwärts in den grauen Regen hinein. Er drehte sich zu mir um und lachte. »Reflexe«, verkündete er fröhlich.

Er war ein ausgezeichneter Fahrer. Er fuhr besser als ich, und ich fuhr gut. Aber was zuviel war, war zuviel.

Ich atmete aus. Ich atmete ein. Und dann sagte ich: »Okay, Harry. Halten Sie an.«

Er drehte sich zu mir um und runzelte die Stirn. »Was?«

»Anhalten. Auf der Stelle.«

Sein Blick wurde finster. »Sie wollen, daß ich anhalte?«

»Auf der Stelle.«

»Aber . . .«

»Auf der Stelle.«

Er brachte den Wagen zum Stehen und sah, noch immer stirnrunzelnd, zu mir herüber. Ich schnappte mir meinen Filzhut vom Rücksitz. Ich öffnete die Tür, trat hinaus in den Regen und knallte die Tür hinter mir zu. Ich stülpte mir den Hut auf den Kopf. Ich schlug den Mantelkragen hoch, knöpfte den Mantel zu, knotete den Gürtel zusammen und begann in die Richtung zu gehen, aus der wir gekommen waren.

Der Regen war nicht ganz so stark, wenn man nicht mit hundert Sachen durch ihn hindurchraste. Aber er war so naß, wie Regen für gewöhnlich eben ist, und außerdem war es kalt. Die Lufttemperatur lag vermutlich unter 10 Grad. Und das im August. Ach, in England zu sein, nun, da es Sommer geworden!

Hinter mir hörte ich den Wagen näherkommen.

»Phil?«

Der Wagen fuhr im Rückwärtsgang. Der Große Meister hatte sich über den Beifahrersitz gebeugt und das Fenster heruntergekurbelt, um mit mir reden zu können. Regentropfen prasselten auf die Ledersitze, aber ich bezweifle, daß er es bemerkte oder sich darum scherte. Wenn die Sitze beschädigt wurden, würde er Lord Endover eben einen neuen Lancia kaufen. Leisten konnte er es sich.

All das sah ich, ohne direkt hinzusehen. Peripheres Sehvermögen. Ich ging weiter, und er fuhr weiter neben mir her. Die Limousine hielt die ganze Zeit exakt den gleichen Abstand zu mir ein, nämlich etwa einen halben Meter. Er war wirklich ein ausgezeichneter Fahrer, sogar im Rückwärtsgang.

»Phil? Wo wollen Sie hin?«

Ich sah ihn nicht an. »Zurück nach New York.«

»Und was ist mit Ihrem Auftrag hier?«

»Ich kann meinen Auftrag nicht erfüllen, wenn wir beide tot sind.«

»Und was ist mit Bess? Was soll ich ihr sagen?«

Bess war seine Frau. Es war ihre Idee gewesen, mich zu engagieren.

Ich sagte: »Erzählen Sie ihr doch, was Sie wollen.«

»Phil«, sagte er. »Sie sind verärgert.«

Er sagte es in einem Ton, als hätte er das eben erst ausgeknobelt. Was vermutlich auch der Fall war. Er war einer von diesen Menschen, die allen Ernstes glauben, daß jeder genauso hingerissen ist von ihnen wie sie selbst.

»Stimmt«, räumte ich ein. Ich hatte ihn noch immer nicht angesehen.

»Warum fahren nicht *Sie* den Wagen, Phil?«

Ich blieb stehen, und er hielt neben mir. Ich drehte mich um und blickte auf ihn hinunter. Wassertropfen liefen von meinem Hut und spritzten auf meine Schuhe. Er linste durch das offene Fenster zu mir hoch, blinzelte durch den Regen. Sein Gesicht war ernst.

Er hatte sich nicht entschuldigt. Warum sollte er auch? Er hatte ja nichts verkehrt gemacht. Er konnte ja überhaupt nichts verkehrt machen. Nie im Leben. Aber ich war nun mal, aus welchen Gründen auch immer, verärgert, und weil er mich mochte, wollte er mich beschwichtigen. Er war ein großzügiger Mensch.

Ich mußte unwillkürlich lächeln. Seine Egozentrik war so total, daß es schon fast an Arglosigkeit grenzte.

»Harry«, sagte ich, »Sie sind wirklich einmalig.«

Er lächelte zu mir hoch, mit diesem breiten, bezaubernden Lächeln, und nickte. Das wußte er bereits.

Kurz nach halb zehn Uhr abends erreichten wir die schmale Schotterstraße zum Schloß.

Der Regen hatte aufgehört, und es war dunkel geworden. Der Vollmond war eine matte, verschwommene, graue Scheibe hinter dahinjagenden schwarzen Wolken mit silbernen Rändern. Auf beiden Seiten drängte sich ein dichter Wald mit hohen schwarzen Bäumen, Eichen und Ulmen und Kiefern, an uns heran. Durch diesen fuhren wir, umgeben vom Geruch feuchter Erde und moderndem Laub, die Zufahrt hinauf, die Haken schlug wie ein wildgewordener Hase. Oben auf der Anhöhe wichen die Bäume zurück, und plötzlich waren wir inmitten der Wolken und nicht mehr unter ihnen. Im Mondlicht zogen sie langsam über eine weite Parklandschaft dahin.

Direkt vor uns, an den Türmen Wolkenfetzen wie flatternde Fahnen, lag das Schloß.

Es war schwarz und es war riesig, so gewaltig wie eine Felswand. Die Türme, auf jeder Seite des Hauptgebäudes einer, waren höher als die beiden mächtigen Eichen, die den Eingang flankierten. Die erleuchteten Fenster waren kleine, schmale, vertikale Schlitze in der schroffen Masse aus Stein.

Es sah aus wie ein Haus, in das man nicht ohne Einladung hineinkam, wenn überhaupt. Mir war das gerade recht.

»Gewaltig, was?« sagte der Große Meister.

»Stimmt«, sagte ich.

»Im dreizehnten Jahrhundert erbaut. Normannisch. Beachten Sie die Türme.«

»Sind nicht zu übersehen.«

Rechts neben dem Gebäude lag eine Remise – Schieferdach, Steinmauern, zwei breite hölzerne Tore. Davor befand sich ein kiesbestreuter überdachter Abstellplatz, auf dem sechs Autos standen. Dahin steuerte ich den Lancia und parkte ihn neben einem eleganten Rolls-Royce-Tourenwagen.

Widerwillig schaltete ich die Zündung aus. Der schwere Wagen war wunderbar zu fahren. Ein paarmal war ich trotz des Regens in Versuchung geraten, Gas zu geben, um zu sehen, was der Wagen konnte. Dem Großen Meister gegenüber hatte ich davon nichts erwähnt.

Wir stiegen aus, und ich setzte den Hut auf. Ich ging zum Kofferraum und öffnete ihn. Der Große Meister trat händereibend zu mir. Selbst in der Dunkelheit konnte ich sein Lächeln sehen. Er war freudig erregt. Gleich würde er seinen Auftritt haben.

Er machte eine ungeduldige Handbewegung in Richtung des Kofferraums. »Lassen Sie das Gepäck, Phil«, sagte er. »Darum kümmert sich das Personal.«

»Warum das Personal belästigen?«

Ich holte meine Tasche aus dem Kofferraum.

Er war fast einen Kopf kleiner als ich. Aber seine Schultern waren so breit wie meine, und er konnte mich hochheben und beliebig lange in der Luft halten.

Es war nicht nur Kraft, obwohl er davon jede Menge besaß. Es war die Weigerung zuzugeben, daß für ihn irgend etwas unmöglich war.

Wenn er beschloß, seine Tasche nicht selbst zu tragen, konnte ich nicht viel dagegen unternehmen. Außer die Tasche selbst tragen, um meinen Kopf durchzusetzen.

Er grinste zu mir hoch und klopfte mir auf die Schulter. »Sie sind ein wahrer Demokrat, Phil. Ein echter Amerikaner. Das gefällt mir so an Ihnen. Genau das bin ich nämlich auch.« Er griff nach seiner Tasche und holte sie schwungvoll aus dem Kofferraum. Schwarzes Krokodilleder mit goldenen Beschlägen. Was jeder echte Amerikaner eben so hat. Ich hatte die Tasche im Kofferraum verstaut und wußte daher, daß sie wohl über zwanzig Kilogramm wog. Er ging mit ihr um, als wäre sie mit Popcorn gefüllt.

Ich schlug den Kofferraumdeckel zu, und dann gingen wir gemeinsam zur mächtigen Eingangstür des Schlosses.

Über der Tür brannte ein schwaches elektrisches Licht. Mitten aus der Tür ragte der Kopf eines mächtigen Messinglöwen, der an einem mächtigen Messingklopfer nagte. Der Große Meister hob den Klopfer an und ließ ihn einmal fest auf die dazugehörige Messingplatte fallen. Der Löwe schien nichts dagegen zu haben.

Einen Moment lang standen wir da und hörten zu, wie das Wasser aus den Regenrohren in die Pfützen tropfte. Dann ging die Tür auf, und ein Butler stand im Licht. Ein hochgewachsener Mann, schwer gebaut, weißhaarig, in den Sechzigern. Sein rundes englisches Gesicht war rot, das Gesicht eines Mannes, der wußte, wo die Köchin den Sherry versteckte. Er war schwarz gekleidet, sehr aufwendig und edel. Falls Könige Schwarz trugen, kleideten sie sich bestimmt wie er.

»Gentlemen?« sagte er. Seine Miene war unbewegt und ausdruckslos.

»Harry Houdini«, sagte der Große Meister wie der Weihnachtsmann, der das Christfest ankündigt. »Und Phil Beaumont«, fügte er hinzu. Das Rentier, das den Schlitten zog.

Der Butler nickte, ohne eine Miene zu verziehen oder eine andere aufzusetzen. »Ich bin Higgens«, sagte er. »Bitte treten Sie ein.«

Er trat einen Schritt zurück. Ich ging etwas zur Seite, um dem Großen Meister seinen Auftritt zu lassen. Er schritt majestätisch über die Schwelle, wobei er mit schwungvoller Gebärde seinen Hut abnahm, und ich folgte ihm. Wir stellten unsere Taschen ab. Zur Rechten des Butlers stand ein Diener. Dieser war ebenfalls schwarz gekleidet, wenn auch nicht so prächtig. Er glitt geschmeidig näher, als hätte er Rollschuhe an, und begann dem Großen Meister aus dem Mantel zu helfen. Der Große Meister lächelte liebenswürdig. Er mochte es, wenn man ihm aus dem Mantel half.

Der Butler sagte: »Lord und Lady Purleigh sind mit den anderen Gästen im Salon. Möchten Sie sich ihnen gleich anschließen, oder wünschen Sie zuvor Ihre Zimmer aufzusuchen?«

»Zuerst aufs Zimmer, glaube ich«, sagte der Große Meister. »Meinen Sie nicht auch, Phil?«

Ich zuckte die Schultern.

Der Diener glitt auf mich zu, doch ich hatte Mantel und Hut bereits abgelegt. Falls das eine Enttäuschung für ihn war, so ließ er sich davon nichts anmerken. Er nickte lediglich und nahm beides an sich, wobei seine Miene ebenso unbewegt und ausdruckslos blieb wie die des Butlers. Er war jedoch kleiner und jünger und wesentlich dünner, und er hatte schwarze Haare und ein blasses, verkniffenes Gesicht.

»Sehr wohl«, sagte der Butler. »Sie werden im Ostflügel wohnen. Briggs wird Sie hinführen.«

Briggs hatte die Mäntel und Hüte aufgehängt. Nun nahm er unsere beiden Taschen, die des Großen Meisters mit der Linken, und sagte: »Bitte folgen Sie mir, Gentlemen.« Er hatte starke Schlagseite nach links.

Wir hatten am einen Ende einer Halle gestanden, die so groß war, daß man darin mit einem Flugzeug hätte landen können. In der Mitte hing ein elektrischer Kronleuchter von der Balkendecke, aber die Decke war so hoch und die Wände waren so weit voneinander entfernt, daß die oberen Ecken des Raumes in Dunkelheit gehüllt waren. Unter dem Kronleuchter erstreckte sich ein acht bis zehn Meter langer Holztisch. Die Wände des Raumes waren aus hellbraunem Stein und mit düsteren Ölgemälden von toten Leuten in altmodischer Kleidung behängt. Neben den schmalen Sprossenfenstern hingen bestickte Vorhänge. Auf dem hellgrauen Marmorboden lagen große dunkle Orientteppiche, acht an der Zahl.

Briggs glitt uns voran über den Marmorboden auf eine weitere breite, offene Tür zu. Ich bemerkte, daß an der Wand am anderen Ende der Halle, zu meiner Linken, keine Gemälde hingen. Hier hingen Waffen: Lanzen, Piken, Breitschwerter, Entermesser, Degen, Radschloßmusketen, Steinschloßgewehre, eine mächtige Donnerbüchse, mehrere Schrotflinten, eine Sharps Büffelflinte, eine 1873er Winchester mit Zielfernrohr, diverse Faustfeuerwaffen. Die meisten Faustfeuerwaffen waren, genau wie die meisten langläufigen Waffen, Antiquitäten aus der Schwarzpulverzeit. Doch es gab auch einen Colt Peacemaker, die langläufige Luger Parabellum eines Artillerie-Offiziers, eine Colt Armeepistole 1911 und etwas, das wie ein Smith-&-Wesson-Revolver Kaliber .38 aussah. Falls heute nacht die Apachen angriffen, waren wir gerüstet.

Ich weiß nicht, was der Große Meister sah. Vielleicht alles. Er blickte sich ruhig und taxierend um wie jemand, der mit dem Gedanken spielt, all das seiner Privatsammlung einzuverleiben.

Wir folgten Briggs eine Steintreppe hinauf und durch eine breite Tür, dann einen breiten Korridor mit Parkett hinunter. An den Wänden hingen wieder tote Leute. Wir stiegen eine breite, abgenutzte Holztreppe hinauf und gingen durch weitere Korridore. Das Schloß war das reinste Labyrinth.

Teppiche ergossen sich über die Holzböden. Schränke und Truhen und Tische drückten sich an die steinernen Wände. Auf ihnen thronten Vasen und Schalen und Lackkästchen, Statuetten aus Porzellan und Elfenbein und Alabaster. Ich bin schon in Museen gewesen, die weniger antikes Zeug zu bieten hatten. Wahrscheinlich hatten die meisten Museen weniger.

Wir gingen einen weiteren Flur entlang. Unterwegs kamen wir links und rechts an kunstvoll gearbeiteten Holztüren vorbei. An jeder war eine kleine Karte befestigt. Auf die Kärtchen waren in schwungvoller Kursivschrift Namen geschrieben. Auf einem stand *Mrs. Vanessa Corneille.* Auf einem anderen *Sir David Merridale.* An der Tür gegenüber stand auf dem Kärtchen *Mrs. Marjorie Allardyce und Miss Jane Turner.* Auf dem Kärtchen an der letzten Tür links stand *Sir Arthur Conan Doyle.* An der Tür gegenüber stand auf dem Kärtchen *Mr. Harry Houdini und Mr. Phil Beaumont.*

Der Flur endete etwa zehn Meter weiter an einer Steinwand. Die Tür dort wies kein Kärtchen auf. Vermutlich führte sie in ein Treppenhaus.

Briggs schwitzte. Er stellte die Tasche des Großen Meisters ab und seufzte lautlos mit geblähten Nüstern. Er öffnete die Tür und forderte uns mit einer Handbewegung auf einzutreten. Wie gewöhnlich ließ ich dem Großen Meister den Vortritt. Briggs hob die Tasche des Großen Meisters auf, ächzte leise und folgte mir.

Zwei

Das Zimmer war groß, hatte hohe Steinwände und eine Balkendecke. Das Parkett war mit Teppichen bedeckt. Links befand sich eine zweite Tür, die geöffnet war, und neben ihr ein kleiner Schreibtisch samt Stuhl. An der Wand direkt gegenüber standen ein antiker Kleiderschrank und eine antike Kommode, die eine Keramikschüssel und ein Keramikkrug zierten. Rechts stand ein riesiges Himmelbett, das mit weißem Satin abgedeckt war. An den vier Bettpfosten waren weiße Satinvorhänge zurückgezogen. Auf beiden Seiten des Bettes stand ein wuchtiger Nachttisch.

Briggs stellte die Tasche des Großen Meisters ab. Er seufzte wieder. »Das Badezimmer befindet sich hier drüben, Gentlemen.« Er ging mit meiner abgewetzten Reisetasche in der Hand durch die geöffnete Tür. Dahinter machte er eine Tür zur Linken auf, um uns das Badezimmer zu zeigen. Ein Waschbecken, ein Handtuchhalter mit dicken weißen Handtüchern, eine große Wanne, die auf mächtigen Löwenpranken aus Messing ruhte. Vermutlich die Pranken des Löwen, dessen Kopf in der Haustür steckte.

Briggs öffnete eine Tür zur Rechten, um uns die Toilette zu zeigen. An der Toilette war nichts auszusetzen.

Dahinter lag das zweite Zimmer, das kleiner war als das erste, jedoch genauso komfortabel. Es enthielt einen zweiten Schreibtisch samt Stuhl, einen zweiten Kleiderschrank und ein zweites Himmelbett. Auch hier war der Überwurf aus weißem Satin.

»Ihr Zimmer, Mister Beaumont«, sagte Briggs. Er stellte meine Tasche auf den Nachttisch. »Haben Sie noch Wünsche, Gentlemen?«

»Nein«, sagte der Große Meister. »Danke, Briggs.«

Briggs nickte, noch immer mit ausdrucksloser Miene. »Wenn Sie soweit sind, betätigen Sie bitte den Klingelzug neben dem Bett. Es wird Sie dann jemand abholen.«

Der Große Meister nickte. »Sehr gut. Vielen Dank.«

Briggs glitt davon.

Der Große Meister blickte sich lächelnd um. »Nicht übel, was, Phil? Das ist doch ein sehr nettes Zimmer, finden Sie nicht?«

»Tja, Harry«, sagte ich, »ich bin froh, daß es Ihnen gefällt. Denn das ist das Zimmer, das *Sie* nehmen werden.«

Er runzelte die Stirn.

»Ich nehme das vordere Zimmer«, sagte ich.

Er sah mich einen Moment lang an und sagte dann: »Aber, Phil! Sie glauben doch wohl nicht, daß hier etwas passieren wird? Wo Menschen zugegen sind, und die ganzen Dienstboten?«

»Im Ardmore ist auch etwas passiert. Trotz aller Hausdetektive und Polizisten.«

»Aber das war ein *Hotel*! Und die Zeitungen hatten *gemeldet*, daß ich dort abgestiegen war. Niemand weiß, daß ich in Maplewhite bin.«

»Vielleicht ist dem so«, sagte ich. »Vielleicht auch nicht.«

»Aber, Phil, ich . . .«

»Harry. Erinnern Sie sich, wie Sie mich diesen Eid ablegen ließen? Daß ich Ihre Geheimnisse nicht verraten werde? Mir haben Sie damals auch etwas versprochen. Und Sie haben Bess etwas versprochen.«

Er starrte mich an. Schließlich nickte er. Er richtete sich zu voller Größe auf. Das bedeutete für gewöhnlich, daß gleich eine feierliche Erklärung folgte. »Houdini hält *immer*, was er verspricht.«

»Das weiß ich«, sagte ich. »Und darum tauschen wir die Zimmer.«

Er nickte und preßte die Lippen zusammen. Er hatte ein Versprechen gegeben, und das würde er auch halten, aber keiner hatte gesagt, daß er nicht schmollen durfte.

Er blickte sich mit säuerlicher Miene im Zimmer um.

Ich brachte meine Reisetasche in das vordere Zimmer, tauschte sie gegen die Tasche des Großen Meisters aus, trug seine Tasche in das andere Zimmer. Der Große Meister saß mit hängenden Schultern auf dem Bett und starrte zu Boden. Er sagte nichts, als ich die Reisetasche abstellte.

»Harry«, sagte ich.

Er sah auf.

»Es ist doch nur zu Ihrem Besten.«

Er nickte bedrückt.

»Sagen Sie mir Bescheid, wenn Sie sich frisch gemacht haben«, sagte ich. »Wir sollten nicht zu lange herumtrödeln. Schließlich warten alle auf Sie.«

Er dachte kurz mit gerunzelter Stirn darüber nach. Dann lächelte er. »Ja. Ja, natürlich. Da haben Sie recht, Phil.«

Es war Briggs, der uns abholen kam. Der Große Meister war inzwischen wieder besser gelaunt. Der Gedanke, mit Lords und Ladys auf vertrautem Fuß zu verkehren, munterte ihn immer auf.

Briggs führte uns wieder durch Korridore und diverse Treppenhäuser hinauf und hinunter, bis wir abermals vor einer Tür standen. Wir folgten ihm in das Zimmer.

Der Raum war kleiner als die Halle. Nicht groß genug, um ein Flugzeug zu landen, aber groß genug, um eines abzustellen. Auf dem Fußboden waren wiederum Orientteppiche ausgelegt, und die Wände waren mit Gobelins zugehängt. Auf den Gobelins sprangen dralle Nackedeis herum, die in einem Wald anderen drallen Nackedeis hinterhersprangen. Alle waren auf sehr kultivierte Weise nackt – ihre edlen Teile wurden samt und sonders von wedelnden Armen oder trabenden Beinen oder einem belaubten Busch verdeckt, der zufällig genau an der richtigen Stelle aus dem Boden schoß. Auf mich wirkte der Wald ziemlich feucht, aber die Nackedeis dort oben schienen sich alle blendend zu amüsieren.

Vor der gegenüberliegenden Wand stand ein langer Wangentisch. Darauf waren Flaschen mit Spirituosen und Eiskübel mit Champagner aufgebaut, dazu ganze Stapel und Pyramiden von Gläsern, silbernen Teekannen, Tassen und Untertassen aus Porzellan, silbernen Platten und Porzellantellern. Außerdem stand da ein Grammophon, das Dixieland-Jazz spielte. Aber so fern der Heimat klangen die Blasinstrumente und das Klavier dünn und blechern. Hinter dem Tisch befand sich ein weiterer Diener, der eine schwarze Livree und eine unbewegte, ausdruckslose Miene zur Schau trug.

Überall im Raum, in gemütlichen, von elektrischen Lampen geschaffenen hellen Inseln, saßen grüppchenweise Leute beisammen.

Briggs führte uns nach rechts zu einer Gruppe aus zwei Frauen und einem Mann. Der Mann saß in einem wuchtigen Ledersessel, die Frauen auf einem kleinen Polstersofa hinter einem Couchtisch aus dunklem poliertem Holz. Alle drei blickten auf.

Briggs sagte zu dem Mann: »Verzeihen Sie, Mylord. Mr. Harry Houdini und Mr. Phil Beaumont.«

»Ah, danke, Briggs«, sagte der Mann und erhob sich.

Briggs verschwand. Sein Arbeitgeber reichte dem Großen Meister die Hand. Er war gedrungen und stämmig in seinem grauen Tweedanzug, und sein Haar und sein Schnurrbart waren dicht und weiß. Desgleichen seine Augenbrauen, die dick und struppig waren und aussahen wie zwei Albino-Käfer. Er hatte blaue Augen, eine große Hakennase, rosa Bäckchen und einen breiten fleischigen Mund. »Houdini«, sagte er grinsend. »Ist uns eine wahre Wonne, Sie hier zu haben. Freut mich, daß Sie kommen konnten.«

Glücklich lächelnd schüttelte ihm der Große Meister die Hand. »Es ist mir ein Vergnügen, hier zu sein, Lord Purleigh.«

»Aber, aber! Förmlichkeiten lassen wir hier hübsch beiseite. Ich heiße Bob. Hieß schon immer so, werde immer so heißen. Und das ist Beaumont, was?«

»Phil Beaumont«, sagte Houdini. »Mein Sekretär.«

Bob – Lord Bob? – sah den Großen Meister an, und seine käferartigen Augenbrauen begannen nach oben zu wandern. »Sekretär, wie? Haben es ja ziemlich weit gebracht, was? Beuten jetzt die armen Werktätigen aus, wie? Egal, freut mich, Sie kennenzulernen, Beaumont.« Er schüttelte mir die Hand. »Zum erstenmal in England?«

»Ja«, sagte ich.

»Gräßliches Land, stimmt's? Regen und Nebel und Dunst. Aber attraktive Frauen, was? Zwei davon sitzen direkt vor Ihnen. Mrs. Allardyce. Verwandte meiner Frau. Und Miss Turner, ihre Gesellschafterin. Marjorie, Miss Turner, darf ich bekannt machen? Mr. Harry Houdini. Und sein Sekretär, Mr. Phil Beaumont.«

Die beiden als attraktiv zu bezeichnen, war galant oder optimistisch oder schlicht auf Kurzsichtigkeit zurückzuführen. Mrs. Allardyce war in den Sechzigern und gebaut wie ein Hufschmied, nur weniger zierlich. Ihre Schultern und ihre Arme waren dick und massig. Ihre kugelrunden Brüste und ihr kugelrunder Bauch drückten mit Macht gegen das rosa Blumenmuster ihres ansonsten schwarzen Kleides. Ihr graues Haar war sorgfältig aus Granit gemeißelt worden. Jemand hatte ihr wie mit einer Schablone perfekte Rouge-Kreise auf die kugelrunden Wangen gemalt. Ihre grauen Augen waren klein und glänzend und gierig und glichen funkelnden Schrotkügelchen in einem aufgeblähten Hefekloß.

Miß Turner war da schon besser. Sie war jung, vielleicht dreiundzwanzig, und für eine Engländerin ziemlich groß. Sie war zwar nicht schön, besaß aber diese pferdeartige englische Rassigkeit, die manchmal elegant wirkt und manchmal steif. Im Moment, den Rücken durchgedrückt und die Knie unter dem schlichten grauen Kleid fest zusammengepreßt, wirkte sie steif. Ihr hellbraunes Haar war straff nach hinten gekämmt und zu einem Knoten zusammengebunden. Die großen Augen hinter der Nickelbrille waren blau, ein tiefes, klares und verblüffendes Blau. Sie waren das Beste an ihr, und sie hätten an jedem gut ausgesehen. Sie sahen auch an ihr gut aus, aber extravagant, wie Saphire an einer Nonne. Ihre Wangen und alles, was ich sonst von ihr sehen konnte, waren nicht geschminkt. Ihr breiter rosa Mund war an den Mundwinkeln leicht nach unten gezogen, als ob sie etwas mißbilligen würde, aber nicht mehr genau wüßte, was.

Houdini machte lächelnd vor jeder Dame eine knappe förmliche Verbeugung. *»Madame«,* sagte er. *»Mademoiselle.«*

Ich nickte und lächelte artig. Ich hatte an meiner Artigkeit gearbeitet.

Mrs. Allardyce und Miß Turner hielten Tassen und Untertassen auf dem Schoß. Mrs. Allardyce wälzte ihren Busen über der Tasse nach vorn und sagte zu dem Großen Meister: »Ist das *aufregend*, Mr. Houdini! Jane und ich haben *alles* über Ihre Kunststücke gelesen. Werden Sie uns eine Kostprobe Ihrer *wundervollen* Zaubertricks geben?« Sie sah ihn mit klappernden Augendeckeln an.

»Wirklich, Majorie«, sagte Lord Bob. »Houdini ist unser Gast. Hier braucht keiner für sein Essen zu singen.«

»Nein, nein, natürlich nicht, Robert«, sagte sie und sah nun ihn mit klappernden Augendeckeln an. Sie wandte sich wieder dem Großen Meister zu. »Aber Mr. Houdini könnte uns doch bestimmt einen einzigen winzig kleinen Trick vorführen?«

Houdini zog theatralisch die Schultern hoch. »Ach, wie gern, Madame«, sprach er. »Aber wenn ich mich nicht sehr irre, komme ich leider zu spät. Denn sehen Sie . . .«

Er beugte den Oberkörper vor, griff mit der linken Hand nach dem Deckel der silbernen Teekanne auf dem Tisch und nahm ihn ab. Dann steckte er Zeige- und Mittelfinger der rechten Hand in die Kanne. Als sie wieder zum Vorschein kamen, klemmte zwischen ihnen eine druckfrische Fünf-Pfund-Note, die zweimal gefaltet war. Mit einer anmutigen Drehung des Handgelenks hielt er sie Mrs. Allardyce hin.

Lord Bob lachte. »Kolossal!« rief er aus.

Mrs. Allardyce gab ein entzücktes Glucksen von sich, patschte in die Hände und beugte sich dann vor, um nach der Banknote zu greifen. Der Große Meister händigte sie ihr aus. Andernfalls hätte sie ihm vermutlich den Arm abgerissen.

Sie entfaltete den Schein und untersuchte ihn. Eine Fünf-Pfund-Note war fast so groß wie eine Straßenkarte. »Sie ist tatsächlich authentisch«, sagte sie und blickte zu ihm auf. »Absolut *echt*. Wem mag sie wohl gehören?«

»Nun, Madame«, sagte er, »da sie sich in Ihrer Teekanne befand, kann sie nur Ihnen gehören.«

Fünf Pfund reichten lässig für eine Woche in Paris.

»Ja, natürlich«, sagte sie und gluckste wieder, während sie die Banknote zusammenfaltete. »Das muß sie wohl.« Sie langte nach dem schwarzen Ledertäschchen, das neben ihr auf dem Sofa lag. Sie machte es auf und legte die Banknote sorgfältig hinein, machte das Täschchen wieder zu und preßte es an ihren Busen. »Alles *meins*«, sagte sie und erschauderte wie vor geheuchelter Habgier. Mir schien jedoch, daß sich hinter der Maske echte Habgier versteckte.

Ich sah Miss Turner an. Sie beobachtete Mrs. Allardyce, und ihre Mundwinkel waren noch immer mißbilligend nach unten gezogen. Sie mußte meinen Blick gespürt haben, da sie sich plötzlich umdrehte und ihre blauen Augen mich durch die Brille fixierten. Dann blinzelte sie und blickte zu Boden. Ihre Mundwinkel wanderten eine Spur weiter nach unten.

»Kolossal«, sagte Lord Bob noch einmal. Er klopfte dem Großen Meister herzhaft auf die Schulter. Der Große Meister strahlte. Beifall ließ sein Gesicht immer aufgehen wie eine Blume bei Sonnenschein.

Mrs. Allardyce glaubte wahrscheinlich, sie hätte dadurch, daß sie eine Vorstellung verlangt und diese auch bekommen hatte, ihre gesellschaftliche Stellung unterstrichen. Was sie nicht wußte, war, daß sie in den Augen des Großen Meisters nichts weiter als Publikum war. Genau wie wir alle.

Sie lächelte zu dem Großen Meister hinauf. »Interessieren Sie sich für Gespenster, Mr. Houdini? Robert hat uns, bevor Sie zu uns stießen, gerade eine ganz *faszinierende* Geschichte von Lord Reginald, dem Gespenst von Maplewhite, erzählt.«

Der Große Meister lächelte. »Gespenster gehören nicht zu meinen vorrangigen Interessensgebieten«, sagte er. »Meines Erachtens . . .«

»Glauben Sie etwa *nicht* an Gespenster?« Sie hatte die Augenbrauen hochgezogen.

»Ob es sie gibt oder nicht, ist irrelevant, was . . .«

»Aber sollte man denn nicht immer *unvoreingenommen* sein?«

»Ich persönlich bin der Ansicht, daß . . .«

»Ich muß gestehen, daß ich eine gute Gruselgeschichte *sehr* zu schätzen weiß«, sagte sie. »Böse Geister und Schreie in der Nacht, daß einem das Blut gerinnt. Geschichten dieser Art – gut geschrieben müssen sie sein und den künstlerischen Geschmack nicht vermissen lassen – jagen einem die *wohligsten* Schauer über den Rükken, nicht wahr?«

»Ja«, sagte der Große Meister. »Gewiß. Aber sehen Sie . . .«

»Und Lord Reginald – Roberts Gespenst – ist wirklich *sehr* gruselig. Es scheint, als suche er einen mitten in der Nacht im *Schlafzimmer* heim. In einem langen weißen Nachtgewand. Ist es nicht so, Robert?«

Lord Bob nickte nachsichtig. »So erzählt man sich.«

»Absolut *spektral*«, sagte sie, indem sie die Hand auf ihren Busen legte und abermals erschauderte. »Ich würde ganz bestimmt vor Angst *sterben.*« Sie wandte sich an Lord Bob. »Aber was *macht* er eigentlich, wenn er da ist?«

»Nichts, Marjorie. Wie sollte er auch? Tot, wie er ist, wie?«

»Aber, Robert. *Mußt* du ein solcher Zyniker sein?«

Lord Bob lächelte. »Nur Realist, Marjorie«, sagte er. »Dialektischer Materialist.« Er wandte sich dem Großen Meister und mir zu. »Nun kommen Sie erst mal mit, Sie beide. Wir wollen Ihnen was zu trinken besorgen und Sie dann den anderen vorstellen.«

Wir verabschiedeten uns von den beiden Damen. Mrs. Allardyce lächelte zufrieden; Miss Turner blickte noch immer leicht mißbilligend drein.

Die Abendpost

Maplewhite, Devon
16. August

Liebe Evangeline,

nur rasch ein paar Zeilen, geschrieben im Zug nach Exeter.

Wie gewöhnlich stopfte sich die Allardyce beim Frühstück mit Muffins und Rosinenbrötchen und Crumpets voll, die vor Butter nur so troffen; gleich nachdem der Zug den Bahnhof verlassen hatte, verfiel sie in ein gnädiges (wenn auch gelegentlich lautstarkes) Koma. Sie sitzt mir gegenüber, der Mund offen, die Hände auf dem Schoß gefaltet, der massige Körper auf dem Sitz hingestreckt, wie ein vom Blitz getroffener Buddha. Das ganze Abteil riecht nach den Pfefferminzpastillen, die sie zu jeder vollen Stunde lutscht, wann immer sie außer Hauses ist. Im Ergebnis bin ich allein.

Seit wir den Bahnhof Paddington verlassen haben, nieselt es, aber nur leicht, rücksichtsvoll, unaufdringlich: Durch die dahinziehenden Nebelfetzen betrachtet, wirkt die Landschaft unsagbar romantisch, wie ein Gemälde von meinem berühmten Namensvetter. Ich sitze da und lasse das Panorama vor dem Fenster an mir vorübergleiten – Kleinstädte, Dörfer, Felder, Wiesen, alles undeutlich und gedämpft und still unter einem grauen, seidigen Himmel.

Manchmal träume ich ein wenig vor mich hin. Hast Du Dir, während einer Bahnfahrt, jemals ein Detail der Szenerie ausgewählt, einen einzelnen Baum, der oben auf einer Anhöhe Wache steht, ein kleines abgelegenes Reetdachhaus, das sich unter dichten Ulmen und Eichen versteckt, und Dich (sozusagen) im Geiste dorthin versetzt? So daß Du, in Deiner Phantasie, unter diesem Baum oder neben diesem Häuschen stehst und den winzigen Zug verfolgst, der dort in der Ferne seinem geheimnisvollen Ziel entgegenrollt?

Nein, natürlich nicht. Dazu bist Du ein *viel* zu vernünftiger Mensch.

Ich habe inzwischen ein bißchen mehr von Deiner Mrs. Stopes

gelesen. Ich gestehe, daß sie, wenn auch zweifellos in allerbester Absicht, mir das Gefühl gegeben hat, eine durch und durch verderbte und zügellose Person zu sein. Wie sie schreibt, verspürt »die normale gesunde Durchschnittsfrau« nur alle vierzehn Tage einmal ein sexuelles Verlangen, das pünktlich kommt und ebenso pünktlich wieder geht – ganz ähnlich wie der Stromableser, nur eben etwas öfter. Ich frage mich, was Mrs. Stopes von mir halten würde. Mein eigener Stromableser sitzt mir nämlich von morgens, wenn ich aufstehe, bis abends, wenn ich wieder in mein leeres Bett krieche, huckepack im Genick.

Ich hatte geglaubt, daß die ganze absurde sexuelle Begierde mit der Adoleszenz verschwinden würde, so ähnlich wie Garnstrümpfe. Aber je älter ich werde, desto stärker und grotesker wird sie. Manchmal, ganz plötzlich und ohne Vorwarnung, wird mein Gesicht knallrot, mein Körper ganz schlaff. Meine Knie verwandeln sich in Wackelpudding. Ich irre völlig benommen in einem warmen nässenden Nebel herum, schwerfällig und stumpfsinnig; ich stoße mit Wänden zusammen. Nur allzuoft bin ich, um meinen Pflichten nachkommen zu können, gezwungen, auf den garstigen Kunstgriff zurückzugreifen, den Du mich vor so vielen Jahren gelehrt hast, als Du ein ganz schlimmes kleines Mädchen warst. Wegen Dir werde ich bestimmt für immer und ewig in der Hölle schmoren wie ein Spanferkel am Spieß.

Der Schaffner hat soeben feierlich verkündet, daß wir in wenigen Minuten den St.-Davids-Bahnhof in Exeter erreichen. Das heißt umsteigen. Später mehr.

Wir sind jetzt in Maplewhite. Evy, es ist wundervoll! Die Gegend hier ist so unglaublich schön, daß ihre süße Lieblichkeit einem das Herz durchbohrt wie ein honigbestrichener Dorn. Ist es nicht erstaunlich, daß alles Süße und Liebliche, dem man begegnet, sobald man die Jugend hinter sich gelassen hat, unweigerlich etwas Schmerzliches in sich trägt? Heutzutage ist die Musik von Mozart für mich so voller Herzeleid, daß ich sie kaum anhören kann.

Wie entzückend alles hier doch ist – die üppig bewaldeten Hügel und die schmucken grünen Felder, die sich wogend im dunstigen Grau verlieren; die winzigen Schafe, die bedächtig auf den Weiden grasen; die Spielzeugdörfer mit ihren schlanken Kirchtürmen, die aus dem dunklen Gewirr der Eiben aufragen. Gibt es auf der ganzen weiten Welt etwas Schöneres als England?

Maplewhite selbst ist phantastisch. Sogar bei Regen ist das Anwesen überwältigend. Eine riesige Rasenfläche dehnt sich in alle Richtungen aus wie die weite russische Steppe; majestätische alte Eichen und Gruppen grauer Kiefern schieben sich durch den Nebel. Es gibt einen extravaganten architektonischen Garten, immens groß und verträumt, der im grauen Dunst irgendwie immens bedeutsam aussieht, wie heitere Ruinen, die von einem einst mächtigen, aber längst verschwundenen Geschlecht zurückgelassen wurden. Und das Schloß selbst – riesig, uralt, mit hohen, düsteren Mauern aus unbehauenem grauen Granit und zwei monumentalen, massigen, schwermütigen Türmen.

Und innen erst! Du kannst Dir nicht vorstellen, welche Fülle von Kostbarkeiten hier einfach so herumliegt und herumsteht! Als ich die Große Halle betrat, verschlug es mir den Atem. Die eine Wand hängt voller langweiliger alter Gewehre und Messer und ähnlichem Plunder, aber die anderen schmücken wirklich herrliche und meisterhaft ausgeführte Familienporträts, Generationen von Fitzwilliams, die bis ins Mittelalter zurückreichen. Zwei oder drei davon sind ganz bestimmt Gainsboroughs. Und auf dem Marmorboden liegen, als wären es alte, abgewetzte Kaminvorleger, die acht größten und exquisitesten Seidenteppiche aus Täbris, die ich je gesehen habe. Acht Stück!

Wohin das Auge fällt, erblickt es neue Herrlichkeiten. Hier in meinem Zimmer, wo ich jetzt sitze (auf einem zierlichen Louis-quinze-Nußbaumstuhl) und Dir schreibe (auf einem zierlichen Louis-quinze-Nußbaumschreibtisch mit anmutigen kannelierten Beinen), brauche ich mich nur flüchtig umzusehen, um neue Wunderdinge zu entdecken. Auf dem Sheraton-Sekretär steht eine Meissener Tabaksdose, die so rot und glänzend ist wie ein blankgeriebener Apfel. An der Wand daneben hängt ein Spiegel, dessen Rahmen mit den kunstvollsten Nußbaumintarsien versehen ist. Hinter mir steht das Bett, in dem ich heute nacht schlafen werde: ein Chippendale-Himmelbett so groß wie eine

Jacht, dessen glatte Pfosten aus Satinholz Einlegearbeiten aus Elfenbein aufweisen und dessen duftige Leinenvorhänge mit roter Seide bestickt sind.

Und die Menschen! Der Right Honourable Robert Fitzwilliam, Viscount Purleigh, ist anbetungswürdig. Mir ist natürlich bekannt, daß Viscounts nicht generell wegen ihrer Anbetungswürdigkeit Wertschätzung genießen; aber Lord Purleigh *ist* anbetungswürdig. Er erinnert mich an Trelawny, Mrs. Applewhites Gärtner, bequemer Tweed und herzhaftes rosa Fleisch, nur daß Lord Purleighs weißer Gardistenschnurrbart beträchtlich imposanter und pompöser ist. Genau wie seine Augenbrauen, die mich irgendwie an Vogelnester erinnern.

Er bestand darauf, daß ich ihn Bob nenne. *Bob!* Da könnte ich ihn ja gleich »Bobbylein« nennen! Wir haben uns auf »Lord Robert« geeinigt, ein Verstoß gegen den sprachlichen Comment, der die Herren von Debretts Adelskalender bestimmt entsetzen würde. Er ist, wie man hört, Bolschewik! Nach dem Tod seines Vaters, des Earls, beabsichtigt er, Maplewhite für »die ausgebeuteten Massen«, wie er sich ausdrückt, zu öffnen, obwohl ich mir beim besten Willen nicht vorstellen kann, wo er im ländlichen Devon ausgebeutete Massen finden will. Vielleicht läßt er sie per Bahn aus Birmingham herbeischaffen.

Lady Purleigh ist bezaubernd, eine reizende Frau mit einer natürlichen, ungezwungenen Freundlichkeit und Anmut. Ich finde sie schrecklich sympathisch.

Wenn Lady Purleigh reizend ist, dann ist ihre Tochter, die Honourable Cecily Fitzwilliam, betörend. Sie ist selbstsicher und makellos. Ihr blonder Bubikopf ist absolut perfekt geschnitten. Ihre Garderobe kommt aus Paris. (Heute nachmittag trug sie ein schillerndes Seidenkleid mit verlängerter Taille, dessen Saum genau an ihren Knien endete und nicht einen Zentimeter tiefer.) Ihre Figur ist schlank und geschmeidig und vollkommen und ohne unliebsame Ausbuchtungen und Wölbungen, wie sie die unförmige Gestalt einer, sagen wir, typischen bezahlten Gesellschafterin zieren. Ein weniger zartfühlender Mensch als die Schreiberin dieser Zeilen könnte versucht sein anzudeuten, daß die Diktion der Dame möglicherweise eine winzige Spur oder zwei gekünstelter ist, als unbedingt notwendig wäre. Oder daß ihre

Denkprozesse vielleicht nicht genügend entwickelt sind, um etwas Komplizierteres zu tun, als zu atmen. Aber atmen ist, wie ich annehme, wohl das einzige, was der Ehrenwerten Cecily je abverlangt werden wird.

Die Allardyce ist endlich aus der Badewanne aufgetaucht. Wie Aphrodite aus dem schaumgekrönten Meer. Ich konnte gerade noch die Koffer auspacken (ihre und meine). Im Flur hängt ein Kasten für die Post der Gäste. Ich habe noch genügend Zeit, um mich zum Abendessen umzuziehen. Ich werde den Brief also rasch einwerfen und Dir wieder schreiben, sobald ich kann.

Alles Liebe,
Jane

Drei

Während wir, auf dem Weg zu dem Wangentisch, den Orientteppich überquerten, erkundigte sich der Große Meister bei Lord Bob: »Und das Medium? Ist es schon eingetroffen?«

»Kommt erst morgen«, sagte Lord Bob. »Mit Conan Doyle. Sie kennen Doyle?«

»Aber gewiß. Wir sind enge Freunde. Wir korrespondieren häufig.«

Lord Bob nickte. »Ist mir schleierhaft, wie der Mann seine Geschichten erfindet. Ah, da seid ihr ja, meine Lieben.«

Vor dem Tisch standen zwei Frauen. Sie drehten sich um, sahen Lord Bob und lächelten. Das Lächeln der älteren Frau war freundlich und offen. Das der jüngeren Frau war schmal und gelangweilt und gleich wieder verschwunden.

»Seht mal, was ich ergattert habe«, verkündete Lord Bob. »Den berühmten Mr. Harry Houdini persönlich. Und das ist sein Assistent, Mr. Phil Beaumont, ebenfalls aus Amerika. Zum erstenmal in England. Gentlemen, meine Frau Alice und meine Tochter Cecily.«

Es lag auf der Hand, daß sie Mutter und Tochter waren. Sie waren gleich groß, etwa ein Meter fünfundsechzig, und sie hatten den gleichen zarten Teint und den gleichen zarten Knochenbau. Die Mutter, die irgendwo in den Fünfzigern war, sah für ihr Alter blendend aus. Sie hatte hellblondes, schulterlanges Haar, dessen weiche Wellen mit Silber durchzogen waren. Sie trug eine Perlenkette und ein schwarzes Kleid, das schlicht gewirkt hätte, wäre es nicht aus Seide gewesen.

Im Gegensatz zu den meisten Aristokraten, denen ich seit unserer Ankunft in England begegnet war, sah sie tatsächlich aristokratisch aus. Königlich, ohne kalt zu sein, beherrscht, ohne steif zu wirken. Aber nach Aussage des Großen Meisters war sie nicht als Aristokratin geboren worden. Sie stammte aus einer Familie, die ihr Geld, und zwar sehr viel Geld, im Verlagswesen gemacht hatte, sowohl in England als auch auf dem Kontinent.

Auch ihre Tochter sah aristokratisch aus, hatte jedoch kein Silber im blonden Haar. Ihr Haar war glatt und zu einem Bubikopf geschnitten, der knapp die Ohren bedeckte und hinten kürzer war als vorne, um ihren schlanken Nacken zu betonen. Dazu trug auch der hauchdünne scharlachrote Schal bei, der locker um ihren Hals geschlungen war. Desgleichen der runde Ausschnitt an ihrem hellgrauen Kleid, das ebenfalls aus Seide war.

Sie war womöglich ein bißchen *zu* aristokratisch. In der linken Hand hatte sie ein Champagnerglas. Die rechte Hand schwebte direkt neben ihrem Gesicht. Zwischen dem ausgestreckten Zeige- und Mittelfinger hielt sie eine brennende Zigarette. Wenn sie beschloß, einen Zug zu machen, brauchte sie den Kopf nur ein paar Zentimeter zu drehen. Man hatte den Eindruck, daß selbst das schon eine schreckliche Anstrengung war.

»Hallo«, sagte sie schleppend zu einem Punkt irgendwo zwischen dem Großen Meister und mir. Sie war vielleicht ein bis zwei Jahre jünger als Miß Turner.

»Guten Tag«, sagte Lady Alice. In ihren Augen steckte mehr Leben als im ganzen Körper ihrer Tochter. »Ich freue mich *sehr*, daß Sie beide kommen konnten. Ich hoffe, es wird Ihnen bei uns gefallen. Wenn Sie etwas benötigen, brauchen Sie es nur zu sagen.« Dann drehte sie sich zu ihrem Mann um und legte die Hand auf dessen Tweedärmel. »Ich wollte dich gerade holen, Darling. Ich fürchte, wir haben ein kleines Problem.«

»Wie?«

Sie warf kurz einen schnellen Blick auf uns und sah dann wieder ihren Mann an. »Oben«, sagte sie und hob mit einer eleganten Bewegung leicht die Schultern.

Lord Bobs borstige Augenbrauen senkten sich wie zwei bleiche Käfer, die sich unbedingt umarmen wollen. »Treibt wohl wieder um, was?« Er strich sich mit finsterer Miene über den weißen Schnurrbart. »Das alte Schwein. Wenn die Revolution kommt, knüpfen wir ihn mit den anderen auf. Wird als *erster* dran glauben müssen.« Er stieß die rechte Faust in die Handfläche der Linken.

»Ich weiß, Darling«, sagte Lady Alice, »aber alles zu seiner Zeit, meinst du nicht? Ich werde mit dir hinaufgehen.«

Er nickte. Sie hielt noch immer seinen Arm fest, und nun legte er seine Hand auf ihre. »Danke, mein Schatz.« Er wandte sich an seine Tochter. »Cecily, sei ein braves kleines Mädchen und mach Mr.

Houdini und Mr. Beaumont mit den anderen Gästen bekannt, ja?« Er wandte sich an uns. »Tut mir leid. Häusliche Probleme. Bin so schnell wie möglich zurück. Gehen wir, mein Liebling.«

Lady Alice sagte zu uns: »Es tut mir schrecklich leid. Bitte lassen Sie sich etwas zu trinken geben.« Sie lächelte entschuldigend, und dann gingen sie und Lord Bob Arm in Arm.

Der Große Meister sagte zu Cecily: »Gibt es irgendwelche Probleme?« Er machte lediglich Konversation. Andere Menschen und ihre Probleme interessierten ihn nicht sonderlich und plagten ihn nicht im geringsten.

»Wirklich *zu* lästig«, sagte sie schleppend und drehte den Kopf, um an ihrer Zigarette zu ziehen. »Mein Großvater«, sagte sie, Rauch ausstoßend. »Er hat immer diese Anfälle.«

»Ah.« Er nickte mitfühlend. Das mußte er irgendwo gelernt haben. »Bewußtseinsstörungen. Ein wahrer Jammer.«

»Eher Wutausbrüche«, sagte sie mit ihrer schleppenden Stimme. Sie klopfte die Zigarette an einem Aschenbecher auf dem Wangentisch ab, hob die Hand und brachte die Zigarette wieder in Reichweite ihres Mundes. »Sie wissen natürlich, daß Daddy Bolschewik ist.« Sie zupfte sich mit der Zigarettenhand einen Tabakkrümel von der Unterlippe.

Wir hatten es nicht gewußt, zumindest ich nicht. Falls der Große Meister es gewußt hatte, so hatte er es vermutlich vergessen. Es hatte nichts mit ihm selbst zu tun und war somit irrelevant.

»Daddy wartet nur darauf«, sagte sie, »daß Grandpère stirbt, damit er Maplewhite den Bauern und Arbeitern geben kann. Und das macht Grandpère natürlich rasend. Er ist bettlägerig, und das seit Jahren, seit dem Unfall damals. Er kann Daddy also nicht auspeitschen, was er natürlich liebend gern tun würde.« Sie drehte den Kopf, machte einen Lungenzug. »Einmal in der Woche oder so fängt er an zu toben und mit Gegenständen um sich zu werfen. Was die armen Dienstboten zum Wahnsinn treibt.« Sie zeigte uns wieder ihr schmales Lächeln. »Was möchten Sie trinken? Champagner? Wir haben sicher auch Bourbon da.«

Houdini schüttelte den Kopf. »Nein, danke. Weder trinke ich Alkohol, noch rauche ich Tabakprodukte. Beides habe ich noch nie getan. Sie zehren an der Kraft und schwächen die Willensstärke. Und ohne Kraft und Willensstärke wäre ich nie zu dem geworden, was ich bin.«

Ihre linke Augenbraue ging leicht nach oben. Sie machte einen Zug an ihrem Tabakprodukt. »Ja«, sagte sie und blies etwas Rauch aus. »So eine Art Zauberkünstler, heißt es.«

Ein geringerer Mann wäre dadurch aus dem Konzept gebracht worden, was vielleicht ihre Absicht gewesen war. Doch der Große Meister machte mit Volldampf weiter. »Nicht bloß ein Zauberkünstler«, sagte er und lächelte nachsichtig. »Zaubern kann jeder. Präparierte Requisiten, etwas Fingerfertigkeit. Ein Kinderspiel. Das Einfachste von der Welt. Ich hingegen bin Entfesselungskünstler. Ein Mann, der sich aus Fesselungen selbst befreit. Ich war der allererste Entfesselungskünstler überhaupt. Ich habe viele Nachahmer, in vielen Ländern, aber ich war es, der diese Kunst erfand. Und wenn ich das ohne falsche Bescheidenheit sagen darf, Houdini ist noch immer der größte von allen.« Er wandte sich an mich. »Stimmen Sie mir darin zu, Phil?«

»Klar«, sagte ich. Es war schließlich die Wahrheit.

»Wirklich«, sagte sie, indem sie jeden Buchstaben des Wortes betonte. Hinter ihren Augen hatte ein schwaches Licht zu flackern begonnen, und in ihre Stimme hatte sich ein leicht ironischer Ton geschlichen. »Und von was befreien Sie sich da so?«

Ironie, ob leicht oder sonstwie, ließ den Großen Meister kalt. Er wedelte mit der Hand. »Von allem. Aus allem. Am Anfang waren es Handschellen und Fesseln. Aber aus Handschellen und Fesseln kann sich jeder befreien. Ich hingegen, müssen Sie wissen, versuche stets, über das hinauszugehen, was andere können, ja selbst über das, was *ich* kann, und das ist natürlich die größte Herausforderung überhaupt. Heutzutage befreit sich Houdini aus allem. Abgeschlossenen Koffern. Särgen. Aus Särgen unter Wasser oder in der Erde vergrabenen. Und das erfordert natürlich ungeheure Körperkraft und Ausdauer. Enorme Ausdauer. Möchten Sie mir einen Schlag in die Magengrube geben?«

»Wie bitte?« sagte sie.

Er öffnete sein Jackett. »Nur zu. Schlagen Sie mich. So fest Sie können. Jahrelanges Training hat Houdinis Muskeln in Stahl verwandelt.« Er deutete mit einer Kopfbewegung auf seinen Bauch. »Bitte. Genieren Sie sich nicht.«

»Oh«, sagte sie. Ich sah, daß sie rot wurde. Sie blickte sich rasch im Zimmer um. Sie war also doch nicht so lethargisch, wie sie tat. Sie sah wieder den Großen Meister an und räusperte sich. »Tausend Dank«, sagte sie. »Aber vielleicht ein andermal.«

Houdini spannte den Arm an und hielt ihr seinen Bizeps hin. Wie ein stolzer Schlachter, der ein erstklassiges Stück Steak präsentiert. »Hier. Nur zu. Fühlen Sie.«

Sie sah wie rettungsuchend zu mir herüber. Aber ich konnte ihr nicht aus der Klemme helfen. Sie zögerte. Der Große Meister hielt ihr noch immer seinen Arm hin.

Sie sagte: »Na schön« und zuckte leicht mit den Schultern, als ob das Ganze letztlich wirklich nicht so furchtbar wichtig wäre. Dann streckte sie die Hand aus und berührte vorsichtig und versuchsweise seinen Arm.

»Erstaunlich, nicht wahr?« sagte er. »Wie Stahl. Fühlen Sie.«

»Ja«, sagte sie. Sie faßte etwas fester zu. Sie blinzelte und ließ ihre Finger über den straffgespannten schwarzen Stoff gleiten. »Ja, er ist tatsächlich ziemlich . . . fest, nicht?«

»Aber gewiß«, sagte er nickend. Er ließ den Arm sinken. »Training, Gymnastik«, sagte er, »über viele, viele Jahre hinweg, und das ausnahmslos jeden Tag. Alkohol würde das auf der Stelle ruinieren. Er zerstört das Muskelgewebe, müssen Sie wissen. Zerfrißt es wie Schwefelsäure. Ein Glas gewöhnliches Wasser ist alles, was ich möchte, falls das möglich wäre.«

Sie starrte ihn mit leichtgeöffneten Lippen an. Sie blinzelte wieder wie jemand, der aus einem Tagtraum erwacht, und machte dann den Mund zu. Abermals errötend blickte sie sich rasch im Zimmer um. »Ja«, sagte sie. »Ja, natürlich.« Auf ihrer Stirn glänzte ein Hauch von Schweiß.

Dergleichen hatte ich schon früher erlebt. Niemand war je auf die unverblümte, grenzenlose Selbstgefälligkeit des Großen Meisters vorbereitet. Auf manche wirkte sie abstoßend. Auf viele aber auch anziehend.

Und auf manche Leute wirken eben feste Muskeln anziehend.

Der Große Meister hatte die Reaktion der jungen Dame nicht bemerkt. Er hatte sich von ihr abgewandt und stand nun mit auf dem Rücken verschränkten Händen und hocherhobenen Hauptes da. Er blickte sich nachdenklich im Zimmer um wie ein Theaterdirektor, der die Zahl der Zuschauer und den zu erwartenden Profit abschätzt.

Sie sah mich an. Sie räusperte sich. Sie hatte sich wieder in ihre Weltverdrossenheit gehüllt, aber ich glaube, ihr war klar, daß sie ihr nicht mehr annähernd so gut paßte wie früher. »Und Sie, Mr. Beaumont?«

»Einen Bourbon bitte. Mit etwas Wasser.«

Sie drehte sich um und drückte ihre Zigarette im Aschenbecher aus. Ihre Bewegungen waren so hastig und gewalttätig, daß mir die Zigarette richtig leid tat.

Sie bestellte die Getränke bei dem Diener. Sie blickte dem Großen Meister nicht in die Augen, als sie ihm sein Glas Wasser gab, doch ihre Hand war absolut ruhig. Sie reichte mir den Bourbon mit Wasser. Ohne Eis. Die Engländer halten nichts von Eis. »Sie müssen *unbedingt* die anderen Gäste kennenlernen«, sagte sie zu mir.

Vier

Das Grammophon schepperte einen Scott-Joplin-Rag, als sie uns vom Tisch wegführte. Wir gingen über diverse Orientteppiche und an einem offenen Kamin vorbei, der groß genug war, um ein zottiges Mammut zu braten. Es war aber kein Mammut darin. Und es brannte auch kein Feuer, obwohl die Luft kühl war. Die Engländer halten nichts davon, ihre Häuser vor Januar zu heizen. Wenn überhaupt.

Hinter dem Kamin stießen wir auf eine weitere Gruppe, drei Männer und eine Frau, die im Kreis um einen weiteren Couchtisch herum saßen. Einer der Männer sagte gerade: »Und genau das, nämlich daß es sich beim nächtlichen Traum um Wunscherfüllungen handelt, das hat der Herr Doktor Freud entdeckt.«

Der Mann war klein und schmächtig, hatte einen starken österreichischen Akzent und einen dichten Bart, der penibel gestutzt und mit gekräuseltem Grau durchwirkt war. Sein Schädel war völlig kahl und glänzte, als wäre er gewachst und poliert worden. Er trug einen funkelnden schwarzen Kneifer, einen penibel gebügelten schwarzen Anzug, blitzblanke schwarze Lackstiefel, ein steifes weißes Hemd mit steifem Flügelkragen und eine winzige adrette schwarze Fliege. Der Mann war absolut makellos. Wie aus dem Ei gepellt. Staub und Unordnung würden nie an ihn herankommen. Sie würden es gar nicht wagen.

»Verzeihen Sie, Dr. Auerbach«, sagte Cecily. Der matte, schleppende Ton war in ihre Stimme zurückgekehrt. »Daddy hat mich gebeten, die Honneurs zu machen. Das ist Mr. Phil Beaumont, aus Amerika, und Mr. Harry Houdini.« Ich glaubte zu hören, daß sie dem Wort »Houdini« einen leicht säuerlichen Beiklang gab.

Die anderen Männer und die Frau blieben sitzen, während Dr. Auerbach auf seine blitzenden Füßchen sprang. »Mr. Houdini!« sagte er. Er bleckte seine blitzenden Zähnchen und griff nach der Hand des Großen Meisters. Der Große Meister überließ sie ihm.

»Dr. Erich Auerbach«, sagte der Doktor. »Ist mir eine wahrhaft gigantische Freude! Ich war bei Ihrem phänomenalen Auftritt in Wien vor einigen Jahren persönlich zugegen! Erstaunlich!«

Der Große Meister blickte auf den Doktor und lächelte sein bezauberndstes Lächeln. »Herzlichen Dank.« Schmeichelei brachte immer das Beste in ihm zum Vorschein.

Dr. Auerbach wirbelte zu Cecily herum. Seine braunen Augen hinter den Brillengläsern waren weit aufgerissen. »Sie erlauben mir doch, Miss Fitzwilliam, die Herrschaften miteinander bekannt zu machen?«

Sie zeigte wieder kurz ihr schmales, lustloses Lächeln und zuckte gleichgültig mit den Schultern. »Ja. Gewiß.«

»Wunderbar!« sagte er. »Da dank' ich Ihnen aber sehr. Also, meine Herren. Gnädige Frau.« Er verbeugte sich vor der sitzenden Frau rechts von uns. »Gestatten S' mir, Ihnen den eminenten Mr. Harry Houdini vorzustellen. Wie S' ja gehört ham, hab' ich in Wien die Ehre gehabt, seiner Vorstellung dort persönlich beizuwohnen. *Überwältigend,* absolut überwältigend! Mr. Houdini, gestatten S' mir, Ihnen zuerst die überaus charmante Mrs. Corneille vorzustellen.«

Die überaus charmante Mrs. Corneille war die sitzende Frau. Sie war vermutlich über dreißig und wahrscheinlich unter fünfzig. Das war alles, was ich über ihr Alter sagen konnte, und das war vermutlich mehr, als sie selbst je verraten würde. Sie trug hochhakkige schwarze Schuhe, durchsichtige Seidenstrümpfe und ein plissiertes schwarzes Seidenkleid, das ihre langen blassen Arme und ihre glatten blassen Schultern freigab. Sie hatte einen Pagenschnitt, und ihr Haar war glatt und schwarz und glänzend. Ihre Wangenknochen waren katzenartig, ihre Nase war klein, ihr Mund rot und breit. Ihre Augen unter den langen schwarzen Wimpern waren groß und mandelförmig. Sie hatten die gleiche Farbe wie ihr Haar, und sie sahen aus, als ob es auf dieser Welt nichts gäbe, das sie nicht mindestens schon zweimal gesehen hätten.

In der Hand hielt sie anmutig eine lange braune Zigarette. Sie neigte den Kopf in Richtung des Großen Meisters und lächelte.

»Und dieser Herr«, sagte Dr. Auerbach, »ist Sir David Merridale.«

Sir David war in den Vierzigern. Seine Schultern unter dem maßgeschneiderten schwarzen Jackett waren breit, sein Bauch unter der maßgeschneiderten schwarzen Weste war flach. Sein Haar war ebenfalls schwarz, abgesehen von den grauen Strähnen, die sich elegant von den Schläfen nach hinten zogen. Er hatte eine hohe Stirn, eine kräftige Nase, einen schwarzen Schnurrbart und einen dunklen, breiten Mund. Er saß lässig da, in einen Ledersessel gerekelt, die Hände auf den Armlehnen, die Beine übereinandergeschlagen. In der linken Hand hielt er lässig ein Champagnerglas. Er schien ständig etwas abwesend zu sein.

Sir David nickte zur Begrüßung. Der Große Meister sagte: »Und das ist mein Sekretär und enger persönlicher Freund, Mr. Phil Beaumont.«

Ich nickte und lächelte. Artig. Was gar nicht so schwer war, wenn man den Dreh erst einmal heraus hatte.

Sir David sagte: »Setzen Sie sich zu uns. Dr. Auerbach ist gerade dabei, uns die Psychoanalyse zu erklären.«

»Aber nein, nein«, sagte Dr. Auerbach rasch und wedelte mit seinen kleinen manikürten Händen herum. Er hatte offenbar die Gesprächsführung übernommen. »Damit hören wir jetzt auf, wo der große Houdini da ist. Bitte, Fräulein Fitzwilliam, kommen S' und setzen S' sich zu mir.«

Sie ließ sich neben ihm auf dem bestickten Zweiersofa nieder. Der Große Meister wählte den leeren Ledersessel am Kopfende des Tisches, was mich nicht weiter überraschte. Der einzige Platz, der übrigblieb, war der neben Mrs. Corneille auf dem Sofa, und den nahm ich. Sie machte einen Zug an ihrer Zigarette, stieß zartblauen Rauch durch ihre zarten Nüstern aus und sah mich unter leicht gesenkten Augenlidern hervor an. Sie trug ein Parfum, das aus Blumen gewonnen worden war, die im Garten Eden wuchsen.

Sir David musterte die Neuankömmlinge. Er war noch immer leicht abwesend.

»So«, sagte Dr. Auerbach, indem er sich zum Großen Meister vorbeugte und sich die Hände rieb. »Sie sind also da, um das Medium auf die Probe zu stellen, stimmt's? Um seine Echtheit zu verifizieren, hab' ich recht?«

Houdini nickte bedächtig. »Ich sehe, daß Ihnen meine Arbeit bekannt ist. Ja, ich habe viel Erfolg dabei gehabt, die betrügerischen Machenschaften zu entlarven, derer sich diese Personen bedienen. Doch war ich in meiner Jugend selbst ein bekanntes Bühnenmedium – wenn auch nur für kurze Zeit, und nur zum Zwecke einer erbaulichen Unterhaltung für die ganze Familie. Seither habe ich mich zeit meines Lebens mit dem Okkulten beschäftigt. Ich habe zu diesem Thema die beste und umfangreichste Bibliothek der Welt zusammengetragen. Und somit ist Houdini natürlich besser als die meisten gerüstet, Schwindel und Betrug zu erkennen.« Er lächelte. »Erst das Alter läßt uns weise werden.«

Sir David sagte: »Glauben Sie das wirklich? Nach meiner Erfahrung werden die Menschen selten wirklich weise. Sie tragen lediglich *Be*weise zusammen.«

Houdini setzte eine höfliche Miene auf. »Tatsächlich?« sagte er.

»Beweise wofür, Sir David?« fragte Dr. Auerbach.

»Daß sie immer recht haben«, sagte Sir David.

Der Große Meister behielt seine höfliche Miene bei, während er darauf wartete, daß die anderen zu reden aufhörten.

Mrs. Corneille sah Sir David an. »Bezieht sich das auch auf dich, David?« Ihre Stimme war dunkel und geschmeidig wie Seehundsfell.

»Gewiß.« Er lächelte. »Nur daß ich natürlich noch öfter recht habe.«

»Natürlich.« Sie wandte sich dem Großen Meister zu. »Dann sind Sie also kein gläubiger Anhänger.«

»Ich bin weder ein Gläubiger noch ein Ungläubiger, Madame«, verkündete der Große Meister. »Ich gehe an derartige Dinge objektiv heran, in der Art eines umsichtigen Wissenschaftlers. Aber eines Wissenschaftlers, der auf diesem Gebiet viel Erfahrung hat.«

»Dr. Auerbach«, sagte Sir David. »Hat Ihr Kollege Dr. Freud auch eine Meinung zum Spiritismus? Er scheint doch sonst zu allem etwas zu sagen zu haben.«

Ein weiteres Mal setzte Houdini eine höfliche Miene auf und wartete.

Dr. Auerbach sagte: »Bis jetzt hat der Herr Doktor Freud noch nichts über den Spiritismus im speziellen geschrieben. Aber schaun S', er ist doch Rationalist. Drum glaub' ich nicht, daß es anmaßend von mir wär' anzunehmen, daß er ihn als eine Form von Aberglaube betrachten würde. Und als solcher würd' er ihn natürlich für eine Regression halten.«

»Eine Regression?« sagte Mrs. Corneille.

Er nickte. »Ein Rückzug, gewissermaßen, auf eine frühere Entwicklungsstufe. Selbst das angepaßteste Individuum zieht sich, um

Angstzustände abzubauen, gelegentlich zurück. Es kaut dann zum Beispiel an den Fingernägeln oder gibt sich ausgefallenen sexuellen Praktiken hin oder liest Kriminalromane.«

»Ich bin natürlich unbedingt für ausgefallene sexuelle Praktiken«, sagte Sir David lächelnd. »Aber an Ihrer Stelle würde ich Kriminalromane in diesem Zusammenhang *nicht* erwähnen, wenn Conan Doyle anwesend ist.«

»Als Beobachter parapsychologischer Phänomene«, sagte der Große Meister, »stelle ich häufig fest, daß Mediziner und Universitätsprofessoren, sofern sie sich dieses Themas annehmen, von allen, die sich damit beschäftigen, am leichtesten zu täuschen sind. Sie arbeiten mit Materie, müssen Sie wissen, mit Physik. Und weder das eine noch das andere, so kompliziert sie auch sein mögen, besitzt die Eigenschaft, *vorsätzlich* zu täuschen. Aber alle sogenannten medial veranlagten Menschen, die ich im Laufe meiner Karriere entlarvt habe, *haben* diese Eigenschaft besessen.«

»Faszinierend«, sagte Mrs. Corneille. Sie drehte sich zu mir um und sagte: »Und Sie, Mr. Beaumont? Gehören Sie auch zu den Skeptikern?«

»Darüber habe ich noch nicht weiter nachgedacht«, erwiderte ich.

Sie lächelte. Ihre schwarzen, mandelförmigen Augen blickten in meine. »Wollen Sie damit sagen, daß Sie sich noch nie gefragt haben, was mit uns geschieht, wenn wir sterben?«

»Das läßt sich wohl nur auf eine Art feststellen. Und damit habe ich es nicht eilig.«

Sie lächelte wieder, diesmal breiter. Ihre Zähne waren sehr weiß.

»Für mich persönlich«, sagte Sir David, »hört sich die spiritistische Vorstellung vom Jenseits furchtbar langweilig an. Weit und breit kein einziges *caneton à l'orange*. Nicht eine *grisette*. Da ziehe ich doch Paris vor.«

Mrs. Corneille lächelte ihn an. »Man würde dich ja gar nicht hineinlassen, David. Du warst schon viel zu oft dort. Wahrscheinlich wirst du an einen ruhigen und unprätentiösen Ort geschickt. Zum Beispiel nach Brighton.«

»Ich *bestehe* aber auf Paris!« sagte er. »Ich werde eben inkognito reisen.«

»Ja«, sagte der Große Meister. »Paris ist in der Tat eine wunderbare Stadt. Die braven Bürger von Paris waren immer sehr freundlich zu mir, sehr empfänglich für meine Kunst. Und in Paris habe ich vor einigen Jahren auch erstmals meine berühmte Befreiung aus der Milchkanne vorgeführt.«

Cecily hob ihr Champagnerglas und sagte schleppend: »Mr. Houdini befreit sich nämlich aus allen möglichen Sachen.« Sie nippte an ihrem Champagner.

Sir David wirkte wieder leicht abwesend. »Was in aller Welt haben Sie denn in einer Milchkanne gemacht?«

»Mich aus ihr befreit«, sagte der Große Meister. »Das hatte noch nie jemand versucht.«

»Das glaube ich Ihnen gerne«, sagte Sir David.

Sir David, Dr. Auerbach und der Große Meister. Es war, als sähe man einem Tauziehen in drei Richtungen zu. Wenn man die ganze um diesen Tisch versammelte Selbstgefälligkeit eingesammelt und auf einen Ozeandampfer gekippt hätte, wäre das Schiff glatt gekentert und gesunken wie ein Stein.

»Das ist eine ganz außergewöhnliche Illusion«, sagte der Doktor. Er hatte wieder die Gesprächsführung übernommen. »Der Mr. Houdini wird nämlich in eine Milchkanne g'sperrt, die etwas größer als eine gewöhnliche Milchkanne und mit Wasser g'füllt ist. Dann wird sie mit vier Vorhängeschlössern zugesperrt.«

»Sechs«, verbesserte der Große Meister.

»Sechs, richtig. Noch schlimmer. Stellen S' sich das vor – er hat keine Luft zum Atmen, keinen Schlüssel, keine Möglichkeit zu entkommen. Vor die Milchkanne wird ein Wandschirm gezogen, damit das Publikum sie nicht sehen kann. Das Publikum wartet. Die Zeit vergeht. Eine Minute, zwei Minuten, drei. Da werden die Leut' natürlich unruhig. Sie fangen an, sich Sorgen zu machen. Ein Mensch kann doch nie und nimmer so lang unter Wasser überleben? Aber dann tritt der Mr. Houdini plötzlich hinter dem Schirm vor und winkt. Großer, *großer* Applaus. Der Wandschirm wird weggeschoben, und da steht die Milchkanne, mitsamt den Vorhängeschlössern. Wenn die abg'macht werden, sieht man, daß die Kanne noch immer mit Wasser gefüllt ist.«

Der Große Meister ergriff das Wort. »Eine sehr genaue Beschreibung. Bis auf das Wort *Illusion*, wenn Sie verzeihen. Die Milchkanne ist echt. Das Wasser ist echt. Houdini ist echt.«

Dr. Auerbach nickte rasch. »Ja, ja, selbstverständlich. Das war doch auch nur so ein Wort.«

Der Große Meister lächelte und verzieh ihm mit einer majestätischen Gebärde.

Dr. Auerbach bemerkte nicht, daß ihm verziehen worden war. Seine Augen verengten sich, und er sagte: »Geradezu mythisch, meinen S' nicht auch? In gewisser Weise ist es eine Wiederholung des Geburtstraumas, der Befreiung aus dem Schoß. Schauen S', da ist die Dunkelheit des Schoßes, nämlich das Innere der Milchkanne. Und das Fruchtwasser, in diesem Fall das Wasser. Sie selbst sind zusammengerollt, genau wie ein Fötus. Und genau wie der Fötus stürzen S' plötzlich hinaus ins Tageslicht.« Er schüttelte voller Bewunderung den Kopf. »Phänomenal.«

Houdini war unruhig auf seinem Sessel hin und her gerutscht. »Dr. Auerbach, verzeihen Sie, aber vielleicht sind derartige Dinge im Augenblick nicht ganz angebracht.« Er machte eine knappe Verbeugung vor Mrs. Corneille und dann vor Cecily.

Dr. Auerbach runzelte die Stirn.

Sir David sagte unverbindlich: »Schade, daß Sie nicht hier waren, als der gute Doktor uns Dr. Freuds Ödipuskomplex erklärt hat. Eine wirklich wunderbare Theorie. Es scheint, als liebten wir Männer unsere Mütter alle ein wenig mehr, als wir eigentlich dachten. Insgeheim würden wir die alte Dame am liebsten aufs Nudelbrett schmeißen und es ihr besorgen. Habe ich das richtig verstanden, Doktor?«

»Ich fürchte, da haben S' ein bissel zu sehr vereinfacht, Sir David.« Dr. Auerbach wandte sich an den Großen Meister. »Was der Herr Dr. Freud nachg'wiesen hat, ist, daß der Knabe den alleinigen sexuellen Besitz der Mutter anstrebt. Nach dem Erlebnis der Urszene – das heißt, des Geschlechtsverkehrs zwischen den Eltern – entwickelt das Kind eine gewisse Ablehnung gegenüber der Person des Vaters.«

»Dr. Freud ist offenbar nie meiner Mutter begegnet«, sagte Sir David. »*Ein* Blick auf Evelyn, und er würde diese Theorie auf der Stelle über Bord werfen. Vermutlich mitsamt dem Abendessen. Kein vernünftiges Kind« – er lächelte Mrs. Corneille an –, »und dazu zähle ich selbstverständlich mein jüngeres Ich, kein vernünftiges Kind hätte das geringste dagegen einzuwenden, es eine ganze Rugby-Mannschaft mit der blöden Kuh treiben zu lassen.«

»David«, sagte Mrs. Corneille, »du bist wirklich ein gräßlicher Mensch.«

»Wenn du *mich* für gräßlich hältst, meine liebe Vanessa, dann müßtest du erst mal Evelyn kennenlernen.«

Dr. Auerbach schüttelte den Kopf. »Wie die Mutter ausschaut, ist unwesentlich, Sir David. Wesentlich ist nur, daß . . .«

»Entschuldigen Sie.« Das kam vom Großen Meister, der sich aus seinem Sessel erhob. Sein Gesicht war weiß. Seine Stimme klang schwach, und sein Körper schien zu schwanken. »Ich fühle mich nicht wohl. Sie entschuldigen mich.«

Er drückte sich die Hand auf den Leib, nickte kurz niemand Speziellem zu, drehte sich dann um und ging steifbeinig davon.

Mrs. Corneille sah mich an. »Ist ihm etwas auf den Magen geschlagen?«

Sir David zog verbindlich die Augenbrauen hoch. »Seine Mutter vielleicht?«

Mrs. Corneille drehte sich zu ihm um, runzelte die Stirn, wandte sich wieder mir zu. »Er sah richtig krank aus. Glauben Sie, daß alles in Ordnung ist?«

»Ich denke schon«, sagte ich. »Aber es war eine lange Fahrt.«

»Sie sind mit dem Wagen aus London gekommen?« fragte Sir David.

Ich nickte. »Und vorgestern mit dem Schiff aus Amsterdam.«

»Das erklärt alles«, sagte er. »Holländisches Essen und dann englisches obendrein. Kein Wunder, daß sich der Mann kaum noch auf den Beinen halten kann.«

Ich sagte zu Mrs. Corneille: »Ich will lieber mal nach ihm sehen.«

Sie zog eine Augenbraue hoch, als wäre sie etwas überrascht. »Ja«, sagte sie. »Vielleicht sollten Sie das.«

Die Morgenpost

Maplewhite, Devon
17. August (frühmorgens)

Liebe Evangeline,

es ist Nacht. In die Kissen meines Himmelbetts gekuschelt, unter den Laken und Decken mollig warm eingepackt, schreibe ich drauflos und bin so wahnsinnig glücklich, daß ich mich (da sonst keiner hier ist) von Zeit zu Zeit selbst in den Arm nehmen muß. Und von Zeit zu Zeit vergesse ich völlig, daß nebenan die Allardyce drauflossägt.

In Maplewhite spukt es tatsächlich, Evy: im Schloß haust mindestens *ein* Gespenst. Ist das nicht herrlich?

Zum ersten Mal habe ich von dem Gespenst beim Dinner gehört. Wir saßen alle zusammen bei Tisch, Lady Purleigh am einen Ende und Lord Robert am anderen. Die Allardyce war diejenige, die das Thema aufs Tapet brachte, zwischen dem Steinbutt und dem Hühnchen in Weinbrand. *»Alice«,* sagte sie, und selbst ein Blinder mit Krückstock hätte gemerkt, wie sehr sie diese Vertraulichkeit mit der Dame des Hauses genoß: ihre Stimme zerfloß förmlich vor Wonne. »Du mußt uns *unbedingt* von eurem Gespenst erzählen, und zwar *alles.* Rebecca de Winter erwähnte zwar ein *paar* Dinge, war jedoch *sehr* vage, was die Details betraf.«

Lady Purleigh lächelte. Sie hat ein reizendes Lächeln. Sie ist, wie ich schon sagte, überhaupt eine reizende Frau. (Sie trug ein Kleid aus schwarzem Crêpe de Chine, diagonal geschnitten; ich glaube, manche Frauen würden morden, um dieses Kleid zu besitzen.) »Ich habe es eigentlich noch nie gesehen«, sagte sie. »Aber ich habe es natürlich gehört.«

»Und was *sagt* es?« fragte die Allardyce.

»Im Grunde sagt es gar nichts. Es ächzt und stöhnt lediglich. Und das auch nur manchmal, spät nachts.« Sie schien sich deswegen geradezu zu entschuldigen. Daß sie irgendwie mit der Allardyce verwandt ist, wird für immer und ewig eines der großen Rätsel der Menschheit bleiben. »Ich fürchte, es ist kein schrecklich interessantes Gespenst.«

»Aber es gibt doch noch andere, Mutter.«

Das kam von der Ehrenwerten Cecily, der Tochter. Dem Musterexemplar. (Das ein entzückendes, ärmelloses, kleines Ding aus grauer Seide trug, mit rundem Ausschnitt, um den aristokratischen Hals zur Schau zu stellen.)

»Gibt es denn *mehrere*?« erkundigte sich die Allardyce, an die Tochter gewandt.

»Insgesamt sind es drei«, sagte die Ehrenwerte Cecily mit ihrer etwas überzogenen Stimme. »Zum einen Lord Reggie und dann die beiden anderen. Das eine ist eine Frau und das andere ein kleiner Junge.«

»Cecily hat wieder mal MacGregor zugehört.« Das kam von Lord Robert, der seine Tochter mit einer Art ungeduldiger Zuneigung anlächelte. Sie saß zu seiner Rechten.

»Und wer *ist* dieser MacGregor?« fragte die Allardyce.

»Der Wildhüter«, sagte Lord Robert. »Der tüchtigste Mann, den man für die Hege des Wildes nur finden kann. Aber eine Idee zuviel Phantasie. Ein Schotte«, fügte er hinzu, als ob damit alles erklärt wäre.

»Aber er hat sie gesehen, Daddy«, sagte die Ehrenwerte Cecily. »Am Teich, unten bei der alten Mühle. Unter der Weide. Eine Frau in einem langen weißen Kleid, die die Hand eines kleinen Jungen hält. MacGregor sagt, der Junge sei zehn bis zwölf Jahre alt. Die beiden stehen einfach da, sagt MacGregor, und starren hinaus aufs Wasser. Wenn man sich ihnen nähert, verschwinden sie.«

»Blödsinn«, sagte Lord Robert. Er wandte sich an die Allardyce. »Vor MacGregor hat kein Mensch je etwas von Gespenstern unten am Teich erwähnt. Die einzige Spukgeschichte hier in Maplewhite ist die von dem Geist im Ostflügel. Spukt da seit Jahrhunderten herum, wie es heißt. Angeblich ein Vorfahr. Reginald Fitzwilliam, der dritte Earl. Ausbeuterisches altes Schwein. Übelstes Relikt des Feudalsystems. Hat die Hälfte der Mädels in der Gegend geschwängert. Einer von den Pächtern hat ihm schließlich den Garaus gemacht. Aufgebrachter Vater. Ist vom Baum gesprungen, als Reggie vorbeiritt, auf ihn gefallen und hat ihm das Genick gebrochen. Und sich den Knöchel dazu. Wurde natürlich gehenkt, der arme Teufel.«

»Wann war das?« fragte Mrs. Corneille.

»Das muß im Herbst gewesen sein«, sagte Sir David Merridale, »wenn Pächter von den Bäumen fielen.«

Sir David hält sich für äußerst geistreich. Er ist ja ganz witzig, auf eine etwas lethargische Art, und auch ganz gutaussehend, auf eine etwas lethargische Art; aber weder so witzig noch so gutaussehend, wie er sich einbildet. Ich gestehe, daß ich ihn nicht leiden kann. Wann immer er etwas auch nur halbwegs Witziges von sich gibt, blickt er mich bedeutungsvoll an, als erwarte er, daß ich mich ihm gleich schmachtend vor die aristokratischen Füße werfe.

Noch irritierender sind jedoch seine un-bedeutungsvollen Blicke. Ist Dir schon einmal aufgefallen, wie gewisse Männer, wenn sie sich unbeobachtet glauben, Frauen beobachten? Sie taxieren sie, als ob die Frauen ein Angebot wären, und als ob sie, die Männer, sich kühlen Kopfes zu entscheiden versuchten, ob sie das Angebot annehmen oder ablehnen sollen. Sir David gehört zu dieser Sorte.

Lord Robert antwortete ihr: »1670. Unter den Stuarts. Charles der Zweite.«

Cecily sagte zu ihrem Vater: »Ich dachte, du glaubst nicht an Gespenster, Daddy.« Wenn man genau hinhörte, hätte man sich vielleicht einbilden können, ein leises katzenartiges Schnurren in Cecilys aristokratischer Stimme zu entdecken.

»Tu' ich auch nicht«, sagte er barsch. »Alles Humbug, Gespenster. Erfindung der Bourgeoisie. Und woran ich schon gar nicht glaube, ist der Geist im Ostflügel. Der, von dem die Leute seit Urzeiten schwafeln.«

»Hat ihn schon einmal jemand gesehen?« erkundigte sich Mrs. Corneille. Sie ist verwitwet, hinreißend und schlank und geradezu unerträglich *chic*.

Lady Alice lächelte sie an. »Er ist ganz harmlos, Vanessa.«

»Das war er aber nicht immer«, sagte Sir David. »Wie man hört, war im Ostflügel keine Jungfrau vor ihm sicher.« Er blickte mich an.

»Blödsinn«, sagte Lord Purleigh. »Bourgeoise Märchen.«

Das Gespräch über Gespenster schwand mit dem Hühnchen dahin, wurde aber später wieder aufgegriffen, und wiederum von der Allardyce. Wir saßen alle im Salon, wo an jeder Wand herrliche und wahrscheinlich unbezahlbare belgische Gobelins hängen, die Szenen aus dem Raub der Sabinerinnen zeigen. (Du erinnerst Dich doch an die Sabinerinnen? An den Nachmittag im Garten von Mrs. Applewhites Höherer Bildungsanstalt für junge Damen? Ich glaube mich an einen überzeugenden Auftritt von Dir als Römer zu erinnern.)

Nach dem Dinner war ein weiterer Gast eingetroffen: ein Dr. Erich Auerbach, ein österreichischer Psychiater. (Kein besonders interessanter Mann, wie ich finde; und klein, kleiner als ich.) Er saß mit Merridale und Mrs. Corneille am anderen Ende des riesigen Raumes. Als Lord Robert – aus purer Herzensgüte, wie ich vermute – sich zu der Allardyce und mir setzte, sagte sie zu ihm: »Nun *erzähl* mal, Robert. Euer gräßlicher Geist. Wie sieht er *aus*?«

»Hab' ihn nie gesehen, Marjorie. Sagte ja bereits, daß ich von dem ganzen Humbug nichts halte.«

»Rebecca hat gesagt, er sei in den Siebzigern. Und *furchtbar* lange weiße Haare habe er und einen langen weißen Bart. Und er halte den Kopf irgendwie merkwürdig *schief*.«

»Blödsinn.« Dann wandte er sich mir zu und lächelte. »Keine Angst, Miß Turner. Im Ostflügel haben schon Hunderte von Frauen gewohnt, Tausende. Darunter ein gebührender Teil an Jungfrauen, wie ich zu behaupten wage. Und nicht eine einzige davon ist von einem Geist belästigt worden.«

Wir wurden von einem der Lakaien unterbrochen, der die beiden neuesten Ankömmlinge hereinführte, von denen einer der berühmte amerikanische Zauberkünstler Harry Houdini war. Er ist viel kleiner, als ich gedacht hätte, sieht aber sehr exotisch und sehr energisch aus. Und ist dazu ja so talentiert: Er »fand« nämlich eine Fünf-Pfund-Note in der Teekanne der Allardyce (einem wunderschönen Stück aus Rokoko-Silber, mit Blumenranken, das einer der Lakaien für sie brachte, als sie erklärte, daß sie *auf gar keinen Fall* Kaffee trinken könne). Mr. Houdini schenkte ihr den Geldschein, was sie hell entzückte, wie ich wohl kaum zu betonen brauche. Sie wäre auch über einen Penny entzückt gewesen, aber das konnte der gute Mann ja nicht wissen.

Der andere Ankömmling war Mr. Houdinis Sekretär, ein großer, dunkelhaariger Amerikaner namens Beaumont, der die meiste Zeit zu feixen scheint. Offenbar, und aus Gründen, die mir schleierhaft sind, ist er ungeheuer von sich eingenommen. Ähnlich wie Sir David, nur daß er noch weniger geistreich ist als dieser.

Genug. Ich sollte jetzt wirklich versuchen zu schlafen, Evy. Außerdem gibt es ohnehin kaum etwas Wichtiges mehr zu berichten.

Darum werde ich jetzt auf Zehenspitzen an der schnarchenden Masse der Allardyce vorbeischleichen und den Brief im Flur einwerfen und dann auf Zehenspitzen wieder in mein gemütliches Nest zurückkehren. Und vielleicht werde ich zu nächtlicher Stunde von einem Gespenst heimgesucht!

Alles Liebe,
Jane

Fünf

Ich klopfte.

»Wer ist da?« Die Stimme des Großen Meisters, die dünn durch die dicke Eichentür drang.

»Beaumont.«

»Kommen Sie herein.«

Der Große Meister lag, mit dem Gesicht nach oben, ausgestreckt auf dem Bettüberwurf, als wäre er von einer Felswand gestürzt. Er war vollständig angezogen und hatte den rechten Arm über die Augen geworfen.

»Was ist los, Harry?« fragte ich ihn.

»Obszön«, sagte er. Obwohl ich mich im gleichen Zimmer befand, klang seine Stimme noch immer dünn. »Obszön. In meinem ganzen Leben habe ich noch nie derart obszöne Reden gehört.«

»Was meinen Sie mit obszön, Harry?«

Er riß den Arm von seinen Augen. Er setzte sich auf und schwang die Füße über die Bettkante. »Haben Sie gehört, was er gesagt hat, Phil? Dieser widerliche kleine deutsche Zwerg?«

»Ich dachte, er sei Österreicher.«

Er zuckte mit den Schultern. »Österreicher, Deutscher, wo liegt da der Unterschied? Haben Sie *gehört*, was er gesagt hat? Das Kind strebt den sexuellen Besitz seiner Mutter an! Seiner *Mutter*!« Er schloß einen Moment lang die Augen, machte sie dann wieder auf. »Phil, wenn meine eigene teure Mutter noch am Leben wäre und das hören würde, dann würde der Schock sie auf der Stelle töten. Haben Sie jemals etwas derart Unflätiges gehört? Ich hatte Angst, mich übergeben zu müssen.«

»Tja, Harry«, sagte ich. »Ich habe von diesen Psychoanalytikern gelesen. Ich glaube nicht, daß man sie so furchtbar ernst nehmen sollte. Die haben viele Theorien.«

Er schüttelte den Kopf und blickte ins Leere. »Und dieser Sir David – wie *konnte* er nur solche Reden führen?«

»Sir David will bloß schockieren, glaube ich.«

»Aber so etwas über die eigene Mutter zu sagen.« Er sah mich an und sagte ernst: »Phil, das eine weiß ich genau: Wenn jemals ein Engel auf Erden wandelte, dann war das meine liebe Mutter.«

Das hatte er schon früher gesagt, und nicht nur einmal.

Ich glaube, daß es der Tod seiner Mutter war, der ihn veranlaßt hatte, Medien nachzujagen. Auf der Suche nach einem Medium, dem er vertrauen konnte, aber mit zuviel Erfahrung, um einem von ihnen zu trauen.

Ich sagte: »Sir David scheint bezüglich seiner eigenen Mutter anderer Meinung zu sein.«

Er stand abrupt auf. »Wir reisen ab, Phil. Ich kann hier nicht bleiben, unter solchen Leuten.«

Ich lehnte mich mit dem Rücken an die Steinwand und steckte die Hände in die Hosentaschen. »Und was ist mit der Séance?«

Er winkte ab. »Sollen sie ihre lächerliche Séance doch ohne Houdini abhalten.«

»Wird keinen guten Eindruck machen«, sagte ich.

Er runzelte die Stirn. »Wie meinen Sie das?«

»Wenn Sie jetzt abreisen, geben Sie sich geschlagen.«

Er richtete sich zu seiner vollen Größe auf. »Houdini gibt sich niemals geschlagen.«

»Das Medium, diese Madame Sosostris, wird behaupten, daß Sie sich verdrückt haben, weil Sie ihr keinen Betrug nachweisen konnten.«

Er schnaubte. »Die berühmte Madame Sosostris. Wo ist sie denn? Sie ist ja noch nicht einmal eingetroffen.«

»Dann macht es sich noch schlechter. Sie haben nicht einmal gewartet, bis sie aufgekreuzt ist.«

Er verzog das Gesicht und kaute sinnend auf der Unterlippe herum. Er drehte sich um und ging zum Fenster. Er legte die Hände auf den Rücken, packte mit der rechten Hand die linke Faust und starrte durch die Scheibe.

Vielleicht starrte er gar nicht durch die Scheibe. Alles, was er draußen sehen konnte, war Dunkelheit. Vielleicht starrte er sein eigenes Spiegelbild an.

»Warum ignorieren Sie sie nicht einfach?« sagte ich. »Sie haben doch die ganze übrige Welt in der Tasche, Harry. Nach diesem Wochenende werden Sie die beiden nie mehr sehen.«

»Widerliche Schmeißfliegen«, sagte er. Er starrte auf das Fenster.

»Was ist mit Conan Doyle?« sagte ich. »Ist er nicht ein Freund von Ihnen? Wird er nicht enttäuscht sein, wenn Sie nicht da sind?«

Was ich nicht aussprach, war, daß mein Auftrag hier draußen auf dem Lande sehr viel leichter zu erfüllen war, als es in London der Fall gewesen wäre. Und ich sprach auch nicht aus, daß wir, wenn wir jetzt abreisten, für die Fahrt zurück nach London die ganze Nacht brauchen würden. Ich war zu müde, um selbst zu fahren, und hing zu sehr am Leben, um ihn ans Steuer zu lassen.

»Und Lord Bob und Lady Alice«, sagte ich. »Sie werden ihre Gefühle verletzen. Das könnte sich rumsprechen. Vielleicht würden Sie dann zu keinen Soireen mehr eingeladen.«

Er dachte wieder einen Moment nach und wandte sich dann vom Fenster ab. »Ja. Ja, natürlich. Sie haben vollkommen recht, Phil. Zwei überaus feine Menschen, Lord und Lady Purleigh, nicht wahr? Überaus zuvorkommend. Ich kann ihre großzügige Gastfreundschaft nicht mit Füßen treten.«

»Genau.«

Er nickte. »Nun gut. Wir werden bleiben. Ich kann mich über sie erheben, über die beiden anderen. Die Schmeißfliegen. Ich kann sie ignorieren, wie Sie sagen. Was bedeuten sie mir schon? Nichts. Weniger als nichts.«

»Genau.«

»Jawohl. Gut.« Er nickte abermals. »Ich glaube, ich werde mich jetzt zur Ruhe begeben. Ich fühle mich seltsam erschöpft.«

»Ich glaube, ich lege mich auch aufs Ohr. Was dagegen, wenn ich das Bad benutze?«

»Nein, nein. Natürlich nicht.«

Ich verließ sein Zimmer, ging am Badezimmer vorbei in meines. Ich trottete um das Himmelbett herum zum Nachttisch. Ich machte meine Reisetasche auf. Ich hatte sie nicht zugeschlossen. Gewöhnlich geben sich die Leute nicht mit unverschlossenen Reisetaschen ab.

Aber als ich ein bißchen herumkramte, merkte ich, daß sich mit meiner jemand abgegeben hatte. Irgend jemand hatte sie durchsucht. Vorsichtig zwar, aber nicht vorsichtig genug.

Ich nahm meine Wäsche heraus und legte sie auf das Bett. Ich holte das Reisenecessaire heraus, in dem sich mein Rasierzeug und meine Zahnbürste befanden, und legte es neben die Wäsche. Ich holte die kleine Flasche Bourbon heraus und stellte sie neben das Necessaire.

»Phil?« Der Große Meister stand in der Tür zwischen unseren beiden Zimmern.

Ich richtete mich auf und sah ihn über den Bettüberwurf aus Satin hinweg an. »Ja?«

Er hatte die Stirn gerunzelt, schien etwas konsterniert zu sein. »Jemand hat versucht, meine Reisetasche zu öffnen.«

Ich nickte. »Fehlt etwas?«

Er schüttelte ungehalten den Kopf. »Nein, nein. Die Schlösser wurden nach meinen eigenen Entwürfen angefertigt und sind somit selbstverständlich nicht zu knacken. Aber irgend jemand hat offensichtlich versucht, sie gewaltsam zu öffnen. Für einen Experten wie mich sind die Anzeichen unverkennbar.« Er runzelte wieder die Stirn. »Sie scheinen das sehr ruhig aufzunehmen, Phil.«

»In meine ist jemand hineingekommen. Hat aber nichts entwendet, wie es scheint.«

»Aber wer würde so etwas tun?«

»Von den anderen kann es keiner gewesen sein. Die waren alle unten. Vielleicht einer von den Dienern.«

Er richtete sich zu seiner vollen Größe auf. »Phil«, sagte er, »das müssen wir sofort melden.«

»Damit sollten wir lieber noch ein Weilchen warten, Harry.«

Erneutes Stirnrunzeln. »Aber das ist eine Verletzung meiner Privatsphäre! Eine Besudelung! Und falls einer seiner Dienstboten ein Dieb ist, muß Lord Purleigh das unbedingt erfahren.«

»Wer es auch war, er hat nichts genommen. Und wenn wir den Hausherrn informieren, wissen sämtliche Dienstboten, daß wir Bescheid wissen. Samt dem, der es war. Vielleicht wäre es besser, wenn er das *nicht* wüßte.«

Der Große Meister erwog dies. Dann nickte er. »Wir werden über Wissen verfügen, das er nicht besitzt.«

»Wie bei einem Zauberkünstler und seinem Publikum.«

Er nickte wieder. »Das verschafft uns einen Vorteil. Und wird uns möglicherweise in den Stand setzen, ihn auf frischer Tat zu ertappen.«

»Genau.«

Er grinste. »Hervorragend. Ich bin einverstanden. Kein Sterbenswörtchen, wie?«

»Kein Wort«, sagte ich.

»Hervorragend.«

Nachdem der Große Meister wieder in sein Zimmer gegangen war, griff ich in die leere Reisetasche und drückte mit den Daumen auf die beiden versteckten Schnappschlösser. Ich hob den doppelten Boden hoch. Der kleine Colt Kaliber .32 war noch da. Ebenso die Ersatzmagazine.

Ich legte den Boden wieder auf seinen Platz. Ich hängte meine Sachen in den Schrank, nahm meine Taschenuhr heraus, legte sie auf den Nachttisch. Ich zog mich aus, stieg in Pyjama und Morgenmantel, schnappte mein Reisenecessaire, ging ins Badezimmer und wusch mich.

Als ich das Badezimmer verließ, stand der Große Meister vor der Tür, auch er im Pyjama. Einem höchst eindrucksvollen. Er war aus schwarzer Seide, und die Revers waren mit goldenen Paspeln abgesetzt, und auf der Brusttasche prangte ein großes goldenes H. In der einen Hand hatte der Große Meister seine Zahnbürste und in der anderen sein Zahnpulver, und auf seiner Stirn saß seine schwarze seidene Augenbinde.

»Gute Nacht, Harry«, sagte ich.

Er steckte die Zahnbürste in die linke Hand, die das Zahnpulver hielt, griff sich ans Ohr und bohrte das Bienenwachs heraus. »Wie war das?«

»Gute Nacht.«

Er lächelte und nickte. »Gute Nacht, Phil. Träumen Sie etwas Schönes.« Er korkte sein Ohr wieder zu.

Nachts legte er sich eine Binde über die Augen und stopfte sich Wachsklumpen in die Ohren, weil er glaubte, er leide an Schlaflosigkeit. Das war nicht der Fall. Vielleicht träumte er die ganze Nacht, daß er wach sei. Aber ich hatte auf der Bahnfahrt von Paris nach Amsterdam im gleichen Abteil wie er geschlafen und hatte mir stundenlang sein Geschnarche anhören müssen, das klang, als würden sich Schweine paaren. Am nächsten Morgen hatte er mir erklärt, er habe die ganze Nacht kein Auge zugetan.

Ich ging zurück in mein Zimmer und machte die Verbindungstür hinter mir zu. Ich zog den Morgenmantel aus und hängte ihn auf einem Kleiderbügel in den Schrank, schlüpfte dann ins Bett und machte das Licht aus.

Ich dachte noch ein Weilchen darüber nach, wer wohl in meine Reisetasche eingebrochen war. Ich kam zu dem Schluß, daß ich diesbezüglich im Moment nichts unternehmen konnte. Ein paar Minuten später war ich eingeschlafen.

Etwas hatte mich geweckt.

Das Öffnen der Tür zum Gang? Schritte?

Meine Augen waren weit aufgerissen. Ich kniff sie ein wenig zusammen. Ich lag flach auf dem Rücken. Mein Kopf blickte zur Tür, meine Hände lagen auf der Decke.

Ich atmete bewußt langsam und gleichmäßig weiter.

Die Wolken draußen hatten sich offenbar verzogen. Ein Streifen Mondlicht fiel schräg durch das Zimmer und malte ein farblos gemustertes Rechteck auf den dunklen Orientteppich.

Ich lauschte.

Ich hörte das leise Ticken meiner Uhr auf dem Nachttisch. Sonst nichts.

Mit noch immer zusammengekniffenen Augen spähte ich durch die Düsterkeit zur Tür.

War da etwas? War da jemand? Ein hellerer Grauton, der dort drüben in der Dunkelheit lauerte?

Ja. Etwa Großes und Dünnes. Etwas Aschfarbenes. Es hatte sich auf mich zu bewegt.

Es bewegte sich wieder. Ganz langsam. Lautlos.

Ich ertappte mich dabei, wie ich mir wünschte, ich hätte den Colt aus der Reisetasche genommen und ihn unter das Kopfkissen gelegt. Ich hatte nicht gedacht, daß ich ihn heute nacht brauchen würde.

Das Ding kam näher. Es war nur ein fahler Fleck vor dem schwärzlichen Hintergrund und machte überhaupt kein Geräusch. Doch dann schwebte es in den einfallenden Strahl frostigen Mondlichts, und ich sah, daß es eine Gestalt war, die von Kopf bis Fuß in Weiß gehüllt war. Sie trug eine Kapuze, die ein leeres Loch schuf, wo das Gesicht hätte sein sollen. In der rechten Hand hielt sie etwas, das kurz im Schein des Mondes aufblitzte.

Das Ding kam immer näher. Es glitt aus dem Mondlicht und wurde zu einer Silhouette, schwarz auf silbernem Grund.

Noch eineinhalb Meter entfernt.

Einen Meter.

Einen halben Meter vom Bett.

Es beugte sich zu mir.

Ich wirbelte herum, holte mit dem Arm aus. Zielte mit der Faust auf die Stelle in der Kapuze, wo das Kinn sein mußte.

Meine Knöchel trafen den Rand von etwas Hartem.

Die Gestalt sackte kraftlos und schlaff auf dem Teppich zusammen.

Ich setzte mich auf, knipste das Licht an, sprang aus dem Bett, beugte mich über die Gestalt und drehte sie um. Die Kapuze fiel herunter.

Auf dem Boden lag Cecily Fitzwilliam, bewußtlos geschlagen.

Ich sagte ein unanständiges Wort.

Cecily schlug die Augen auf. »Was ist?« sagte sie. Sie blinzelte.

Ich nahm den nassen Waschlappen von ihrem Gesicht und warf ihn in die Keramikschüssel, die ich auf den Fußboden gestellt hatte. »Alles okay«, sagte ich.

Sie blinzelte erneut. Ihre Augen waren noch immer nicht scharf eingestellt.

Ich schob die Lampe auf dem Nachttisch etwas weiter weg. »Alles okay«, sagte ich.

Sie sah mich an. »Was ist passiert?«

Sie lag auf meinem Bett. Sie hatte kein Leichentuch getragen, sondern ein weißes Seidennegligé mit Kapuze. Darunter war sie nackt. Das hatte ich entdeckt, als ich sie aufhob und der Länge nach auf dem Bett ausstreckte.

»Sie sind gestolpert«, sagte ich.

»Ich . . .« Sie zuckte zusammen. Sie hob die Hand und legte die Finger an ihr Kinn. »Das tut *weh*«, sagte sie. Sie sah verletzlich und verwirrt und nicht älter als zwölf aus.

»Sie müssen sich beim Fallen wo angestoßen haben. Und das hat Sie wohl k. o. geschlagen.«

Plötzlich riß sie die Augen weit auf. Sie blickte sich rasch im Zimmer um, sah dann wieder mich an. Ich saß im Morgenmantel auf der Bettkante. Obwohl ihr Negligé vorne geschlossen war, packte sie mit den Händen die beiden Vorderteile und versuchte, sie noch weiter übereinanderzuziehen. Sie wollte sich aufsetzen, zuckte aber erneut zusammen und ließ sich wieder auf das Kissen sinken. »Was *machen* Sie hier?« Sie sprach jetzt im Flüsterton.

Ich lächelte. »Genau das wollte ich Sie auch gerade fragen.«

»Das ist doch Mr. Houdinis Zimmer!«

»Wir haben getauscht.«

Sie runzelte die Stirn. »Getauscht?«

»Die Zimmer getauscht. Was wollten Sie denn von Mr. Houdini?«

Sie ließ die Augenbrauen sinken. Ihre Hände hielten noch immer krampfhaft das Negligé zusammen. »Ich wüßte nicht, was *Sie* das angeht.«

Ihr schleppender, lustloser Ton war verschwunden. Vielleicht gehörte er zu den Dingen, die sie am Ende des Tages mit ihren Kleidern in den Schrank hängte. Bevor sie in anderer Leute Schlafzimmer zu spazieren begann.

»Ich kümmere mich um seine Termine«, sagte ich. »Für gewöhnlich hat er um zwei Uhr nachts keine.«

»Ich ... Wenn Sie es unbedingt wissen müssen«, flüsterte sie giftig, »ich wollte ihn etwas fragen.« Sie zuckte wieder zusammen und legte die linke Hand an ihre Kinnlade. »Autsch.«

»Hat Ihre Frage etwas *damit* zu tun?« Ich hielt den Gegenstand hoch, den sie mit ins Zimmer gebracht hatte. Ich hatte ihn auf dem Boden entdeckt, nachdem ich sie aufgehoben hatte. Es war eine Handschelle.

Ihre Hand fiel auf ihre Brust, und sie wurde rot. Es war eine spektakuläre Röte, ein tiefes Karmesinrot, das ihr Gesicht von der Kehlgrube bis hinauf zum Haaransatz überzog. Es sagte mir alles, was ich über den Grund ihres Kommens wissen wollte, und noch einiges mehr.

Ich warf die Handschelle auf das Bett.

Sie blickte auf sie hinunter und dann wieder zu mir. Sie hob den Kopf. »Die gehört meinem Großvater«, flüsterte sie trotzig. »Aus seiner Sammlung. Ich dachte, daß es amüsant wäre, wenn mir Mr. Houdini zeigen würde, wie man sie öffnet.«

Ich nickte.

»Das ist die *Wahrheit*«, zischte sie.

»Sie brauchen nicht zu flüstern«, sagte ich. »Es kann Sie niemand hören.«

Sie warf einen Blick auf die Verbindungstür. Sah wieder mich an. Aufmerksam, als versuchte sie zu entscheiden, ob ich die Wahrheit sagte. Sie biß sich auf die Unterlippe. Sie wurde wieder rot. Nicht so spektakulär wie vorher, aber doch ziemlich. Sie machte die Augen weit auf und sagte: »Sagen Sie das, daß mich niemand hören kann, nur weil Sie es auf meine Tugend abgesehen haben?«

»Ihre Tugend ist nicht in Gefahr«, sagte ich.

Sie blickte wieder hinunter auf ihre Hände, und als sie dann aufblickte und mir in die Augen sah, lächelte sie. Sie bemühte sich um Keckheit, und sie schaffte es. »Sind Sie sich dessen so sicher?« fragte sie.

Ich lächelte. Ich glaube, es war ein väterliches Lächeln, aber ich könnte mich auch irren. »Es wird Zeit, daß Sie wieder in Ihr Zimmer gehen«, sagte ich.

Sie beobachtete mich. Sie nahm die linke Hand von ihrer Brust und strich mit dem Zeigefinger über meinen Handrücken, vom Handgelenk bis zum ersten Knöchel meines Daumens. Sie neigte den Kopf leicht nach rechts. »Sind alle Amerikaner so edel?«

Ich nickte. »Wir legen einen Eid ab.«

Ihre Fingerspitze war weich und warm. Das war auch die zweite Fingerspitze, die sich der ersten anschloß. Und die dritte. Sie beobachtete mich noch immer, ohne etwas zu sagen.

Ich hätte aufstehen sollen. Ich hätte von ihr weggehen sollen. Ich redete mir ein, daß ich nur deshalb sitzen blieb, weil ich neugierig war. Eines Tages werde ich mir noch die Brooklyn Bridge aufschwatzen.

»Schlafenszeit«, sagte ich.

»Sie denken wahrscheinlich«, sagte sie, »daß ich eine Nymphomanin bin.«

»Eine Nymphomanin?«

»Eine Frau, die verzweifelt . . .«

»Ich weiß, was das Wort bedeutet.«

»Ich hatte eine Freundin, Gwendolyn, die für nymphomanisch erklärt wurde. Man hat sie in eine Irrenanstalt gesteckt. Sie war in einen von den Lakaien auf dem Landsitz ihres Vaters verknallt. Ich persönlich war immer der Meinung, daß man ihr daraus eigentlich keinen Vorwurf machen konnte. Peters war absolut umwerfend, und wir Mädchen waren alle in ihn verschossen, eine wie die andere. Aber ihre Eltern sind mit ihr zum Hausarzt gegangen, und der hat irgendwelche Papiere unterschrieben, die besagten, daß sie eine Nymphomanin sei, und das war's dann. Jetzt ist sie bei all diesen Irren eingesperrt.«

»Warum haben ihre Eltern den Lakaien nicht einfach gefeuert?«

»Gefeuert? Ihn entlassen, meinen Sie? Oh, das taten sie natürlich, und zwar auf der Stelle. Aber Gwendolyn ist weggelaufen, um bei ihm zu sein. Sie war eben total verknallt. Aber man hat sie geschnappt. Und dann ließ man sie ins Irrenhaus stecken.«

»Ich kann mir nicht denken, daß ein einziger Lakai schon eine Nymphomanin macht.«

Sie nickte ernst. »Ich glaube, daß Nymphomanie, die Vorstellung davon, etwas ist, was Männer erfunden haben, meinen Sie nicht?«

»Schon möglich«, sagte ich. »Los jetzt, Cecily. Zeit, ins Bett zu gehen.«

»Ich bin doch schon im Bett«, sagte sie. Sie lächelte und zuckte dann wieder zusammen. »Autsch.« Ihre Finger drückten leicht auf meine Hand. »Wir haben hier eine Regel. Bei uns in England. Wenn einem etwas weh tut, das Kinn beispielsweise, dann muß einem jemand einen Kuß auf die betreffende Stelle geben. Damit alles wieder heil wird.«

»In Amerika haben wir auch eine Regel. Die besagt, daß man die Finger von der Tochter des Gastgebers läßt.«

Sie schnitt eine Grimasse. »Und von seinem Pferd oder seinem Automobil. Ich bin nicht bloß eine *Tochter*, müssen Sie wissen. Ich bin das Eigentum von niemandem. Ich bin eine Person aus eigenem Recht. Ich bin ein Mensch.«

»Das sehe ich.«

»Und? Bekomme ich jetzt meinen Kuß?«

Sie hatte sich mit der Rolle, die sie spielte, angefreundet. Und ich auch. Das war das Problem.

»Los jetzt«, sagte ich. »Gehen wir.«

Ihre Finger ließen mich los. Sie hob die Handschelle vom Bett hoch und hielt sie mir mit beiden Händen hin. Sie sah mich nekkisch über die Verbindungskette hinweg an. »Was meinen Sie, wer soll sie zuerst tragen? Sie? Oder ich?«

»Gehen wir, Cecily.«

Sie bewegte sich ziemlich flink für jemanden, der noch vor wenigen Minuten bewußtlos gewesen war. Sie warf mir einen der beiden Metallringe über den Arm, und schon war er um mein Handgelenk herum zugeschnappt. »Ich glaube, Sie.«

Ich stand auf, ging etwas vom Bett weg. Die Handschelle baumelte an meinem linken Handgelenk. »Den Schlüssel, Cecily.«

Sie lachte. Ein helles melodisches Lachen. Sie verschränkte die Arme vor der Brust und schüttelte den Kopf. Sie lächelte so selbstgefällig wie ein Dieb in der Stahlkammer einer Bank an einem verregneten Sonntagnachmittag.

Ich machte einen Schritt auf sie zu.

Und da hörte ich den Schrei.

Den Schrei einer Frau.

Schwer zu sagen, woher er kam. Aber die Wände waren aus Stein. Es mußte irgendwo in der Nähe sein.

Auch Cecily hatte ihn gehört. Sie hatte den Kopf gehoben. Der selbstgefällige Ausdruck war verschwunden. Sie lauschte, verdutzt.

Wieder ein Schrei, diesmal lauter. Ein langer, angsterfüllter Schrei. Ganz jämmerlich.

Ich sagte: »Geben Sie mir den Schlüssel, Cecily.«

Cecilys Stirn war gefurcht, und ihr Mund stand offen. Sie machte den Mund zu und griff in die Tasche ihres Negligés. Sie runzelte die Stirn. Sie sah mich an. »Er ist weg.« Sie kramte in der Tasche herum. »Er ist *weg*!« Ihre Stimme war schrill geworden. »Ich hatte ihn, ich weiß, daß ich ihn hatte, aber er ist *weg*!« Sie blickte sich rasch im Zimmer um, sah mich mit verzerrtem Gesicht wieder an.

Aus dem Negligé gefallen, als sie zu Boden ging? Ich blickte mich suchend auf dem Teppich um, konnte ihn nicht entdecken.

Es waren keine weiteren Schreie zu hören gewesen. Ich wußte nicht, ob das ein gutes oder ein schlechtes Zeichen war.

Ich sagte wieder das unanständige Wort.

Ich raffte die Handschelle in der linken Hand zusammen und

steckte Hand und Handschelle in die Tasche meines Morgenmantels. Ich warf einen letzten Blick auf Cecily. Sie kroch auf Händen und Knien auf dem Bett herum, klopfte den Bettüberwurf ab und blickte so hektisch hin und her, daß ihr kurzes Haar wie wild vor und zurück flog. Ich lief zur Tür, riß sie auf und stürzte hinaus in den Flur.

Sechs

Der Korridor wurde von schwachen elektrischen Glühbirnen erhellt, die in Messingleuchtern entlang den Steinwänden angebracht waren. Vor der ersten Tür zu meiner Linken – der Tür, die in die Suite von Mrs. Allardyce und Miss Turner führte – stand Sir David Merridale. Gerade als ich ihn sah, machte er die Tür auf und stürmte in das Zimmer. Ich rannte auf die Tür zu – mit einer in die Manteltasche gerammten Hand war mein Sprint nicht besonders elegant.

Ich ging hinein. Ich steckte die andere Hand, meine rechte, in die Tasche meines Morgenmantels. Mit beiden Händen in den Taschen würde ich vielleicht gerade noch als ein normaler Mensch durchgehen. Der einen kleinen Spaziergang macht.

Im schwachen Licht der elektrischen Lampe auf dem Nachttisch konnte ich drei Gestalten am anderen Ende des Zimmers erkennen. Zwei von ihnen wandten mir den Rücken zu. Eine von ihnen war Sir David. Die andere mußte Mrs. Allardyce sein. Sofern unter dem voluminösen Morgenrock nicht zwei oder drei Personen steckten, die sich als eine ausgaben.

Die dritte Gestalt stand mit dem Rücken zur Steinwand. Sie war groß. Sie trug ein langes rosarotes Flanellnachthemd, hatte den Kopf gesenkt und die Hände vor das Gesicht geschlagen. Ihr langes braunes Haar war offen und fiel über ihre Schultern herab. Miss Turner.

Die Tür in den Raum nebenan stand offen. Drinnen brannte ein Licht.

»Sie hat einen Albtraum gehabt«, sagte Mrs. Allardyce zu Sir David.

Miss Turners Kopf fuhr ruckartig hoch. »Es *war* kein Albtraum!« sagte sie. »Ich habe ihn *gesehen*.«

»Wen?« fragte Sir David. Er tätschelte Miss Turners Schulter. Väterlich. Und bewunderte ihren Körper, wie ich bemerkte. Ich konnte ihm daraus keinen Vorwurf machen. Der dünne rosarote Stoff schmiegte sich an die Rundungen und fiel hübsch dekorativ über die Mulden. Sämtliche Rundungen und Mulden schienen genau an der richtigen Stelle zu liegen. Miss Turner bei Nacht war eine echte Überraschung.

»Den Geist«, sagte sie. »Lord Reginald.« Sie blickte von Sir David zu Mrs. Allardyce und dann zu mir. »Ich weiß, daß das absurd klingt, aber er war *da drin*!« sagte sie und deutete auf die offene Tür ihres Zimmers.

»Unsinn«, sagte Mrs. Allardyce. Sie war nicht geschminkt, und jetzt konnte ich verstehen, weshalb sie sonst so angemalt war. Sie hatte nämlich keine Augenbrauen und keine Lippen. »Sie hatten einen langen Tag. Das ganze Gerede von Gespenstern hat Sie überreizt.«

»Ich habe ihn *gesehen*!« Ohne ihre Brille und mit ihren offenen karamelbraunen Haaren sah sie fünf Jahre jünger aus.

»Du meine Güte, Jane, also *wirklich*!« sagte Mrs. Allardyce. Sie sprach mit übertriebener Nachsichtigkeit, die immer den gegenteiligen Eindruck erweckt und das auch immer soll. »Nun hören Sie schon endlich mit diesem Theater auf. Es wird Zeit, daß wir alle wieder zu Bett gehen.«

Sir David schlang seinen väterlichen Arm um Miss Turners Schultern. »Ich glaube, die junge Dame könnte jetzt einen kräftigen Schluck Brandy vertragen. Zufällig habe ich . . .«

Miss Turner wandte sich ab und stieß mit dem Unterarm seinen Arm weg. Sie trat einen Schritt zurück. »Behandeln sie mich bitte nicht so gönnerhaft«, sagte sie steif. »Wenn ich doch *sage*, daß ich ihn gesehen habe.«

Sir David lächelte sein verbindliches Lächeln. »Ich bin überzeugt, daß Sie etwas gesehen haben«, sagte er. »Etwas, das in Ihren Augen wie . . .«

»Verdammt noch mal, ich habe einen *Geist* gesehen, Sie Trottel!«

»Jane!« sagte Mrs. Allardyce. »Sie vergessen sich!«

Miss Turner wandte sich ihr zu. Ihre Hände hingen am Körper herab, waren zu Fäusten geballt. »Aber er war *da*!« sagte sie.

»Selbst *wenn* er dagewesen wäre«, sagte Mrs. Allardyce bewußt bedächtig, »was ich auch nicht *einen* Moment lang glaube, wäre das noch längst kein Grund, sich derartiger Ausdrücke zu bedienen.«

Einen Moment lang blitzten Miss Turners blaue Augen, und ihre vollen Lippen öffneten sich. Mir schien, daß Mrs. Allardyce gleich ein paar interessante Ausdrücke zu hören bekommen würde. Vielleicht hätte ich selbst das eine oder andere dazulernen können. Doch Miss Turner machte den Mund wieder zu, biß sich auf die Lippen und blickte zur Seite.

Ich fragte: »Wie sah er aus?«

Sie wandte sich mir zu und runzelte die Stirn und kniff dann ihre hinreißenden Augen zusammen, als versuchte sie dahinterzukommen, was ich im Schilde führte. Schließlich begann sie zögernd zu sprechen. »Es war ein alter Mann«, sagte sie. Sie wandte sich an Mrs. Allardyce. »Genau wie Sie sagten.« Sie wandte sich wieder mir zu und holte tief Luft. Ich glaube, daß es ihr im Grunde egal war, mit wem sie sprach, solange ihr der Betreffende nur zuhörte. »Er war sehr alt. Uralt. Und hager. Wie ein Skelett. Sein Bart war weiß, weiß und gelblich und lang, genau wie seine Haare.«

»Hatten Sie Licht an, als Sie ihn sahen?«

»Ja. Ich habe es angeschaltet, als ich das Geräusch hörte. Ich habe nicht geschlafen.«

»Was für ein Geräusch?«

Sie runzelte die Stirn, rief es sich in Erinnerung, versuchte es zu beschreiben. »So eine Art Scharren«, sagte sie. »Wie Krallen auf Stein.« Sie verschränkte die Arme, umklammerte mit den Händen ihre Schultern und schloß die Augen.

»Was hatte er an?«

Sie schlug die blauen Augen auf. Sie holte wieder Luft. »Ein langes weißes Gewand. Eine Art Nachthemd.«

»War er groß? Klein?«

»Groß«, sagte sie. »Nicht so groß wie Sie, aber groß. Und sein Kopf war schräg gelegt. Gebeugt. Verdreht.« Sie erschauerte wieder. »Es war gräßlich. Er sah richtig dämonisch aus.«

»Hat er etwas gesagt?«

»Er sagte . . .« Sie hielt inne. Sie schüttelte den Kopf. »Nein. Er hat nichts gesagt.«

Zum erstenmal hatte ich das Gefühl, daß sie die Unwahrheit sagte. Vielleicht hatte sie sich den Geist nur eingebildet. Aber wenn das der Fall war, dann hatte sie sich auch eingebildet, daß er etwas sagte. »Hat er irgend etwas gemacht?« fragte ich sie.

Wiederum schüttelte sie den Kopf. Wiederum glaubte ich, daß sie die Unwahrheit sagte. »Nein«, sagte sie. »Aber er war *da*!«

»Gentlemen«, sagte eine weibliche Stimme. Ich drehte mich

um. Es war Mrs. Corneille in einem rotseidenen Negligé mit Gürtel. Ihr dichtes schwarzes Haar war noch immer glatt, noch immer perfekt frisiert.

»Ich schlage vor«, sagte Mrs. Corneille mit ihrer dunklen pelzartigen Stimme, »daß Sie alle zu Bett gehen und mir gestatten, mich um Miss Turner zu kümmern.«

»Irgendwie, meine liebe Vanessa«, sagte Sir David, »fällt es mir schwer, mir dich als barmherzige Samariterin vorzustellen.« Ich glaubte eine gewisse Gereiztheit herauszuhören, die sich wie ein straffgespannter Draht durch seine Stimme zog.

»Irgendwie, mein lieber David«, sagte sie, »fällt es mir schwer, mir dich als Ritter ohne Furcht und Tadel vorzustellen. Miss Turner? Möchten Sie mit zu mir kommen? Ich könnte mir denken, daß Sie jetzt nicht gleich schlafen wollen. Und falls Sie das Bedürfnis danach haben sollten, so habe ich auch etwas Brandy da.« Sie lächelte Sir David honigsüß an. Er lächelte verbindlich zurück. Zu Miss Turner sagte sie: »Außerdem ist in meiner Suite ein zweites Zimmer. Das können Sie gerne benutzen.«

Miss Turner warf einen Blick auf die offene Tür ihres Zimmers, sah uns der Reihe nach an und wandte sich dann wieder an Mrs. Corneille. Sie hob den Kopf. »Vielen Dank. Ja. Das ist sehr freundlich von Ihnen. Ich hätte tatsächlich gerne einen Brandy. Aber ich muß erst meinen Morgenrock holen.«

Mrs. Corneille sagte: »Ich hole ihn gerne für Sie . . .«

»Nein, nein«, sagte Miss Turner. »Vielen Dank.« Sie ließ die Arme wieder seitlich herunterhängen, machte kehrt und ging zu der Tür, die in ihr Zimmer führte. Sie hielt den Kopf hoch erhoben, so stolz wie eine ägyptische Königin. Und ägyptische Königinnen trugen fast nie rosarote Flanellnachthemden.

Mrs. Allardyce flüsterte weithin hörbar: »Sie sollten sie *wirklich* nicht auch noch *ermutigen*.«

Mrs. Corneille lächelte liebenswürdig. »Sie haben ja gewiß recht. Aber es kann bestimmt nichts schaden, wenn sie für ein Weilchen woanders ist. Zweifellos braucht sie etwas Zeit, um ihre Fassung wiederzugewinnen. Sie scheint doch im Grunde eine ganz vernünftige junge Frau zu sein.«

Mrs. Allardyce runzelte die Stirn. Sie hatte diesbezüglich zwar ihre Zweifel, aber sie würde sich fügen. Vielleicht, weil Mrs. Corneille gesunden Menschenverstand bewies, wohl eher aber, weil Mrs. Corneille rangmäßig irgendwie höher stand als sie. »Nun gut«, sagte sie. »Aber ich bin *nicht* sicher, daß ich Branntwein zu dieser Stunde billigen kann.«

Mrs. Corneille lächelte wieder. Sie machte es besser, als ich das gekonnt hätte, wenn *ich* Mrs. Allardyce hätte anlächeln müssen. »Sie brauchen sich keine Sorgen zu machen«, sagte sie. »Nur ein Fingerhutvoll.«

Sir David war gerade im Begriff, etwas zu Mrs. Corneille zu sagen, als Miss Turner wieder ins Zimmer kam. Sie trug jetzt ihre Brille und knöpfte sich einen unförmigen grauen Morgenrock zu. Keines von Miss Turners Kleidungsstücken wurde ihren blauen Augen gerecht. Das hätten auch nur wenige Kleidungsstücke gekonnt.

»Kommen Sie«, sagte Mrs. Corneille. Sie nahm Miss Turners linken Arm und tätschelte ihn. Dann sagte sie, an uns übrige gewandt: »Schlafen Sie gut.«

Miss Turner sah uns alle wieder flüchtig an, sagte jedoch nichts.

Sie gingen. Sie gaben ein interessantes Paar ab – Mrs. Corneille geschmeidig und raffiniert in ihrem roten Negligé, Miss Turner größer und steifer und fast fad in ihrem grauen Wollmorgenrock. Man sollte nicht meinen, daß jemand gleichzeitig fad und stolz aussehen kann, aber Miss Turner schaffte es irgendwie.

Ohne sich noch einmal umzublicken, gingen die beiden zur Tür hinaus auf den Flur.

Ich sagte zu Mrs. Allardyce: »Was, genau, hat Sie aufgeweckt?«

Sie blinzelte. Ich glaube, sie war von meiner Frage überrascht. »Nun, das entsetzliche Geschrei natürlich. Das dumme Ding hat mich furchtbar erschreckt. Ich dachte, mir bleibt das Herz stehen.« Sie legte die Hand auf ihren massigen Busen. Vermutlich hatte sie ein Herz, und vermutlich lag es dort irgendwo.

»Miss Turner hat zweimal geschrien«, sagte ich. »Welcher Schrei hat Sie aufgeweckt?«

»Der *erste*. Er hätte Tote aufgeweckt.«

»Was taten Sie, als Sie den Schrei hörten?«

»Ich setzte mich auf und schaltete das elektrische Licht an.« Sie runzelte die Stirn. »Warum um alles in der Welt wollen Sie das wissen?«

»Eine ausgezeichnete Frage«, sagte Sir David. »Was wollen Sie eigentlich, Beaumont? Den Amateurdetektiv spielen?« Ich glaube, er war wütend auf Miss Turner, weil sie ihn einen Trottel genannt hatte. Und vermutlich auch auf Mrs. Corneille, weil sie sich Miss Turner geschnappt hatte. Nun ließ er seinen Ärger an mir aus, vermutlich weil ich Zeuge der ganzen Sache und ein Mann war. Damit konnte ich eine Weile leben, wenn es sein mußte.

»Mr. Houdini wird es wissen wollen«, sagte ich. »Genau solche Dinge wollte er hier ja untersuchen.« Für mich hörte sich das ganz vernünftig an, aber Sir David schien es zu mißfallen.

Ich sah Mrs. Allardyce an. »Sie haben also das Licht angemacht, sobald Sie den Schrei hörten?«

»Ja, natürlich.«

»Was geschah dann?«

»Nun, das – das arme Ding hat ein weiteres Mal geschrien, und zwar ganz schrecklich, absolut *mitleiderregend.*« Sie zeigte sich jetzt von ihrer besten Seite. Sie half schließlich dem großen Houdini bei seinen Ermittlungen. »Ich wußte überhaupt nicht, was ich davon *halten* sollte. Aber ich stand auf und zog meinen Morgenrock an – ich machte mir Sorgen um Jane, müssen Sie wissen, und ich dachte, ich sollte hinübergehen und kurz nach ihr sehen. Doch da kam sie schon durch die Tür gestürmt. Sie war *vollkommen* hysterisch.«

»Sonst haben Sie niemand aus ihrem Zimmer kommen sehen?«

»Nein, natürlich nicht. Nur Jane. Ein anderer *war* ja auch nicht in ihrem Zimmer. Jane ist eine reizende Person, gutherzig, aber natürlich *schlau* und hat nun mal eine *blühende* Phantasie. Das sind die Bücher, die sie dauernd liest. Und gestern abend erzählte Lord Purleigh uns allen wirklich ganz *schreckliche* Geschichten von dem Geist, der angeblich in diesem Teil des Schlosses spukt. Ein Vorfahr von ihm, der dritte Earl, Lord Reginald Fitzwilliam. Nichts liegt mir ferner, als *Kritik* zu üben, Robert ist *wirklich* ein lieber, netter Mensch, aber eigentlich hätte er es besser wissen müssen – man sieht doch, daß Jane nun mal eine *erregbare* Person ist. Wahrscheinlich war es so, daß Jane, nachdem sie all das gehört hatte, *träumte,* daß sie Lord Reginald sähe, und dann, weil sie in einem fremden Bett schlief, *desorientiert* war. Und daher dachte sie, daß der Traum *Wirklichkeit* sei, verstehen Sie.«

Ich nickte. »Sie haben also zwei Schreie gehört«, sagte ich.

»Ja. Habe ich das nicht gerade *gesagt*?«

»Doch, doch. Haben Sie etwas dagegen, wenn ich mich mal in Miss Turners Zimmer umsehe?«

Wenn sie Augenbrauen gehabt hätte, hätte sie sie hochgezogen. Statt dessen zog sie den Wulst auf ihrer Stirn hoch. »Halten Sie das für *absolut* notwendig?«

»Absolut. Ich muß mich davon überzeugen, daß alles in Ordnung ist. Mr. Houdini wird sich danach erkundigen.«

Sie blickte finster drein. »Nun, wenn Sie meinen . . .«

»Danke.« Ich ging durch die Tür.

Die Anordnung war genau wie im Zimmer des Großen Meisters – erst ein Badezimmer und eine Toilette und dann der Schlafbereich. Dort war niemand. Das Bett war zerwühlt, und eines der Kissen lag in der Nähe der Tür auf dem Boden. Es war niemand unter dem Bett und nichts im Schrank, abgesehen von Miss Turners Sachen und dem sauberen Geruch von Körperpuder. Der Fußboden war aus Holz, und die Wände waren aus Stein. Das Fenster war zu schmal, als daß jemand hätte einsteigen oder hinausklettern können.

Sir David war mir gefolgt. Genau wie ich hatte er die Hände in den Taschen seines Morgenmantels vergraben. Vielleicht versteckte er ja ebenfalls Handschellen. Aus seinem verbindlichen Lächeln war ein ironisches geworden. Er sagte: »Auf der Suche nach Spuren, der Herr?«

Ich blickte mich noch einmal im Zimmer um. »Genau«, sagte ich.

»Wollen wir denn nicht zu unserer Lupe greifen?«

Ich sah ihn an. »Glauben Sie, daß der Geist wirklich so klein war?«

Sein Lächeln wurde wieder verbindlich. »Als Amerikaner«, sagte er, »werden Sie das vermutlich nicht wissen. Aber ein Gentleman betritt niemals das Zimmer einer Dame ohne ihre Erlaubnis.«

Ich nickte. »Dann sollten wir wohl beide besser gehen.« Er versperrte mir den Weg, und so ging ich um ihn herum und wieder in das Zimmer von Mrs. Allardyce.

»Danke für Ihre Hilfe«, sagte ich zu ihr.

»Gern geschehen«, sagte sie. Sie legte wieder die Hand auf ihren Busen. »Wird Mr. Houdini noch mit mir sprechen wollen?«

»Ganz bestimmt«, sagte ich. »Verlassen Sie sich darauf. Nochmals vielen Dank. Gute Nacht.« Ich nickte Sir David zu. Er erwiderte mein Nicken nicht.

Aber als ich auf den Flur hinaustrat, spürte ich, daß jemand hinter mir war. Ich ging einige Schritte den Korridor entlang, und er rief mir nach: »Ach, Beaumont?«

Ich blieb stehen und drehte mich um. »Ja?«

Er trat zu mir. Sein gutaussehendes Gesicht war nachdenklich. »Wissen Sie«, sagte er, »ich glaube, Ihre Manieren passen mir nicht.«

»Nein? Wollen Sie sich denn neue zulegen?«

Er nickte, als wäre das ziemlich genau die Antwort, die er erwartet hatte. Er strich sich mit der Spitze des Zeigefingers über die linke Seite des Schnurrbarts. »Vielleicht haben wir ein andermal Gelegenheit, uns ausführlicher darüber zu unterhalten.«

»Freue mich schon darauf«, sagte ich. »Bis später.«

»Chchrrr.«

»Harry?«

»Chchrrr.«

»Harry!«

»Was?« Im Licht, das durch die offene Tür einfiel, konnte ich sehen, wie er seine seidene Augenbinde hochzog und auf die Stirn setzte. Er bohrte sich das Wachs aus den Ohren. »Wie? Was?«

»Tut mir leid, Sie zu wecken«, sagte ich.

»Nein, nein. Ich habe lediglich meine Augen ausgeruht.« Vermutlich hatte das Wachs in seinen Ohren verhindert, daß er sein eigenes Geschnarche hörte.

»Stört es Sie, wenn ich Licht mache?« fragte ich ihn.

»Aber nein, nur zu. Was gibt es denn, Phil? Was ist passiert?«

Ich knipste das Licht an und streckte ihm die linke Hand hin. »Ich wollte fragen, ob Sie die abmachen können.«

Cecily mußte aus meinem Zimmer geschlüpft sein, während alle nebenan waren. Falls sie den Schlüssel für die Handschellen gefunden hatte, so hatte sie ihn nicht für mich zurückgelassen.

Der Große Meister betrachtete die Handschelle, die an meinem

Handgelenk baumelten. Er zog überrascht die Augenbrauen hoch. »Eine Mueller & Kohl mit Federdruck. Eine Antiquität. Wo haben Sie die denn her, Phil?«

»Das ist eine lange Geschichte, Harry. Erzähle ich Ihnen morgen. Können Sie sie abmachen?«

Er lächelte. »Phil, selbst ein Kind könnte sie abnehmen. Passen Sie auf.«

Eine knappe Sekunde später waren die Handschellen ab.

Die Morgenpost

Maplewhite, Devon
18. August

Liebe Evangeline,

Ich weiß, Du wirst entgeistert sein. Du wirst über mich entsetzt sein. Und ich kann Dir keinen Vorwurf daraus machen: ich bin ja selbst über mich entsetzt. Ich habe mich wie ein ausgemachter Dummkopf benommen. Wenn sich die Erde plötzlich ächzend vor mir auftäte, würde ich mich unverzüglich in den rauchenden Schlund stürzen, und ich versichere Dir, ich würde nichts als unendliche Dankbarkeit und Erleichterung empfinden, während ich dem Abgrund entgegenraste.

O Evy, ich habe mich wie eine Närrin aufgeführt! Wenn Du gesehen hättest, wie ich da stand, halbnackt, vor all den Leuten, die mich anstarrten! Wenn Du gehört hättest, wie ich wie eine Wahnsinnige von einem Gespenst gefaselt habe . . .

Jawohl, von einem Gespenst. Einem *echten* Gespenst, so kam es mir in dem Moment jedenfalls vor, das sabberte und schäumte und Obszönitäten zischelte. Diese wilden Augen, dieser lüsterne Mund und sein drohend aufgerichtetes rotes und monströses *Ding*!

Doch jetzt, da das Licht der Morgendämmerung durch das Fenster zu dringen beginnt, so fahl und kalt und umbarmherzig, beginne ich den Verdacht zu hegen, daß ich einen Anfall von Raserei erlitten haben muß.

Ich bin wieder in meinem Zimmer. Das Gespenst ist fort, wenn es überhaupt je hier war. Im Zimmer nebenan, in dem es nach ihren Pfefferminzpastillen stinkt, schläft die Allardyce wie immer den Schlaf der Gerechten. Mrs. Corneille, auch sie ein Gast des Hauses, war so freundlich, mir einen Brandy und, wenn ich es gewollt hätte, das freie Zimmer in ihrer Suite anzubieten. Sie ist eine wunderbare Frau, aber ich wußte, daß ich heute nacht ohnehin nicht schlafen würde, egal wo, und ging daher wieder zurück, weil ich Dir unbedingt schreiben und Dir dieses Hirngespinst schildern wollte, das mir solche Angst eingejagt hat. Es *kann* nur ein Hirngespinst gewesen sein.

Und doch kam es mir so furchtbar *echt* vor, Evy! Ich höre noch sein widerliches Gackern und die schrecklichen, *schmutzigen* Sachen, die es sagte. Ich habe noch den Geschmack der Angst in meinem Mund, schal und glitschig und bitter wie alte Münzen.

Ich fasele schon wieder. Aber ich will alles der Reihe nach berichten.

Zu dumm. Ich fürchte, das Gespenst wird warten müssen. Ich höre, daß sich nebenan etwas regt. Entweder wacht die Allardyce auf, oder aber ein Nilpferd hat sich in ihr Zimmer verirrt auf der Suche nach einer Stelle zum Suhlen. Wenn es die Allardyce entdeckt, wird es sich zweifellos paaren wollen; der Krach wird das ganze Haus entnerven. Auf jeden Fall muß ich nachsehen. Ich werde den Brief in die Morgenpost stecken und Dir die Fortsetzung heute nachmittag schicken.

Alles Liebe,
Jane

Sieben

Als ich am nächsten Morgen erwachte, lag ein heller Streifen Sonnenlicht im Zimmer. Winzige Staubteilchen schwebten langsam hindurch wie mikroskopisch kleine Lebewesen, die in einer golden beleuchteten See treiben.

Das war der erste Sonnenschein, den ich gesehen hatte, seit wir Paris verließen. Ich hatte schon zu glauben begonnen, daß ich die Sonne nie wieder sehen würde.

Ich nahm meine Uhr vom Nachttisch. Viertel vor neun. Spät.

Ich kletterte aus dem Bett, zog meinen Morgenmantel an, tapste zur Tür des Großen Meisters und klopfte.

»Herein!« rief er.

Er trug seine grauen Socken und seine grauen Hosen, Hemd und Krawatte, eine offene graue Weste. Er saß auf dem Bettüberwurf, den Rücken an das hohe, dunkle Kopfbrett gelehnt. Er hatte einen Federhalter in der Hand und einen Schreibblock auf dem Schoß.

»Guten Morgen, Phil«, sagte er fröhlich.

»Morgen, Harry. Warum sind Sie nicht unten?«

Er lächelte. Das Lächeln war unschuldig, und sein unschuldiges Lächeln machte mich immer nervös. »Aber, Phil«, sagte er. »Habe ich denn nicht Order, das Zimmer nicht ohne Sie zu verlassen?«

»Order zu haben, etwas zu tun, heißt noch nicht, daß man sie auch befolgt.«

»Für mich schon, Phil. Ich habe mein Wort gegeben.« Er wechselte das Thema. »Haben Sie gut geschlafen?«

»Solange ich schlafen konnte«, sagte ich.

Sein Gesicht wurde nachdenklich. »Wissen Sie, Phil, auch ich muß letzte Nacht tatsächlich geschlafen haben – eine Zeitlang jedenfalls –, denn ich hatte einen Traum. Einen höchst merkwürdigen Traum. Sie kamen auch darin vor und Sie trugen Handschellen. Sie baten mich, Sie von ihnen zu befreien.«

»Das war kein Traum, Harry. Das war mein Leben.«

»Wie bitte?«

»Sie haben nicht geträumt. Ich trug letzte Nacht wirklich Handschellen, und ich bat Sie, sie mir abzunehmen.«

»Waren sie von Mueller & Kohl?«

»Ihren Worten zufolge ja. Mit Federdruck, wie Sie sagten.«

»Erstaunlich. Wo hatten Sie sie her?«

»Sie waren ein Geschenk. Von Cecily Fitzwilliam.«

»Ein Geschenk? Warum sollte Miss Fitzwilliam Ihnen etwas schenken? Und warum ausgerechnet Handschellen?«

»Eigentlich waren sie gar nicht für mich. Sondern für Sie. Stört es Sie, wenn ich mich setze?«

»Nein, nein«, sagte er und deutete mit einer Handbewegung auf den Stuhl am Schreibtisch. »Für mich? Wie meinen Sie das?«

Ich setzte mich. »Tja, Harry, mir scheint, daß Miss Fitzwilliam verknallt ist.«

Er runzelte verdutzt die Stirn. »Verknallt? Was reden Sie da, Phil?«

»Sie wollte Sie besser kennenlernen. Darum ist sie hergekommen. Statt dessen hat sie mich erwischt.«

»Besser kennenlernen?« Plötzlich wurde er rot. »Sie meinen . . .? Miss *Fitzwilliam*?« Seine Stimme war etwas lauter geworden. »Phil – *niemals*! Ihr Vater ist ein englischer *Lord*.«

»Harry. Regen Sie sich ab.«

»Weiß sie denn nicht, daß ich *verheiratet* bin?«

»Sie ist doch noch ein halbes Kind, Harry. Sie wollte nur ein bißchen plaudern.«

Er sah weg, blickte zum Fenster und starrte es einen Moment lang an. Dann holte er tief Luft und ließ sie mit einer Art langgezogenem und schwachem Seufzer wieder heraus. Er schüttelte den Kopf. »Dann fängt es also *wieder* an«, sagte er.

»Wieder?« fragte ich.

Er sah mich traurig an. »Derartiges ist schon früher vorgekommen, Phil. Viele, viele Male. Es ist ein schrecklicher Fluch. Frauen von einer gewissen . . . äh . . . animalischen Natur finden mich zwanghaft unwiderstehlich. Vielleicht zieht meine große körperliche Kraft sie an. Oder mein männliches Auftreten. Vielleicht ist es lediglich die Tatsache, daß Houdini der berühmteste Mann der Welt ist.«

Er zuckte traurig mit den Schultern. »Wie soll man das wissen, Phil? Wer kann schon in die Herzen dieser Frauen blicken? Selbstverständlich ermutige ich sie niemals, gebe ihnen niemals Anlaß, auch nur für einen Moment zu glauben, ich könnte auf ihre Avancen eingehen. Sie wissen, daß meine geliebte Frau das Licht meines ganzen Daseins ist. Sie ist mein Leitstern in der sturmgepeitschten See des Lebens, die einzige Frau, die mir jemals etwas bedeutet hat. Abgesehen natürlich von meiner lieben verstorbenen Mutter. Ich würde Bess nie betrügen, Phil.«

Er blickte wieder ins Leere. »Ich glaube, ich muß versuchen, mich dazu durchzuringen, ihnen zu vergeben, diesen Frauen. Sie können eben nicht anders.« Er schüttelte den Kopf. »Aber ich hätte es nie für möglich gehalten, daß die Tochter eines englischen Lords . . .«

Er sah mich wieder an. »Was sollen wir nur unternehmen, Phil? Sollen wir zu Lord Purleigh gehen und ihn bitten, besser auf seine Tochter aufzupassen?«

Ich lächelte. »Ich glaube nicht, Harry. Cecily wird Sie nicht mehr belästigen.«

Er zog hoffnungsvoll die dunklen Augenbrauen hoch. »Wirklich? Was haben Sie zu ihr gesagt?«

»All das, was Sie gerade gesagt haben. Über Bess und so. Der Leitstern in der sturmgepeitschten See. Ich habe ihr alles erklärt. Sie versteht es.«

»Ah. Wunderbar, Phil. Wie gut, daß Sie ein Mann von Welt sind, genau wie ich.« Er runzelte plötzlich die Stirn. »Aber warum um alles in der Welt hat sie die Handschellen mitgebracht?«

»Sie wollte sie Ihnen zeigen. Sie gehören ihrem Großvater. Sie dachte, daß Sie sich dafür interessieren würden.«

»Für uralte Handschellen von Mueller & Kohl?« Leicht indigniert.

»Das konnte sie ja nicht wissen, Harry. Sie wollte bloß nett sein. Nachdem sie gegangen war, habe ich damit herumgespielt und mich aus Versehen selbst gefesselt. Tut mir leid, daß ich Sie wekken mußte.«

Er schüttelte den Kopf. »Sie haben mich ja gar nicht aufgeweckt. Wie Sie wissen, leide ich unter Schlafstörungen. Ich habe lediglich geruht.«

Ich nickte. »Da ist noch eine Sache, die Sie wissen sollten.«

Er runzelte die Stirn. Befürchtete wohl weitere Frauen mit animalischer Natur. »Und das wäre?«

»Sieht so aus, als hätten wir hier letzte Nacht ein Gespenst gehabt.«

»Ein Gespenst?«

Ich erzählte ihm von Miss Turner.

Als ich geendet hatte, fragte er mich: »Welchen Eindruck hat sie auf Sie gemacht, Phil? Miss Turner, meine ich.«

»Den Eindruck eines Menschen, der gerade ein Gespenst gesehen hat.«

»War sie hysterisch?«

»Hysterisch nicht. Durcheinander. Auf jeden Fall dachte sie, sie hätte ein Gespenst gesehen, und das hat sie erschreckt. Aber sie schien damit ganz gut fertigzuwerden.«

»Ja. Nach meiner kurzen Begegnung mit ihr zu schließen, würde ich sagen, daß sie einen hellen Verstand hat.«

Und sich auch sonst sehen lassen konnte.

»Wie ich Ihnen vielleicht bereits gesagt habe, Phil, interessieren mich spukende Geister nicht sonderlich. Wenn die Berichte über sie zutreffen, dann scheinen sich Geister überhaupt nicht der Tatsache bewußt zu sein, daß sie eigentlich tot sind. Was sie, meiner Ansicht nach, zu erstaunlich dummen Kreaturen macht. Was hätte es da für einen Sinn, sich mit ihnen in Verbindung zu setzen, selbst wenn man dies könnte? Aber vielleicht ist unsere Miss Turner ja medial veranlagt. Ein natürliches Medium. Unwillentlich, ohne es zu wissen. Ich habe von solchen Personen gehört, auch wenn ich noch nie einer von ihnen begegnet bin.« Er nickte nachdenklich. »Ich werde mit ihr sprechen.«

»Tun Sie das.«

»Wollen wir jetzt frühstücken gehen?« fragte er mich.

Ich blickte auf meinen Morgenmantel, sah wieder den Großen Meister an. »Ich wollte mir eigentlich erst etwas anziehen.«

»Hervorragend. Und ich werde diesen Brief an Bess zu Ende schreiben.«

Unten teilte uns ein Diener – einer, den wir noch nicht gesehen hatten – mit, daß im Wintergarten noch das Frühstück bereitstand. Wir folgten ihm durch weitere Gänge.

Der Wintergarten war ein großer sonniger Raum. Überall breiteten üppige Farne und gedrungene Palmen zierliche Fächer und pralle glänzende Wedel aus. Helles safrangelbes Licht, das durch die Glaswände einfiel, wärmte den glatten grauen Marmorboden. Hinter dem Glas lag ein Bild, das so still und so perfekt komponiert war wie ein Landschaftsgemälde. Darüber ein blauer Himmel, an dem weiße Cumuluswölkchen hingen. Eine weite grüne Rasenfläche, die sich zu einem ausgedehnten Ziergarten senkte, der fein säuberlich in rote und gelbe und violette Vierecke eingeteilt war.

Mitten im Raum stand ein langer Tisch, auf dem eine weiße Leinendecke lag. Auf einer Anrichte zur Rechten standen fünf oder sechs silberne Warmhaltebehälter, jeder von der Größe eines Waschzubers. Daneben stapelweise Porzellanteller, außerdem Tassen und Untertassen, Tee- und Kaffeekannen.

Am Kopfende des leeren Tisches saß Lord Bob, auch er in einem grauen Anzug.

»Ah, Houdini, Beaumont«, sagte Lord Bob fröhlich. »Mit den Hühnern aufgestanden, was?« Er gluckste. »Muß Ihnen leider sagen, daß Sie die anderen verpaßt haben. Ins Dorf gegangen, alle miteinander. Einkaufen, die Sehenswürdigkeiten besichtigen. Beide Sehenswürdigkeiten vermutlich. Die Kirche und das Pub.« Er gluckste wieder. »Greifen Sie zu. *Grab some grub,* so sagt man doch bei Ihnen in Amerika, stimmt's? Großartige Sprache, das Amerikanische. Bedienen Sie sich, beim Frühstück geht's bei uns zwanglos zu. Kaffee, Tee, was Sie wollen. Brauchen sicher Ihren Kaffee heute morgen, was, Beaumont? Die ganze Nacht verzweifelte junge Damen getröstet, wie?«

Er war viel zu guter Stimmung, um von seiner Tochter sprechen zu können. Ich lächelte ihn an, während ich den Deckel eines Rechauds hochhob. »Sie haben gehört, was letzte Nacht los war?« In dem Behälter waren glänzende pralle Schweinswürste aufgeschichtet. Ich nahm eine Gabel und spießte einige auf, streifte sie von der Gabel auf einen Teller.

»Hat doch jeder«, sagte Lord Bob. »Stadtgespräch, was?«

Ich sagte: »Wie geht es Miss Turner heute morgen?« Ich schaute in den nächsten Behälter. Ein kleiner gestrandeter Schwarm erstarrter Fische stierte mich mit versengten trüben Augen an. Ich machte den Deckel wieder zu.

»Bestens, bestens«, sagte Lord Bob. »Hat keinen Schaden davongetragen. Trotzdem eigenartig, finden Sie nicht? Hätte sie nie und nimmer für überkandidelt gehalten.«

Der nächste Behälter enthielt gebratenen Speck. Ich nahm mir etwas. »Ich auch nicht.«

Der Große Meister schaufelte sich genau wie ich den Teller voll. Er fragte Lord Bob: »War dieser Geist Ihr Vorfahr, Lord Purleigh?«

»Angeblich.« Seine struppigen weißen Augenbrauen senkten sich. Er fuchtelte ungeduldig mit dem Teelöffel herum. »Viel zu schönes Wetter heute für solche Sachen, was?«

Der Große Meister und ich hatten unsere Teller beladen. Wir nahmen nebeneinander Platz, und der Große Meister wandte sich an Lord Bob. »Sie haben ein wundervolles Heim, Lord Purleigh.«

»Heiße Bob«, sagte er. »Nett, daß Sie das sagen. Natürlich nicht allein mein Verdienst. Ist schon viel länger da als ich. Wird mal einen prima Golfclub abgeben, was?«

»Einen Golfclub?« sagte der Große Meister.

»Für die ausgebeuteten Massen. Idee von mir. Die armen Tröpfe bekommen nicht genügend frische Luft, stimmt's?«

»Ah«, sagte der Große Meister. »Ja. Ich glaube, Miss Cecily hat etwas in dieser Art erwähnt.«

»Cecily? Hat sie das?« Er strich sich über den Schnurrbart. Er nickte leicht und etwas bedrückt. »Billigt die Sache nicht, Cecily, meine ich. Ebensowenig wie ihre Mutter. Liegt an der Erziehung, wissen Sie. Werden schon noch zur Einsicht kommen, die beiden. Ganz bestimmt.«

Er beugte sich vor. »Überlegen Sie mal. Ein Golfclub für das Proletariat. Jede Menge gute frische Luft, jede Menge vernünftige, gesunde Bewegung. Und natürlich noch so einiges. Kindergarten für das junge Gemüse. Kostenlose ärztliche Versorgung für jedermann. Und Forschungseinrichtungen mit erstklassigen Leuten, was? Um nach Möglichkeiten zu suchen, die Lebensqualität zu verbessern. Und zwar für jedermann. Außerdem Fortbildungskurse, Lesungen aus dem *Kapital.* Nicht die ganzen Statistiken, versteht sich, sondern das Wesentliche. Die Substanz. Schon gelesen, Houdini?«

Der große Meister blinzelte. »Noch nicht, Lord Robert.«

»Werde Ihnen ein Exemplar geben. Habe Hunderte davon. Wird Ihr Leben verändern. Meines hat's verändert, das steht fest. Hätte die Sache schon vor Jahren in Angriff genommen, den Golfclub und das Ganze, wenn der Earl nicht wäre. Mein Vater. Strikt dagegen. Na ja, was kann man schon erwarten? Durch und durch reaktionär. Aber Gott sei Dank kann er es ja nicht ewig machen. Sobald er abkratzt, machen wir uns ans Werk. Müßte jetzt jeden Tag soweit sein. Hat 'ne schwache Pumpe, das Schwein.« Er grinste zufrieden.

»Also«, sagte er. »Ich muß los.« Er stand auf. »Kaffee, Tee, alles da. Brauchen sich nur zu bedienen.«

»Gehen Sie ins Dorf?« fragte der Große Meister.

»Nein, will mein neues Motorrad ausprobieren. Gestern erst eingetroffen, direkt aus der Fabrik. Eine Brough Superior, Ein-Liter-Motor, vier Gänge, Höchstgeschwindigkeit hundert Meilen in der Stunde. Absolutes Prachtexemplar.«

Er lächelte den Großen Meister an. »Hätt' ich fast vergessen, Houdini. Sie stehen heute morgen in der ›Times‹. Maplewhite ebenfalls. Gesellschaftsspalte. Also, wenn Sie beide etwas brauchen, Essen oder sonstwas, sagen Sie einfach einem der Diener Bescheid. Die anderen müßten bald zurück sein. Tee um vier. Bis dann, und viel Spaß, was?«

Als Lord Bob den Wintergarten verließ, sah der Große Meister mich von der Seite an.

»In der ›Times‹?« fragte ich.

Seine Augendeckel klimperten. »Davon weiß ich nichts«, sagte er. Er beugte sich vor und griff nach der Zeitung, die auf dem Tisch lag. Er schlug sie auf, blätterte. Ich wartete.

Er las schweigend. Nach einer Weile begann er erfreut zu lächeln. Dann blickte er in meine Richtung und runzelte die Stirn. Er sagte: »Damit habe ich nichts zu tun, Phil.«

»Zeigen Sie mal her.«

Er reichte mir die Zeitung. Ich überflog die Gesellschaftsspalte, bis ich es fand. Es war nur ein kleiner Absatz in einer langen Spalte, aber es genügte.

Viscount Purleigh wird an diesem Wochenende Sir Arthur Conan Doyle zu Gast haben, den Schöpfer eines der beliebtesten Romanhelden Englands und der ganzen Welt, des Meisterdetektivs Sherlock Holmes. Des weiteren wird in Maplewhite, dem in Devon gelegenen Landsitz von Lord Purleighs

Vater, dem Earl of Axminster, auch der berühmte amerikanische Entfesselungskünstler Mr. Harry Houdini erwartet.

Ich machte die Zeitung zu, faltete sie zusammen, warf sie auf den Tisch. Deshalb also, dachte ich, war er so kooperativ gewesen. »Verdammt noch mal, Harry!« sagte ich.

Er zeigte mir seine Handflächen. »Ich habe nichts getan, Phil.«

»Das hätte nicht passieren dürfen.«

»Das muß Carlyle gewesen sein.« Sein Manager.

»Aha. Und woher wußte Carlyle davon?«

»Ich habe keine Ahnung. Ich werde ihn anrufen. Ich werde ihm sagen, daß ich außer mir bin.«

Er riß die Zeitung an sich, begann wieder zu lesen.

»Dafür ist es jetzt ein bißchen zu spät«, sagte ich.

Den Blick noch immer auf die Zeitung gerichtet, sagte er: »Weshalb wurde, Ihrer Meinung nach, Sir Arthur wohl als erster genannt?«

»Harry, wir haben im Moment wirklich andere Sorgen.«

Er ließ die Zeitung sinken, sah mich an. »Vielleicht ist Chin Soo noch gar nicht in England. Und selbst wenn er es wäre, muß er heute vormittag nicht die ›Times‹ gelesen haben.«

»Würden Sie Ihren Kopf darauf wetten?«

Er runzelte die Stirn.

Ich griff in die Tasche, holte meine Uhr heraus.

Zehn Uhr dreißig.

»Was denken Sie, Phil?« fragte er mich.

»Nehmen wir mal an, Chin Soo ist tatsächlich in England. Nehmen wir an, er ist in London. Nehmen wir an, er hat heute morgen die Zeitung gelesen. Dann kann er sie wohl frühestens gegen acht Uhr gelesen haben. Sagen wir um sieben, um ganz sicherzugehen. Ich weiß nicht, wie viele Züge samstags von London nach Devon fahren, aber sehr viele werden es wohl nicht sein. Und die Fahrt dauert sechs bis sieben Stunden. Es bleiben uns also noch ein paar Stunden Zeit.«

»Und? Was unternehmen wir jetzt?«

»*Wir* unternehmen gar nichts. *Sie* bleiben nämlich in Ihrem Zimmer.«

»Phil . . .«

»Nur für ein paar Stunden, Harry. Lesen Sie ein Buch. Schreiben Sie einen Brief. Ich werde mich unterdessen im Park umsehen.«

»Und warum wollen Sie das tun, Phil?«

»Mal sehen, ob ich rauskriege, wie er an Sie herankommen will.«

2/3,

Acht

Der Große Meister und ich gingen die diversen Treppen hinauf und durch die diversen Gänge. Er sagte nichts, doch sein Mund war zu einem dünnen gereizten Strich verkniffen, und ich wußte, daß es Ärger geben würde. Als ich die Tür zu unserer Suite hinter mir zumachte, drehte er sich zu mir um. Und legte los.

»Phil«, sagte er. »Das ist in höchstem Maße ungerecht. Sie behandeln mich wie ein Kind.«

»Es ist doch nur zu Ihrem Besten, Harry.«

»Aber Sie sagten selbst, daß wir noch ein paar Stunden Zeit haben.«

»Hört sich an, als hätten Sie etwas auf dem Herzen.«

Er richtete sich zu seiner vollen Größe auf. »Ich weigere mich, hier in einer winzigen Kammer eingesperrt zu bleiben.«

»Eingesperrt? Harry, Sie sind doch der, der sich ständig in Särge legt.«

»Aus denen ich mich befreien kann, wann immer es mir beliebt.« Es gelang ihm irgendwie, sich noch mehr aufzurichten. Er schüttelte den Kopf. »Nein«, sagte er. »Ich weigere mich.«

»Harry, Sie haben gesagt, daß . . .«

Er rammte die Hände in die Hosentaschen. Er hob sein kräftiges Kinn. »Ich weiß, was ich gesagt habe. Daß ich alles tun werde, was Sie sagen, wann immer es um Angelegenheiten der Sicherheit geht. Aber das ist hier nicht der Fall. Sie bestehen nur deshalb darauf, weil Sie mich wegen dieses dummen Artikels in der ›Times‹ bestrafen wollen.«

Da war vielleicht was dran.

»Das war Carlyle«, erklärte er. »Ich hatte nichts damit zu tun. *Wenn* ich dafür verantwortlich gewesen *wäre*, dann wäre dieser Artikel mehr als nur ein unbedeutendes kleines Füllsel.«

Ich konnte beim besten Willen nicht glauben, daß er unschuldig war, aber ich war überzeugt, daß *er* es glaubte, jedenfalls in diesem Moment. »Was schlagen Sie also vor?«

»Daß ich mitkomme, wenn Sie den Park inspizieren.«

Ich schüttelte den Kopf. »Dafür ist das Gelände viel zu offen.«

»Aber Chin Soo ist doch nicht da. Er kann noch gar nicht hier sein. Das haben Sie selbst gesagt. Und wenn er hier wäre? Meinen Sie wirklich, ich wäre *im* Haus weniger in Gefahr? Wie war es denn im Hotel Ardmore, Phil? Waren nicht Sie derjenige, der darauf hinwies, daß er mich dort beinahe erwischt hätte? Was passiert, wenn er mir hier in meinem Zimmer zu Leibe rückt, während Sie draußen sind?«

Was er da sagte, war gar nicht so abwegig.

Ich ging zum Bett und setzte mich. Ich sah zu ihm hinüber. »Harry. Hören Sie auf mich. Vielleicht ist es an der Zeit, die Polizei einzuschalten.«

»Nein. Ich habe es Ihnen gesagt. Das kommt überhaupt nicht in Frage.«

»Dann lassen Sie mich wenigstens nach New York telegraphieren«, sagte ich. »Damit sie ein paar Leute aus London herschikken.«

»Und wie sollte ich deren Anwesenheit hier erklären? Sollen wir Lord Robert und Lady Alice etwa erzählen, daß das alles meine Sekretäre sind?«

»Warum ihnen nicht die Wahrheit sagen? Sagen Sie einfach, daß . . .«

Er schüttelte den Kopf. »Auf gar keinen Fall.«

»Harry, warum ist es denn so verdammt wichtig für Sie, den Park zu sehen?«

»Der Park von Maplewhite ist *berühmt*, Phil. Der Wald, die ausgedehnten Rasenflächen, die sagenhaften Gärten.« Er zog die Hände aus den Hosentaschen und streckte sie mir entgegen. »Wollen Sie mir wirklich die einmalige Gelegenheit verwehren, das alles zu sehen, die legendäre Schönheit zu trinken? Und was soll ich den Leuten sagen, wenn ich danach gefragt werde? Soll ich sagen, daß Houdini den Park überhaupt nicht gesehen hat, weil er damit beschäftigt war, sich in seinem Zimmer zu verkriechen?«

Ich holte meine Taschenuhr heraus. Zehn Minuten vor elf.

Vermutlich war es draußen sicher. Lieber jetzt nachgeben, sagte ich mir. Vielleicht hörte er dann später auf mich, wenn es nicht mehr sicher war.

»Ein bis zwei Stunden«, sagte er. »Nur ein bis zwei Stunden. Danach können wir dann in unsere Zimmer gehen.«

Ich seufzte wieder. »Okay«, sagte ich.

»Ach, Phil, das ist wunderbar!« Er kam ans Bett, klopfte mir auf die Schulter. *»Wunderbar!«* Wenn ich saß, waren seine Augen auf gleicher Höhe mit meinen. Sie funkelten vor Freude.

Er war leicht zufriedenzustellen. Man mußte ihm nur geben, was er wollte.

»Okay, Harry«, sagte ich. »Okay. Gehen Sie schon runter. Ich komme gleich nach.«

»Natürlich, Phil«, strahlte er.

Als er gegangen war, öffnete ich meine Reisetasche und hob den falschen Boden hoch. Ich holte den kleinen Colt und eines der Ersatzmagazine heraus. Ich legte den Boden wieder ein, machte die Reisetasche zu, steckte das Magazin in die linke Jackentasche.

Ich nahm den Colt in die Hand. Es war keine besonders große Waffe, und er wog auch nicht viel. Aber genau deshalb hatte ich ihn mitgebracht – falls ihn jemand fand, würde er genau wie die Art Waffe aussehen, die jemand, wie ich es zu sein vorgab, bei sich trug.

Ich zog das Verschlußstück des Colts zurück und ließ es los. Das Verschlußstück glitt vor und führte eine Patrone in den Lauf ein. Ich sicherte die Pistole und steckte sie in die rechte Jackentasche.

Das Schloß lag weitläufig und monumental inmitten eines sechs oder sieben Morgen großen, penibel gemähten Rasens, ein einsamer quadratischer Berg inmitten einer welligen grünen Prärie. Es gab einige Bäume, die einzeln oder in Grüppchen verstreut waren, und den einen oder anderen Garten sowie einige Springbrunnen. Aber das meiste war offenes Gelände. Wenn ich in jedem der zwei Türme einige Männer postieren würde, könnte sich bei Tag niemand dem Haus nähern, ohne gesehen zu werden. Aber ich hatte keine Männer, die ich in den Türmen hätte postieren können.

Der Große Meister und ich folgten einem Kiesweg, der am äußeren Rand des Parks entlangführte. Wir ließen die Bäume zu unserer Linken liegen. Der Wald war selbst bei Sonnenschein dunkel. Hohe zottige Kiefern bedrängten struppige Ahorne und Eichen. In ihrem dichten grauen Schatten hingen schlaff schwarze Farnbüschel herab. Dort drin hätte sich eine ganze Armee verstecken können, samt einigen Tänzerinnen und der ganzen buckligen Verwandtschaft.

Neben mir trank der Große Meister die legendäre Schönheit. Er ging hocherhobenen Hauptes, und die Augen unter der Krempe seines Filzhuts waren weit geöffnet. Er hatte die Hände auf dem Rücken verschränkt, die linke um die rechte.

Er holte tief Luft und summte einen Moment vor lauter Freude. »Riechen Sie nur mal diese Luft, Phil«, sagte er.

»Ja.«

»Ist das nicht ein herrliches Fleckchen Erde?«

»Ja.«

»Und ein herrlicher Tag?«

Er hatte recht. Die Luft war warm und klar und roch nach Neubeginn. Vögel zwitscherten und tirilierten in den Bäumen. Das Blau des Himmels und das Grün des Grases waren so leuchtend und so brillant wie frische Farbe. Das ärgerte mich. Schließlich mußte ich mich mit Problemen herumschlagen, und da lenkten soviel Pracht und Schönheit nur ab.

Ich sagte wieder: »Ja.«

»Wissen Sie«, sagte er, »hier, inmitten dieses Liebreizes, dieser Heiterkeit, drängt sich mir der Gedanke auf, daß ich vielleicht zu erwägen beginnen sollte, mich von der Bühne zurückzuziehen.«

»Ja?«

»Habe ich nicht genügend Außergewöhnliches geschaffen, um die Menschheit staunen zu machen? Habe ich nicht die anspruchsvollsten Zuschauer in den Metropolen der Welt genügend verblüfft?«

»Vermutlich schon.«

Er seufzte. Er schüttelte den Kopf. »Sie können sich nicht vorstellen, wie müde ich manchmal werde, Phil. Wie erschöpft. Ständig etwas Neues kreieren zu müssen, um das Publikum zu fesseln und in Staunen zu versetzen. Ständig neue und noch unmöglichere Methoden der Selbstbefreiung erfinden zu müssen. Manchmal wünschte ich tatsächlich, ich könnte . . .« Seine Stimme verlor sich. Er seufzte wieder, schüttelte wieder den Kopf.

Ich lächelte. »Aus alledem ausbrechen?«

Er drehte sich zu mir um und nickte. »Ja, genau das. Genau das. Vielleicht ist für mich die Zeit gekommen, so zu leben, wie andere leben. Vielleicht ist für mich endlich die Zeit gekommen, nur noch an mich selbst zu denken. Und natürlich an Bess, versteht sich. Vielleicht ist es für uns beide an der Zeit, uns einen sicheren Hafen zu suchen, einen Ort, wo wir . . .« Er blieb stehen. »Schauen Sie nur, Phil!«

Ich blieb stehen und schaute. Ein Eichhörnchen sprang über den Rasen, ein Auf und Ab von rotem Fell im grünen Gras.

Ich sagte: »Das ist ein Eichhörnchen, Harry.«

Er grinste, richtig aufgeregt. »Aber das ist ein *englisches* Eichhörnchen, Phil. Mein *erstes* englisches Eichhörnchen.«

»Sie waren doch schon mal in England.«

»Ja, aber da kam ich nicht aus London heraus. Ich habe noch nie die Landschaft, noch nie die wild lebenden Tiere gesehen.«

»Das ist bloß ein Eichhörnchen, Harry.«

»Denken Sie nur, Phil. Vorfahren dieses Eichhörnchens könnten bei der Unterzeichnung der Magna Charta zugegen gewesen sein.«

»Könnten sie sogar selbst unterschrieben haben.«

Er sah mich an und runzelte die Stirn. »Sie haben keinen Funken Romantik in sich, Phil.«

»Vermutlich nicht«, sagte ich.

Wir folgten weiter dem Kiesweg um die riesige sonnenbeschienene Rasenfläche herum. Zu unserer Rechten, etwa hundert Meter weiter und hinter einigen Baumgruppen, ragte wie eine Burg die Rückseite von Maplewhite auf.

Ich sagte mir immer wieder, daß hier draußen keine Gefahr bestand. Daß niemand in der Nähe war, der eine Bedrohung darstellte. Jedenfalls noch nicht.

Wir hatten etwa die Hälfte des Weges zurückgelegt, als ich etwas auf uns zukommen sah. Zu Pferd, in etwa vierhundert Meter Entfernung an der entgegengesetzten Biegung des Kieswegs.

Der Große Meister hatte aufgehört, die Schönheit zu trinken. Er erzählte mir gerade, wie er damals von der Belle-Isle-Brücke in den Detroit River gesprungen war. Es war im Dezember gewesen, wie er sagte, und der Fluß war zugefroren gewesen, und er war, mit Handschellen gefesselt, in ein Loch im Eis gesprungen. Die Strömung war stärker gewesen, als er erwartet hatte, und hatte ihn unter das knapp zwanzig Zentimeter dicke Eis gezogen, und er hatte überlebt, indem er die dünne Luftschicht unmittelbar unter der Eisoberfläche einatmete. Davon war nicht viel wahr, aber ich gab mich nicht damit ab, darauf hinzuweisen.

Dann sagte er: »Da kommt jemand, Phil.«

»Stimmt«, sagte ich. »Eine Frau.«

Sie war schwarz gekleidet. Das mächtige schwarze Pferd unter ihr ging gemächlich im Schritt, während sie uns auf dem Kiesweg entgegenkamen.

»Doch nicht Miss Fitzwilliams?« sagte der Große Meister.

»Sieht eher nach Miss Turner aus.«

Neun

Nach einigen Minuten, als sie näher gekommen war, sah ich, daß es tatsächlich Miss Turner war. Sie trug einen kleinen schwarzen Bowler, eine weiße Bluse, eine schwarze Schleife, eine schwarze Jacke, schwarze Breeches und schwarze Reitstiefel aus Leder. Mir schienen das ziemlich viele Kleidungsstücke für einen so warmen Tag zu sein. Aber die Engländer schenken dem Wetter keine große Beachtung. Wenn sie es täten, würden sie nicht in England leben.

Miss Turners blaue Augen waren etwas zusammengekniffen, als sie sich uns näherte. Ich bemerkte, daß sie ihre Brille nicht trug.

Sie saß steif aufgerichtet im Sattel, sah aber aus wie jemand, der wußte, was er tat. Sie wußte jedenfalls, wie man bremst, denn das Pferd blieb ein paar Meter vor uns stehen und bewegte den Kopf auf und ab. Sie beugte sich vor, die langen Beine in den Steigbügeln ausgestreckt, und tätschelte seinen starken geschmeidigen Hals. Das Pferd bewegte wieder den Kopf auf und ab. Das gefiel ihm. Ich konnte es ihm nachfühlen.

»Mr. Houdini«, sagte sie. »Mr. Beaumont. Wie geht es Ihnen heute morgen?« Einige Strähnen ihres braunen Haares hatten sich gelöst und hingen dekorativ um ihren schlanken Hals. Ihr Gesicht strahlte und leuchtete, und wieder sah sie jünger aus, als sie wohl war.

»Sehr gut, Miss Turner«, sagte der Große Meister und nahm den Hut ab. »Und Ihnen?«

»Mir geht es wunderbar, danke«, sagte sie und lächelte plötzlich. Es war ein breites, wunderschönes, entzücktes Lächeln. Es paßte hervorragend zu ihren Augen. »Ist das nicht ein herrlicher Tag?«

»Einfach prächtig«, pflichtete ihr der Große Meister bei.

Ich nahm den Hut ab und sagte: »Fühlen Sie sich wieder besser?«

Sie wurde rot, blickte zu Boden, blickte wieder auf. »Ich bin froh, daß ich Gelegenheit habe, mich für die letzte Nacht zu entschuldigen. Ich habe mich absolut lächerlich gemacht.«

»Es besteht kein Grund, sich bei irgend jemandem zu entschuldigen«, sagte ich.

»O doch. Ich habe mich wie ein dummes hysterisches Kind aufgeführt.«

»Miss Turner«, sagte der Große Meister. »Wenn Sie einmal einen Moment Zeit haben, würde ich mich, sofern dies möglich wäre, gerne mit Ihnen über die Erscheinung unterhalten, deren Zeuge Sie in der vergangenen Nacht wurden.«

Sie schüttelte den Kopf. »Aber darum geht es ja gerade. Da *war* gar keine Erscheinung. Da *konnte* ja auch gar keine sein. Das Ganze war nur ein schrecklicher Traum, und ich Närrin redete mir ein, es sei die Wirklichkeit.«

Ich sagte: »Hört sich an, als wollten Sie sich heute einreden, daß es das *nicht* war.«

Sie runzelte die Stirn und wurde wieder rot, diesmal vor Zorn. Sie setzte sich auf, steifer als vorher. »Nein«, sagte sie knapp. »Ich war eine Närrin. Ich entschuldige mich dafür, daß ich Sie letzte Nacht gestört habe. Guten Tag. Guten Tag, Mr. Houdini.«

Sie drückte dem Pferd leicht die Fersen in die Flanken, und das Tier setzte sich, um uns herum, in Gang. Wir setzten unsere Hüte wieder auf und verfolgten, wie das Pferd vom Schritt zum Trab und dann zum leichten Galopp wechselte.

»Eine eigenwillige Frau«, sagte der Große Meister.

»Mhm.«

Wir gingen weiter und weiter. Als wir die Zielgerade des Rundwegs erreichten, kam ich zu dem Schluß, daß man in Maplewhite niemanden schützen konnte. Zumindest nicht hier draußen. Außer mit einer ganzen Armee. Es gab einfach zu viele Zugänge zum Schloß, zu viele Stellen, wo man sich verstecken konnte.

Direkt vor uns, zu unserer Rechten, ragte ein mächtiger Baum mit dunklen bronzeroten Blättern über den Weg. In seinem Schatten waren zwei weißlackierte schmiedeeiserne Parkbänke aufgestellt, und ich sah, daß eine davon besetzt war. Mrs. Allardyce und Mrs. Corneille.

»Ju-hu! Mr. Houdini!« Mrs. Allardyce. Sie trug ein braunes Kleid und weiße Handschuhe und hielt einen hellblauen Sonnenschirm über ihren Kopf, wahrscheinlich um ihn vor all dem Schatten zu schützen. »Wollen Sie sich nicht zu uns gesellen?«

Der Große Meister und ich gesellten uns zu ihnen. Wir nahmen unsere Hüte ab und sagten guten Tag und setzten uns auf die andere Bank. Ich holte meine Taschenuhr heraus, warf einen Blick darauf. Zwölf Uhr fünfzehn.

Noch keine Gefahr, dachte ich.

Doch da täuschte ich mich, wie mir einige Minuten später klarwerden sollte.

»Halten wir Sie von etwas ab, Mr. Beaumont?« erkundigte sich Mrs. Corneille lächelnd. Auf ihrem Schoß lag ein weißer Strohhut mit breitem Rand. Ansonsten trug sie ein weißes Leinenkleid, das ihr glänzendes schwarzes Haar noch schwärzer wirken ließ. Der Saum ihres Kleides lag weiter unten als der Saum des Kleides vom Vorabend, aber hoch genug, um ziemlich viel von ihren Beinen zu zeigen. Und diese waren noch immer sehr ansehnlich.

Der weite blaue Himmel, der weite grüne Rasen, Miss Turners Augen, Mrs. Corneilles Beine. Es gab hier wesentlich mehr Ablenkung, als mir lieb war.

Ich steckte die Uhr wieder ein. »Mr. Houdini und ich hatten miteinander gewettet. Wie lange es dauert, um den ganzen Park herumzugehen.«

»Und wer hat gewonnen?«

»Wir sind noch nicht fertig.«

Sie wandte sich an den Großen Meister. »Fühlen Sie sich heute wieder besser, Mr. Houdini?«

»Sehr viel besser«, sagte er. »Danke der gütigen Nachfrage.«

»Ich würde gar nicht erst *versuchen*, um den ganzen Park herumzugehen«, sagte Mrs. Allardyce. »Nicht einmal zu Pferd.« Sie runzelte die Stirn. »Haben Sie Jane gesehen? Sie ist irgendwohin ausgeritten.« Sie blickte sich zerstreut um.

»Ja«, sagte der Große Meister. »Wir sprachen vor einer Weile mit ihr. Sie scheint eine vollendete Reiterin zu sein.«

»Ja, das ist sie wohl. Und das ist *eigentlich* überraschend, wenn man bedenkt, daß sie im Grunde ein solcher *Bücherwurm* ist. Wenn sie nicht gerade einen ihrer *endlosen* Briefe schreibt, hat sie ihre arme Nase immer in einem Buch stecken. Ich persönlich war von Jane Austen *nie* sonderlich fasziniert.«

Sie hievte ihren massigen Busen nach vorn und sah den Großen Meister gespannt an. »Mr. Beaumont hat Ihnen doch *sicher* von der Aufregung der vergangenen Nacht erzählt? Von Janes Gespenst?

Nun, heute ist sich das arme Ding natürlich darüber im klaren, daß alles bloß ein Albtraum war, ein Produkt ihrer blühenden Phantasie, aber letzte Nacht war sie absolut *hysterisch*, nicht wahr, Mr. Beaumont? Ich konnte sie nur mit Mühe beruhigen. Sie kann manchmal so *emotional* sein.«

Der Große Meister nickte. »Mr. Beaumont hat mir davon erzählt. Ich . . .«

Er wurde von dem fröhlichen Tut-Tut einer Hupe unterbrochen. Wir drehten uns alle nach Süden.

Ein schweres Motorrad kam auf dem Rundweg auf uns zu gerast und ließ Kies und Erde aufspritzen. Lord Bob und seine Brough Superior.

Lord Bob betätigte die Bremse. Das Motorrad rutschte, nach links und rechts schwankend, zehn bis zwölf Meter über den Kies und kam schließlich vor uns zum Stehen.

Lord Bob trug den Tweedanzug, den er schon beim Frühstück getragen hatte, nur daß er jetzt auch noch eine Lederhaube und eine Motorradbrille trug. Er riß sich die Brille von den Augen und ließ sie auf seine Stirn klatschen. Er grinste. Abgesehen von den weißen Kreisen um seine Augen, die ihn wie einen Waschbären aussehen ließen, war sein Gesicht mit einer grauen Staubschicht bedeckt. Sein Schnurrbart war über die Wangen nach hinten gedrückt worden. »Kapitale Maschine! *Kapital!* Was für ein Abenteuer! Habe auf der Hauptstraße hundert Sachen geschafft!« Er sah uns strahlend unter der Motorradbrille hervor der Reihe nach an. »Jemand Lust auf eine Spritztour? Ich bin . . .« Er blickte plötzlich in die Ferne, den Weg hinunter. »Großer Gott. Ist das Miss Turner?«

Erneut drehten wir uns alle um.

Etwa fünfzig Meter weiter war das große schwarze Pferd soeben aus dem Wald herausgeschossen. Es bäumte sich auf, schlug mit den Vorderbeinen in die Luft, doch Miss Turner konnte sich irgendwie im Sattel halten. Dann kamen die kräftigen Beine wieder auf die Erde, und das Pferd schwenkte in unsere Richtung und begann den Weg entlangzujagen. Die Zügel baumelten an seinem Hals. Miss Turner war vornübergebeugt und versuchte sie mit dem Arm zu erreichen. Ihr Bowler war heruntergefallen, und ihre langen braunen Haare flatterten wie ein Banner im Wind.

»O je«, sagte Mrs. Allardyce. Mrs. Corneille stand auf, vielleicht weil sie glaubte, etwas tun zu können. Ich merkte, daß der Große Meister und ich bereits standen.

Miss Turner hatte die Zügel jedoch zu fassen bekommen und das Pferd unter Kontrolle gebracht. Etwa zwanzig Meter vor uns begann sie das Tempo zu verlangsamen, und als sie bei uns ankam, bewegte sich das Tier im Schritt. Das Pferd keuchte. Desgleichen Miss Turner. Das Pferd kam mit weitaufgerissenen Augen zum Stehen und stampfte auf, einmal, zweimal, hob dann den Kopf und schüttelte ihn und wieherte.

Ein paar Schritte weiter stand Lord Bob nun ebenfalls, die Beine rechts und links des schweren Motorrads abgestützt.

»Miss Turner! Sie haben uns einen furchtbaren Schreck eingejagt! Alles in Ordnung bei Ihnen?«

»*Jane!* Was um alles in der Welt sollte *das* denn wieder?« Mrs. Allardyce. Sie saß noch immer auf der Bank.

Miss Turners Gesicht war weiß und glänzte vor Schweiß. Sie holte tief Luft. Sie legte die Hand auf ihre Stirn. Sie strich sich mit der Zunge über die Lippen und sah uns alle der Reihe nach an. »Ich . . . Es tut mir sehr leid. Ich . . .«

Dann passierten mehrere Dinge fast gleichzeitig.

Aus dem Wald hinter uns, weiter südlich, kam der scharfe harte Knall eines Gewehrs.

Und irgend etwas machte irgendwo ein dumpfes Geräusch, als ich mich blitzschnell nach dem Großen Meister umdrehte. Er hatte sich der Richtung zugewandt, aus der der Schuß gekommen war, und ich wußte, ohne daß ich es sehen konnte, daß sein Kinn in die Höhe gereckt war, den Schützen herausfordernd, es noch einmal zu versuchen.

Die anderen hatten sich ebenfalls umgedreht und standen wie erstarrt.

Ich stieß die Hand in die Hosentasche, um nach meinem Colt zu greifen.

Und dann sagte hinter mir Miss Turner: »Oh«, ganz ruhig, und ich drehte mich zu ihr um, und ihre Lider flatterten, und ihre blauen Augen rollten nach hinten und wurden weiß, und dann kippte sie seitlich vom Pferd.

Zehn

Ich riß die Hand aus der Hosentasche und rannte zu Miss Turner. Gerade als ihr Bein über den Sattel rutschte, fing ich mit dem linken Arm ihre Schultern auf und schob den rechten Arm unter ihre Knie. Mit schlaff herabhängendem Kopf und baumelnden Armen sackte sie in meine Arme. Ich trug sie hinüber zur Bank, streckte sie dort flach auf dem Rücken aus und ging neben ihr in die Hocke. Ich suchte nach der Schußwunde. Ich konnte keine finden.

Ich spürte, wie sich die anderen um mich drängten. Mrs. Corneille, Mrs. Allardyce, Lord Bob. Ich sah mich nach dem Großen Meister um, entdeckte, daß er direkt hinter mir stand. Er schien verdutzt zu sein, vielleicht sogar besorgt, aber er lebte und war unverletzt. Es war kein zweiter Schuß gefallen.

Miss Turner atmete, doch ihr Gesicht war weiß. Ich legte die Hand auf ihre Stirn. Kalt und feucht. Ich legte die Fingerspitzen an ihr Handgelenk und tastete nach dem Puls. Ich fand ihn: flatternd wie die Flügel eines verletzten Vogels.

Mrs. Corneille sagte: »Ist sie . . .«

Ich sagte: »Ich glaube, sie ist nur ohnmächtig geworden.«

»Verfluchter Wilderer!« knurrte Lord Bob. *»Mistkerl!«* Seine käferartigen Augenbrauen waren nach unten gewandert, und unter dem grauen Staub, der sein Gesicht überzog, brannte ein wütendes Rot. Er ließ die Motorradbrille über seine Augen schnalzen, während auf seiner Stirn zwei ringförmige Abdrücke zurückblieben. »Dem Schwein werd' ich's zeigen!«

Er eilte zu seinem Motorrad, ein Wirbelwind in Tweed. Ich wandte mich wieder Miss Turner zu. Als ich die Schleife an ihrem Hals aufband, hörte ich hinter mir das Motorrad aufjaulen. Lord Bob, der die Maschine auf Touren brachte.

»Mr. *Beaumont!*« sagte Mrs. Allardyce.

Das Motorrad schoß mit heulendem Motor und unter dem Geprassel von Kies davon.

»Sie braucht Luft«, sagte ich. Ich knöpfte die beiden obersten Knöpfe ihrer Bluse auf. Ich tätschelte leicht Miss Turners Wange.

Keine Reaktion. Ich bemerkte, daß ihre Haut so weich wie die eines Kindes war. Ich ignorierte es.

»Darf ich?« Mrs. Corneille. Sie stand jetzt neben mir, zu meiner Rechten. Ihre glänzenden schwarzen Haare fielen wie ein seidener Vorhang nach vorn, als sie sich über Miss Turner beugte. Ich konnte ihr Parfum riechen. Auch das ignorierte ich.

Sie nahm Miss Turners rechte Hand in beide Hände und massierte sie sanft.

Ich tätschelte wieder ihre Wange. »Miss Turner?«

Sie holte tief und abgehackt Luft, ihre Lider schnellten in die Höhe, und ihre betörenden blauen Augen sahen mich an.

Zum zweitenmal binnen kaum vierundzwanzig Stunden war ich das erste, was eine junge Frau erblickte, als sie wieder zu sich kam. Miss Turner schien keine Spur begeisterter zu sein, als es Cecily Fitzwilliam in der vergangenen Nacht gewesen zu sein schien.

Sie runzelte die Stirn. »Was ist passiert?«

»Sie sind ohnmächtig geworden«, sagte Mrs. Corneille.

Miss Turner sah sie an. Sie hob den Kopf von der Bank, als wollte sie sich aufsetzen. Mrs. Corneille berührte sanft ihre Schulter. »Noch nicht, Jane. Bleiben Sie noch ein Weilchen liegen.«

Ich stand auf.

Mrs. Allardyce sagte zu Miss Turner: »Sie haben uns einen furchtbaren Schreck eingejagt. *Was* um alles in der Welt –«

Mrs. Corneille drehte sich um und sah sie an. Sie sagte nichts, aber ihre Augen hatten sich verengt, und ihre Lippen waren zusammengepreßt. Mrs. Allardyce machte den Mund zu.

Von rechts kamen in der Ferne zwei kleine schwarze Gestalten den Abhang vom Schloß heruntergerannt. Dienstboten.

Ich trat zu dem Großen Meister. Leise sagte ich: »Gehen Sie mit den anderen zurück ins Haus. Warten Sie in Ihrem Zimmer auf mich.«

»Phil . . .«

»Tun Sie, was ich sage, Harry. Ich bin gleich zurück.« Ich hastete im Laufschritt hinter Lord Bob her.

Ich rannte den Weg entlang und dann über den Rasen hinunter zum Ziergarten, immer der Spur nach, die das Motorrad im saftigen grünen Gras hinterlassen hatte. Die Maschine stand neben einer Heckenreihe am anderen Ende des Gartens, direkt am Waldrand.

Das könnte die Stelle sein, dachte ich. Der Gewehrschuß schien irgendwo hier in der Nähe aus dem Wald gekommen zu sein.

Vor mir führte ein schmaler Pfad in den Wald hinein. Ich ging hin, blieb stehen, blickte zurück zu dem hohen Baum mit den bronzeroten Blättern. Einer der Diener führte gerade das Pferd in der Richtung den Weg hinunter, die ich selbst eingeschlagen hatte. Alle anderen gingen in einer lockeren Gruppe den sanften grünen Hang zum Haus hinauf. Im Sonnenschein, unter dem klaren blauen Himmel, sahen sie aus, als kehrten sie von einem fröhlichen Picknick zurück.

Genau hier, dachte ich. Genau hier mußte er gestanden haben, als er abdrückte.

Etwa hundertfünfzig Meter bis zu dem Baum. Kein einfacher Schuß, vor allem, wenn man leicht bergauf schießen muß.

Ich sah mich um. Nirgends reuige Scharfschützen, die mich auf Knien anflehten, sie einzubuchten. Nirgends ein unterschriebenes Geständnis an einen Baum genagelt. Nirgends leere Patronenhülsen. Der moosbewachsene Boden war noch weich vom Regen der vergangenen Nacht, und es waren Fußspuren zu sehen, aber viel zu viele. Lord Bob war hier durchgestapft.

Der Pfad wand sich zwanzig bis dreißig Meter den Hügel hinab, bis er an einem anderen Weg endete. Dieser war breiter, fast eine Straße, und hatte einen Belag aus schwarzem Schotter. Rechts führte er den Hügel hinauf, in Richtung des Schlosses, das von hier aus nicht zu sehen war. Links führte er den Hügel hinunter und verschwand etwa vierzig Meter weiter hinter den Bäumen.

Lord Bob kam um die Biegung der Straße und blieb stehen. Ich ging den Pfad hinunter auf ihn zu.

»Beaumont«, sagte er. »Jemand gesehen?«

»Nein.«

»Hören Sie«, sagte er. »Sie sind doch Amerikaner. Wie steht's mit Ihren Überlebenskünsten in der Wildnis? Fährtenlesen, Fenimore Cooper und so weiter?«

»Sie meinen abgebrochene Äste, verbogene Zweige?«

Sein Gesicht hellte sich auf. »Genau das.«

»Gar nicht gut.«

»Ach.«

»Wo führt der hin?« Ich deutete mit dem Kopf den Weg hinunter.

»Wie? Oh. Hinunter zum Fluß. Nichts zu sehen dort. War gerade selbst da. Nichts.« Er blickte sich um, betrachtete den Wald, der sich meilenweit auszudehnen schien. »Der verfluchte Bastard könnte überall sein.«

»Was ist da oben?« Ich deutete mit dem Kopf den Weg hinauf.

Die Frage schien ihn zu verwirren. »Das Haus natürlich.«

»Könnten wir uns da mal umsehen?«

Er runzelte die Stirn. »Sie werden doch wohl nicht glauben, daß ein Wilderer in *die* Richtung gehen würde?«

»Umsehen kann nicht schaden.«

Er starrte mich einen Moment an und runzelte wieder die Stirn. Fragte sich vermutlich, wieso sich ein Privatsekretär derart für Wilderer interessierte. Aber er war ein Gentleman, und so zuckte er schließlich mit den Schultern. »Na schön. Kommen Sie.«

Wir trotteten miteinander die Schotterstraße hinauf. Die Erdwälle auf beiden Seiten wurden immer höher, bis sie über unsere Köpfe emporragten. Die Straße wurde zu einer Art engem Tal, das zwischen dem steil ansteigenden Gelände und den hohen Bäumen verlief, die sich oben auf den Kämmen erhoben. Nach einer Weile kamen wir zu einem hohen, breiten Flügeltor aus Holz, das in eine knapp fünf Meter hohe Steinmauer eingelassen war. Hinter dem oberen Rand der Mauer konnte ich eine grüne Heckenreihe sehen. Wir befanden uns unterhalb des Niveaus und auf der anderen Seite des Ziergartens.

»Was ist das?« fragte ich Lord Bob und deutete mit dem Kopf auf die Tür.

»Frachttunnel«, sagte er. »Führt unter dem Garten durch zum Haus. Kommt bei der Küche raus. Auf dem Weg wurde früher alles angeliefert. Schleppkähne auf dem Fluß, Pferdefuhrwerke die Straße hier rauf und dann ab durch den Tunnel ins Haus. Ging früher schneller so. Wird heutzutage nicht mehr benutzt.«

An dem Torflügel zur Rechten, auf halber Höhe und auf der Seite, die an den anderen Flügel grenzte, befand sich ein verrostetes Schloßblech mit einem großen Schlüsselloch in der Mitte. Ich bückte mich und untersuchte das Schlüsselloch. Es sah aus, als wäre es seit Jahren nicht benutzt worden. Aber ich war kein Experte für Schlösser. Ich warf einen Blick auf den Boden. Keine Spuren auf dem Schotter, soweit ich sehen konnte. Aber wie ich Lord Bob schon gesagt hatte, war ich kein Experte im Fährtenlesen.

Ich richtete mich auf. »Haben Sie den Schlüssel?«

Seine grauen Augen mit den weißen Kreisen drum herum blinzelten. »Ja, aber nicht bei mir. Würde sowieso nichts nützen. Ist von innen verriegelt.«

Ich drückte gegen das Tor. Es gab nicht nach.

Lord Bob hatte wieder die Stirn gerunzelt. Seine aristokratische Geduld war allmählich am Ende. Vielleicht war es auch seine bolschewistische Geduld. »Wonach, genau gesagt, glauben Sie eigentlich zu suchen?«

Ich holte meine Taschenuhr heraus. Fünf Minuten vor eins. »Könnten wir uns in etwa einer Stunde irgendwo im Haus treffen?«

»Und warum?«

Ich schüttelte den Kopf. »Ich muß zuerst mit Mr. Houdini sprechen. Aber es ist wichtig.«

Wieder Stirnrunzeln. Offenbar hatte ich eine Grenze überschritten, die ein Sekretär nicht zu überschreiten hatte.

»Vielleicht verraten Sie mir mal«, sagte er, »worum es hier eigentlich geht.«

»Bedaure, aber das kann ich im Moment nicht. In einer Stunde?«

Ein schwacher Seufzer. Er griff in die Westentasche, zerrte seine Uhr heraus, warf einen Blick auf das Zifferblatt, sah mich an. »Nun gut. In einer Stunde. In meinem Arbeitszimmer.«

»Wo ist das?«

»Es wird Sie jemand hinführen.«

»Genau. Danke.«

»Harry« sagte ich, »wir müssen es ihm sagen.«

»Aber, Phil . . .«

»Ich bin noch einmal hingegangen«, sagte ich. »Bevor ich hierherkam, bin ich noch einmal zu dem großen Baum gegangen. Unter dem wir alle gestanden haben. Im Stamm ist ein Loch, Harry.«

Ich griff in meine Hosentasche. »Und in dem Loch war das da. Eine ziemlich große Kugel, vermutlich aus einem Gewehr Kaliber .30. Ich habe ausgeknobelt, wo wir alle standen. Wenn er das Gewehr von der Stelle abgefeuert hat, von der ich glaube, daß er es abgefeuert hat, hat das Ding da Ihren Kopf um etwa fünf Zentimeter verfehlt.«

Wir waren wieder in seinem Zimmer. Er saß auf dem Bett, den Rücken an das Kopfbrett gelehnt, die Arme störrisch vor der Brust verschränkt. Ich saß auf dem Stuhl neben dem Schreibtisch.

»Aber, Phil«, sagte er. »Lord Purleigh glaubt, daß es ein Wilderer war.«

»Lord Purleigh weiß nichts von Chin Soo.« Ich warf die Kugel aufs Bett.

Er gab vor, sie nicht zu bemerken. »Aber es *könnte* auch ein Wilderer gewesen sein.«

Ich schüttelte den Kopf. »Das Geräusch des Schusses. Es war scharf und hart. Nicht gedämpft. Wer immer ihn abgefeuert hat, muß genau am Waldrand gestanden haben. Nicht im Wald. Er hat nicht auf einen Hirsch oder ein Wildschwein oder auf einen verdammten versprengten Elefanten gezielt. Sondern auf Sie.«

Er preßte die Lippen zusammen und blickte ins Leere.

Ich sagte: »Es tut mir leid, Harry, aber jetzt ist Schluß. Wenn *Sie* es ihm nicht sagen, dann tue ich es.«

Er sah mich wieder an, überrascht. »Aber Sie haben mir Ihr Wort gegeben.«

»Ich habe gesagt, daß ich inkognito bleiben würde, solange ich für Sie arbeite. Aber wenn Sie Lord Robert nicht informieren, dann arbeite ich nicht mehr für Sie. Ich kündige. Und ich informiere ihn. Dann können Sie beide tun, was Ihnen beliebt, derweil ich im Zug nach London sitze.«

»Aber, Phil . . .« Seine Stimme klang einschmeichelnd.

»Und noch etwas, Harry. Wenn er Sie in der anderen Richtung um fünf Zentimeter verfehlt hätte, hätte er Mrs. Corneille getroffen. Vielleicht trifft er sie beim nächsten Mal. Sie können Ihr eigenes Leben aufs Spiel setzen, solange Sie wollen. Das ist Ihr gutes Recht. Damit verdienen Sie schließlich Ihr Geld. Aber Sie werden nicht das Leben anderer aufs Spiel setzen.«

Er atmete langsam und tief ein und seufzte dann. Er nickte.
»Ja. Ja, natürlich. Sie haben vollkommen recht, Phil. Wir müssen es ihm sagen.«

Die Abendpost

Maplewhite, Devon
18. August

Liebe Evangeline,

Ich bin überzeugt davon, daß ich im Begriff stehe, den Verstand zu verlieren. Ebenso überzeugt bin ich davon, daß dieser Verlust, in Anbetracht der zahlreichen augenfälligen Mängel des betreffenden Organes, für niemanden ein schwerer Schlag sein wird. Am allerwenigsten vielleicht für mich.

Ich weiß, daß ich Dir ein Gespenst versprochen habe. Das Versprechen werde ich nicht einlösen, zumindest nicht, was dieses Gespenst betrifft. Ich möchte darüber weder reden noch schreiben, ja nicht einmal mehr daran denken. Ich bin seiner, offen gestanden, überdrüssig. Was es gesagt und was es getan hat, sofern es überhaupt etwas gesagt oder getan hat, sollte man am besten schleunigst vergessen. Wenn nicht für immer, dann zumindest so lange, bis ich mir über alles übrige klargeworden bin.

Alles übrige?

Eine berechtigte Frage. Seit dem Frühstück bin ich nicht nur auf zwei *weitere* Gespenster gestoßen, sondern auch befühlt und mit einem unsittlichen Antrag bedacht worden; habe mir Quetschungen und Prellungen zugezogen; habe, wedelnd und fuchtelnd, hilflos auf einem durchgehenden Pferd gesessen; habe mich abermals absolut lächerlich gemacht und bin von einem österreichischen Psychoanalytiker angestarrt und abgetastet worden. Und zu alledem habe ich auch noch einen antiken Schildpattkamm verlegt, an dem ich sehr hänge.

Ach ja, das hätte ich ja fast vergessen: Und man hat auf mich geschossen.

Die Kugel war eigentlich nicht für mich bestimmt, wie man mir zumindest versichert. Aber sie ist auf jeden Fall so dicht neben meiner Wenigkeit eingeschlagen, daß ich, zum Zeitpunkt des Geschehens, ihr gegenüber gewisse Besitzansprüche geltend machte. Ich fühlte mich irgendwie betrogen, als ich später erfuhr, daß dies ein Irrtum war.

So sind nun mal die Sitten und Gebräuche in Devon. Erfahrene Reisende wie uns kann dergleichen natürlich nicht erschüttern. Denn wenn man *ein* Gespenst gesehen hat, hat man in gewissem Sinne alle gesehen, *n'est-ce-pas*? Eines genügt doch völlig als Beweis dafür, daß es sie gibt; die Anwesenheit von zwei (oder drei oder vier oder vierhundert) ist schlicht überflüssig.

Und was, um darauf zurückzukommen, bedeuten letztlich unsittliche Anträge und Berührungen? Wenn man so viel von der Welt gesehen hat wie ich, Evy, wenn man, wie ich, alles gesehen hat, von den schwindelerregenden Höhen von Knightsbridge bis . . . nun, bis hin zu den schwindelerregenden Höhen von Kensington, wird einem klar, daß im großen Weltengefüge, in der gewaltigen Ausdehnung von Zeit und Raum unsere Leidenschaften und selbst unser Leben im Grunde nichtig sind.

Und was Gewehrkugeln betrifft – nun, was sind schon Gewehrkugeln? Winzig sind sie und so *gewöhnlich*, diese kleinen Dinger aus Blei, die durch die Luft sausen und sich plump in nahe Bäume bohren.

Was den Kamm betrifft, so habe ich damit wahrscheinlich irgend etwas Dummes angestellt, während ich in Gedanken woanders war. Ihn verlegt vielleicht. Oder verschluckt.

Ich bin ganz durcheinander wegen des Kamms.

Wie ich schon sagte, stehe ich im Begriff, den Verstand zu verlieren. Und es ist mir ganz gleichgültig. Ich weigere mich, weiter die unbedarfte (wenn auch in die Jahre kommende) Naive zu spielen, selbst wenn das die Rolle ist, für die ich, nach allgemeiner Übereinstimmung, am besten ausgerüstet bin.

Genug. Wir wollen mit diesem Bericht dort beginnen, wo der letzte geendet hat.

Ich schrieb Dir, ich hätte in der vergangenen Nacht überhaupt nicht geschlafen, nachdem ich das erste Gespenst sah. Und ich glaube, ich schrieb Dir auch, ich hätte Schluß machen müssen, weil ich hörte, daß sich im Zimmer der Allardyce etwas regte. Nachdem ich den Brief zusammengefaltet, in ein Kuvert gesteckt und dieses zugeklebt hatte, schob ich mich aus dem Bett, warf meinen Morgenrock über und ging auf Zehenspitzen zu der Verbindungstür zwischen ihrem und meinem Zimmer. Ich war alles andere als erpicht darauf, ihr gegenüberzutreten, da mich noch immer brennende Scham wegen meines Auftritts in der vergangenen Nacht erfüllte.

Sie saß im Morgenrock am Frisiertisch, der massige Körper in sich zusammengesackt, die Arme schlaff auf den Armlehnen des Stuhls, die Hände herabhängend, und starrte in den Spiegel.

Sie war nicht zurechtgemacht. Natürlich hatte ich sie schon früher so gesehen, unzählige Male: ohne all die Schminke und Tünche, ohne Puder und Schönheitsmittelchen. Tatsächlich hatte ich sie erst vor wenigen Stunden so gesehen, als ich meinen Hang zur Hysterie unter Beweis stellte. Doch aus irgendeinem Grund wirkte ihr Gesicht an diesem Morgen seltsam nackt und verletzlich.

Verletzlich ist vielleicht das letzte Etikett, das ich der Allardyce unter normalen Umständen auf das breite Kreuz kleben würde. Vielleicht war es die Sonne heute morgen. Zum erstenmal seit Wochen waren die Wolken draußen verschwunden. Ein kalter gelber Lichtstreifen zog sich durchs Zimmer und fiel wie der Strahl einer Lampe auf ihr weißes rundes Gesicht.

Ich glaube, ich erzählte Dir bereits, daß sie keine Wimpern und keine Augenbrauen hat. Heute morgen, im harten Licht der Sonne, ließ diese Tatsache ihr Gesicht erschrocken und erstaunt aussehen, als hätte sie vor einem Moment in den Spiegel geblickt und plötzlich erkannt, daß sie alt und dick und einsam geworden war.

Denn irgendwann, wenn auch vor noch so vielen Jahren, wenn auch vor noch so vielen Pralinen und Muffins und Rosinenbrötchen, muß selbst die Allardyce einmal Kind gewesen sein. Einst muß auch sie auf einer Wiese hinter Schmetterlingen hergelaufen sein. Einst muß auch sie etwas in Staunen versetzt haben: ein Sonnenuntergang, ein Regenbogen, ein Niesen. Einst muß auch sie gekichert und gequietscht haben.

Ich will damit nicht sagen, daß ich das alles rational oder auch nur bewußt dachte. Was mich überkam, und es überkam mich im Verlauf von nur einer Sekunde oder zwei, war ein Gefühl tiefer und unendlicher Traurigkeit wegen der Verluste, die sie erlitten hat, ob durch Zufall oder durch eigenes Zutun (was natürlich schlimmer wäre), und das Gefühl, daß ich, bis jetzt, das Gute in ihr gewissermaßen *verraten* hatte, weil ich von der Möglichkeit seiner

Existenz keine Notiz genommen hatte; und daß ich dadurch auch das Gute in mir selbst verraten habe.

Wie gesagt, geschah all dies binnen einer oder zwei Sekunden. Und dann merkte sie plötzlich, daß ich im Zimmer war, drehte sich zu mir um und runzelte die Stirn. Die schwarzen Knopfaugen unter der blassen, nackten Stirn verengten sich. »Sie widerliches, *vulgäres* kleines Ding«, sagte sie.

Was immer ich auch zu sagen versuchte, kam als hoffnungsloses Gestammel heraus.

Sie zog den Morgenrock fester um sich. »Das ganze *Haus* aufzuwecken. Zu kreischen und zu plärren wie ein irisches *Waschweib.*«

Die Schamröte schwappte mir heiß ins Gesicht. »Es tut mir schrecklich leid, ich . . .«

»Das war ja so *peinlich.* Was müssen meine Freunde nur von mir *denken*? Als ich heute morgen aufwachte, war mein *erster* Gedanke, daß ich Sie entlassen sollte.«

Mein erster Gedanke war, ihr in ihr feistes Gesicht zu spucken.

Mein zweiter Gedanke, zwar weniger verlockend, aber (leider) realistischer, war, daß das schlicht nicht genug war. Zu spucken, meine ich. Ich rief mir ins Gedächtnis zurück, daß ich dieses unerträgliche Weib aus einem ganz bestimmten Grund ertrug. Nur noch ein weiteres Jahr in ihren Diensten – vorausgesetzt, daß wir beide ein weiteres Jahr überleben –, und ich müßte genau einhundert Pfund gespart haben, die das Polster bilden werden, auf dem ich mich zurücklehnen kann, während ich zu entscheiden versuche, was ich mit meinem Leben anfangen will.

Ich glaube, ich hätte ihr dennoch ins Gesicht spucken und ihr vielleicht eine Meissener Tabaksdose an den Kopf werfen können. Beide Vorstellungen waren ungeheuer verlockend. Ich hätte sie, auf dem Boden ausgestreckt wie ein gestrandeter Wal, einfach liegen lassen können, um dann meine Sachen zu packen, jemanden zu bitten, mich zum Bahnhof zu fahren, und den ersten Zug nach London zu nehmen.

Doch ich erinnerte mich an die Monate, als ich keine Anstellung hatte, an die kargen kalten Mahlzeiten in meiner winzigen Kammer, den Hunger und die Erniedrigungen und die mörderische Londoner Einsamkeit, die einem die Seele versengt.

So macht Berechnung Feiglinge aus uns allen.

Ich sagte nichts zur Allardyce. Und sie sagte, einige Sekunden lang, nichts zu mir. Ich für meinen Teil war zu stolz, um um meine Stellung zu betteln; und dennoch, trotz meines Stolzes, zu ängstlich, um ihr den Bettel vor die Füße zu schmeißen. Sie, glaube ich, zog den Moment bewußt in die Länge, um uns beiden das volle Ausmaß ihrer Macht bewußtzumachen.

»Ich werde Ihnen jedoch«, sagte sie schließlich, »wenn auch *nicht* ohne gewisse Bedenken, noch *eine* Chance geben. Ich will Ihnen Ihre Jugend und Ihre offensichtliche Unerfahrenheit zugute halten. Aber ich *warne* Sie. Wenn Sie von jetzt an nicht tun, was ich sage, werden Sie unverzüglich entlassen. Und ich werde dafür sorgen, daß *kein Mensch* aus guter Familie noch *irgend etwas* mit Ihnen zu tun haben will. Haben Sie mich verstanden?«

»Ja«, sagte ich.

Sie legte ihr unbespucktes Gesicht in Falten und strich sich über den heil gebliebenen Kopf. »Wenn jemand so freundlich war, einem eine Gefälligkeit zu erweisen«, sagte sie, »ist es üblich, sich zu bedanken.«

Auch das noch.

»Danke, Mrs. Allardyce«, sagte ich und fragte mich im stillen, wieviel Spucke ich wohl im Laufe eines Jahres ansammeln konnte.

Aber die Allardyce war noch nicht fertig mit mir, o nein. »Und Sie werden *nichts* mehr von Gespenstern faseln«, sagte sie. »Ihr Benehmen in der vergangenen Nacht war *unverzeihlich*. Und wie Sie Sir David behandelt haben, war in höchstem Maße ungehörig. Sie werden sich so *bald* wie möglich bei ihm entschuldigen.«

Heute nacht, während meiner großen Szene, hatte Sir David vorgegeben, mich trösten zu wollen, und mich in einer Art und Weise gestreichelt, die weniger darauf angelegt war, mich zu beruhigen – Evy, ich *weiß*, daß es so war –, als sich selbst zu erregen. Ich war ihm gegenüber ausfallend geworden, gewiß; aber der Mann hatte meine mißliche Lage bewußt ausgenutzt. Wenn die Allardyce die ganze Nacht dagesessen hätte, um sich eine Strafe auszudenken, die mich empören und wütend machen würde, dann hätte ihr nichts Schlimmeres einfallen können, als daß *ich* mich bei *ihm* zu entschuldigen hätte.

Doch ich schluckte meinen Stolz, die armseligen Fetzen, die

davon noch übrig waren, hinunter und nickte. Mrs. Applewhite, diese eiserne Verfechterin von Prinzipien, hätte sich übergeben.

»Nun gut«, sagte die Allardyce. »Sie dürfen jetzt gehen und sich anziehen.«

Das Frühstück war nicht ganz so eine Tortur, wie ich erwartet hatte. Ich hatte mich davor gefürchtet, bei Tageslicht den Menschen gegenüberzutreten, die meinen nächtlichen hysterischen Anfall miterlebt hatten. Aber wenn die Allardyce nicht gewesen wäre, hätte wahrscheinlich niemand ein Wort darüber verloren. Selbst Mrs. Corneille tat so, als ob nichts gewesen wäre, obwohl ich eine zittrige halbe Stunde in ihrem Zimmer verbracht hatte. Sie lächelte mich lediglich freundlich an und nickte in meine Richtung.

Sir David lächelte mich mit seinem ironischen, wissenden Lächeln an, aber Sir David lächelt mich ja ständig mit seinem ironischen, wissenden Lächeln an.

Mr. Houdini und sein Sekretär, Mr. Beaumont, sind übrigens überhaupt nicht erschienen. Trotz ihrer legendären Aufgestanden-und-zugepackt-Einstellung ziehen die Amerikaner offensichtlich Hinlegen und Liegenbleiben vor.

Wir aßen im Wintergarten, einem luftigen Raum mit Blick auf den Rasen und den architektonischen Garten unterhalb von uns. Das Frühstück war eine zwanglose Angelegenheit; wir bedienten uns selbst mit Eiern, Speck, Nierchen etc. aus silbernen Rechauds auf der Anrichte.

Ich hatte keinen Hunger – die letzten Fetzen meines Stolzes waren mir im Hals steckengeblieben, so daß ich kaum etwas anderes hinunterbrachte. Ich sagte nichts. Später sprach die Allardyce, deren Gesicht und gute Laune wiederhergestellt waren, des langen und breiten über eine geistlose musikalische Komödie, in die sie mich im letzten Monat geschleppt hatte. Lord Robert schwärmte in den höchsten Tönen von einem neuen Kraftrad, das er gekauft hat.

Die Ehrenwerte Cecily überraschte mich damit, daß sie sich an mich wandte und mich fragte, ob ich gern im Sattel sitze. Ich war derart überrumpelt, daß ich ganz nervös wurde und wie ein ausgemachter Idiot nur stammeln konnte: »Auf einem Kraftrad?«

Sie lächelte liebenswürdig und sagte: »Nein, nein. Ich meine auf einem Pferd.«

Ich sagte, daß ich früher, und mit großem Vergnügen, geritten sei, aber das sei viele Jahre her. Sie überraschte mich abermals, indem sie mir ihr eigenes Pferd anbot.

»Aber ich habe nicht die entsprechende Kleidung«, sagte ich.

Sie zuckte flüchtig mit den Schultern und blickte flüchtig auf mein tristes Leinenfähnchen. »Meine Kusine hat ihre Reitsachen hiergelassen. Ich glaube, die werden Ihnen passen.«

Vor Überraschung über ihre unerwartete Großzügigkeit und vor Verwunderung darüber, was sie dazu bewogen haben mochte, hätte ich beinahe wieder gestottert. »Das ist ungemein freundlich von Ihnen«, brachte ich mühsam heraus. »Ja, gerne. Vielen Dank. Schrecklich gerne. Macht es Ihnen auch ganz bestimmt nichts aus?«

»Überhaupt nichts«, sagte sie mit ihrer leicht überzogenen Stimme.

Dann mischte sich die Allardyce ein.

»Jane, meine Liebe«, sagte sie honigsüß, »ich glaube *nicht*, daß Reiten jetzt eine gute Idee wäre. Nach der ganzen *Aufregung* der vergangenen Nacht sollten Sie sich *wirklich* nicht *zuviel* zumuten.«

Hinter ihrer vorgetäuschten Besorgtheit steckte natürlich die Entschlossenheit, erneut ihre Autorität unter Beweis zu stellen, indem sie mir etwas versagte, was ich mir ganz offensichtlich wünschte. Ich spürte, wie Wut in mir aufbrandete, und dann Vorsicht, und dann Scham, und blickte hinunter auf meinen Teller, ohne ihn zu sehen.

»Wie? Was?« sagte Lord Robert. »Welche Aufregung denn?«

»Ach, wußtest du das nicht?« fragte die Allardyce eifrig. »Die arme Jane hatte letzte Nacht einen *entsetzlichen* Albtraum. Sie hat sich *eingeredet*, sie hätte dein berühmtes Gespenst gesehen, und fühlte sich genötigt, die Ärmste, alles in Hörweite aufzuwecken.«

Ich blickte zu Lord Robert und sah, daß er mich anstarrte. Er war so blaß geworden wie ein – nun, eben richtiggehend totenbleich, Evy. Er öffnete den Mund, machte ihn wieder zu, öffnete ihn erneut und sagte fast im Flüsterton zu mir: »Sie haben Lord Reginald gesehen?« Und räusperte sich.

Ich war über seine Reaktion etwas überrascht und konnte nur stammeln: »Ich, nein, Lord Robert, ich . . .«

»Robert, mein Lieber«, sagte Lady Purleigh und lächelte ihn vom anderen Ende des Tisches aus an. »Es war ein Albtraum. Nichts weiter.«

»Ja«, sagte ich. »Ein Albtraum. Es tut mir sehr leid, Lord Purleigh, daß ich Ihre Gäste gestört habe.« Meine Stimme klang krächzend und überhaupt nicht wie meine eigene.

Mrs. Corneille saß mir gegenüber, und sie starrte die Allardyce mit zusammengepreßten Lippen an. Links von ihr saß Dr. Auerbach, der Psychoanalytiker, dessen weit aufgerissene Augen mich durch das Pincenez mit psychiatrischem Interesse beobachteten.

Meine Gesichtshaut war wieder heiß und so stramm wie ein Wurstdarm.

Lord Roberts Gesicht hatte wieder seine übliche ziegelrote Farbe angenommen, und er grinste mich plötzlich an. »Ein Albtraum. Natürlich war es ein Albtraum. Natürlich. Ha, ha. Nichts, dessen man sich zu schämen braucht. Kann jedem mal passieren, was? Denken Sie nicht mehr daran.« Er kniff die Augen zusammen. »Reiten ist da genau das richtige. Das Beste auf der Welt für Sie. Gute frische Luft. Gesunde Bewegung. Nehmen Sie ruhig Cecilys Pferd, wie sie sagt. Verdammt gute Idee von dir, Cecily.« Er wandte sich an die Allardyce. »Das Beste auf der Welt für sie, Marjorie, verlaß dich drauf.«

Da dies von ihrem Gastgeber kam, war es für die Allardyce weniger ein Vorschlag als vielmehr ein Befehl. Sie klimperte mit den Augendeckeln und lächelte honigsüß. »Aber *gewiß* doch, Robert. Wenn du wirklich *meinst*.«

Hältst Du es für möglich, daß sie insgeheim ein Wesen von einem anderen Stern ist, vom Mars oder von der Venus, das seine wahren Gefühle verstecken muß, um als ein Wesen von dieser Welt durchzugehen?

Darauf Cecily: »Sie könnte mit Sturmwind ausreiten, während wir alle ins Dorf gehen.«

Und Mrs. Corneille, die Gute, sagte: »Aber vielleicht würde Jane gerne einen Spaziergang ins Dorf machen. Möchten Sie nicht lieber mitkommen, Jane?«

»Eigentlich schon«, sagte ich. »Aber vielleicht ein andermal? Wenn ich darf? Wenn es Ihnen recht ist, würde ich eigentlich gern reiten gehen.«

Sie lächelte unter ihren vollendet gebogenen Augenbrauen. »Ganz wie Sie möchten.«

»Das Beste für Sie«, sagte Lord Robert. »Dann nimm Miß Turner mal mit nach oben, Cecily, und staffier sie aus, was?«

Ich blickte mich flüchtig am Tisch um. Sir David lächelte noch immer wissend. Dr. Auerbach beäugte mich noch immer mit berufsbedingter Neugier.

Als ich mit Cecily wegging, ungeheuer erleichtert, vom Tisch wegzukommen, fiel mir noch etwas ein: daß es sehr ungezogen ist, das Zimmer nicht zu verlassen, wenn andere hinter Deinem Rücken über Dich reden wollen.

Cecily hat eine eigene Suite im Westflügel des Schlosses, ein kleines Wohnzimmer und ein Boudoir mit angrenzendem Ankleidezimmer. Überall war natürlich alles perfekt und französisch – die Mahagoni-Kommode, das elegante Empire-Bett, die Louis-quatorze-Stühle mit den karmesinroten Samtbezügen. Und die Kleider, die dicht an dicht in ihren Schränken hingen, Seide und Satin und Samt und Spitze und ... etc. Neid ist wirklich etwas Unangenehmes, findest Du nicht?

Cecily legte sich im Wohnzimmer auf ein Polstersofa mit geschwungener Rückenlehne und blätterte in einer »Vogue«, während ihre Zofe Constance mir half, die Sachen der Kusine zusammenzusuchen. Sie rochen schwach nach Chanel (natürlich!) und paßten mir eigentlich recht gut, muß ich sagen. Als ich mich in dem hohen Spiegel im Ankleidezimmer betrachtete, war ich überrascht und sehr erfreut. Der Schnitt der flotten taillierten Jacke war ungemein schmeichelnd, da er meinen gräßlichen Brustkasten streckte und meine Taille betonte, die, selbst wenn sie derzeit noch so unmodern ist, zu den wenigen anständigen Merkmalen meiner Erscheinung gehört. (Und erzähle mir *ja* nichts anderes!) Ich gestehe, daß ich einen Moment oder zwei damit zubrachte, wie ein Derwisch vor dem Spiegel herumzuwirbeln und über die Schulter mein einfältiges lächelndes Ich zu bewundern.

Als ich wieder ins Wohnzimmer kam, in der einen Hand die Reitpeitsche und in der anderen den Bowler, schloß Cecily die Zeitschrift und legte sie träge auf den Couchtisch. Sie musterte mich flüchtig und runzelte die Stirn, als mißfalle ihr etwas.

Ich blieb stehen. »Stimmt etwas nicht?« fragte ich sie.

»O nein«, sagte sie. »Nichts.« Anmutig und agil schwang sie ihre langen Beine vom Sofa und stand auf. Sie trug ein Kleid aus cremefarbenem Leinen, einfach, aber elegant, mit kurzen Ärmeln und verlängerter Taille, dessen Saum exakt unter ihren kecken, perfekten Knien endete. Dazu opalisierende Seidenstrümpfe und beige Lederpumps. Sie sah wie immer hinreißend aus.

Sie nahm eine Zigarette aus einer schwarzen chinesischen Lackdose auf dem Couchtisch und steckte sie zwischen die Lippen. Sie sah wieder zu mir herüber. »Steht Ihnen gut«, sagte sie. »Die Jacke.« Sie zündete sich mit einem kleinen goldenen Feuerzeug die Zigarette an.

»Finden Sie wirklich?«

»Ja«, sagte sie, Rauch ausstoßend. »Sie stecken tatsächlich voller Überraschungen.«

»Wie bitte?« sagte ich.

Sie lächelte lediglich ihr überlegenes Lächeln und zuckte ihre schmalen Schultern. »Sie wirken irgendwie viel . . . ich weiß nicht, wie ich sagen soll . . . *gesünder* in dieser Kleidung.«

Sie meinte wohl *fetter*, und vielleicht runzelte ich die Stirn.

Doch sie lächelte wieder, diesmal weniger steif. »Ich will damit sagen«, sagte sie, »daß Sie wirklich ganz reizend aussehen.«

Ich fand, daß das sehr lieb von ihr war, und dankte ihr, wobei ich natürlich errötete wie ein Backfisch.

Gemeinsam marschierten wir aus ihrem Zimmer und mehrere Korridore entlang und mehrere Treppenhäuser hinunter und durch noch mehr Korridore, bis wir, ziemlich außer Atem, in der Großen Halle ankamen, wo sich das Kontingent für den Stadtgang versammelt hatte: Lady Purleigh, Mrs. Corneille, Dr. Auerbach und Sir David. Lady Purleigh sagte etwas Liebenswürdiges über mich und meinen geliehenen Staat, und ich errötete und faselte wieder – bestimmt höchst kleidsam. Und dann, als alle einer nach dem anderen hinaus in den Sonnenschein zu gehen begannen, zog mich die Allardyce auf die Seite und zischte mir mit ihrem Pfefferminzatem zu: »Zeit, sich zu entschuldigen, junge Dame.«

Sie wälzte ihre Masse herum und wieherte: »Ach, Sir *David*? Dürften wir Sie wohl *einen* Moment sprechen?«

Sir David machte kehrt und kam mit diesem ekelhaften ironischen Lächeln zu uns herübergeschlendert.

»Sir David«, muhte die Allardyce, »Jane möchte Ihnen etwas *höchst* Wichtiges sagen.« Sie lächelte mich honigsüß an, versuchte erneut, und mit dem gleichen durchschlagenden Mißerfolg, ein menschliches Wesen zu verkörpern. »Daß Sie sich *ja* nicht zuviel zumuten, meine Liebe«, sagte sie. Und dann watschelte sie davon und ließ mich mit meinem Bowler und meiner Reitpeitsche und Sir David allein. Ich hatte so ziemlich das gleiche Gefühl, das eine als Köder bestimmte Ziege haben muß, nachdem man sie mitten im Busch, unter der sengenden Sonne, angepflockt hat.

»Ich muß sagen, Jane«, sagte Sir David, »Sie sehen in diesem Ensemble umwerfend aus.« Er lächelte, als ob Umwerfen, in Wort und Tat, ihn in letzter Zeit ziemlich beschäftigt hätte.

»Danke«, sagte ich.

»Eine schöne Reitpeitsche«, sagte er und strich sich über den Schnurrbart. »Darf ich mal sehen?«

Ich gab sie ihm. Er ließ sie ganz leicht auf seine linke Handfläche schnalzen und blickte dann wieder wissend zu mir auf. »Schön elastisch. Fest und dennoch biegsam.«

Ich spürte, wie die Haut in meinem Gesicht zu spannen und zu brennen begann. »Ich bin sicher, daß sie ihren Zweck erfüllen wird«, sagte ich.

Er lächelte über mein Erröten; meine Röte vertiefte sich; sein Lächeln verbreiterte sich. »Oh, das wird sie ganz bestimmt«, sagte er und klopfte sich mit der Reitpeitsche rhythmisch auf die Handfläche. »Sie hatten mir etwas zu sagen?«

»Ja. Ich wollte mich für mein Benehmen in der vergangenen Nacht entschuldigen. Ich war unhöflich.«

So. Es war geschafft. In einem Jahr würde die Allardyce um einen Viertelliter Spucke reicher sein.

Noch immer lächelnd, noch immer mit der Reitpeitsche spielend, sagte er: »Sie sind schon geritten, sagen Sie?«

»Ja.«

»Das dachte ich mir. Ich glaube, daß Sie einen tadellosen Sitz haben.«

Und dann, ohne seinen Blick von mir zu wenden, die Augenbrauen abwägend hochgezogen, führte er die Reitpeitsche an meine Seite und hinunter und ließ sie, mit einer lüsternen, ledernen Liebkosung, meine Hüfte hinaufwandern.

Ich war so verblüfft, daß ich einfach nur dastand.

Dies faßte er als Ermutigung auf. Er trat einen Schritt näher, noch immer ein Lächeln auf den Lippen, die sich nun aber öffneten, und ich schlug ihm voll ins Gesicht, so fest ich konnte.

Ich nehme an, daß er davon ebenso überrascht war wie ich selbst. Und er war wie betäubt. Sein Kopf schnellte hoch, und sein Gesicht wurde weiß. Und *böse*, Evy: seine Augen verengten sich zu dunklen glänzenden Schlitzen, und seine dicken Lippen schnellten von seinen Zähnen zurück. Und dann, mit dem Handrücken nach vorn und so schnell, daß ich das Zischen hören konnte, holte er mit der Reitpeitsche aus.

(Fortsetzung folgt)

Elf

»Mal sehen«, sagte Lord Bob, »ob ich Sie richtig verstanden habe.«

Wir waren in seinem Arbeitszimmer, einem großen Raum im Erdgeschoß. Das Zimmer roch nach frischen Blumen und nach altem Geld. Vermutlich hatte es schon immer nach altem Geld gerochen, doch der Blumengeruch kam von einer hohen Vase mit roten Rosen auf Lord Bobs Schreibtisch. Der Schreibtisch war groß genug, um die Vase wie ein winziges Ruderboot auf einem See aus Kirschbaumholz aussehen zu lassen.

Der Große Meister und ich saßen in roten Ledersesseln, die mit Messingnägeln verziert waren. An den dunkel getäfelten Wänden hingen gerahmte Radierungen von eleganten Jagdhunden. Hinter den Flügelfenstern hing eine Postkartenansicht von grünem Gras und fernen Bäumen.

Lord Bob starrte mich an, als hätte ich ihm gerade angeboten, von meinem Tarantel-Sandwich abzubeißen. »Sie sind gar kein Privatsekretär«, sagte er.

»Nein«, sagte ich.

»Sie arbeiten für das Detektivbüro Pinkerton – in Amerika.«

»Richtig.«

Er strich sich über den Schnurrbart. »War doch ein Pinkerton-Spitzel, der die Molly Maguires, die Kumpel in Pennsylvania, hat auffliegen lassen?«

Ich nickte. »James McParlan.«

»Und Pinkerton-Leute wurden eingeschaltet, um diese Streikbrecher in Homestead zu beschützen. Bei dem großen Arbeiterstreik gegen das schottische Schwein, diesen Carnegie.«

»Richtig.«

»Bewaffnete Gangster. Kapitalistische Söldner.«

Ich nickte. »Solche Sachen machen wir nicht mehr.«

Seine buschigen Augenbrauen wanderten die Stirne hinauf. »Nein? Arbeiten jetzt wohl für die Gewerkschaften, was?«

»Im Augenblick arbeite ich für Harry.« Ich zuckte mit den Schultern. »Sie mögen die Leute von Pinkerton nicht, Lord Purleigh.« Er forderte mich nicht auf, ihn Bob zu nennen. »Das ist Ihr gutes Recht. Aber ich bin nicht hier, um Stahlarbeiter niederzuknüppeln. Ich bin hier, um Harry zu beschützen.«

Lord Bob blickte finster drein. Er wandte sich an den Großen Meister. »Sie haben Beaumont hier . . .« Er sah wieder mich an. »Sie *heißen* doch Beaumont? Oder reisen Sie etwa unter einem . . .« Er hielt inne, suchte nach dem richtigen Wort, vielleicht auch nach einem häßlichen Synonym.

»Decknamen?« sagte ich. »Nein.«

Wieder an den Großen Meister gewandt: »Sie haben Beaumont engagiert, weil jemand Sie zu *töten* versucht?«

Der Große Meister runzelte die Stirn. »Das war aber keineswegs *meine* Idee. Ich persönlich war davon überzeugt, mit dieser Angelegenheit alleine fertig werden zu können. Doch meine liebe Frau Bess war besorgt. Sie ängstigt sich um mich, müssen Sie wissen. Und nach dem, was in Philadelphia passiert ist, bestand sie darauf, daß ich jemanden einstelle, der in der Lage wäre, meine Sicherheit zu gewährleisten.«

Lord Bob blickte verdutzt drein. »Und was«, sagte er, »ist in Philadelphia passiert?«

»Ich war in einem Hotel abgestiegen. Im Ardmore. Chin Soo verschaffte sich, als Zimmerkellner verkleidet, Zugang zu meiner Suite. Er versuchte mich zu töten. Oder die Person, von der er glaubte, daß ich sie sei. Tatsächlich hätte er beinahe einen Beamten der Polizeibehörde von Philadelphia getötet. Einen Sergeant Monahan.«

»Lanahan«, sagte ich.

Lord Bob runzelte die Stirn über mich. Desgleichen der Große Meister – verbessert zu werden mochte er ebensowenig wie unterbrochen zu werden. »Wer auch immer«, sagte er, »jedenfalls gab er vor, ich zu sein. Es war eine Falle, verstehen Sie. Die Polizei war zugegen, um Chin Soo zu ergreifen und zu verhaften.«

»Was ihr aber nicht gelang«, sagte Lord Bob.

»So ist es. Er floh über eine Feuerleiter.«

Lord Bob strich sich den Schnurrbart. »Und darum haben Sie diese Pinkertons da angeheuert. In Form von Beaumont.«

»Ja. Wie gesagt, es war die Idee meiner Frau.«

Das stimmte. Aber es lag auf der Hand, daß Lord Bob »diese

Pinkertons da« nicht leiden konnte, und der Große Meister hatte vermutlich nichts dagegen einzuwenden, zwischen sich und mir etwas Distanz zu schaffen.

Lord Bob nickte und fuhr fort, sich den Schnurrbart zu streichen. »Dieser Chin Soo da. Ein rabiater Zauberkünstler, sagen Sie?«

»Ein Rivale, ja.«

»Nimmt Rivalitäten aber verdammt ernst, muß ich sagen.«

»Der Mann ist geistig derangiert. Vollkommen wahnsinnig. Er behauptet, ich hätte meine Sargnummer bei ihm gestohlen. Was natürlich absoluter Unsinn ist. Ich bin mit dieser Sargnummer schon aufgetreten, als Chin Soo noch in zweitklassigen Varietés Geschosse auffing.«

»Geschosse auffing?« sagte Lord Bob. Seine struppigen Augenbrauen wanderten nach oben.

Der Große Meister zuckte die Schultern. »Mit den Zähnen.«

Die Augenbrauen senkten sich. »Gütiger Gott!«

»Natürlich ist es gefährlich, bis zu einem gewissen Grade, aber es ist nur ein Trick.«

»Und Sie glauben wirklich, daß der Bursche Ihnen bis nach England folgen würde?«

Ich sagte: »Ich bekam ein Telegramm von unserem Büro in New York, während wir in Paris waren. Ein Mann, der vermutlich Chin Soo war, hat eine Passage auf der *La Paloma* gebucht. Das Schiff ist letzten Montag in Rotterdam eingetroffen.«

Lord Bob sah mich an. »Warum haben Ihre Leute nicht die holländische Polizei benachrichtigt?«

»Haben sie ja. Der Typ hat das Schiff nicht verlassen. Er ist einfach verschwunden.«

»Verschwunden?«

»Niemand weiß, wie Chin Soo aussieht. Auf der Bühne ist er immer geschminkt. Niemand weiß, wie er in Wirklichkeit heißt. Chin Soo ist sein Künstlername. Wir sind ziemlich sicher, daß er kein Chinese ist. Und wir wissen, daß er sich aufs Verkleiden versteht. Als er im Ardmore hinter Harry her war, hatte er sich als Italiener zurechtgemacht.«

Lord Bob runzelte die Stirn.

»Er ist schlau und er ist entschlossen«, sagte ich, »und es gibt im

Augenblick keine Möglichkeit, seinen Aufenthaltsort ausfindig zu machen.«

»Wie wollen Sie ihn dann schnappen?«

»Das ist nicht meine Aufgabe. Meine Aufgabe ist es, dafür zu sorgen, daß Harry am Leben bleibt. Darum hielt ich es auch für eine gute Idee, ihn aus London wegzubringen und nach Devon zu fahren. Was nicht publik werden sollte.« Ich warf einen Blick auf den Großen Meister, der blinzelte und zur Seite sah. »Ich dachte, daß es hier sicher wäre. Ich habe mich geirrt. Chin Soo muß den Artikel in der Londoner ›Times‹ gelesen haben.«

Lord Bob strich wieder seinen Schnurrbart. »Aber Sie *wissen* doch gar nicht, ob es Ihr Chin Soo war, der heute nachmittag den Schuß abgefeuert hat.«

»Wer es auch war, er hat Harry nur um wenige Zentimeter verfehlt. Das genügt mir.«

»Aber Sie können es nicht wissen. Nicht mit absoluter Sicherheit.«

»Ich werde erst dann etwas mit absoluter Sicherheit wissen, wenn Chin Soo im Gefängnis ist. Oder wenn Harry tot ist. Aber bis dahin scheint mir, daß jeder Ihrer Gäste in Gefahr ist.«

Er runzelte wieder die Stirn über mich. Er runzelte heute überhaupt oft die Stirn, und meist über mich. Er ließ sich in seinem Sessel zurücksinken, stützte die Ellbogen auf die Armlehnen und schob die aneinandergelegten Fingerspitzen unter das Kinn. »Und was schlagen Sie vor?«

»Harry und ich könnten abreisen. Wieder nach London fahren. Das ist die eine Möglichkeit. Dann sind zumindest Ihre anderen Gäste nicht in Gefahr. Das wäre mein Vorschlag.«

»Aber Houdini ist doch der einzige, den dieser Bursche umbringen will. Oder?«

»Wenn er versucht, Harry zu töten, könnte er ihn verfehlen und andere treffen. Er hätte heute nachmittag Mrs. Corneille treffen können.«

Er nickte. Widerwillig. »Ist was dran. Aber bringen Sie nicht überall, wo Sie sind, andere in Gefahr? So ist es doch, wie?«

»Das stimmt. Und darüber bin ich auch alles andere als glücklich. Ich hätte gern noch zwanzig Männer zu meiner Verfügung. Aber Harry will, daß alles ganz unauffällig ist. Darum nur *ein* Mann. Ich.«

Lord Bob wandte sich an den Großen Meister. »Und warum das?«

»Je mehr Personen in diese Sache verwickelt werden, desto größer ist die Wahrscheinlichkeit, daß die Presse davon erfährt. Meine ganze Karriere basiert auf den außergewöhnlichen Gefahren, in die ich mich begebe. Wenn man denken würde, ich hätte vor einem einzelnen Menschen Angst, vor einem anderen Zauberkünstler, einem mittelmäßigen Zauberkünstler noch dazu, dann . . .«

»Schon kapiert«, sagte Lord Bob. »Schon kapiert. Tja, alter Knabe, falls Sie abreisen möchten, so würde Ihnen das natürlich niemand in Maplewhite verübeln. Liegt allein bei Ihnen.«

Der Große Meister bewegte den Kopf leicht in Lord Bobs Richtung. »Bedaure, Lord Robert, aber da bin ich anderer Meinung. Es liegt einzig und allein bei Ihnen. Aber vorausgesetzt, daß Sie und Lady Purleigh meine Anwesenheit wünschen, würde ich natürlich lieber bleiben.«

»Versteht sich doch von selbst«, sagte Lord Bob. »Sind uns willkommen, solange Sie wollen.« Er grinste. »Keine Drückebergerei, was? Wackerer Mann.«

Er wandte sich mir zu, ohne das Grinsen. »Sie sind natürlich ebenfalls willkommen. Unter diesen Umständen.«

»Danke«, sagte ich.

»Sie bleiben also hier«, sagte er zu dem Großen Meister. »Das wäre geklärt. Was nun?«

Ich sagte: »Wir teilen den anderen Gästen mit, was los ist.«

Lord Bob funkelte mich an.

Ich sagte: »Sie haben ein Recht darauf, zu erfahren, worum es geht – sie müssen über die Situation im Bilde sein. Wenn sie bleiben wollen, gut.«

Er blickte hinunter auf seinen Schreibtisch und dachte kurz nach. Schließlich sagte er: »Ich nehme an, wir könnten es ihnen beim Tee mitteilen.«

»Dann«, sagte ich, »informieren wir die hiesige Polizei. Damit deren Leute das Anwesen bewachen.«

Er sah mich über den Schreibtisch an und schnaubte so heftig, daß sein Schnurrbart flatterte. »Sie haben da offenbar übertriebene Vorstellungen von den Möglichkeiten der hiesigen Konstabler-Wache. Und von ihren Fähigkeiten.«

»Immer noch besser als gar nichts.«

»Nicht in diesem Fall. Bin dem Superintendent ein paarmal begegnet, drüben in Amberley. Heißt Honniwell. Ein ausgesprochener Trottel. Und Konstabler Dubbins, unten im Dorf, ist ein Hanswurst, schlicht und einfach. Im übrigen, selbst wenn sie Genies wären, die beiden, sie haben nicht genug Leute, um uns hier zu bewachen. So einfach ist das.«

»Was ist mit der Polizei in London?« fragte ich ihn. »Könnten die nicht jemand schicken?«

Er schüttelte den Kopf. »Zuviel zu tun. Auf *Ihrem* Gebiet – Streiks brechen, Arbeiter schikanieren. Selbst wenn sie ein paar von ihren Schlägern entbehren könnten, würden sie die nicht vor morgen herschaffen können, frühestens. Und morgen reisen alle Gäste ab, was? Macht also nicht viel Sinn, das Ganze.«

Er hielt kurz inne. »Mache Ihnen einen Vorschlag. Ich lasse MacGregor ein paar von den Pächtern zusammentrommeln. Die hiesigen Bauern. Sollen das Gelände absuchen. Gute Männer, alle miteinander. Kennen die Gegend hier wie ihre Westentasche. Wenn dieser Chin Soo irgendwo ist, scheuchen sie ihn auf.«

Ich sagte: »Aber sie sind keine Polizisten, Lord Purleigh.«

»Sag ich doch.«

Es klopfte an der Tür.

»Ja?« rief Lord Bob.

Die Tür ging auf, und der Butler stand da, genauso erhaben und so unbewegt und ausdruckslos wie gestern abend. »Verzeihen Sie die Störung, Mylord.«

»Ja, Higgens?«

»Sir Arthur Conan Doyle ist soeben eingetroffen. Mit Madame Sosostris und ihrem Gemahl.«

»Ah«, sagte Lord Bob. »Und was haben Sie mit ihnen gemacht?«

»Die Dame und ihr Gemahl wünschten, auf ihr Zimmer geführt zu werden. Sir Arthur wartet in der Bibliothek.«

Lord Bob nickte. »Sehr gut, Higgens. Bitte sagen Sie Sir Arthur, daß wir sofort kommen werden.«

Higgens verbeugte sich. »Sehr wohl, Mylord.« Er zog die Tür zu.

Lord Bob wandte sich wieder an den Großen Meister. »Doyle

ist doch so was wie ein Experte auf diesem Gebiet, wie? Waffen, Verkleidungen, Täuschung. Wir werden ihm den Fall schildern und sehen, was *er* dazu zu sagen hat, einverstanden?«

Sir Arthur Conan Doyle stand groß und massig am Fenster der Bibliothek, wo er das Licht nahm wie der Stamm einer Eiche. Als wir den Raum betraten, blickte er, die Lippen sinnend geschürzt und die Hände sinnend auf dem Rücken verschränkt, hinaus in den Park. Er drehte sich zu uns um, zog die Augenbrauen hoch, machte seine braunen Augen weit auf und lächelte uns unter einem üppigen buschigen weißen Schnurrbart hervor an. Das Lächeln war jungenhafter und offener, als man bei einem so berühmten, oder so großen und schweren, Mann erwartet hätte.

»Houdini!« rief er mit polternder Baßstimme aus. »Und Lord Purleigh!« Er kam flotten Schrittes durch das Zimmer auf uns zu und streckte eine Hand aus, die so groß wie eine Flunder war.

Er war in den Sechzigern und mindestens einen Meter neunzig groß. Seine Schultern schienen fast genauso breit zu sein. Er wog bestimmt einiges über zwei Zentner, besaß jedoch eine ungebrochene Vitalität, ähnlich wie ein nicht mehr aktiver Sportler, der seine Kraft noch als etwas Selbstverständliches betrachtete oder noch betrachten wollte. Er war derart energiegeladen, daß er noch schwerer und größer und imposanter wirkte, als er ohnehin schon war. Neben ihm wirkte die Bibliothek von Maplewhite zart und zerbrechlich und eng.

Der Große Meister setzte sein bezauberndes Lächeln auf, erinnerte sich jedoch lange genug an seine guten Umgangsformen, um erst seinen Gastgeber Doyles Hand ergreifen zu lassen.

»Sehen fabelhaft aus, Doyle«, sagte Lord Bob. Doyle pumpte an seinem Arm herum, als versuchte er Wasser aus zehn Meter Tiefe heraufzuholen.

»*Fühle* mich auch fabelhaft, Lord Purleigh!« sagte Doyle. Seine großen unregelmäßigen weißen Zähne blitzten. Sein sich lichtendes Haar war rötlich und grau, wo es über den breiten rosa Schädel zurückgekämmt war, an den Schläfen dagegen so weiß wie sein Schnurrbart. Er trug einen Zweireiher aus dunkelgrauem Wollstoff, ein weißes Hemd, eine blau und rot gemusterte Seidenkrawatte und so ziemlich das größe Paar Straßenschuhe, das ich je gesehen hatte, schwarz und voluminös und blitzend. Man hätte in den Schuhen Post befördern können. Über den Mississippi. »Absolut tipptopp!« sagte er zu Lord Bob. »Und wie steht's bei Ihnen? Und Lady Purleigh?«

»Bestens, danke, beide bestens. Heiße Bob, alter Knabe. Habe ich Ihnen doch schon hundertmal gesagt. Houdini kennen Sie ja.«

»*Lieber* Freund«, sagte Doyle. Er packte die Hand des Großen Meisters, begrub sie in der wulstigen Masse seiner Rechten und bewegte den Arm des Großen Meisters wie einen Pumpenschwengel. Er streckte die linke Hand aus und schmetterte sie dem Großen Meister liebevoll auf die Schulter. »Großartig, Sie wiederzusehen«, sagte Doyle. »Wie *geht* es Ihnen?«

»Ausgezeichnet, Sir Arthur«, sagte der Große Meister und nickte und grinste zu ihm hoch. Sein Scheitel befand sich einiges unterhalb von Doyles kantiger roter Kinnlade. »Darf ich Ihnen meinen . . . äh . . . Freund, Mr. Phil Beaumont, vorstellen?«

»Hocherfreut!« sagte Doyle und lächelte auf mich herunter, so daß sich die Haut in seinen Augenwinkeln kräuselte. Er schnappte meine Hand und drückte ihr mehrere Knitterfalten ein, so daß ich das Gefühl hatte, sie würden mir bis an mein Lebensende erhalten bleiben. »Amerikaner, nicht wahr?« fragte er, während er meinen Arm als Pumpenschwengel benutzte.

»Ja«, sagte ich.

»*Grandios!* Willkommen in England!« Er gab meine Hand frei.

Meine Finger waren noch dran, aber es war gut zu wissen, daß mich in nächster Zeit niemand bitten würde, etwas auf dem Klavier vorzuspielen.

Lord Bob funkelte mich an, als wäre ich aus einem Loch in der Wandtäfelung gekrochen. Er wandte sich ab. »Hören Sie, Doyle«, sagte er. »Es ist da leider etwas vorgefallen.«

3/4.

Zwölf

»Eine höchst erstaunliche Geschichte!« sagte Doyle. Er saß auf einem der gepolsterten Ledersessel in der Bibliothek, das mächtige rote Haupt vorgereckt, die schweren Unterarme auf Knie gepflanzt, die die Größe von Ananas hatten. Er schüttelte ein paarmal verwundert den Kopf und wandte sich dann an den großen Meister. »Und Ihnen ist wirklich nichts passiert?«

»Aber nein«, sagte der Große Meister und klopfte sich locker mit der offenen Hand auf den Schenkel. Er saß in dem Ledersessel gegenüber von Doyle, neben dem, in dem ich saß. »Ich erfreue mich bester Gesundheit wie immer.«

Im Sitzen war Doyle etwas gedämpfter. Es war, als würde sein Alter ihn irgendwie einholen, wenn er nicht in Bewegung war, und sich dann wie ein schwerer Schal um seine Schultern legen. »Und die junge Frau? Miss Turner?«

»Alles bestens, unter den gegebenen Umständen«, sagte Lord Bob, der zu meiner Rechten saß. »Ist in ihrem Zimmer und ruht sich aus. Hat ja auch allerhand mitgemacht, das Mädchen. Die ganze Aufregung letzte Nacht, und dann ist ihr Pferd mit ihr durchgegangen. Und nun das. Knallt da so ein Mistkerl mit seinem verdammten Gewehr herum. Kein Wunder, daß sie nicht ganz auf dem Posten ist, was?«

Doyles Lippen unter dem weißen Schnurrbart wurden schmal. »Aufregung, sagen Sie? Letzte Nacht? Was für eine Aufregung?«

Lord Bob machte eine leichte Handbewegung. »Ein Albtraum.«

»Sie glaubte«, sagte der Große Meister, »sie hätte den Geist von Lord Purleighs Vorfahr gesehen.«

Doyle nickte mit seinem mächtigen Kopf dem Großen Meister zu und sagte zu Lord Bob: »Handelt es sich um Lord Reginald?«

»Ja. War wohl meine Schuld. Hätte ihr die Geschichte nicht erzählen sollen. Verwandte meiner Frau hat sie mir aus der Nase gezogen. Hartnäckiges Weib.«

»Aber vielleicht hat Miss Turner *tatsächlich* Lord Reginald gesehen.«

Lord Bob runzelte die Stirn, als wünschte er diese Möglichkeit nicht zu erörtern. »Irrelevant, was?« Er hob beschwichtigend die Hand. »Tut mir leid, Doyle, ich weiß, daß Sie eine Schwäche für derartige Dinge haben – Geister, Gespenster et cetera. Nichts dagegen einzuwenden. Die Geschmäcker sind eben verschieden, wie? Haben da unterschiedliche Ansichten, was? Aber im Moment, scheint mir, sollten wir uns lieber mit diesem Chin Soo befassen.«

»Da stimme ich Ihnen zu«, sagte Doyle. Er ließ sich in seinem Sessel zurücksinken, und ich bemerkte, daß kurz ein leicht ungehaltenes Zucken über seine Lippen huschte. Rheumatismus oder Arthritis oder schlicht Bänder und Knochen, die sich vor abrupten Bewegungen zu hüten begonnen hatten. Auf jeden Fall war er nicht mehr so gelenkig, wie er gerne gewesen wäre. Das war vermutlich niemand, der Große Meister ausgenommen.

Doyle griff in die rechte Tasche seines Jacketts, blickte zu Lord Bob hinüber. »Darf ich rauchen?«

Lord Bob wedelte mit der Hand. »Aber natürlich.« Er lächelte. »Damit nicht nur der Kopf qualmt, was?«

Doyle lächelte ebenfalls, aber dünn, als hätte er das schon gehört, und nicht nur einmal. Er zog eine Meerschaumpfeife und einen ledernen Tabaksbeutel aus der Tasche. Er öffnete den Tabaksbeutel, schob den Pfeifenkopf hinein und sah hinüber zum Großen Meister. »Wann hat das alles angefangen?«

Der Große Meister legte die Arme auf die Armlehnen seines Sessels. »Vor einem Monat«, sagte er. »In der Stadt Buffalo, im Bundesstaat New York. Sowohl Chin Soo als auch ich traten dort auf. Ich im Orpheum, er im Palace. Sie wissen vielleicht, daß zwischen den Varietéhäusern in Amerika heutzutage starke Konkurrenz herrscht, was auf die wachsende Beliebtheit des Kinematographen zurückzuführen ist.«

Doyle hatte eine kleine Schachtel Streichhölzer, Marke Swan Vespa, hervorgeholt. Er zündete eines an. Dem Großen Meister zunickend, hielt er die Flamme an den Pfeifenkopf.

»Ich persönlich«, sagte der Große Meister, »habe natürlich keine Probleme, ein Haus zu füllen, auch nicht in diesen schwierigen Zeiten. Aber für einen Künstler von geringerer Bedeutung, wie Chin Soo, kann die Lage durchaus heikel sein. Und wenn Houdini in der gleichen Stadt auftritt, zur gleichen Zeit, dann wird die Lage verständlicherweise für ihn in der Tat hoffnungslos.«

Unter ausgiebigem Paffen am Stiel der Pfeife hatte Doyle das Ding endlich zum Brennen gebracht. Er steckte die Streichholzschachtel wieder in die Tasche seines Jacketts und stieß eine Rauchfahne aus. Der Rauch, der nach kokelndem Sackleinen roch, waberte durch das Zimmer.

»Kein Wunder«, sagte der Große Meister, »daß der Kartenverkauf für Chin Soos Vorstellungen sehr schlecht lief. Der Mann war der Verzweiflung nahe. Er befahl seinen Handlangern, gewöhnlichen Tagedieben von der Straße, seine Ankündigungen – seine Werbeplakate – über meine zu kleben. Natürlich schlug ich, um mich zu schützen, zurück und wies meine Assistenten an, das gleiche bei seinen zu tun. Aber meine Werbemaßnahmen zu behindern genügte dem Mann nicht. Er begann mich auf der Bühne zu verleumden, vor seinem Auftritt, nannte mich einen Betrüger, einen Scharlatan. Er ging sogar so weit, in einem Zeitungsinterview zu behaupten, ich hätte meine legendäre Sargnummer von ihm gestohlen. Von *ihm*, einem mittelmäßigen Schwindler, der noch nie in seinem Leben auch nur einen Gedanken auf einen Sarg verschwendet hat.«

»Gerechterweise sollte man immerhin erwähnen«, sagte Lord Bob zu Doyle, »daß der Bursche Kugeln mit den Zähnen auffängt.«

»Ein Trick, nichts weiter«, sagte der Große Meister. »Aber das tut nichts zur Sache. Als nächstes beraumte ich eine Pressekonferenz an und enthüllte den versammelten Reportern die Wahrheit. Daß Chin Soo der Betrüger ist. Daß der Mann ein Lügner und ein Stümper ist. Ich forderte ihn heraus, mit mir zusammen aufzutreten, ein beliebiges Mittel seiner Wahl mitzubringen – Ketten, Handschellen, Fesseln, was immer er wollte –, aus dem ich mich würde befreien müssen. Im Gegenzug würde ich ein Mittel meiner Wahl für ihn bereithalten. Derjenige, dem es gelang, sich am schnellsten zu befreien, sollte der Sieger sein. Dies schien mir ein höchst fairer Vorschlag zu sein.«

Doyle nickte und paffte an seiner Pfeife.

Der Große Meister zuckte die Schultern. »Aber natürlich hat Chin Soo diese Herausforderung abgelehnt. Und natürlich wurde er infolgedessen in den Zeitungen verspottet. Seine letzte Vorstellung fand vor leerem Hause statt. Das heißt, eigentlich fand sie gar nicht statt. Denn als er entdeckte, daß die meisten Plätze unbesetzt waren, stürmte er von der Bühne. Ein Verhalten, das für einen solchen Egomanen typisch ist. Er verließ das Theater und räumte das Zimmer in seiner Pension. Er verschwand einfach.«

Der Große Meister hielt einen Moment inne, um seine Worte wirken zu lassen. Dann sagte er: »Als ich an jenem Abend das Orpheum durch den Bühneneingang verließ, versuchte jemand, mich zu erschießen.«

»Gütiger Himmel!« sagte Doyle und zog die Augenbrauen hoch.

»Er verfehlte mich, jedoch nur um wenige Zentimeter. Meine schnellen Reflexe machten es mir möglich, mich in die Sicherheit des Theaters zu retten. Die Polizei wurde benachrichtigt, und als die Beamten eintrafen, setzte ich ihnen die Situation auseinander. Selbstverständlich hatten sie sofort Chin Soo im Verdacht. Aber als sie ihn aufsuchen wollten, erfuhren sie, daß er fort war.«

»Einen Moment«, sagte Doyle und nahm die Pfeife aus dem Mund. »Sie sagten vorhin, daß niemand wisse, wie Chin Soo ohne Schminke eigentlich aussieht. Und doch hatte er sich ein Zimmer gemietet. Sollte da nicht irgend jemand in der Pension – zum Beispiel der Wirt – sein wahres Gesicht gesehen haben?«

»Nein«, erklärte der Große Meister. »Bevor Chin Soo in einer Stadt auftrat, beauftragte er stets jemanden, für ihn ein Zimmer zu mieten und es im voraus zu bezahlen. Chin Soo traf dann am genannten Tag ein, war aber bereits für die Bühne geschminkt. Niemand sollte ihn je ungeschminkt sehen, zumindest nicht wissentlich.« Er schnaubte abfällig. »Dadurch wollte er sich interessant machen. Gehörte zu seinem sogenannten Nimbus.«

»Und Sie sind ganz sicher«, sagte Doyle, »daß es *tatsächlich* Schminke war?«

»O ja. Niemand hat Chin Soo je in einer Stadt ankommen sehen, in der er auftrat. Weder mit dem Automobil noch mit der Eisenbahn, noch mit dem Schiff. Er reist unverkleidet. Oder aber als ein anderer verkleidet.«

»Aber wie – und wann genau – verwandelt er sich in seine Chin-Soo-Persönlichkeit?«

Der Große Meister zuckte die Schultern. »Falls er mittels Automobil reist, zieht er sich vielleicht darin um. Vielleicht benutzt er öffentliche Bedürfnisanstalten. Vielleicht mietet er ein weiteres Logis, wo er ungesehen kommen und gehen kann.«

»Erstaunlich«, sagte Doyle und schüttelte den Kopf. »Und Sie sind sicher, daß es Chin Soo war, der versuchte, Sie zu erschießen?«

»Er selbst hat es mir gegenüber zugegeben. Am Tag nach diesem Zwischenfall kehrte ich in mein Haus in New York zurück, und am Abend rief er mich an – unter meiner *Privat*nummer – und sprach mit mir. Er benutzte seine Bühnenstimme, und er fragte mich, ob er mir Unterricht im Auffangen von Geschossen geben solle. Ich erwiderte natürlich, daß ich von *ihm* keinerlei Unterricht benötigte. Und ich gab ihm zu verstehen, daß er vielleicht selbst ein bißchen Unterricht gebrauchen könnte, nämlich was die Treffsicherheit betrifft.«

Doyle lächelte um seinen Pfeifenstiel herum. »Gut gemacht. Mit der gleichen Münze heimgezahlt.« Er runzelte leicht die Stirn. »Aber Sie sagen, er habe seine Bühnenstimme benutzt?«

»Auf der Bühne bedient er sich eines orientalischen Singsangs. Und mit so einer Stimme hat er mit mir gesprochen.«

»Und diese orientalische Stimme ist vorgetäuscht, wenn ich Sie recht verstehe?«

»Ja. Als Imitator besitzt er, wie ich zugebe, durchaus eine gewisse Begabung. Er hat mich seither noch einige Male angerufen, und jedesmal hat er eine andere Stimme benutzt, einen anderen Akzent. Ein armseliger Versuch, geistreich zu sein, nehme ich an. Aber er hat sich immer zu erkennen gegeben.«

»Woher hatte er Ihre private Telefonnummer?«

»Zweifellos von jemandem in der Telefongesellschaft. Er hat zweifellos Bestechungsgelder bezahlt. Ich habe die Nummer mehrmals ändern lassen, und jedesmal hat er sich die neue irgendwie beschafft.«

»Und er drohte Ihnen, sagen Sie, bevor Sie nach Philadelphia fuhren?«

»Ja. Das war mein erster Auftritt nach dem Engagement in Buffalo, und es sollte mein letzter in den Vereinigten Staaten sein, bevor ich mit dem Schiff nach Europa fuhr. Er rief mich zwei Tage vor meiner Abreise an und sagte, daß er sich darauf freue, mich in Philadelphia wiederzusehen. Auf Anregung meiner Frau erörterte ich die Angelegenheit mit der Polizeibehörde von Philadelphia. Und wie ich bereits sagte, versuchten sie, ihn zu schnappen, was jedoch mißlang.«

Doyle nickte. »Und zwischen Ihrem Auftritt in Buffalo und Ihrem Auftritt in Philadelphia hat niemand Chin Soo gesehen?«

»Niemand. Er hatte mehrere Verpflichtungen an kleinen Theatern in unbedeutenden Städten, doch er sagte alles ab.«

»Und er unternahm keinen Versuch, Ihnen etwas anzutun, während Sie sich in New York aufhielten?«

»Nein. Vielleicht ist er sich der Wertschätzung bewußt, die ich dort genieße. Oder aber er will mir nur etwas antun, wenn ich auf Tournee bin. Vielleicht hält er das für dramatischer.«

»Und zu Beginn dieser Tournee versicherten Sie sich der Dienste von Mr. Beaumont?«

»So ist es.«

Doyle wandte sich mir zu und nahm die Pfeife aus dem Mund. »Haben Sie dem etwas hinzuzufügen, Mr. Beaumont?«

Lord Bob blickte finster über den Teppich herüber.

»Zwei Dinge«, sagte ich. »Erstens. Obwohl Harry mir nicht zustimmt, glaube ich, daß Chin Soo möglicherweise gar nicht versucht, ihn zu töten.«

»Darüber haben wir bereits gesprochen, Phil«, sagte der Große Meister. Womit er zu verstehen gab, daß es keinen Sinn hatte, nochmals darüber zu sprechen.

»Wie meinen Sie das?« fragte mich Doyle.

»Möglicherweise versucht Chin Soo nur, Harry zu ärgern. Ihn aus dem Konzept zu bringen. Ihn nervös zu machen, damit er auf der Bühne die Konzentration verliert, bei der Vorstellung patzt. Alles vermasselt.«

»Phil«, sagte der Große Meister, »*nichts* könnte mich veranlassen, die Konzentration zu verlieren. Ich habe noch nie in meinem Leben etwas vermasselt.«

Ich lächelte. »Wie ich Ihnen schon sagte, Harry, vielleicht rechnet Chin Soo damit, daß es immer ein erstes Mal gibt.«

Doyle sagte zu mir: »Worauf stützt sich Ihre Vermutung? Auf Ihre Einschätzung des Charakters von Chin Soo?«

»Zum Teil«, sagte ich. »Ich glaube, Chin Soo würde sich diebisch freuen, wenn Harry Mist bauen, einen Fehler machen würde. Außerdem hat Harry mir von diesem Kugelauffangtrick erzählt. Um ihn auszuführen, muß man sich ziemlich gut mit Waffen und Kugeln auskennen. Und man muß selbst ein ziemlich guter Schütze sein.«

»Und wie funktioniert dieser Trick?« fragte mich Doyle.

»Bedaure«, sagte ich. »Das ist Harrys Revier.« Ich wandte mich an den Großen Meister. »*Die* Katze muß er selbst aus dem Sack lassen.«

Der Große Meister lächelte traurig. »Zu meinem großen Bedauern, Sir Arthur, muß ich sagen, daß . . .«

Doyle hob abwehrend die Hand. »Ich verstehe vollkommen. Ich hätte gar nicht fragen dürfen.« Er wandte sich wieder an mich, packte den Kopf seiner Pfeife, paffte. »Sie haben auf Chin Soos Schießkünste hingewiesen.«

»Stimmt. Er ist ein guter Schütze. Aber einer unserer Ops – unserer operativen Mitarbeiter, unserer Privatdetektive – hat sich das Gäßchen in Buffalo genauer angesehen. Das, in dem die Schießerei stattfand. Harry stand nur etwa fünf Meter von der Stelle entfernt, an der die Waffe abgefeuert wurde.«

Doyle nickte. »Und dennoch hat ihn Chin Soos Kugel verfehlt.«

Der Große Meister rutschte unruhig auf seinem Sessel herum. »Das Gäßchen war dunkel, Phil.«

»Die Gaslampen waren an«, sagte ich. »Harry, Sie saßen doch geradezu auf dem Präsentierteller, und er hat Sie trotzdem verfehlt.«

Doyle sagte zu mir: »Aber wenn ich richtig verstanden habe, hat er in Philadelphia doch einen Polizeibeamten angeschossen.«

»Als der ihn festnehmen wollte.«

Der Große Meister sagte: »Sie können nicht beweisen, Phil, daß Chin Soo mich nicht erschossen hätte, wenn *ich* dort in dem Zimmer gewesen wäre.« Er war finster entschlossen, erschossen werden zu sollen.

»Der Schuß, der heute abgegeben wurde«, Doyle paffte an seiner Pfeife, »der hat Sie ebenfalls verfehlt.«

»Ja«, sagte er, »aber er wurde aus einer Entfernung von – wieviel war es doch gleich, Phil? – etwa zweihundert Metern abgefeuert.«

»Einhundertfünfzig.«

»Trotzdem ist es völlig verständlich, daß er mich verfehlt hat.«

»Warum hat er dann nicht ein weiteres Mal geschossen? Sie standen doch da, aber er ist einfach weggegangen.«

»Womöglich ein einschüssiges Gewehr?« meinte Doyle.

Lord Bob sagte: »Der elende Mistkerl hat gemerkt, daß ich hinter ihm her war.«

»Ein einschüssiges Gewehr wäre natürlich möglich«, sagte ich zu Doyle und wandte mich dann an Lord Bob. »Aber wenn es das *nicht* war, hätte er genügend Zeit gehabt, einen zweiten Schuß abzugeben, bevor Sie ihn erreichten. Und genügend Zeit, Sie zu erschießen, falls er es gewollt hätte.« Ich sah den Großen Meister an. »Und in Buffalo hat er eine Faustfeuerwaffe benutzt, Harry. Einen 45er Colt, Pistole. Die Polizei hat die Kugel und die Patronenhülse gefunden. Warum hat er Ihnen nicht das ganze Magazin in den Rücken gepumpt?«

»Phil«, sagte er, »wie ich Ihnen schon unzählige Male erklärt habe, bewegte ich mich zu schnell, als daß er einen zweiten Schuß hätte abgeben können.«

»Mir scheint«, sagte ich, »wenn es ihm ernst gewesen wäre, hätte er es noch einmal versucht.«

Doyle nahm die Pfeife aus dem Mund, kniff die Augen zusammen und sagte: »Ihnen ist doch klar, Mr. Beaumont, daß, selbst wenn Ihre Spekulationen zuträfen, Ihre eigene Position im wesentlichen unverändert bleibt.«

»Klar«, sagte ich. »Selbst wenn er Harry nur meschugge machen will, muß ich ihn noch immer daran hindern. Er könnte einen Fehler machen und ihn aus Versehen töten. Aber die Überlegung, daß er ihn nur aus dem Konzept bringen, jedoch nicht töten will, ist das, was mir ein bißchen Hoffnung gibt. Denn wenn ich davon ausgehen müßte, daß er Harry tatsächlich töten will, dann könnte ich gleich einpacken und nach Hause fahren. Ein Mann allein kann ihn nie und nimmer aufhalten.«

»Und«, sagte Doyle, »trotz Ihrer Zweifel müssen Sie vorgehen, *als wäre* der Mann in der Tat entschlossen, Houdinis Tod herbeizuführen.«

»Stimmt«, sagte ich. »Und darum möchte ich die Polizei einschalten. Lord Purleigh und Harry sind anderer Meinung.«

Lord Bob beugte sich in seinem Sessel vor. »Was meinen *Sie*, Doyle?«

Die Abendpost (Fortsetzung)

Wie schon zuvor stand ich einfach da. Sir David hatte noch immer die Reitpeitsche erhoben; ich stand da; die Zeit stand still.

Evy, ich wünschte, ich könnte behaupten, ich hätte auf ein geheimes Reservoir an Beherztheit zurückgegriffen; aber in Wahrheit befand ich mich noch auf einer anderen Ebene, in einer Dimension, die mit dieser hier nicht ganz Schritt hielt, ihr etwas hinterherhinkte. Ich hatte noch nicht einmal das Stadium ungläubigen Staunens erreicht. Hätte er mich *tatsächlich* geschlagen, wäre mir das, so glaube ich, erst im Laufe des nächsten Tages bewußt geworden.

Doch er schlug mich nicht. Er ließ die Reitpeitsche sinken und packte sie an beiden Enden. Langsam wichen die Bosheit und die Raserei aus seinem Gesicht. Er vertrieb sie durch schiere Willenskraft, Evy, eine Kraft, die ich spüren konnte und, aus einer merkwürdigen Distanz heraus, beinahe bewundert hätte. Als er sprach, hatte er seine Stimme vollkommen unter Kontrolle und gab ihr wieder den vertrauten ironischen Beiklang. »Ein Heiliger«, sagte er, »würde die andere Wange hinhalten.«

Ich sagte: »Ein Heiliger hätte erst gar keine Veranlassung dazu.«

Er legte die Hand an seine Wange. Der Abdruck meiner Finger zeichnete sich noch leuchtend rot auf der blassen Haut ab. »Sie sind«, sagte er, »eine couragierte junge Frau, Jane.«

»Und Sie, Sir David, sind ein Flegel.« Ich sagte es, ohne zu überlegen; hätte ich nachgedacht, hätte ich mich an die Bosheit erinnert, die ich hatte aufblitzen sehen, dann hätte ich vielleicht nichts gesagt.

Doch er lächelte nur wieder und hob dann leicht die Schultern. »Nachdem wir uns somit bekannt gemacht und gesagt haben, wie wir uns gegenseitig einschätzen, sollten wir uns eigentlich besser kennenlernen, meinen Sie nicht?«

»Die anderen warten auf Sie. Kann ich bitte meine Reitpeitsche haben?«

Er überreichte sie mir mit einer kleinen Verbeugung. Er

lächelte. »Wir sind noch nicht fertig miteinander, Jane. Das ist Ihnen doch wohl klar?«

»Man wird sich fragen, wo Sie so lange bleiben, Sir David.«

Er lächelte abermals, blickte mir tief in die Augen oder tat vielmehr so, machte dann nach einer weiteren Verbeugung kehrt und ging.

Und das, meine liebe Evy, ist die Geschichte des Liebkosens und des unsittlichen Antrags.

Ich glaube, daß ich das ziemlich gut gemacht habe, findest Du nicht? »Ein Heiliger hätte erst gar keine Veranlassung dazu.« Mrs. Applewhite wäre stolz auf mich gewesen, meinst Du nicht auch?

Aber ich gestehe, daß er mir Angst einjagte. Einen Moment lang sah ich die Grausamkeit und das Böse, die bei ihm unter der Oberfläche liegen. Und ich glaube, daß davon viel mehr vorhanden ist, als es vordergründig den Anschein hat. Ich frage mich, ob das auch andere gesehen haben.

Doch nun kommen wir vom Schwein zum Pferd. Und zu den Gespenstern.

Cecily hatte mir den Weg zum Stall gezeigt, wo ein junger Reitknecht mein Pferd sattelte, einen prachtvollen schwarzen Wallach namens Sturmwind, und mir eine Handvoll Würfelzucker aushändigte, damit ich etwas zum Bestechen hatte. Das Pferd war wunderbar. Trotz seines Namens und seiner Größe – mindestens sechzehn Handbreit – war es lammfromm, sanft und fügsam; ich benutzte die Zügel kaum, brauchte sie kaum. Am Anfang jedenfalls.

Er und ich schlenderten hinaus in den Park. Eine Zeitlang folgten wir ziellos dem Fußweg, der rund um den ausgedehnten Park von Maplewhite herumführt. Ach, Evy, ich wünschte, ich könnte Dir die Schönheit des Ganzen schildern! Nein, nicht schildern, sondern sie Dir irgendwie *darbieten*, sie buchstäblich vor Dir *ausbreiten*, damit Du Dich mit mir ihrer freuen könntest.

Die Sonne schien in voller Pracht. Manchmal glaube ich, daß uns armen Engländern nur eine ganz bestimmte (und sehr geringe) Anzahl von herrlichen, wahnsinnig schönen sonnigen Tagen vergönnt ist; und oft kommt es mir vor, als ob ich die mir gewährte Anzahl schon in meiner Kindheit aufgebraucht hätte.

Sonnenlicht durchflutet alle meine frühen Erinnerungen: strömt durch die Spitzenvorhänge daheim in unserem Wohnzimmer, sprenkelt die Rosenstöcke in Mrs. Applewhites Garten, schiebt sich von der glatten blauen See bei Sidmouth herein, um sich dort über das breite grüne Band der Wiesen oben am Rand der Klippen zu ergießen. Aber seit dem Krieg, seit meine Eltern starben, scheinen sich die Tage bewölkt zu haben. Die Welt ist grau geworden.

Ich spreche hier im meteorologischen Sinn und nicht gefühlsmäßig. Das Wetter *war* früher besser.

Der heutige Tag jedoch war spektakulär. Der Himmel war eine Kuppel von Blau, unter der nur ganz wenige duftige weiße Wölkchen dahinzogen. Lerchen tirilierten. Drosseln und Amseln flatterten zwischen Ulmen und Ahornen und Eichen herum. Eichhörnchen flitzten über die Baumstämme und spielten Verstecken mit mir, wenn ich vorbeiritt. Zu meiner Linken erhob sich Maplewhite grau und majestätisch aus dem Meer des smaragdgrünen Grases, wie ein Schloß in einem Traum.

Doch Träume müssen am Ende der Wirklichkeit weichen, und mein Traum verflüchtigte sich schließlich unter dem Kratzen und Jucken meiner Reitkleidung. Das schwarze wollene Ensemble, das an jedem anderen Tag des Jahres vollkommen angemessen gewesen wäre, hing an diesem Nachmittag an mir wie ein härenes Büßergewand. Ich begann, in Mrs. Applewhites Worten, zu glühen. Mir begann, offen gesagt, der Schweiß hinunterzulaufen.

Gerade als ich der Vorsehung dafür dankte, daß sie keine Zeugen in der Landschaft hatte aufmarschieren lassen, sah ich, wie weiter vorn auf dem Weg zwei Leute auf mich zu schlenderten. Ich hatte meine Brille in die Tasche gesteckt aus Angst, sie zu verlieren, und konnte die beiden daher erst erkennen, als ich praktisch schon vor ihnen stand. Es waren Mr. Houdini und Mr. Beaumont.

Im großen Weltengefüge spielt es vermutlich keine besondere Rolle, daß Mr. Houdini und Mr. Beaumont mich in meinem aufgelösten Zustand sahen. Aber Du weißt ja, Evy, daß ich im allgemeinen innerhalb des Gefüges meiner viel kleineren Welt lebe; und darum spielte es sehr wohl eine Rolle. Ich beschloß, dieser Katastrophe mit typisch britischer Unerschütterlichkeit zu begegnen: indem ich sie ignorierte. *Das ist keine Transpiration; das ist Tau.*

Wir plauderten ein Weilchen über Belanglosigkeiten. Da ich jedoch möglichst rasch weiter wollte, war ich wohl etwas abrupt; aber ich bezweifle, daß Amerikaner dergleichen bemerken würden.

Sobald ich frei war, hielt ich schnurstracks auf den Schatten der Bäume zu. Zwanzig bis dreißig Meter weiter vorn führte ein kleiner Pfad vom Hauptweg in den Wald hinein, und auf diesen trieb ich Sturmwind zu.

Der kleine Pfad war seit längerem nicht benutzt worden. Wir kamen daher nur langsam und mühsam voran. Zu beiden Seiten drängten Brombeersträucher an uns heran. Spinnweben so dicht wie Tücher spannten sich wie riesige Fledermäuse über den Pfad. Knorrige dicke Wurzeln mit abblätternder Rinde wanden sich aus der Erde und schlängelten sich über den Weg.

Schließlich stießen wir auf einen weiteren, breiteren Weg im drohend aufragenden Wald; eine alte Straße, wie mir schien, etwa im rechten Winkel zu dem Pfad. Ich gab Sturmwind – meinem braven, unerschrockenen Reittier – etwas Zucker und lenkte ihn dann nach links.

Im Wald war es dunkel und still. In Anbetracht dessen, was geschah, wirst du sagen, daß ich die Stille erst jetzt, im Rückblick, erfinde. Wälder, wirst Du sagen, sind niemals still, ganz egal, was die Dichter behaupten. Immer pfeifen und zwitschern irgendwo Vögel, Insekten summen und sirren und sausen höchst störend um einen herum. Aber ehrlich, das einzige, was ich hören konnte, war das trockene Wispern von Sturmwinds Hufen, die sich durch das braune, vermodernde Laub bewegten, und dann und wann ein scharfes Knacken, wenn sie auf einen abgestorbenen Zweig traten. Neben dem Weg floß ein kleiner Bach, dessen Wasser klar, aber rostrot gefärbt war, als wäre weiter oben ein größeres Tier verblutet; und selbst der Bach machte kein Geräusch.

Ich habe oft genug über den Lärm und das Gewimmel Londons gejammert, doch diese Stille fand ich beunruhigend. Die Bäume mit ihren schwarzen, deformierten Stämmen schienen höher zu werden, breiter, schwärzer und deformierter, und sich immer enger aneinanderzudrängen und sich immer näher an den Weg zu schieben. Das dichte Gewirr der Äste und Blätter über mir schien immer dichter zu werden. Mein tapferes, unerschrockenes Reittier, das das Unbehagen seiner Reiterin vermutlich spürte, spitzte die Ohren und warf den Kopf hin und her. Es wieherte – nervös, wie ich fand. Ich wollte gerade kehrtmachen, in die Geborgenheit und Sicherheit des Schlosses zurückkehren, als ich sah, daß der Pfad weiter vorn auf eine sonnenbeschienene Lichtung führte. Ich gab Sturmwind einen leichten Stoß in die Flanken, und er trottete widerwillig vorwärts.

Als wir ins Licht hinaustraten, hielten wir an. In der Lichtung lag ein Teich, der knapp zwanzig Meter breit war, spiegelglatt und schimmernd im Sonnenlicht, aber so schwarz wie ein Teersee. Graue Binsen hingen über seine Ränder. Zur Rechten, keine zehn Meter entfernt, duckte sich eine alte Mühle. Eine Ruine: Das graue Reetdach war teilweise eingefallen, die grauen Steinmauern eingestürzt, das große graue Holzrad, das aus seiner Verankerung gebrochen war, lag verbogen und zertrümmert in dem trüben Mühlbach.

In der grellen Sonne, unter dem straffen blauen Baldachin des Himmels hätte die Ruine eigentlich malerisch, idyllisch, pittoresk wirken müssen. Doch das tat sie nicht. Sie kam mir (und wieder wirst Du sagen, daß ich mir das einbilde) bedrohlich vor, ja sogar unheimlich. Die freiliegenden Balken der Dachkonstruktion, ausgebleicht und verrottend, wirkten irgendwie grotesk. Die grauen Steine der zerbröckelnden Mauern schienen eine Art bittere, leere Kälte auszustrahlen. Man hatte das Gefühl, *ich* hatte das Gefühl, daß die Mühle verlassen worden war, weil sich hier vor langer Zeit etwas Schreckliches ereignet hatte; ein Gemetzel oder eine Seuche.

Plötzlich wurde mir klar, daß dies die alte Mühle war, die Cecily beim Dinner erwähnt hatte. Die alte Mühle, wo, wie sie sagte, die beiden rätselhaften Gespenster erschienen, die Mutter und der kleine Junge.

Ich blickte nach links, und dort, auf der anderen Seite des Teiches, stand die Weide, deren bleiche Zweige über das schwarze Wasser hingen wie das Haar einer Frau über ein Becken. Und dort, in ihrem Schatten, so real und so greifbar wie alles andere, so real wie nur etwas, das ich je gesehen habe, standen die beiden. Eine große schlanke Frau und ein schlanker Junge.

Kennst Du den Anfang von Bachs Toccata und Fuge in d-Moll? Diese drei abrupten Töne der Orgel, ganz schnell und hart und kalt? Als ich die beiden Gestalten dort schweigend stehen sah, genau dort, wo sie sein sollten, aber nicht sein *konnten*, fühlte ich diese Töne auf mich einhämmern, mir durch Blut und Knochen dringen, als wäre mein Rückgrat eine Orgel, auf die ein geistesgestörter Organist eindrischt.

Sie waren da, Evy! Ich sah sie. Sie waren da, dort unter der Weide, die Frau und der Junge.

Zunächst sahen sie einander an, und die Frau hatte die Hand auf die Wange des Knaben gelegt. Sie trug Weiß, er trug Schwarz. Dann, während ich zusah, ließ sie den Arm sinken, und beide drehten sich zu mir um. Und starrten über den schimmernden, pechschwarzen Teich hinweg zu mir herüber.

Ich glaube, daß ich, trotz all meiner Fehler, im Grunde eine Frau bin, die im Vollbesitz ihrer geistigen Kräfte ist. Zumindest glaubte ich das, bevor ich in Maplewhite ankam. Auf jeden Fall war meine Reaktion, als sie sich zu mir umdrehten, weniger beherzt, als ich gehofft hätte. Und mit Sicherheit weniger beherzt, als Mrs. Applewhite von mir erwartet hätte.

Panische Angst erfaßte mich. Ich zerrte an den Zügeln, riß dem armen Sturmwind den Kopf herum. Als er herumwirbelte und auf dem Weg zurückjagte, stieß ich ihm die Sporen in die Flanken. Ich schlug mit der Reitpeitsche auf ihn ein, wieder und wieder, wie eine Wahnsinnige.

Und wie wir dahinrasten! Sturmwind war wunderbar, schnell und stark und kraftvoll, und wir donnerten über die Erde wie ein mythisches Ungeheuer. Bäume flogen an uns vorbei, der Weg sauste unter uns hinweg. Es ist Jahre her, daß ich auf einem Pferd saß: wenn mir nicht bereits vor Angst schwindelig gewesen wäre, dann wäre mir jetzt vor Erregung schwindelig geworden. Ich glaube sogar, daß dies tatsächlich der Fall war.

Ich richtete mich in den Steigbügeln auf, drehte mich um und blickte zurück. Das war ein Fehler. Ein tiefhängender Ast krachte gegen meine Schulter, und ich purzelte schwuppdiwupp aus dem Sattel.

An den Sturz selbst kann ich mich nicht erinnern. Ich war eine Weile bewußtlos – wie lange, kann ich nicht sagen –, und dann lag ich auf dem Rücken, und etwas knuffte mich in die Seite.

Sturmwind.

Ich schrieb seine Besorgtheit zunächst der lobenswerten Loyalität eines edlen Pferdes zu, merkte dann aber, als seine Nase mich mehrmals anstieß, daß er auf seinen Zucker aus war. Ich kam mühsam auf die Beine und befand, daß ich mehr oder weniger unverletzt war. Knochen schienen keine gebrochen zu sein.

Das Pferd, dieses ungeschlachte Trampeltier, stupste mich noch immer. Ich gab ihm ein paar von seinen vermaledeiten Zuckerwürfeln und kletterte dann steif wieder in den Sattel.

Geschwindigkeit war jetzt nicht mehr so wichtig. Gespenster waren ja keine hinter mir her. Trotzdem zitterte ich am ganzen Leib. Ich ließ Sturmwind eine Weile in seinem eigenen Tempo gehen, und als wir an einen Weg kamen, der aussah, als führte er zurück zum Schloß, schlugen wir ihn ein. Die Schlange sah ich erst, als Sturmwind sich aufbäumte und mich beinahe erneut abgeworfen hätte.

Ich habe keinen blassen Schimmer, was für eine Schlange es war. Es war keine Viper, glaube ich, und sie war absolut harmlos und bei weitem erschrockener als ich.

Aber nicht so erschrocken wie Sturmwind. Seine Vorderbeine kamen krachend wieder auf den Boden, und er warf den Kopf nach vorn und raste mit zuckenden Muskeln und donnernden Hufen den Weg hinauf. Die Zügel glitten mir aus den Händen. Ich konnte mich mit Mühe und Not im Sattel halten, den einen Arm um den breiten, glatten Hals des Pferdes gelegt, mit dem anderen verzweifelt nach den Zügeln haschend, als wir aus der Düsterheit in den Sonnenschein und das Grün hinausstürmten. Ich merkte, daß wir uns auf dem Fußweg befanden, der um ganz Maplewhite herum führt; und dann gelang es mir endlich, die Zügel zu erwischen.

Als ich das Pferd wieder unter Kontrolle hatte, entdeckte ich, daß meine Rückkehr in die Zivilisation nicht ganz so unbemerkt vonstatten gegangen war, wie mir lieb gewesen wäre. Weiter vorn, unter einer mächtigen Blutbuche direkt am Weg, standen aufgeregt Lord Purleigh, Mrs. Corneille, Mr. Houdini und Mr. Beaumont. Und natürlich die Allardyce.

Sobald ich nahe genug herangekommen war, begannen mich alle mit Fragen zu bombardieren. Ich brachte kein Wort heraus, Evy! Ich konnte sie nur hilflos anstarren und unverständliches Zeug stammeln.

Und dann kam von weiter drüben, zu meiner Linken, das grelle kurze Aufblitzen eines Lichtes und ein scharfer explosiver Knall. Ich glaubte – in einer Art Delirium vermutlich –, meine zwei Gespenster seien mir den ganzen Weg nachgeschlichen, mir zurück zum Schloß gefolgt und würden nun auf mich *schießen*. Und so fiel ich, mit der allen romantischen Heldinnen eigenen Geistesgegenwart, in Ohnmacht.

Genug für jetzt. Ich habe schon einen Krampf in der Hand. Ich werde den Brief einwerfen und Dir später wieder schreiben.

Alles Liebe
Jane

Dreizehn

Doyle legte das rechte Bein über das linke, und wieder huschte ein leichtes Zucken über seine Lippen. Er paffte an seiner Pfeife und nahm sie dann aus dem Mund. »Zunächst einmal«, sagte er, »meine ich, daß wir uns in dieser Angelegenheit Mr. Beaumonts Sachverstand beugen sollten. Schließlich ist er hier der Fachmann. Ich bin lediglich ein Amateur, ein einfacher Schreiberling.«

»Nun machen Sie aber mal halblang!« sagte Lord Bob und lehnte sich zurück. »Seien Sie nicht so bescheiden, alter Freund. Ganz England weiß, wie Sie die Haut dieses Hindu-Burschen da gerettet haben. Nuralji, Moralji oder so ähnlich.« Er wandte sich an den Großen Meister. »Wurde wegen Verstümmelns irgendwelcher Tiere verhaftet, der arme Teufel. Ging um Vieh, böse Sache, alle Leute in der Gegend in Aufruhr. Drüben in Shropshire war das. Die verdammte Polizei brauchte einen Sündenbock, buchtete den Mann ein, ohne eindeutige Beweise. Das verdammte Gericht hat ihn verurteilt. Typischer kapitalistischer Pfusch. Dann hat sich Doyle dahintergeklemmt. Hat herumgeschnüffelt. Genau wie sein Sherlock Holmes, was? Schlußfolgerungen hier, Schlußfolgerungen da. Hat Hinweise ausgegraben und was weiß ich noch alles. Bewiesen, daß der arme Junge unschuldig ist. Und ihn freibekommen, was, Doyle?«

Doyle blickte zu mir herüber und lächelte wehmütig. »Lord Purleigh übertreibt leider, sowohl was meine Bemühungen als auch was deren Resultate betrifft. Als ich mich für den Fall zu interessieren begann, war George Edjali bereits begnadigt und auf freien Fuß gesetzt worden. Er war völlig unschuldig, daran bestand für mich kein Zweifel. Aber ich war beiliebe nicht der einzige, der das so sah. Ich habe lediglich versucht, unser Home Office, als zuständiges Ministerium, davon zu überzeugen, daß seine Verurteilung aufgehoben werden müsse und daß er eine Entschädigung erhalten sollte, weil er drei Jahre zu Unrecht im Gefängnis gesessen hatte.«

Er steckte die Pfeife wieder in den Mund. »Unglückseligerweise«, sagte er, Rauch ausstoßend, »hatte ich keinen Erfolg.«

»War nicht anders zu erwarten«, sagte Lord Bob. »Typisch kapitalistische Bürokratie, was? Wissen sich und ihre Lakaien zu schützen. Miese Schweine, alle miteinander. Trotzdem waren Sie derjenige, der die Beweise fand. Der wußte, wo's langging, was? Genau das brauchen wir hier, Doyle. Jemand, der weiß, wo's langgeht. Wäre Ihnen wirklich dankbar, das dürfen Sie mir glauben. Übergeschnappte Zauberkünstler, Mörder, nicht gerade meine Kragenweite.«

Doyle lächelte und paffte wieder an seiner Pfeife. »Meine im Grunde ebenfalls nicht. Wie gesagt, das ist Mr. Beaumonts Ressort. Und ich muß gestehen, Lord Purleigh, daß ich es für völlig gerechtfertigt halte, wenn er darauf dringt, die Polizei zu benachrichtigen.«

»Heiße Bob«, sagte Lord Bob. »Hören Sie, Doyle. Die hiesige Polizei hat einfach nicht genug Leute, um uns irgendwie zu helfen. Habe das Beaumont bereits gesagt. Und die Männer, die sie haben, sind Tölpel. Lasse diese Flegel doch nicht den Rasen zertrampeln, Dreck ins Haus schleppen, meine Gäste belästigen. *Meine* Gäste, Doyle. Für die *ich* die Verantwortung trage. Sind doch nicht hergekommen, um sich von der Polizei bespitzeln zu lassen, oder? Wollten ein bißchen Gesellschaft, Entspannung, sich mit Ihrem Medium da amüsieren.«

Doyle nahm die Pfeife aus dem Mund und legte die Hand auf den Schenkel. Er runzelte nachdenklich die Stirn und sagte: »Lord Purleigh, ich kenne Ihre Ansichten über den Spiritismus. Auch wenn ich diese ganz und gar nicht teile, respektiere ich selbstverständlich Ihr Recht, sie zu äußern. Aber ich muß wirklich darauf hinweisen, daß Madame Sosostris eine begabte und bemerkenswerte Frau ist, vielleicht die bemerkenswerteste Frau, der ich je begegnet bin. Sie ist auf Ihre Einladung hin, und unter beträchtlichen Opfern ihrerseits, nach Maplewhite gekommen. Sie ist, genau wie ich, davon überzeugt, daß Spiritismus . . .«

»Vollkommen richtig, Doyle«, sagte Lord Bob und hielt wieder beschwichtigend die Hand hoch. »Hab' mich verdammt danebenbenommen. Bin gehörig ins Fettnäpfchen getreten, wie ich zugebe. Entschuldige mich vielmals dafür. Aber Polizei? In Maplewhite? Damit sie sich das ganze Wochenende hier rumtreibt? Sie verstehen natürlich, was ich meine. So was gehört sich einfach nicht, stimmt's?«

Mir schien, daß der Große Meister ziemlich lange geschwiegen hatte. Vermutlich kam es ihm auch so vor, da er sich nun leicht vorbeugte und sagte: »Sir Arthur, ich bin geneigt, Lord Purleigh zuzustimmen. Wie ich ihm bereits erläutert habe, weiß ich, daß es mir persönlich lieber wäre, wenn die Polizei nicht eingeschaltet würde. Und ich nehme an, daß die anderen Gäste von Lord Purleigh das ebenso sehen.«

»Harry«, sagte ich. Drei Gesichter wandten sich mir zu, und zwei davon waren ziemlich unglücklich. »Sie haben das nicht zu Ende gedacht. Die anderen Gäste haben keine Veranlassung, der Polizei aus dem Weg zu gehen. Sobald sie über Chin Soo Bescheid wissen, werden sie abreisen oder Schutz wollen.«

Ich wandte mich an Lord Bob. »Und wenn sie den wollen, *richtigen* Schutz, meine ich, wollen Sie Ihren Gästen dann sagen, daß sie den nicht haben können? Ein Aufgebot von Bauern und Küchengehilfen kann das nicht übernehmen.«

Lord Bob sah Doyle an. Doyle sagte: »Ich muß ihm leider recht geben.«

Lord Bob schob die Lippen vor und starrte auf das Teppichmuster.

Der Große Meister starrte ebenfalls, aber auf mich. Etwa so, wie Jesus auf Judas gestarrt haben muß.

Doyle paffte an seiner Pfeife. »Lord Purleigh?« sagte er.

»Heiße Bob«, sagte er, ohne aufzublicken. Er holte tief Luft und stieß sie langsam mit einem Seufzer wieder aus. Er blickte auf, sah Doyle an. »Also gut. Wir werden die Sache beim Tee mit ihnen besprechen.«

»Vortrefflich«, sagte Doyle. »Ich glaube wirklich, daß dies die richtige Entscheidung ist.«

»Wird sich ja herausstellen«, sagte Lord Bob. Er erhob sich. »Wenn Sie mich jetzt entschuldigen würden, ich habe diverse Dinge zu erledigen.«

Alle erhoben sich. Lord Bob überquerte den Teppich, hielt Doyle die Hand hin. »Schön, Sie wiederzusehen, Doyle. Freut mich, daß Sie kommen konnten. Entschuldige mich für die ganze Aufregung, wie?«

Doyle pumpte wieder an Lord Bobs Arm herum. Seine Vitalität war zurückgekehrt, und er wirkte abermals größer und schwerer, als er ohnehin schon war. »Dazu besteht kein Grund«, sagte er. »Es ist mir stets ein Vergnügen, hier zu sein.«

Lord Bob wandte sich dem Großen Meister zu und lächelte. »Houdini«, sagte er und nickte. Er wandte sich mir zu und runzelte die Stirn. »Beaumont.« Er nickte nicht. »Wir sehen uns um vier. Im Salon.« Dann ging er.

Ein bißchen abrupt, wie ich fand. Aber vielleicht war das bei der Aristokratie so Usus. Selbst wenn sie Bolschewisten waren.

Ich wollte mich gerade wieder setzen, als der Große Meister sein bezauberndes Lächeln in meine Richtung lenkte. Entweder hatte er sich von seinem Verrat erholt, oder aber er hatte beschlossen, daß er etwas wollte. »Phil. Würden Sie uns bitte entschuldigen? Ich würde gerne mit Sir Arthur reden.«

Dagegen war nichts einzuwenden. Die beiden waren alte Freunde, mußten sich die letzten Neuigkeiten aus ihrem Leben berichten. »Klar, Harry«, sagte ich. »Aber tun Sie mir einen Gefallen und spazieren Sie nicht im Freien herum.«

Er nickte ungehalten. »Ja, ja. Ich verstehe. Aber bis zum Tee, Phil, erwähnen Sie bitte niemandem gegenüber ein Wort davon.«

»Okay, Harry. Bis zum Tee. War nett, Sie kennenzulernen, Sir Arthur.«

Ich hielt Doyle die Hand hin, damit er meinen Arm wieder als Pumpenschwengel benutzen konnte. Das tat er auch.

»Ich freue mich schon sehr darauf«, sagte er, »mich ausführlicher mit Ihnen zu unterhalten.«

Ich schlenderte durch das große Haus und hinaus ins Freie. Alles schien leer zu sein, keine anderen Gäste in Sicht, keine Dienstboten. Ich folgte einem mit Platten belegten Weg, der an dem Kiesweg endete und auf der anderen Seite weiterführte. Er schlängelte sich hinunter zum Ziergarten, und das tat ich auch. In dem Garten standen einige schmiedeeiserne Bänke zwischen den akkuraten Blumenrabatten verstreut, weiß lackiert wie die beiden Bänke unter dem bronzeroten Baum. Ich nahm auf einer Platz.

Die Luft war noch immer warm, die Sonne war noch immer grell, der Himmel war noch immer blau.

Der Große Meister war noch immer am Leben, desgleichen die anderen Gäste. Schon bald aber würden die anderen Gäste erfahren, was los war, und alle würden Gelegenheit haben, zu entscheiden, ob sie die Polizei hier haben wollten. Ich hatte meinen Kopf durchgesetzt, was in der Umgebung des Großen Meisters nicht allzuoft vorkam. Außer bei ihm.

Ich hätte eigentlich zufrieden sein können.

Statt dessen war ich beunruhigt.

Die Sache war für einen einzelnen einfach zu groß. Wenn nicht bald die Bullen aufkreuzten, würde ich den Großen Meister irgendwie überreden müssen, mehr Leute anzufordern.

Ich blickte hinüber zum Wald, der dunkelgrün und dicht und düster war. Chin Soo hätte dort überall sein können. Vielleicht beobachtete er mich sogar in diesem Moment.

Zu meiner Rechten hörte ich Kies knirschen und fuhr auf der Bank herum.

»Es tut mir leid«, sagte Mrs. Corneille. »Ich wollte Sie nicht erschrecken.« Sie streckte ihre schmale Hand aus und bedeutete mir sanft, sitzen zu bleiben. »Nein, nein, stehen Sie bitte nicht auf. Haben Sie etwas dagegen, wenn ich mich zu Ihnen setze?«

»Aber nein«, sagte ich, »ganz und gar nicht.« Es war die Wahrheit. Sie war zwar eine ebenso große Ablenkung wie zuvor, aber mir war im Moment nach Ablenkung zumute.

Über ihrer hübschen Schulter hing eine weiße Ledertasche. Unter dem weißen Strohhut lagen glatt und glänzend die Wellen ihres dichten schwarzen Haares. Ihr weißes Leinenkleid leuchtete wie frischgefallener Schnee. Sie nahm Platz und schlug die langen Beine übereinander, und das Sonnenlicht schimmerte auf ihren hellen Seidenstrümpfen. Sie entnahm der Tasche auf ihrem Schoß ein silbernes Zigarettenetui und ein silbernes Feuerzeug. Sie klappte das Etui auf und hielt es mir hin. Ich konnte wieder ihr Parfum riechen, und es ließ mich wieder an Paradiese und Versuchungen denken.

»Nein, danke«, sagte ich. »Ich rauche nicht.«

Sie zog leicht die eine Augenbraue hoch, die daraufhin unter ihren schimmernden schwarzen Ponyfransen verschwand. »Haben Sie denn gar keine schlechten Angewohnheiten, Mr. Beaumont?« fragte sie mich.

»Diese jedenfalls nicht«, sagte ich und griff nach dem Feuerzeug. Sie reichte es mir, und ich knipste es an und hielt es ihr hin.

Sie beugte sich vor und brachte das Ende der braunen Zigarette mit der Flamme in Berührung. Unter der breiten Krempe des Hutes, unter dem glatten Pony blickten ihre großen Augen ruhig in meine. Die Augen waren so dunkel, daß die Pupillen mit der Iris verschmolzen. Sie tat einen tiefen Zug, nahm die Zigarette aus dem Mund und lehnte sich zurück, um langsam einen blauen Rauchschwall auszustoßen. Ich gab ihr das Feuerzeug zurück, und sie steckte es, zusammen mit dem Zigarettenetui, in ihre Tasche.

»Danke«, sagte sie.

Ich fragte sie: »Wie geht es Miss Turner?«

»Viel besser.«

»Was ist eigentlich passiert?« fragte ich. »Wieso hat sie die Kontrolle über das Pferd verloren?«

»Das Pferd hat eine Schlange gesehen«, sagte sie, Rauch ausstoßend, »und ist durchgegangen.«

»Aber warum ist sie in Ohnmacht gefallen?«

»Das weiß ich nicht genau. Sie hat in letzter Zeit ja einiges mitgemacht. Aber sie hatte großes Glück, daß Sie da waren. Als sie vom Pferd fiel.« Selbst im grellen Licht der Sonne zeichneten sich nur sehr wenige Linien in der blassen weichen Haut unter den mandelförmigen Augen ab. Sechsunddreißig Jahre? Vierunddreißig? »Wenn Sie sie nicht aufgefangen hätten, hätte sie sich ernstlich verletzen können.« Sie zog wieder an ihrer Zigarette. »Sie sind überaus findig, für einen Privatsekretär.«

Bis zum Tee war ich noch Privatsekretär. »Sie sollten mal meine Kurzschrift sehen«, sagte ich.

Sie lächelte, doch ihre Augen verengten sich etwas. »Wonach haben Sie gegriffen?«

»Gegriffen? Wann?«

»Als der Mann, dieser Wilderer oder wer es auch war, das Gewehr abfeuerte. Wir drehten uns alle nach dem Schuß um, und als ich mich dann umwandte und zu Ihnen sah, griffen Sie in Ihre Rocktasche.«

»Wirklich?« Der kleine Colt befand sich noch immer dort. Ich zuckte mit den Schultern. »Kann mich nicht daran erinnern. Vielleicht habe ich einen Kaugummi gesucht.«

Sie lächelte wieder, diesmal aber nur kurz, und nachsichtig. Sie gab mir höflich zu verstehen, daß sie mir nicht glaubte. »Sie haben es losgelassen, was es auch war, als Sie Jane zu Hilfe eilten.«

»Man kann sich nicht mit einem Kaugummi befassen, wenn Findigkeit gefragt ist.«

Sie lachte. Sie tat wieder einen Zug an ihrer Zigarette, stieß wieder eine Rauchfahne aus. »Für mich sehen Sie nun einmal ganz und gar nicht wie ein Privatsekretär aus.«

»Nein? Wie sieht ein Privatsekretär denn aus?«

»Tja«, sagte sie, »ich muß gestehen, daß ich erst wenige kennengelernt habe. Aber die meisten davon waren kleine Männchen, ziemlich pedantisch und wichtigtuerisch. Und körperlich vorsichtig, würde ich sagen.« Sie lächelte. »Ich kann mir nicht vorstellen, daß sie jemandem in den Wald nachhetzen würden, wie Sie das getan haben. Schon gar nicht, wenn der Betreffende ein Gewehr bei sich hat.«

»Da war doch nichts dabei. Ich wollte mich nur nützlich machen. Dürfte ich jetzt *Ihnen* eine Frage stellen?«

»Verstehen Sie sich besser darauf, Fragen zu stellen, als Fragen zu beantworten?«

»Das wird sich herausstellen.«

Sie nickte. »Nur zu.«

»Machen Sie so etwas öfter? An Séancen teilnehmen?«

»Du lieber Himmel, nein!« Sie machte einen Lungenzug, stieß Rauch aus. »Das ist für mich das erste und wahrscheinlich auch das letzte Mal. Im Dunkeln um einen Tisch herum zu sitzen und die feuchte Hand eines Wildfremden zu halten, entspricht nicht gerade meiner Vorstellung von einem netten Abend.«

»Aber es sind doch nicht alles Wildfremde. Sir David, zum Beispiel. Ich hatte den Eindruck, daß Sie ihn ziemlich gut kennen.«

»David? Schon ewig. Er war ein Freund meines Mannes.« Sie hielt inne. »Übrigens. Haben Sie etwas gesagt, das David verstimmt haben könnte? Oder ihm etwas getan?«

»Nicht daß ich wüßte. Warum?«

»Ich kann mich natürlich täuschen, aber er scheint Ihnen gegenüber irgendeinen Groll zu hegen.«

»Das ist mir neu«, sagte ich. »Sie sagten, daß er ein Freund Ihres Mannes war. Vergangenheit. Sind die beiden denn nicht mehr befreundet?«

»Mein Mann ist im Krieg gefallen.«

»Das tut mir leid«, sagte ich. Die Floskel klang so seicht und dürftig, wie sie immer klingt, wenn es um einen Todesfall geht.

»Dazu besteht kein Grund«, sagte sie.

»Nein?«

Sie sah mich an. »Waren Sie im Krieg, Mr. Beaumont?«

»Eine Zeitlang.«

Sie lächelte knapp. »Dann wissen Sie vielleicht, daß nicht jeder, der gefallen ist, ein Held war.«

Ich nickte. Ich sagte nichts. Hinter ihren Worten brodelte Bitterkeit, und die machte mich neugierig. Aber um mehr zu erfahren, mußte ich Mrs. Corneille erst zugänglicher machen – und dazu mußte zunächst ich selbst zugänglicher werden.

Sie zog ein letztes Mal lang und tief an ihrer Zigarette. Beim Ausatmen sagte sie: »Mein Mann und ich trennten uns schon vor langer Zeit.« Sie ließ die Zigarette zu Boden fallen. Elegant stellte sie die Beine wieder nebeneinander und beugte sich vor, die Hände auf die Bank gestützt. Sie verfolgte, wie die Sohle ihres weißen Pumps die Zigarette sorgfältig im Gras austrat und dort verscharrte. Dann lehnte sie sich zurück, die Knie zusammen, die Hände auf die Tasche auf ihrem Schoß gelegt, und sah mich an. »Als er starb, hatten wir uns fast zehn Jahre nicht gesehen.«

Ich nickte. »Um auf die Séance zurückzukommen. Warum wollen Sie daran teilnehmen?«

Sie lächelte. »Im Fragenstellen sind Sie tatsächlich besser.«

Ich lächelte ebenfalls.

»Tja«, sagte sie, »es ist nun mal schwer, Alice etwas abzuschlagen. Unmöglich sogar. Wir sind seit Jahren befreundet, eng befreundet. Sie ist ganz hingerissen von dieser Frau, dieser Madame Sosostris, und wollte unbedingt, daß ich sie kennenlerne. Und als sie erwähnte, daß Sir Arthur Conan Doyle kommen würde, wußte sie, daß sie mich geködert hatte.«

»Wann hat sie Sie eingeladen?«

»Am Dienstag. Wir aßen zusammen zu Mittag.«

»Hat Lady Purleigh erwähnt, daß Houdini hier sein würde?«

»Nein. Das habe ich erst gestern bei meiner Ankunft erfahren.« Sie sah mich an, und ihre Augen verengten sich wieder. »Warum fragen Sie?«

Ich zuckte die Schultern. »Nur so.«

Sie nickte, aber ich glaube, sie hatte im Geiste meiner Ehrlichkeit einen weiteren Punkt abgezogen. »Arbeiten Sie schon lange bei Mr. Houdini?«

»Nein, noch nicht lange.«

»Er ist geradezu eine Legende, nicht?«

»Stimmt. Allerdings.«

»Da sind Sie ja, Mr. Beaumont!« Es war Doyle, der mit großen und energischen Schritten den Gartenweg zwischen den Blumen herunterkam.

Vierzehn

Beim Näherkommen riß er sich den Hut vom Kopf. Er lächelte sein breites, jungenhaftes Lächeln, daß die kantigen Zähne unter dem struppigen weißen Schnurrbart wie poliertes altes Elfenbein schimmerten.

»Verzeihen Sie die Störung«, sagte er und bewegte sein mächtiges rosarotes Haupt mehrmals ruckartig in Mrs. Corneilles Richtung auf und ab.

Ich stand auf. »Mrs. Corneille, darf ich Ihnen Sir Arthur Conan Doyle vorstellen?« Als ob ihr das nicht schon längst klargewesen wäre. »Sir Arthur, Mrs. Corneille.«

Im Sitzen streckte sie lächelnd die Hand aus. Doyle nahm sie behutsam in seine Pranke und bewegte wieder ruckartig den Kopf auf und ab.

»Entzückt«, sagte er.

»Es ist mir ein großes Vergnügen, Sie kennenzulernen«, sagte sie. »Ich lese Ihre Bücher schon seit vielen, vielen Jahren mit großer Begeisterung.«

Doyle strahlte und ließ ihre Hand los. »Ganz so viele Jahre können es ja wohl nicht sein.« Er verschränkte die Hände auf dem Rücken und neigte sich fürsorglich über sie wie ein Lehrer über seine Musterschülerin. »Ich weiß, daß ich seit vielen, vielen Jahren Bücher schreibe. Aber es ist ja wohl völlig ausgeschlossen, daß Sie sie schon sehr lange lesen.«

»Sie sind äußerst galant«, sagte sie und lächelte aus dem Schatten, den er warf, zu ihm hinauf.

»Tja«, sagte er, indem er sich aufrichtete und betrübt den Kopf schüttelte. »Ich fürchte, Sie werden Anlaß haben, Ihre freundliche Meinung zu revidieren. Denn leider bin ich hergekommen, um Ihnen Ungelegenheiten zu bereiten, und das höchst ungalant. Würden Sie es mir schrecklich übelnehmen, wenn ich Ihnen Mr. Beaumont für ein paar Minuten entführen würde? Die Sache ist ziemlich dringend, sonst würde ich es nicht wagen, Sie zu belästigen. Ich verspreche Ihnen, daß ich ihn wohlbehalten wieder bei Ihnen abliefern werde.«

»Sie belästigen mich ganz und gar nicht«, sagte sie. »Ich wollte ohnehin gerade ins Haus gehen. Hier draußen ist es zwar wunderbar, aber ich glaube, ich bekomme schon einen Sonnenbrand.« Sie stand auf. »Mr. Beaumont, danke, daß Sie mich so nett unterhalten haben.« Ich konnte nicht mit Bestimmtheit sagen, ob sie mit dem Wort »unterhalten« spielte. »Vielleicht können wir unser Gespräch ein andermal fortsetzen.«

»Sehr gerne«, erwiderte ich.

Mit besorgter Miene erkundigte sich Doyle: »Sind Sie ganz sicher, daß ich nicht störe?«

»Absolut sicher«, erwiderte sie. »Es war reizend, Sie kennenzulernen. Ich hoffe, ich sehe Sie wieder.«

»Das werden Sie«, sagte Doyle und nickte ihr wieder ruckartig mit dem Kopf zu. »Wenn es nach mir geht, ganz bestimmt.«

Mit einem letzten Blick auf mich drehte sie sich leichtfüßig um und ging leichtfüßig von dannen, ihr Kleid so weiß wie ein Wölkchen vor dem leuchtend bunten Hintergrund der Blumenrabatten.

Doyle schob galant seinen mächtigen Leib etwas zur Seite, damit er ihr nachsehen konnte. Er setzte den Hut auf, senkte den Kopf in meine Richtung, senkte die Stimme und sagte: »Eine höchst ansehnliche Frau.«

»Und noch einiges mehr«, sagte ich.

»Gescheit obendrein, möchte ich wetten.«

»Das ist eine Wette, die ich nicht annehmen würde.«

Er gluckste, und dann blickten wir beide der sich entfernenden Mrs. Corneille nach. Sie schwebte jetzt den Plattenweg hinauf, auf das Haus zu. Ein leichter Windstoß griff nach dem Saum ihres Kleides. Der breite Rand ihres Strohhuts flatterte. Sie beugte den Kopf vor und legte die Hand auf den Hut.

»Nun?« sagte Doyle und wandte sich mit hochgezogenen Augenbrauen wieder mir zu. »Wollen wir einige Schritte gehen? In meinem Alter braucht man das, wissen Sie. Ich komme weniger aus dem Haus, als mir lieb wäre.«

Wir gingen durch den Garten und bogen nach rechts auf den Kiesweg ab, zurück in die Richtung des hohen Baumes mit den bronzeroten Blättern. Doyle, dessen lange Beine den Kies aufwühlten, legte ein Tempo vor, das uns bis Einbruch der Dunkelheit vermutlich bis Labrador brachte.

So hasteten wir einige Zeit dahin. Ich sagte nichts – der Dauerlauf war seine Idee gewesen. Schließlich sagte er: »Übrigens, ich kenne William Pinkerton.«

»Tatsächlich?«

»Bin ihm mehrfach begegnet. Ein faszinierender Mann, wie ich fand. Und ein wunderbarer Plauderer. Wir reisten einmal auf dem gleichen Schiff, bei einer Transatlantiküberquerung, und er war so freundlich, mir großartiges Material zu liefern. Hochinteressante Sachen. Einiges davon habe ich in einem meiner Romane verwendet.«

»Im Ernst?« *Das Tal der Angst.* Jeder in der Firma wußte, daß Doyle die Geschichte von McParlan und den Molly Maguires in dem Buch verwendet hatte, und jeder wußte, daß William A. Pinkerton stinkwütend auf Doyle gewesen war, weil dies ohne seine Einwilligung geschehen war. Kluge Köpfe wetteten jedoch, daß der Alte eigentlich nur deshalb wütend gewesen war, weil Doyle ihn in dem Buch mit keinem Wort erwähnt hatte.

Doyle sagte: »Außerdem hat er mir viel über sein Detektivbüro erzählt. Ich war sehr beeindruckt. Er hob hervor, daß alle seine Detektive – Ops, wie er sie nannte –, daß alle verantwortungsbewußte, intelligente, vernunftbegabte Männer seien.«

Ich mußte lächeln. »Harry hat mit Ihnen gesprochen«, sagte ich. »Er hat versucht, Sie zu überreden, *mich* dazu zu überreden, die Polizei aus dem Spiel zu lassen.«

Doyle gluckste. »Außerdem seien seine Leute scharfsichtig, wie Mr. Pinkerton mir sagte. Ist das der Baum, der da vorne?«

»Ja.« Der bronzerote Baum.

»Kann ich ihn mir näher ansehen?«

»Aber gerne.«

Als wir den Schatten des Baumes erreichten, griff Doyle in die Innentasche seines Jacketts, brachte ein längliches Lederetui zum Vorschein, öffnete es und holte seine Brille heraus. Er steckte das Etui wieder ein und setzte sich dann die Brille auf die Nase. Ich zeigte ihm, wo wir alle gestanden hatten, als der Schuß gefallen war. Ich zeigte ihm das Loch im Baumstamm, aus dem ich die Kugel herausgeholt hatte.

»Und der Schuß«, sagte er, »wurde von *wo* abgefeuert?«

Ich deutete den langen, gewellten grünen Hang hinunter. »Von dort. Hinter dem Garten. An der kleinen freien Stelle zwischen den Bäumen.«

»Eine ziemliche Entfernung.«

»Stimmt.«

Er runzelte die Stirn. »Sie befanden sich beide auf dem Fußweg, und der Fußweg verläuft keine dreißig Meter von der besagten freien Stelle. Warum, glauben Sie, hat er nicht gewartet, bis Sie näher herangekommen waren?«

»Wir gingen in dem Moment ja nicht auf dem Weg. Wir standen herum, redeten. Möglicherweise war er selbst gerade erst dort angelangt, möglicherweise wußte er nicht, daß wir näher kommen würden.« Ich zuckte die Schultern. »Möglicherweise hatte er es satt zu warten.«

Doyle nickte. Er deutete mit seiner Pranke auf eine der weißen schmiedeeisernen Bänke. »Wollen wir uns setzen?«

Wir setzten uns. Doyle atmete tief aus. Nun, da er saß, schien wiederum etwas von seiner Vitalität mit seinem Atem zu entweichen. Fast müde griff er in die Tasche seines Jacketts und holte das Lederetui heraus. Er nahm die Brille ab, klappte sie zusammen, legte sie in das Etui, steckte das Etui wieder ein. Er beugte sich vor, pflanzte die dicken Unterarme auf die Knie und faltete die Hände. Er drehte sich zu mir um. »Mr. Beaumont«, sagte er. »Houdini sieht natürlich ein, daß Sie recht haben, was das Benachrichtigen der Behörden betrifft. Er weiß sehr wohl, daß, solange Chin Soos Aufenthaltsort unbekannt ist, die Gäste hier durchaus in Gefahr sein könnten. Es versteht sich von selbst, daß er ihretwegen zutiefst besorgt ist.«

Das verstand sich bei dem Großen Meister keineswegs von selbst. Jedenfalls nicht für mich.

»Aber wie Sie wissen«, sagte Doyle, »ist er auch wegen der Auswirkungen besorgt, die das Erscheinen der Polizei auf seine Karriere haben könnte. Und in diesem Punkt hat er, wie ich glaube, recht. Purleigh ist ein kleiner Ort und hat zweifellos seinen Anteil an Klatschmäulern. Houdinis Karriere hängt, wie Sie wissen, fast ausschließlich von seiner Reputation ab.«

»Ich mache mir keine Sorgen um seine Reputation. Ich mache mir Sorgen um sein Leben. Und um das Leben aller anderen hier.«

»Natürlich. Und Ihre Sorge ehrt Sie.« Langsam, und ganz leicht zusammenzuckend, lehnte er sich zurück. Er verschränkte die Arme vor der Brust. »Aber lassen Sie mich ausreden. Houdini schlägt vor, daß wir Scotland Yard in London informieren.«

Ich schüttelte den Kopf. »Lord Purleigh zufolge können sie nicht rechtzeitig hier sein.«

Er lächelte. »Ah, aber dafür können sie ein Telegramm an Konstabler Dubbins und an die Konstabler-Wache in Amberley, der nächsten größeren Stadt, schicken. Sie können, in dem Telegramm, darauf dringen, daß Dubbins und die Polizei in Amberley diese Angelegenheit absolut vertraulich behandeln. Ich kenne einen Mann im Yard, in höherer Position, der dies veranlassen könnte. Ich könnte mich telefonisch mit ihm in Verbindung setzen, nach dem Tee, wenn wir die Sache mit den anderen Gästen besprochen haben.«

Ich dachte kurz darüber nach. Ich sah ihn an. »*Houdini* schlägt vor, Sir Arthur?«

Er lächelte. »Nun . . .«

»Es war Ihre Idee, stimmt's?«

»Nun gut. Ja.« Sein Lächeln wurde breiter, und er nickte ruckartig mit dem Kopf. »Ich gestehe es. Verzeihen Sie, wenn ich das sage, aber es schien mir eine gute Lösung unseres Problems zu sein.«

»Ist es auch«, sagte ich.

Er grinste vor Freude. »Finden Sie das wirklich?«

»Die Idee ist gut. Haben Sie schon mit Lord Purleigh gesprochen?«

»Bis jetzt noch nicht. Aber er hat ja bereits eingeräumt, daß Polizei erforderlich ist. Warum sollte er etwas dagegen haben, Vertraulichkeit zu wahren?«

»Okay.«

»Sie sind also einverstanden?« fragte mich Doyle.

»Klar.«

»Hervorragend!« sagte er. »Fabelhaft!« Er streckte mir seine Pranke hin, und ich nahm sie. Er drückte noch ein paar Falten mehr in meine Hand.

Auf dem Weg zurück zum Haus gingen wir langsamer. Mag sein, daß Doyle allmählich müde wurde. Oder aber er war jetzt, nachdem er mir seinen Kompromiß unterbreitet hatte, nicht mehr in Eile.

Ich fragte ihn: »Kennen Sie Harry schon lange?«

Er blickte auf, sah mich blinzelnd an. »Wie bitte? Ach so. Noch nicht furchtbar lange. Wir haben uns erst letztes Jahr kennengelernt. Und Sie kennen ihn, wie ich annehme, erst knapp einen Monat.«

»Etwas über einen Monat.«

Er nickte. »Ein wahrhaft außergewöhnlicher Mensch, finden Sie nicht?«

»Eine Ausnahmeerscheinung.«

»Mutig und hochbegabt. Ich bin noch nie einem Menschen begegnet, der eine solche absolut leichtfertige Unerschrockenheit an den Tag legt. Der Mann setzt ständig Leib und Leben aufs Spiel.«

Der Große Meister war tatsächlich mutig, das wußte ich. Aber ich hatte auch gesehen, wie er seine Auftritte vorbereitete, und ich wußte, daß er alles andere als leichtfertig war. Er setzte Leib und Leben mehr aufs Spiel, indem er hier, im ländlichen England, blieb, als er das jemals auf der Bühne tat.

»Er ist ein außergewöhnliches Talent«, sagte Doyle. »Ein wunderbarer Künstler.«

»Stimmt. Wunderbar.«

»Und selbstverständlich ein Medium.«

Ich sah ihn an. »Ein Medium wofür?«

Er lächelte. »Wirklich, Mr. Beaumont! Ein Medium. Ein Hellseher. Und ganz gewiß noch einiges mehr. Das ist ein Mann, der eindeutig ganz erstaunliche geistige Kräfte besitzt. Wie sonst könnte er die Wunder vollbringen, die er vollbringt? Gewiß, er streitet es ab, wofür er, wie mir klar ist, gewiß seine Gründe hat.« Sein Lächeln wurde nachsichtig, und er schüttelte den Kopf. »Vielleicht aus Bescheidenheit.«

»Bescheidenheit«, wiederholte ich. Ich sah Doyle noch immer an. Er schien es vollkommen ehrlich zu meinen. Um ganz sicherzugehen, sagte ich noch einmal: »Bescheidenheit?«

Er nickte. »Mir ist selbstverständlich klar, daß er, auf den ersten Blick, gelegentlich ziemlich von sich eingenommen wirkt. Ich habe ihn schon dünkelhaft nennen hören, und ich glaube, ich kann verstehen, was zu diesem falschen Eindruck führt. Aber in meinen Augen ist seine Selbstsicherheit lediglich das absolute Selbstvertrauen eines einmaligen Menschen, der, aufgrund einer ihm von Gott geschenkten Gabe, die Grenzen von Zeit und Raum überwindet.«

Er sah mich lächelnd an. »Aber das wissen Sie natürlich alles. Sie kennen ihn. Sie sind mit ihm gereist. Zweifellos haben Sie ihn sich auch schon entmaterialisieren sehen.«

»Entmaterialisieren?«

»Ich muß sagen, ich beneide Sie. Ich habe mich mit der entsprechenden Literatur vertraut gemacht, was sich wohl von selbst versteht. Und zwar umfassend. Die Darstellungen in der Bibel. Die Berichte über Daniel Dunglas Home. Und über Mrs. Guppy – Sie wissen doch, daß sie sich telekinetisch von Highbury nach Bloomsbury versetzt hat? Wie gerne hätte ich das gesehen!« Er ließ seine Hände los, steckte sie in die Hosentaschen, schüttelte mehrmals sein mächtiges Haupt und sah dann wieder zu mir herüber. »Aber wie Sie in unmittelbarer Nähe eines solchen Phänomens zu leben! Wie ich Sie darum beneide, Mr. Beaumont!«

Er blickte zu Boden, auf den Kiesweg, und seufzte.

»Sir Arthur«, sagte ich.

»Hmm?«

»Harry entmaterialisiert sich nicht.«

Er sah zu mir herüber und runzelte die breite Stirn. Und dann, nach einigen Sekunden, lächelte er mich an, so wie ein Vater lächelt, wenn sein Sohn ihm erzählt, die fehlenden Kekse seien von Zigeunern gestohlen worden. »Also wirklich«, sagte er.

»Er ist ein Zauberkünstler, Sir Arthur. Das auf der Bühne sind Tricks. Gute Tricks. Aber eben Tricks.«

Wieder starrte er mich einige Sekunden an. Dann lächelte er abermals. Er nickte weise. »Ich verstehe vollkommen. Kein Wort mehr darüber.«

Ich hatte auch keine Worte mehr. Wir schwiegen beide, bis wir den Eingang des Schlosses erreichten.

»Da wären wir«, sagte er. »Wieder daheim.« Er sah mich nachdenklich an. »Ich hoffe nur, daß diese Chin-Soo-Geschichte keine Auswirkungen auf die Séance heute abend haben wird. Madame Sosostris ist ungemein sensitiv, müssen Sie wissen. Ihre Fähigkeiten könnten durch die vorhandenen negativen Strömungen beeinträchtigt werden.«

Er blickte sich um und dann zum Himmel hinauf, als könnten sich die negativen Strömungen dort oben zu Sturmwolken verdichtet haben.

Er wandte sich wieder mir zu. »Sie werden sehen, daß sie eine bemerkenswerte Frau ist. Sie wird sich uns zum Tee anschließen. Nun, ich glaube, ich werde mich ein wenig ausruhen. Die lange Fahrt von London hierher. Es war reizend, mit Ihnen zu plaudern.«

Er streckte die Hand aus. Ich gab ihm meine Rechte und ließ sie ein Weilchen von ihm zerquetschen.

Fünfzehn

Der Große Meister war nicht in seinem Zimmer, als ich in unsere Suite zurückkam. Ich schaute auf meine Taschenuhr. Halb vier, und Tee gab's um vier. Ich entkleidete mich und nahm rasch eine Dusche. Ich zog frische Unterwäsche und ein frisches Hemd an.

Mein Anzug hatte den ganzen Tag Früchte des Waldes geerntet – Zweige und Blätter, den einen oder anderen Dorn. Ich bürstete ihn und stieg wieder hinein. Der .32er Colt befand sich noch in meiner Jackentasche, und dort würde er auch bleiben, solange ich in Maplewhite war.

Ich verließ das Zimmer. Ich war gerade gegenüber der Tür zur Suite, die Mrs. Allardyce und Miss Turner bewohnten, als Cecily Fitzwilliam vor mir um die Ecke schwebte. Sie kam auf mich zu und war heute nachmittag ausnahmsweise bekleidet, mit einem langärmeligen roten Kleid. Ich blieb stehen.

»Mr. Beaumont!« sagte sie lächelnd. »Was für ein wunderbarer Zufall. Ich wollte Sie gerade aufsuchen.« Sie blieb stehen und zog kurz leicht und geschmeidig die Schultern hoch, legte dann die Hände vor dem Bauch ineinander, die linke um die rechte. »Wie geht es Ihnen?« Sie sah zuckersüß zu mir auf, als erwartete sie einen Kuß auf ihren kecken kleinen Mund. Ich versuchte mich an das lethargische junge Ding zu erinnern, das gestern abend im Salon so lustlos und schleppend mit mir gesprochen hatte.

»Bringen Sie den Schlüssel für Ihre Handschellen?« fragte ich sie.

Sie runzelte verwirrt die Stirn. »Aber was ... *Sie* haben den Schlüssel doch. Ich habe ihn« – sie sah sich rasch um, senkte die Stimme – »ich habe ihn auf Ihr Bett gelegt.«

Ich schüttelte den Kopf.

Sie hätte beinahe mit dem Fuß aufgestampft. »Aber es *stimmt*«, sagte sie. »Ich fand ihn unter dem Bett, nachdem Sie gegangen waren, und ich habe ihn wirklich mitten auf die Matratze gelegt. Wo Sie ihn ganz bestimmt hätten finden müssen.«

»Habe ich aber nicht.«

»Aber das ist unmöglich! Haben Sie auch wirklich nachgesehen?«

»Ja. Wie haben Sie es eigentlich geschafft, ungesehen wieder in Ihr Zimmer zu kommen?«

»Über die vordere Treppe.« Sie deutete mit einer Kopfbewegung zum Ende des Korridors hinter mir. »Mr. Beaumont, ich schwöre Ihnen, daß ich den Schlüssel auf Ihr Bett gelegt habe. Ich hätte Sie doch niemals . . .« Sie zuckte mit den Schultern, lächelte. »So . . . Sie wissen schon . . . in dieser mißlichen Lage allein gelassen.«

»Okay«, sagte ich. »Sie haben den Schlüssel also aufs Bett gelegt.«

Ihr Lächeln verschwand hinter einem Schmollmund. »Sag' ich doch.«

»Okay«, sagte ich. Sie hatte mich nicht gefragt, wie ich die Handschellen losgeworden war. Vermutlich war sie viel zu sehr damit beschäftigt, über das nachzudenken, was sie hergeführt hatte.

Sie sah sich wieder kurz um und beugte sich dann leicht zu mir. Sie klapperte ein paarmal mit den Augendeckeln, lächelte wieder. Kokett. »Sie haben doch keinem etwas von der vergangenen Nacht erzählt, oder?« Deshalb also war sie gekommen – um zu hören, ob ich in letzter Zeit aus der Schule geplaudert hatte.

»Ich habe es Mr. Houdini erzählt«, sagte ich.

Sie beugte sich zurück, und ihr Gesicht wurde plötzlich starr und rot. »Wie *konnten* Sie nur!« sagte sie.

»Ich mußte schließlich die Handschellen loswerden.«

Sie runzelte die Stirn und ließ die Unterlippe hängen. »Aber ich habe Ihnen den Schlüssel doch *dagelassen*.« In ihrer Stimme schwang ein kläglicher Ton mit.

»Ich habe ihn aber nicht gefunden«, sagte ich. »Hören Sie. Sie brauchen sich keine Sorgen zu machen. Ich habe ihm gesagt, Sie hätten sich nur unterhalten wollen. Ich habe ihm gesagt, Sie hätten die Handschellen mitgebracht, weil Sie dachten, daß er sie gerne sehen würde.«

»Aber Sie haben ihm gesagt, daß ich *da* war!«

»Er wird es nicht weitererzählen.«

Über ihr Gesicht huschte ein Ausdruck des Begreifens. »Ist das der Grund, weshalb er mir ausweicht? Wie gerade eben? Wenn ich in seine Nähe komme, blinzelt er jedesmal wie verrückt. Und rennt dann förmlich davon.« Ihre Augen weiteten sich vor Entsetzen. »Er glaubt, ich sei eine Nymphomanin!«

Ich lächelte. »Er glaubt nicht, daß . . .«

»Ich *bin* keine Nymphomanin!«

In diesem Augenblick ging die Tür zu meiner Linken auf. Miss Turner stand auf der Schwelle und sah uns mißbilligend an. Ihr Haar war wieder straff hinter dem Kopf zusammengeknotet, und sie trug wieder eines ihrer unförmigen Kleider. Diesmal ein braunes.

Einen Moment lang stand sie einfach da und starrte uns mit ihren großen blauen Augen schweigend an. Dann zuckte sie jäh zusammen, und ihr langer Körper fuhr ruckartig nach vorn, als hätte ihr jemand einen Schlag ins Kreuz versetzt. Und die Stimme von Mrs. Allardyce kreischte: »Nun machen Sie schon, Jane, und *trödeln* Sie nicht so.« Dann waren beide im Flur, und Mrs. Allardyce kam wie eine hungrige Krabbe, die um eine Perle herumhuscht, hinter Miss Turner hervor. Sie drückte ihre Handtasche an den Bauch, als wäre sie ein Schild. Ein breites eilfertiges Lächeln klebte auf ihrem runden, glänzenden Gesicht. »Ja, Cecily! Wie *reizend* du wieder aussiehst.« Das Lächeln verrutschte nur leicht, als sie mir zunickte. »Und nochmals guten Tag, Mr. Beaumont.«

Ich nickte. Artig.

»Kommst du nicht zum Tee, meine Liebe?« erkundigte sich Mrs. Allardyce bei Cecily und legte ihr die Hand auf den Unterarm. Cecily schien zurückzuweichen, doch Mrs. Allardyce bemerkte es nicht oder scherte sich nicht darum. Sie sagte: »Ich kann dir gar nicht *sagen*, wie sehr ich mich darauf *freue*, Sir Arthur kennenzulernen. Ich *liebe* seine Bücher, ich *liebe* sie einfach. Ich sah Mr. Gillette in diesem *wundervollen* Sherlock-Holmes-Stück im Lyceum, und er war einfach *brillant*! Er sieht ja so schrecklich *gut* aus, nicht? So schrecklich *distinguiert*.« Sie schob ihre Masse näher an Cecily heran. »Sag mal, meine Liebe. Hat Sir Arthur auch dieses *Medium* mitgebracht?«

»Ja«, sagte Cecily. »Sie sind alle im Salon.« Ihr aristokratischer schleppender Tonfall war zurückgekehrt, lag jedoch dünn und durchscheinend wie ein erster Farbanstrich über der Anspannung in ihrer Stimme. »Mr. Beaumont bat mich, ihm das Haus zu zeigen.« Sie war wohl zu jung, um zu wissen, daß man niemals freiwillig eine Lüge auftischt. Oder aber zu durcheinander, um sich daran zu erinnern.

Auch diesmal schien Mrs. Allardyce nichts zu bemerken. »Da

kann er sich *glücklich* schätzen«, sagte sie, »dich als Führerin zu haben.« Sie tätschelte Cecilys Unterarm. »Nun, meine Liebe, dann wollen wir euch bei eurem Rundgang nicht länger stören. Wir sehen uns ja sicher später. *Au revoir!* Und Sie ebenfalls, Mr. Beaumont. Kommen Sie, Jane.«

»Mr. Beaumont?« Miss Turner war näher zu mir getreten.

Ich drehte mich um. Hinter ihr kam Mrs. Allardyce vor Überraschung wackelnd zum Stehen.

Miss Turners unheimlich blaue Augen blickten unverwandt in meine. Sie hielt sich sehr aufrecht, hatte den Rücken durchgedrückt. »Ich kann mich nicht genau erinnern, was passiert ist«, sagte sie. Sie preßte kurz die Lippen aufeinander. »Ich spreche von meiner Ohnmacht heute nachmittag. Aber Mrs. Corneille sagte mir, daß ich mich bestimmt verletzt hätte, wenn Sie nicht so schnell zur Stelle gewesen wären. Und dafür wollte ich mich bei Ihnen bedanken.«

»Dazu besteht kein Grund«, sagte ich.

»O doch«, sagte sie, »dazu habe ich allen Grund. Und ich möchte mich nochmals dafür entschuldigen, daß ich Ihnen solche Umstände gemacht habe.«

»Ganz und gar nicht. Ich bin froh, daß Ihnen nichts passiert ist. Mrs. Corneille sagte, Ihr Pferd hätte eine Schlange gesehen?«

»Ja. Das hat es erschreckt. Jedenfalls danke ich Ihnen für alles.« Sie nickte knapp, als wäre sie mit sich zufrieden, das hinter sich gebracht zu haben, und nickte dann Cecily zu. »Miss Fitzwilliam.«

»Kommen Sie schon, kommen Sie«, sagte Mrs. Allardyce und legte ihren dicken Arm wie einen Enterhaken über Miss Turners Armbeuge. Sie lächelte Cecily noch einmal zu, schnell, fast grimmig, und zog dann Miss Turner in Richtung der Treppe fort.

Als sie um die Ecke verschwanden, sagte Cecily: »Ein absolut gräßliches Weib.«

Ich lächelte. »Miss Turner?«

»Nein, Sie Dummchen. Diese entsetzliche Allardyce. Sie ist eine Verwandte meiner Mutter. Und das ist nun *wirklich* eine übelkeiterregende Vorstellung.« Plötzlich drehte sie sich zu mir um. »Sie kann doch nicht gehört haben, was ich sagte, oder?«

»Mrs. Allardyce?«

»Miss Turner. Was ich über . . .« Sie zog die Augenbrauen hoch, holte tief Luft, stieß sie mit einem matten Seufzer wieder aus. »Sie *wissen* schon . . .«

»Daß Sie eine Nymphomanin sind?«

»Ich bin keine . . .« Sie hörte sich kreischen, blickte sich rasch um, beugte sich vor. »Ich bin keine Nymphomanin«, sagte sie mit zusammengebissenen Zähnen und versetzte mir dann einen heftigen Schlag auf die Brust.

»Ich weiß«, sagte ich. »Nein, ich glaube nicht, daß sie etwas gehört hat. Und auch Mr. Houdini hält Sie nicht für eine Nymphomanin. Kein Mensch hält Sie für eine Nymphomanin. Abgesehen von Ihnen vielleicht.«

Sie beäugte mich argwöhnisch. »Was soll *das* nun wieder heißen?«

»Nichts. Hören Sie, Cecily. Ich muß gehen. Machen Sie sich keine Sorgen wegen Mr. Houdini. Er wird nichts verraten.«

Sie legte nachdenklich den Kopf auf die Seite. »Finden Sie, daß sie hübscher ist als ich?«

»Mrs. Allardyce?«

Sie hätte beinahe wieder mit dem Fuß aufgestampft. »Nein. Miss Turner.«

»Sie hat bessere Manieren«, sagte ich.

Sie wollte mir wieder einen Schlag versetzen, doch ich packte ihr Handgelenk und hielt es fest. »Sehen Sie, was ich meine?« sagte ich.

Ihre Augen wurden schmal, und sie starrte auf meine Hand. »Lassen Sie mich *los*«, sagte sie, und ihre Stimme war tief und drohend. Die Spielregeln hatten sich geändert, und das paßte ihr nicht.

»Keine Schläge mehr«, sagte ich.

Sie warf den Kopf zurück und blickte an ihren Wangen vorbei nach unten. *»Sonst?«*

»Sonst unterhalten wir uns mal mit Daddy.«

»Er wird Ihnen kein Wort glauben.«

»Das werden wir ja sehen.«

Sie funkelte mich einen Moment an, ließ dann die Schultern hängen und blickte finster drein. Ich ließ ihr Handgelenk los. Wütend und mit schmerzverzerrtem offenem Mund massierte sie ihr

Handgelenk, als sei sie ihr Leben lang an einen Balken an der Decke gefesselt gewesen.

»Ich weiß überhaupt nicht, warum es mich interessiert, was *Sie* denken«, sagte sie finster und funkelte mich wieder an. Sie hob den Kopf. »Es ist mir auch vollkommen egal. Schließlich sind Sie ja bloß ein Dienstbote, stimmt's?«

Ich nickte. »Stimmt.«

»Und warum in aller Welt sollte es *mich* interessieren, was ein *Dienstbote* denkt?«

»Sollte es nicht.«

»Nun, es *interessiert* mich auch nicht«, sagte sie, machte kehrt und stolzierte davon. Sie wirbelte um die Ecke, und dann hörte ich sie die Treppe hinunterstapfen.

Ich blieb noch ein Weilchen im Flur stehen, um ihr Zeit zu geben, ihre schleppende Stimme wiederzufinden.

An den Wänden, auf den ausgebleichten Gobelins, scheuchten sich noch immer dralle Nackedeis kultiviert durch den Wald. Im Zimmer selbst waren wiederum grüppchenweise bekleidete Menschen verteilt. Keiner schien darüber beunruhigt zu sein, daß heute ein Heckenschütze auf jemanden geschossen hatte. Aber vielleicht waren auch nur alle darüber erhaben. Das sind die Engländer gern.

»Mr. Beaumont«, sagte Doyle und erhob sich mühsam von seinem Platz an dem Teetischchen zu meiner Rechten. »Da sind Sie ja. Bitte setzen Sie sich zu uns. Ich möchte Sie mit meinen Freunden bekannt machen.«

Auf dem Tisch standen beladene Platten, Tassen und Untertassen aus Porzellan, eine Teekanne aus Porzellan, eine silberne Kaffeekanne, ein silbernes Milchkännchen, eine kleine silberne Zukkerdose. Darum herum saßen sechs Leute. Vier davon kannte ich bereits – Lady Purleigh, Cecily Fitzwilliam, Mrs. Allardyce und Miss Turner. Die Frau im Rollstuhl und den Mann, der neben ihr saß, kannte ich nicht.

»Mr. Phil Beaumont«, sagte Doyle und streckte die Hand in Richtung der Frau aus, »das ist meine liebe Freundin, die bemerkenswerte Madame Sosostris.«

Bemerkenswert war das richtige Wort. Die Frau ließ Mrs. Allardyce wie eine Waldnymphe aussehen. Sie wog vermutlich soviel wie Doyle, war aber nur halb so groß wie er. Ihr Körper war in ein Gewand aus roter und goldener Seide gehüllt wie ein als Geschenk verpackter Medizinball. Ihre mächtige weiße Mähne war vorne aus der breiten weißen Stirn zu einer Art Dutt von der Größe eines Ziergehölzes hochgekämmt. Das übrige Haar fiel ihr in dichten Wellen auf die Schultern und rahmte ihr weißes aufgedunsenes Gesicht ein. Ihre buschigen Augenbrauen und ihre langen Wimpern waren pechschwarz, genau wie die kleinen verschlagenen Augen, die darunter funkelten. Und genau wie das sternförmige Schönheitspflästerchen auf ihrer Wange, das dort saß wie eine Fliege auf einem Reispudding.

Sie nickte mir zu, wie eine Bienenkönigin einer Drohne zunikken würde. »Äntzickt, Sie kännenzulärnen«, sagte sie. Sie hatte einen Akzent, aber ich konnte nicht genau sagen, was für einen.

»Und das«, sagte Doyle, »ist der Gatte von Madame, ein ungemein feiner und hochherziger Mensch. Mr. Dempsey.«

Mr. Dempsey war knochig und eckig und wog wahrscheinlich, samt Kleidern und allem, weniger als ein Schenkel seiner Frau. Er war in den Fünfzigern, hatte eingefallene Wangen und eingefallene Augen und einen schmalen, verbitterten Mund. Er trug einen losen grauen Anzug, ein weißes Hemd, eine schwarze Schleife und ein schmales schwarzes Toupet, das aussah, als wäre es eingeölt und dann von einem Lastwagen überfahren worden.

Er klappte sich aus seinem Sessel hoch wie ein Zollstock und reichte mir eine Handvoll knubbeliger Knöchel. »Guten Tag«, sagte er und lächelte schmerzlich. Er hatte eindeutig einen amerikanischen Akzent.

»Wollen Sie sich nicht zu uns setzen?« sagte Lady Purleigh und blickte aus ihrem Sessel zu mir auf. Neben ihr hob Cecily Fitzwilliam den Kopf und blickte geflissentlich weg.

»Danke«, sagte ich, »aber ich habe etwas mit Mr. Houdini zu besprechen.«

Lady Purleigh lächelte freundlich. Sie sah auch heute wieder gut aus, schlank und elegant in einem langen weißen Seidenkleid, das ihr graublondes Haar noch heller wirken ließ. »Sie sind wirklich zu pflichtbewußt, Mr. Beaumont. Ich bewundere Ihre Energie, aber jetzt ist schließlich Wochenende. Ich hoffe sehr, daß Sie sich etwas Zeit nehmen werden, um sich ein wenig zu amüsieren.«

Ich lächelte zurück. »Das werde ich. Danke.« Ich nickte Madame Sosostris und Mr. Dempsey zu, dann Doyle.

Er nickte ebenfalls und ließ sich wieder mühsam an seinem Tisch nieder. Ich schlenderte durch das Zimmer hinüber zu dem Tisch, an dem der Große Meister alleine saß. Er schrieb, vermutlich wieder einmal einen Brief an seine Frau.

»So allein, Harry?«

»Ich weigere mich, bei dieser Frau zu sitzen. Haben Sie ihre Haare gesehen?«

»Sind ja nicht zu übersehen.«

»Sie könnte alle möglichen Requisiten und Apparaturen in diesem monströsen Gebilde verstecken. Trompeten, Glocken, Ektoplasma *pfundweise*.« Plötzlich grinste er mich an. »Sie ist nämlich ein physikalisches Medium, müssen Sie wissen. Sie führt Apporte herbei.«

»Apporte?«

»Materialisationen stofflicher Art«, sagte er. »Aus der Welt der Geister. Obgleich diese sich, bei näherer Prüfung, erstaunlicherweise unweigerlich als äußerst irdisch erweisen.« Er rieb sich die Hände. »Ach, Phil, ich freue mich schon darauf. Ihr Geistführer ist ein Indianer, wußten Sie das?«

»Ihr Geistführer?«

»Der Geist, dessen Äußerungen sie wiedergibt.« Er grinste zu mir hoch und rieb sich wieder die Hände.

»Haben Sie Lord Purleigh gesehen?« fragte ich ihn.

Er schüttelte ungehalten den Kopf. »Nicht, seit wir mit ihm in der Bibliothek gesprochen haben.«

»Ich habe mich mit Sir Arthur unterhalten, über diese Sache mit der Londoner Polizei. Ich glaube, das wäre eine gute Idee.«

»Verzeihen Sie.« Eine Frauenstimme zu meiner Linken und eine leichte Berührung an meinem Arm. Der Duft paradiesischer Blumen.

»Ich entschuldige mich für diese Störung«, sagte Mrs. Corneille und lächelte mich an und dann hinunter auf den Großen Meister. »Ich wollte gerade wieder an meinen Tisch gehen und dachte, ich sollte Sie beide fragen, ob Sie sich uns nicht anschließen möchten.«

Der Große Meister blickte zu Mrs. Corneilles Tisch hinüber, an dem Sir David und Dr. Auerbach saßen. Er hielt die beiden vermutlich noch immer für Schmeißfliegen, denn als er sich wieder Mrs. Corneille zuwandte, war sein Lächeln schmal und höflich. »Vielen Dank«, sagte er und nickte. »Vielleicht später.«

Sie sah mich an. »Und Sie, Mr. Beaumont?«

»Klar«, sagte ich. »Danke.« Ich nickte dem Großen Meister zum Abschied zu und ging dann mit Mrs. Corneille und ihrem Parfum zu dem Tisch. Dr. Auerbach sprang auf die Füße, und seine kleinen Zähnchen und sein Kneifer blitzten nur so. Er nickte mir knapp zu. »Mr. Beaumont. Freut mich sehr, Sie wiederzusehen.«

Sir David nickte knapp in seinem Sessel und blickte zur Seite.

Sir David, Lord Bob, Cecily. Ich machte offenbar großen Eindruck auf die Hautevolee.

»Möchten Sie etwas essen?« fragte Mrs. Corneille, als ich neben ihr Platz nahm. Gegenüber von mir zog Dr. Auerbach penibel die Knie seiner Hosen hoch, nahm Platz und schlug die Beine übereinander.

Genau wie Doyles Tisch war auch dieser mit Köstlichkeiten beladen. Ich merkte plötzlich, daß ich seit dem Frühstück nichts gegessen hatte. »Ja«, gestand ich. »Danke.«

Mrs. Corneille griff nach der Teekanne. »Tee? Sie gestatten doch, daß ich Sie ein bißchen bemuttere?«

»Ja, gerne.«

»Im besten Freudschen Sinn, will ich hoffen«, sagte Sir David und lächelte verbindlich.

Sie ignorierte ihn und schenkte mir Tee ein. Sie sah zu mir herüber. »Zucker? Zitrone? Milch?«

»Nichts, danke«, sagte ich zu ihr.

Sie stellte mir die Teetasse hin. »Die Sandwiches sind sehr zu empfehlen«, sagte sie.

Ich nahm einen Teller, nahm ein Sandwich von der silbernen Platte. Biß hinein. Räucherlachs und Rahmkäse. Sehr zu empfehlen.

Sir David sagte zu Mrs. Corneille: »Dr. Auerbach berichtete mir gerade, daß er nicht nur eine psychoanalytische, sondern auch eine literarische Seite hat.« Er wandte sich behaglich, fast stolz, an Dr. Auerbach, wie ein Erfinder, der darauf wartet, daß sein liebstes aufziehbares Spielzeug zeigt, was es kann.

»Aber nein«, sagte Dr. Auerbach zu Mrs. Corneille. »Eine literarische nicht. Ich hab' bloß ein paar originäre Monographien verfaßt. Studien über interessante Fälle, die mir begegnet sind. Ich hab' dem Sir David nur g'sagt, daß ich dem Herrn Doktor Freud sein Buch *Der Witz und das Unbewußte* ins Englische übersetzt hab'. Nämlich für die Universität von Leeds.«

Sir David strich sich träge mit dem Zeigefinger über den Schnurrbart und lächelte. »Leeds, sieh an.«

Dr. Auerbach zeigte Mrs. Corneille seine kleinen Zähnchen. »Aber das war eine Heidenarbeit, das dürfen S' mir glauben! Wegen der speziellen Natur des Humors war's nämlich nötig, daß ich dem Herrn Doktor Freud seine deutschen Witze durch selbsterfundene englische Witze hab' ersetzen müssen.«

»Vielleicht«, sagte Sir David, »würden Sie uns einige davon zum besten geben?«

»Was ist denn mit Lord Purleigh passiert?« fragte Mrs. Corneille und blickte hinüber zur Tür des Salons.

Ich drehte mich um. Lord Bob war gekommen. Er stand einige Schritte von Doyles Tisch entfernt, bewegte die buschigen Augenbrauen auf und ab und fuhr sich mit beiden Händen durch das Haar. Sein Gesicht war verzerrt. Doyle stand stirnrunzelnd vor ihm, die dicken Finger an Lord Bobs Ellbogen, wie um ihn zu stützen. Auf der anderen Seite des Tisches hatte sich Lady Purleigh von ihrem Platz erhoben. Sie sah besorgt aus.

»Entschuldigen Sie mich«, sagte ich. Widerstrebend stellte ich mein Essen wieder auf den Tisch und stand auf.

Doyle und Lord Bob waren inzwischen auf dem Weg zum Tisch des Großen Meisters. Beide machten finstere Gesichter. Ich erreichte den Tisch im gleichen Moment wie sie. Der Große Meister hatte sie kommen sehen und stand bereits.

»Beaumont, sehr gut«, sagte Doyle. »Ich glaube, wir können Sie brauchen.«

»Was ist passiert?« fragte ich ihn.

Doyle wandte sich an Lord Bob, der mich anfunkelte und dann den Großen Meister ansah. »Ein Unfall«, sagte er. »Der Earl. Mein Vater. Sein Kammerdiener hörte ein Geräusch in seinem Zimmer.

Pistolenschuß, meint er – aber das ist unmöglich. Absolut unmöglich. Nur, wir kommen nicht in das Zimmer rein, und der Earl antwortet nicht. Die verdammte Tür ist abgesperrt. Probleme mit dem Schlüssel.«

Der Große Meister richtete sich zu seiner vollen Größe auf. »Houdini wird sie öffnen, Lord Purleigh. Das verspreche ich Ihnen.«

Sechzehn

Die breite Tür war aus massivem Holz, mit schwarzen schmiedeeisernen Nägeln beschlagen und mit schwarzen schmiedeeisernen Bändern verstärkt. Ein altes Männchen namens Carson, der Kammerdiener des Earls, führte uns mit zitternden Händen vor, daß sein großer Metallschlüssel nicht ins Schlüsselloch paßte. Carson war hoch in den Siebzigern, und es sah im Moment nicht so aus, als ob er es noch sehr lange machen würde. »Er *paßt* nicht, Sir«, sagte er ständig, während er den Schlüssel wieder und wieder in das Loch stieß und sich verzweifelt nach dem Großen Meister umsah.

»Natürlich nicht«, sagte der Große Meister. »Der innen stekkende Schlüssel blockiert das Loch.«

Wir standen hinter ihnen – Lord Bob, Doyle, Higgens, der Butler, und ich. Die meisten von uns keuchten. Lord Bob schnappte nach Luft, vornübergebeugt und die Hände auf die Knie gestützt wie ein Marathonläufer am Ende des Rennens und am Ende seiner Kraft. Sein Gesicht war so rot und so glänzend wie eine lackierte Tomate.

Wir befanden uns in der Nordwestecke des Schlosses, im dritten Stock, und wir hatten geraume Zeit gebraucht, um im Laufschritt hierher zu kommen. Unterwegs hatte Lord Bob dem Großen Meister und Doyle heftig schnaufend mitgeteilt, daß Carson sich im Vorraum – wo wir jetzt standen – aufgehalten hatte, als er den Schuß hörte. Er hatte versucht, die Tür zu öffnen, festgestellt, daß das nicht möglich war, und war nach nebenan in sein eigenes Zimmer gegangen, um Higgens über die Leitung für Notfälle anzurufen. Higgens hatte Lord Bob verständigt, Lord Bob war heraufgekommen, hatte die Tür zu öffnen versucht und hatte dann uns geholt.

Der Vorraum war eine Art antikes Empfangszimmer mit nackten Steinwänden, in dem schwere, grob gearbeitete Eichenmöbel standen und wiederum ein Orientteppich auf dem Boden lag. Es war ein merkwürdiger Raum, der irgendwie aus dem Mittelalter zu stammen schien. Aber wir interessierten uns alle wesentlich mehr für das, was hinter der massiven Holztür lag.

»Gestatten Sie«, sagte der Große Meister und trat vor. Carson warf einen ängstlichen Blick auf Lord Bob, der inzwischen wieder aufrecht stand, aber noch immer heftig schnaufte. Carson trat schwankend einige Schritte zurück und schlang die Arme um seinen Körper, als habe er Angst, gleich auseinanderzubrechen.

Der Große Meister griff in die Gesäßtasche, zog seine Brieftasche heraus, öffnete sie, entnahm ihr einen dünnen Stahlstift. Er beugte sich vor, spähte einen Augenblick ins Schlüsselloch, steckte den Stift behutsam in das Loch und machte eine ruckartige Bewegung aus dem Handgelenk. Danach trieb er den Stift mit einem behutsamen Schlag tiefer in das Schloß. Der Stift verschwand in dem Loch, und ich hörte ein schwaches klatschendes Geräusch, das von einem großen kupfernen Schlüssel hätte sein können, der auf einen Holzfußboden fällt.

»Ein Kinderspiel«, sagte der Große Meister. Er drehte den Stift abermals ruckartig, und ich hörte ein Klicken, das von einem Metallplättchen hätte sein können, das in ein Gehäuse zurückschnappt. Der Große Meister lächelte, richtete sich auf und drückte gegen die Tür.

Nichts geschah.

Er wandte sich stirnrunzelnd an Lord Bob. »Sie ist leider von innen verriegelt.« Er blickte sich suchend im Zimmer um. »Ich brauche . . .«

»Verdammt!« sagte Lord Bob. Sein weißer Schnurrbart hing schlaff herunter. Er taumelte um den Großen Meister herum zu der Tür, hob die Faust und hämmerte auf sie ein. Die Tür bewegte sich nicht. Der Große Meister wich behende zurück, die Augenbrauen alarmiert hochgezogen. Lord Bob hämmerte wieder an die Tür. »Mach auf!« brüllte er. Er holte tief und abgehackt Luft. »Mach auf, du elender alter Trottel! Du verkommenes Subjekt! Du dreckiges, geiferndes, erbärmliches reaktionäres *Schwein*, du! Mach die verdammte *Tür* auf!«

»Beruhigen Sie sich, Lord Purleigh«, sagte Doyle. Er legte seine Pranke auf Lord Bobs Schulter. »Das hilft uns nicht weiter. Gibt es keine andere Möglichkeit, hineinzukommen?«

Lord Bob entzog sich abrupt der tröstenden Hand und schrie: »Dazu müßten wir fliegen können wie die verdammten Enten!«

Der Große Meister sagte: »Gentlemen . . .«

»Die Bank«, sagte ich. Ich deutete auf eine lange Eichenbank, die unter den Fenstern stand. Einst war sie ein Stück von einem abgeschälten Baumstamm gewesen, bevor jemand die eine Seite abgesägt und acht spitz zulaufende Holzbeine in ihre geschwungene Unterseite gesteckt hatte.

»Vortrefflich!« sagte Doyle. »Lord Purleigh! Higgens! Schnell jetzt!«

»Sir Arthur«, sagte der Große Meister, aber Sir Arthur war beschäftigt.

Wir vier hasteten hinüber zu der Bank, schnappten uns alle ein Bein und hievten das Ding hoch. Die Bank wog nicht viel mehr als eine Tonne. Doyle war vorne, ihm folgten Lord Bob und Higgens, und ich war hinten. Ich bemerkte, daß das Gesicht von Higgens so unbewegt und ausdruckslos wie üblich war. Vielleicht tat er dergleichen ja jeden Tag. Carson stand noch immer etwas abseits, die Arme um den Körper gelegt, schüttelte den grauen Kopf, biß sich auf die Unterlippe. Der Große Meister hatte die Hände in die Hüften gestemmt und blickte finster drein. »Phil«, sagte er zu mir.

»Achtung jetzt«, sagte Doyle, der das Kommando übernommen hatte. »Treten Sie bitte etwas zurück, Houdini.«

Der Große Meister warf verzweifelt die Hände in die Höhe und stellte sich dann neben Carson.

»Ich zähle bis drei, Männer!« bellte Doyle wie der Führer einer Pfadfindergruppe. »Eins. Zwei. *Drei!*«

Wir stürmten vorwärts und rammten das Ende der Bank mit Donnergetöse gegen die Tür. Die Bank sprang zurück und zitterte in meinen Händen. Die Tür erbebte, gab jedoch nicht nach.

»Auf ein Neues, Männer!« schrie Doyle. »Zurück!«

Wir machten unbeholfen einige Schritte rückwärts. Doyle rief aus: »Fertig? Eins. Zwei. *Drei!*« Wir stürmten wieder vorwärts, und das Ende der Bank krachte gegen die Tür, und diesmal kreischte Metall auf Stein, und die Tür sprang nach innen auf und knallte gegen die Wand.

»Absetzen!« befahl Doyle, und wir stellten die Bank auf den Boden, wie es sich für gute Pfadfinder gehört.

Doyle war als erster im Zimmer, dann Lord Bob, dann Higgens, dann ich. Der Große Meister und Carson zottelten hinter uns her.

In der stickigen, muffigen Luft hing der Geruch von Pulverdampf. In dem riesigen steinernen Kamin brannte ein Feuer, und alle Fenster waren geschlossen. Das Zimmer war groß, aber einfach, ähnlich wie das Empfangszimmer – rechts eine grobe Eichenkommode, links ein grober Eichenschrank, daneben ein grober eichener Bücherschrank. In der Mitte der gegenüberliegenden Wand stand ein riesiges Bett mit einem hohen geschnitzten eichenen Kopfbrett. Links neben dem Bett stand ein Rollstuhl aus Stahl und Leder, der kleiner und zierlicher war als der von Madame Sosostris. Auf dem Bett, und bis zur Brust zugedeckt, lag ein sehr alter Mann. Er war glattrasiert und beinahe kahl. Sein dünner rechter Arm, der in einem weißen Flanellärmel steckte, lag auf der Bettdecke und war seitwärts ausgestreckt. Die ausgemergelte rechte Hand hing über dem Boden, die Handfläche nach oben, die langen gelben Finger zur Decke gebogen. Unter der Hand, auf dem Boden, lag ein Revolver. In der Schläfe des alten Mannes war ein kleines schwarzes Loch.

»Großer Gott«, sagte Lord Bob.

»Ganz ruhig«, sagte Doyle und preßte die Hand auf dessen Schulter.

Ich ging zu dem Leichnam. Ich legte meine Finger auf das zerbrechliche alte Handgelenk. Die dünne durchscheinende Haut war noch warm, doch darunter schlug kein Puls mehr. Ich blickte hinüber zu Doyle, blickte zu Lord Bob, schüttelte den Kopf.

Lord Bob sagte: »Das Schwein hat sich einfach umgebracht.« Er ging zu der Waffe und bückte sich, um sie aufzuheben.

»Nicht anfassen!« sagte ich.

Er warf mir einen Blick zu, einen kurzen, wütenden Blick, und hob den Revolver auf.

»Das war keine gute Idee«, sagte ich. »Die Polizei wird nicht wollen, daß etwas verändert wird. Und jetzt sind Ihre Fingerabdrücke auf der Waffe.«

Lord Bob inspizierte den Revolver. Er nahm ihn von der rechten in die linke Hand, blickte finster auf seine rechte Hand, wischte sie beiläufig vorne am Jackett ab. »Staub«, sagte er abwesend.

Doyle sah sich auf dem Boden um. »Asche«, sagte er. »Aus dem Kamin. Überall Asche. Muß herausgeflogen sein, als wir die Tür aufgebrochen haben.«

Auf dieser Seite des Bettes war die Asche überall, lag als dünne graue Schicht auf dem Boden. Ich konnte die Fußspuren sehen, die wir hinterlassen hatten. Andere waren nicht vorhanden.

Lord Bob betrachtete noch immer stirnrunzelnd die Waffe.

Ich sagte: »Er bewahrte doch keine Waffe im Zimmer auf, oder?«

Lord Bob schüttelte den Kopf, ohne aufzublicken.

»Lord Purleigh«, sagte ich. »Legen Sie die Waffe wieder auf den Boden.«

Lord Bob funkelte mich wieder an. Er war benommen, glaube ich, aber selbst in benommenem Zustand war er unwillkürlich indigniert. »*Wie* bitte?«

»Das ist eine amerikanische Smith and Wesson Kaliber .38«, sagte ich. »Keine ganz alltägliche Waffe hier in England, wie ich annehme. Sie ähnelt stark der Smith and Wesson, die ich unten gesehen habe, in der Waffensammlung in der Großen Halle.«

Lord Bob blickte hinunter auf den Revolver. »Ja.« Verwirrt sah er zu dem alten Mann hinüber, der auf dem Bett lag. »Aber warum . . . Woher *hatte* er sie?«

»Das wird die Polizei auch wissen wollen. Bitte, Lord Purleigh. Legen Sie die Waffe wieder hin.«

Doyle sagte: »Sie tun besser, was er sagt, Lord Purleigh.«

Lord Bob sah ihn an. »Die Polizei«, sagte er. »Aber ich dulde keine Polizei in . . .« Seine Stimme verlor sich. Er stand da und starrte ins Leere.

»Sie haben leider keine andere Wahl«, sagte Doyle. »Nicht in einem Fall wie diesem.« Er legte Lord Bob wieder die Hand auf die Schulter. »Bitte, Lord Purleigh. Legen Sie die Waffe zurück.«

Lord Bob blickte mich an. Sein Gesicht war leer. Er bückte sich, legte die Waffe auf den Boden, richtete sich wieder auf.

Dann wandte er sich an Doyle. Er wirkte noch immer benommen. »Und jetzt . . . was jetzt?«

»Wir fassen nichts mehr an«, sagte Doyle. »Wir sorgen dafür, daß das Zimmer abgesperrt und bewacht wird.« Er wandte sich an den Kammerdiener, der am Fuß des Bettes stand. »Carson? Sie heißen doch Carson?«

Carson sah zu ihm auf, und sein Gesicht war blaß. »Ja, Sir.« Seine Stimme zitterte, und seine Lider flatterten. Er hob den

Kopf. »Es tut mir leid, Sir«, sagte er zu Doyle. »Ich bitte um Verzeihung. Das ist der Schock, Sir. Der Earl . . . er schien unverwüstlich zu sein, Sir.« Er blinzelte wieder. Er richtete sich auf, blickte zu Lord Bob. »Es tut mir aufrichtig leid, Mylord.« Zu Doyle sagte er: »Tut mir leid, Sir.« Er zuckte leicht und traurig mit den Schultern, eine Geste der Hoffnungslosigkeit. »Das ist der Schock, nehme ich an.«

Hinter dem Kammerdiener war der Große Meister zu der massiven Holztür gegangen und beugte sich nun vor, um mit, wie es schien, berufsbedingter Neugier das Querholz zu betrachten, das uns den Zugang zum Zimmer versperrt hatte.

Carsons Schock hatte Lord Bob wieder zu sich gebracht. Er durchquerte das Zimmer und ging um das Bett herum zu dem alten Kammerdiener. »Carson«, sagte er. Seine Stimme war sanft. »Ist bei Ihnen alles in Ordnung?«

»Ja, Mylord.« Er starrte unverwandt geradeaus, über den Körper des Toten hinweg.

Hinter ihnen unterbrach der Große Meister seine prüfende Betrachtung des Querholzes, um Lord Bob und den Kammerdiener prüfend zu betrachten.

Freundlich sagte Lord Bob zu Carson: »Natürlich ist alles in Ordnung. Alles in Ordnung. Aber, wissen Sie, nach der ganzen Aufregung, da sollten wir ein bißchen verschnaufen, wie? Uns etwas ausruhen, solange wir können. Sie legen sich jetzt erst einmal hin. Ich werde Mrs. Blandings bitten, nach Ihnen zu sehen. Und ich komme dann selbst vorbei, sobald wir hier alles erledigt haben.«

Carson nickte mit zusammengepreßten Lippen, den Blick noch immer starr. »Jawohl, Mylord.« Er blinzelte wieder, sah Lord Bob an. »Danke, Mylord.«

Lord Bob streckte die Hand aus und legte sie kurz auf Carsons Arm. »Recht so. Recht so.« Carson blinzelte. Lord Bob wandte sich an Doyle. »Was, Doyle?« sagte er herzlich. »Das ist doch bestimmt das Beste, hab ich nicht recht?«

Doyle nickte mit seinem mächtigen Haupt. »Ich stimme Ihnen vollkommen zu, Lord Purleigh.«

»Na, sehen Sie«, sagte Lord Bob im gleichen gutmütigen Tonfall zu Carson. »Also ab mit Ihnen.«

»Sehr wohl, Mylord.« Sein Blick huschte kurz hinunter zu dem alten Mann im Bett. Er blinzelte wieder, machte dann kehrt und ging. Sein Körper war noch immer starr, seine Bewegungen noch immer steif.

Lord Bob wandte sich an Doyle. »Was sagten Sie vorhin, Doyle?«

»Daß wir das Zimmer absperren und bewachen lassen müssen.«

»Den Wachdienst kann Higgens übernehmen«, sagte Lord Bob. »Zunächst jedenfalls. Schließlich wird er unten gebraucht, was, Higgens? Ich werde jemanden schicken, der Sie ablöst.«

Higgens nickte. »Sehr wohl, Mylord.«

Doyle sagte zu Higgens: »Niemand darf das Zimmer betreten, bis die Polizei eintrifft.«

»Sehr wohl, Sir.«

»Die Polizei?« sagte Lord Bob.

»Wir müssen die Polizei verständigen.«

Lord Bob runzelte die Stirn.

»Wenn ich Ihr Telefon benutzen dürfte«, sagte Doyle, »könnte ich mit einem Freund von mir bei Scotland Yard sprechen. Ich bin überzeugt, daß er von Nutzen wäre. Und diskret.«

Nach kurzem Widerstreben gab sich Lord Bob schließlich geschlagen. »Also gut.«

Doyle wandte sich an mich. »Haben Sie etwas hinzuzufügen, Mr. Beaumont?«

Ich sagte: »Ich würde mir gern die Waffensammlung genauer ansehen.«

Doyle nickte. Er wandte sich an Lord Bob. »Lord Purleigh, Sie wünschen zweifellos, Lady Purleigh von dieser Tragödie in Kenntnis zu setzen.«

Lord Bob senkte die buschigen Augenbrauen, als wäre ihm erst jetzt wieder eingefallen, daß es eine Lady Purleigh gab. »Ja. Ja, natürlich.« Er schüttelte leicht den Kopf, blickte zur Seite. »Schwerer Schlag für sie. Mochte das Schwein.« Er warf einen Blick auf den Leichnam auf dem Bett. »Werden den Gästen allerdings nichts sagen.«

»Nichts *sagen?*« fragte Doyle.

Lord Bob wandte sich ihm zu. »Würde ihnen nur das Wochenende vermiesen, was? Sie würden abreisen, stimmt's?«

»Zweifellos würden sie das. Aber unter diesen Umständen . . .«

Lord Bob schüttelte den Kopf. »Kommt nicht in Frage. Wollten hier ein angenehmes Wochenende verbringen, und das werden sie auch. Können ja nichts dafür, daß das alte Schwein gestorben ist. Alice wird mir recht geben. Ganz bestimmt.«

»Und wie wollen Sie die Anwesenheit der Polizei erklären?«

»Wüßte nicht, daß das nötig wäre. Rein mit den Burschen, wieder raus mit den Burschen. Müssen natürlich verhindern, daß sie überall Dreck machen. Und keiner merkt was, wie?«

Doyle schien seine Zweifel zu haben, doch er sagte: »Wie Sie wünschen.«

Ich sagte: »Aber Sie *werden* sie über Chin Soo ins Bild setzen?«

Er sah mich an, blinzelte. Ein gereizter Ausdruck huschte über sein Gesicht. »Ja, ja.«

»Houdini?« sagte Doyle.

Der Große Meister hatte den Oberkörper vorgebeugt und betrachtete den großen kupfernen Schlüssel, der direkt hinter der Tür auf dem Boden lag. Er blickte hinüber zu Doyle.

»Haben Sie dem etwas hinzuzufügen?«

Der Große Meister sah ihn einen Moment an. Er schürzte die Lippen. Schließlich sagte er: »Nein. Houdini hat nichts hinzuzufügen.«

»Also gut«, sagte Doyle. »Ich schlage vor, daß wir uns alle wieder in der Großen Halle treffen.« Er zog seine Uhr aus der Westentasche, warf einen Blick darauf, sah wieder hoch. »In, sagen wir, einer halben Stunde. Paßt Ihnen das?«

Es paßte uns.

Wir ließen Higgens im Vorraum zurück, wo er die Tür zum Schlafzimmer bewachte. Wir übrigen marschierten nach unten. Dort angekommen, gingen Lord Bob und Doyle gemeinsam ab. Houdini schloß sich mir an. Vermutlich weil ich der einzige war, bei dem er sich beklagen konnte.

»Sie wissen natürlich«, sagte er, »daß ich diese lächerliche Stange hätte entfernen können.« Wir gingen durch den Korridor in Richtung der Großen Halle. »Im Handumdrehen. Schneller als im Handumdrehen.«

»Das weiß ich, Harry.«

Der Große Meister ließ sich damit nicht abspeisen. »Und Sie«, sagte er, »Sie rennen alle miteinander herum wie die Schulkinder. Werfen mit Möbelstücken um sich. Schlagen Türen ein. Einfach absurd. Alles, was ich brauchte, war ein simpler Kleiderbügel aus Draht.«

Ich nickte.

Er schüttelte den Kopf und seufzte. »Ich gestehe, daß ich über Lord Purleigh sehr erstaunt bin. Ein derartiges Benehmen hätte ich von einem englischen Lord nie und nimmer erwartet.«

»Da drin war schließlich sein Vater eingesperrt.«

»Ja, natürlich, aber ich hätte die Tür wesentlich schneller öffnen können. Und ohne sie derart zu beschädigen, versteht sich.«

»Er mußte etwas tun, er konnte nicht bloß rumstehen und warten. Sie haben ihn ja gesehen, Harry. Er war kurz davor, durchzudrehen.«

Der Große Meister runzelte die Stirn. Er drehte sich zu mir um. »Haben Sie deshalb vorgeschlagen, die Bank zu benutzen?«

»Genau.«

Er schob wieder die Lippen vor. Er nickte. »Ja«, sagte er schließlich. »Ja, Sie haben richtig gehandelt, Phil. Ich war so damit beschäftigt, die Tür zu bezwingen und dem armen Earl zu Hilfe zu eilen, daß ich mich einen Moment lang vergessen habe.« Er nickte wieder. »Sie haben richtig gehandelt, Phil.«

»Danke, Harry.«

Wir hatten die Große Halle erreicht. Sogar vom Eingang aus, knapp zwanzig Meter von der Waffensammlung entfernt, sah ich sofort, daß die Smith and Wesson fehlte.

Siebzehn

»Sie vergaßen zu erwähnen, Harry«, sagte ich, »daß Sir Arthur verrückt ist.«

Der Große Meister runzelte die Stirn. »Sir Arthur? Ganz und gar nicht. Er hat, wie ich meine, große Klugheit und Umsicht bewiesen.«

Wir beide waren in der Großen Halle, am Ende des langen Tisches in der Nähe der Waffensammlung. Wir saßen auf unbequemen Holzstühlen mit hohen geraden Rückenlehnen und warteten auf Doyle und Lord Bob.

»Das meine ich nicht«, sagte ich zum Großen Meister. »Ich habe mich heute nachmittag mit ihm unterhalten. Er glaubt, daß Sie sich bei Ihren Tricks entmaterialisieren.«

»Ach. Ja.« Er nickte bekümmert. »Ich habe natürlich versucht, ihn vom Gegenteil zu überzeugen, doch er weigert sich, mir zu glauben. Der Spiritismus ist für ihn zu einer *idée fixe* geworden. Einer fixen Idee, wie das aus dem Französischen übersetzt heißt.«

»Danke.«

Ihm fiel etwas ein. »Sie dürfen übrigens niemals Elfen erwähnen, Phil.«

»Elfen?« sagte ich.

»Ja. Sie dürfen sie gegenüber Sir Arthur niemals erwähnen. Er glaubt nämlich, daß es Elfen gibt. Er hat Fotografien, auf denen zwei junge Mädchen in einem englischen Garten mit einer Schar Elfen tändeln. Die Fotos sind offensichtlich Hokuspokus – die Mädchen halten eindeutig Ausschneidefiguren aus Pappe –, aber Sir Arthur ist überzeugt, daß sie echt sind. Er hat sogar ein Buch darüber geschrieben. Falls Sie Elfen erwähnen, wird er die Fotografien zu erklären beginnen, wie er dies heute nachmittag in der Bibliothek tat, nachdem Sie gegangen waren. So lieb und teuer Sir Arthur mir auch ist, habe ich doch bereits mehr über Elfen gehört, als mir genehm ist.«

Ich zuckte die Schultern. »Wie gesagt, Harry. Der Mann ist verrückt.«

»Phil, er ist möglicherweise der bekannteste und geschätzteste

Schriftsteller der Welt. Er wurde zum *Ritter* geschlagen. Von Queen *Victoria.* Wenn man von seiner Leichtgläubigkeit in derartigen Dingen absieht, ist er ein äußerst rationaler und intelligenter Mensch.«

»Da sehen Sie aber von einer ganzen Menge ab.«

»Phil, er hat im Krieg seinen Sohn verloren und erst im letzten Jahr seine liebe Mutter. Er *möchte* daran glauben, folglich glaubt er daran.« Er zuckte die muskulösen Schultern. »Wer weiß? Wenn ich nicht meine außergewöhnliche Sachkenntnis besäße, würde vielleicht auch ich zum leichtgläubigen Anhänger werden.« Er blickte stirnrunzelnd ins Leere, während er darüber nachsann.

Ich las seine Gedanken für ihn. »Nein«, sagte ich. »Sie nicht, Harry. Dafür sind Sie zu scharfsinnig.«

Er nickte. »Ja. Das stimmt natürlich.«

Der Geruch von kokelndem Sackleinen erfüllte die Halle. Doyle lehnte sich auf seinem Stuhl zurück und nahm die Pfeife aus dem Mund. »Sie schicken ihren besten Mann«, sagte er in bezug auf Scotland Yard. »Einen Burschen namens Marsh. Inspektor. Ich habe schon von ihm gehört, und er soll ausgesprochen tüchtig sein. Unkonventionell, wie es heißt, aber intelligent und sehr gründlich.« Er wandte sich an Lord Bob. »Und diskret.«

Lord Bob schnaubte.

»Leider«, sagte Doyle, »wird er nicht vor morgen vormittag hier eintreffen. Inzwischen werden sie telegrafisch die Polizei in Purleigh verständigen. Der Wachtmeister aus dem Dorf müßte bald hier sein.«

Lord Bob blickte finster drein. »Ein Hanswurst, dieser Dubbins.«

Doyle und Lord Bob waren vor einigen Minuten zusammen eingetroffen und saßen nun dem Großen Meister und mir gegenüber. Etwa zehn Minuten zuvor hatte ein livrierter Diener eine Kristallkaraffe mit Brandy und vier Cognacschwenker sowie einen Kristallkrug mit Wasser und vier Wassergläser gebracht. Er hatte vier Brandy und vier Gläser Wasser eingeschenkt und war wieder verschwunden.

Doyle sagte: »Amberley wird einen Polizeiarzt schicken.«

»Will mir immer noch nicht in den Kopf«, sagte Lord Bob.

»Was haben die denn gegen Christie? Ist doch schon seit Jahren der Medizinmann unserer Familie, was?«

»Unter den gegebenen Umständen, Lord Purleigh, ist mein Freund im Yard der Ansicht, und ich muß ihm zustimmen, daß es klüger wäre, einen von außerhalb kommenden, unbeteiligten Beobachter zu beauftragen.«

Lord Bob blickte wieder finster drein.

»Außerdem erwähnte ich«, sagte Doyle, »die Sache mit Chin Soo. Ich erläuterte, daß sie in keinerlei Zusammenhang mit dem Tod des Earls steht, daß es sich dabei jedoch um eine Angelegenheit handelt, die unverzügliche Maßnahmen erfordert. Man wird daher, ebenfalls aus Amberley, zusätzliche Polizeikräfte hierher schikken.«

»*Noch* mehr«, brummte Lord Bob. Er schüttelte den Kopf. »Werden überall rumschleichen und rumstöbern. Dreck ins Haus schleppen.«

»Wie geht es Lady Purleigh?« fragte der Große Meister.

Lord Bob lehnte sich zurück, zog die buschigen Augenbrauen hoch, stieß einen tiefen Seufzer aus. »Hält sich wacker. Ein Phänomen, diese Frau. War sie schon immer. Ist natürlich konsterniert. Wie gesagt, sie mochte das alte Schwein.« Er nippte an seinem Brandyglas.

Ich fragte ihn: »Haben Sie die anderen Gäste über Chin Soo informiert?«

Er sah mich an. »Sagte doch, daß ich das tun würde, was?«

»Lord Purleigh«, sagte Doyle und hielt seine Pfeife schräg neben sein breites rotes Gesicht. »Dürfte ich einen Vorschlag machen?«

»Nur zu«, sagte er und lehnte sich zurück. »Dieses Recht haben Sie sich verdient, Doyle. Weiß es zu schätzen, wie Sie alles gehandhabt haben. Die Waffe. Bewachung des Zimmers. Wäre nie von alleine darauf gekommen.«

Er wandte sich stirnrunzelnd wieder mir zu. »Gilt auch für Sie, Beaumont. Muß mich bei Ihnen entschuldigen. Bin da oben etwas fuchtig geworden.«

»Sie brauchen sich nicht zu entschuldigen«, sagte ich zu ihm. Ich probierte den Brandy. Er war älter als ich. Und besser vermutlich auch.

»Zahle immer, was ich schuldig bin«, sagte Lord Bob und nippte an seinem Glas. »Sogar bei einem Pinkerton-Mann. Noblesse oblige, was?« Er wandte sich an Doyle. »Sie wollten einen Vorschlag machen?«

Doyle paffte an seiner Pfeife. »Ja.« Als er sich auf dem unbequemen Stuhl etwas anders hinsetzte, zuckte es wieder in seinem Gesicht. »Ich möchte Ihnen nahelegen – und ich versichere Ihnen, Lord Purleigh, daß ich dies nur in Ihrem ureigensten Interesse empfehle –, daß Sie, wenn die Polizei eintrifft, vielleicht davon absehen sollten, von dem Earl als einem alten Schwein zu sprechen.«

Lord Bob schien verdutzt zu sein. »Warum *das* denn? Die ganze verdammte Grafschaft weiß, daß er ein altes Schwein war, und jeder weiß, daß *ich* das weiß. Ist jetzt tot, na schön, aber ein Schwein bleibt ein Schwein, was?«

»Ja, gewiß. Aber in Anbetracht der ungewöhnlichen Umstände seines Todes . . .«

Lord Bob runzelte ungehalten die Stirn. »Sie schwatzen da ständig von irgendwelchen Umständen. Das Schwein hat sich umgebracht. Kommt zwar nicht jeden Tag vor, zugegeben, kommt aber nun mal vor. Hätte es schon vor Jahren tun sollen. War irgendwie unvermeidlich, wissen Sie. Inhärente Widersprüche der kapitalistischen Gesellschaft. Historische Notwendigkeit. Hat endlich begriffen, was er eigentlich war, das Schwein, konnte das nicht verkraften, hat sich für den einfachsten Weg entschieden.«

»Aber wie ich hörte, litt Ihr Vater an einer Lähmung.«

Lord Bob nickte. »Seit Jahren. Ist vom Pferd gestürzt. Fuchsstute.«

»Und Mr. Beaumont hat darauf hingewiesen, daß der Revolver, der in seinem Zimmer gefunden wurde, aus dieser Waffensammlung stammt.« Er deutete mit der Pfeife auf die Waffen an der Wand.

Lord Bob nickte. »Schon kapiert. Hat mir auch ein Weilchen Kopfzerbrechen bereitet. Wie ist das alte Schwein an das Ding gekommen, was? Na, ist ja wohl sonnenklar. Einer von den Dienern hat es für ihn geholt.«

»Aber warum? Was könnte der Earl einem Diener gegenüber als Grund dafür angegeben haben, daß er eine Waffe wollte?«

»Keine Ahnung. Hat vielleicht gesagt, daß er Tauben abknallen will. Haben wir nämlich in rauhen Mengen. Gift funktioniert nicht. Kostet mich ein Vermögen, die Sauerei dieser Viecher wegzumachen. Elende Mistdinger.« Er trank seinen Brandy aus.

»Aber, Lord Purleigh . . .«

»Worauf wollen Sie eigentlich hinaus, Doyle?«

»Es geht nicht um mich, Lord Purleigh. Die Polizei . . .«

»Passen Sie mal auf.« Lord Bob packte die Karaffe, goß sich einen weiteren Brandy ein. »Sie wollen doch wohl nicht andeuten, daß das mehr als ein Selbstmord war? Sie wollen doch nicht sagen, daß es verdammt noch mal *Mord* war?« Er knallte die Karaffe auf den Tisch.

»Natürlich nicht. Aber die Polizei . . .«

»Zum Teufel mit der Polizei.« Er trank einen Schluck Brandy. »Der arme Carson hat doch gehört, wie die vermaledeite Waffe losging. Sie haben die Tür ja gesehen. Sie war *abgesperrt.* Verriegelt. Von innen.« Er wandte sich an den Großen Meister. »Sie sind doch hier der Schlösser-Experte. Hätten *Sie* sich etwa aus *dem* Zimmer verdrücken können? Was? Am Stück? Und die Schlösser so zurücklassen, wie wir sie vorgefunden haben?«

»Natürlich«, sagte der Große Meister. Sein Timing war wie immer perfekt. »Es gibt mehrere Methoden, mit Hilfe derer ich das hätte bewerkstelligen können. Mittels der einfachsten hätte ich die Tür binnen weniger Sekunden präparieren können.«

Doyle beugte sich interessiert vor und sagte: »Wirklich? Auf welche Weise?«

Lord Bob lehnte sich mit finsterer Miene zurück. »Blödsinn.«

»Ganz und gar nicht, Lord Purleigh«, sagte der Große Meister. »Es ist ganz einfach.« Er wandte sich an Doyle. »Das Schloß ist sehr alt, und das Gehäuse mit der Zuhaltung sitzt genau zwischen den beiden Schloßblechen, einem auf der Innenseite des Zimmers und einem auf der Außenseite. Der Gehäusegang führt geradewegs hindurch, von Zimmer zu Zimmer. Nehmen wir, rein theoretisch, einmal an, daß ich im Schlafzimmer bin und daß die Tür von innen abgeschlossen ist, als Carson sie zu öffnen versucht. Was ja tatsächlich der Fall war . . .«

Meine Aufmerksamkeit begann sich anderen Dingen zuzuwenden. Der Große Meister hatte mir das alles bereits auseinandergesetzt. Ich blickte flüchtig auf die Waffen an der Wand. Ein ziemliches Arsenal, was da oben herumhing.

». . . was das Querholz betrifft«, sagte der Große Meister gerade, »so würde ich lediglich ein starkes Stück Draht benötigen, etwa einen Kleiderbügel – nämlich genau das, womit ich die Tür *geöffnet* hätte, sofern man mir Gelegenheit dazu gegeben hätte.«

Dort oben, über einem antiken Möbelstück, einer langen dunklen Holzkommode, hingen Messer und Dolche, Schwerter, Hellebarden, Piken, Gewehre und Pistolen.

»Ich schließe die Tür auf«, sagte der Große Meister, »und lasse den Schlüssel im Schloß stecken. Ich öffne die Tür. Ich hebe das Querholz an, benutze den Draht, um es oberhalb der Halterungen zu stabilisieren, und führe den Draht um die Kante der Tür herum. Jetzt stehe ich draußen, im anderen Zimmer. Während ich die Tür schließe, ziehe ich den Draht unter dem Querholz hervor. Das Querholz fällt in die Halterungen, und der Draht rutscht um den Türrahmen herum und heraus. Dann benutze ich einen simplen Dietrich, um den im Schloß steckenden Schlüssel herumzudrehen und den Riegel einschnappen zu lassen.«

Doyle lachte laut. »Fabelhaft!«

Lord Bob sagte: »Aber wie wollen Sie das alles anstellen, während Carson direkt vor der Tür steht?«

»Entschuldigen Sie«, sagte ich. »Lord Purleigh?«

Er funkelte mich an.

»Die Waffen an der Wand«, sagte ich. »Die sind doch nicht geladen, oder?«

Er verzog das Gesicht. »Welcher Schwachkopf würde sich schon geladene Waffen an die verdammte Wand hängen?«

»Wo ist die Munition?«

»Der Schrank da drüben.«

»Kann ich sie mir mal anschauen?«

Er machte eine brüske Handbewegung. »Tun Sie, was Sie nicht lassen können.« Er wandte sich wieder dem Großen Meister zu. »Carson stand vor der Tür«, sagte er. »Sie hätten also Ihre tollen Tricks da auf gar keinen Fall ausführen können, ohne daß er Sie gesehen hätte.«

Ich stand auf, ging hinüber zum Schrank.

»Ah, aber Sie dürfen etwas nicht vergessen«, sagte der Große Meister. »Carson verließ den Raum, um Hilfe zu holen. Er benutzte dazu das Notruftelefon in seinem eigenen Zimmer.«

Im Schrank, auf dem obersten Regal, war die Munition fein säuberlich in Pappschachteln aufgestapelt.

»Wenn Carson weggeht«, sagte die Stimme des Großen Meisters, »schließe ich die Tür auf und bereite alles vor – das Querholz, das Schloß. Das ist eine Sache von Sekunden. Dann schlüpfe ich aus dem Zimmer. Bis er zurückkommt, bin ich bereits in sicherer Entfernung.«

Ich sah eine Schachtel .45er, eine Schachtel .30-30er Remington, eine Schachtel neun Millimeter Parabellum. Eine Blechbüchse, die Schwarzpulver enthielt. Und weiter hinten eine Schachtel .38er. Ich warf einen Blick auf die Wand.

Lord Bob: »Und Sie wollen behaupten, daß es sich genau so *abgespielt* hat?«

Der Große Meister: »Ganz und gar nicht, Lord Purleigh. Sir Arthur fragte mich, wie es sich abgespielt haben *könnte*. Und genau das habe ich soeben erklärt.«

Ich ging hinüber zu dem Winchester Repetiergewehr mit Zielfernrohr, das an der Wand hing. Ich beugte mich vor, schnupperte am Hülsenauswurf.

»Meiner Meinung nach«, sagte der Große Meister, »geschah nichts dergleichen. Sonst hätte es Hinweise gegeben, müssen Sie wissen.«

»Hinweise?« sagte Doyle.

Ich legte die rechte Hand unter die Kolbenplatte des Gewehrs, packte mit der Linken das Ende des Laufs und nahm die Waffe von der Wand. Ich schnupperte an der Mündung.

»Auf dem Schlüssel beispielsweise«, sagte der Große Meister. »Der Schlüssel ist aus Kupfer, einem weichen Metall. Wenn jemand einen Dietrich benutzt hätte, so hätte er dabei Spuren auf dem Schlüsselbart hinterlassen.«

Ich drehte mich zu ihnen um. Ich wartete darauf, daß der Große Meister zum Ende kam. Lord Bob sah mich mit der Winchester in der Hand, runzelte kurz die Stirn und sah wieder den Großen Meister an.

»Der Schlüssel«, sagte der Große Meister, »landete mit der rechten Seite nach unten auf dem Boden. Die linke Seite wies somit natürlich nach oben. Und genau auf der linken Seite des Bartes wären Spuren zurückgelassen worden, wenn jemand einen Dietrich benutzt hätte. Ich untersuchte den Schlüssel und stellte fest, daß keinerlei Spuren vorhanden waren. Dagegen werden Sie, wenn Sie den Schlüssel umdrehen, die Spuren finden, die *ich* zurückließ, als ich das Schloß öffnete.«

Er trank einen Schluck Wasser. »Ich habe auch den Holzrahmen der Tür untersucht. Wenn jemand einen Draht benutzt hätte, um das Querholz herunterzulassen, dann hätte der Draht eine feine Rille im Holz zurückgelassen. Ich fand keine derartige Rille. Es liegt für mich daher auf der Hand, daß sich niemand dieser Methode bedient hat. Oder, um das gleich zu sagen, irgendeiner anderen denkbaren Methode. Für mich steht eindeutig fest, daß der Earl in der Tat Selbstmord begangen hat.«

»Na bitte«, sagte Lord Bob triumphierend zu Doyle. »*Selbstmord.* Schlicht und einfach.«

»Verzeihung«, sagte ich. Sie drehten sich zu mir um. »Ganz so einfach ist die Sache nicht.«

Doyle war der erste, der sprach. »Wie meinen Sie das?«

»Ich kann mich täuschen«, sagte ich, »aber ich glaube, das ist das Gewehr, mit dem heute auf Houdini geschossen wurde.«

Die drei starrten mich an. Wieder war Doyle derjenige, der sprach. »Sie wollen doch sicher nicht andeuten, daß Chin Soo hier *ins Haus* kam, um sich ein Gewehr zu beschaffen.«

»Ich will überhaupt nichts andeuten«, sagte ich. »Ich sage lediglich, daß das die Waffe ist. Aus diesem Gewehr wurde erst vor kurzem ein Schuß abgefeuert. Vermutlich heute.«

Die linke Hand noch immer um den Lauf gelegt, drückte ich die Kolbenplatte in die Magengrube und riß mit den Knöcheln der rechten Hand den Hebel zurück. Der Hebel ließ sich mühelos bewegen, glitt fast lautlos zurück, und aus dem Hülsenauswurf fiel eine lange tödliche Patronenhülse Kaliber .30-30. Die Hülse flog im hohen Bogen nach rechts, landete mit einem Plumps auf dem Orientteppich und kullerte bis an die Wand.

ZWEITER TEIL

Achtzehn

»Unmöglich«, sagte Lord Bob und funkelte die Winchester an, als hätte sie soeben einen fahren lassen.

Ich trug das Gewehr, das ich noch immer an der Kolbenplatte und am Ende des Laufs festhielt, hinüber zum Tisch und legte es vorsichtig auf der Tischplatte ab, so daß es zwischen Doyle und Lord Bob auf der einen und dem Großen Meister und mir auf der anderen Seite lag. »Unmöglich oder nicht«, sagte ich, »dieses Gewehr wurde heute abgefeuert.«

Ich lehnte mich im Stuhl zurück.

Lord Bob streckte die Hand nach dem Gewehr aus. Doyle sagte warnend: »Lord Purleigh.«

Lord Bob erstarrte und warf einen Blick auf Doyle.

»Fingerabdrücke«, sagte Doyle zu ihm.

Lord Bob blickte finster drein und zog die Hand zurück. »Verdammt noch mal, Doyle«, sagte er. »Das ist absolut unmöglich. Niemand kann hier einfach reinspazieren und sich das verdammte Ding schnappen!«

Ich sagte: »Harry? Könnte Chin Soo hier ins Haus gelangt sein?«

Der Große Meister runzelte die Stirn. »Ins Haus? Selbstverständlich.« Er wandte sich an Lord Bob. »Die Schlösser hier sind eher primitiv, Lord Purleigh.«

»Unmöglich«, sagte Lord Bob und blickte auf das Gewehr. Er nahm einen kräftigen Schluck Brandy.

Ich fragte Lord Bob: »Wann wurde die Waffe Ihres Wissens das letztemal abgefeuert?«

Den Blick noch immer auf die Winchester gerichtet, sagte er: »Keine Ahnung. Irgendwann im Frühjahr.« Er sah mich an. »Scheibenschießen auf dem Rasen. Hatte Gäste da, die es mal probieren wollten.«

Doyle wandte sich an mich. »Sie sagten, daß Sie noch die Kugel haben, die heute nachmittag abgefeuert wurde. Es gibt wissenschaftliche Untersuchungen, anhand derer sich feststellen läßt, ob sie aus dieser Waffe abgefeuert wurde.«

»Das wird hier nicht viel nützen«, sagte ich ihm. »Dafür war die Kugel zu stark beschädigt. Aber das Kaliber stimmt.«

Lord Bob wandte sich an Doyle. »Woher in aller Welt sollte er wissen, wo die Waffen aufbewahrt werden?«

Doyle paffte an seiner Pfeife, nahm sie aus dem Mund. »Es gibt schließlich schriftliche Berichte über Maplewhite, Lord Purleigh. Beschreibungen der Räume, der Architektur.«

Lord Bobs struppige Augenbrauen schossen in die Höhe. »Sie meinen, der Dreckskerl hat mich *ausspioniert*? Hat mein verdammtes *Heim* ausspioniert? Wollen Sie *das* damit sagen?«

Doyle zuckte die Schultern. »Das wäre durchaus denkbar.«

»Dieses *Schwein*.« Lord Bob riß die Brandykaraffe an sich und goß sich mehrere Fingerbreit ein.

Doyle runzelte die Stirn. »Aber hätte er dazu auch die *Zeit* gehabt, frage ich mich?« Er wandte sich an mich. »Wenn ich richtig verstehe, konnte Chin Soo nicht vor heute morgen wissen, daß Houdini dieses Wochenende in Maplewhite sein würde. Der Artikel in der ›Times‹ ist erst heute morgen erschienen. Selbst wenn er ihn in aller Herrgottsfrühe gelesen hat, stellt sich die Frage, ob er genügend Zeit gehabt hätte, Beschreibungen des Schlosses zu studieren *und* derart schnell hier zu sein.«

»Das habe ich mir auch schon überlegt«, sagte ich. »Vielleicht hatte sich Chin Soo bereits ausgerechnet, daß Harry hier sein würde.«

Doyle zog die linke Augenbraue hoch. »Wie das?« fragte er.

»Seit wann wußten Sie, daß Sie herkommen würden, Sir Arthur? Zu der Séance.«

Er strich sich mit dem Mundstück der Pfeife über den Schnurrbart, während er darüber nachdachte. »Seit letztem Montag«, sagte er schließlich. »Lady Purleigh erkundigte sich telefonisch bei mir, ob Madame Sosostris an diesem Wochenende frei sei. Ich rief Madame an und fragte sie. Sie sagte, sie sei frei, und war bereit, zu kommen. Ich telefonierte mit Lady Purleigh und nahm ihre Einladung in unser beider Namen an.«

Plötzlich lächelte er mich an. »Ach so. Ja, natürlich. Am Mittwoch stand etwas in der ›Times‹, ein Artikel über Spiritismus. Darin wurden mein bevorstehender Besuch in Maplewhite und die Séance hier erwähnt. Houdinis Name wurde nicht genannt . . .« Er wandte sich an den Großen Meister. »Ich habe doch erst am Donnerstag mit Ihnen darüber gesprochen, nicht wahr?«

»Jawohl, am Donnerstag«, sagte der Große Meister. »Genau so war es.«

Doyle sah wieder mich an. »Aber es ist allgemein bekannt, daß er und ich befreundet sind, daß wir gemeinsam Séancen besuchen.«

»Und Chin Soo weiß«, sagte ich, »daß Harry in England ist. Da würde es für ihn Sinn machen, daß Harry in Maplewhite auftaucht.«

Doyle nickte nachdenklich. »Er hätte also genügend Zeit gehabt, sich eingehend mit den Beschreibungen des Schlosses zu beschäftigen.«

»Stimmt«, sagte ich. »Und er hätte bereits im Laufe der Woche hier eintreffen können, nämlich schon Mittwoch.« Ich wandte mich an Lord Bob. »Er könnte hier zwanzigmal aus und ein gegangen sein.«

Lord Bob schlug mit der Faust auf den Tisch. »Dieser dreckige *Mistkerl*!«

Doyle fragte mich: »Aber hätte denn nicht jemand merken müssen, daß das Gewehr fehlt?«

»Als wir am Freitag abend ankamen«, sagte ich, »war es da. Ich habe es gesehen.«

»Lord Purleigh?« sagte der Große Meister und beugte sich vor.

»Mieses dreckiges Schwein«, knurrte Lord Bob. Er kippte wieder einen kräftigen Schluck Brandy hinunter.

»Lord Purleigh?« sagte der Große Meister.

Eine andere Stimme sagte: »Mylord?«

Wir blickten alle zum Eingang der Großen Halle. Briggs stand dort, zusammen mit einem anderen Mann.

»Konstabler Dubbins«, verkündete Briggs.

»Ja, ja«, sagte Lord Bob. »Führen Sie ihn herein.«

Der Große Meister lehnte sich zurück.

Konstabler Dubbins, ein großer, bulliger Polizist in einer blauen Uniform, kam hinter Briggs hereinmarschiert. Unter den linken Arm hatte er einen bulligen blauen Helm geklemmt. Oberhalb des rechten Schuhs hielt eine Klammer das Hosenbein am Knöchel zusammen. Als sie bei uns ankamen, blieb Dubbins stehen und nahm militärische Haltung an. Er salutierte vor Lord Bob, den Kopf steif vorgereckt, die Handfläche nach außen weisend. »Guten Tag, Euer Lordschaft. Wenn ich so frei sein dürfte, würde ich Ihnen gerne mein aufrichtiges Beileid zu dem tragischen Verlust des Earls ausdrücken, Sir. Und ich glaube, daß ich für alle im Dorf spreche, wenn ich das sage, Euer Lordschaft.«

»Ja«, sagte Lord Bob. »Ja, danke, Dubbins. Sehr freundlich. Briggs, würden Sie bitte im Flur warten.«

»Sehr wohl, Mylord«, sagte Briggs. Er nickte knapp, machte kehrt und ging. Dubbins stand immer noch stramm.

Lord Bob erhob sich, nur geringfügig schwankend, und trat etwas unsicher hinter seinen Stuhl. »Dubbins, das ist Sir Arthur Conan Doyle. Dieser Herr ist Mr. Harry Houdini, und der Mann neben ihm ist Mr. Beaumont, vom Detektivbüro Pinkerton, in Amerika.« Er sprach jedes Wort sorgfältig aus.

Dubbins drehte steif den Kopf herum, nickte steif. »'n Tag, die Herren.«

»Hören Sie, Dubbins«, sagte Lord Bob, »es besteht wirklich kein Grund, hier strammzustehen.«

»Nein, Sir, Euer Lordschaft«, sagte Dubbins. Sein Körper entspannte sich ein wenig, doch sein Gesicht blieb starr. Er wandte sich an Doyle. »Dann wären Sie also der Herr, Sir, der wo die Geschichten über den Sherlock Holmes schreibt, Sir?«

Doyle lächelte. »Ja, der wäre ich.«

»Prima Geschichten, wenn ich das sagen darf, Sir. Einfach prima. Hab' sie als Kind gelesen. Die waren auch der Grund, die Geschichten, mein' ich, daß ich zur Polizei gegangen bin. Ehrlich, Sir, so wahr ich hier stehe.«

Doyle lächelte. »Sehr schmeichelhaft, das zu hören, Wachtmeister Dubbins.«

»Jawohl, Sir. Einfach prima, Sir. Bin immer wieder baß erstaunt, Sir.«

»Dubbins?« sagte Lord Bob.

»Ja, Sir, Euer Lordschaft?«

Lord Bob stützte sich mit beiden Unterarmen auf die Rückenlehne des Stuhls und blickte hinüber zu Dubbins. »Wie lauten Ihre Anweisungen, Dubbins?«

»Euer Lordschaft, meine Anweisungen lauten, ich soll mich

zum Ort des tragischen Unfalls begeben und ihn sichern, Sir, bis ich abgelöst werde. Niemand darf den Unfallort betreten oder verlassen, Sir.«

Lord Bob nickte. »Nicht gerade wahrscheinlich, daß ihn jemand verläßt. Unter den gegebenen Umständen.«

»Nein, Sir, Euer Lordschaft.«

Dubbins hatte die Winchester auf dem Tisch entdeckt.

»Gut«, sagte Lord Bob. »Partridge – einer der Lakaien – ist im Moment oben. Würde vorschlagen, daß er mit Ihnen dort bleibt. Vier Augen sind besser als zwei, was?«

»Ja, Sir, Euer Lordschaft.« Er machte einen Schritt auf den Tisch zu und streckte die Hand nach dem Gewehr aus. »Wäre das wohl die fragliche Wa . . .«

»Mann Gottes!« schnauzte ihn Lord Bob an, und Dubbins riß die Hand zurück und nahm wieder Habachtstellung ein. Lord Bob trat von seinem Stuhl zurück und räusperte sich. »Fingerabdrücke, Dubbins. Noch nie was von Fingerabdrücken gehört?«

»Doch, Sir, Euer Lordschaft. Hab' mich da einen Moment vergessen. Die Tragödie und alles, Sir.«

»Ja, ja«, sagte Lord Bob. »Und um Ihre Frage zu beantworten, nein, das ist nicht die fragliche Waffe. Diese Waffe wurde benutzt – wurde vielleicht benutzt, sollte ich lieber sagen – bei einem heimtückischen Anschlag auf einen meiner Gäste. Eine ganz und gar andere Sache. Ganz und gar anderes Schwein, was? Diese Sache wollen wir den Burschen aus Amberley überlassen, wie?«

»Jawohl, Sir, Euer Lordschaft. Euer Lordschaft?«

»Ja?«

»Wäre es mir wohl gestattet, Sir, dem verstorbenen Earl die letzte Ehre zu erweisen?«

Lord Bob runzelte die Stirn. »Wie denn?«

Dubbins trat verlegen von einem Fuß auf den anderen. »Na ja, Sie wissen schon, Euer Lordschaft. Spring' kurz rein, wirklich nur ganz kurz, und sprech' schnell ein stilles Gebet. Um mich von ihm zu verabschieden, Sir.«

Lord Bob holte tief Luft, blinzelte und heftete den Blick dann auf Dubbins. »Nein, Dubbins«, sagte er. »Das ist keine ausgesprochen gute Idee, wie ich meine. Wär' besser, wenn vorläufig keiner das Zimmer betreten würde. Was, Doyle?«

»Das halte ich auch für das beste, Lord Purleigh.«

Lord Bob wandte sich wieder Dubbins zu und musterte ihn einen Moment. »Vielleicht«, sagte er, »sollte ich mitkommen. Kurz mit Partridge sprechen.«

»Ja, Sir, Euer Lordschaft.«

Ich sagte: »Lord Purleigh?«

Er sah mich stirnrunzelnd an. »Was gibt's?«

»Hätten Sie etwas dagegen, wenn ich mich anschließe? Ich würde mich gerne mit dem Kammerdiener des Earls unterhalten.«

»Mit Carson? Wozu *das* denn?«

»Vielleicht wäre es ganz gut, wenn zuerst *ich* hören würde, was er zu sagen hat.« Ich warf einen Blick auf Konstabler Dubbins.

Lord Bob blickte von Dubbins zu mir, wieder zu Dubbins, wieder zu mir. Er kniff die Augen zusammen und nickte weise. »Schon kapiert. Besser ein Übel, das man kennt . . .« Er dachte einen Moment angestrengt nach, machte dann eine wegwerfende Handbewegung. ». . . als irgend sonst ein vermaledeites Übel. Genau. Genau. Dann kommen Sie mal mit.« Er blickte zu Doyle und zum Großen Meister, deutete mit dem Kinn auf die Winchester. »Sie passen doch gut auf das Ding auf?«

»Bestimmt«, sagte Doyle.

Lord Bob führte Dubbins und mich durch die Korridore zu der Suite des Earls. Lord Bob schwankte ein wenig, stolperte aber nur ein einziges Mal, und das auf der Treppe. Auf dem ganzen Weg sprach er kein Wort mit mir. Als wir den Gang zur Suite des Earls entlanggingen, sagte er zu Dubbins: »Wann werden Ihre Kollegen aus Amberley eintreffen?«

»Jeden Moment, Euer Lordschaft. Superintendent Honniwell ist auch dabei, Sir.«

»Ist das so. Dann können wir ja alle beruhigt sein.«

»Ja, Sir, Euer Lordschaft. Ich hab damit gemeint, Sir, daß er ihnen Beine machen wird, der Super.«

»Ja, natürlich. Und was tut sich derzeit so in puncto Schurkenstreiche, Dubbins?«

»Tja, Euer Lordschaft, der Florrie Chubb ihr Ältester, der kleine Tom, der hat am letzten Montag das Fenster von der Drogerie zerdeppert. Die alte Mrs. Hornsby hat dem Jerry mal wieder eins mit der Teekanne übergebraten. Das war am Mittwoch, Euer Lordschaft. Und heute hat jemand dem Wilbur Dent sein Fahrrad geklaut.«

»Die reinste Verbrechenswelle. Die muß im Keim erstickt werden, was?«

»Ja, Sir, Euer Lordschaft.«

»Ich habe vollstes Vertrauen zu Ihnen, Dubbins.«

»Danke, Sir, Euer Lordschaft.«

Kurz vor den Räumlichkeiten des Earls blieb Lord Bob vor einer Tür stehen, Dubbins und ich blieben ebenfalls stehen, und Lord Bob klopfte an. Eine dünne Stimme forderte uns auf einzutreten.

Lord Bob öffnete die Tür. Das Zimmer war klein, halb so groß wie der Vorraum. Ein Fenster mit Gardinen, eine Kommode, ein Schrank, ein kleiner Schreibtisch, auf dem eine elektrische Lampe brannte und das Notruftelefon stand. Carson, noch vollständig bekleidet und nur die Krawatte gelockert, versuchte sich auf dem schmalen Bett aufzurichten. »Entschuldigen Sie, Mylord –«

»Nicht doch, nicht doch«, sagte Lord Bob. »Bleiben Sie mal schön liegen. So ist's brav. Sie kennen Mr. Beaumont ja. Er wird Ihnen einige Fragen stellen zu dem, was heute passiert ist. Er ist ein Pinkerton-Mann, aber das wollen wir nicht gegen ihn verwenden, was? Fühlen Sie sich dazu in der Lage?«

Carson hatte seinen weißen Kopf wieder auf das Kissen sinken lassen und die kleinen zerbrechlichen Hände auf die Brust gelegt. Sie zitterten noch immer. Vielleicht zitterten sie ja ständig. »Ja, Mylord. Ich komme mir so nutzlos vor, Sir, Mylord, einfach hier zu liegen. Ich wäre Ihnen nur allzugerne eine Hilfe, sofern ich das kann.«

»Großartig. Guter Mann. Ich sorge dafür, daß später jemand nach Ihnen sieht. Wenn Sie was brauchen, rufen Sie an und sagen Higgens Bescheid, was?«

»Sehr wohl, Mylord. Danke.«

»Alles klar. Dubbins? Ah, da sind Sie ja. Sehr gut. Kommen Sie mit.«

Sie gingen, und Lord Bob zog die Tür hinter ihnen zu.

»Da drüben ist ein Stuhl, Sir«, sagte Carson, »neben dem Schreibtisch.«

Ich zog den Stuhl unter dem Schreibtisch hervor, drehte ihn um, setzte mich rittlings darauf. Ich sagte: »Es tut mir leid, Sie gerade jetzt damit zu belästigen, Mr. Carson.«

»Sie belästigen mich nicht, Sir. Wie ich Seiner Lordschaft sagte, möchte ich nur allzugerne helfen, Sir.« Seine Hände waren weiß und voller Leberflecken. Sie lagen vorne auf seinem Jackett und zitterten wie zwei blasse verängstigte kleine Tiere.

»Ich weiß das zu schätzen«, sagte ich. »Wie lange arbeiten Sie schon hier, Mr. Carson?«

»Seit über sechzig Jahren, Sir. Seit meiner Kindheit.«

»Und wie lange sind Sie schon der Kammerdiener des Earls?«

»Seit vierzig Jahren, Sir.«

»Dann haben Sie ihn sicher ziemlich gut gekannt.«

»Ich glaube schon, Sir«, sagte er.

»Sein Tod muß ein schwerer Schock für Sie sein.«

Er blinzelte. Seine Hände verkrampften sich. »In der Tat, Sir.«

»Der Earl war in letzter Zeit also nicht irgendwie anders?«

Er blinzelte wieder. »Anders, Sir?«

»Bedrückt. Unglücklich.«

Blinzel, blinzel. »Nein, Sir.«

»Sie hätten es doch sicher gemerkt, wenn er bedrückt gewesen wäre.«

»Das möchte ich doch annehmen, Sir. Aber der Earl, er war ein Mann, der dergleichen für sich behielt.«

Ich nickte. Vierzig Jahre beim Earl. Das war eine Beziehung, die länger und möglicherweise komplizierter war als die meisten Ehen. Und sechzig Jahre in Maplewhite. Wem immer Carsons Loyalität auch galt, *mir* galt sie bestimmt nicht.

»Aber soweit Sie wissen«, sagte ich, »war er nicht bedrückt. Nicht beunruhigt.«

»Nein, Sir.«

»Ist heute irgend etwas Ungewöhnliches vorgefallen?« fragte ich ihn.

Blinzel. »Wie meinen Sie das, Sir?«

»Besucher, Briefe. Irgend etwas, das aus dem Rahmen des Üblichen fiel.«

»Nein, Sir.«

»Keine Besucher?«

»Nein, Sir.«
»Irgendwelche Besucher gestern?«
»Lord und Lady Purleigh, Sir.«
»Am Abend.« Als Lord Bob und seine Frau den Salon verlassen hatten.
»Ja, Sir.«
Ich nickte. »Sonst niemand?«
»Nein, Sir.«
»Mir ist aufgefallen, daß im Kamin heute Feuer brannte.«
»Ja, Sir. Das Feuer brennt immer.«
»Immer?«
»Der Earl hielt das für erforderlich, Sir.«
»Für erforderlich?«
»Für seine Durchblutung, Sir. Schon seit dem Unfall.«
Ich nickte. »Er ist vom Pferd gestürzt, wie ich hörte.«
»Ja, Sir.«
Das Ganze war nur unwesentlich schwieriger, als einem Aal Zähne zu ziehen. »Und wann war das, Mr. Carson?«
»Vor drei Jahren, Sir.«
»War der Earl nicht ein bißchen alt, um zu reiten?«
»Er hat immer viel Sport getrieben, Sir.«
»Gut. Das Feuer brannte also Tag und Nacht.«
»Ja, Sir. Morgens habe ich die Kohlen herausgekratzt und wieder Feuer gemacht.«
»Und seit dem Unfall konnte der Earl nicht mehr gehen?«
Blinzel, blinzel. »Nein, Sir.«
»Er hatte einen Rollstuhl. Den konnte er doch allein bedienen.«
»Auf kurzen Strecken, ja, Sir.«
»Kam er allein hinein und heraus?«
»An manchen Tagen, Sir. An anderen Tagen brauchte er Hilfe.«
»Haben *Sie* ihm die Waffe gegeben, Mr. Carson?«
Die blassen Hände packten die Revers des Jacketts. »Die Waffe, Sir? Nein, Sir, nie und nimmer, Sir. Ich schwöre es bei meinem Leben.«
»Sie wissen doch, daß die Waffe in der Großen Halle aufbewahrt wurde.«
»Ich hörte, wie Sie das zu Lord Purleigh sagten, Sir.«
»Sie haben sie dort nicht gesehen?«

»Nicht daß ich wüßte, Sir. Ich verstehe sehr wenig von Waffen.«

»Wie ist sie, Ihrer Meinung nach, ins Zimmer des Earls gelangt?«

»Das weiß ich wirklich nicht, Sir.« Er schüttelte den weißen Kopf. »Beim besten Willen nicht, Sir.«

»Könnte der Earl ohne fremde Hilfe die Treppe hinuntergekommen sein? Im Rollstuhl?«

»Nein, Sir. Wenn er herunterkam, mußte mir jemand mit dem Rollstuhl helfen. Er ist nämlich sehr schwer, Sir.«

»Wann ist der Earl das letzte Mal heruntergekommen?«

»Letzte Woche, Sir. Es war ein sonniger Tag, und der Earl wollte den Park sehen.«

»Hat er sich in der Nähe der Großen Halle aufgehalten?«

»Nein, Sir. Briggs half mir, den Rollstuhl nach unten zu schaffen, und ich selbst schob ihn hinaus in den Garten.«

»War die ganze Zeit jemand beim Earl?«

»Ja, Sir, ich. Die ganze Zeit. Fast eine halbe Stunde lang. Und dann hat mir Briggs wieder geholfen, den Earl hinauf in sein Zimmer zu bringen.«

»Okay«, sagte ich. »Was war heute?«

»Wann, Sir?«

Nach und nach bekam ich es aus ihm heraus. Um vier Uhr hatte Carson, wie üblich, dem Earl den Tee servieren wollen. Wie üblich war die Tür zwischen dem Vorraum und dem Schlafzimmer des Earls geschlossen gewesen. Wie üblich wartete Carson im Vorraum darauf, daß der Earl die Klingel neben dem Bett betätigte zum Zeichen dafür, daß er jetzt den Tee haben wollte. Doch der Earl klingelte nicht. Viertel nach vier hörte Carson einen Schuß. Er lief zur Tür des Earls, versuchte sie zu öffnen, stellte fest, daß sie abgesperrt war. Er probierte es mit seinem eigenen Schlüssel. Vergeblich. Er hämmerte gegen die Tür. Keine Antwort. Er lief in sein eigenes Zimmer, benutzte das Notruftelefon, um Higgens zu rufen. Einige Minuten später traf Higgens ein, zusammen mit Lord Bob. Die beiden konnten die Tür ebenfalls nicht öffnen. Lord Bob holte Hilfe.

»Okay«, sagte ich. »Als Sie den Schuß hörten, wußten Sie da, was es war?«

Er blinzelte. »Ich war nicht ganz sicher, *was* es war, Sir. Aber es klang wie ein Schuß. Es war sehr laut, Sir, sogar durch die Tür.«

»Sperrte der Earl seine Tür normalerweise ab?«

»Nein, Sir. Das tat er nie.«

»Wo befand sich sonst der andere Schlüssel? Der, der heute nachmittag im Schloß steckte?«

»In seiner Kommode, Sir. In der untersten Schublade.«

»Und Sie sind ganz sicher, daß Sie den Schuß um Viertel nach vier hörten?«

»Ja, Sir. Ich hatte gerade auf meine Uhr gesehen, Sir.«

»Warum?«

»Weil es spät wurde, Sir. Meistens klingelte der Earl spätestens zehn Minuten nach vier nach dem Tee.«

»Mr. Carson, ich habe gehört, daß es zwischen dem Earl und Lord Purleigh böses Blut gegeben hat.«

Blinzeln. Die Hände bewegten sich. »Böses Blut, Sir?«

»Ich habe gehört, daß es dem Earl nicht gefiel, was Lord Purleigh nach dem Tod des Earls mit Maplewhite vorhatte.«

Er schüttelte ernst den Kopf. »O nein, Sir. Sie hatten ihre Meinungsverschiedenheiten, Sir, wie man sich denken kann. Das kommt in jeder Familie vor, nicht wahr, Sir? Aber es gab kein böses Blut zwischen ihnen, Sir.«

»Keine Auseinandersetzungen, kein Streit?«

»O nein, Sir. Nichts dergleichen.«

In dem Moment hörte ich draußen vor Carsons Zimmer ein Geräusch. Das Getrampel schwerer Schritte, das Gemurmel von Männerstimmen. Ich stand auf und ging zur Tür.

Neunzehn

In den Flur hinauszutreten war, als würde man plötzlich in einen Mack-Sennett-Film versetzt. Überall waren Menschen, die gleichzeitig in ein Dutzend verschiedene Richtungen zu rennen schienen. Alle hörten mit dem Herumgerenne auf, als ich herauskam, und alle sahen mich an, und ich sah alle an. Da waren zwei stämmige uniformierte Polizisten und zwei weitere stämmige Männer in schwarzen Anzügen, die eine zusammengerollte Tragbahre trugen. Ein gedrungener Mann in einem grauen Anzug hatte einen Arztkoffer in der Hand. Außerdem war da ein großer dünner Mann in einem braunen Anzug, der den Gurt einer sperrigen Kamera um den dünnen Hals gehängt hatte. Und dann war da ein großer Mann in einem militärisch wirkenden schwarzen Anzug mit Weste, der eckige Schultern und ein eckiges Kinn und welliges graues Haar hatte, das von dem spitz zulaufenden Haaransatz über der eckigen Stirn und den hellgrauen Augen zurückgekämmt war. Er sah aus wie jemand, der in den falschen Film geraten war und dem das gar nicht paßte. Er war derjenige, der das Wort führte.

»Was haben wir denn da?« sagte er zu mir.

»Phil Beaumont«, teilte ich ihm mit.

Er nickte kurz und knapp. »Dann werden Sie der Pinkerton-Mann sein.«

»Das bin ich bereits«, sagte ich.

Nach einem Moment lächelte er düster. Er mußte dieses Lächeln oft geübt haben, denn er machte seine Sache recht gut. »Superintendent Honniwell«, sagte er. »Lord Purleigh hat uns ins Bild gesetzt. Ab jetzt übernehmen wir.«

»Schön.«

Er nickte knapp in Richtung der Tür, die ich gerade geschlossen hatte. »Das Zimmer des Kammerdieners?«

»Genau.«

Er nickte wieder. »Sie können gehen, Beaumont. Vielleicht habe ich später noch Fragen an Sie.«

»Fein. Aber da ist noch etwas.«

Er lächelte matt, um mich wissen zu lassen, daß er Nachsicht mit mir haben wollte. Oder aber um es sich selbst wissen zu lassen. »Nämlich?«

»Die Waffe. Die Smith and Wesson. Sie werden Sie sicher auf Fingerabdrücke untersuchen.«

»Selbstverständlich.«

»Lord Purleighs Fingerabdrücke sind darauf.«

Er schürzte die Lippen. »Lord Purleigh und Sir Arthur haben mich von diesem Sachverhalt bereits in Kenntnis gesetzt.«

»Schön. Ich weiß ja nicht, wie gut Ihre Laborleute sind, aber Sie könnten ihnen vielleicht sagen, daß sie unter der Asche nach Fingerabdrücken suchen sollen.«

Er zog eine seiner ansehnlichen grauen Augenbrauen hoch. »Unter der Asche?«

»Als wir die Tür aufbrachen«, sagte ich, »wurde eine Menge Asche aus dem Kamin ins Zimmer geweht. Auch die Waffe war damit bedeckt, bevor Lord Purleigh sie aufhob. Seine Fingerabdrücke werden also *auf* der Asche sein. Wenn Sie Abdrücke *unter* der Asche finden, gehören sie dem, der den Revolver benutzt hat.«

»Ich nehme an«, sagte er, »daß unsere Techniker durchaus in der Lage sind, selbst zu diesem Schluß zu kommen.« Er drehte sich zu den anderen um. »Weitermachen, Leute. Und nichts anfassen, bis ich da bin.«

Es begann ein bewegtes Durcheinander in Richtung Zimmer des Earls. Honniwell langte nach dem Griff von Carsons Tür, hielt dann inne und sah mich an, als wäre er etwas überrascht, feststellen zu müssen, daß ich mich noch immer im selben Universum befand wie er.

»Sie können *gehen*, Beaumont«, teilte er mir mit.

»Danke«, sagte ich und ging.

Ich ging zurück in den Salon. Er war leer. Noch besser war, daß sich niemand die Mühe gemacht hatte, nach der Teegesellschaft abzuräumen. Auf den Tischen standen noch immer unangetastete Platten herum. Gerade als ich mein zweites Räucherlachs-Sandwich hinuntergeschlungen hatte und nach dem dritten greifen wollte, kamen zwei Diener herein. Beide hatten große Metalltabletts bei sich. Einer von ihnen war Briggs.

»Mr. Briggs«, sagte ich. »Könnte ich Sie einen Moment sprechen?«

Briggs warf einen Blick auf den anderen Diener, sah wieder zu mir her und sagte: »Gewiß, Sir.« Er stellte sein Tablett auf einem der Tische ab und kam zu mir herüber.

Ich sagte: »Sie haben das mit dem Earl gehört?« Es war vermutlich unmöglich, etwas vor den Dienern geheimzuhalten.

»Ja, Sir«, sagte er. »Eine große Tragödie, Sir.«

»Mich würde da etwas interessieren, Mr. Briggs. Können Sie mir zufällig sagen, ob der Earl in den letzten Tagen Besucher gehabt haben könnte?«

Zum erstenmal zeichnete sich auf Briggs' blassem, spitzem Gesicht ein gewisser Ausdruck ab. Sein Blick huschte hinüber zu dem anderen Diener, der sehr damit beschäftigt schien, beschäftigt zu sein, und dann zurück zu mir. Seine kleinen Augen verengten sich und nahmen einen verschlagenen Ausdruck an, den Mütter und Arbeitgeber hassen, Pinkerton-Leute dagegen lieben. »Bedaure, Sir«, teilte er mir mit. »Das kann ich Ihnen nicht sagen.« Er warf wieder einen Blick auf den anderen Diener, für den Fall, daß ich nicht kapiert haben sollte.

»Okay, Mr. Briggs«, sagte ich. »Danke.«

»Ja, Sir. Danke, Sir.«

Superintendent Honniwell war bereits in der Großen Halle, als ich wieder dort ankam. Er stand vor dem Tisch, an dem Doyle, Lord Bob und der Große Meister saßen. Das Winchester-Gewehr war verschwunden. Honniwell nahm keine Notiz von mir, als ich neben dem Großen Meister Platz nahm. Er hatte die Hände auf dem Rücken verschränkt und faßte soeben zusammen.

»Es war natürlich Carson«, sagte Honniwell zu Lord Bob. »Daran besteht für mich kein Zweifel. Der Earl befahl ihm, den Revolver zu besorgen.«

»Lächerlich«, sagte Lord Bob. Er saß mit hängenden Schultern und müdem Blick zusammengesackt auf seinem Stuhl. Die Brandykaraffe vor ihm auf dem Tisch war fast leer.

»Bei allem gebührenden Respekt, Lord Purleigh«, sagte Honniwell, »erlaube ich mir, da anderer Meinung zu sein. Der Mann hat buchstäblich gezittert vor Schuldbewußtsein.«

»Schuldbewußtsein?« sagte Lord Bob. Er hob seinen Schwenker, nahm einen kräftigen Schluck Brandy. »Dann zittert er deswegen schon volle sieben Jahre, Superintendent. Hat die verdammte Schüttellähmung, der Mann.«

Honniwell war nicht die Art von Polizist, die ihre Zusammenfassung durch Fakten erschüttern läßt. »Wie dem auch sei, Sir, der Mann ist schuldig. Wenn ich ihn ein paar Stunden für mich allein hätte, würde ich die Wahrheit schon aus ihm herausschütteln, jede Wette.«

Lord Bob sah ihn einen Moment schweigend an. Als er sprach, war seine Stimme nüchtern und gefährlich ruhig. »Sie können sich die Unannehmlichkeiten gar nicht vorstellen, die Sie bekommen, Superintendent, sollten Sie Carson auch nur ein Haar krümmen.«

»Aber, Lord Purleigh«, sagte Honniwell, »Sie haben mich mißverstanden.«

»Verzeihen Sie«, sagte Doyle diplomatisch. »Superintendent?«

Honniwell drehte sich zu Doyle um, und diesmal zog er beide ansehnlichen Augenbrauen hoch. »Sir Arthur?«

»Ich nehme doch an, Superintendent, daß Sie nicht glauben, daß Carson für den Tod des Earls verantwortlich ist.«

»Verantwortlich nicht, Sir Arthur, nein. Aber er hat Beihilfe geleistet, indirekt, indem er die Waffe bereitstellte.«

»Mag sein«, sagte Doyle. Er legte die Hände auf den Tisch, verschränkte die Finger und beugte sich vor. Dabei zuckte er leicht zusammen. »Aber es besteht für Sie kein Zweifel: der Tod selbst wurde selbst herbeigeführt.«

»Nicht der geringste. Schmauchspuren am Einschußloch. Etwas anderes ist unmöglich, wenn die Tür abgeschlossen und verriegelt war.«

Der Große Meister richtete sich auf, und Doyle warf ihm einen subtilen warnenden Blick zu. Da Subtilität nicht die Stärke des Großen Meisters war, trat ich ihn gegen den Fußknöchel. Sein Kopf fuhr herum, und er funkelte mich an, schob dann die Lippen vor und wandte sich ab. Er lehnte sich zurück, verschränkte schweigend die Arme vor der Brust und schmollte.

»So ist es«, sagte Doyle zu Honniwell. »Und selbst wenn Sie beweisen könnten, daß, wie Sie glauben, Carson den Revolver besorgt hat, was ich stark bezweifle, haben Sie es folglich noch immer mit einem Selbstmord zu tun.«

»Das ist richtig«, sagte Honniwell. »Und das wird auch in meinem Bericht stehen.« Er wandte sich wieder an Lord Bob. »Nichts anderes wollte ich vorhin sagen, Lord Purleigh. Ich versuche nur, das zu tun, was für alle Betroffenen das beste ist.«

Lord Bob blickte finster und wedelte träge mit der Hand, wie um Fliegen zu verscheuchen. Er angelte sich die Brandykaraffe, kippte den Rest in sein Glas.

Honniwell sagte zu Doyle: »Wie ich Ihnen bereits sagte, ist es absolute Zeitverschwendung, Inspektor Marsh aus London herzuschicken. Die Obduktion und die Untersuchung der Waffe werden das einwandfrei nachweisen, das steht fest.« Er wandte sich an Lord Bob. »Was das Gewehr angeht, Lord Purleigh, so werde ich Sie benachrichtigen, sobald die diesbezüglichen Untersuchungen abgeschlossen sind.«

Lord Bob nickte. »Kann's kaum erwarten.«

Ich sagte: »Sie sind über Chin Soo informiert, Superintendent?«

Er bedachte mich wieder mit dem matten Lächeln, das er sich für Pinkerton-Männer aufsparte. Oder aber für Amerikaner ganz allgemein. Vielleicht sparte er es auch gar nicht auf, sondern bedachte damit jeden, bei dem er es für angebracht hielt, matt zu lächeln. »Ja«, sagte er. »Mr. Houdini und Sir Arthur haben mir den Sachverhalt geschildert. Ich halte es für äußerst unwahrscheinlich, daß diese Person sich Zugang zu Maplewhite verschaffen konnte. Ich stimme mit Lord Purleigh überein, daß das Gewehr heute nachmittag höchstwahrscheinlich von einem Wilderer abgefeuert wurde. Der Mann ist inzwischen über alle Berge.«

Er blickte rasch zu Lord Bob, um zu sehen, wie dieser seine Worte aufnahm. Lord Bob nahm überhaupt nichts auf. Er starrte die leere Brandykaraffe an, als wäre sie der Stein der Weisen.

»Wie erklären Sie sich dann die Winchester?« fragte ich ihn. »Aus ihr wurde erst vor kurzem geschossen.«

»Vielleicht einer von den Dienern.«

»Hm. Aber Sie lassen doch einige Polizisten hier?«

Wieder ein mattes Lächeln. »Ich werde zwei von meinen Männern draußen postieren. Ich kümmere mich darum, daß sie morgen früh abgelöst werden.«

»Nur zwei?« sagte ich.

Er gestattete sich, schwach belustigt zu sein. »Ich bin absolut sicher, daß zwei ausgebildete britische Polizeibeamte mehr als genügen werden. Und mit Rücksicht auf Lord Purleigh und seine Gäste möchte ich unsere Anwesenheit hier auf ein Minimum beschränkt wissen.« Er warf einen erwartungsvollen Blick auf Lord Bob.

»Haben aber draußen zu bleiben«, sagte Lord Bob an die leere Karaffe gewandt. »Will sie nicht hier drin haben. Schleppen bloß Dreck rein.«

Der Große Meister sagte: »Und Sie werden nichts an die Presse weitergeben?«

»Nichts, was Ihre Angelegenheit betrifft, Mr. Houdini. Ich werde mich selbstverständlich dem Wunsch von Lord Purleigh fügen. Aber ich fürchte, Lord Purleigh, daß die Nachricht vom Tod des Earls die Zeitungen bald erreichen wird.«

»Ein Schwein bleibt ein Schwein«, teilte Lord Purleigh der Brandykaraffe mit.

Honniwell nickte knapp. »Ja. Also dann. Ich muß zurück nach Amberley. Ich bin nur hergekommen, um mich zu vergewissern, daß Lord Purleigh durch die Ankunft meiner Leute nicht über Gebühr belästigt wird.«

Er sah Lord Bob an, der ihn ignorierte.

Doyle stand auf. »Vielleicht würden Sie mir gestatten, Sie zu begleiten, Superintendent.« Diplomatie.

»Selbstverständlich, Sir Arthur. Lord Purleigh.« Lord Bob, den Blick noch immer auf die Brandykaraffe gerichtet, machte eine müde Handbewegung. »Mr. Houdini.« Der Große Meister nickte. »Mr. Beaumont.« Ich nickte.

Er hatte wohl beschlossen, daß es keinen Sinn hatte, mir irgendwelche Fragen zu stellen.

Doyle eskortierte ihn aus der Halle.

Der Große Meister wandte sich an Lord Bob. »Wenn Sie mich entschuldigen würden, Lord Purleigh. Ich werde für eine Weile auf mein Zimmer gehen.«

»Trottel.«

Der Große Meister erhob sich.

»Harry?« sagte ich.

Er blickte auf mich herunter, und sein Gesicht war kalt. Ohne ein Wort zu sagen, schob er die Lippen vor und blickte weg. Dann schritt er von dannen.

Lord Bob studierte noch immer die Karaffe.

Ich stand auf und folgte dem Großen Meister.

Doyle, der soeben vom Haupteingang zurückkam, fing mich ab. »Mr. Beaumont?«

Zwanzig

»Ja?« sagte ich.

»Nun«, sagte er, die breite rosarote Stirn in nachdenkliche Falten gelegt. »Was halten Sie von unserem Superintendent?«

»Nicht sehr viel.«

»Nein. Das dachte ich mir bereits. Ich möchte Ihnen jedoch versichern, daß er kein typischer Vertreter unserer Polizeibeamten im höheren Dienst ist.«

»Gut.«

»Über Inspektor Marsh zum Beispiel habe ich Hervorragendes gehört.«

»Dann kommt Marsh morgen also?«

»Nun, ich persönlich bezweifle, daß Scotland Yard dem Bericht von Superintendent Honniwell allzuviel Glauben schenken wird. Er und seine Leute hielten sich nur etwa zehn Minuten im Zimmer des Earls auf.«

»Die Leiche haben sie mitgenommen?«

»Ja, um sie zu obduzieren.«

»Glauben Sie, daß es Selbstmord war, Sir Arthur?«

Er dachte einen Moment über die Frage nach. »Lassen Sie es mich so ausdrücken«, sagte er. »Ich wäre gerne davon überzeugt, daß, falls es *kein* Selbstmord war, alle anderen menschlichen Ursachen absolut ausgeschlossen werden können.«

»Alle menschlichen Ursachen?« sagte ich.

»Ja.«

»Hm.« Ich blickte zurück zu Lord Bob. Er war noch immer ganz in die Betrachtung der leeren Karaffe versunken. Ich wandte mich wieder Doyle zu. »Sie könnten Lord Purleigh dazu bewegen, die übrige Munition wegzuschaffen und woanders einzuschließen.«

»Die Munition? Ach ja. Ja, natürlich. Falls es tatsächlich Chin Soo ist, sollten wir ihm vielleicht nicht noch weitere liefern, stimmt's?«

»Genau.«

»Eine ausgezeichnete Idee.« Er warf einen Blick auf Lord Bob.

»Lord Purleigh ist im Moment nicht ganz auf dem Posten. Aber ich werde mit Higgens sprechen.«

»Danke. Bis später.«

»Harry?«

Nichts.

Ich klopfte abermals an die Tür des Großen Meisters. »Harry?«

Nichts.

Ich versuchte die Tür zu öffnen. Sie war abgesperrt.

»Harry. Machen Sie die Tür auf.«

Nichts.

Ich sagte: »Es geht um Bess.«

Ich wartete. Nach einiger Zeit hörte ich auf der anderen Seite der Tür seine Stimme. »Was ist mit ihr?«

»Machen Sie die Tür auf, dann werden Sie es erfahren.«

Ich wartete.

Endlich hörte ich ein Klicken im Schloß. Ich drehte den Türgriff, und die Tür ging auf. Der Große Meister ging, den Rücken mir zugekehrt, zurück ins Zimmer. Er war nackt, bis auf eine knappe schwarze Unterhose, die er sich grosweise aus Frankreich schicken ließ. Ich betrachtete das Schloß. Kein Schlüssel. Es hatte auch bisher keiner darin gesteckt.

Ich sagte: »Sie haben Ihren Stahlstift benutzt, um zuzusperren. Und aufzusperren.«

Aber wo hatte er ihn anschließend hingetan? In den Händen hatte er ihn jedenfalls nicht.

Er drehte sich zu mir um und zog leicht die muskulösen Schultern hoch. Er hatte nicht vor, mir etwas zu sagen, das ich nicht wissen sollte. Er verschränkte die Arme vor der Brust und sagte tonlos: »Was ist mit Bess?«

Vermutlich hatte er ihn einfach ins Zimmer geworfen, hinter das Bett.

»Der Tod des Earls«, sagte ich. »Die Zeitungen werden darüber berichten. Die ›Times‹ ganz bestimmt, und die französischen Blätter möglicherweise ebenfalls. Bess wird es lesen, drüben in Paris. Und Sie wissen doch, daß sie sich wegen Chin Soo Sorgen macht. Sie wird sich womöglich fragen, ob da ein Zusammenhang besteht.«

Er sann darüber nach. »Vielleicht«, sagte er. Er ließ sich geschmeidig auf den Boden gleiten und streckte sich auf dem Teppich aus. Er sah mich nicht an, als er die Hände hinter dem Kopf verschränkte und seine Klappübungen zu machen begann. »Ich werde Lord Purleigh fragen«, sagte er, während er mit dem rechten Ellbogen das linke Knie berührte, »ob ich ein Telegramm schicken kann. Um sie zu beruhigen.« Er ließ sich wieder auf den Boden sinken.

Ich ging hinüber zum Schreibtisch und setzte mich auf den Stuhl.

»Hören Sie, Harry«, sagte ich. »Es tut mir leid, daß ich Sie getreten habe.«

Er führte den linken Ellbogen an das rechte Knie.

»Harry, ich entschuldige mich dafür. Ich wollte nur nicht, daß Sie Honniwell gegenüber etwas davon erwähnen, wie man aus dem Zimmer hätte kommen können.«

»Der Mann ist ein Kretin«, sagte er, an die Decke gewandt.

»Stimmt genau«, sagte ich. »Und wenn Sie angefangen hätten, ihm zu erklären, wie man hätte herauskommen können, dann wären wir ihn überhaupt nicht mehr losgeworden.«

»Ich wollte *lediglich* erklären«, sagte er beim Aufwärtsschwung, »daß *niemand* aus dem Zimmer entwichen war.«

»Honniwell ist ein Typ, den man nicht mit zu vielen Theorien verwirren sollte, Harry. Dieser Marsh dagegen, der Typ, der morgen kommt, soll sehr gewieft sein, sagt Sir Arthur. Mit dem sollten Sie reden.«

»Das habe ich auch vor.« Wieder beim Aufwärtsschwung.

»Gut. Sehr gut, Harry. Das sollten Sie. Er wird sich vermutlich gerne anhören, was Sie zu sagen haben. Also ich wollte Ihnen nicht weh tun . . .«

Er streckte die Beine aus, setzte sich auf, die Hände auf den Boden gestützt, und sah mich an. »Weh tun? Mir? Schmerzen bedeuten einem Houdini nichts. Das sollten Sie inzwischen eigentlich wissen. Nein, Phil, was mich getroffen hat, war Ihre Grobheit. Habe ich Sie jemals gegen den Knöchel getreten?«

Es war ein interessantes Thema für ein Gespräch mit einem halbnackten Mann. »Nein, Harry«, sagte ich, »ich muß zugeben, daß Sie das noch nie getan haben.«

»Gewiß hätten Sie auch eine andere Möglichkeit finden können, um mir ein Zeichen zu geben.«

»Vermutlich schon, aber mir fiel eben nichts anderes ein. Vielleicht sollten wir einen Code ausmachen.«

»Im übrigen, um die Wahrheit zu sagen, verstehe ich nicht, warum der Tod des Earls Sie derart fasziniert. Wie ich einwandfrei nachgewiesen habe, war es eindeutig Selbstmord. Und dieser Selbstmord hat nicht das geringste mit Chin Soo zu tun. Der, sofern ich mich recht entsinne, der einzige Grund ist, weshalb Sie hier sind.«

»Tja, Harry«, sagte ich, »ich bin gar nicht so sicher, daß zwischen Chin Soo und dem Tod des Earls nicht doch ein Zusammenhang besteht.«

Der Große Meister runzelte die Stirn. »Was soll das heißen?«

»Jemand holt sich ein Gewehr aus der Waffensammlung, benutzt es, um auf Sie zu schießen, und bringt es anschließend wieder zurück. Und dann holt sich jemand aus derselben Waffensammlung einen Revolver, vermutlich nur ein paar Stunden später, mit dem dann der Earl erschossen wird.«

»Aber den Earl hätte niemand erschießen können. Außer er selbst. Wie ich Ihnen sagte, Phil, habe ich die Tür sehr sorgfältig untersucht. Niemand hatte sich an ihr zu schaffen gemacht. Und falls *Chin Soo* es getan hätte – was absolut unmöglich ist –, welchen Grund hätte er wohl, den Earl zu erschießen?«

»Ich weiß es nicht. Aber wie ist der Revolver in das Zimmer des Earls gekommen?«

Er zuckte die Schultern. »Vielleicht hat der Superintendent recht, und der Kammerdiener hat ihn ihm gebracht.«

»Das glaube ich nicht. Ich habe mit dem Kammerdiener gesprochen.«

»Dann war es eben ein anderer Diener. Vielleicht einer, der den Earl gern hatte. Und dieser brachte dem Earl die Waffe auf dessen Bitte hin.«

»Und weil er den Earl gern hatte, half er ihm, Selbstmord zu begehen?«

»Vielleicht nannte der Earl ihm einen anderen Grund, weshalb er die Waffe haben wollte. Lord Purleigh hat etwas Derartiges angedeutet.«

»Jedenfalls wurden heute eine Menge Waffen raus- und reingeschleppt.«

Er schüttelte den Kopf. »Reiner Zufall, Phil. Nichts weiter.«
»Ich hab' was gegen Zufälle.«
»Und ich habe etwas dagegen, getreten zu werden, Phil. Aber es gibt anscheinend Dinge, mit denen wir lernen müssen zu leben.«
Ich lächelte. »Harry, ich sagte doch, daß es mir leid tut.«
Er hob abwehrend die Hand. »Ja, ja. Ich nehme Ihre Entschuldigung selbstverständlich an.«
»Danke«, sagte ich. »Okay. Haben Sie sich das mit dem Hierbleiben nochmals überlegt?«
Er schien überrascht zu sein. »Warum sollte ich mich anders besinnen?«
»Harry. Ich bin mir ziemlich sicher, daß es die Waffe, diese Winchester, ist, mit der auf Sie geschossen wurde. Wenn das zutrifft und wenn Chin Soo derjenige war, der geschossen hat, dann heißt das, daß er ins Haus kam, sich das Gewehr schnappte, das Haus verließ, das Gewehr abschoß, *wieder* ins Haus kam und das Gewehr zurückbrachte.«
»Ja. Das sagten Sie bereits zu Lord Purleigh. Aber, Phil, ich muß Ihnen mit aller Klarheit sagen, daß es Chin Soo unmöglich wäre, das Haus in dieser Weise zu betreten und zu verlassen. Das versuchte ich vorhin schon Lord Purleigh zu erklären. Chin Soo ist dafür einfach nicht geschickt genug. Die Schlösser könnte er öffnen, ja, vielleicht. Aber sich im Haus verstecken und rein- und raushuschen – ausgeschlossen.«
»Hm.«
»Phil, ich glaube nicht, daß es Chin Soo war, der die Waffe abgefeuert hat.«
»Warum nicht?«
»Ist es logisch anzunehmen, Chin Soo würde sich derartige Umstände machen, wie Sie meinen, und sich mehrfach in Gefahr begeben, nur um sich ein Gewehr aus der Großen Halle zu beschaffen? Warum hat er nicht einfach eine eigene Waffe nach Maplewhite mitgebracht? Er hätte eine kaufen oder sogar stehlen können.«
»Gute Frage«, räumte ich ein. »Ich weiß es nicht. Tatsache ist, daß die Winchester das Gewehr ist, mit dem heute geschossen wurde.«
»Mag sein. Aber überlegen Sie mal, Phil.« Er setzte sich im

Schneidersitz hin und beugte sich vor wie ein kleiner Junge am Lagerfeuer. Er lächelte jetzt so, wie er immer auf der Bühne lächelte, wenn er im Begriff war, ein ganz besonders spektakuläres Kunststück vorzuführen. »Vielleicht wurde das Gewehr heute in Wahrheit gar nicht auf *mich* abgefeuert.«

»Harry, die Kugel hat Sie nur um Zentimeter verfehlt.«

»Ja«, sagte er, hob den Finger und lächelte wieder auf die bewußte Art, »aber sie hat auch alle anderen verfehlt. Um ziemlich genau die gleiche Entfernung.« Er legte die Hände auf die Knie. »Sie erinnern sich, daß wir uns alle unter diesem Baum versammelt hatten. Sie gehen die ganze Zeit davon aus, daß die berühmte Kugel für mich bestimmt war. Aber woher wissen wir, daß das zutrifft?«

Ich lehnte mich im Stuhl zurück. Ich dachte darüber nach. »Das wissen wir nicht.« Ich nickte. »Ganz schön clever, Harry.«

Er zuckte die Schultern mit einem Ausdruck, den er wohl für Bescheidenheit hielt. »Reine Logik«, sagte er.

Ich dachte nach. »So macht die Sache mehr Sinn«, sagte ich. »Wie Sie das darstellen. Jemand, der sich bereits in Maplewhite befand, hätte wesentlich leichter in die Große Halle gelangen können als ein Fremder.«

»Natürlich.«

»Aber wenn Sie recht haben, auf wen wurde dann geschossen? Wer war alles da?« Ich überlegte. »Miss Turner, Mrs. Corneille, Mrs. Allardyce, Lord Bob.«

»Lord Purleigh«, verbesserte er mich. »Die interessantere Frage ist, glaube ich – wer war *nicht* da?«

»Genau. Madame Dingsbums und ihr Mann waren noch gar nicht in Maplewhite eingetroffen. Desgleichen Sir Arthur. Wer war also *noch* da? Cecily. Lady Purleigh. Dr. Auerbach. Sir David.«

»Und ein Heer von Dienstboten, das Sie nicht vergessen dürfen.«

Ich lächelte. »Jeder will immer alles den Dienstboten in die Schuhe schieben.«

»Aber, Phil, das sind lauter kultivierte, reiche Leute.«

»Reiche Leute bringen sich ständig gegenseitig um, Harry. Das heißt, wenn sie nicht gerade ihr Geld zählen.«

»Sie sind ein Zyniker, Phil.«

»Vielleicht hat Sir Arthur ja recht. Er fängt an zu glauben, daß es irgendein Kobold war.«

Der Große Meister nickte traurig. »Ja. Gelegentlich mache ich mir Sorgen um Sir Arthur.«

Er legte sich wieder auf den Teppich, zog die Füße an den Körper und legte die Hände wieder hinter den Kopf. »Damit hätten wir die wichtige Frage geklärt«, sagte er, hob die Schultern an und führte den rechten Ellbogen an das linke Knie, »daß es nicht Chin Soo war, der das Gewehr abgefeuert hat. Was folglich bedeutet, daß wir beide uns jetzt entspannen können.«

»Eigentlich nicht«, sagte ich.

Er sah zu mir herüber, ohne jedoch seine Turnübungen zu unterbrechen.

»Wir haben nur geklärt«, sagte ich, »daß es *vermutlich* nicht Chin Soo war, der geschossen hat. Selbst wenn er es nicht war, heißt das noch lange nicht, daß er sich hier nicht irgendwo herumtreibt.«

»Aber jetzt wird das Haus von der Polizei bewacht, Phil.« Die Schultern gingen wieder nach unten.

»Chin Soo ist schon früher an der Polizei vorbeigekommen.«

»In Philadelphia. Das hier ist britische Polizei.« Wieder nach unten.

»Könnten *Sie* an zwei britischen Bullen vorbeikommen, Harry?«

»Selbstverständlich. Aber Chin Soo ist kein Houdini.« Abwärts.

»Hm. Hören Sie. Ich werde mal ein bißchen herumschnüffeln. Würden Sie mir den Gefallen tun und einen Stuhl gegen die Tür stellen?«

»Das ist vollkommen unnötig, Phil. Und warum wollen Sie herumschnüffeln?« Die Schultern gingen hoch.

»Ich will mich vergewissern, daß Sie mit der Waffe recht hatten.«

»Reine Logik, Phil.« Ein weiterer Aufwärtsschwung.

»Genau. Sie werden den Stuhl gegen die Tür stellen?«

Er seufzte theatralisch. Das ist gar nicht so leicht, wenn man mitten in einer Turnübung ist.

»Mir zuliebe, Harry.«

»Ach, also gut. Wenn Sie darauf bestehen.« Mit einem weiteren Seufzer schwang er sich wieder hoch.

Ich stand auf.

Er sagte: »Übrigens, Phil?« Runter gingen die Schultern.

»Ja?«

Er lächelte. »Es war völlig offensichtlich, was Sie bezweckten, als Sie Bess erwähnten. Sie wollten nur, daß ich die Tür aufmache.« Wieder nach unten.

Ich lächelte zurück. »Aber es hat funktioniert, Harry. Es gibt mehrere Möglichkeiten, durch eine abgesperrte Tür zu kommen.«

»Es funktionierte nur deshalb«, sagte er, indem er wieder vom Boden hoch kam, »weil es Houdini schlicht unmöglich ist, Groll zu hegen.«

Wie üblich hatte er das letzte Wort.

Ich machte mich auf die Suche nach Briggs.

Einundzwanzig

Im Salon war weder Briggs noch sonst jemand.

Ich wanderte durch die Korridore und fand nach einer Weile einen anderen Diener, der mir sagte, er habe Briggs in der Nähe des Wintergartens gesehen. Ich machte mich auf den Weg dorthin.

Die Außentür des Wintergartens stand offen. Sie führte auf eine geplättelte Terrasse, auf der unter einer hohen Eiche eine Gruppe von Gästen um einen runden weißen Tisch versammelt war. Sir Arthur war auch da, und als er mich sah, winkte er mich zu ihnen. Die anderen waren Mrs. Corneille, Dr. Auerbach, Madame Sosostris mit ihrem Rollstuhl und ihren erstaunlichen Haaren, Mr. Dempsey und Sir David. Alle hatten einen Drink vor sich stehen, so daß wohl bald ein Diener kommen würde, und das würde vielleicht Briggs sein.

Es war ein langer Tag gewesen, doch die Luft war noch warm und der Himmel war noch hell. Im Westen, auf der anderen Seite der riesigen Rasenfläche, begann die Sonne am blauen Firmament endlich abwärts zu wandern. Sie hatte die Baumwipfel noch nicht erreicht, doch ihre Strahlen, die schräg unter einer kleinen weißen Wolke hervorkamen, hatten sich schon gelb gefärbt.

»Mr. Beaumont«, sagte Doyle. »Bitte. Nehmen Sie Platz.«

Zur Rechten von Mrs. Corneille stand ein leerer weißlackierter Stuhl. Ich nahm ihn und lächelte sie an. »Hallo«, sagte ich und atmete den Duft ihres Parfums ein. Sie trug das weiße Kleid, aber ohne den Strohhut. Auf ihrem schwarz glänzenden Haar schimmerte das Sonnenlicht.

»Guten Tag, Mr. Beaumont«, sagte sie und lächelte mich an. »Sie *heißen* doch Beaumont, nicht wahr? Oder haben Sie aus beruflichen Gründen einen Decknamen?«

»Nein. Nur Beaumont.«

Sie sagte: »Es scheint, Sie waren uns gegenüber nicht ganz ehrlich.«

»Ich hatte keine andere Wahl.«

»Ich chaben gespirt«, sagte Madame Sosostris und kniff die dunklen schlauen Augen in ihrem runden weißen Gesicht zusammen. »Ist nicht so, Charles? Ich sagen, hat dunkle tiefe Strömungen in der Mann.«

Mr. Dempsey tätschelte ihr grinsend die Hand. Sie trug an jedem Finger dicke juwelenbesetzte Ringe, und er achtete darauf, keinen davon zu treffen. Sie hätten ihm Löcher in die Hand gestoßen. »Und ob du das hast«, sagte er. Er sah mich stolz an. »›Dunkle tiefe Strömungen‹ hat sie gesagt, wortwörtlich.«

»Ich habe gerade erläutert«, sagte Doyle, »daß es höchstwahrscheinlich Chin Soo war, der heute nachmittag geschossen hat.«

Ich schüttelte den Kopf. »Ich habe gerade mit Mr. Houdini gesprochen. Er hat mich da auf etwas Interessantes hingewiesen. Ich bin davon ausgegangen, daß der Schuß heute nachmittag auf *ihn* abgefeuert wurde. Aber das muß überhaupt nicht der Fall sein, sagt er. Die Kugel hätte auch für einen anderen bestimmt gewesen sein können.«

Doyle runzelte die Stirn. »Ja«, sagte er. »Houdini erwähnte das mir gegenüber bereits.«

Mrs. Corneille sagte zu mir: »Es war nicht Chin Soo, der geschossen hat?«

»Es macht mehr Sinn«, sagte ich, »daß ein anderer geschossen hat, und zwar auf jemand neben Houdini.«

»Und wer«, sagte Sir David verbindlich, »könnte das Ihrer Meinung nach gewesen sein?«

»Der Schütze?«

Er lächelte. Verbindlich. »Wer auch immer. Der Visierende oder der Anvisierte.«

»Keine Ahnung. Aber die Polizei wird es schon herausfinden. Morgen vormittag kommt ein Inspektor aus London. Er wird mit allen sprechen wollen, die heute nachmittag draußen auf dem Rasen waren. Zwischen zwölf Uhr dreißig und ein Uhr. Zum Beispiel auch mit Ihnen, Dr. Auerbach.«

Dr. Auerbach rückte seinen Kneifer zurecht. »Ich? Aber zu der Zeit war ich ja nicht einmal in der Nähe von Maplewhite.«

»Und wo waren Sie, Doktor? Wenn ich fragen darf?«

»Natürlich dürfen S' das«, sagte er. »Aber selbstverständlich. Zwischen zwölf Uhr dreißig und eins, sagen S'? Ja, da war ich im Dorf. Auf dem reizenden kleinen Friedhof hinter der Kirche. Ich hab' Abreibungen von den Grabsteinen gemacht. Das ist so ein

Steckenpferd von mir. Und auf dem Friedhof steh'n wirklich wunderschöne Steine. Einige davon stammen sogar aus dem 14. Jahrhundert.«

»Hat Sie jemand gesehen?«

Er nickte. »Ach so, ja, ich verstehe, zum Zwecke der Verifizierung. Wie's der Zufall will, hab' ich mich ziemlich lang und sehr angeregt mit dem Pfarrer von der Kirche unterhalten. Ein sehr sympathischer Mensch. Er interessiert sich ebenfalls für die Steine.« Er sah mich erwartungsvoll an. »Ich hab' die Abreibungen, wenn S' sie sich anschaun wollen?«

»Ist schon okay«, sagte ich.

In dem Moment kam ein Diener mit einem Tablett Drinks durch die Wintergartentür geglitten. Es war Briggs. Sein Gesicht war wieder völlig ausdruckslos, als er Sir Davids leeres Glas durch ein volles ersetzte. Ich bat ihn um einen Bourbon mit Wasser.

Als er davonglitt, wandte ich mich wieder an Dr. Auerbach. »Sie sind heute alle zusammen ins Dorf gegangen, stimmt das?«

»In Lord Purleighs Automobil«, sagte er nickend. »Das ist korrekt.«

»Und alle sind zusammen zurückgekommen? Im Wagen?«

»Nein, ich nicht«, sagte er. »Ich bin zu Fuß zurückgekommen. Es war doch so ein wunderschöner Tag, nicht? Und ist es immer noch«, fügte er hinzu und blickte fröhlich um sich.

»Dann waren Sie also erst *wann* hier?«

»O je.« Er wandte sich an Mrs. Corneille. »Es war so ungefähr um halb drei, als wir miteinander g'sprochen ham, stimmt's?«

Sie nickte. »Etwas später, glaube ich. Ich kam gerade aus Janes Zimmer.«

»Dann also ziemlich genau halb drei«, sagte Dr. Auerbach. »Ich war grad erst zurückgekommen, als ich mit der Mrs. Corneille g'sprochen hab'. Sie hat mich gebeten, nach der Miss Turner zu schaun.«

»Nach ihr zu schauen?«

»Zwecks einer kurzen medizinischen Untersuchung. Sie wissen doch, daß die junge Frau ohnmächtig g'worden ist. Ich bin zwar Psychoanalytiker, aber wie fast alle Psychoanalytiker bin ich auch Arzt.«

Ich nickte und wandte mich wieder an Mrs. Corneille. »Sie kamen mit dem Wagen zurück, Mrs. Corneille?«

»Ja. Zusammen mit Alice und Mrs. Allardyce. Wir trafen hier so gegen zwölf ein.«

»Und die anderen?«

»Die anderen blieben noch im Ort. Aber Mr. Beaumont, Sie glauben doch wohl nicht allen Ernstes, daß einer von uns diesen Schuß abgegeben hat?«

Ich zuckte die Schultern. »In der Waffensammlung befindet sich eine Winchester. Jemand hat sie geladen, aus der Großen Halle entfernt, sie draußen auf dem Rasen auf jemand abgefeuert, sie dann wieder in die Halle gebracht und wieder an die Wand gehängt. Mr. Houdini hat recht. Vermutlich war es nicht Chin Soo.«

»Vorausgesetzt, Sie haben mit Ihrer Ansicht recht«, sagte Doyle, »daß die Winchester die Waffe war, mit der der fragliche Schuß abgegeben wurde.«

Gerade da kam Briggs mit meinem Drink angeschwebt. Er stellte ihn vor mir auf den Tisch. Ich dankte ihm. Da sonst niemand etwas wollte, klemmte er sich das Tablett unter den Arm und schwebte davon.

Ich zuckte die Schultern. »Ist doch plausibel, daß es die Winchester war.«

»Dummes Zeug«, sagte Sir David und nippte an seinem Glas. Ohne Notiz von mir zu nehmen, sagte er zu Doyle und Mrs. Corneille: »Es war offensichtlich ein Wilderer, der den Schuß abgegeben hat. Schließlich ist Jagdsaison. Überall in Devon wimmelt es doch auf jedem Besitz nur so von halbblinden Aristokraten, die mit rostigen Gewehren in der Gegend herumballern.«

»Die Rebhuhnjagd ist eröffnet«, sagte Doyle. »Da dürfte es sich eher um Schrotflinten handeln.«

»Und Lord Purleigh«, sagte Mrs. Corneille zu Sir David, »hat Hetzjagden auf seinem Grund und Boden verboten.«

Ich hob mein Glas und sah durch die bernsteinfarbene Flüssigkeit, daß unten am Glas ein Stückchen Papier klebte. Darauf hatte jemand *Bibliothek, 15 Minuten* gekritzelt.

Die Nachricht war problemlos zu lesen. Wie üblich war kein Eis im Glas.

Sir David sah Mrs. Corneille an und zuckte lässig die Schultern.

»Also lohnt sich das Wildern hier um so mehr.« Er wandte sich an Doyle. »Bei jeder Art von Fauna. Was unter Wilderern wohl bekannt sein dürfte.«

Ich stellte den Drink mit der linken Hand auf den Tisch und zog dabei mit der rechten das Papier ab. Ich ließ es in der Hand verschwinden und drückte es zu einem kleinen, feuchten Klumpen zusammen.

»Aber die Winchester wurde nun einmal abgefeuert«, sagte Doyle.

»Mag ja sein«, sagte Sir David. »Aber wir wissen nicht, wann. Heute? Gestern? Irgendwann letzte Woche?«

Ich kratzte mich beiläufig am Schenkel und ließ den Klumpen fallen.

Doyle sagte: »Mr. Beaumont glaubt, daß sie heute abgefeuert wurde.«

»Nun ja«, sagte Sir David und lächelte verbindlich. »Mr. Beaumont.«

Doyle zog überrascht die Augenbrauen hoch und sah zu mir herüber.

Ich sagte: »Und Sie, Sir David?«

Sir David drehte sich zu mir um. »Wie bitte?«

»Hätten Sie etwas dagegen, mir zu sagen, wo *Sie* heute nachmittag waren?«

»Und ob ich etwas dagegen hätte«, sagte er. »Ich kann mir beim besten Willen nicht vorstellen, daß Sie das auch nur im entferntesten etwas anginge.«

»David«, sagte Mrs. Corneille. »Bitte. Es besteht kein Anlaß, ausfällig zu werden.«

»Nicht ich bin ausfällig, Vanessa. Sondern unser amerikanischer Freund hier. Ich frage dich – warum in aller Welt sollte sich irgend jemand von uns von einem schäbigen Privatdetektiv ausfragen lassen? Und nach der Plauderei mit dem Flegel laufen wir dann in die Küche und schütten der Spülmagd unser Herz aus?«

»David«, sagte Mrs. Corneille.

»Wirklich, Sir David«, sagte Doyle. »Ich finde, daß Sie . . .«

»Das ganze Theater fängt an, mich zu langweilen«, sagte Sir David. Er stand in aller Gemütsruhe auf. »Ich glaube, ich werde mich ein wenig hinlegen.«

»*Wirklich*, Sir David«, sagte Doyle. Sein rosarotes Gesicht war um einiges röter geworden, so daß das Grau seines mächtigen Schnurrbarts um einiges weißer wirkte.

»Wir sehen uns dann beim Dinner«, sagte Sir David und schlenderte davon.

»Mein lieber Beaumont«, sagte Doyle und beugte sich eindringlich zu mir. »Ich bedaure diesen Auftritt zutiefst. Das war absolut unverzeihlich. Ich habe gute Lust, mir den Burschen vorzuknöpfen und ihm eine gehörige Tracht Prügel zu verabreichen. Bei Gott!« Er riß die Augen weit auf und spannte die mächtigen Schultern an, während er mit seinen Pranken die Armlehnen des Stuhls packte. »Ich glaube, das werde ich tatsächlich!«

Mrs. Corneille beugte sich vor und berührte Doyles Hand. »Sir Arthur. Bitte.«

»Ist schon okay«, sagte ich zu Doyle.

Doyles Schultern blieben angespannt, als hätte er noch immer vor, vom Stuhl aufzuspringen. »Der Mann war unglaublich ungehobelt!«

»Ist schon okay«, sagte ich. »Alle sind heute ein bißchen durcheinander. Machen Sie sich deswegen keine Gedanken, Sir Arthur.«

Madame Sosostris sagte: »Mr. Beaumont ist korrekt, Sir Arthur. Die ätherischen Fibrationen, sie sind sähr heftig heute. Sähr fiolett. Ich sie spiren. Sie nicht dirfen ihre Beutel werden und Sie selbst fiolett sein.«

»Ja«, sagte Doyle. Er lehnte sich zurück, holte sein Taschentuch heraus, tupfte sich die breite Stirn. Mrs. Corneille lehnte sich ebenfalls zurück. Ich glaube, jeder lehnte sich zurück.

»Ja«, wiederholte Doyle, an Madame Sosostris gewandt, »Sie haben natürlich recht. Keine Gewalttätigkeiten.« Und dann, während er sich weiter die Stirn abtupfte: »Was *ist* nur aus diesem Land geworden?«

Ich zog meine Taschenuhr hervor.

»Mr. Beaumont«, sagte Doyle.

Ich sah ihn an.

»Dürfte ich Sie wohl einen Moment sprechen?«

»Klar«, sagte ich.

Zweiundzwanzig

Wir ließen uns entschuldigen und gingen durch die Wintergartentür ins Haus. Doyle suchte einen Ort, wo wir ungestört reden konnten. Er fand einen, ein kleines Wohnzimmer zur Rechten. Wir schlüpften hinein, und er blickte sich rasch darin um und schloß die Tür. Wir nahmen einander gegenüber auf zwei Zweiersofas Platz. Sein Gesicht hatte wieder die übliche rosarote Farbe angenommen.

»Zunächst«, sagte Doyle, »möchte ich mich nochmals für das Benehmen von Sir David entschuldigen. Es war einfach widerwärtig.«

»Sie brauchen sich nicht zu entschuldigen, Sir Arthur. Es war ja nicht Ihre Schuld.«

»Aber der Mann ist *Engländer*. Er ist ein *Baronet*, Mr. Beaumont. Für einen sogenannten Gentleman war das ein unverzeihlicher Auftritt, daß muß ich Ihnen schon sagen.«

»Das macht mir nichts aus. Und Ihnen sollte es auch nichts ausmachen.«

Er beugte sich leise ächzend vor. »Wann immer ich in Amerika war und wohin ich in diesem bemerkenswerten Land auch kam, habe ich von allen Menschen, denen ich begegnet bin, stets die liebenswürdigste und zuvorkommendste Behandlung erfahren. Und zwar buchstäblich von allen. Darum sollen Sie wissen, daß ich über den heutigen Vorfall beschämt bin.«

»Dazu besteht kein Grund. Aber trotzdem vielen Dank, Sir Arthur. Sie sagten, Sie hätten mir etwas mitzuteilen?«

»Ja. Ja.« Er lehnte sich zurück, wobei er wieder zusammenzuckte. Er steckte die Hand in die Jackentasche, kramte ein Weilchen herum, zog sie mit seiner Pfeife und dem Tabaksbeutel wieder heraus. »Stört es Sie?«

Ich schüttelte den Kopf.

»Hören Sie«, sagte er, während er nach seinen Streichhölzern suchte, »haben Sie das, was Sie vorhin sagten, wirklich gemeint? Glauben Sie tatsächlich, daß einer der Gäste den Schuß abgegeben haben könnte?« Er machte sich an seiner Pfeife zu schaffen.

»Für mich wäre das eine plausible Erklärung.«

»Tut mir leid, aber für mich wäre das nicht plausibel.« Er brachte die Pfeife zum Brennen. Der Geruch von kokelnden Kartoffelsäcken zog durch das Zimmer. Er stopfte die Streichhölzer wieder in die eine Tasche und den Tabaksbeutel in eine andere. »Wie ich Houdini bereits sagte, kann ich einfach nicht glauben, daß einer von Lord Purleighs Gästen etwas Derartiges tun würde. Nicht einmal Sir David.« Er paffte an seiner Pfeife, sah mich mit zusammengekniffenen Augen durch die hellblauen Rauchschwaden an. »Es regt sich in mir der Verdacht, daß etwas sehr Merkwürdiges, und sehr Unheilvolles, hier in Maplewhite vor sich geht.«

»Und das wäre, Sir Arthur?«

Er runzelte die Stirn. »Das kann ich wirklich noch nicht sagen. Allerdings würde ich, Ihre Zustimmung vorausgesetzt, gerne versuchen, heute abend von Flinker Bär mehr zu erfahren.«

»Von wem bitte?«

»Von Flinker Bär. Dem Geistführer, den Madame Sosostris ruft. Ihrer Kontrolle. Ein Indianerhäuptling vom Stamme der Schoschonen, der während Ihres Französisch-Indianischen Krieges starb.«

»Flinker Bär«, sagte ich. »Alles klar.«

»Sie haben also nichts dagegen einzuwenden, wenn ich die Sache mit ihm erörtere?«

»Ich bestimmt nicht«, sagte ich. »Fragen Sie ihn, was immer Sie wollen.«

»Gut. Ich danke Ihnen.«

»Keine Ursache, Sir Arthur.« Ich stand auf. »Tut mir leid, aber ich muß jetzt selbst ein bißchen flink sein. Ich habe etwas mit Harry zu besprechen.«

»Ich höre«, sagte Briggs, »Sie sind einer von Mr. Pinkertons Leuten, Sir. Den amerikanischen Privatdetektiven, Sir.«

»Sie haben richtig gehört, Mr. Briggs«, sagte ich.

Wir waren in der Bibiothek, nur wir beide, und die Tür war geschlossen.

Briggs warf einen Blick auf die Tür. Binnen etwa einer Minute hatte ich entdeckt, daß er eine ganze Palette von Ausdrücken für sein blasses, spitzes Gesicht parat hatte. Der, mit dem er jetzt zur Tür sah, war verstohlen. Der nächste, mit dem er sich wieder mir zuwandte, war höflich neugierig. »Ich höre, Sir, die Herren der Detektei Pinkerton haben Zugang zu, äh, gewissen Barmitteln, um es so zu nennen, Sir, über die sie nach freiem Ermessen verfügen können. Gelder, die ihnen bei Gelegenheit, äh, zu verteilen gestattet sind an Personen, die an sie herantreten, um sie bei ihren Ermittlungen zu unterstützen.«

»Wir bezahlen manchmal für Informationen«, räumte ich ein.

»Und wieviel, wenn ich fragen dürfte, wäre Ihnen unter Umständen wohl, äh, aufzuwenden gestattet, Sir?«

»Das kommt ganz auf die Information an.«

»Gewiß, Sir. Natürlich, Sir. Sie erkundigten sich, wenn ich mich recht entsinne, nach Personen, die den verstorbenen Earl in letzter Zeit besucht haben könnten?«

»Das ist richtig. Kennen Sie welche, Mr. Briggs?«

»Nun, Sir.« Er hüstelte geziert in die geballte Faust. »Es wäre doch wohl höchst unklug von mir, Sir, derartige Informationen, die ich unter Umständen besitzen könnte, weiterzugeben, ohne daß wir beide, Sie und ich, zuvor eine, äh, Verständigung finanzieller Art erzielt hätten, um es mal so zu nennen.«

Ich lächelte. »Ich bin bereit, ein Pfund springen zu lassen.«

Er runzelte die Stirn. »Oh, das ist aber jammerschade, Sir. Ich muß nämlich gestehen, daß die, äh, Vergütung, an die ich dachte, in einer etwas anderen Größenordnung angesiedelt ist, Sir.«

»Und die wäre?«

Er blickte rasch zur Tür und dann wieder auf mich. »Nun, um ganz offen zu sein, Sir, ich hatte mir da eher eine Summe vorgestellt, die doch mehr bei, nun, sagen wir, fünf Pfund liegt, Sir.«

»Woher weiß ich, daß ich diese Auskünfte nicht auch woanders bekommen kann, und unentgeltlich dazu?«

»O nein, Sir«, sagte er traurig. »Nein, das wäre völlig unmöglich. Unvorstellbar, Sir. Ich bin sicher, Sir, sogar absolut sicher, daß ich der einzige bin, der über diese, sagen wir, Geheiminformationen verfügt.«

»Sie könnten sich irren.«

»Das wäre möglich, Sir. Logisch betrachtet. Aber ich bin überzeugt, Sir, daß dies in diesem speziellen Fall nicht zutrifft.«

»Ich kann Ihnen drei Pfund anbieten, Mr. Briggs. Mehr ist nicht drin.«

Briggs dachte darüber nach. Er betrachtete eingehend den Schnitt meines Jacketts, die Länge meiner Hosenbeine, den Glanz meiner Schuhe, vielmehr dessen Fehlen. Schließlich seufzte er. »Sie sind mir gegenüber in der besseren Position, Sir, wie ich leider sagen muß. Nun gut. Ich bin einverstanden, Sir.« Er hüstelte wieder in die Faust. »Alles, was in diesem Stadium noch zu tun bleibt, ist die Durchführung der, äh, eigentlichen Auszahlung, Sir.«

Ich griff in die Gesäßtasche und holte meine Geldbörse heraus. Wenn ich ihn jetzt nicht bezahlte, würde er vermutlich ewig in diesem Stil weiterreden.

Ich gab ihm drei Pfundnoten, die er penibel zusammenfaltete und in die Tasche seines Jacketts steckte.

»Vielen Dank, Sir«, sagte er. »Nun, Sir, was Sie vorab wissen müssen, ist, daß zu unserem Hauspersonal eine Person namens Darleen gehört, Sir . . .«

Er redete trotzdem in diesem Stil weiter, und es dauerte einige Zeit, bis er alles herausgebracht hatte: Nämlich, daß diese Darleen, eines der Küchenmädchen, in den letzten Monaten nachts heimlich das Schlafzimmer des Earls aufgesucht hatte.

Ich sagte: »Und sonst wußte niemand davon, Mr. Briggs?«

»Niemand, Sir. Die junge Person pflegte den richtigen Zeitpunkt abzuwarten, müssen Sie wissen, und begab sich erst nach zwei Uhr nachts dorthin, wenn Carson, der Kammerdiener des Earls, bereits fest schlief.«

»Und wieso wissen *Sie* davon?«

»Nun, Sir, ich muß gestehen, daß zwischen der jungen Person und mir bis in die jüngste Zeit ein, nun, ein gewisses, äh, Einvernehmen bestand.«

»Sie beide hatten ein Techtelmechtel.«

»So könnte man es nennen, Sir, ja.«

»Und Sie hat Ihnen wegen des Earls den Laufpaß gegeben.«

Er nickte bekümmert. »Nun, Sir, es versteht sich wohl von selbst, daß jemand wie der Earl besser als ich in der Lage ist, Sir, der besagten jungen Person Anreize, äh, sagen wir, finanzieller Art zu bieten.«

Ich nickte. »Und wann hat das alles angefangen, Mr. Briggs?«

»Vor einigen Monaten, Sir. Irgendwann im Juni. Carson war krank, und Mrs. Blandings – die Wirtschafterin, Sir – schickte besagte junge Person mit dem Nachmittagstee zum Zimmer des Earls. Noch am gleichen Abend – besser gesagt, früh am nächsten Morgen – fand der erste ihrer heimlichen Besuche statt.«

»Und diese Besuche wurden fortgesetzt?«

»Ja, Sir. Regelmäßig, Sir.«

»Jeden Tag?«

»Nein, Sir, so oft nicht. Zwei- bis dreimal in der Woche, würde ich sagen.«

»Bis der Earl starb?«

»Meines Wissens, ja, Sir. Ich muß Ihnen jedoch sagen, Sir, daß die junge Person und ich keinen Umgang mehr miteinander pflegen.«

Hinter Briggs, an der Nordwand der Bibliothek, befand sich zwischen den Buchreihen eine weiße Holztür, die zu einem Wandschrank oder einer Abstellkammer gehörte. Diese Tür stand jetzt ein klein wenig offen. Als ich ins Zimmer gekommen war, war sie geschlossen gewesen.

»Okay, Mr. Briggs«, sagte ich. »Vielen Dank.«

»Ich habe zu danken, Sir.« Er machte eine knappe Verbeugung, drehte sich um und segelte davon. Am Eingang der Bibliothek blieb er stehen, öffnete die Tür und drehte sich zu mir um. »Soll ich sie offen lassen, Sir, oder schließen?«

»Schließen«, sagte ich.

»Sehr wohl, Sir«, sagte er und glitt hinaus und zog die Tür hinter sich zu.

Ich griff in die Jackentasche, holte den Colt heraus und richtete ihn auf die weiße Tür. Ohne mich zu bücken, streifte ich die Schuhe ab. Lautlos, auf Strümpfen, schlich ich um das Sofa herum und auf die weiße Tür zu, bis ich knapp zwei Meter vor ihr stand.

»Ich weiß, daß Sie da drin sind«, sagte ich. »Kommen Sie sofort heraus.«

Die Abendpost

Maplewhite, Devon
18. August (immer noch)

Liebe Evangeline,

es ist so viel passiert, und alles innerhalb weniger Stunden, daß ich, ehrlich gesagt, nicht weiß, wo ich anfangen soll.

Es ist wirklich eine hoffnungslose Aufgabe, Evy, diese Briefe zu schreiben. Ständig werden meine Berichte vom Leben selbst überholt. Ich komme mir vor wie Sisyphus, aber der arme Sisyphus hatte nur einen einzigen jämmerlichen Felsbrocken, mit dem er sich herumschlagen und abrackern mußte. Jedesmal, wenn es mir gelingt, einen meiner Felsbrocken den Berg hinaufzuschaffen (und in den Postkasten zu werfen), rumpelt ein anderer Felsbrocken den Abhang herunter, reißt mich um und rollt über mich hinweg.

Wo war ich stehengeblieben? Ich glaube, am Ende meines letzten Briefes war ich gerade romantisch von meinem Pferd herunter in Ohnmacht gefallen. Mrs. Corneille zufolge wäre ich auf den Kiesweg gestürzt, hätte sich Mr. Beaumont nicht eilends zwischen mich und besagten Weg gestellt. Vielleicht ist er doch nützlicher, als er zu sein scheint. (Und wie sich herausstellt, ist er auch nicht das, was er seit seiner Ankunft hier zu sein vorgegeben hat. Mehr davon später.)

Danach gab es natürlich ein großes Getue, alle drängten um mich herum und waren schrecklich besorgt und schafften mich eilends ins Bett. Mrs. Corneille zog Dr. Auerbach hinzu, mich zu untersuchen, was dieser auch höchst ungeschickt tat, nämlich mit zwei linken Händen und hin und her huschenden Blicken. Er praktiziert schon seit geraumer Zeit nicht mehr, wie er mir sagte; was ich ihm auch aufs Wort glaube. Seine Prognose war jedenfalls alles andere als zutreffend, denn er meinte, ich würde »eventuell einige blaue Flecken davontragen«; in Wahrheit verwandele ich mich, und das höchst spektakulär, in eine Aubergine.

Wie alle anderen fragte auch er mich, warum das Pferd durchgegangen sei; und ich sagte ihm, was ich auch allen anderen gesagt hatte, daß es eine Schlange gesehen hatte. Psychoanalytiker sind, wie Du vielleicht weißt, von Schlangen unweigerlich fasziniert, und so wollte er wissen, um was für eine Schlange es sich gehandelt habe. Ich erläuterte ihm, ich stünde mit Schlangen nicht gerade auf vertrautem Fuße und selbst wenn dem so wäre, würde meine Kurzsichtigkeit mich zu einem alles andere als gewissenhaften Beobachter machen. Und ich sagte ihm, daß meine Brille sich in der Tasche meiner Reitjacke befunden habe. Damit schien er sich zufriedenzugeben.

Er ging; Lady Purleigh besuchte mich und war, wie üblich, absolut reizend; ich schrieb einen Brief; die Allardyce erschien und zerrte mich aus dem Bett hinunter zum Tee.

Ich muß Dir unbedingt etwas über Cecily erzählen. Ich weiß, daß es schiere Boshaftigkeit ist, dergleichen auszuplaudern; und ich hatte auch allen Ernstes erwogen, nichts davon zu erwähnen. Ehrlich! Aber nach reiflicher Überlegung kam ich zu dem Schluß, daß die Sache einfach zu pikant ist, um sie Dir vorzuenthalten. Hab Erbarmen mit mir, Evy; ich bin nun einmal eine verlorene Frau.

Als die Allardyce und ich das Zimmer verließen, um zum Tee zu gehen, öffnete ich die Tür und entdeckte, daß draußen die Ehrenwerte Cecily mit Mr. Beaumont im Korridor stand. (Sie sah natürlich sehr elegant aus in einem burgunderfarbenen Seidenkleid mit tiefsitzender Taille, weiten Puffärmeln und gerafftem Ausschnitt.) Die beiden hatten offenbar gestritten, und sie sagte gerade – ziemlich laut, fast schreiend –, daß sie *keine* Nymphomanin sei.

Keine Nymphomanin. Ist das nicht erstaunlich?

Nachdem wir in den Korridor getreten waren, versuchte sie, mit ruhiger Miene und überzogener Stimme davon abzulenken, aber es lag auf der Hand, daß sie ziemlich verstört war.

Die beiden haben etwas miteinander, Evy. Die Tochter des Hauses hat insgeheim eine Affäre, und zwar mit einem amerikanischen Privatsekretär (nur daß er das eigentlich gar nicht ist, aber darauf komme ich noch zu sprechen). Welche Erklärung könnte es *sonst* für diese bemerkenswerte Äußerung geben?

Gewiß, Cecily ist netter, als ich ursprünglich dachte (sie war wirklich ganz reizend in ihrem Zimmer); aber ist sie vielleicht auch *interessanter*?

Und deutet ihre heftige Leugnung in Deinen Augen nicht darauf hin, daß sie, in dem Moment, eine Anschuldigung bestritt? Und deutet *das* in Deinen Augen nicht darauf hin, daß Mr. Beaumont, bei dieser speziellen Jagd, der Verfolgte und nicht der Verfolger war?

Falls sie *tatsächlich* etwas mit ihm hat, frage ich mich, was in aller Welt sie an ihm findet. Er sieht ja ganz gut aus, auf eine etwas mürrische, schwerfällige amerikanische Art und Weise, ist aber für meinen Geschmack viel zu eingebildet und arrogant.

Gesellschaftlich ist er für jemanden wie Cecily natürlich unmöglich, als Privatsekretär genauso wie als Privatdetektiv. (Erwähnte ich bereits, daß er Privatdetektiv ist?) Es sei denn, er wäre ein sagenhaft reicher amerikanischer Financier, der sich als ein Privatdetektiv ausgibt, der sich als Privatsekretär ausgibt. Was in Anbetracht dessen, was hier sonst noch durchgesickert ist, absolut möglich wäre.

Sicher ist dagegen, daß ich ein wachsames Auge auf Cecily haben werde, um herauszufinden, ob ich wieder auf sie herabsehen kann, oder ob ich, wenn auch widerwillig, gezwungen sein werde, die junge Dame zu bewundern.

Zu der Sache mit dem Privatdetektiv kommen wir gleich.

Cecily war beim Tee anwesend, wo sie sich kurz nach der Allardyce und mir eingefunden hatte (allein). Sie saß bei uns am Tisch, zusammen mit Lady Purleigh, Sir Arthur Conan Doyle, dem Medium Madame Sosostris und deren Ehemann, einem Mr. Dempsey.

Mrs. Corneille, Sir David und Dr. Auerbach saßen an einem Tisch weiter hinten im Salon. Mr. Houdini saß abseits an einem anderen Tisch und schrieb, blickte jedoch gelegentlich zu Madame Sosostris hinüber und verzog das Gesicht.

Mr. Dempsey und sie sehen aus wie Pat und Patachon: er ist groß und hager und abgezehrt; sie ist dick und kugelrund und noch fetter als die Allardyce. Ihr schreiendes Seidengewand und mehrere Schichten Schminke lassen sie aussehen wie einen Zirkusclown.

Was bin ich gehässig! Ich sollte dieser Frau gegenüber nachsichtiger sein: sie ist ein Krüppel, die Ärmste, und sitzt im Rollstuhl.

Sir Arthur ist ganz vernarrt in sie. Nicht auf sexuelle oder romantische Weise (glaube ich), aber nichtsdestoweniger vernarrt. Er hängt an ihren angemalten Lippen, nickt ernst bei jeder ihrer noch so langweiligen oder banalen Bemerkungen. (Selbst Krüppel können banal und langweilig sein, wie es scheint.)

Er selbst ist wesentlich größer, als ich erwartet hatte, mindestens ein Meter neunzig, und ähnelt weit eher einem im Ruhestand lebenden Bierbrauer als einem berühmten Schriftsteller: er ist massig und gutmütig und herzhaft und hat ein ungemein bezauberndes Lächeln. Er wirkt so typisch englisch und prosaisch, so bodenständig und alltäglich, daß sein felsenfester Glaube an den Spiritismus mir zunächst absolut grotesk erschien; und dann, nach einiger Zeit, als sehr traurig.

Das Gesprächsthema war das Leben nach dem Tode. Sir Arthur erklärte uns, daß der Tod kein Ende sei, sondern ein wunderbares Tor aus dieser Welt in die nächste; anscheinend so etwas Ähnliches wie der Eingang von Harrods. Im Leben nach dem Tode, sagte er, werde unser Dasein im wesentlichen so sein wie hier, nur daß uns Dort Drüben jedweder Ärger und alle körperlichen Unannehmlichkeiten erspart blieben. Was, wie Du weißt, bei Harrods nun wieder nicht gerade der Fall ist.

»Und was ist mit Dienstboten?« fragte die Allardyce, bei der man stets darauf vertrauen darf, daß sie das geistige Niveau einer Unterhaltung hebt. »Es werden doch hoffentlich *Dienstboten* vorhanden sein? Schließlich gibt es ja so *viele* Dinge, die man dann nicht mehr selbst tun kann.« Wie Koffer packen und auspacken.

Sir Arthur lächelte. Wie ich schon sagte, hat er ein ungeheuer bezauberndes Lächeln. Er ist ein wahrhaft gütiger und guter Mensch, der glaubt, daß alle anderen ebenso von Grund auf anständig und ehrlich sind wie er. Das wäre natürlich eine Erklärung, warum er für jemanden wie Madame Sosostris so empfänglich ist, und gegenüber jemandem wie der Allardyce so höflich.

»Dort braucht man keine Dienstboten«, sagte er. »Für all unsere Wünsche und Bedürfnisse wird gesorgt sein.«

Für alle? fragte ich mich und warf einen Blick auf Cecily, die, soweit ich wußte, die einzige andere potentielle Nymphomanin am Tisch war. Sie war nachdenklich, stellte sich vielleicht die gleiche Frage.

»Und wir selbst«, fuhr Sir Arthur fort, »werden neu geformt werden, stark und gesund und vital sein.« Er beugte sich zu Madame Sosostris. »So verhält es sich doch Ihres Wissens, nicht wahr, Madame?«

»Ja«, sagte sie. Sie hat einen merkwürdigen Akzent, irgendwie mitteleuropäisch, aber nicht deutsch, glaube ich. »Aber wenn wir machen wichtige Arbeit, bei die wir brauchen Assistent, dann man wird uns einer gäben.«

Ich habe den Verdacht, daß, wenn Madame S. am Anderen Gestade vor Anker geht, sie genau wie die Allardyce erwartet, daß ein anderer für sie die Koffer auspackt.

Dann betrat Mr. Beaumont den Salon, und Sir Arthur brachte ihn an unseren Tisch, um ihn vorzustellen. Die Ehrenwerte Cecily war demonstrativ desinteressiert an der Anwesenheit des Amerikaners. Nachdem er gegangen war, kehrte sie zu ihrer Nachdenklichkeit zurück. Sir Arthur kehrte zu seinem Leben nach dem Tode zurück.

Plötzlich trat Lord Purleigh in den Salon. Er sah verstört aus, sein weißes Haar war durcheinander, sein prachtvoller Schnurrbart zerzaust. Er entschuldigte sich hastig bei uns für seine Verspätung und sagte zu Lady Purleigh, daß sich im Zimmer des Earls irgendein Mißgeschick ereignet habe, daß die Tür unerklärlicherweise abgesperrt sei. Er werde wieder hinaufgehen, sobald er sich der Unterstützung von Mr. Houdini versichert habe, und es erneut versuchen. Er verließ den Salon mit Sir Arthur, Mr. Houdini und Mr. Beaumont. Zu diesem Zeitpunkt war Mr. Beaumont noch Privatsekretär.

Nachdem sie gegangen waren, drehte sich Cecily zu Lady Purleigh um und beugte sich vor, um ihre schlanke Hand auf den schlanken Arm ihrer Mutter zu legen. »Mammi«, sagte sie, »Grandpère wird doch nichts passiert sein?«

Die Worte hätten vielleicht affektiert und albern geklungen, wenn in Cecilys Stimme nicht aufrichtige Angst gelegen hätte.

Lady Purleigh war offensichtlich selbst beunruhigt, rang sich jedoch ein kleines Lächeln ab und tätschelte Cecilys Hand. »Bestimmt nicht, mein Schatz. Wir wollen es jedenfalls nicht hoffen.«

Madame Sosostris ergriff das Wort. »Sie sich nicht brauchen zu machen Sorgän«, verkündete sie. »Alles, was gäschieht, gehört zu Großer Plan. Ist nur zum Besten.«

»Ja«, sagte Lady Purleigh leicht zweifelnd. »Ja, gewiß.«

Nach etwa einer halben Stunde kehrte Lord Purleigh mit grimmiger Miene zurück. Er nickte uns knapp zu, entschuldigte sich wiederum für die Störung und bat Lady Purleigh und Cecily, einen Moment mitzukommen. Lady Purleigh bat uns, sie zu entschuldigen, und dann verließen die drei den Salon. Cecily sah zum erstenmal, seit ich hier bin, verwirrt und ziemlich verloren aus.

Nachdem die drei gegangen waren, herrschte mehrere Minuten lang eine Art gesellschaftliches Vakuum.

Habe ich schon erwähnt, daß Lord Purleighs Vater, der Earl, bettlägerig ist? Ich glaube, daß aufgrund der ganzen Aufregungen und Exkurse die meisten davon überzeugt waren, daß ihm etwas ganz Schreckliches zugestoßen war. Keiner sprach; keiner wußte wohl, was er sagen sollte. Die Allardyce, die zweifellos von Angst und Sorge verzehrt wurde, verzehrte ein Räucherlachs-Sandwich.

Als Lord Purleigh allein zurückkam, blickte er noch grimmiger drein als vorher. Er stakste durch den Salon, sprach kurz und leise mit den Leuten an Mrs. Corneilles Tisch. Alle standen auf und folgten ihm schweigend an unseren Tisch. Die bösen Vorahnungen schienen sich zu verdichten. Stühle wurden gerückt, und unsere Teegesellschaft verwandelte sich in ein ernstes Publikum, mit Lord Purleigh als dem einzigen, düsteren Darsteller.

Er stand noch immer, sehr förmlich, die Hände steif seitlich an den Körper gelegt. »Wollte Ihnen nur etwas mitteilen«, sagte er. »Hatten da einen kleinen Unfall. Mein Vater, der Earl. Hat sich verletzt. Gewehr ist losgegangen. Wollte Tauben abknallen. Nichts Ernstes. Eigentlich bloß ein Kratzer. Bißchen die Haut verletzt. Alice und Cecily kümmern sich um ihn. Werden bald wieder hier sein. Sie verzeihen ihre Abwesenheit, was? Bleiben Sie ruhig hier, wenn Sie wollen. Oder gehen Sie auf Ihr Zimmer oder spazieren. Ganz wie Sie wollen. Dinner zur üblichen Zeit.«

Man hörte eine Art leises, allgemeines Ausatmen, als stoße der Raum selbst einen Seufzer der Erleichterung aus.

Lord Purleigh nickte kurz und knapp, machte dann kehrt und

schickte sich an, zu gehen. Plötzlich hielt er inne und drehte sich noch mal um. »Leider gibt es da noch etwas Unerfreuliches.« Er schwieg, und ein Schatten huschte über sein Gesicht. »Der Gewehrschuß gestern.« Er sah mich, wie ich mir schmeichle, freundlich an. »Hatte geglaubt, ein Wilderer hätte ihn abgefeuert.« Er wandte sich wieder an alle. »Scheine mich da geirrt zu haben. Einer meiner Gäste, Mr. Houdini, wird von einem Verrückten verfolgt. Nach allem, was ich höre, war er derjenige, der den Schuß abgegeben hat. Aber es besteht kein Grund zur Beunruhigung. In Kürze werden Polizisten aus Amberley eintreffen.«

»Aber, Robert«, sagte die Allardyce, »wer *ist* dieser Mann?«

Auf Lord Purleighs Gesicht zeichnete sich eine gewisse Schärfe ab. »Ein Zauberkünstler. Rivale von Houdini. Ein Bursche namens Chin Soo.«

»Ein *Chinese*?« rief die Allardyce aus.

Aus scharf wurde bitter. »Nein, kein Chinese«, sagte er. »Chin Soo ist ein Bühnenname. Viel mehr wissen wir nicht über ihn.« Seine Miene wurde sanfter. »Aber keine Sorge. Ist alles unter Kontrolle. Die Polizei wird bald hier sein. Außerdem ist Mr. Houdinis Sekretär zufällig ein Pinkerton-Mann.« Er sagte dies sehr schnell, als wäre es etwas Peinliches, das er möglichst rasch hinter sich bringen wollte.

Doch damit hatte er natürlich kein Glück, dafür sorgte schon die Allardyce. »Ein *was*?« sagte sie.

»Ein Privatdetektiv«, sagte er, und einen Moment lang blitzte Ungeduld auf. »Ein Ermittler, aus Amerika. Abgestellt zum Schutz von Mr. Houdini.«

Ich fragte mich, ob Cecily das wußte. Hätte Mr. Beaumont es ihr gesagt?

»Also«, sagte Lord Purleigh, »wenn Sie mich jetzt entschuldigen würden.« Er drehte sich um und stolzierte davon.

Sobald er gegangen war, blickte sich die Allardyce im Kreis um wie ein verängstigtes Walroß auf einer Eisscholle. »Chin *Soo*?« sagte sie.

»Gesundheit«, sagte Sir David.

Wie ich schon sagte, kann er ganz geistreich sein; nur daß er nicht annähernd so geistreich ist, wie er sich einbildet. *So* geistreich könnte ein einzelner Mensch auch gar nicht sein.

»David«, sagte Mrs. Corneille müde. »Das ist jetzt wirklich nicht angebracht.«

»Ganz im Gegenteil«, sagte er mit diesem aufreizenden ironischen Lächeln, das für ihn so typisch ist. »Nichts baut Spannungen besser ab als ein kleiner Scherz, findest du nicht?« Er wandte sich an Dr. Auerbach. »Das wäre doch jetzt der ideale Moment für einen Ihrer englischen Witze, Doktor.«

Ich habe keine Ahnung, was er damit meinte. Mir hatte Dr. Auerbach jedenfalls keine Witze erzählt, weder englische noch sonstwelche, während er mich untersuchte. Was immer Sir David auch gemeint haben mochte, Dr. Auerbach lächelte nur und schüttelte leicht den Kopf. »Ich glaub' nicht, Sir David.«

Sir David wandte sich wieder Mrs. Corneille zu. »Nun«, sagte er, »ich muß sagen, daß es mich nicht überrascht, das von Beaumont zu hören. Er kam mir schon die ganze Zeit ziemlich verschlagen und schäbig vor, genau die Sorte Mensch, die in anderer Leute Privatangelegenheiten herumschnüffelt.«

Mrs. Corneille sah ihn an. »Weshalb sollte das gerade *dich* stören, David?« sagte sie. »Deine Privatangelegenheiten sind doch alles andere als privater Natur.«

»Ach, Vanessa«, sagte er. »Ich befinde mich ständig im Wettlauf mit meinem Ruf. Aber ich hechle unweigerlich hinter ihm her.« Ein unausstehlicher Mensch.

»Aber, Sir David«, sagte die Allardyce, »halten Sie es denn wirklich für *klug*, daß wir hierbleiben? Ich meine, wo doch ein *Verrückter* hier frei herumläuft . . .«

»Dergleichen kommt häufiger vor«, sagte er. »Wir sind schließlich in England.«

»Ja, schon, aber glauben Sie, daß wir hier *sicher* sind?«

»Sicher?« Er gab vor, darüber nachzudenken, und sagte schließlich mit großem Ernst: »Nein, alles in allem genommen würde ich das verneinen.«

»Sir David beliebt zu scherzen, Mrs. Allardyce«, sagte Mrs. Corneille. »Natürlich sind wir hier sicher. Lord Purleigh hätte das nicht gesagt, wenn es anders wäre.«

»Nein«, sagte die Allardyce und blinzelte. Sie preßte die Hand auf ihren Busen, vielmehr auf den Teil, den eine einzelne Hand bedecken konnte. »Gewiß nicht. Ganz gewiß nicht.« Sie blinzelte wieder, tätschelte wieder ihren Busen, blickte sich unsicher im Zimmer um. »Ich glaube«, sagte sie, wieder zu niemand Speziellem, »ich sollte mich jetzt um Alice kümmern. Sie wird jetzt den Trost ihrer *Familie* brauchen.«

Und damit erhob sie sich und watschelte unsicher davon. Ich verließ den Salon kurz nach ihr und ging hinauf in mein Zimmer.

Ich bin völlig erschlagen, Evy, und mir tut alles weh. Meine Prellungen und Quetschungen pochen. Ich werde den Brief einwerfen und dann versuchen, ein bißchen zu schlafen. Ich schreibe später wieder, nach dem Dinner. Und nach der Séance!

Alles Liebe,
Jane

Dreiundzwanzig

Die Schranktür öffnete sich. Heraus trat Mrs. Corneille in ihrem weißen Kleid. Das glänzende schwarze Haar strich über ihre Schultern. Sie sah die Waffe in meiner Hand und lächelte. »Sie werden mich doch hoffentlich nicht erschießen.«

Ich steckte die Waffe weg. »Sie haben gesehen, wie ich das Papier fallen ließ«, sagte ich. »Draußen auf der Terrasse.«

»Ja«, sagte sie. »Und ich habe es gelesen.« Das Lächeln verschwand, und sie hob ihr anmutiges Kinn. »Alice ist eine gute Freundin von mir. Ich möchte nicht, daß ihr jemand weh tut. Weder Sie noch sonst jemand. Wenn Sie sich schon heimlich mit einem ihrer Dienstboten treffen, dann, so schien mir, sollte jemand dabeisein, der ihre Interessen vertritt.«

»Glauben Sie, daß ihre Interessen in Gefahr sind?«

»Keineswegs. Aber es kann nicht schaden, ein bißchen aufzupassen.«

»Ist Ihnen jetzt wohler?«

»Nicht direkt.« Plötzlich runzelte sie die Stirn. »Du meine Güte, wie *spät* ist es eigentlich?«

Ich zog meine Taschenuhr heraus. »Zwanzig vor acht.«

»Das Dinner – das hatte ich total vergessen! Ich muß mich schleunigst umziehen.« Sie kam über den Teppich, legte die Hand auf meinen Arm und sah mich mit ihren großen schwarzen Augen an. »Kommen Sie heute abend in mein Zimmer«, sagte sie eindringlich. »Nach der Séance. Dann sprechen wir über alles.«

»Wird gemacht«, sagte ich.

Die Tür des Großen Meisters war noch immer geschlossen, als ich in unsere Suite zurückkam. Auf dem Weg durch mein Zimmer zog ich das Jackett aus und warf es aufs Bett. Ich klopfte an die Tür des Großen Meisters und zerrte am Knoten meiner Krawatte. »Harry?«

Ich riß die Krawatte herunter, knüllte sie zusammen, warf sie aufs Bett. Ich begann mein Hemd aufzuknöpfen. Ich klopfte wieder an die Tür. »Harry?«

Hinter der Tür hörte ich seine Stimme. »Phil? Sind Sie allein im Zimmer?«

»Ich hab' einen Tubaspieler mitgebracht. Zählt das?« Ich riß mir das Hemd vom Leib, knüllte es zusammen, pfefferte es aufs Bett.

»Sind sie *allein*, Phil?«

»Ja, Harry, ich bin allein.«

Die Tür öffnete sich einen Spalt, und der Große Meister streckte den Kopf heraus. Er sah mich kurz an, blickte sich rasch im Zimmer um wie ein Taschendieb auf dem Polizeiball. Dann sah er wieder mich an. »Sie ist weg«, sagte er.

»Wer ist weg?«

Er zog ruckartig die Tür auf und flitzte in mein Zimmer, die grauen Augen weit aufgerissen. Er trug seinen Smoking und eine fesche schwarze Fliege. Er hatte sich das Haar nach hinten gekämmt und mit Pomade eingerieben, aber an den Schläfen stand es noch immer ab wie Stahlwolle. Er sah sich rasch und noch einmal um. »Wo *waren* Sie denn, Phil?«

Ich schnallte den Gürtel auf. »Hab ich Ihnen doch gesagt. Ich habe ein bißchen rumgeschnüffelt. *Wer* ist weg?«

»Cecily Fitzwilliam. Sie war *hier*.«

Ich stieg aus der Hose, warf sie aufs Bett. »Und was wollte sie?«

»Sie behauptete, sie wolle Sie sprechen. Aber sie ging einfach nicht weg, Phil. Sie hat immer wieder an die Tür gehämmert und verlangt, daß ich öffne.«

Ich tappte hinüber zum Schrank. »Haben Sie aber nicht, stimmt's?«

»Natürlich nicht.« Indigniert.

»Gut gemacht, Harry.« Ich zerrte ein frisches Hemd vom Kleiderbügel, zog es an.

»Warum belästigt mich diese Frau ständig?«

»Vielleicht ist sie immer noch in Sie verknallt.«

Ich holte die Smokinghose und die Hosenträger heraus, beides in London geliehen, und knöpfte die Hosenträger hinten an die Hose.

»Phil, Sie haben gesagt, daß das nicht mehr vorkommen würde.«

»Ich rede mit ihr, Harry«, sagte ich.

Die Atmosphäre beim Dinner war angespannt. Eigentlich hätte niemand etwas vom Tod des Earls wissen dürfen, aber ich glaube, daß alle Bescheid wußten, außer vielleicht Mrs. Allardyce, und vielleicht Miss Turner. Lord Bob erschien erst gar nicht – Lady Purleigh sagte, er fühle sich nicht wohl. Sie trug ein erlesenes schwarzes Kleid, das ein Trauerkleid hätte sein können, wenn man es so gewollt hätte, oder aber schlicht ein erlesenes schwarzes Kleid. Sie sah müde aus, lächelte aber von Zeit zu Zeit, wenn auch eher spröde, und ermunterte von Zeit zu Zeit den einen oder anderen Gast zum Reden. Einige von ihnen versuchten es eine Weile und schwatzten munter drauflos, bis sie den Klang ihrer eigenen Stimme in der Stille um sie herum widerhallen hörten. Dann verlangsamten sie das Tempo wie Touristen, die sich dem Rand eines Abgrunds nähern, um dann jäh zu verstummen.

Miss Turner sagte überhaupt nichts. Sie saß einfach da und warf schnelle Blicke in die Tischrunde. Wenn sie mich dabei ertappte, wie ich sie dabei ertappte, wandte sie rasch den Blick ab. Ich fragte mich, was hinter diesen strahlend blauen betörenden Augen vor sich ging.

Ich glaube, jeder dachte insgeheim, daß allzuviel Begeisterung Lady Purleigh lästig sein könnte.

Jeder außer Mrs. Allardyce und dem Großen Meister. Die Konversation des Großen Meisters bestand, selbst in besseren Zeiten, für gewöhnlich aus Monologen, und er hatte noch nie im Leben daran gedacht, daß er jemandem lästig sein könnte. Mrs. Allardyce lieferte ihm die Fragen, und er teilte uns übrigen seine Antworten mit. Er schilderte uns sein unglaubliches Bad unter dem Eis im Detroit River. Er schilderte uns seine unglaubliche Selbstbefreiung aus dem Gefangenenwagen der Moskauer Polizei. Er schilderte uns seinen unglaublichen Alleinflug in Deutschland im Jahre 1909 und seinen unglaublichen preisgekrönten Flug in Australien im Jahre 1910, dem ersten Flug in diesem Land überhaupt. Die Flugzeug-Stories waren weitgehend wahr.

Fast alle Gäste hörten höflich zu, sogar Madame Sosostris und Mr. Dempsey – die doch beide wissen mußten, daß der Große Meister hier anwesend war, um zu beweisen, daß sie eine Schwindlerin war.

Nicht jedoch Sir David. Er blickte gelegentlich finster drein oder sah gezielt weg. Hin und wieder beugte er sich zu Mrs. Corneille, die neben ihm saß, und flüsterte ihr etwas ins Ohr. Sie runzelte dann gewöhnlich die Stirn über das, was er gesagt hatte, oder ignorierte es. Einmal wisperte er ihr etwas zu, während sie gerade einen Bissen von ihrem Roastbeef abschnitt, woraufhin sie mitten in der Bewegung erstarrte, sich mit eisiger Miene zu ihm umdrehte und schnell etwas im Flüsterton sagte. Er lächelte verbindlich und verspeiste eine Gabelvoll Erbsenpüree.

Ich hatte das dumme Gefühl, daß es Ärger geben würde, aber mir war klar, daß ich nicht viel dagegen tun konnte, bis er sich einstellte. Falls es dazu kam.

Ich hatte keine Gelegenheit gehabt, mit Cecily allein zu sprechen. Aber sie schien auch nicht darauf erpicht zu sein. Die meiste Zeit war sie damit beschäftigt, den Großen Meister zu beobachten. Genau wie ihre Mutter lächelte sie matt, aber immer an den richtigen Stellen.

Den Ärger gab es im Salon. Wir saßen wieder alle an verschiedenen Tischen. Doyle, der seine Pfeife schmauchte, erzählte mir vom Leben nach dem Tode und wieviel besser es dort sei. Rechts von Doyle saßen Sir David und Dr. Auerbach und Mr. Dempsey mit Lady Purleigh, Mrs. Corneille und Madame Sosostris. Links von mir erzählte der Große Meister Mr. Dempsey, Mrs. Allardyce und Miss Turner von seiner Bauchdecke.

»Jahrelanges Training«, sagte er, »hat Houdinis Muskeln in Stahl verwandelt.« Er erhob sich und riß die Smokingjacke auf. Doyle und ich blickten hinüber. »Bitte«, sagte der Große Meister zu Mrs. Allardyce. Er deutete mit dem Kinn auf seinen Bauch. »Nur zu. Schlagen Sie mich.«

Mrs. Allardyce rührte sich nicht. »Wie bitte?« sagte sie.

Ich sah, daß Sir David die Zigarre in den Mund steckte und die beiden beobachtete.

»Schlagen Sie mich«, sagte der Große Meister. »Nur keine Hemmungen.«

Alle beobachteten ausnahmslos Mrs. Allardyce und den Großen Meister. Ich beobachtete Sir David.

Mrs. Allardyce blinzelte verständnislos. »Sie wollen, daß ich Sie schlage?«

»Aber ja!« sagte der Große Meister. »Zur Demonstration.«

Mrs. Allardyce blinzelte erneut. »Aber«, sagte sie, »das *kann* ich nicht!«

»Aber ich«, sagte Sir David. Er legte seine Zigarre im Aschenbecher ab und stand auf. »Mit dem größten Vergnügen.« Er war fast dreißig Zentimeter größer als der Große Meister.

»Ah«, sagte der Große Meister, der noch immer seine Smokingjacke offenhielt. Er lächelte. Er war erfreut. Hier bot sich die Chance, seine Überlegenheit über einen Mann zu beweisen, der für ihn noch immer eine Schmeißfliege war. »Sie dürfen gerne so fest zuschlagen, wie . . .«

Sir David rammte dem Großen Meister die rechte Faust in die Magengrube, wobei er auf dem linken Fußballen herumschwang und so die ganze Wucht seiner schweren Schultern in den Schlag legte. Der Große Meister krümmte sich zischend zusammen und faßte sich an den Bauch.

Doyle drückte sich aus seinem Stuhl hoch. »Wie können Sie nur!«

Sir David trat lächelnd einen Schritt zurück. Der Große Meister hing vornübergebeugt da und hatte die Arme um den Körper geklammert. Sir David sagte zu Doyle: »Das war doch *seine* Idee.«

»Aber der Mann war nicht vorbereitet!« sagte Doyle.

Der Große Meister riß abrupt den rechten Arm nach vorn und hielt ihn parallel zum Teppich ausgestreckt. Einen Moment lang sagte niemand etwas. Die linke Hand noch immer auf den Magen gepreßt, richtete er langsam den Oberkörper auf, bis er wieder aufrecht stand. Dann ließ er beide Arme seitlich herunterfallen. Sein Gesicht war weiß und glänzte.

Als er lächelte, wirkte sein Lächeln jedoch ganz normal. »Sir Arthur hat recht«, sagte er zu Sir David. »Ich war nicht vorbereitet.«

Seine Stimme war etwas höher als normal, doch das fiel einem nur auf, wenn man ihn sehr gut kannte. »Falls Sie keine Einwände haben«, sagte er, »werden wir diesen Schlag nicht zählen.« Er zog sein Jackett auseinander und stemmte die geballten Fäuste auf die Hüften. »Jetzt«, sagte er.

Sir David lächelte den Großen Meister an. »Ich sollte Sie vielleicht darauf hinweisen«, sagte er, »daß ich während meiner Studentenzeit für Oxford geboxt habe.«

»Das«, sagte der Große Meister, »ist völlig irrelevant.«

Sir David pflanzte sich auf dem Teppich auf wie ein Holzfäller, zog den rechten Arm nach hinten, holte zum Schlag aus und jagte die Faust dann dem Großen Meister in den Leib.

Der Oberkörper des Großen Meisters bewegte sich ein wenig nach vorn, und ich glaube, daß seine Füße ein paar Zentimeter auf dem Teppich nach hinten rutschten. Aber ansonsten bewegte er sich nicht. Sein Lächeln war nicht ins Wanken geraten. Er sagte: »Sehen Sie? Wie Stahl.«

Von den Plätzen der Frauen kam leichter Applaus. Ich blickte kurz hinüber, um zu sehen, wer klatschte. Lady Purleigh, Cecily, Miss Turner.

»Frappant!« rief Dr. Auerbach.

»Gut gemacht!« sagte Doyle.

Sir David runzelte die Stirn. Er stieß die rechte Faust in die offene linke Hand. »Noch mal«, sagte er.

»Nix da«, sagte ich. Ich stand auf, und er drehte sich zu mir um. Wir waren beide gleich groß. »Sie hatten Ihren Versuch«, sagte ich. »Sogar zwei. Vielleicht versuchen Sie es nächstes Mal bei jemand, der zurückschlagen könnte.«

Sir David grinste und stieß wieder die Faust in die offene Hand. »Zum Beispiel bei Ihnen, Beaumont?«

»Zum Beispiel.«

»O nein«, sagte Doyle plötzlich und trat vor, um sich zwischen Sir David und mich zu stellen. Sein Blick wanderte zwischen uns hin und her. »Das lasse ich nicht zu. Nicht im Hause von Lady Purleigh. Und schon gar nicht am Abend der Séance.«

Sir David lächelte verbindlich. »Sie haben es gehört, Doyle. Er hat mich herausgefordert.«

»Wie es jeder rechtschaffene Mann getan hätte. Sir David, Sie zwingen mich, Ihnen zu sagen, daß ich Ihr Benehmen erbärmlich finde. Denken Sie daran, wer Sie sind, und denken Sie daran, was sich ziemt.«

Sir David reckte das ebenmäßige Kinn vor. »Der Mann hat mich herausgefordert.«

»Ich dulde hier heute abend keine Handgreiflichkeiten« sagte Doyle.

Einen Moment lang blickte Sir David drein wie ein Mann, der

mit dem Gedanken spielt, Sir Arthur Conan Doyle eine zu verpassen. Dann nickte er. Lässig rückte er den Sitz seines Jacketts zurecht. »Ganz wie Sie wünschen«, sagte er. »Nicht heute abend. Ich werde entzückt sein, mich zu jeder beliebigen Zeit mit ihm zu treffen.« Er sah zu mir herüber und lächelte. »Es sei denn, Beaumont möchte seine Herausforderung zurückziehen?«

»Wohl kaum«, sagte ich.

»Morgen vormittag vielleicht?« fragte er. »Sagen wir, um sieben?« Er wandte sich an Doyle. »Dann aber ein Kampf, wie es sich *ziemt*«, sagte er. »Sie dürfen gerne als Schiedsrichter fungieren.«

Doyle dachte darüber nach. Der Vorschlag hatte ihn überrumpelt, aber es war deutlich zu sehen, daß ein Teil von ihm die Sache reizvoll fand. Er blickte von Sir David zu mir, dann wieder zu ihm, wie um unser jeweiliges Gewicht und unsere potentiellen Fähigkeiten abzuschätzen. Ich vermute, daß er in jüngeren Jahren selbst ein bißchen geboxt hatte. Er wandte sich an mich. »Mr. Beaumont, was sagen Sie dazu?«

»Mir soll's recht sein.«

Er sah wieder zu Sir David. Er runzelte die Stirn. »Aber das habe natürlich nicht ich zu entscheiden.« Er drehte sich um. »Lady Purleigh, die Entscheidung liegt bei Ihnen. Hätten Sie etwas dagegen einzuwenden, wenn Ihre beiden jungen Gäste morgen früh einen kleinen Boxkampf austragen würden?«

Lady Purleigh zauderte nicht einen Moment. Sie blickte von mir zu Sir David. »Ist das Ihr aufrichtiger Wunsch?«

Sir David lächelte. »Mein innigster«, sagte er.

Ich sagte: »Ja.«

Sie nickte. »Dann erlaube ich es«, sagte sie, »unter drei Bedingungen. Erstens, daß Sie beide, nachdem ich meine Erlaubnis erteilt habe, diese Angelegenheit für den Rest des Abends vergessen. Sie werden sie alle beide aus Ihren Gedanken verbannen, damit wir die Séance wie geplant durchführen können. Zweitens, daß die Sache, egal wie der Kampf ausgeht, danach beendet ist. Sowohl der Sieger als auch der Besiegte werden das Ergebnis akzeptieren. Sind Sie mit diesen Bedingungen einverstanden, Mr. Beaumont?«

»Klar«, sagte ich.

»Und Sie, Sir David?«

Er nickte knapp. »Ja.«

Doyle ergriff das Wort. »Sie sprachen von drei Bedingungen, Lady Purleigh.«

»Ja.« Sie lächelte. »Die dritte ist, daß dieser Wettkampf nicht in der Nähe des Gartens stattfindet. Wir haben ohnehin schon genug Ärger mit den Blumenbeeten.«

Doyle lächelte. »Ich glaube, wir können Ihnen versprechen, daß wir die Blumenrabatten unangetastet lassen werden, Lady Purleigh.«

»Also gut«, sagte sie. »Erlaubnis erteilt.«

Doyle wandte sich an Sir David. »Nach den Regeln des Marquis of Queensberry?«

Er nickte. »Ohne Handschuhe natürlich.«

»Richtig«, sagte Doyle stirnrunzelnd. »Natürlich. Wir haben ja keine.« Er wandte sich an mich. »Haben Sie gegen das Fehlen von Handschuhen etwas einzuwenden?«

»Nein«, sagte ich.

»Zehn Runden«, sagte Doyle zu Sir David. »Und ich entscheide, wer der Sieger ist.«

»Zehn Runden«, sagte Sir David. »Ich bezweifle jedoch stark, daß die Entscheidung, wer der Sieger ist, besondere Schwierigkeiten bereiten wird.«

Doyle sah mich an. »Sind Sie mit zehn Runden einverstanden?«

»Klar.«

»Also gut«, sagte Doyle. »Morgen früh sieben Uhr.« Er rieb sich die Hände. »Und jetzt«, sagte er, »auf zur Séance!«

Vierundzwanzig

Nach Doyles Anweisungen schoben die Männer mitten im Salon drei rechteckige Couchtische zusammen und stellten dann darum herum Stühle auf. Ein paarmal blickte Sir David, während wir Stühle herbeischleppten, kurz zu mir herüber und lächelte verbindlich. Trotz allem, was er Lady Purleigh versprochen hatte, glaubte ich nicht, daß er den morgigen Kampf aus seinen Gedanken verbannt hatte. Genausowenig wie ich.

Lady Purleigh plazierte die Anwesenden so um die Tische, daß jeweils ein Mann und eine Frau nebeneinander saßen. Ich nahm neben Cecily Platz. Sie blickte mich flüchtig an, als ob sie mich noch nie gesehen hätte und auch nicht erwartete, mich je wiederzusehen. Sir Arthur nahm zu Cecilys Linken Platz. Links von Sir Arthur, am Kopfende des Tisches, saßen Madame Sosostris und ihr Mann, Mr. Dempsey. Nach Mr. Dempsey kam Lady Purleigh, dann Sir David. Nach Sir David, und direkt gegenüber von mir, kamen Mrs. Allardyce und Dr. Auerbach. Zur Linken des Doktors, und an dem Madame Sosostris gegenüberliegenden Tischende, saßen Miss Turner und der Große Meister. Zur Linken des Großen Meisters saßen Mrs. Corneille und ihr Parfum. Und links von ihr saß ich.

Lady Purleigh hatte nach einem Diener geklingelt. Der Mann, der erschien, war klein und schwer gebaut und hieß Parsons. Auf Doyles Bitte hin schloß er die Türen, zog die schweren Vorhänge vor die Sprossenfenster und marschierte dann über die Teppiche, um alle elektrischen Lampen auszuknipsen.

Die Séance war das, was uns alle hierher geführt hatte, und so sagte keiner etwas, als es im Raum Klick für Klick schummriger wurde. Ich blickte zum Großen Meister. Er lächelte Madame Sosostris an. Ich blickte zu Miss Turner. Sie hatte mich beobachtet und sah rasch zur Seite. Ich blickte zu Mrs. Corneille. Sie sah mich an und lächelte.

Schließlich brannte nur noch eine einzige Lampe, die auf einem Tisch unter einem Gobelin stand. Schatten breiteten sich über den Boden aus und verdichteten sich in den Ecken des Raumes.

Doyle bat Parsons, sich neben die Lampe zu setzen und zu warten, und wandte sich dann an Madame Sosostris. »Madame?«

Madame Sosostris' Frisur war unverändert, ein weißes Dickicht über ihrem runden weißen Gesicht, aber sie trug heute abend ein anderes Seidengewand. Es war schwarz und glitzernd und mit goldenen astrologischen Zeichen übersät. Ihre Hände, klein und pummelig und juwelengeschmückt, ruhten auf den hölzernen Armlehnen ihres Rollstuhls. Im dämmerigen Grau blickte sie sich langsam am Tisch um wie ein General, der die Truppe inspiziert. Verschlagen und dunkel sah sie jedem von uns, einem nach dem anderen, in die Augen. Und sie wich auch nicht aus, als sie dem Blick des Großen Meisters begegnete.

Schließlich sprach sie. »Das ärste, was Sie müssen zu wissen alle«, sagte sie, wobei ihre dicken Backen zitterten, »das ist, daß wenn wir chaben alle geschlossen Kreis mit unsere Chände zusammen, wir nicht mähr dirfen zu brächen Kreis. Gutt?«

Doyle übersetzte. »Nachdem wir uns alle bei den Händen gefaßt haben«, sagte er mit einem Blick in die Tischrunde, »dürfen wir den Kreis nicht mehr unterbrechen. Das könnte gefährlich sein.«

»Gutt«, sagte Madame Sosostris. »Das zweite. Bei Anfang mein Ähämann wird zu stellen Fragen für Flinker Bär. Später andere dirfen zu sprächen zu ihm.«

»Zunächst«, sagte Doyle, »wird Mr. Dempsey Fragen an Flinker Bär richten, den Geistführer von Madame. Wenn Flinker Bär die Erlaubnis erteilt, dürfen auch wir ihn fragen, was wir wollen.«

»Gutt«, sagte Madame Sosostris. »Jetzt wir alle nähmen unsere Chände zusammen, bitte.«

Ich nahm Mrs. Corneilles linke Hand, die klein und kühl und weich war. Sie lächelte mich an, wandte sich dann zum Großen Meister um und reichte ihm ihre Rechte. Er nahm sie, beobachtete aber noch immer Madame Sosostris, was ihn noch immer zu amüsieren schien.

Ich drehte mich zu Cecily um, griff nach ihrer rechten Hand. Sie gab sie mir und blickte weg. Ihre Finger waren warm. Plötzlich drückte sie kurz zu, so daß ihre spitzen kleinen Fingernägel in meine Handfläche schnitten. Cecily selbst blickte immer noch weg.

»Gutt«, sagte Madame Sosostris. »Jätzt wir sind bereit.«

»Parsons?« sagte Doyle. »Wenn Sie bitte das Licht ausschalten würden.«

Das Licht verlosch, und im Zimmer war es plötzlich stockdunkel. Cecily drückte meine Hand. Ihr Daumen strich über meinen kleinen Finger. Ihre Nägel schnitten in meine Handfläche. Mir schien, daß Cecily sich nicht mit der erforderlichen Inbrunst in diese Séance-Geschichte stürzte.

Dann kam eine Art Brummen aus der undurchdringlichen Dunkelheit. Madame Sosostris hatte begonnen, ein dumpfes Summen von sich zu geben. Es war ein langgezogener einzelner Ton, tief und kalt und beharrlich, der ziemlich lange andauerte. Dann brach er ab. Madame Sosostris stieß ein tiefes Krächzen aus, das wie ein abgebrochenes Schnarchen klang, und verstummte.

Und dann ging es los. Weit weg klingelte ein Glöckchen. Cecilys Hand umklammerte meine Linke. Etwas klopfte auf den Tisch. Einmal, zweimal, dreimal. Irgendwo in der Nähe klirrten schwere Ketten. Plötzlich schmetterte eine Trompete, und Mrs. Corneilles Hand umfaßte meine Rechte fester, lockerte ihren Griff aber unverzüglich wieder. Dann war ein leises Rauschen zu hören und dann kurz ein gedämpftes Rascheln, und plötzlich war die Luft erfüllt von Blumenduft. Cecily riß ihre Hand aus meiner und sagte: *»Autsch!«*

»Parsons!« rief Doyle. »Licht, bitte.«

Das Licht ging an. Jemand hielt zischend die Luft an.

Alle drei Tische waren mit Rosen bestreut. Fünfzig bis sechzig große dunkelrote Blüten, die in dem fahlen Licht fast schwarz wirkten. Jede saß auf einem etwa dreißig Zentimeter langen Stiel, der Blätter und Dornen hatte.

Am Kopfende des Tisches riß Madame Sosostris ruckartig die Augen auf. »Jämand chat gäbrochen Kreis!«

»Die hat mich *getroffen*«, schmollte Cecily. Sie hielt zum Beweis eine Rose hoch und betrachtete sie dann eingehender. Sie blickte verdutzt zur Decke hinauf und wandte sich dann an ihre Mutter. »Aber wie ist das *möglich*?«

Lady Purleigh lächelte matt und schüttelte den Kopf. »Ich weiß es nicht, mein Schatz.« Sie blickte zu Madame Sosostris.

»Bittä, jungäs Fräulein«, sagte Madame Sosostris zu Cecily. »Sie nicht dirfen zu brächen Kreis.«

Ich blickte zum Großen Meister. Er feixte.

Ich hielt noch immer Mrs. Corneilles Hand. Sie starrte auf die Rosen. Sie spürte meinen Blick, drehte sich zu mir um, zog die Augenbrauen hoch, lächelte.

»Gutt«, sagte Madame Sosostris, »wir fersuchen noch einmal. Jätzt wir alle nähmen Chände zusammen.«

Cecily verzog das Gesicht und warf die Rose auf den Tisch. Sie preßte die Lippen aufeinander und schlang ihre Finger in einer tödlichen Umklammerung um meine Hand.

Doyle rief: »Bitte Licht aus, Parsons.«

Das Licht verlosch.

Wieder summte Madame Sosostris in der Dunkelheit, und wieder schnarchte sie. Das Glöckchen klingelte. Der Tisch klopfte. Die Ketten klirrten, die Trompete ertönte.

Dann sagte jemand: »Uhh.« Eine tiefe Stimme, männlich und rauchig, ganz anders als die Stimme von Madame Sosostris. Cecilys Griff um meine Finger verstärkte sich.

Mr. Dempsey sagte: »Flinker Bär? Bist du es?«

»Uhh«, sagte die Stimme. »Flinker Bär ist gekommen, zu sprechen.«

Cecily drückte. Meine Finger kamen sich allmählich vor wie Weintrauben in der Kelter. Irgendwo am Tisch bewegte sich jemand.

»Ich grüße dich«, sagte Mr. Dempsey. »Wir freuen uns, daß du heute abend bei uns sein kannst.«

»Flinker Bär kommt zu Hilfe denen, die suchen.«

Das war erstaunlich fehlerfrei für Madame Sosostris. Aber auch erstaunlich fehlerfrei für einen toten Indianer vom Stamme der Schoschonen.

»Flinker Bär«, sagte Mr. Dempsey, »ist hier eine Person anwesend, die du sprechen möchtest?«

»Uhh. Ich sie werde berühren. Aber niemand darf unterbrechen den Kreis.«

Plötzlich zuckte Mrs. Corneilles Hand in meiner Rechten.

Mr. Dempsey sagte: »Hat Flinker Bär jemand berührt?«

»Ja, mich«, sagte Mrs. Corneille. Ihre Stimme war tonlos.

»Sie brauchen keine Angst zu haben«, sagte Mr. Dempsey. »Flinker Bär ist ein äußerst freundliches Wesen. Öffnen Sie sich ihm, und er wird zu Ihnen sprechen. Öffnen Sie sich.«

»Du bist bekümmert«, sagte Flinker Bär, »seit vielen Monden wegen Tod von deine tapfere Krieger Gerard, der hinüberging während der Großen Zerstörung. Ich sage dir, dein Kummer kann aufhören jetzt. Dein Krieger hat gefunden Frieden. Er grüßt dich in Liebe.«

»Ich verstehe«, sagte Mrs. Corneille wiederum mit tonloser Stimme.

»Öffnen Sie sich«, sagte Mr. Dempsey, »und Flinker Bär wird Sie trösten.«

»Ich glaube, ich bin bereits offen genug«, sagte Mrs. Corneille.

»Hier ist noch jemand von deinen Lieben«, sagte Flinker Bär. »Deine kleine Tochter. Esme. Das Mädchen mit dem goldenen Haar.«

Mrs. Corneilles Hand umklammerte meine, aber nur einen Moment lang.

»Auch sie geht es gut«, sagte Flinker Bär. »Sie ist glücklich, dort an den Ufern des Schimmernden Wassers. Sie grüßt dich in Liebe.«

»Danke«, sagte Mrs. Corneille. Ihre Stimme war noch immer ausdruckslos. Aber auch – vielleicht bilde ich mir das nur ein – ein wenig zittrig, als zwinge sie mit schierer Willenskraft jeglichen Ausdruck aus ihr heraus.

»Flinker Bär?« sagte Mr. Dempsey.

»Uhh?«

»Sir Arthur Conan Doyle möchte etwas sagen.«

»Ich grüße Sir Arthur Conan Doyle.«

»Guten Abend, Flinker Bär«, sagte Doyle im Plauderton. Sie hatten schon früher miteinander gesprochen, waren alte Spezis. »Wie geht es dir?«

»Flinker Bär ist traurig.«

»Und aus welchem Grund?«

»In diesem Haus es hat gegeben einen Todesfall.«

Irgendwo am Tisch bewegte sich jemand. Mrs. Allardyce sagte: *»Was?«*

»Bitte!« sagte Doyle scharf. »Nicht den Kreis unterbrechen. Flinker Bär?«

»Uhh?«

»Du weißt also von dem Todesfall, der sich hier ereignet hat.«

»Uhh. Der Stammesälteste ist hinübergegangen. Flinker Bär spricht der Familie seine aufrichtige Anteilnahme aus.«

»Vielen Dank. Ich wüßte gerne, ob du uns versichern kannst, daß der Earl Frieden gefunden hat.«

»Der Earl ist *tot?*« sagte Mrs. Allardyce.

»Bitte!« fauchte Doyle. »Flinker Bär?«

»Flinker Bär kann nicht.«

»Warum nicht?«

»Der Geist des Stammesältesten ist bekümmert. Er lebte ein Leben der Habgier und Wollust. In jüngster Zeit er zwang seine abartigen Begierden einer unschuldigen jungen Frau auf. Nun er hat eingesehen seine Fehler. Er wird gemartert von Schuldgefühlen. Sein Geist wird gepeinigt.«

»War das der Grund«, sagte Doyle langsam und behutsam wie ein Jäger, der eine Fährte verfolgt, »weshalb er seinem Leben ein Ende machte?«

»Der Stammesälteste hat seinem Leben kein Ende gemacht. Sein Leben wurde genommen.«

»Von ruhelosen Geistern?« fragte Doyle. In seiner Stimme schwang eine gewisse Erregung mit – der Jäger, der seine Beute in die Enge treibt. »Von elementaren Kräften?«

Auf einmal flogen die Türen des Salons auf und schlugen krachend gegen die Wand. Ein breiter Lichtstrahl fiel auf den Tisch, und plötzlich sahen wir uns alle blinzelnd an.

Eine untersetzte Gestalt hob sich als Silhouette im Türrahmen ab, die rechte Schulter an den Pfosten gelehnt. »Was ist denn *hier* los?«

Eine gebieterische aristokratische Stimme, gereizt, aber etwas angeschlagen. Lord Bob.

»Bitte Licht, Parsons«, sagte Doyle.

Ein Licht ging an.

»Lord Purleigh«, sagte Doyle und erhob sich.

Lord Bob sah selbst etwas gereizt und angeschlagen aus. Sein Kragen saß schief. Seine Krawatte hing aus der Weste heraus, und die Weste bauschte sich, wo ein Knopf im falschen Knopfloch gelandet war. Seine Augen waren geschwollen, sein weißes Haar und seine buschigen weißen Augenbrauen waren zerrauft. »Was ist das hier?« sagte er noch einmal und drückte sich vom Türpfosten ab. Er verlor das Gleichgewicht, fing sich taumelnd wieder. Er schielte zu uns herüber. »Verdammte Séance, wie? Unpassend, so was. Höchst unpassend, muß ich schon sagen.«

Lady Purleigh stand auf. Die noch sitzenden Männer erhoben sich, so daß wir nun alle, genau wie Doyle, standen. »Robert, Darling«, sagte sie in einem Ton, als spreche sie zu einem kleinen Kind.

»Aber, *Alice*«, sagte er. Er schüttelte den Kopf. »Gehört sich nicht. Gehört sich wirklich nicht. Respektlos. Wo das alte Schwein erst heute nachmittag ins Gras gebissen hat. Und noch nicht einmal *unter der Erde* ist.« Er machte einen Schritt, schwankte, blickte sich finster im Zimmer um. »Was ist denn mit dem verdammten Licht los? Dunkel wie im Loch hier drin.«

»Parsons?« sagte Lady Purleigh. »Machen Sie bitte Licht.«

Parsons huschte über die Teppiche. Im Zimmer wurde es Klick für Klick heller.

Lord Bob machte einen weiteren unsicheren Schritt vorwärts. Er starrte auf die Blumen, die auf den Tischplatten verstreut lagen. Seine Brauen wanderten nach unten. »Hat sich wieder jemand am Garten vergriffen? Etwa die vermaledeite Polizei, was?«

»Robert«, sagte Lady Purleigh sanft.

Lord Bob zupfte an seiner Weste und musterte uns ernst. »Tut mir leid, Ladies und Gentlemen. Jetzt ist Feierabend.« Er fuchtelte mit den Armen in der Luft herum und wäre beinahe rückwärts umgefallen.

Lady Purleigh seufzte.

»Immer schön sachte«, sagte Lord Bob und stand wieder aufrecht. Er zupfte erneut seine Weste zurecht. »Bedaure, die Geisterstunde ist gekommen. Schlafenszeit. Schluß mit Gespenstern, mit Phantomen und ähnlichem Spuk. Alle Mann von Bord. Feuer einstellen. Die Flagge streichen.« Er schlenkerte den Arm in Richtung der Tür, fuhr aber zu weit herum, so daß sein unsicherer Finger auf einen Gobelin an der Wand zeigte. »Vorwärts, Kameraden, wir ziehen uns zurück!«

»Sie müssen entschuldigen«, sagte Lady Purleigh mit einem Blick in die Runde. »Mein Gatte fühlt sich nicht wohl.«

»Weit gefehlt!« sagte Lord Bob und wirbelte herum, jedoch zu weit, um sich ihr zuzuwenden, drehte sich und mußte seine Drehung korrigieren. Er richtete sich auf. »Ich bin *sternhagelvoll*, mein Schatz«, verkündete er. »Dein Gatte ist voll wie eine Strandhaubitze, besoffen wie ein Lord.« Plötzlich grinste er ganz stolz und rückte die Revers seines Jacketts zurecht. »Aber ich *bin* ja jetzt ein Lord! Genau das bin ich, nachdem das alte Schwein den Löffel weggeschmissen hat!«

»Lady Purleigh«, sagte Doyle leise.

Lady Purleigh schüttelte müde den Kopf. »Ist schon gut, Sir Arthur.« Sie blickte sich am Tisch um. »Wie Sie alle soeben gehört haben, ist mein Schwiegervater heute gestorben. Mein Gatte und ich hatten gehofft, Ihnen Unannehmlichkeiten ersparen zu können.«

»Verdammt richtig«, sagte Lord Bob und wedelte mit dem Arm. »Sind schließlich nicht zu 'nem verdammten Begräbnis hergekommen, was?«

»Ich möchte mich bei Ihnen allen entschuldigen«, sagte Lady Purleigh. »Aber ich glaube, es wäre besser, wenn wir uns jetzt alle zurückziehen würden. Wir sehen uns dann beim Frühstück.«

»Schluß für heute«, sagte Lord Bob nickend.

Lady Purleigh wandte sich an Madame Sosostris. »Ich möchte mich insbesondere bei Ihnen entschuldigen, Madame.«

»Keine Ursache, Mylady«, sagte sie. Sie legte die dicken juwelengeschmückten Finger um die Räder ihres Rollstuhls und schob sich ein Stück zurück. »Bittä«, sagte sie zu Mr. Dempsey. »Wir jätzt gähen.«

»War großartig, Sie zu sehen«, teilte Lord Bob ihr fröhlich mit. »Müssen uns unbedingt mal wieder treffen, was?«

Doyle sagte: »Lady Purleigh?«

Sie sah ihn an. »Sir Arthur?«

»Sollten wir den Boxkampf nicht lieber abblasen?«

»Wie? Was?« erkundigte sich Lord Bob.

»Ich erkläre es dir später, Robert.« Lady Purleigh wandte sich wieder an Doyle. »Dazu besteht keine Veranlassung, Sir Arthur. Falls Sie einen Moment Zeit haben, können wir gleich die näheren Einzelheiten besprechen.« Sie blickte in die Runde. »Ihnen allen eine gute Nacht. Wir sehen uns dann beim Frühstück.«

»Boxkampf?« sagte Lord Bob.

Mrs. Corneille stellte sich neben mich, beugte sich zu mir und flüsterte: »Halb eins.«

Alle begannen aufzubrechen. Von der anderen Seite des Tisches rief Sir David: »Beaumont?«

Ich drehte mich um.

Er lächelte. »Also bis morgen.«

»Bis dann«, sagte ich.

Die Morgenpost

Maplewhite, Devon
19. August (frühmorgens)

Liebe Evangeline,

weitere Felsbrocken sind herabgedonnert.

Zuerst einmal war der Earl of Axminster, der zur Teezeit lediglich verletzt war, beim Dinner tot.

Ich weiß, daß ich das nicht so leichtnehmen sollte; Lord und Lady Purleigh wollten den Todesfall mit Rücksicht auf ihre Gäste offenbar geheimhalten. Die beiden tun mir ja so schrecklich leid! Zwei so großartige Menschen, bewundernswürdig in jeder Hinsicht. Warum trifft ein Unglück immer die, die es am stärksten empfinden, und ignoriert diejenigen, die sich seiner nicht einmal dann bewußt wären, wenn es vom Dach einer Scheune auf sie niederstürzen würde? Oder ist das, wie Mrs. Applewhite gesagt hätte, eine dieser dummen Fragen, die ihre eigene Antwort enthalten?

Nachdem, was die Allardyce nach der Séance aus Lady Purleigh herausbekommen konnte, hat der Earl Selbstmord begangen, aber Lady Purleigh kann sich nicht vorstellen, warum. Vielleicht waren die ganzen Vorfälle hier in Maplewhite einfach zuviel für ihn.

Das Dinner war furchtbar. Weder die Allardyce noch ich wußten zu der Zeit etwas vom Tode des Earls; aber ich vermute, daß die anderen alle Bescheid wußten. Keiner sprach sonderlich viel, außer der Allardyce, die schamlos mit Mr. Houdini flirtete, und Mr. Houdini, der uns mit einer Reihe scheinbar endloser Geschichten beglückte, deren Held unweigerlich er selbst war.

Um so lebhafter wurde es dann aber anschließend im Salon. Sir David versetzte Mr. Houdini einen Schlag in die Magengrube und wollte danach unbedingt Mr. Beaumont Hiebe verpassen, egal wohin, nehme ich an; doch Sir Arthur schritt ein. Sir David und Mr. Beaumont werden die Sache morgen früh ausfechten. Ein Faustkampf im Morgengrauen. Sir Arthur wird als Schiedsrichter fungieren.

Was die Séance betrifft, so war sie ebenfalls nur mäßig

interessant, bis Lord Purleigh erschien und eine schreckliche Szene machte. Der arme Mann war durch den Schock offensichtlich völlig durcheinander und über die Maßen betrunken.

Bei der Séance erfuhr ich auch vom Tod des Earls. Die kugelrunde Madame Sosostris, die sich als ihr indianischer Geistführer ausgab, enthüllte uns die Wahrheit. Zweifellos hatte sie sie mit Hilfe von Bestechung aus einem der Diener herausgelockt.

Du wirst bemerken, daß ich in derartigen Dingen ziemlich blasiert geworden bin. Ich entwickele mich eben zu einer Frau von Welt, liebe Evy. Tod, Täuschung, Gespenster, Kobolde, Felsbrocken, Tarnungen und Enttarnungen – das alles prallt von mir ab wie Wasser von einer Lackente.

Madame Sosostris sagte heute abend, während der Séance, allerdings etwas Merkwürdiges, und das hat mich auf eine Idee gebracht. Ich werde der Sache nachgehen.

Es ist fast ein Uhr nachts; im Haus ist alles still, niemand ist mehr unterwegs.

Ich weiß, daß es sehr ungehörig von mir ist, bei Nacht in Maplewhite herumzuschleichen, so ganz allein. Aber spätestens seit der sensationellen Demonstration meiner Reitkünste heute nachmittag ist mein guter Ruf ohnehin schon derart ramponiert, daß ein weiterer verschrobener Einfall ihn auf keinen Fall noch mehr ruinieren kann. Außerdem werde ich diesen Brief mitnehmen, kuvertiert und adressiert und frankiert. Falls jemand in den Gängen herumlungern sollte, werde ich einfach sagen, mich habe das dringende Bedürfnis, diesen Brief in den Postkasten zu werfen, aus dem Bett getrieben.

Ich weiß natürlich, daß mein Plan nicht besonders durchdacht ist; schließlich ist Planen nicht gerade meine Stärke. Aber ich habe es einfach satt, immer diejenige zu sein, die die Suppe auslöffeln muß. Heute nacht will *ich* sie einmal einbrocken!

Also, Evy: Das Spiel beginnt!

Alles Liebe,
Jane

Fünfundzwanzig

Betrug brachte immer das Beste im Großen Meister zum Vorschein. Als wir wieder in meinem Zimmer waren, lief er zu Höchstform auf. Fast eine Stunde lang saß er auf meinem Bett und lachte und kicherte. Ab und zu wedelte er mit den Armen. Er erklärte mir sämtliche Tricks, die Madame Sosostris während der Séance vorgeführt hatte. Und weil das so schön war, erklärte er sie mir gleich noch einmal.

»Sie ist eine *absolute* Dilettantin, Phil«, sagte er. Er trug noch immer seinen Smoking, hatte jedoch die Schuhe ausgezogen. Seine Beine waren verknotet wie die eines Yogi, und er beugte sich fröhlich in meine Richtung. »Ein zwölfjähriges Kind hätte spektakulärere Effekte zustande gebracht.«

»Stimmt«, sagte ich von meinem Stuhl neben dem Schreibtisch aus. Ich holte meine Uhr heraus. Viertel vor zwölf. »Hören Sie, Harry«, sagte ich. »Es tut mir leid, aber ich bin völlig erledigt.«

»Dieses Glöckchen!« sagte er und lachte. »Und diese Ketten!« Er wedelte mit den Armen. »Klirrende Ketten! Phil, schon vor über dreißig Jahren, als ich noch selbst als Medium auftrat, lehnte ich es bereits kategorisch ab, klirrende Ketten zu benutzen. Allein die Vorstellung, Phil! Ketten waren schon damals passé.«

»Stimmt, Harry. Aber . . .«

»Und wie hat Ihnen ihr Geistführer gefallen?« Er senkte den Kopf und senkte die Stimme. »Flinker Bär kommt zu Hilfe denen, die suchen. *Uhh.* Ha!« Er krümmte sich zusammen und klopfte sich auf den Schenkel.

Ich lächelte. »Hören Sie, Harry . . .«

»Ich kann es kaum erwarten«, sagte er, »Sir Arthur mitzuteilen, was ich davon halte.«

»Sir Arthur wird wohl nicht ganz so begeistert sein wie Sie.«

Er sah mich an und runzelte dann die Stirn. »Nein. Vielleicht nicht.« Er hob den Kopf. »Aber was wahr ist, muß wahr bleiben, Phil.«

»Mag sein, Harry. Auf jeden Fall brauche ich jetzt ein bißchen Schlaf. Morgen ist mein großer Tag.«

»Was?« Er setzte sich auf. »Ach so, ja natürlich! Ihr berühmter Boxkampf gegen Sir David! Ich muß Ihnen sagen, Phil, daß es mir sehr imponiert hat, wie Sie diesem Mann meinetwegen die Stirn geboten haben.«

»Gehört doch zu meinen Aufgaben. Sie zu beschützen.«

»Aber das war völlig überflüssig! Mich hat das überhaupt nicht berührt.«

»Sie vielleicht nicht. Aber mir ging das Ganze allmählich auf die Nerven.«

Er grinste zufrieden. »Der Mann ist ein Rüpel, stimmt's, Phil? Morgen, wenn Sie Ihren großen Kampf liefern, müssen Sie dem Kerl Manieren beibringen.« Auf dem Bett sitzend, begann er die Fäuste in die Luft zu stoßen wie ein Preisboxer. »Päng, päng«, sagte er. »Und noch einen, Sir David! Ha ha!«

Plötzlich hielt er den Finger hoch. »Phil«, sagte er, »ich hab's!«

»Was denn?«

Aufgeregt schlang er die Hände um die Knie und beugte sich vor. »Morgen früh, wenn Sie sich zum Schauplatz des Gefechts begeben, komme ich mit als Ihr – wie heißt das doch gleich? Richtig, als Ihr *Sekundant.* Was sagen Sie dazu, Phil? *Houdini* wird Ihr Sekundant sein!«

Er sagte das in einem Ton, als wäre das der größte Gefallen, den er mir überhaupt erweisen konnte. Vielleicht war dem tatsächlich so. Schließlich spielte der Große Meister sonst nie eine sekundäre Rolle.

»Das wäre toll, Harry«, sagte ich zu ihm

Geschmeidig, und wie mit einer einzigen Bewegung, entknotete er seine Beine, klatschte die Hände auf das Bett und sprang auf. »Aber jetzt dürfen Sie Ihre Kräfte nicht länger strapazieren, wie? Jetzt müssen Sie schlafen, Phil. Möchten Sie sich etwas Ohrenwachs borgen?«

Ich lächelte. Er meinte das Bienenwachs, das er als Ohrstöpsel benutzte. »Nein, danke.«

»Wirklich nicht? Oder vielleicht eine Augenbinde?«

»Nein, danke, Harry.«

Er bückte sich und hob mit der rechten Hand beide Schuhe auf, die gebogenen Finger unter die Zungen gehakt. Er kam leichtfüßig herübergetappt und klopfte mir auf die Schulter. »Na gut. Aber Sie müssen sich jetzt hinlegen, Phil. Das ist eine wichtige Angelegenheit, dieser Kampf. Alle werden dasein.«

»Mein Publikum«, sagte ich.

»Ganz genau!« Er drückte meine Schulter, ließ dann den Arm sinken und strahlte mich an wie ein stolzer Vater.

»Bis auf Lord Bob, nehme ich an«, sagte ich.

»Lord Purleigh«, korrigierte er mich mit Trauer in der Stimme. »Der arme Lord Purleigh. Der Tod seines Vaters hat ihn tief getroffen.«

»Stimmt.«

»Morgen wird ihm sein Benehmen heute abend zweifellos furchtbar peinlich sein.«

»Ihm wird eher furchtbar *schlecht* sein. Immerhin hat er heute nachmittag einen Liter Brandy gepichelt. Und später vermutlich noch einiges mehr.«

»Alkohol«, sagte er und schüttelte den Kopf. »Der Alkohol zerstört das Muskelgewebe, müssen Sie wissen. Zerfrißt es wie Schwefelsäure.«

»Das habe ich auch schon gehört.«

»Also dann«, sagte er lächelnd und klopfte mir wieder auf die Schulter. »Ab ins Bett, wie? Träumen Sie schön, Phil.«

»Sie auch, Harry.«

»Uhh«, sagte er. »Ha ha!« Glucksend und kopfschüttelnd tappte er aus dem Zimmer.

Ich setzte mich aufs Bett und wartete. Nach zehn Minuten hörte ich, daß er im Badezimmer fertig war. Weitere fünfzehn Minuten später hörte ich die ersten Schnarchgeräusche. Um halb eins stand ich auf und verließ das Zimmer.

»Kommen Sie herein«, sagte Mrs. Corneille. Ich trat ein, und sie machte die Tür zu.

Ich trug noch immer meinen geliehenen Smoking. Sie trug ihr rotes Negligé, die dunkle Seide unter der glänzenden glatten Fülle des schwarzen Haares glatt und glänzend. Zwischen dem scharlachroten Halsausschnitt des Negligés und dem marmorweißen Hals von Mrs. Corneille zog sich die schmale Rüsche eines schwarzen Spitzennachthemdes entlang. Sie trug kein Korsett unter dem Nachthemd, und auch sonst nicht viel.

»Bitte«, sagte sie, »nehmen Sie doch Platz.« Sie deutete auf ein kleines Sofa an der Wand, an dessen beiden Enden jeweils ein Tischchen stand. »Darf ich Ihnen einen Brandy einschenken?«

»Gern«, sagte ich. »Danke.«

Ich setzte mich.

Der Raum, der in der Suite, die ich mit dem Großen Meister teilte, und in der Suite von Mrs. Allardyce und Miss Turner ein Schlafzimmer war, war hier eine Art Boudoir. Links befand sich die Tür, die in ihr Schlafzimmer führte. Die Möbel waren zwar ebenso alt wie die Möbel bei mir, aber zierlich und feminin und voller Rüschen und Volants und Blumenmuster. An den Wänden hingen alte Gemälde – nebelverhangene Landschaften und Bilder von Vasen mit Blumen darin. Weitere Blumen, vermutlich ähnlichen Alters, waren in die Teppiche auf dem Boden gewoben. Und weitere, noch ältere, in ihr Parfum.

Sie schenkte Brandy aus einer blaßgrünen Flasche in zwei Cognacschwenker, die auf einem Sideboard aus dunklem Holz standen. Sie stellte die Flasche ab, nahm die Cognacschwenker und brachte sie herüber. Sie ging geschmeidig um den Couchtisch herum, reichte mir ein Glas und nahm zu meiner Linken Platz. Sie bewegte sich wie jemand, der das schon vor Jahren so lange geübt hatte, bis es perfekt saß und er nie wieder einen Gedanken daran verschwenden mußte.

Sie saß leicht ins Zimmer gebeugt da, die Knie unter dem Negligé zusammen. »Auf den verstorbenen Earl«, sagte sie und erhob das Glas.

Ich erhob es ebenfalls. »Auf den Earl.« Ich nippte an meinem Brandy. »Sie wußten, daß er tot war«, sagte ich. »Schon vor der Séance.«

»Alice hatte es mir gesagt.« Sie ließ das Glas auf ihren Schoß sinken und hielt es dort mit beiden Händen fest. »Haben Sie wirklich vor, morgen früh gegen David zu kämpfen?«

»Sieht so aus.«

»Halten Sie das für absolut erforderlich?«

»Jetzt schon.«

»Ich habe gehört, daß David ein sehr guter Boxer ist.«

»Vermutlich ist er das.«

»Und was sagt Mr. Houdini dazu?«

»Er glaubt, daß das eine tolle Sache wird.«

Sie zog eine Augenbraue hoch. »Macht er sich Ihretwegen keine Sorgen?«

»Alles, was Harry macht, macht er besser als irgend jemand auf der Welt. Vermutlich denkt er, daß ich mich nicht darauf eingelassen hätte, wenn ich es nicht schaffen könnte.«

»Und können Sie das?«

»Das werden wir ja sehen.«

»Machen Sie sich denn gar keine Sorgen?«

»Das würde auch nicht viel nützen.«

Sie nippte an ihrem Brandy, musterte mich über das Glas hinweg. »Ist das Tapferkeit, die hier spricht, oder Dummheit?«

»Dummheit vermutlich.«

Sie lächelte. »Aber sollten Sie sich dann nicht besser schlafen legen? Ich weiß, daß ich Sie hergebeten habe, aber das war, bevor dieser Boxkampf arrangiert wurde. Ich wäre nicht beleidigt, wenn Sie lieber gehen möchten.«

»Sehr nett von Ihnen«, sagte ich, »aber ich bin nicht müde. Wie fanden Sie die Séance?«

»Wechseln wir etwa das Thema?«

»Genau.«

»Tja«, sagte sie. Sie senkte den Blick, strich das Negligé auf ihrem Schenkel glatt, blickte wieder hoch. »Ich fand, es war eine nette kleine Vorstellung. Ich glaube, ich weiß, wie sie es gemacht haben, das meiste jedenfalls. Die beiden arbeiten natürlich zusammen. Madame Sosostris und ihr Mann.«

Ich nickte, nippte an meinem Brandy.

»Die Rosen«, sagte sie. »Die waren in ihrem Rollstuhl, unter ihrem Gewand. Mr. Dempsey ließ ihre Hand los, und sie brauchte nur nach unten zu greifen und sie herauszuholen. Und sie dann auf den Tisch zu werfen.«

Ich nickte erneut.

»Und die Glocke und die Trompete«, sagte sie. »Die versteckt sie ebenfalls unter ihrem Gewand.«

»Genau wie die Ketten.« Auch ich hatte mir das meiste bereits zusammengereimt, bevor der Große Meister mir alles haarklein erklärte.

Sie preßte sinnend die roten Lippen zusammen. »Das *Ding*, das mich an der Schulter berührt hat. Könnte das nicht so ein Greifinstrument gewesen sein, wie es Ladenbesitzer benutzen? Wissen Sie, was ich meine? Um an die oberen Regale zu kommen?«

»Schon möglich.«

»Als Flinker Bär . . .« Sie lächelte plötzlich, über sich selbst amüsiert. »Als Madame Sosostris über den Earl sprach, sagte sie, er hätte seine abartigen Begierden einer unschuldigen jungen Frau aufgedrängt. Vermutlich meinte sie damit das Küchenmädchen, die Frau, die Briggs Ihnen gegenüber in der Bibliothek erwähnt hat.«

»Darleen.«

»Ja.« Sie runzelte die Stirn. »Briggs ist ein Schuft. Klatsch über seinen Arbeitgeber zu verbreiten. Und über eine ehemalige Flamme.«

»Nicht gerade sympathisch, der Typ«, räumte ich ein.

»Bestimmt hat er diese Informationen auch Madame Sosostris gegeben. Und ihr vom Tod des Earls erzählt.«

»Wenn es Briggs war, dann hat er sie ihr nicht einfach so gegeben.«

Sie lächelte. »Dann hat er sie verkauft, wollen Sie sagen. Da haben Sie sicher recht.« Ihr Gesicht wurde wieder ernst. »Aber was hat sie – Madame Sosostris – wohl damit gemeint, als sie sagte, der Earl hätte sich nicht das Leben genommen? Sie sagte, sein Leben sei genommen worden.«

»Keine Ahnung«, sagte ich. »In dem Moment tauchte Lord Purleigh auf.«

»Ja.« Sie seufzte, schüttelte leicht den Kopf. Das Lampenlicht schimmerte auf ihrem schwarzglänzenden Haar. »Armer Robert. Seit Jahren hat er verkündet, er wünschte, sein Vater wäre tot. Jetzt, da dieser Fall eingetreten ist, weiß er, glaube ich, nicht mehr weiter. Er ist so ein lieber Mensch.«

»Was meint Lady Purleigh dazu?«

»Zum Tod des Earls?«

»Ja. War sie überrascht?«

»Überrascht? Ja, natürlich. Wäre das nicht jeder?«

»Manchmal sieht man es kommen.«

»Aber nicht Alice. Sie war entsetzt. Sie sagte mir, sie könne sich nicht vorstellen, warum er so etwas tun sollte.«

In dem Moment, glaube ich, wurde ihr klar, daß sie über Freunde von ihr sprach, und das gegenüber einem Fremden. Lächelnd wechselte sie das Thema. »Aber die beiden sind ziemlich gut, nicht wahr? Madame Sosostris und ihr Mann. Ich finde, daß es eine ziemliche Leistung war, all diese Erscheinungen zu produzieren, ohne sich zu verraten. Und wo rechts und links von ihnen Leute saßen, die ihre Hände hielten.«

»Übung.«

Sie legte den Kopf schief. »Aber, wissen Sie, irgendwie war ich doch . . . ein bißchen enttäuscht.« Sie ging mit einem leichten Achselzucken darüber hinweg. »Ich hatte mir wohl etwas mehr versprochen.«

»Echte Geister?«

»Etwas mit einer weniger offensichtlichen Erklärung. Eine überzeugendere Erscheinung vielleicht. Irgend etwas Verblüffendes.«

»Einen Moment lang schienen Sie aber doch etwas verblüfft zu sein.«

Ihr Gesicht blieb ruhig, doch die schwarzen, mandelförmigen Augen waren wachsam. »Ach ja?«

»Als Ihre Tochter erwähnt wurde.«

»Ja«, sagte sie.

»Darauf waren Sie nicht gefaßt«, sagte ich.

»Nein.« Sie senkte den Blick, strich mit der Fingerspitze leicht über den Rand des Cognacschwenkers. »Nicht jeder weiß von meiner Tochter.« Sie blickte zu mir auf. »Alice weiß natürlich Bescheid, was zweifellos bedeutet, daß auch ihre Dienstboten Bescheid wissen. Briggs eingeschlossen, nehme ich an.«

Ich nickte.

»Aber weshalb sollten sie sich damit abgeben, etwas über meine Tochter herauszubekommen?« fragte sie mich. »Warum haben sie gerade *mich* ausgesucht?«

»Sie haben Geld.«

Sie blinzelte mit ihren langen schwarzen Wimpern. Geld war etwas, worüber man in diesen Gesellschaftskreisen nicht sprach. Dann verstand sie, was ich meinte, und ihre Augenbrauen wanderten nach unten. »Sie wollen damit sagen, daß sie von Esme erfahren haben und daß sie diese Information bewußt dazu benutzten, um Eindruck auf mich zu machen, um mich . . . Um mich zu . . .« Sie runzelte ungeduldig die Stirn. »Wie *heißt* das Wort doch gleich, wonach ich suche?«

»Rekrutieren?«

»Um mich für ihre Sache zu *rekrutieren*?«

»Wahrscheinlich.«

Sie starrte mich einen Moment an, den breiten roten Mund geöffnet, die schwarzen Augen leicht zusammengekniffen. Schließlich sagte sie: »Das ist ja infam!« Sie blickte zur Seite, und nun war ihr Mund grimmig. »Geradezu *obszön*.«

»Stimmt.«

Sie trank einen Schluck Brandy.

»Wie alt war Ihre Tochter?« fragte ich sie.

Den Blick noch immer abgewandt, sagte sie: »Fünf.«

»Wann ist sie gestorben?«

»Vor sechs Jahren.« Sie sah mich an. »Sie werden verstehen, daß ich nicht über sie sprechen möchte.«

»In Ordnung.«

»Ich muß Sie etwas fragen«, sagte sie. Ich glaube, sie hörte ihre eigene Stimme, hörte, wie schroff sie klang. »Darf ich?« fügte sie hinzu.

»Klar.«

»Warum haben Sie Briggs all diese Fragen gestellt?«

»Das gehört nun mal zu meinem Beruf.«

»Schon, aber warum gerade diese Fragen und warum gerade Briggs? Der Earl hat Selbstmord begangen. Natürlich ist das eine Tragödie, eine furchtbare Tragödie, aber das hat doch nichts mit diesem Zauberkünstler zu tun, hinter dem Sie her sind, diesem Chin Soo.«

»Vermutlich nicht. Aber ich bin nun mal von Natur aus neugierig.«

»Erzählen Sie mir von diesem Chin Soo.«

Das tat ich. Es dauerte ein Weilchen, aber sie war eine gute Zuhörerin. Wenn sie eine Frage stellte, was nicht oft vorkam, dann eine gute. Von Zeit zu Zeit wanderte ihr Blick hinunter zu meinem Mund und dann rasch wieder nach oben. Dadurch wurde ich mir meines Mundes sehr stark bewußt. Und ihres Mundes ebenfalls – ich merkte, daß mein eigener Blick so ziemlich das gleiche tat, nämlich über ihre Wangenknochen nach unten glitt, kurz über ihre vollen roten Lippen strich, wieder hinauf zu ihren mandelförmigen Augen huschte.

Als ich fertig war, sagte sie: »Sie glauben also nicht mehr, daß Chin Soo es war, der heute nachmittag geschossen hat.« Sie schaute auf die Uhr, die auf dem Beistelltisch stand, blickte wieder mich an, lächelte. »Gestern nachmittag.«

»Nein«, sagte ich.

»Sie glauben, daß es einer von uns war. Einer von den Gästen.«

Ich nickte. »Ja. Vier Personen waren zu der Zeit nicht draußen auf dem Rasen. Vier Personen, die das Gewehr hätten abfeuern können. Lady Purleigh, Cecily Fitzwilliam, Dr. Auerbach und Sir David. Können Sie sich einen Grund vorstellen, warum einer von ihnen auf jemanden hätte schießen sollen? Beispielsweise auf Sie?«

»Auf *mich*?« Sie lachte. »Sie werden doch wohl nicht glauben, daß irgend jemand auf *mich* geschossen hat?«

»Auf irgend jemand wurde aber geschossen. Wenn nicht auf Harry, dann auf einen von Ihnen.«

»Aber bestimmt nicht auf mich. Bestimmt nicht auf *jeden* von uns, denn, wer in aller Welt sollte schon auf *mich* schießen?«

»Keine Ahnung«, sagte ich. »Ich kann mir auch nicht vorstellen, daß Lady Purleigh oder Cecily zum Gewehr greifen würden. Dr. Auerbach hat ein Alibi, das behauptet er jedenfalls. Außerdem waren Sie ihm vor diesem Wochenende nie begegnet. Oder doch?«

»Nein. Er ist der Freund eines Freundes von Alice. Er hatte von der Séance erfahren und fragte Alice, ob er teilnehmen könnte.«

»Dann bleibt nur Sir David.«

Sie lachte wieder. »*David?* Warum sollte mich David erschießen wollen?«

»Keine Ahnung.«

»Wirklich, Mr. Beaumont, das ist doch grotesk! Ich kenne David seit Jahren. Er kann zwar höchst unangenehm sein, *ist* auch oft höchst unangenehm, wie Sie ja selbst gesehen haben, aber er würde niemals jemanden erschießen. Und schon gar nicht mich.«

Sie beugte sich leicht zu mir und schenkte mir ein Martini-Lächeln – trocken, mit einem Spritzer Zitrone darin. Der Duft ihres Parfums wurde stärker. Sie sagte: »Ich glaube, da ist Ihre Phantasie mit Ihnen durchgegangen.«

»Mag sein. So was kommt vor.«

Sie lehnte sich wieder zurück, doch ihr Parfum hing zwischen uns in der Luft wie eine Einladung, oder ein Versprechen. Sie sagte »Warum machen Sie sich eigentlich so viele Gedanken über diesen Schuß? Wenn er, wie Sie sagen, gar nicht von Chin Soo abgefeuert wurde?«

»Pure Gewohnheit.«

»Ah«, sagte sie. »Sie sagten mir im Garten, daß das Rauchen von Zigaretten nicht zu Ihren schlechten Angewohnheiten gehöre. Ist das eine davon?«

»Was?«

»Fragen zu stellen.«

Ich zuckte die Schultern. »Wie ich schon sagte. Das gehört nun mal zu meinem Beruf.«

Sie ließ sich entspannt auf dem Sofa zurücksinken und sah zu mir herüber. »Und was *sind* Ihre schlechten Angewohnheiten?«

»Haben Sie mich deshalb hergebeten? Um meine schlechten Angewohnheiten zu entdecken?«

»Unter anderem.« Sie hob das Glas an die Lippen und nippte.

»Was noch?«

»Das sagte ich bereits in der Bibliothek. Alice ist meine Freundin. Wenn Sie Fragen über ihren Haushalt stellen, möchte ich gerne wissen, warum.«

»Und wie *ich* bereits dort sagte: Ist Ihnen jetzt wohler?«

Sie lächelte. »Eigentlich nicht. Jedenfalls noch nicht.«

»Noch nicht?«

Die schwarzen Augen blickten unverwandt in meine. Sie hielt den Cognacschwenker leicht in beiden Händen, den Zeigefinger der rechten Hand nach oben gestreckt. Der Lack auf ihrem langen Nagel war genauso leuchtend rot wie ihre Lippen.

Sie sagte: »Sind Sie ganz sicher, daß Sie sich nicht schlafen legen wollen?«

Ich konnte das Ticken der Uhr auf dem Beistelltisch hören. Ich holte tief Luft. Mir war, als ob die ganze Luft im Zimmer durch den Duft ihres Parfums ersetzt worden wäre. »Noch nicht«, sagte ich.

»Finden Sie dann nicht«, sagte sie, »daß Sie ein bißchen zuviel anhaben?«

Ich lächelte. Ich drehte mich um, stellte meinen Brandy auf dem Beistelltisch ab, drehte mich wieder zu ihr um. Ich griff nach ihrem Glas, und sie reichte es mir. Ich stellte es neben meines. Als ich mich wieder zu ihr umdrehte, hatte sie den Kopf zurückgelegt, und ihr schwarzes Haar war fächerförmig auf dem Polster des Sofas ausgebreitet. Die schwarzen Augen sahen zu mir auf, die vollen roten Lippen waren abermals zu einem Lächeln geöffnet.

Ich beugte mich über sie.

Es klopfte an der Tür.

Ein zögerndes Klopfen, zwei- oder dreimal, ganz leicht, als wollte der Betreffende so spät in der Nacht eigentlich niemanden stören.

Ich setzte mich auf.

Ohne den Kopf vom Sofa zu heben, streckte Mrs. Corneille die Hand aus und legte sie auf meinen Arm. »Es hört bestimmt gleich auf«, sagte sie leise.

Wieder klopfte es, diesmal stärker.

»Sieht nicht so aus«, sagte ich.

Sie seufzte, drückte leicht meinen Arm und stand auf. »Gehen Sie nicht weg«, sagte sie.

Sie tänzelte um den Couchtisch herum und über den Teppich zur Tür. Sie machte sie einen Spaltbreit auf, reckte den Kopf um die Kante und sagte plötzlich: »Jane!«

Sie machte die Tür weit auf, trat hinaus in den Korridor und trat dann, den Arm um Miss Turners Schultern gelegt, wieder ins Zimmer.

Miss Turners braunes Haar war offen und fiel ihr über die Schultern. Sie trug ihren grauen Morgenrock. Er war voller Staub und wie mit Pelzfetzen übersät. Ihre Arme hingen schlaff am Körper herunter, und in der rechten Hand hielt sie einen schimmernden zweischneidigen Dolch.

Sechsundzwanzig

Ich stand auf.

Miss Turner sah mich und sagte: »Oh!« Sie riß ihre blauen Augen auf und drehte sich schnell zu Mrs. Corneille um. Sie legte die Hand auf ihre Brust, die Hand, die den Dolch hielt, dessen blanke Klinge zu Boden zeigte. »Ich wußte ja nicht, ich meine, daß Sie Besuch haben. Bitte verzeihen Sie.«

»Aber das macht doch nichts, Jane«, sagte Mrs. Corneille und führte sie zum Sofa. »Mr. Beaumont und ich haben uns lediglich unterhalten. Kommen Sie. Setzen Sie sich.«

Ein Gentleman hätte sich daraufhin vermutlich erboten, das Boudoir zu verlassen. Ich trat einige Schritte zur Seite, um Miss Turner auf dem Sofa Platz zu machen. Den Dolch noch immer zwischen die Brüste gepreßt, so daß sich ihre Knöchel weiß abzeichneten, setzte sie sich und beugte sich dann, auf der Sofakante balancierend, vor. Sie blickte zu mir auf, und plötzlich liefen ihr Gesicht und ihr Hals rot an. Das ließ das Blau ihrer Augen dunkler und leuchtender wirken. Sie blickte weg und dann mit flatternden Lidern wieder her. »Es tut mir leid«, sagte sie zu mir. »Bitte verzeihen Sie. Ich wollte wirklich nicht stören.«

Sie sah zu Mrs. Corneille auf, die über sie gebeugt dastand, die Hand auf Miss Turners Schulter gelegt. »Ich glaube, es ist besser, wenn ich gehe«, sagte Miss Turner.

»Seien Sie nicht albern, Jane«, sagte Mrs. Corneille. Sie sah mich an. »Bitte, Mr. Beaumont. Setzen Sie sich.«

Ich setzte mich.

Miss Turner sagte: »Ich . . .« Sie blickte hinunter auf den Dolch. Sie hielt ihn von sich weg und starrte ihn an, als könnte sie nicht verstehen, wie er da hingekommen war.

»Lassen Sie mich das nehmen«, sagte Mrs. Corneille. Ich sagte nichts – falls sich noch andere Fingerabdrücke auf dem Dolch befunden hatten, waren sie jetzt sowieso weg, verwischt durch die von Miss Turner. Mrs. Corneille streckte die Hand aus, und Miss Turner überließ ihr die Waffe, zuckte dann aber zusammen und wischte sich die Hand am Oberschenkel ab, als ob sie blutig sei.

Mrs. Corneille richtete sich kerzengerade auf und betrachtete prüfend den Dolch. Sowohl die Klinge als auch der kunstvoll ziselierte Griff waren aus Silber. »Ein schönes Stück, Jane«, sagte sie. »Wo haben Sie das nur gefunden?«

Miss Turners Hände umklammerten sich auf ihrem Schoß. Sie sah auf und sagte: »In meinem Bett. Ich glaube, jemand hat versucht, mich umzubringen.« Sie wandte sich an mich. »Hört sich das völlig verrückt an?«

Ich sagte: »Nicht wenn das Ding da benutzt wurde.«

»Sie lagen im Bett«, sagte Mrs. Corneille, »und jemand hat versucht, Sie umzubringen?«

Miss Turner schüttelte den Kopf. »Nein, nein. Ich war im Zimmer des Earls, als es passierte.«

Mrs. Corneille sah mich an, sah wieder Miss Turner an. Sie nickte. »Das klingt, als ob das etwas länger dauern würde. Möchten Sie einen Brandy, Jane?«

»Ja«, sagte Miss Turner. »Bitte. Sehr gern.«

»Machen Sie es sich bequem«, sagte Mrs. Corneille. »Entspannen Sie sich. Hier wird Ihnen niemand etwas tun.«

»Ja«, sagte Miss Turner. Sie lehnte sich zurück, blickte sich rasch noch einmal im Zimmer um. Sie holte tief und bebend Luft. »Ja«, sagte sie.

Sie sah an sich hinunter und setzte sich wieder auf die Kante. »Du meine Güte«, sagte sie. Ihre Stimme war jetzt höher und klang, als würde sie sich gleich überschlagen. »Ich sehe ja *furchtbar* aus!« Sie wischte sich das Vorderteil ihres Morgenrocks ab und zupfte dann etwas von dem ab, was ich für Pelzfussel gehalten hatte. Es war kein Pelz. Es war eine plattgedrückte Fluse, wie sie sich unter Sofas und Betten ansammeln, wenn nicht oft genug gefegt wird. Wieder zuckte sie zusammen, verzog den Mund und schüttelte die Fluse ab, um sich dann schnell die Finger am Morgenrock abzuwischen.

Der Blick ihrer Saphiraugen war etwas wild, und ich dachte, sie würde gleich aufspringen und fliehen. Durch die Tür, vielleicht auch durchs Fenster.

Sie tat es nicht. Sie schloß die Augen und holte nochmals tief Luft. Sie preßte die Lippen zu einem entschlossenen Strich zusammen. Dann schlug sie die Augen auf und blickte hinüber zu Mrs.

Corneille, die gerade Brandy in einen Cognacschwenker goß. Mit schon fast ruhiger Stimme sagte sie: »Ich habe das Gefühl, als hätte ich das ganze Wochenende über nur andere belästigt und mich zum Narren gemacht.«

Immer für eine Überraschung gut, diese Miss Turner. Und eine stärkere Frau, als es den Anschein hatte.

»Ganz und gar nicht«, sagte Mrs. Corneille. Sie stellte die Flasche ab und trug das Glas hinüber zu Miss Turner. Den Dolch hatte sie neben der Flasche auf dem Sideboard liegen lassen. »Nur ein Narr«, sagte sie, »kann sich zum Narren machen.«

Miss Turner lächelte mit einem Anflug von Ironie. »Vielleicht ist es mir deshalb so gut gelungen.«

»Unsinn«, sagte Mrs. Corneille. »Bitte. Trinken Sie erst mal einen tüchtigen Schluck.«

»Danke«, sagte Miss Turner. Ihre rechte Hand war etwas unsicher, so daß der Brandy gegen die geschwungenen Wände des Glases schwappte. Sie legte beide Hände um den Cognacschwenker, hob ihn an den Mund und nahm einen Schluck, der Lord Bob alle Ehre gemacht hätte. Sie ließ sich zurücksinken, schloß die Augen und verzog das Gesicht.

Mrs. Corneille lächelte. »Sie dürfen ruhig kleinere Schlucke nehmen. Es sei denn, große sind Ihnen lieber. Ich hole mir einen Stuhl.«

Ich stand auf, doch sie forderte mich mit einer Handbewegung auf, wieder Platz zu nehmen. Sie ging hinüber zu dem zierlichen Schreibtisch, zog den zierlichen Stuhl darunter hervor, trug ihn zu uns herüber und stellte ihn zwei, drei Schritte neben Miss Turner ab.

Sie griff nach den beiden Cognacschwenkern auf dem Beistelltischchen, beugte sich um Miss Turner herum, um mir meinen zu reichen, und nahm dann mit kerzengeradem Rücken Platz. »Nun«, sagte sie zu Miss Turner, »fühlen Sie sich jetzt besser?«

Miss Turner hatte, die Unterlippe zwischen die Zähne geklemmt, den Cognacschwenker auf ihrem Schoß angestarrt, als schwimme auf dem Brandy eine Nachricht herum. Sie sah zu Mrs. Corneille auf. »Ja«, sagte sie. Ihre Stimme klang kleinlaut. »Ich glaube schon. Danke.«

»Keine Ursache. Und jetzt müssen Sie uns alles erzählen.«

Miss Turner zuckte zaghaft mit den Schultern. Sie lächelte mutlos. »Ich weiß eigentlich gar nicht, wo ich anfangen soll.«

»Tja«, sagte Mrs. Corneille. »Wir haben versucht, in der Mitte anzufangen, aber das hat uns nicht gerade weit gebracht. Selbst auf die Gefahr hin, banal zu klingen, würde ich vorschlagen, daß wir vorne beginnen. Warum sind Sie ins Zimmer des Earls gegangen?«

Miss Turner nahm noch einen Schluck Brandy. »Wegen etwas, das Madame Sosostris gesagt hat. Bei der Séance.« Sie sah mich an.

Ich lächelte und nickte. Das sollte sie dazu ermuntern, weiterzumachen.

»Madame Sosostris?« sagte Mrs. Corneille.

»Ja. Sie sprach über den Earl – als sie Flinker Bär war, erinnern Sie sich?«

»Und?«

»Sie war Flinker Bär – ich meine, sie spielte diese Rolle –, und sie sprach über den Earl. Sie sagte, daß sich der Earl jetzt schuldig fühle, weil er seine abartigen Begierden einer unschuldigen jungen Frau aufgedrängt hatte. Und das quäle ihn, sagte sie. Nun, mir kam der Gedanke, daß *ich* die Frau war, die Madame Sosostris meinte.«

Mrs. Corneille lächelte, als hätte sie dem nicht ganz folgen können. »Sie?«

»Ja«, sagte Miss Turner. Sie beugte sich zu Mrs. Corneille. »Verstehen Sie denn nicht? Das Gespenst. Lord Reginald. Das Gespenst, das gestern nacht in mein Zimmer kam. Das war kein Geist. Das war der Earl.« Sie sah mich an. Ich erinnerte mich daran, wieder zu lächeln und zu nicken.

Mrs. Corneille warf mir einen Blick zu und sah dann wieder Miss Turner an. »Aber, Jane«, sagte sie. »Der Earl war doch ans Bett gefesselt. Gelähmt.«

»Ja«, sagte Miss Turner und nickte ganz aufgeregt, »genau das habe ich mir auch gesagt. Doch dann dachte ich: Und wenn er es nicht wäre? Wenn er nur simulieren würde? Er kennt sich in Maplewhite aus. Er hat sein ganzes Leben hier verbracht. Es wäre für ihn ein leichtes gewesen, in mein Zimmer zu schleichen und dann wieder hinauszulaufen, während ich mich wie ein hysterischer Backfisch aufführte. Er hätte sogar unbemerkt an Mrs. Allardyce vorbeischlüpfen können. Es dauert immer ewig, bis sie wach wird.«

Ich sagte: »Mrs. Allardyce sagte, sie sei aufgewacht, als Sie das erste Mal schrien.«

Miss Turner schüttelte den Kopf. »Das ist völlig unmöglich. Er *mußte* an ihr vorbeilaufen, um das Zimmer zu verlassen. Da bin ich mir ganz sicher. Ich bin das Ganze heute abend nochmals durchgegangen und habe versucht, mich an alles zu erinnern.«

»Sie erklärten mir doch«, sagte ich, »Sie hätten nicht geschlafen, als das alles passierte.«

»So ist es.« Sie nippte wieder an ihrem Brandy. »Ich habe nur dagelegen, im Dunkeln. Und dann hörte ich ein Geräusch, wie ich Ihnen sagte, eine Art Scharren, und habe mich herumgedreht und das Licht angemacht. Und da stand er. Am Fußende des Bettes. In einem alten Nachthemd. Er hatte langes weißes Haar und einen langen weißen Bart – das habe ich doch erwähnt, oder?«

Ich nickte. »Und dann haben Sie geschrien?«

»Nein«, sagte sie. »Noch nicht. Ich glaube, ich war viel zu erschrocken. Um überhaupt etwas zu tun. Und dann hob er . . .« Ihre Augenlider flatterten. »Und dann *tat* er etwas. Und sagte etwas.«

Sie hatte mir also doch nicht die Wahrheit gesagt, jedenfalls nicht die ganze. »Was denn?« fragte ich. »Was tat er und was sagte er?«

Sie holte erneut tief Luft, und ich hatte das Gefühl, daß sie sich wappnete, um die Sache hinter sich zu bringen. Das gleiche Gefühl, das ich am Nachmittag gehabt hatte, als sie sich im Korridor bei mir bedankte.

Aber diesmal sprach sie nicht mit mir. Sie wandte sich an Mrs. Corneille. »Er hob das Nachthemd«, sagte sie mit ausdrucksloser und ruhiger Stimme, »und zog es bis zum Bauch hoch. Er war . . . nackt. Und er sagte« – sie schluckte – »er sagte: ›Willst du ein bißchen mit ihm spielen, meine Süße?‹«

Sie versuchte kühl und distanziert zu sein, aber die Haut in ihrem Gesicht hatte sich rosa gefärbt. Ich hatte noch gar nicht bemerkt, was für eine hübsche Haut sie hatte. Und was für ein hübsches Gesicht.

Mrs. Corneille runzelte die Stirn, sah mich an, sah wieder Miss Turner an. »Und Sie sind sicher, daß es der *Earl of Axminster* war?«

»Ja«, sagte Miss Turner und beugte sich über ihr Brandyglas, wie um sie durch schiere Intensität zu überzeugen. »Es *kann* nur der Earl gewesen sein.«

»Okay«, sagte ich. »Und was geschah dann?«

Sie schluckte wieder und lehnte sich zurück. »Er machte eine Bewegung auf mich zu, als ob er aufs Bett klettern wollte. Er hielt noch immer das Nachthemd hoch. Und da habe ich geschrien. Ich habe einmal geschrien, und er blieb sofort stehen. Eigentlich schien er selbst ziemlich erschrocken zu sein.«

Sie lächelte matt. »Unter anderen Umständen wäre das Ganze vermutlich beinahe komisch gewesen. Er ließ das Nachthemd los und blickte sich im Zimmer um, als habe er Angst, daß mich jemand gehört haben könnte. Und dann schrie ich noch einmal und packte ein Kissen und warf es nach ihm. Dann ließ ich mich aus dem Bett auf den Boden rollen.«

Sie holte Luft. »Ich weiß nicht, was ich da unten wollte – wahrscheinlich wollte ich einfach nur weg. Ich kroch auf allen vieren über den Teppich zur Wand. Und dann drehte ich mich um, und er war weg. Verschwunden. Ich zog mich vom Boden hoch und blickte mich um, konnte ihn aber nirgends sehen. Und da bin ich ins andere Zimmer gerannt. Die – Mrs. Allardyce war gerade im Begriff, das Bett zu verlassen.«

»Dann hatte das Gespenst«, sagte ich, »oder wer es auch war, genügend Zeit, um an ihr vorbeizukommen.«

»Höchstwahrscheinlich«, sagte sie zu mir. Sie sah wieder Mrs. Corneille an. »Verstehen Sie denn nicht? Es war der Earl.«

»Jane«, sagte Mrs. Corneille, und ihre Stimme klang begütigend. »Heute morgen beim Frühstück sagten Sie, Sie hätten das Gespenst nur geträumt.«

Miss Turner schüttelte den Kopf. »Ich war verlegen. Und völlig konfus. Ich wollte einfach nicht glauben, daß ich tatsächlich gesehen hatte . . . was ich gesehen hatte.« Sie wandte sich wieder an mich. »Das deuteten Sie ja auch an, als ich Sie heute nachmittag im Park traf. Sie sagten, ich würde klingen, als ob ich mir etwas einreden wollte. Und Sie hatten recht.«

»Aber, Jane«, sagte Mrs. Corneille, »verstehe ich Sie richtig? Wollen Sie damit sagen, daß der *Geist* des Earls sich wegen dieses Überfalls auf Sie tatsächlich schuldig fühlt und daß der Geistführer von Madame Sosostris irgendwie . . .«

»Nein, nein, nein.« Miss Turner schüttelte so vehement den Kopf, daß ihr Haar vor und zurück flog. »Nein, ich glaube an nichts dergleichen. Geistführer, das Jenseits. Aber ich habe einiges über Medien gelesen, über Leute wie Madame Sosostris. Sie beziehen ihre Informationen aus allen möglichen Quellen, an die sie herankommen, stimmt's? Aus Zeitungen, von Dienstboten, was weiß ich. Und genau das muß sie getan haben, verstehen Sie? Einer von den Dienern muß gewußt haben, daß der Earl es war, der letzte Nacht in meinem Zimmer war, und er hat es Madame Sosostris erzählt.«

»Aber, Jane«, sagte Mrs. Corneille. Dann runzelte sie die Stirn, als überdenke sie nochmals, was sie hatte sagen wollen. Ihr Zigarettenetui und eine Schachtel Streichhölzer lagen auf dem Couchtisch. Sie stellte ihr Glas auf den Tisch und griff nach ihren Rauchutensilien.

»Okay«, sagte ich. »Sie sind also ins Zimmer des Earls gegangen. Um nach Beweisen zu suchen.«

Sie nickte und wandte sich dann an Mrs. Corneille. »Das war nicht richtig von mir, das weiß ich. Nachts heimlich herumzuschleichen. Aber ich konnte ja wohl kaum zu Lady Purleigh gehen und sie fragen. Und ich mußte es einfach wissen. Können Sie das verstehen? Ich dachte schon, ich würde verrückt werden.«

Mrs. Corneille lächelte sie an. »Wie ich Ihnen schon vergangene Nacht gesagt habe, Jane. Wahrscheinlich sind Sie die Vernünftigste von uns allen.« Sie hatte inzwischen eine ihrer braunen Zigaretten herausgeholt. Sie steckte sie zwischen die Lippen.

»Das bezweifle ich stark. Trotzdem vielen Dank.«

Ich beugte mich zu Mrs. Corneille, wollte nach den Streichhölzern greifen, doch sie schüttelte den Kopf. Sie zündete selbst ein Streichholz an und hielt die Flamme an die Zigarette.

Miss Turner wandte sich an mich. »Darum«, sagte sie, »habe ich mich nach der Séance bei Parsons, dem Lakaien, erkundigt, wo sich das Zimmer des Earls befindet. Und später, nach Mitternacht, ging ich hinauf.« Aus irgendeinem Grund errötete sie wieder. Und wieder verstärkte sich dadurch das Blau ihrer Augen. Sie blickte zur Seite.

Mrs. Corneille hatte das Streichholz ausgeblasen. Sie hielt es, ohne sich zu bewegen, über den Aschenbecher und beobachtete Miss Turner. Sie sagte: »Aber Sie haben nichts gefunden?«

»Zunächst nicht.«

Mrs. Corneille zog die Augenbrauen hoch und ließ das Streichholz in den Aschenbecher fallen.

Miss Turner habe überall gesucht, sagte sie. Im Kleiderschrank, im Bücherschrank, in den Kommodenschubladen. Sie hatte keine Ahnung, wonach sie suchte – aber was es auch war, sie fand es nicht. Nach einer Weile gab sie auf. Sie hatte die Tür zugemacht, bevor sie die Deckenlampe einschaltete. Schließlich wandte sie sich zum Gehen, schaltete das Licht aus und öffnete die Tür einen Spaltbreit, um hinauszuspähen.

In der Dunkelheit sah sie den Schein einer Kerze durch den Vorraum auf sich zukommen.

»Wer hielt die Kerze?« fragte ich sie.

»Das weiß ich nicht. Das konnte ich nicht erkennen. Ich konnte nur das sich nähernde Licht sehen.«

»Und dann?«

»Ich machte die Tür wieder zu«, sagte Miss Turner, »und tastete im Dunkeln herum, bis ich das Bett fand. Und unter das bin ich dann gekrochen.«

Dort wartete sie, auf dem harten Holzboden inmitten von Staub und Flusen liegend. Die Tür öffnete sich, und der fahle flakkernde Schein der Kerze bewegte sich durch das Zimmer. Miss Turner bemühte sich, nicht zu atmen.

Von ihrem Platz unter dem Bett konnte sie in der Düsterkeit nur die Füße der Person ausmachen, die die Kerze hielt. Es war eine Frau.

Ich sagte: »Was für Schuhe hatte sie an?«

»Stiefel«, sagte Miss Turner. »Damenstiefel. Und einen langen Rock. Schwarz. Er ging ihr bis zu den Knöcheln.«

Mrs. Corneille zog an ihrer Zigarette.

»Okay«, sagte ich zu Miss Turner. »Was geschah dann?«

Die Frau habe sich auf das Bett gesetzt, sagte Miss Turner. Saß einfach da. Sagte nichts. Tat nichts. Miss Turner zwang sich, stocksteif liegenzubleiben. Fahles gelbes Licht flackerte durch das Zimmer.

Und dann merkte sie, daß die Frau weinte.

»Nicht laut«, sagte sie. »Kein Schluchzen oder Klagen. Nur ein leises Vor-sich-hin-Weinen. So wie man manchmal weint, wenn man allein ist und an jemanden denken muß.«

Mrs. Corneille schürzte die Lippen und stieß seufzend zwei dünne Rauchfahnen aus.

Miss Turner wandte sich ihr zu. »Sie tat mir schrecklich leid«, sagte sie. »Ist das nicht absurd? Da lag ich unter dem Bett wie ein Spion und hatte faktisch keine Ahnung, wer die Frau war oder warum sie weinte, und sie tat mir leid.«

Mrs. Corneille lächelte. »Das ist ganz und gar nicht absurd, Jane.«

»Wie lange war sie da?« fragte ich sie.

»Fünf Minuten«, sagte sie. »Vielleicht länger. Ich weiß es nicht genau. Mir kam es wie Jahre vor.«

Schließlich stand die Frau auf, ging hinaus und schloß die Tür hinter sich. Miss Turner wartete noch ein Weilchen und schob sich dann unter dem Bett hervor. Dabei stieß ihre Hand durch die Fußbodendielen in eine Art Loch. Sie spürte, daß sich etwas darin befand.

»Zuerst«, sagte sie, »habe ich gedacht, es wäre eine *Ratte*, etwas Lebendiges, und ich hätte beinahe geschrien.«

Doch das Ding bewegte sich nicht. Miss Turner kroch vom Bett weg, knipste die elektrische Lampe auf dem Nachttisch an und betrachtete das Loch genauer.

Aus einer der Fußbodendielen war ein rechteckiges Stück herausgesägt und zu einem Deckel für einen unter dem Bodenbelag angebrachten Kasten gemacht worden.

»Ich hatte keine Ratte gefunden«, sagte sie, und in ihren blauen Augen erschien ein kleines triumphierendes Leuchten. Miss Turner kam jetzt zu ihrem Beweis. Sie nahm das Brandyglas in die rechte Hand, griff in die linke Tasche ihres Morgenrocks und zog etwas heraus. »Sondern das hier.«

Das Ding sah fast wie eine tote weiße Ratte aus. Etwa zwanzig Zentimeter lang, dicht und pelzig. Miss Turner beugte sich vor, stellte ihren Brandy ab und breitete das Ding auf dem Couchtisch aus.

Es hatte spärliche zerzauste Koteletten und in der Mitte eine Öffnung für den Mund.

Ein falscher Bart.

»In dem Loch lag auch eine Perücke«, sagte Miß Turner. »Aus dem gleichen Material. Und das hier.« Sie nahm das Glas in die linke Hand, griff in die rechte Tasche ihres Morgenrocks und zog eine Handvoll kleiner Gegenstände heraus. Sie ließ sie auf den Tisch fallen.

»Jane!« sagte Mrs. Corneille in überraschtem Ton. »Sie haben diese Sachen aus dem Zimmer des Earls genommen?«

»Er hat sie als erster an sich genommen«, sagte sie. Sie stellte das Brandyglas ab und hob einen der Gegenstände hoch. »Das ist mein Kamm. Hier hinten können Sie sehen, wo ich meine Initialen in das Schildpatt eingekratzt habe. Er war heute plötzlich verschwunden. Ich habe mir nichts weiter dabei gedacht – es hat sich ja so viel ereignet. Aber er wurde aus meinem Zimmer entwendet. Und zwar vom Earl.«

Mrs. Corneille drückte die Zigarette im Aschenbecher aus und sah mich an.

Ich betrachtete den Krimskrams, der auf dem Tisch lag.

Ein billiger Uhrenanhänger aus Metall. Ein Bleistiftstummel. Ein kupferner Knopf. Eine Nagelfeile aus Metall mit Elfenbeingriff. Ein Rasierpinsel. Ein kleiner Schlüssel.

»Du meine Güte«, sagte Mrs. Corneille. Sie streckte die Hand aus, griff nach der Feile, betrachtete sie prüfend. »Das ist ja *meine*!« sagte sie zu mir. »Ich wußte gar nicht, daß sie nicht mehr da war.«

Ich beugte mich vor und nahm den Schlüssel vom Tisch. Ein einfacher Schlüssel. Auf dem Schaft konnte ich winzige eingestanzte Buchstaben erkennen, die *Mueller & Kohl* ergaben.

»Gehört der Ihnen?« fragte Miss Turner.

»Nein«, sagte ich. »Aber ich weiß, was man damit aufschließt.«

»Was denn?« fragte Mrs. Corneille.

»Handschellen.«

Siebenundzwanzig

»Gehören die Handschellen Mr. Houdini?« fragte Mrs. Corneille.

»Gewissermaßen«, sagte ich. Ich steckte den Schlüssel in die Tasche meiner Smokingjacke. Ich sagte zu Miss Turner: »Erzählen Sie mir von dem Dolch.«

Sie lehnte sich zurück. Sie war abermals etwas atemlos, als hätte sie die ganze Sache gerade nochmals durchlebt. Sie trank wieder einen Schluck Brandy.

»Tja«, sagte sie und holte erneut tief Luft. »Ich wollte mit jemandem darüber reden. Jemandem zeigen, was ich gefunden hatte.« Sie blickte hinüber zu Mrs. Corneille. »Ich dachte daran, zu Ihnen zu kommen, um mit Ihnen darüber zu sprechen. Aber es war spät, und die Sache hatte ja auch keine Eile. Ich sagte mir also, daß alles bis morgen früh warten könne. Und so bin ich wieder in mein Zimmer gegangen.«

Sie hielt inne, um an ihrem Brandy zu nippen. »Mrs. Allardyce schlief und wachte auch nicht auf, als ich auf Zehenspitzen an ihr vorbeischlich. Sie hat einen festen Schlaf.« Sie blinzelte. »Aber das sagte ich bereits.« Sie wandte sich an mich. »Oder nicht?« Ich glaube, der Brandy begann sich bei ihr bemerkbar zu machen.

Ich nickte.

»Ja«, sagte sie. »Also. Bevor ich ging, hatte ich ein Polster ins Bett gelegt, unter die Wolldecke, und es so zurechtgedrückt, daß es aussah, als würde dort jemand schlafen. Als würde *ich* dort auf der Seite liegen und schlafen. Ich habe nicht damit gerechnet, daß Mrs. Allardyce in mein Zimmer kommen würde, aber ich wollte ganz sicher sein, daß sie, falls sie doch hereinkam, denken würde, ich schliefe noch. Als ich zurückkam und das Licht einschaltete, lagen das Kissen und die Decke noch genau so da, wie ich sie zurückgelassen hatte. Nur daß das Messer darin steckte. Einen Moment lang stand ich wie benommen da und sagte mir: Aber das habe ich da doch gar nicht hingetan! Es wirkte so fremd – das Messer, meine ich –, so völlig fehl am Platz. Und dann begriff ich, was passiert sein mußte, und begann zu zittern. Das Messer befand sich genau an der Stelle, wo meine Brust gewesen wäre.«

Sie wandte sich an Mrs. Corneille. »Wirklich außergewöhnlich. Man liest immer wieder, daß Leute vor Angst zittern, und man denkt, das sei nur so eine Redensart. Aber ich habe buchstäblich gezittert wie Espenlaub.« Ihre Stimme war ruhig, doch sie benutzte wieder beide Hände, um den Brandy an die Lippen zu führen.

Mrs. Corneille berührte ihr Knie. »Aber jetzt ist ja alles vorbei, Jane. Und dann haben Sie das Messer herausgezogen und es hergebracht.«

»Ja. Und es tut mir wirklich furchtbar leid, daß ich –«

»Aber ich bitte Sie, meine Liebe!« sagte Mrs. Corneille. »Sie haben absolut richtig gehandelt. Sie waren wirklich schrecklich tapfer.« Sie lehnte sich zurück und sah mich an. Sie sagte: »Wer könnte das getan haben?«

»Das mit dem Messer?« sagte ich. »Keine Ahnung.«

»Aber das ist einfach entsetzlich!«

Ich nickte.

»Jemand hatte vor, sie umzubringen?« fragte sie mich.

»Scheint so.«

»Aber das ist doch Wahnsinn«, sagte Mrs. Corneille. »*Warum?* Warum sollte irgend jemand Jane etwas antun wollen?«

Ich sah die junge Frau an. »Miss Turner? Können Sie sich einen Grund denken?«

Sie riß die Augen auf und zog die Augenbrauen hoch, offenbar überrascht – über die Frage selbst oder aber darüber, daß ich sie gestellt hatte. Dann lächelte sie wieder leise, zögernd und ironisch zugleich. »Nun ja«, sagte sie, »Mrs. Allardyce war über die Art und Weise, wie ich die Koffer gepackt hatte, nicht gerade entzückt.«

Ich grinste. Immer für eine Überraschung gut, diese Miss Turner.

»Sonst noch jemand?« fragte ich sie. »Ist sonst noch jemand böse auf Sie?«

»Nein.« Sie schüttelte den Kopf. »Nein, niemand.« Doch einen Moment lang weiteten sich ihre Augen aufs neue. Dann kniff sie sie zusammen und schüttelte abermals den Kopf. »Nein.«

»Nein?« sagte ich. »Ihnen ist doch gerade etwas eingefallen.«

»Etwas ganz und gar Lächerliches.«

»Was?«

Sie holte wieder Luft. »Nichts von Bedeutung, wirklich. Sir David . . . Heute vormittag . . .« Sie wandte sich an Mrs. Corneille. Zum erstenmal seit geraumer Zeit schien sie unsicher zu sein. Ihr war nicht wohl bei der Sache. »Bevor Sie alle ins Dorf gefahren sind.« Sie wandte sich wieder an mich. »Sir David machte heute vormittag . . . nun ja, einen Annäherungsversuch, würde ich sagen. Und ich wies ihn ab. Und er schien mir daraufhin etwas aufgebracht zu sein. Aber ich kann mir nicht vorstellen, daß er derart aufgebracht war, daß er mir etwas antun würde.«

Ich nickte. »Sir David.«

»Wirklich, Mr. Beaumont«, sagte sie. »Ich möchte auf keinen Fall, daß Sie denken, daß da mehr gewesen wäre. Er hat einen Annäherungsversuch gemacht, ich habe ihn abgewiesen, und damit war die Sache erledigt.« Doch dann runzelte sie die Stirn, als wäre sie sich da nicht so sicher.

»Sie waren draußen auf dem Rasen«, sagte ich. »Heute nachmittag, zusammen mit uns. Als der Schuß fiel.«

Mrs. Corneille sagte: »Sie werden doch wohl nicht glauben, daß der Schuß für *Jane* bestimmt war?«

»Das Messer war es«, sagte ich.

»Aber . . .« Sie unterbrach sich. Sie preßte die Lippen zusammen und griff nach ihrem Zigarettenetui und der Streichholzschachtel.

Ich sagte: »Und Sir David war heute nachmittag nicht draußen auf dem Rasen.«

Sie lehnte sich zurück, das Etui und die Streichhölzer in beiden Händen. »Mr. Beaumont«, sagte sie. »Wenn Sir David jede Frau umbringen würde, die seine Annäherungsversuche abgewiesen hat, dann wären die Straßen Londons mit weiblichen Leichen gepflastert.«

Sie klappte das Zigarettenetui auf. Sie schüttelte den Kopf. »Das Ganze ist einfach zu absurd.« Plötzlich sah sie mich an. »Was ist mit dem Messer? Könnte man nicht herausfinden, wem es gehört?«

»Vermutlich stammt es aus der Sammlung in der Großen Halle«, sagte ich. »Genau wie die anderen Waffen, die immer wieder auftauchen.«

Mrs. Corneille steckte eine Zigarette zwischen die Lippen, zündete ein Streichholz an, hielt es hoch. Die Flamme flackerte auf, das Zigarettenende glühte. Mit den Fingern der linken Hand nahm sie die Zigarette aus dem Mund. Sie blies das Streichholz mit einem Rauchschwall aus und ließ es in den Aschenbecher fallen.

»Ich glaube«, sagte sie, »wir scheinen da alle etwas zu vergessen.«

»Was denn?« fragte ich.

»Den Earl«, sagte sie. »Den Earl of Axminister.« Sie sprach den Namen aus, als ob er stark gesalzen wäre. »Und das da.« Sie deutete mit einer Kopfbewegung auf den Tisch. »Und die Perücke, die Jane gefunden hat. Sie muß recht haben, was den Earl betrifft.« Plötzlich runzelte sie die Stirn. »Sie glauben doch nicht, daß Alice und Robert Bescheid wußten?«

»Keine Ahnung«, sagte ich.

»Nein«, sagte sie mit Nachdruck. Sie schüttelte den Kopf, zog an ihrer Zigarette. »Das ist ausgeschlossen.« Ich hatte das Gefühl, daß nicht ich derjenige war, den sie zu überzeugen versuchte.

Wir redeten noch ein Weilchen. Wir faßten einige Entschlüsse. Zum einen beschlossen wir, daß Miss Turner den Rest der Nacht in Mrs. Corneilles Suite verbringen würde.

Etwa eine halbe Stunde später ging ich. Es war fast zwei Uhr nachts. In fünf Stunden hatte ich eine Verabredung mit Sir David.

Draußen im Korridor erwog ich einen Moment lang, in Miss Turners Zimmer zu schlüpfen und mich dort kurz umzusehen. Dann entschied ich mich dagegen. Auch wenn Mrs. Allardyce einen noch so festen Schlaf hatte, wollte ich es nicht riskieren, daß sie aufwachte, während ich dort herumschlich. Ich war ziemlich sicher, daß einer von uns das nicht überleben würde.

Ich konnte mich ja am Morgen umsehen. Vor dem Boxkampf. Nach all den Aufregungen des heutigen Tages – dem Gewehrschuß, dem Tod des Earls, der Séance, Lord Bobs Auftritt, dem Rendezvous mit Mrs. Corneille, Miss Turners Geschichte – war ich total erledigt. Ich gähnte, als ich die Tür zu meinem Zimmer aufmachte und die Deckenbeleuchtung einschaltete.

Auf meinem Bett saß Cecily Fitzwilliam, den Rücken gegen das Kopfbrett gelehnt, die Beine auf dem Überwurf ausgestreckt und an den Knöcheln überkreuzt. Sie trug das weiße Seidenneglig é, das sie vergangene Nacht getragen hatte. Sie hatte die Arme unter den Brüsten verschränkt und bemühte sich, ein finsteres Gesicht zu machen. Das mit dem finsteren Gesicht klappte nicht so recht, da sie wegen der plötzlichen Helligkeit auch noch blinzeln mußte. »*Wo* sind Sie gewesen?« fragte sie.

»Ich bin froh, daß Sie da sind, Cecily«, sagte ich so munter, wie ich nur konnte. »Ich muß unbedingt . . .«

»Es wird ja schon fast hell!«

»Ich muß unbedingt mit Ihnen sprechen. Es ist etwas . . .«

»Wo *waren* Sie denn?« Sie zog jetzt einen Flunsch. Der Flunsch gelang ihr besser als das finstere Gesicht.

»Draußen. Ich habe einen Spaziergang gemacht. Hören Sie, Cecily, es geht um Ihren Großvater.«

Sie ließ die Arme neben sich aufs Bett fallen. »Ist das nicht schrecklich?« sagte sie. »Natürlich war er uralt, aber es hat doch kein Mensch damit gerechnet, daß er uns einfach wegsterben würde.«

»Genau darüber wollte ich mit Ihnen sprechen«, sagte ich. Ich griff mit der Hand nach der Lehne des Schreibtischstuhls, zog ihn hervor, drehte ihn um und setzte mich rittlings darauf. Um die hölzerne Rückenlehne zwischen mir und Cecily zu haben.

»Und warum um alles in der Welt sollte er Selbstmord begehen?« sagte sie. »Das hat er nämlich, wissen Sie. Mutter hat es mir gesagt. Vielleicht *weil* er so alt war?« Sie sprach schneller als sonst, und ihr Gesichtsausdruck war lebhafter. Ihre Augen glänzten. Ich fragte mich, ob sie sich am Brandy ihres Vaters zu schaffen gemacht hatte.

Ich sagte: »Das ist einer der Punkte, die . . .«

»Mutter ist untröstlich«, sagte sie, »und Daddy . . . Na ja, Sie haben Daddy ja erlebt. Bei der Séance.« Sie verdrehte die Augen. »*Alle* haben Daddy erlebt. Himmel, war das peinlich! Ich bin noch nie im Leben derart gedemütigt worden. Das ist sonst nämlich gar nicht seine Art, wissen Sie. Er ist immer sehr korrekt. Für einen Bolschewiken, meine ich. Er ist ein richtiggehender Pedant, wirklich wahr. Er ist immer tadellos gekleidet, und er ist bei sämtlichen Verabredungen immer pünktlich auf die Minute. Mutter sagt, daß er unter Schock steht.«

»Wahrscheinlich. Hören Sie . . .«

Sie zog wieder einen Flunsch. »Aber sie sind alle derart mit sich selbst beschäftigt, daß sich keiner die Mühe gemacht hat, mal zu fragen, wie *ich* mich fühle. Nicht einmal Mutter. Ich bin schließlich auch bekümmert, wissen Sie. Ich habe ihn genauso geliebt wie alle anderen. Obwohl er ja uralt und manchmal ziemlich verschroben war.«

»Verschroben? In welcher Hinsicht?« Wenn man von einem Fluß mitgerissen wird, muß man mit dem Strom schwimmen.

Sie wedelte mit der Hand. »Wie alte Leute eben so sind. Vergeßlich. Hat Selbstgespräche geführt.« Sie verzog das Gesicht. »Und manchmal hat er sich auch vollgesabbert, daß einem übel werden konnte, wirklich wahr.« Sie reckte das Kinn vor. »Aber ich habe ihn trotzdem geliebt. Er war schließlich mein Großvater. Und er war ja nicht immer so. Manchmal war er ganz normal.«

»Haben Sie viel Zeit mit ihm verbracht?«

»Ja, natürlich«, sagte sie. »Ich meine, ich war nicht jeden Tag von morgens bis abends bei ihm. Das wäre auch völlig unmöglich gewesen. Ich habe Unmengen von Pflichten und Aufgaben. Sie haben ja keine Vorstellung, was ich alles zu tun habe, und an den meisten Tagen blieb einfach keine Zeit dafür. Aber ich habe ihn nachmittags besucht, jedenfalls manchmal. Sooft ich konnte. Eigentlich ziemlich oft.«

»Was haben Sie . . .«

Plötzlich lächelte sie und schob sich hoch. »Aber das ist unwichtig. Ich möchte Ihnen erklären, weshalb ich gekommen bin. Ich wollte mich entschuldigen.«

Sie sagte das, als spreche sie von einem Weihnachtsgeschenk, das sie eigenhändig gemacht hatte. In letzter Zeit kam es mehr und mehr vor, daß mich mehr und mehr Leute an den Großen Meister erinnerten.

»Entschuldigen?« sagte ich.

»Ja. Hinterher habe ich eingesehen, daß ich mich Ihnen gegenüber schlecht benommen habe. Heute nachmittag. Im Korridor. Vor dem Tee.«

»Ach ja?«

»Ja! Ich habe eingesehen, daß es ungehörig und total unreif von mir war, all diese schrecklichen Dinge zu sagen. Daß Sie nur ein Dienstbote seien, meine ich. Natürlich wäre das selbst dann ungehörig und unreif gewesen, wenn Sie *tatsächlich* ein Dienstbote wären, was Sie ja Gott sei Dank nicht sind.« Sie legte den Kopf schief. »Aber in gewisser Hinsicht macht das die Sache *doppelt* ungehörig und unreif, nicht?«

»Machen Sie sich mal deswegen keine Sorgen, Cecily.«

Das tat sie auch nicht. »Ich war schon einmal hier«, sagte sie, »vor dem Dinner. Um mich zu entschuldigen. Und um mit jemand zu reden. Ich war so durcheinander wegen Grandpère. Aber Sie waren nicht da, und Mr. Houdini hat sich im anderen Zimmer vor mir versteckt.« Sie legte die Hand auf den Mund, um ihr Kichern vor mir zu verstecken. »Ich fürchte, ich habe mich unmöglich benommen. Ich habe ihn schrecklich geärgert. Ich habe immer wieder an seine Tür geklopft und mich einfach nicht abwimmeln lassen. Aber er war ja auch *zu* albern. Gerät er immer so in Panik, wenn Frauen in der Nähe sind?«

»Er ist eben schüchtern«, sagte ich.

Sie senkte den Kopf, legte ihn leicht auf die Seite und musterte mich unter dem langen blonden Pony hervor. »Doch nicht, weil er mich für eine Nymphomanin hält?«

»Nein. Hören Sie . . .«

»Sind Sie sicher?«

»Aber ja. Cecily . . .«

»Das bin ich nämlich nicht.«

»Klar. Ich . . .«

Sie holte Luft. »Jedenfalls ist Mutter, nach dieser gräßlichen Séance, mit Daddy weggegangen, und da war mir klar, daß sich kein Mensch darum schert, was mit *mir* passiert. Und darum bin ich wieder hergekommen und habe gewartet. Und gewartet. Stundenlang habe ich mutterseelenallein hier gesessen, während Sie weiß Gott wo waren. Und Sie haben nicht einmal bemerkt, daß ich hinter Ihnen aufgeräumt habe.« Sie zupfte imaginäre Dinge aus der Luft. »Weg, weg, weg. Wie eine gute Hausfrau.« Sie kicherte und kaschierte es dann mit einem mißbilligenden Stirnrunzeln. »Sie haben Ihr Zimmer nämlich in einem fürchterlichen Zustand hinterlassen, wissen Sie. Überall lagen Kleidungsstücke und anderer Kram herum.«

Sie klang wie ein beschwipstes kleines Mädchen, das mit seinen Puppen Vater und Mutter spielt, und das war sie ja eigentlich auch.

Sie bemühte sich wieder, einen Flunsch zu ziehen, aber vielleicht sollte es auch ein finsteres Gesicht werden.

»Danke, Cecily. Aber . . .«

»Haben Sie etwas zu trinken da?« fragte sie mich und sah sich im Zimmer um. »Whisky oder Brandy oder dergleichen?«

Seit dem ersten Abend hier hatte ich darauf geachtet, daß meine Reisetasche immer abgeschlossen war. Sonst hätte Cecily die Flasche Bourbon darin vermutlich entdeckt.

»Nur Wasser«, sagte ich ihr. »Tut mir leid.«

Sie verzog das Gesicht. Dann sah sie zur Tür des Großen Meisters, wandte sich wieder mir zu und lächelte. »Warum setzen Sie sich nicht zu mir?« sagte sie und klopfte auf den Bettüberwurf.

»Gleich. Aber zuerst möchte ich etwas über Ihren Großvater wissen.«

Sie runzelte die Stirn. »Meinen Großvater?«

»Er ist doch vom Pferd gestürzt. Ich glaube, vor drei Jahren, stimmt's?«

Sie nickte. »Von Rosebud, seiner Stute.«

»Und seither war er gelähmt?«

»Ja.« Sie legte den Kopf auf die Seite. »Aber wieso interessieren Sie sich für meinen Großvater?«

»Ich bin eben neugierig. Hat er sich das Rückgrat gebrochen?«

»Nein, das nicht. Es wurden nur irgendwelche Nervenstränge verdreht. Oder abgerissen oder was. Irgend etwas kompliziertes Medizinisches.« Sie machte eine vage Handbewegung. Die Geste erinnerte mich an ihren Vater.

»Bestand Aussicht, daß er wieder gehen würde?«

Sie schüttelte den Kopf. »Dr. Christie sagte, das sei ausgeschlossen.«

»Ist Dr. Christie Spezialist?«

»Er ist unser Hausarzt. Grandpère hat sonst keinem getraut. Daddy und Mutter wollten jemand aus London hinzuziehen, aber Grandpère hat das strikt abgelehnt.« Sie runzelte die Stirn. Dann sagte sie: »Glauben Sie, daß er am Ende einfach nicht mehr damit fertig wurde? Daß er nicht mehr gehen konnte? Den ganzen Tag in seinem Zimmer eingesperrt war?«

»Schien er deprimiert zu sein?«

»Nein. Ganz und gar nicht.« Ihre Stirn legte sich wieder in Falten. »Wissen Sie, manchmal dachte ich sogar, daß er es richtig genoß. Dazuliegen, seine Bücher zu lesen, sich von vorne und hinten bedienen zu lassen.« Sie verzog das Gesicht. »Ich könnte das nicht aushalten. Mich würde das wahnsinnig machen.«

»Im Haus arbeitet ein Mädchen namens Darleen.«

»Ja, in der Küche.« Ihr Gesicht verdüsterte sich. »Was ist mit ihr?«

»Ihr Name fiel irgendwann. Ich wollte nur . . .«

Sie runzelte die Stirn. »Gefällt sie Ihnen?«

»Ich bin ihr noch nie begegnet.«

»Warum stellen Sie dann all diese Fragen?«

»Das ist nun mal mein Beruf.«

»Sie haben mir aber noch gar keine Fragen über *mich* gestellt.«

»Okay«, sagte ich. »Wo waren Sie gestern nachmittag?«

Sie blinzelte. »Wie bitte?«

»Gestern nachmittag, zwischen halb eins und eins. Wo waren Sie da?«

»Warum?«

»Ich bin Privatdetektiv. Ich stelle Ermittlungen an.«

»Und worüber stellen Sie Ermittlungen an?«

»Über den Gewehrschuß, der heute nachmittag abgefeuert wurde. Wo waren Sie, als der Schuß fiel?«

Sie sah mich verständnislos an. »Was hat das denn damit zu tun?«

»Vielleicht haben Sie etwas gesehen. Oder etwas gehört. Etwas, das mir helfen könnte, herauszubekommen, wer den Schuß abgefeuert hat.«

»Ich habe nicht den blassesten Schimmer, wer den Schuß abgefeuert hat. Ich war im Dorf.«

»Wo?«

Sie verdrehte ungehalten die Augen. »Ist das so wichtig?«

»Ja.«

Sie seufzte tief, um zu zeigen, wie angeödet sie war. »Ich war bei Connie.«

»Wer ist Connie?«

»Sie war früher meine Nanny. Ist *ewig* her.«

»Und bei ihr waren Sie zwischen halb eins und eins?«

»Ja«, sagte sie und beugte sich vor. Dann lehnte sie sich wieder

zurück und lächelte. »Das hätten wir also geklärt.« Sie klopfte wieder auf den Bettüberwurf. »Wollen Sie sich nicht zu mir setzen?«

»Nein. Es wird Zeit, daß Sie gehen, Cecily.«

Sie starrte mich an. »Wie bitte?«

»Höchste Zeit, daß Sie gehen.«

Sie runzelte die Stirn. »Das kann nicht Ihr Ernst sein.«

»Doch.«

»Aber ich bin hergekommen, um mit Ihnen zu sprechen. Ich habe stundenlang gewartet. Ich habe mich entschuldigt.«

»Stimmt. Ich weiß das zu schätzen. Aber jetzt müssen Sie gehen.«

»Ich *will* aber nicht.«

»Tut mir leid, aber darauf kann ich keine Rücksicht nehmen.«

Sie schüttelte den Kopf. Wieder verschränkte sie die Arme. »Ich bleibe. Sie können mich nicht zwingen, zu gehen.«

»Dann gehe eben ich. Und hole jemand, der Sie in Ihr Zimmer schafft. Ihre Mutter vielleicht.«

Ihr Gesicht wurde hart. »Dann schreie ich. Alle werden zusammenlaufen. Und ich werde allen erzählen, daß Sie über mich hergefallen sind. Daß Sie mich vergewaltigt haben.« Sie reckte das Kinn vor. »Genau das werde ich. Verlassen Sie sich darauf.«

»Toll. Wenn dann alle da sind, können Sie ihnen ja erklären, was Sie morgens um zwei hier gemacht haben.«

Sie legte die Hände aufs Bett und beugte sich zu mir vor. »Ich werde sagen, daß . . .« Ihr Gesicht lief rot an, und sie stammelte geradezu. »Ich werde . . .«

»Schluß jetzt, Cecily. Höchste Zeit, daß Sie verschwinden.«

Sie starrte mich wieder an. Sie riß die Augen auf. »Sie haben mich nur hierbleiben lassen, um mir alle diese blöden, stupiden Fragen stellen zu können. Habe ich recht? Ihnen liegt überhaupt nichts an mir!« Sie kniff die Augen zusammen und drosch mit beiden Händen auf das Bett ein. »Sie . . . Sie haben sich genommen, was Sie haben wollten, und jetzt werfen Sie mich weg!«

»Stimmt«, sagte ich.

»Sie haben mit mir gespielt!« Ihre Augen hatten sich zu Schlitzen verengt. Sie wirbelte herum, riß den Bettüberwurf weg und schnappte sich mit beiden Händen ein Kissen. Mit offenem

Mund und zusammengebissenen Zähnen fuhr sie wieder herum und warf es nach mir. Ich fing es auf.

»Sie haben mich benutzt!« Sie sprang vom Bett. »Sie . . . Sie mieses dreckiges Schwein!«

Sie stolzierte mit hochgezogenen Schultern an mir vorbei, wobei sie so viel Abstand von mir hielt, wie das Bett erlaubte. An der Tür drehte sie sich um. Ihr Gesicht war gehässig verzerrt, als sie sagte: »Ich hoffe, David schlägt Sie zu Brei!«

Sie machte kehrt, packte den Türgriff, riß die Tür auf, stürmte hinaus und knallte die Tür hinter sich zu.

Achtundzwanzig

»Phil?«

Ich zog mühsam die Augenlider hoch. Langsam. Widerstrebend. Während ich schlief, hatte mir jemand die Augäpfel herausgestemmt, sie mit Sand paniert und sie dann wieder in ihre Höhlen gehämmert.

»Phil?«

Der Große Meister. Er stand neben meinem Bett, bekleidet mit einem dunkelgrauen Anzug mit Weste. Er sah frisch und munter und tatendurstig aus. Wenn ich den Colt zur Hand gehabt hätte, hätte ich ihn erschossen.

»Phil«, sagte er, »es ist Viertel nach sechs.«

»Mhm.«

»Es ist Zeit. Sir David wartet.« Er grinste mich an und klatschte in die Hände. »Auf, auf! Geben Sie ihm Saures, Phil!«

»Klar.« Ich schloß die Augen. »Klar doch. Gehen Sie schon mal runter, Harry. Ich komme gleich nach.«

»Aber, Phil! Ich bin Ihr Sekundant. Wir müssen gemeinsam eintreffen.«

Ich schlug die Augen wieder auf und blickte zur Decke. Sie hing über mir wie ein riesiger weißer Amboß, der im nächsten Moment herabstürzen würde. »Okay. Okay. Schon gut.«

Ich wälzte mich stöhnend aus dem Bett und kam mühsam auf die Beine. Meine Muskeln waren steif, meine Gelenke knirschten.

Sonnenlicht flutete zitternd durchs Zimmer. England liegt nur ein paar Meilen südlich vom Nordpol, und im Sommer sind die Tage, vorne wie hinten, länger, als sie es von Rechts wegen sein dürften.

Ich wankte am Großen Meister vorbei ins Badezimmer. Ich zog meinen Pyjama aus, kletterte in die Badewanne, ließ mich auf alle viere nieder und drehte das kalte Wasser auf. Ich hielt den Kopf in den eisigen Strahl. Er traf mich wie ein Vorschlaghammer.

»Einen Moment noch, Harry«, sagte ich. Ich war angezogen, und wir befanden uns im Korridor vor der Suite von Mrs. Allardyce und Miss Turner. Die Tür war geschlossen. Ich klopfte. Wartete. Klopfte noch einmal.

»Wir kommen zu spät, Phil«, sagte der Große Meister ungeduldig.

Ich versuchte die Tür zu öffnen. Abgesperrt. Ich drehte mich zum Großen Meister um und deutete mit dem Kinn auf das Türschloß. »Jetzt sind Sie gefragt, Harry.«

»Phil!« Er sah mich an, als hätte ich ihm gerade mitgeteilt, daß ich die Pest habe.

»Es ist wichtig«, sagte ich. »Wir müssen unbedingt da rein. Bevor das Stubenmädchen kommt.«

»Aber warum denn?«

»Das erkläre ich Ihnen später. Machen Sie schon.«

Die kleine weiße Karte mit dem Namen von Mrs. Allardyce und Miss Turner war noch immer mit einer Reißzwecke an der Tür befestigt. Der Große Meister betrachtete sie eingehend.

Ich hatte vergessen, daß er nicht wußte, wer in welchem Zimmer wohnte. Er wußte, welches *sein* Zimmer war, und das war alles, was er wissen mußte oder wissen wollte.

Er sah mich an. »Sind sie in Gefahr, die beiden Frauen?«

»Möglicherweise.«

»Aber Sie sind sich dessen nicht sicher?«

»Es ist wichtig, Harry.«

»Aber, Phil!«

»Wir kommen zu spät, Harry.«

Stirnrunzelnd zog er seine Brieftasche aus der Gesäßtasche, machte sie auf, holte einen Dietrich heraus, beugte sich vor und schob den Dietrich behutsam ins Schlüsselloch. Klick. Er richtete sich auf, noch immer stirnrunzelnd, drehte den Griff herum und machte die Tür auf. Er trat zurück. Ich trat ins Zimmer.

Das Bett von Mrs. Allardyce war leer, Laken und Decke waren zurückgeschlagen. In der Matratze war eine Vertiefung, in der sich ein Yak hätte zusammenkuscheln können.

Ich ging in Miss Turners Zimmer, der Große Meister folgte mir. Stirnrunzelnd vermutlich.

Das Kissen lag noch unter der Wolldecke. Miss Turner hatte bei ihrer Attrappe gute Arbeit geleistet – selbst bei Tageslicht sah es so aus, als würde dort jemand schlafen. Ich stützte das Knie aufs Bett und beugte mich vor, um die Wolldecke zu untersuchen. Etwa dreißig Zentimeter vom Kopfkissen weg befanden sich acht Einstiche im Stoff, jeder gut zwei Zentimeter lang und alle innerhalb von fünf bis sechs Zentimetern.

»Was ist das, Phil?«

»Gleich.«

Ich warf die Decke und das Laken zurück und besah mir das Kissen. Es war prall und weich, mit Satin bezogen und mit Daunen gefüllt. Im Bezug befanden sich acht Einstiche, die mit denen in der Wolldecke übereinstimmten. Ich steckte den Finger in einen davon. Als ich ihn wieder herauszog, stieg eine kleine weiße Feder auf. Sie schwebte kurz durch die Luft und ließ sich dann zitternd auf dem Kissen nieder.

»Was *ist* das, Phil?«

»Jemand hat letzte Nacht ein Messer in das Ding da gerammt.«

»Ein Messer?«

»Während Miss Turner weg war.« Ich stieß mich vom Bett ab.

»Ein Messer?«

»Genau.« Ich blickte mich flüchtig im Zimmer um. Nichts.

»Aber weshalb denn?«

»Um Miss Turner zu töten, wie es scheint.«

Er sah von mir zum Bett, sah wieder mich an. »Soll das ein Scherz sein, Phil?«

»Ich erkläre Ihnen alles auf dem Weg nach unten.«

Ein Diener – ein mir bislang unbekannter – teilte uns mit, daß alle auf der Terrasse vor dem Wintergarten warteten. Als der Große Meister und ich dort ankamen, sah ich, daß tatsächlich alle versammelt waren.

Sogar Lord Bob war da.

Während der Nacht, oder am frühen Morgen, hatte jemand mit einem weißen Pulver – möglicherweise Kalk – fein säuberlich ein Quadrat im Gras hinter den Steinplatten der Terrasse aufgetragen. Das Quadrat schien die übliche Größe eines Boxrings zu haben, bei einer Seitenlänge von etwa sieben Metern. Es gab weder Seile noch Eckpfähle, aber in zwei entgegengesetzten Ecken standen sich zwei Holzhocker gegenüber. Neben jedem stand ein Holzstuhl mit gerader Rückenlehne und daneben ein kleiner Tisch mit einem schweren Kelchglas, einer Kristallkaraffe, die mit Wasser gefüllt war, und einem dicken Stapel weißer Handtücher.

Die Leute saßen auf Stühlen, die auf drei Seiten des Rings, und einige Meter von ihm entfernt, um niedrige Tische herum gruppiert waren, auf denen große Tee- und Kaffeekannen standen. Fast alle Anwesenden waren schwarz gekleidet, doch die meisten plauderten und nippten an Porzellantassen, und das Ganze machte einen äußerst vergnüglichen Eindruck.

Miss Turner, Mrs. Corneille und Mrs. Allardyce saßen auf der Südseite des Rings. Lady Purleigh, Cecily und Dr. Auerbach saßen unmittelbar vor uns, auf der Westseite. Auf dem Tisch vor ihnen, gleich neben der Teekanne, lag eine große kupferne Kuhglocke.

Sir Arthur stand neben Lady Purleigh hinter einem leeren Stuhl. Er hatte sich, aufmerksam lauschend, vorgebeugt. Rechts drüben, auf der Nordseite, saßen Madame Sosostris und Mr. Dempsey. Zwischen den beiden letztgenannten Gruppen stand Lord Bob und unterhielt sich mit Sir David Merridale. Sir David war in Hemdsärmeln, sein Kragen stand offen, seine Manschetten waren hochgekrempelt. Sein schwarzer Schnurrbart und sein gewelltes schwarzes Haar glänzten im frühmorgendlichen Sonnenschein, und er sah sehr fit aus.

Als Lord Bob den Großen Meister und mich sah, murmelte er etwas und kam dann zu uns herüber.

»Houdini! Beaumont! Schön, Sie zu sehen!« Sein schwarzer Anzug und das weiße Hemd waren heute früh penibel gebügelt. Alle Knöpfe saßen in den richtigen Knopflöchern, und die Krawatte war ordentlich in der Weste verstaut. Er klang so energisch und lebhaft wie immer, vielleicht sogar mehr denn je. Aber die gesunde Farbe war aus seinem Gesicht gewichen, das jetzt weitgehend wächsern und fahl wirkte. Auf seinen Wangen zeichneten sich unter der Blässe purpurrote Äderchen ab, verschlungen wie winzige Schlangen. Die Haut unter den blutunterlaufenen Augen hatte die Farbe von gebratener Leber. Er wandte sich mir zu und wedelte stolz in Richtung des Rings. »Nicht übel, was?«

»Ich bin beeindruckt«, sagte ich zu ihm.

Er strahlte. »Sir Arthur und meine Frau. In aller Herrgottsfrühe auf den Beinen. Mit den Dienern. Verdammt ambitiös, was?« Er strich sich über den Schnurrbart und wandte sich an den Großen Meister. »Na? Was sagen Sie dazu?«

Der Große Meister nickte lächelnd. »Höchst beeindruckend, Lord Purleigh.«

Lord Bob grinste. »Alice hat mir gestern abend alles erklärt. Ein Boxkampf. Sie und Merridale. Großartige Idee, wie ich finde. Hat irgendwie Symbolcharakter, was? Die Bourgeoisie gegen die Aristokratie, die Neue Welt gegen die alte. Und ein Heidenspaß für die Gäste, was? Wird sie ablenken von dem alten Schwein und den Gespenstern und dem ganzen Kram. Ach ja.« Er runzelte plötzlich die Stirn, als sei ihm gerade etwas eingefallen.

Er warf rasch einen Blick zurück auf die anderen und sah dann wieder uns an. »Wegen gestern abend.« Er runzelte die Stirn, schüttelte den Kopf. »Unmögliches Benehmen von mir. Skandalös. Habe mich bei den anderen bereits entschuldigt, tue es hiermit auch bei Ihnen. Tut mir verdammt leid, die Sache. Weiß nicht, was in mich gefahren ist. Ein, zwei Flaschen Napoleon, was?« Er gluckste, doch das Glucksen klang hohl und forciert, und er beobachtete uns unter den buschigen Augenbrauen hervor. Ich glaube, er war verlegen, und ich glaube, daß Verlegenheit etwas war, das er nicht gerade oft empfand.

Der Große Meister sagte: »Es bedarf keiner Entschuldigung, Lord Purleigh.«

Lord Bob grinste. »Nett von Ihnen. Aber ich heiße Bob, was?« Dann wandte er sich mit hochgezogenen Augenbrauen mir zu. »Na, frisch und munter? Gerüstet für das große Ereignis?«

»Ja.«

»So ist's recht.« Er beugte sich zu mir und zwinkerte mir zu. »Habe fünf Pfund auf Sie gesetzt. Daß Sie mich nicht enttäuschen, was?«

Er war heute wesentlich zufriedener mit mir als gestern. Aber vielleicht war er auch nur unzufrieden mit Sir David. »Wer hat Ihre Wette angenommen?« fragte ich ihn.

»Der Mann von Madame Sowieso. Der dürre Bursche da. Tunney, richtig?«

Ich lächelte. »Dempsey.«

»Wie auch immer. Auf jeden Fall viel Glück, was?« Grinsend ging er in Boxerstellung. »Und die Linke nicht vergessen, was?«

»Ich werde mich bemühen.«

»So ist's recht. Ah, Doyle, da sind Sie ja. Alles klar zum Gefecht?«

Doyle, der uns alle überragte, bewegte sein rosa Haupt auf und ab. »Jeden Moment, Sir Purleigh. Ich muß nur noch kurz mit Mr. Beaumont sprechen.«

»Richtig«, sagte Lord Bob. »Ich verschwinde.« Er drehte sich zu mir um, grinste wieder und hielt die zur Faust geballte linke Hand hoch. »Immer schön an die Linke denken, was?«

Ich lächelte und nickte, und er eilte von dannen.

»Also«, sagte Doyle. »Mr. Beaumont, ist es noch immer Ihr Wunsch, diese Sache zu Ende zu führen?«

»Ja.«

Einen Moment lang wanderte sein Blick wie der Strahl eines Suchscheinwerfers über mein Gesicht. »Sind Sie auch wirklich ganz sicher, Beaumont? Ich will Ihnen nicht zu nahe treten, aber Sie sehen mir heute morgen« – er runzelte die Stirn – »ein bißchen ramponiert aus.«

»Alles bestens.«

Er nickte. »Sehr gut.« Er lächelte flüchtig. »Ich wage jedoch zu behaupten, daß Sie ohne Jackett und Krawatte eine Spur beweglicher wären.«

Während ich das Jackett auszog, wandte sich Doyle dem Großen Meister zu. »Sie werden in Beaumonts Ecke stehen? Und als sein Betreuer fungieren?«

»Als sein Sekundant«, korrigierte ihn der Große Meister.

»Ja«, sagte Doyle. »Gestatten Sie, daß ich Ihnen das abnehme.« Er nahm mein Jackett, hängte es sich über den Arm, nahm meine Krawatte, hängte sie über das Jackett. »Sie sind also bereit?« fragte er mich.

»Ja.« Ich knöpfte die linke Manschette auf.

»Sehr gut. Houdini, Sie und Beaumont werden diese Ecke haben.« Er deutete mit dem Kinn Richtung Südosten. Der Große Meister schenkte mir ein breites Lächeln und schlenderte dann zu der besagten Ecke hinüber.

Er hatte Miss Turner und den Earl und alles, was ich ihm sonst noch erzählt hatte, schon vergessen, als wir die Treppe heruntergestapften. Ich glaube, er war richtig aufgeregt. Vielleicht weil er zur

Abwechslung einmal zu den Zuschauern gehörte und nicht mit dem Hauptdarsteller konkurrieren mußte.

Doyle rief: »Sir David?«

Während ich die Ärmel hochkrempelte, kam Sir David, aufrecht und geschmeidig, durch das Gras zu uns herübergeschlendert. Für jemanden, der so kräftig war wie er, bewegte er sich recht gut. Seine Augenbrauen waren hochgezogen, als er mich anlächelte. Ich nickte ihm zu. Ohne die Augenbrauen sinken zu lassen oder mir zuzunicken, wandte er sich an Doyle. »Ja?«

»Ich möchte gerne absolut sicher sein«, sagte Doyle, »daß wir alle die Regeln kennen.« Beim Sprechen blickte er ständig zwischen mir und Sir David hin und her. »Der Kampf wird in Runden zu je drei Minuten ausgetragen, mit einer Pause von jeweils einer Minute zwischen den Runden. Wer im Verlauf einer Runde zu Boden geht, hat zehn Sekunden, um ohne fremde Hilfe wieder aufzustehen. Wer mit einem Bein kniet, gilt als am Boden und wird, sofern er getroffen wird, wegen Disqualifikation des Gegners zum Sieger erklärt. Ringergriffe und Festhalten sind nicht erlaubt. Keine Schläge unter die Gürtellinie, keine Schläge auf die Nieren oder ins Genick. Kein Treten, Stoßen oder Beißen. Ist das klar?«

Sir David lächelte. »Vollkommen.«

»Klar, Mr. Beaumont?«

»Klar.« Dadurch verringerte sich mein Repertoire allerdings beträchtlich.

»Gut«, sagte Doyle. »Begeben Sie sich in Ihre Ecken, Gentlemen.«

Ich ging hinüber zu meinem Hocker. Der Große Meister tänzelte grinsend und händereibend um ihn herum. Ich drehte mich um und schaute hinüber zu Sir David. Sein Sekundant war Dr. Auerbach.

»Ladies und Gentlemen«, verkündete Doyle so laut, daß seine Stentorstimme über den Rasen dröhnte. »Willkommen bei diesem sportlichen Ereignis. Der Boxkampf wird aus zehn Runden bestehen und nach modifizierten Regeln des Marquis of Queensberry ausgetragen. Jede Runde wird drei Minuten dauern. Als Zeitnehmer wird Lady Purleigh fungieren. Die Runde endet, wenn sie die Glocke läutet. Lady Purleigh, würden Sie uns das bitte demonstrieren?«

An der kupfernen Kuhglocke auf dem Tisch war ein Band befestigt. Lady Purleigh lächelte und hob dann, das Band als Griff benutzend, die Glocke hoch. Sie schlug mit einem kleinen Metallhammer daran. Die Glocke gab einen klaren, angenehmen Ton von sich, der auf dem ausgedehnten leeren Rasen verhallte.

»Vielen Dank«, sagte Doyle. Er wandte sich den anderen zu. »Ich werde als Ringrichter fungieren, und meine Entscheidungen sind endgültig.«

»Bravo!« sagte Lord Bob laut und klatschte in die Hände. Die anderen applaudierten.

»In dieser Ecke«, verkündete Doyle, »haben wir Sir David Merridale aus London.«

Wieder wurde höflich applaudiert. Hinter mir grölte der Große Meister: *»Buuhh!«* Köpfe wandten sich steif nach ihm um. Der stärkste Beifall schien von Cecily Fitzwilliam zu kommen. Lady Purleigh beugte sich zu ihr hinüber.

Sir David nickte lächelnd in Richtung jedes Tisches.

Nur für den Fall, daß man ihn beim erstenmal nicht gehört hatte, grölte der Große Meister erneut: *»Buuhh!«*

Der Beifall war verstummt. Doyle sah uns stirnrunzelnd an. »Und in dieser Ecke haben wir Mr. Phil Beaumont aus Amerika.«

Hinter mir begann der Große Meister wie verrückt zu klatschen. »Ein dreifaches Hoch auf Phil!« schrie er. Die Gäste applaudierten abermals höflich. Außer Cecily Fitzwilliam, die mit vor der Brust verschränkten Armen dasaß. Lady Purleigh beugte sich zu ihr hinüber.

»Hurra!« brüllte der Große Meister. Ich drehte mich zu ihm um und sagte leise: »Immer sachte, Harry.«

Er beugte sich grinsend zu mir. Während er wie wild weiterklatschte, sagte er: »So macht man das im Showgeschäft, Phil!«

Er hatte als erster zu klatschen begonnen und hörte als letzter auf.

»Gentlemen?« sagte Doyle und winkte Sir David und mich in den Ring. »Bitte schütteln Sie sich die Hand.«

Sir David streckte die Hand aus. Ich nahm sie. Er zeigte, wie fest er zupacken konnte, aber das hatte ich erwartet. Er lächelte mich an. Verbindlich. »Irgendwelche letzten Worte, Beaumont?« erkundigte er sich.

»Wie ich höre, hat Miss Turner Ihnen gestern eine Abfuhr erteilt. So ein Pech.«

Er hörte nicht auf zu lächeln, doch die Haut an seinen Augenwinkeln straffte sich. Er blickte auch nicht Miss Turner an, was er aber, wie ich glaube, zu gern getan hätte.

»In Ihre Ecken, Gentlemen«, sagte Doyle. »Wenn die Glocke ertönt, treten Sie vor und beginnen zu boxen.«

Ich ging zurück in meine Ecke. Der Große Meister grinste und klopfte mir herzhaft auf die Schulter.

Der Himmel über uns war hellblau und völlig wolkenlos. Die frische klare Luft roch nach warmer Erde. Drüben auf der anderen Seite des ausgedehnten grünen Rasens jagte ein rotes Eichhörnchen hinter einem anderen her.

Doyle hatte sich auf die Nordseite des Rings begeben, in die Nähe von Lord Bob und Lady Purleigh. Ich warf einen Blick ins Publikum. Mrs. Corneille beobachtete mich. Desgleichen Miss Turner. Desgleichen Cecily. Cecily blickte weg.

Lady Purleigh hob die Kuhglocke hoch und schlug sie mit dem Hammer an.

Ich trat in den Ring.

Sir David hatte sich aufgerichtet, den stattlichen Kopf und die breiten Schultern zurückgeworfen, die Arme vor dem Körper, den linken Arm vorgestreckt, und beschrieb mit der linken Faust kleine, enge, kontrollierte Kreise. Die rechte Faust wies unter seinem Kinn nach oben. Er rückte auf dem linken Fuß vor, den rechten Fuß lotrecht dazu, das Gewicht gleichmäßig verteilt. Er bewegte sich plattfüßig, aber er bewegte sich trotzdem recht gut. Für ihn war das nichts Neues.

Ich ging, die Schultern nach unten, geduckt auf ihn zu. Wir umkreisten uns langsam. Ich lächelte ihn an. Mit leiser Stimme sagte ich: »Da hat sie wohl Ihren wunden Punkt getroffen, was, Davy?«

Er ging mit der Linken auf mich los, und ich wich aus. Er folgte mir und versuchte es wieder mit der Linken, diesmal auf dem falschen Fuß. Ich pendelte nach rechts, täuschte eine Linke auf sein Kinn vor, schlug einen rechten Haken zum Herzen. Er wich zurück, aber ich traf trotzdem. Er versuchte es mit einem wilden Schwinger auf meinen Kopf. Ich fing ihn mit dem linken Unterarm ab, und er versuchte es wieder mit einer Linken, und ich fing sie mit dem rechten Unterarm ab und versetzte ihm zwei schnelle Schläge mit der Linken auf die Nase. Er riß die Arme hoch, und ich erwischte ihn mit einer Links-Rechts-Links-Kombination in der Magengrube. Seine Nase blutete. Er machte den Mund auf und ließ die Arme sinken, und ich landete, über sie hinweg, einen weiteren linken Haken auf seiner Nase. Sein Kopf flog nach hinten, und sein Kinn fuhr nach oben, und ich brachte die Rechte hoch, mit allem, was ich hatte, brachte sie im schrägen Winkel von der Hüfte aus hoch und zielte genau an das hintere Ende der Kinnlade. Ich traf es und spürte, wie in meiner Hand ein Knöchel heraussprang.

Den Blick gen Himmel gerichtet, trat Sir David einen Schritt zurück, und dann knickten seine Beine unter ihm ein, und er fiel um. Er landete flach auf dem Rücken, die Arme im Gras ausgestreckt. Sein Kopf kippte auf die Seite.

Ich stand unter dem strahlend blauen Himmel, inmitten einer gewaltigen Stille, über ihm. Nichts bewegte sich.

Plötzlich war Doyle da, und ich trat beiseite. Er blickte mich kurz mit ausdrucksloser Miene an, wandte sich dann Sir David zu, beugte sich leicht vor und begann laut zu zählen, wobei er den Arm im Takt durch die Luft schwang. *»Eins«*, sagte er. *»Zwei.«*

Ich renkte meinen Knöchel wieder ein. Wenn man zu lange wartet, schwillt er an, und dann geht nichts mehr.

»Fünf. Sechs.« Doyle rief die Zahlen jetzt lauter aus, vielleicht in der Hoffnung, daß, wenn er brüllte, Sir David sie hören würde. Und vielleicht hörte Sir David sie ja tatsächlich. Sein Bein zuckte jedenfalls. Aber er stand nicht auf.

Keiner der Zuschauer hatte etwas gesagt. Nicht einmal der Große Meister. Ich schaute ins Publikum. Mrs. Corneille blickte weg. Miss Turner starrte mich mit nach unten gezogenen Mundwinkeln an.

»Neun«, sagte Doyle. »Und *zehn.*« Sir David hatte sich nicht mehr gerührt. »Und der Sieger ist Mr. Beaumont.« Grimmig packte Doyle mit seiner Pranke mein Handgelenk und riß meinen Arm in die Höhe. Ich hatte das dumme Gefühl, daß er mich, wenn er gewollt hätte, vom Boden hätte hochheben können wie einen Luftballon.

Plötzlich war der Große Meister neben mir, der Freudentänze

aufführte und ausgelassen auf meine Schulter eindrosch. *»Hipp, hipp, hurra! Hipp, hipp, hurra!«*

Die anderen waren weniger begeistert. Sie applaudierten zwar, aber nur kurz und zurückhaltend. Bei einigen kamen die Hände vermutlich gar nicht erst miteinander in Berührung. Selbst Lord Bob, der soeben fünf Pfund gewonnen hatte, blickte drein wie jemand, der lieber woanders gewesen wäre. Cecily drehte sich zu ihrer Mutter um und sagte laut und vernehmbar: »War's das etwa schon?« Ihre Mutter beugte sich zu ihr hinüber.

Doyle ließ meine Hand los und kniete langsam neben Sir David nieder. Ich hörte, wie er vor Anstrengung schnaufte.

Cecily zog sich etwas von ihrer wispernden Mutter zurück und nörgelte: »Aber es sollte doch zehn geben! Und jede sollte drei Minuten dauern, hat er gesagt.«

Auf dem Boden bewegte Sir David wieder ein Bein. Doyle sah zu mir auf. »Er kommt zu sich. Ich glaube, es ist ihm nichts weiter passiert.«

Ich nickte. »Gut.«

»Verzeihung«, sagte eine fremde Stimme hinter mir.

Ich drehte mich um. Desgleichen Doyle und der Große Meister.

Auf der mit Platten belegten Terrasse standen drei Männer. Einer davon war Briggs, der seine schwarze Livree trug. Neben ihm standen zwei Männer, die Anzüge trugen. Einer der Männer hatte massige Schultern und war größer als ich. Der andere war zierlicher, und er war derjenige, der freundlich lächelte. »Einen recht schönen guten Morgen Ihnen allen«, sagte er. »Es ist ja auch in der *Tat* ein wunderbarer Morgen, habe ich recht? *Der muntre Tag erklimmt die dunst'gen Höh'n.«* Er lächelte abermals. »Gestatten Sie mir, mich und meinen Mitarbeiter vorzustellen. Ich bin Inspektor Marsh. Das ist Sergeant Meadows. Wir kommen aus London. Vom C.I.D.«

DRITTER TEIL

Neunundzwanzig

»Also, Mr. Beaumont«, sagte Inspektor Marsh. »Sie sind nun schon einige Zeit in Maplewhite. Als Hausgast seit Freitag abend, wie ich höre. Und Sie sind ein Pinkerton-Mann, ein ausgebildeter Privatdetektiv, hmmm?« Er lächelte. »Ein wahrer Glücksfall für uns, Sie hier zu haben.«

Ich fragte mich, ob er mich auf den Arm nahm. Das fragte ich mich eigentlich ständig, wenn ich mit ihm sprach.

Er wandte sich an Sergeant Meadows. *»Das ist ein Glückstag, Junge, an dem wollen wir auch Gutes tun.«* Sergeant Meadows nickte, ohne mich aus den Augen zu lassen. Marsh wandte sich wieder mir zu. »Das Wintermärchen. Sie kennen doch Shakespeare, Mr. Beaumont?«

»Nicht persönlich.«

Er gluckste. »Entzückend. Wir werden großartig miteinander auskommen, Sie und ich.« Er lächelte. »Dann treiben Sie sich also seit zwei Tagen im Schloß herum und haben all diese mysteriösen Vorfälle hautnah miterlebt. Und zweifellos haben Sie die Augen offengehalten? Die eine oder andere Frage gestellt, stimmt's? Gestehen Sie es ruhig.« Er lächelte verschlagen, die Augen zusammengekniffen, und drohte mir scherzhaft mit dem schlanken Zeigefinger. *»Ein wunderlich Bekenntnis nehm' ich wahr / In deinem Aug'*, habe ich recht?«

Ich lächelte. »Stimmt. Die eine oder andere.«

»Das ist doch ganz natürlich. Der Leopard und seine Flecken, wie? Etwas anderes hatte ich nicht erwartet.« Er lehnte sich behaglich zurück, zog die Hosenbeine zurecht, um die Bügelfalten zu schonen, und schlug die Beine übereinander, das rechte über das linke. »Würde es Ihnen dann wohl etwas ausmachen, den wackeren Sergeanten und mich ins Bild zu setzen?«

Wir drei waren in der Bibliothek. Marsh und Sergeant Meadows saßen auf dem Sofa gegenüber von meinem Sessel. Der Sergeant saß zur Linken von Marsh, ein kleines Notizbuch auf dem ausladenden Schoß. Er war Ende dreißig, trug einen schwarzen Anzug und war schwer gebaut, fast so groß und breit wie Doyle. Von dem in der Mitte der Stirn spitz zulaufenden Haaransatz aus zog sich das schwarze Haar wie gelackt über den massigen rechteckigen Schädel. Das markante Kinn schimmerte bläulich – er hatte die Art von Bart, die vermutlich bereits nachwuchs, während er noch das Rasiermesser abspülte. Mitten durch seine buschige linke Augenbraue verlief senkrecht eine kleine Narbe, die die Form eines Kommas hatte, und ihm war mindestens einmal die Nase gebrochen und dann schlecht zusammengeflickt worden. Allem Anschein nach hatten Polizeibeamte in England auch kein leichteres Leben als Polizeibeamte in den USA.

Inspektor Marsh war in den Vierzigern. Ihm hatte noch nie jemand die Nase gebrochen. Es handelte sich um eine schmale, aristokratische Nase in einem schmalen, aristokratischen, lebhaften Gesicht. Die Nase war so zierlich wie fast alles an ihm – das feine braune Haar, die Augenbrauen, die Wangenknochen, das spitze Kinn, der kleine feingeschnittene Mund. Der Anzug aus grauem Wollstoff, den er trug, hatte zierliche Nadelstreifen und war ihm zierlich auf den schlanken, sportlichen Leib geschneidert. Aus der Brusttasche des Jacketts lugte zierlich die Spitze eines pulverblauen Ziertüchleins hervor. Er sah so zierlich aus, daß ich Angst hatte, er würde abheben und davonschweben.

Doch zierliche Bullen sind nicht von Dauer. Und Marshs Augen – haselnußbraun, fast grün – waren alles andere als zierlich. Sein Gesicht wirkte offen und arglos. Er lächelte, wenn er mich neckte, und schürzte die Lippen oder knabberte mit seinen kleinen weißen Zähnen an der Unterlippe. Hin und wieder wackelte er mit den Augenbrauen oder zog sie überrascht oder amüsiert nach unten oder hoch. Aber wenn er mich ansah, waren seine Augen immer gleich – kühl und scharf und wachsam.

Es war seine Idee gewesen, allein mit mir zu sprechen. Draußen auf der Terrasse hatte Lord Bob sich dem Inspektor vorgestellt und danach die anderen bekannt gemacht. Lady Purleigh, Cecily, Sir Arthur, den Großen Meister. Und Sir David, der inzwischen wieder auf den Füßen stand, aber noch etwas benommen war. Mich hatte Lord Bob als letzten vorgestellt, als »Houdinis Pinkerton-Leibwächter«.

Marsh hatte mich angelächelt und gesagt: »Entzückend! Ein Pinkerton-Mann. Wie er leibt und lebt. Wunderbar!« Er hatte sich

Lord Bob zugewandt, und sein schmales, lebhaftes Gesicht war auf einmal ernst geworden. »Lord Purleigh, gestatten Sie mir, Ihnen mein aufrichtiges Beileid auszudrücken. *Unheilbar ist der Schad', und die Geduld / Sagt, sie vermag hier nichts.* Der Sturm.«

Lord Bob blinzelte. »Ja. Gewiß. Ich danke Ihnen.«

Marsh beugte sich zu ihm. »Sie werden mich jetzt sicher für schrecklich unhöflich halten, und ich hoffe, daß Sie mir verzeihen werden, aber gibt es hier irgendwo ein abgeschiedenes Plätzchen, wohin ich mich mit Mr. Beaumont zurückziehen könnte? Wir haben gewisse Dinge zu besprechen.« Er senkte die Stimme und die Augenbrauen. »Wichtige Angelegenheiten, Sie verstehen. Streng vertraulich.«

Lord Bob war anscheinend etwas erstaunt gewesen. Über diesen Wunsch oder aber über Inspektor Marsh selbst. Inspektor Marsh konnte eigentlich jeden in Erstaunen versetzen. Aber Lord Bob war ein Gentleman, und so sagte er: »Gewiß. Selbstverständlich. Nehmen Sie die Bibliothek.«

»Die Bibliothek!« sagte Marsh, die Augen freudig aufgerissen. »Ausgezeichnet!« Er legte den Kopf schief. *»Komm, wähl in meinem ganzen Büchersaal, / Und so vergiß dein Leid, bis das Geschick / Enthüllt den argen Stifter dieser Tat.* Titus Andronicus.«

Lord Bob starrte ihn an. Marsh wandte sich mir zu. »Wissen Sie, wo sich die Bibliothek befindet?«

Ich nickte.

»Entzückend. Lady Purleigh. Lord Purleigh. Meine Damen und Herren. Ich hoffe, Sie alle werden mir diese Störung verzeihen. Polizei, Bürokratie, eine üble Sache, werden Sie denken, und ich kann Ihnen da nur von ganzem Herzen zustimmen. Ich hoffe jedoch sehr, daß Sie alle Nachsicht mit mir üben werden, während ich mich kurz mit Mr. Beaumont zusammensetze. Ich freue mich schon ungemein darauf, mit jedem einzelnen von Ihnen zu plaudern.«

Lord Bob war nicht der einzige, der ihn anstarrte.

Dann hatte Marsh sich lächelnd mir zugewandt. *»Nun magst dich weisen, MacDuff.«*

Als ich jetzt, noch immer in Hemdsärmeln, in der Bibliothek saß, fragte ich ihn: »Soll ich ganz vorne anfangen?«

Er lächelte, als wäre das eine Idee, auf die er selbst nie im Leben gekommen wäre, die ihm aber irgendwie gefiel. »Jawohl, ganz vorne. Wo alles begonnen hat. Mr. Houdini engagierte Sie in den Vereinigten Staaten, nicht wahr?«

»Ja.« Ich erzählte ihm die ganze Geschichte. Von dem Großen Meister und Chin Soo in Buffalo, dem gescheiterten Anschlag im Hotel Ardmore in Philadelphia, unserer Reise nach Paris und weiter nach London, dem Telegramm von der Detektei, die mir mitteilte, daß Chin Soo vermutlich mit dem Schiff von New York nach Rotterdam abgereist war.

Während ich sprach, hatte Marsh den Kopf auf die Rückenlehne des Sofas gelegt und an die Decke gestarrt. Sein rechter Ellbogen ruhte auf der Armlehne des Sofas, der Unterarm war erhoben und der Zeigefinger ausgestreckt, dessen Spitze zierlich in der Mulde seiner rechten Wange lag.

»Hmmm«, sagte er, den Blick noch immer zur Decke gerichtet. »Dann haben Sie also keinerlei Beweise dafür, daß dieser andere Zauberkünstler überhaupt in England eingetroffen ist.«

»Nein«, sagte ich. »Aber Houdinis Reisepläne wurden in den amerikanischen Zeitungen veröffentlicht, bevor wir abfuhren. Und dann war da das Telegramm von meiner Firma. Ich mußte also davon ausgehen, daß Chin Soo wußte, wo er ihn finden würde.«

Er senkte den Kopf und lächelte mich an. »Davon mußten Sie *selbstverständlich* ausgehen, lieber Freund. Ich möchte Sie in keiner Weise kritisieren, das versichere ich Ihnen. Ich habe größte Hochachtung vor Ihrer Firma, und ich bin überzeugt, daß Sie sich vollkommen richtig verhalten haben. Dessen bin ich mir absolut sicher. Ich bringe lediglich System in meine Gedanken.« Er lächelte und machte eine zierliche Handbewegung. »*Mein Sehnen war wie ein verzognes Kind / Der Mutter Zucht entwachsen.* Troilus und Cressida.«

Ich nickte.

»Also«, sagte er. »Sie sind am Freitag abend hier angekommen, richtig?«

»Richtig.«

»Und um wieviel Uhr war das etwa?«

Ich sagte es ihm. Ich erzählte ihm, wie ich die anderen Gäste kennenlernte und später den Salon verlassen hatte, um in die Suite zurückzukehren, die ich mit dem Großen Meister teilte. Erzählte ihm, wie ich entdeckt hatte, daß jemand meine Reisetasche durchsucht hatte, erzählte ihm, daß der Große Meister entdeckt hatte, daß jemand versucht hatte, seine zu durchsuchen.

»Aha«, sagte er. »Die Sache wird langsam spannend. Wurde etwas entwendet?« fragte er mich.

»Nein.«

»Fanden Sie das nicht ein klein wenig sonderbar?«

»Nein. Es war nichts drin, was sich zu nehmen gelohnt hätte.«

Er lächelte Sergeant Meadows an. *»Nur Bettler wissen ihres Guts Betrag.«* Zu mir sagte er: »Romeo und Julia.«

»Mhm.«

»Und was – genau – haben Sie unternommen? Den versuchten Diebstahl jemandem gemeldet? Lord Purleigh vielleicht?«

»Nein. Es war ja noch alles da. Ich ging zu Bett. Während der Nacht hörte ich dann jemand schreien.«

Marsh sah Sergeant Meadows an. »Die Spannung steigt, was, Sergeant?« Er sah mich an. »Und haben Sie in irgendeiner Weise versucht, die Ursache dieses Schreiens herauszufinden?« Er lächelte wieder sein verschlagenes Lächeln und drohte wieder mit dem Finger. »Wie ich meine Pappenheimer kenne, würde ich wetten, daß Sie das taten.«

»Stimmt. Es war Miss Turner von nebenan.« Ich erwähnte nicht, daß ich zu der Zeit wach war und mich mit Cecily Fitzwilliam unterhielt. Ich berichtete ihm von der Szene mit Miss Turner und Mrs. Allardyce, Mrs. Corneille und Sir David.

»Wunderbar!« sagte er mit einem strahlenden Lächeln und hob die Hände. »Ein Gespenst! Ich liebe Gespenster. Lord Reginald, sagen Sie?«

»Sagte *sie*. Nicht ich.«

»Richtig«, räumte er ein. »Nicht Sie.« Er lehnte sich zurück. »Und welcher Art war dieses Gespenst, genau gesagt? Doch nicht etwa zufällig eines, das mit dem Kopf unter dem Arm herumhumpelte?«

»Nein.«

»Mit seinen Ketten rasselte?«

»Nein«, sagte ich. »Soll ich Ihnen gleich sagen, was ich später über das Gespenst herausgefunden habe?«

Er winkte rasch ab. »Nein, nein, nein. Bitte nichts überspringen.

Mir ist ein chronologischer Bericht weitaus lieber. *Ein redlich Wort macht Eindruck, schlicht gesagt.*« Selbst wenn er einem nicht sagte, aus welchem Stück das Zitat stammte, wußte man trotzdem, daß es ein Zitat war. Seine Stimme wurde präziser und sogar noch zierlicher. »Sagen Sie«, sagte er. »Wurde Miss Turner irgendwie verletzt durch diese . . . diese Heimsuchung?«

»Nein. Nur verstört. Erschreckt. Verletzt nicht.«

Er nickte. »Und dann?«

»Ich bin wieder in mein Zimmer gegangen und habe weitergeschlafen.«

»Gab es noch weitere Gespenster?«

»Nicht daß ich wüßte.«

»Schade. Und am Tag darauf? Dem Sonnabend?«

Es klopfte an der Bibliothekstür. Marsh rief: »Herein!«

Die Tür wurde geöffnet, und Briggs trat ein. Sein Gesicht wies heute morgen überhaupt keinen Ausdruck auf, aber dafür hatte er mein Jackett und meine Krawatte fein säuberlich über dem linken Arm hängen. »Verzeihung, die Herren. Mr. Beaumont, Sir, Lady Purleigh bat mich, Ihnen Ihre Sachen zu überbringen.«

Ich stand auf. »Danke, Mr. Briggs.« Er kam durchs Zimmer und überreichte mir meine Krawatte – so zeremoniell, als wäre es die Nationalflagge. Dann, genauso zeremoniell, überreichte er mir mein Jackett. Ich sagte: »Vielen Dank. Und richten Sie Lady Purleigh meinen Dank aus.« Ich warf Jackett und Krawatte über die Armlehne des Sessels und setzte mich wieder.

»Gewiß, Sir. Des weiteren bat sie mich, Sie zu fragen, Sir, ob Sie wünschen, daß Ihnen das Frühstück hier serviert wird.«

»Ja. Das wäre nett, Mr. Briggs. Richten Sie ihr aus, daß das sehr freundlich von ihr ist.«

»Jawohl, Sir.« Briggs wandte sich an Marsh. »Des weiteren beauftragte sie mich, mich zu erkundigen, Sir, ob Sie und der andere Herr ebenfalls etwas zu sich nehmen möchten.«

Marsh lächelte. »Eine wunderbare Idee!« Er wandte sich an mich und gestand: »Wir sind beide völlig ausgehungert. Keinen Happen seit London. *Wenn auch das Chamäleon Liebe sich mit Luft sättigen kann, ich bin einer, der sich von Speise nährt.*« Er wandte sich an Briggs. »Die beiden Veroneser.«

Briggs nickte. Vielleicht wußte er das bereits. »Jawohl, Sir«, sagte er. »Ich werde Higgens Bescheid sagen, Sir, und es wird gleich jemand kommen.«

»Entzückend. Ach, und – *Briggs*, so war doch der Name?«

»Sir?«

»Briggs, würden Sie Lord und Lady Purleigh bitte fragen, ob es ihnen wohl genehm wäre, uns in, sagen wir, einer Stunde hier aufzusuchen?«

»Gewiß, Sir. Sofort, Sir.«

»Ich danke Ihnen.«

Briggs drehte sich um und ging. Die Tür schloß er hinter sich.

Ich streifte die Krawatte über den Kopf, schob sie unter den Hemdkragen. »Soll ich abschwirren, wenn Lord und Lady Purleigh kommen?«

Zum erstenmal schien Inspektor Marsh ernsthaft verwirrt zu sein. »Abschwirren?«

Ich lächelte. »Möchten Sie, daß ich verschwinde? Daß ich gehe?«

»Nein, nein. Selbstverständlich nicht, lieber Freund. Wir sind doch Kollegen. Verbündete bis zum bitteren Ende. *Zwei Schildern eines Wappens glichen wir, die friedlich stehn, gekrönt von einem Helm.* Ein Sommernachtstraum.«

»Genau.« Ich zog den Knoten meiner Krawatte zurecht.

Er schürzte die Lippen. »Natürlich streiten sich die Gelehrten darüber, wieviel von seinem Werk der große Barde selbst verfaßt hat.«

»Mhm.«

»Nun denn«, sagte er. »Wir wollten uns den Ereignissen des Sonnabends zuwenden.«

»Stimmt.« Ich berichtete ihm von dem Frühstück mit Lord Bob und dem Spaziergang mit dem Großen Meister. Von der Begegnung mit Miss Turner und ihrem Pferd. Ich berichtete ihm, wie ich mit Mrs. Allardyce und Mrs. Corneille unter dem Baum mit den bronzeroten Blättern saß und wie Lord Bob auf seinem Motorrad angeprescht kam. Wie Miss Turner und das Pferd plötzlich fluchtartig aus dem Wald geschossen kamen und daß sie es wieder unter Kontrolle hatte, bevor sie uns erreichte.

Marsh hatte die Decke angestarrt, doch nun senkte sich sein Blick wieder. »Was veranlaßte sie, fluchtartig den Wald zu verlassen? Wissen Sie das?«

»Eine Schlange, wie sie sagte. Das Pferd scheute.«

»Ich verstehe. Und dann?«

Es klopfte an der Tür. Marsh rief: »Herein!«

Es war ein Diener, der einen Servierwagen schob. Er rückte einen niedrigen Tisch vor meinen Sessel, holte aus einem Fach des Wagens einen Teller heraus, der mit einem silbernen Deckel zugedeckt war, und stellte ihn auf das Tischchen. Er legte Silberbesteck und eine Damastserviette auf und brachte Tasse und Untertasse und zwei Kännchen, die Tee und Kaffee enthielten. Genau so deckte er den Couchtisch für Marsh und Meadows. Dann schob er den Wagen in die Ecke, drehte sich um und fragte uns: »Haben die Herren noch Wünsche?«

Marsh lächelte zu ihm hoch. »Nein. Vielen Dank.«

Der Diener sagte: »Sehr wohl, Sir«, nickte und marschierte aus dem Zimmer.

»Sie bewirten einen wirklich wunderbar, Lord und Lady Purleigh.« Marsh deutete mit dem Kinn auf mein Frühstück. »Bitte. Greifen Sie zu. Guten Appetit. *Unruhig Essen gibt ein schlecht Verdaun.*«

Ich hob den Deckel von meinem Teller. Spiegeleier, gebratener Speck, gebratene Würstchen, gegrillte Tomaten, gebutterter Toast, ein toter Fisch. Ich griff zur Gabel.

Unter Zuhilfenahme von Messer und Gabel schnitt Marsh mit chirurgischer Präzision ein geometrisch perfektes Quadrat aus seinem Eiweiß. Er tauchte die Spitze des Messers leicht in das leuchtend gelbe Eigelb, bestrich damit penibel das Eiweißquadrat und führte das Ganze dann elegant zum Munde. Die Gabel hielt er stets in der linken Hand, wie es bei den Engländern üblich ist. Er kaute ruhig und gleichmäßig. Nachdenklich. Zierlich. Er schluckte und sah zu mir auf, wobei er sich mit der Serviette zierlich den Mund abtupfte.

»Miss Turner war gerade eingetroffen«, sagte er. »Was passierte daraufhin?«

Ich verspeiste ein Stück von meinem Würstchen. »Jemand feuerte ein Gewehr ab.«

Marsh zog die Augenbrauen hoch. »Ein Gewehr? Von wo aus?« Er schnitt ein weiteres absolut quadratisches Stück Eiweiß ab.

Sergeant Meadows hatte sein Notizbuch weggelegt und aß, als

habe er seit dem Krieg nichts mehr zwischen die Zähne bekommen. Er war über seine Eier gebeugt, und seine massigen Ellbogen bewegten sich auf und ab wie Flügel.

»Aus dem Wald«, sagte ich. »Aus etwa hundertfünfzig Metern Entfernung. Damals dachte ich, er hätte auf Harry gezielt.« Ich schnitt ein Stück Speck ab, verspeiste es.

Marsh bestrich das Quadrat wiederum penibel mit Eigelb. »Sie dachten, es wäre – wie hieß er doch gleich? Dieser Zauberkünstler?«

Ich schluckte. »Chin Soo.«

»Sie dachten, Chin Soo habe den Schuß abgefeuert.« Er schob das Häppchen Ei in den Mund.

»In dem Moment, ja.«

Er kaute. Gründlich. Gleichmäßig. Er schluckte. Er tupfte sich den Mund ab. »Sie wollen mir damit zu verstehen geben, daß Sie Ihre Meinung inzwischen geändert haben.«

»Stimmt.«

»Würden Sie mir helfen, mein Gedächtnis aufzufrischen? Genau wer von den Gästen tummelte sich zu besagter Zeit draußen auf dem Rasen?«

Wieder klopfte es an der Tür.

»Der reinste Taubenschlag, habe ich recht?« sagte Marsh lächelnd. Dann rief er: *»Herein!«*

Die Tür flog auf, knallte gegen den Türstopper, prallte zurück. Der Große Meister erwischte sie beim Eintreten mit der linken Hand und hielt sie fest. »Phil«, sagte er. »Wir müssen abreisen.«

Dreißig

Ich verspeiste ein Stück Spiegelei. »Und warum, Harry?«

»Wegen Bess.« Er ließ die Tür ins Schloß fallen und kam ins Zimmer. »Ich habe soeben am Telefon mit ihr gesprochen. Sie rief aus Paris an. Sie beabsichtigt, heute abend abzureisen. Sie wird morgen vormittag in London eintreffen. Morgen vormittag, Phil. Ich *muß* dasein, wenn sie ankommt.«

Ich blickte zu Inspektor Marsh. Er lächelte freundlich zum Großen Meister hinauf. »Verzeihen Sie«, sagte er. »Mr. Houdini?«

Der Große Meister wandte sich ihm zu, die Stirn ungeduldig gerunzelt.

Marsh sagte: »Und wer genau ist Bess?«

Ich aß weiter. Ich hatte das dumme Gefühl, daß das Frühstück gleich vorbei sein würde.

»Meine Gattin«, sagte der Große Meister. »Sie lag in Paris todkrank danieder. Ihr Magen. Das gräßliche Essen, all diese widerlichen französischen Saucen. Inzwischen geht es ihr besser, Gott sei Dank, zumindest so weit, daß sie jetzt reisefähig ist. Es war mir ein großes Vergnügen, Sie kennenzulernen, Inspektor, und ich bedaure zutiefst, daß wir keine Gelegenheit haben werden, miteinander zu sprechen. Aber Mr. Beaumont und ich müssen Maplewhite unverzüglich verlassen.«

Ich aß mein Ei auf.

»Ja«, sagte Marsh. »Das sagten Sie. Sie sind sich doch darüber im klaren, Mr. Houdini, daß es sich hier um polizeiliche Ermittlungen handelt?«

Sergeant Meadows schenkte sich eine Tasse Kaffee ein. Das schien mir eine gute Idee zu sein, und so folgte ich seinem Beispiel.

»Natürlich bin ich mir darüber im klaren. Aber ich bin lediglich Gast in diesem Hause. Die Ermittlungen haben nichts mit mir zu tun. Phil, wie lange brauchen Sie, um zu packen?«

Ich trank einen Schluck Kaffee. »Tja, Harry«, sagte ich.

»Ich könnte mir vorstellen«, sagte Marsh, »daß es kein Problem für Sie wäre, zu veranlassen, daß Ihre Frau in London von jemandem abgeholt wird. Ich . . .«

»Ausgeschlossen!« sagte der Große Meister. »Bess erwartet, daß *ich* am Bahnhof bin.« Er richtete sich zu voller Größe auf. »Und ich habe meine Frau in all den Jahren, die wir miteinander verheiratet sind, noch nie enttäuscht, Inspektor.«

Marsh lächelte. »Das gereicht Ihnen zur Ehre, Mr. Houdini«, sagte er. »Aber ich bedaure, Ihnen mitteilen zu müssen, daß es niemandem gestattet ist, Maplewhite vor Abschluß der Voruntersuchung zu verlassen.«

Aus Ungeduld war Ungläubigkeit geworden. *»Gestattet?«*

»Harry«, sagte ich.

Marsh sagte: »Sergeant Meadows und ich . . .«

»Inspektor«, sagte der Große Meister. »Sie verkennen die Situation. Meine Frau trifft ein. In London. Morgen vormittag. Und *ich* werde dasein.«

»Mr. Houdini«, sagte Marsh.

Der Große Meister sprach langsam, damit Marsh auch wirklich kapierte. »Inspektor, wissen Sie, wer ich *bin*?«

»Aber ja!« sagte Marsh strahlend. »*Das* konnte mir schwerlich verborgen bleiben. Es vergeht kein Tag, an dem ich nicht Ihre farbenfreudigen Plakate bewundere. Schließlich sind sie überall in London anzutreffen. Allgegenwärtig, könnte man sagen.«

»Dann ist Ihnen vielleicht auch der Gedanke gekommen«, verkündete der Große Meister, »daß ich nicht ohne Einfluß bin, selbst hier in England. Ich glaube, ich sollte Sie darauf hinweisen, daß . . .«

»Harry.« Ich stand auf. »Kommen Sie, Harry. Wir müssen uns unterhalten. Draußen. Wir sind gleich wieder da, Inspektor.«

Der Große Meister sah mich an. »Aber, Phil . . .«

»Kommen Sie.« Ich nahm ihn beim Arm. Er sträubte sich, und ich spürte, wie sich seine Muskeln unter meiner Hand ballten. Er hatte den Kopf hoch erhoben und funkelte Marsh mit seinen grauen Augen an. Marsh lächelte freundlich zu ihm hoch.

Ich zerrte an seinem Arm. »Harry, kommen Sie schon. Wir werden das klären.«

Widerstrebend, aber hocherhobenen Hauptes, ging er mit.

»Der Mann ist wahnsinnig, Phil!«

»Er ist Polizist, Harry.«

»Ein Idiot!«

»Das glaube ich nicht.«

»Sie haben doch gehört, daß ich ihm alles erklärt habe. Aber er weigert sich, zuzuhören!«

»Harry, der Mann macht nur seine Arbeit.«

»*Gestattet!* Wie kann er es wagen! Bess trifft morgen in London ein!«

Wir waren im Flur vor der Bibliothek. Der Große Meister lief auf dem Parkettboden auf und ab und fuchtelte mit den Armen herum. Ich hatte mich an die Wand gelehnt, die Arme verschränkt.

»Warum rufen Sie Ihre Frau nicht an?« sagte ich. »Fragen Sie sie, ob sie nicht einen späteren Zug nehmen kann. Vielleicht erst morgen.«

Er unterbrach sein Hinundhergelaufe, drehte sich zu mir um und stemmte die Hände in die Hüften. »Ich weigere mich! Und zwar strikt! Ich habe mein Wort gegeben.« Er richtete sich wieder zu seiner vollen Größe auf. »Und ein Houdini bricht sein Wort niemals.«

»Harry, Sie wollen nur stur sein. Sie sind doch bloß wütend auf Marsh.«

»Dazu habe ich auch allen Grund.«

»Marsh muß mit allen sprechen. Er muß rauskriegen, was los ist.«

»Was denn?« Er beugte sich zu mir. »*Was*, Phil? Was muß er denn ach so überaus Wichtiges ›rauskriegen‹?«

»Harry, das habe ich Ihnen doch gesagt.« Geduld. »Letzte Nacht hat jemand versucht, Miss Turner zu erstechen. Vielleicht war es die gleiche Person, die gestern den Schuß abgefeuert hat. Und vielleicht wird diese Person es noch mal versuchen. Miss Turner ist so lange in Gefahr, Harry, bis jemand herausbekommt, was hier eigentlich vor sich geht. Und vielleicht hängt das alles – der Schuß, das Messer – irgendwie mit dem Earl zusammen. Mit dem Tod des Earls. Die Vorstellung, daß es Selbstmord gewesen sein soll, gefällt mir noch immer nicht.«

Er schüttelte den Kopf. »Das haben wir doch bereits erörtert, Phil. Es kann nur Selbstmord gewesen sein. Kein Mensch hätte diese Tür öffnen können. Ich habe sie mit äußerster Sorgfalt untersucht.«

»Und was war eigentlich mit dem Earl los? Warum ist er mitten in der Nacht als Gespenst durch die Gegend spaziert?«

Er schüttelte den Kopf. »Der Earl war gelähmt, Phil.«

»Er behauptete, gelähmt zu sein. Er benahm sich, als ob er gelähmt wäre. Aber wie ich Ihnen sagte, hat Miss Turner den ganzen Kram in seinem Zimmer gefunden.«

»Dann hat eben jemand die Sachen dort deponiert.«

»Warum?«

»Um ihn in Verruf zu bringen.«

»Sie fand die Sachen rein zufällig. Und aus welchem Grund sollte jemand den Earl in Verruf bringen?«

»Das weiß ich nicht.«

»Genau. Ich auch nicht.«

Er machte den Mund auf und dann wieder zu. Er holte tief Luft. Er sah zum Flügelfenster hinaus und runzelte die Stirn. Er legte den Kopf auf die Seite. »Ich könnte einfach abreisen«, sagte er plötzlich. Er sprach mehr zu sich selbst als zu mir. »Wer sollte mich daran hindern?«

»Marsh«, sagte ich. »Er würde es weitermelden, er würde Straßensperren errichten lassen. Ein Wagen wie der Lancia ist schwer zu übersehen, Harry. Man würde Sie verhaften. Und dann säßen Sie im Gefängnis. Bess wäre bestimmt hocherfreut.«

Er drehte sich zu mir um, den Rücken gerade. »Kein Gefängnis der Welt kann einen Houdini aufhalten.«

»Toll. Sie brechen aus dem Gefängnis aus. Die Polizei nimmt Sie unter Beschuß. Und dann fangen *Sie* Kugeln ein, genau wie Chin Soo. Aber nicht mit den Zähnen.«

Er wandte sich ab. Er holte erneut tief Luft und schlug dann mit der Faust auf die steinerne Fensterbank. »Ich weigere mich dagegen, hier eingesperrt zu sein!« Er steckte die Hände in die Taschen und stierte finster durch die Scheiben in den Park von Maplewhite. Im Licht der Sonne wirkten die Linien um seinen Mund tiefer und dunkler.

»Harry«, sagte ich, »es wird bestimmt nicht lange dauern. Lassen Sie Marsh Zeit, herumzustöbern und die Leute zu befragen. Lassen Sie ihm Zeit, die Sache in den Griff zu kriegen.«

Er schnaubte. »Wenn wir warten wollen, bis Marsh etwas im Griff hat, sind wir noch am St.-Nimmerleins-Tag hier.« Er schüttelte den Kopf. »Lachhaft!« verkündete er der Fensterscheibe. »Houdini und eingesperrt!«

»Geben Sie ihm eine Chance, Harry. Vielleicht dauert es ja nur ein paar Stunden.«

Er drehte sich mit zusammengekniffenen Augen zu mir um. »Aha«, sagte er.

»Aha?«

Er nickte wissend. »Jetzt verstehe ich.«

»Was?«

»Sie wollen diese Sache *selbst* in den Griff bekommen, Phil, habe ich recht?« Er zog die Hände aus den Taschen und verschränkte die Arme. »Sie sind neugierig, habe ich recht? Als Privatdetektiv interessiert Sie der Fall. Und vielleicht sorgen Sie sich ja auch um Miss Turner.«

»Natürlich bin ich neugierig, aber . . .«

»Phil. Sie wurden nicht engagiert, um sich für Maplewhite zu interessieren. Ist das richtig?«

Ich seufzte. »Ja.«

»Und nicht, um sich um Miss Turner zu sorgen.«

»Nein.«

»Verraten Sie mir eines, Phil. Angenommen, man ließe mich abreisen. Würde mir *gestatten*, abzureisen. Sagen wir, in einer halben Stunde. Würden Sie mitkommen? Zurück nach London?«

»Ja.«

»Selbst wenn Sie den Fall dadurch vielleicht nie ›in den Griff‹ bekämen? Selbst wenn Miss Turner weiterhin in Gefahr wäre?«

»Ich habe einen Auftrag übernommen.«

»Aber – mal ganz ehrlich, Phil – Sie wären nicht glücklich, wenn Sie jetzt abreisen müßten.«

»Ich werde nicht dafür bezahlt, glücklich zu sein.«

Er schüttelte den Kopf. »Ganz ehrlich, Phil.«

»Ganz ehrlich, Harry?« Ich zuckte die Schultern. »Ich würde versuchen, es Ihnen auszureden.«

»So wie gerade jetzt.«

»Ja.« Ich lächelte. »So ähnlich.«

Er nickte ernst. »Ich weiß das zu schätzen, Phil. Ihre Ehrlichkeit. Und ihre persönliche Loyalität mir gegenüber. Dafür bin ich Ihnen dankbar.«

Er streckte die linke Hand aus und legte sie mir auf die Schulter wie ein Priester, der den Segen erteilt. »Nun gut, Phil. *Ich* werde der Sache auf den Grund gehen. Ihnen zuliebe werde *ich* herausfinden, was auf Maplewhite vor sich geht.«

Er ließ meine Schulter los und zog seine Taschenuhr hervor. »Acht Uhr dreißig.« Er blickte sinnend ins Leere. »Es kann einige Stunden dauern. Ich muß vielen Leuten Fragen stellen, viele Fragen.« Er wandte sich wieder mir zu. »Wenn wir, sagen wir, nach dem Tee abreisen würden, könnten wir vor Mitternacht in London sein. Früh genug, um noch etwas zu schlafen, bevor wir uns zum Bahnhof begeben und Bess abholen.«

»Alles mir zuliebe«, sagte ich.

Er steckte die Uhr wieder in die Westentasche. »Uns beiden zuliebe, Phil. Und auch Bess zuliebe.«

»Und wie wollen Sie das anstellen, Harry?«

»Ich werde die Wahrheit ans Licht bringen. Ich stimme Ihnen zu, Phil. Irgend etwas geht auf Maplewhite vor. Das steht fest. Sie haben mir soeben geholfen, Ordnung in meine Gedanken zu bringen. Hier tragen sich mysteriöse Dinge zu. Um hinter dieses Geheimnis zu kommen, bedarf es eines ganz speziellen Verstandes. Eines subtilen Verstandes, eines Verstandes, der von Kindesbeinen an darin geübt ist, Schliche und Tricks zu durchschauen. Diesen Verstand hat Inspektor Marsh eindeutig *nicht.* Aber wie Sie wissen, Phil, hat *Houdini* ihn. Betrügerei, Täuschung, Irreführung sind für mich eine Kleinigkeit.«

»Mhm.«

Er sah mich mit seinem breiten, ausgelassenen, bezaubernden Lächeln an. »Spätestens bis zum Tee, Phil«, sagte er und klopfte mir auf die Schulter, drehte sich um und schritt von dannen.

Inspektor Marsh stellte die Kaffeetasse ab und lächelte mich an, als ich wieder in die Bibliothek kam. »Ist Mr. Houdini gegangen?«

»Nur für ein Weilchen«, sagte ich.

Ich nahm wieder Platz. Sergeant Meadows griff zu seinem Notizbuch.

»Er wird das Gelände von Maplewhite nicht verlassen, wie ich hoffe«, sagte Marsh.

»Nein. Er hat beschlossen, den Fall für Sie aufzuklären.«

Marsh zog die Augenbrauen hoch. »Und um welchen Fall handelt es sich dabei?«

»Um beide. Alle.«

»Überaus freundlich von ihm.«

»Tja, so ist er eben.«

»Und wie, wenn ich fragen darf, will er das anstellen?«

»Keine Ahnung.«

»Und wie lange wird er, seines Erachtens, dazu benötigen?«

»Er rechnet damit, es bis zum Tee geschafft zu haben.«

»Tatsächlich. Nun denn. Fahren wir fort. Sie sprachen von den Gästen, die sich auf dem Rasen befanden, als der Schuß fiel.«

Ich berichtete weiter. Ich berichtete ihm alles. Von der Verfolgung des Heckenschützen. Wie ich Lord Bob in seinem Büro und später, hier in der Bibliothek, Sir Arthur über meinen Auftrag informiert hatte. Von der Teegesellschaft am Nachmittag. Von der Nachricht, daß sich die Tür des Earls nicht öffnen ließ. Wie wir die Tür aufbrachen und die Leiche fanden. Wie Lord Bob die Smith and Wesson aufhob und wieder auf den Boden legte. Wie ich in der Großen Halle entdeckte, daß mit der Winchester geschossen worden war. Von meiner Unterredung mit Carson, dem Kammerdiener des Earls. Meiner Unterredung mit Superintendent Honniwell wegen der Asche auf dem Fußboden.

»Das klingt«, sagte Marsh, »als hätte der Superintendent Ihre Hilfe nicht so zu schätzen gewußt, wie sie es verdient gehabt hätte.«

»Er hatte vermutlich andere Dinge im Kopf.«

»Zweifellos«, sagte Marsh. Er machte eine zierliche Handbewegung. »Bitte. Sprechen Sie weiter.«

Ich berichtete ihm von dem Gespräch mit Briggs und wie ich von den nächtlichen Besuchen von Darleen, dem Küchenmädchen, erfuhr.

Inspektor Marsh zog die Augenbrauen hoch. »Briggs?« Er lächelte. »Der treue Diener? *Und murrt' und schmollte niemals.* Der Sturm. Haben Sie auch mit der unternehmungslustigen Darleen gesprochen?«

»Bis jetzt noch nicht.«

Er nickte. »Bitte. Fahren Sie fort.«

Ich berichtete ihm von dem Dinner. Von der Séance und Lord Bobs Auftritt. Von meinem Besuch bei Mrs. Corneille.

»Sie gingen selbstverständlich nur deshalb in ihr Zimmer, um die Vorfälle hier in Maplewhite zu erörtern.«

»Genau. Und dann tauchte Miss Turner auf.«

»Miss Turner, die Dame mit der Erscheinung?«

»Ja.«

Ich hatte ihm gerade berichtet, was Miss Turner im Zimmer des Earls gefunden hatte, nämlich den gestohlenen Krimskrams, den Bart und die Perücke, als es an der Tür der Bibliothek klopfte.

»Herein!« rief Marsh.

Ein Diener trat ein und hielt steif die Tür auf. Gemessenen Schrittes betraten Lord Bob und Lady Purleigh die Bibliothek.

Einunddreißig

Marsh und Meadows und ich erhoben uns.

»Ich danke Ihnen vielmals, daß Sie gekommen sind«, sagte Marsh. »Ich weiß natürlich, daß meine Anwesenheit in Ihrem wunderschönen Heim eine schreckliche Zumutung ist.«

»Müssen schließlich Ihre Arbeit tun«, sagte Lord Bob. Die Farbe war in sein Gesicht zurückgekehrt, und es sah wieder blühend aus. Vielleicht hatten die Frühstückseier sie zurückgebracht. Oder der Frühstücksfisch. »Wäre wahrhaftig nichts für mich«, sagte er. »Herumschnüffeln, ausforschen, überall Dreck hinschleppen. Aber das verlangt wohl der Beruf. Die Pflicht und Schuldigkeit. Verstehe das vollkommen.«

Er führte Lady Purleigh zu einem Stuhl mit hoher Rückenlehne und hielt ihn fest, während sie Platz nahm. Sie trug wieder Schwarz und sah so erhaben aus, wie sie immer aussah. Ihr aschblondes Haar war über den Ohren nach oben gekämmt und schimmerte wie eine Krone. Sie lächelte Lord Bob zu, wandte sich um und lächelte uns an.

Lord Bob nahm auf dem Stuhl neben ihr Platz. Marsh und Meadows und ich setzten uns wieder.

»Können leider nicht lange bleiben«, sagte Lord Bob. »Meine Frau und ich. Gottesdienst drunten im Dorf. Um zehn. Besuche ihn sonst selbstverständlich nicht. Opium für das Volk, was? Und der Pfarrer ist ein Trottel. Aber unter den gegebenen Umständen. Todesfall in der Familie et cetera. Keine andere Wahl.«

»Nein, natürlich nicht«, sagte Marsh. Er wandte sich an Lady Purleigh. »Lady Purleigh, gestatten Sie mir, Ihnen mein Beileid zu Ihrem Verlust auszusprechen. Und ich möchte mich, wie bei seiner Lordschaft bereits geschehen, auch bei Ihnen dafür entschuldigen, daß ich Sie in einem solchen Moment behelligen muß. Aber ich fürchte, es ist ein notwendiges Übel.«

»Ich verstehe vollkommen, Inspektor. Und ich danke Ihnen.«

Marsh nickte. »Und, wie Sie vielleicht wissen, *Gram faßt ein einfach schlichtes Wort am besten*. Verlorene Liebesmüh.«

Im Hintergrund schwebte diskret der Diener durch den Raum,

räumte das Frühstücksgeschirr ab und trug es mit einer Behutsamkeit zu dem Servierwagen hinüber, als wären es die Reliquien eines Heiligen.

»Übrigens, Beaumont«, sagte Lord Bob. »Hatte noch gar keine Gelegenheit, Ihnen zu gratulieren. Saubere Arbeit, wie Sie es Merridale gegeben haben. Tolle Leistung. Sie verstehen Ihr Geschäft, keine Frage. Sahen da draußen aus wie ein Profi.« Er beugte sich vor, kniff die Augen zusammen. »Oder waren Sie etwa mal Berufsboxer?«

Ich nickte. »Vor dem Krieg.«

Er klopfte sich auf den Schenkel und sagte zu Lady Purleigh: »Hast du das gehört, Alice? Habe ich es dir nicht gesagt?« Dann wandte er sich stirnrunzelnd wieder an mich. »Haben das Merridale gegenüber aber nicht erwähnt, wie?«

»Er hat mich nicht danach gefragt«, sagte ich.

Er runzelte wieder die Stirn. Unzufrieden. »Trotzdem. So was ist man dem Gegner einfach schuldig. Ihm dergleichen mitzuteilen.«

Lady Purleigh legte die Hand auf den Arm ihres Mannes. »Laß es gut sein, Robert. Es ist vorbei. Außerdem war der Boxkampf nicht Mr. Beaumonts Idee. Sir David bestand darauf.«

Lord Bob wollte die Sache noch nicht auf sich beruhen lassen. »Ja, schon«, brummte er. »Trotzdem.«

Lady Purleigh drückte seinen Arm und wandte sich dann an Inspektor Marsh. »Sie wollten uns einige Fragen stellen, Inspektor?«

Der Diener, der inzwischen alles abgeräumt hatte, schob den Wagen hinaus.

»Ja, Mylady«, sagte Marsh. Er wandte sich an Lord Bob. »Und ich versichere Ihnen, daß ich Ihre Zeit nicht über Gebühr in Anspruch nehmen werde, Lord Purleigh. *Der Geist der Zeiten soll mich Eile lehren.* König Johann.«

»Ach was?« sagte Lord Bob und lehnte sich zurück. »Zweifle nicht an Ihren Worten. Komme nicht soviel zum Lesen, wie ich sollte. Hin und wieder den *Punch*. Und Marx natürlich.«

Marsh lächelte flüchtig. »Ja. Also, Lord Purleigh. Zum Tod des Earls. Hatte der Earl Ihnen, vor diesem traurigen Ereignis, Anlaß zu der Vermutung gegeben, daß er ... verzweifelt war? Oder bedrückt?«

Lord Bob zuckte die Schultern. »Tja, er war eben verrückt, wissen Sie. Und man weiß ja nie, was einem Verrückten als nächstes einfällt. Das ist ja der springende Punkt bei Verrückten, stimmt's?«

»Verrückt in welcher Hinsicht?« fragte Marsh.

»Lebte noch im neunzehnten Jahrhundert. Im sechzehnten, besser gesagt. Erzreaktionär. Für jedes Problem die gleiche Lösung. *Auspeitschen!* Pächter sind mit der Pacht im Verzug? *Auspeitschen!* Arbeiter organisieren sich? *Auspeitschen!* Es gibt zwei Millionen Arbeitslose im Land, Inspektor. Aber die Bankiers und die Kapitalisten haben sich am Krieg eine goldene Nase verdient, stimmt's? Haben den Arabern die Ölfelder weggeschnappt – Lawrence und seine Bande. Sich den Suezkanal unter den Nagel gerissen. Deutsche Reparationen, die der Fiskus kassiert.« Er schüttelte den Kopf. »Kriminell, wenn Sie mich fragen.«

»Sicher«, sagte Marsh. »Aber um auf Ihren Vater zurückzukommen, Lord Purleigh. Hatte er sich, Ihrer Meinung nach, in letzter Zeit verändert? Zeigte er Anzeichen von . . .«

»Das alte . . .« Lord Bob warf einen schnellen Blick auf mich. »Der Alte hat sich nie geändert. Gar nicht bereit dazu. Stur wie ein Panzer. Neben ihm war Metternich ein Radikaler.«

»Danke«, sagte Marsh. Sergeant Meadows schrieb etwas in sein Notizbuch.

»Und Sie, Lady Purleigh?« erkundigte sich Marsh. »Haben vielleicht Sie in jüngster Zeit irgendwelche Veränderungen am Earl festgestellt?«

Sie schüttelte den Kopf. »Nein, Inspektor. Er schien mir so vital wie eh und je zu sein.«

»Dann war das also ein Schock für Sie?«

»Unbedingt. Ich kann mir nicht vorstellen, wie das passiert sein kann. Es sei denn, es war ein tragischer Unfall, wie Robert meint.«

»Oh?« Marsh wandte sich an Lord Bob. »Sie glauben, daß der Tod Ihres Vaters ein Unfall war, Lord Purleigh?«

»Wäre durchaus denkbar«, sagte Lord Bob. »Habe mir die Sache durch den Kopf gehen lassen, wissen Sie. Gibt einem schließlich zu denken, so etwas. Bringt einen zum Nachdenken, was?«

Marsh nickte ernsthaft. »Gewiß. *Was ist Pomp, Hoheit, Macht / Als Erd' und Staub?*«

»So in der Art, ja. Bemühe mich allerdings, etwas weniger morbid zu sein.«

»Gewiß. Aber sagen Sie, Lord Purleigh. Wie könnte der Tod Ihres Vaters ein Unfall gewesen sein?«

»Das Einfachste auf der Welt«, sagte Lord Bob gelassen. »Angenommen, er beauftragt einen der Diener, ihm den Revolver zu bringen. Weil er Tauben abknallen will. Wimmelt hier nur so von den Dingern – habe ich auch Beaumont gesagt. Angenommen, er lädt die Waffe, damit sie einsatzbereit ist. Schwer zu sagen, wann sie auftauchen, bei Tauben. Ausgekochte Biester, diese Vögel. Unberechenbar. Aber angenommen, er sieht eine am Fenster. Gerät ganz aus dem Häuschen, wäre doch möglich bei ihm, was? Drückt ab. Und dann peng und fertig ist die Laube.«

Marsh nickte. »Drückt ab, während die Waffe rein zufällig auf seinen Kopf gerichtet ist.«

»Genau. War schließlich nicht mehr der Jüngste. Hatte die besten Jahre hinter sich.«

»Aber wie mir Mr. Beaumont sagte, war das Schlafzimmerfenster zu der bewußten Zeit geschlossen. Wenn der Earl die Absicht gehabt hätte, Tauben zu schießen, hätte er es dann nicht geöffnet?«

»Ah! Sie vergessen, daß er dazu auch noch verrückt war. Was schert einen Verrückten schon ein Fenster, was? Können Sie mir folgen?«

»Ja, natürlich. Hatte er schon früher auf Tauben geschossen? Ihres Wissens?«

Lord Bob zuckte die Schultern. »Es gibt immer ein erstes Mal, stimmt's?«

»Ja. In der Tat.« Marsh nickte. »Danke, Lord Purleigh. Wir werden diese Möglichkeit mit Sicherheit in Betracht ziehen.«

Sergeant Meadows schrieb etwas in sein Notizbuch.

»Nur so eine Theorie von mir«, sagte Lord Bob. »Habe natürlich keine Beweise. Gibt noch andere Möglichkeiten. Tippe allerdings auf Selbstmord, ich persönlich. Widersprüche der kapitalistischen Gesellschaft. Historische Notwendigkeit. Habe ich bereits alles Doyle und Beaumont erläutert.«

»Ja«, sagte Marsh. »Kommen wir zu der Waffe. Eine amerikanische Smith and Wesson. Sie wurde, wie man mir sagte, aus der Sammlung in der Großen Halle entfernt.«

»Ja.«

»Gehört die Sammlung Ihnen?«

»Dem Earl. Meinem Vater. Halte nicht viel von Waffen, ich persönlich. Schießen ist auf Maplewhite nicht mehr erlaubt. Seit dem Unfall meines Vaters. Ist vom Pferd gestürzt, wissen Sie. Gelähmt. Schon Jahre her.«

»Ich verstehe. Könnte man also sagen, Eure Lordschaft, daß jeder im Haus Zugang zu den Waffen und zu der dazugehörenden Munition hatte?«

Lord Bob schüttelte den Kopf. »Higgens – das ist der Butler – hat die gesamte Munition gestern nachmittag versteckt. Weggeschlossen. Auf Doyles Empfehlung hin. Aber die Idee stammte von Beaumont.« Er wandte sich mir zu und nickte knapp. »Ehre, wem Ehre gebührt.«

»Ja«, sagte Marsh, »aber davor. Da hätte doch wohl jeder den Revolver an sich nehmen können. Oder das Winchester-Repetiergewehr.«

»Beaumont hat Ihnen von dem Gewehr erzählt, was?« Er warf mir einen mißbilligenden Blick zu. »Habe da noch meine Zweifel«, erklärte er Marsh. »Daß damit geschossen wurde, meine ich. Ist jetzt bei Ihren Kollegen. Honniwell hat das Ding mitgenommen.«

Marsh lächelte. »Ja. Aber bevor er es mitnahm, hätte jeder x-beliebige das Gewehr, oder den Revolver, in aller Ruhe an sich nehmen können. Entspricht das im wesentlichen den Tatsachen, Lord Purleigh?«

»Schon möglich, wie ich zugeben muß. Habe da aber so meine Zweifel.«

»Danke. Also, Lord Purleigh. Ich hoffe, Sie werden verstehen, daß ich, um mir über die Umstände des Todes Ihres Vaters etwas klarer zu werden, zunächst feststellen muß, wo genau sich jeder einzelne von Ihnen allen zum Zeitpunkt des Ablebens des Earls aufhielt.«

»Tatsächlich?« sagte Lord Bob. »Wie gesagt, nicht mein Fall, polizeiliche Ermittlungen. Hat aber Hand und Fuß, muß ich sagen. Was wollen Sie wissen?«

»Mylord, Mr. Beaumont hat mir mitgeteilt, daß sich alle Gäste sowie Lady Purleigh im Salon aufhielten, als der Schuß fiel. Sie dagegen offenbar nicht. Darf ich fragen, wo Sie waren?«

Lord Bob nickte. »Kapiert. Gute Frage. Um welche Uhrzeit handelt es sich?«

Marsh wandte sich an mich. »Sie sagten, der Kammerdiener habe den Schuß um Viertel nach vier gehört?«

»Ja.«

Mit hochgezogenen Augenbrauen wandte sich Marsh erwartungsvoll Lord Bob zu.

Lord Bob runzelte die Stirn. »Viertel nach vier.« Er dachte kurz nach und nickte dann. »Stimmt. Ich hab's. Kam gerade von MacGregor zurück. Dem Wildhüter. Hatte da so eine Idee, wissen Sie. Habe Doyle und den anderen davon erzählt. Houdini, Beaumont. Dieser Chin Soo, der hier frei rumläuft, mit einer Wut im Bauch. Sich von Houdini auf den Schlips getreten fühlt. Sie haben doch von ihm gehört, wie?«

»Ja.«

»Nun, ich habe mir gedacht, warum nicht die Pächter bitten, die Augen offenzuhalten, was? Das Gelände zu durchsuchen. Wenn der Kerl irgendwo in der Nähe ist, werden sie ihn schon aufscheuchen. Habe darüber mit MacGregor gesprochen, ihn gebeten, ein paar Freiwillige zusammenzutrommeln.«

»Aber nach allem, was mir Mr. Beaumont mitteilte«, sagte Marsh, »hatten Sie zu dem Zeitpunkt bereits zugestimmt, die hiesige Polizei über die Anwesenheit Chin Soos in Kenntnis zu setzen.«

»Nun, ja«, sagte Lord Bob. »Aber ich war nicht ganz sicher, daß die hiesige Polizei viel ausrichten würde, verstehen Sie. Ist nicht persönlich gemeint, wohlgemerkt. Aber Vorsicht ist die Mutter der Porzellankiste, was? Habe mit meiner Frau darüber gesprochen. Sie stimmte mir zu.« Er drehte sich zu Lady Purleigh um und lächelte. Sie lächelte zurück.

Er wandte sich wieder Marsh zu, schürzte die Lippen. »Wo war ich stehengeblieben?«

»Sie baten gerade MacGregor, ein paar Freiwillige zusammenzutrommeln.«

»Richtig. Er war einverstanden. Haben alles arrangiert. Bin dann gegangen. Traf hier ein, gerade als Higgens angelaufen kam und mich suchte. Bekam die Tür zum Zimmer meines Vaters nicht auf, wie er sagte. Abgesperrt. Carson völlig konfus. Ein

Schuß sei gefallen, sagte er. Bin im Galopp nach oben gerannt, das können Sie mir glauben. Alles weitere wissen Sie ja wohl.«

»Ja«, sagte Marsh. »Vielen Dank. Und wo, genau, waren Sie, als Higgens Sie fand?«

Lord Bob überlegte. »Im Westflügel. Im Korridor. Auf dem Weg zum Salon.«

»Das muß dann aber«, sagte Marsh, »nach Viertel nach vier gewesen sein, habe ich recht? Wenn Higgens bereits wußte, daß ein Schuß gefallen war?«

»Muß es wohl, Sie haben völlig recht. Higgens hatte natürlich bereits mit Carson gesprochen. Sagen wir vier Uhr zwanzig, vier Uhr fünfundzwanzig. Hatte meiner Frau versprochen, um halb fünf zurück zu sein.«

Marsh nickte. Sergeant Meadows machte sich wieder Notizen.

»Lord Purleigh«, sagte Marsh, »könnten Sie mir wohl in etwa den Zeitpunkt Ihrer Ankunft bei MacGregor nennen, und den Zeitpunkt Ihres Weggangs?«

»Ankunft? Um halb vier ungefähr. Weggang? Um vier, würde ich sagen. War eine halbe Stunde bei ihm. Haben geredet und dergleichen.« Er hielt inne. »Könnte hinkommen.«

»Vielen Dank. Nun zu dem anderen Zwischenfall des gestrigen Tages. Dem mysteriösen Gewehrschuß, draußen auf dem Rasen. Haben Sie eine Ahnung, wer das gewesen sein könnte?«

»Selbstverständlich Chin Soo.« Lord Bob sah mich verwirrt an. »Ich dachte, da wären wir uns einig.«

»Das dachte ich auch«, sagte ich. »Aber jetzt bin ich anderer Ansicht.« Ich setzte ihm auseinander, was ich schon Inspektor Marsh, und davor Doyle, auseinandergesetzt hatte. »Es ist also wesentlich plausibler«, sagte ich, »daß derjenige, der das Gewehr abgefeuert hat, jemand war, der bereits hier in Maplewhite war.«

»Blödsinn«, sagte Lord Bob. »Einer meiner Gäste, wollen Sie sagen? So ein Blödsinn! Warum sollten die Gäste anfangen, einander abzuknallen? Sind doch nicht in Afghanistan. Stehen doch keine verdammten Pathanen auf unserer Gästeliste.« Er wandte sich an Lady Purleigh. »Verzeih, meine Liebe.«

Er wandte sich wieder Marsh zu. »Nicht daß ich etwas gegen Pathanen hätte, wohlgemerkt. Erfinderische Burschen, wie ich höre.«

Marsh bedachte ihn abermals mit einem flüchtigen Lächeln. »Ja«, sagte er. »Wenn wir also von der Annahme ausgehen, daß die Person, die das Gewehr abfeuerte, *nicht* Chin Soo war, dann haben Sie keine Ahnung, wer es gewesen sein könnte. Oder auf wen gefeuert worden sein könnte. Trifft das zu?«

»Keinen blassen Schimmer«, sagte Lord Bob. Er wandte sich an mich. »Wo *ist* dieser verdammte Chin Soo eigentlich? Verzeih, meine Liebe. Wollen Sie sagen, daß alles nur falscher Alarm war? Was? Daß ich mich vor allen Gästen bis auf die Knochen blamiert habe mit meinem Geschwafel von einem übergeschnappten Zauberkünstler, der gar nicht *existiert*, verdammt noch mal? Verzeihung. Wollen Sie *das* damit sagen?«

»Er existiert«, sagte ich. »Nur vielleicht nicht gerade in der unmittelbaren Umgebung.«

Er stierte mich an. »Das ist wirklich starker Tobak, Beaumont. Dann habe ich die Pächter also umsonst in Marsch gesetzt, was? Die armen Teufel für nichts und wieder nichts durch den Wald stapfen lassen?«

Lady Purleigh tätschelte den Arm ihres Mannes. »Robert. Mr. Beaumont hat doch nur seine Pflicht getan.«

»Und die mußte er ausgerechnet hier tun?« Er funkelte mich an und schlug die Beine übereinander. Er stützte den Ellbogen auf die Stuhllehne und das Kinn auf die Faust und sah weg. Der Mund unter dem buschigen weißen Schnurrbart war so schmal wie die Narbe eines Rasiermesserschnitts.

»Verzeihen Sie«, sagte Inspektor Marsh. »Lady Purleigh. Um noch mal kurz auf den Gewehrschuß zurückzukommen. Erinnern Sie sich vielleicht zufällig, wo Sie in dem Moment waren, als er abgefeuert wurde?«

»Nun aber mal langsam«, sagte Lord Bob und wandte sich Marsh zu. Seine käferartigen Augenbrauen waren nach unten gewandert. »Sie wollen doch nicht etwa andeuten, daß meine *Frau* das verdammte Ding abgefeuert haben könnte?«

»Natürlich nicht. Aber wie ich Ihnen bereits sagte, muß ich feststellen, wo sich jeder einzelne zum Zeitpunkt der fraglichen Vorfälle aufhielt.«

Die Käfer hüpften nach oben. »Sie wollten etwas über den Tod meines Vaters wissen, sagten Sie.«

»So ist es.« Marsh lächelte. »Aber an dem Tag, an dem dieser Todesfall eintrat, wurde auch ein Gewehr abgefeuert. Das scheint mir doch zuallermindest merkwürdig. Ich würde *meiner* Pflicht nicht genügen, Mylord, wenn ich nicht zumindest versuchen würde, eine Erklärung dafür zu finden.«

»Hm«, sagte Lord Bob. Er stellte die Beine nebeneinander, schlug sie anders übereinander. »Komischer Beruf, das«, sagte er. Er blickte von mir zu Marsh. »Den Sie beide da haben.«

»Und vielleicht«, fügte Marsh hinzu, »hat Lady Purleigh zu der fraglichen Zeit etwas gesehen, das uns helfen könnte, den Schuldigen zu ermitteln.«

»Ich bedaure, Sie enttäuschen zu müssen, Inspektor«, sagte Lady Purleigh. »Ich habe nichts gesehen. Jedenfalls nichts, was Ihnen irgendwie weiterhelfen könnte. Ich war mit Mrs. Blandings, der Wirtschafterin, im Wintergarten und habe mit ihr die Vorkehrungen für das Dinner besprochen. Wir hörten beide den Schuß – er war ziemlich laut – und gingen daraufhin hinüber zum Fenster. Ich wunderte mich über den Schuß. Wie Robert Ihnen bereits sagte, ist Schießen hier nicht mehr erlaubt.«

Marsh nickte. »Und was sahen Sie, Mylady?«

»Ich sah Robert auf seinem Motorrad in Richtung des Ziergartens fahren. Alle anderen waren noch unter der Blutbuche neben dem Weg, standen um eine der Bänke herum. Später erfuhr ich natürlich, daß Miss Turner in Ohnmacht gefallen war. Und dann begann einer der Männer über den Rasen zu laufen, in die gleiche Richtung, die Robert eingeschlagen hatte, auf das hintere Ende des Ziergartens zu. Ich erkannte Mr. Beaumont. Auch er verschwand im Wald, und ich klingelte nach den Dienern und bat sie, hinunter zu der Blutbuche zu laufen. Um sich zu vergewissern, daß niemand verletzt worden war.«

Marsh fragte sie: »Was war Ihrer Meinung nach passiert?«

»Ich hatte wirklich keine Ahnung. Ich dachte zwar tatsächlich kurz an Wilddiebe, wegen des Schusses. Aber sie hatten sich noch nie so nahe ans Haus gewagt. Dennoch war ich besorgt.«

»Ich danke Ihnen, Lady Purleigh«, sagte Marsh. »Und auch Ihnen, Lord Purleigh. Ich glaube, das wäre im Augenblick alles. Ich bin Ihnen zutiefst dankbar für Ihre Hilfe.«

Lord Bob schien erstaunt zu sein. »War das alles?«

»Im Augenblick, ja«, sagte Marsh. »Ich muß Sie beide wirklich um Nachsicht bitten. Derartige Dinge nehmen unweigerlich mehr Zeit in Anspruch, als einem lieb ist. Aber ich versichere Ihnen, daß ich mich bemühen werde, den Fall so schnell wie möglich abzuschließen. Und er wird abgeschlossen werden, das verspreche ich Ihnen. *Komme, was kommen mag; / Die Stund und Zeit durchläuft den rauhsten Tag.* Macbeth.«

»Was ist mit den anderen?« erkundigte sich Lord Bob. »Den Gästen. Laufen in der Gegend herum und fragen sich, was eigentlich los ist. Sie wollten doch mit ihnen sprechen?«

»O ja, unbedingt. Ich wäre Ihnen sehr dankbar, Lord Purleigh, wenn Sie Miss Turner bitten würden, ein paar Minuten zu uns zu kommen.«

»Miss Turner?« sagte Lord Bob. »Wieso Miss Turner?«

Marsh lächelte. »Kein besonderer Grund«, sagte er. »Ich habe sie rein zufällig ausgewählt. *So / Ergeben wir als Sklaven uns dem Wechsel, / Und folgen jedem Windeshauch.* Das Wintermärchen.«

Zweiunddreißig

Nachdem Lord Bob und Lady Purleigh gegangen waren und wir drei wieder Platz genommen hatten, wandte sich Marsh mir zu, lächelte und sagte: »Nun, Beaumont. Was halten Sie davon?«

»Die Tauben kauf' ich ihm nicht ab«, sagte ich ihm.

Er gluckste. »Entzückend! Ihr Amerikaner. Und welchen Eindruck haben Sie von Lord Purleigh?«

»Ich mag ihn. Aber er erbt.«

»Ja. *Stirb, alte Biene! Laß sich junge plagen.*«

»Er hat keinen Sohn«, sagte ich. »Was passiert mit dem Besitz, wenn Lord Purleigh abtritt?«

»Mit Maplewhite meinen Sie? Es würde in irgendeiner Form treuhänderisch verwaltet werden, nehme ich an. Auf der Basis des Ehevertrages zwischen ihm und Lady Purleigh natürlich. Aber das meiste, möglicherweise sogar alles, würde wohl an die Tochter fallen. Und letztlich, nach ihrem Tod, an ihre Kinder, sollte sie welche haben. Vielleicht mit lebenslänglichem Nießbrauch für ihren Ehemann.«

»Es fällt also alles an Cecily.«

»Cecily?«

»An Miss Fitzwilliam.«

Er lächelte. »Verdächtigen Sie Cecily Fitzwilliam etwa des Mordes?«

»Bis jetzt noch nicht.«

Er lächelte. »Und Lord Purleigh?«

»Bis jetzt noch nicht. Und Sie?«

Wieder ein Lächeln. »Oh, es wäre unklug von mir, bereits in diesem Stadium eine Meinung zu äußern, habe ich recht? *Man irrt sich oft, wenn man zu kennen meint / Den Mann, so wie er äußerlich erscheint.* Perikles, Fürst von Tyrus. Aber ich hoffe, daß Lord Purleigh *nicht* der Schuldige ist.«

»Warum?«

Er sah mich an. »Ja, natürlich. Als Amerikaner wissen Sie das vermutlich nicht. Nun, weil dann die Sache ziemlich kompliziert werden würde. Er ist jetzt nämlich ein Lord. Und als solcher kann er nicht vor ein normales Gericht gestellt werden. Falls die gerichtliche Voruntersuchung auf ›schuldig des Mordes‹ erkennt, kann sein Fall nur von dem gesamten House of Lords, dem Oberhaus, in einer Sondersitzung verhandelt werden. Ein aufwendiges Verfahren. Der König selbst ist involviert.«

»Schöner Mist.«

»In der Tat. Falls er tatsächlich des Mordes schuldig ist, wäre es für alle Betroffenen weitaus besser, und zweifellos leichter zu bewerkstelligen, er würde für unzurechnungsfähig erklärt und irgendwohin verfrachtet, wo er es warm und gemütlich hat.«

»Ich glaube nicht, daß er unzurechnungsfähig ist.«

Marsh lächelte. »Das ist er aber, wenn er erwartet, daß ich ihm abnehme, sein Vater hätte seinen eigenen Kopf mit einer Taube verwechselt.«

»Es könnte noch immer Selbstmord sein. Vielleicht hat er recht. Vielleicht *war* der Earl verrückt. Der Kerl ist schließlich im Nachthemd in der Gegend herumgelaufen und als Gespenst aufgetreten. Und er hat allen möglichen Kram aus anderer Leute Zimmer geklaut und es wie eine Packratte versteckt.«

»Behauptet Miss Turner.« Er lächelte. »Aber selbst wenn sie die Wahrheit sagt, ist das noch kein Beweis für eine Neigung zum Selbstmord.«

»Mir ist aufgefallen, daß Sie Lord Purleigh gegenüber nichts von Miss Turners Theorie erwähnt haben.«

»Selbstverständlich nicht. Zuerst muß ich mit Miss Turner sprechen.«

»Da ist noch etwas, was Miss Turner betrifft, das Sie wissen sollten.«

»Ja? Und das wäre?«

»Jemand hat versucht, sie umzubringen, wie es scheint.«

Er zog die Augenbrauen hoch. »Tatsächlich.« Er wandte sich an Sergeant Meadows. »Undurchsichtiger und undurchsichtiger wird die Sache, nicht wahr, Sergeant? Die reinste Püreesuppe.«

Der Sergeant sagte nichts, also genau das, was er schon die ganze Zeit gesagt hatte. Er blickte nach unten und schrieb etwas in sein Notizbuch. Vielleicht *Püreesuppe.*

Marsh wandte sich wieder mir zu. »Und wann war das?«

»Letzte Nacht, während sie im Zimmer des Earls war.« Ich erzählte ihm von dem Messer, das sie in ihrem Bett gefunden hatte, und daß ich das Polsterkissen am Morgen untersucht hatte.

»Ein Messer«, sagte Marsh, nachdenklich nickend. »Entwendet, wie Sie glauben, aus der Waffensammlung des Earls. Kein Gewehr, kein Revolver.«

»Die Munition wurde weggeschlossen.«

»Gestern nachmittag, wie Lord Purleigh sagte. Interessant. Das würde darauf hindeuten, daß das Messer später aus der Sammlung gestohlen wurde.«

»Oder schon vorher, und zwar von jemand, dem Messer lieber sind als Schußwaffen.«

»Ganz recht«, sagte Marsh. Er machte ein säuerliches Gesicht. »Keine Püreesuppe. Eher geschmortes Lamm. Mit Karotten und Sellerie und Zwiebeln und einer Sauce so dick wie Sirup. Die Konsistenz ist das Entscheidende. Wieviel lieber wäre mir eine einfache, schlichte Brühe gewesen, etwas Leichtes und Klares.« Er sah mich an. »Sie haben Lord Purleigh nichts von dem Messer gesagt.«

»Ich wollte zuerst mit Ihnen reden.«

Es klopfte an der Tür.

»Bestimmt Miss Turner«, sagte Marsh. »Eine weitere Zutat.« Er blickte zur Tür und rief dann: »Herein!«

Miss Turner erzählte ihre Geschichte gut. Sie war heute ruhig und direkt. Ihre Stimme blieb selbst dann sachlich und distanziert, während sie den Besuch schilderte, den ihr das Gespenst in der Nacht zum Samstag abgestattet hatte, und als sie schilderte, wie sie in der vergangenen Nacht das Messer in ihrem Bett gefunden hatte.

»Fällt Ihnen irgend jemand ein«, fragte Inspektor Marsh sie, als sie geendet hatte, »der Grund hätte, Ihnen etwas anzutun?«

»Nein«, sagte sie. »Etwas antun nicht. Eigentlich nicht.«

Sie trug wieder das graue Kleid, das sie bei unserer ersten Begegnung getragen hatte. Ihr Haar war im Nacken zusammengefaßt. Sie wirkte weniger steif als damals im Salon, als ich sie zum erstenmal sah. Dabei hatte sie an diesem Wochenende einiges mitgemacht – ein lüsternes Gespenst, eine Schlange, ein Annäherungsversuch von Sir David, ein Besuch im Zimmer eines Toten, ein Dolch im Bett. Sich nach alldem am hellichten Tag mit einem

Londoner Polizisten und einem New Yorker Privatdetektiv zu unterhalten, war vermutlich nur ein Klacks für sie.

Doch nun hatte Inspektor Marsh ihr Zögern bemerkt. Er mochte zwar zierlich sein, aber es entging ihm nicht viel. »Etwas anzutun nicht, sagen Sie. *Eigentlich nicht.* Bitte, Miss Turner. Hat irgend jemand Ihnen gegenüber irgendwelche Animositäten erkennen lassen? Egal welcher Art?«

Sie blickte rasch zu mir herüber und sah dann wieder Marsh an. »Nun, wie ich Mr. Beaumont bereits sagte, gab es gestern vormittag einen Zwischenfall. Mit Sir David Merridale.«

»Ja?«

Sie erzählte ihm so ziemlich das gleiche, was sie mir in der Nacht zuvor, in Mrs. Corneilles Zimmer, erzählt hatte.

Marsh nickte. »Und glauben Sie, daß Sir David aufgrund dieser Abfuhr so enttäuscht war, daß er heimlich in Ihr Zimmer schlich? Und mit einem Messer auf das, was er für Ihren schlafenden Körper hielt, einstach?«

»Nein«, sagte sie schnell. »Das glaube ich nicht.« Sie setzte sich noch etwas gerader auf. »Sie fragten mich nach Animositäten, Inspektor. Ich habe lediglich Ihre Frage beantwortet.«

»Wofür ich Ihnen danke. Nun? Hat sonst noch jemand Ihnen gegenüber Animositäten entfaltet? Hier in Maplewhite?«

»Nein.«

»Um auf diese Erscheinung zurückzukommen, deren Zeuge Sie Freitag nacht wurden.«

»Ja«, sagte sie. »Der Earl.«

»Miss Turner, haben Sie den Earl jemals gesehen?«

»Nicht vor Freitag nacht.«

»Lassen wir Freitag nacht einmal beiseite. Hatten Sie den Earl jemals in seinen Räumen besucht? Waren Sie ihm je begegnet?«

»Nein.«

»Sahen Sie ihn vielleicht, *nachdem* er tot war?«

»Nein.«

»Wie können Sie dann so sicher sein, daß die Person in Ihrem Schlafzimmer der Earl war?«

»Ich habe sein Porträt gesehen.«

»Sein Porträt«, sagte Marsh.

»Heute morgen«, sagte Miss Turner. »Ich fragte einen der Lakaien, ob es ein Porträt des Earls gebe. Er sagte, ja. In der Großen Halle. Ich ging hin und sah es mir genau an. Es trägt die Jahreszahl 1913, ist also nur acht Jahre alt. Es war derselbe Mann. Wenn man ihm eine Perücke aufgesetzt und einen falschen Bart umgehängt hätte, wäre er von dem Mann in meinem Zimmer nicht zu unterscheiden gewesen.«

Marsh lächelte. »Ich wage zu behaupten, daß das auf jede Person mit Perücke und falschem Bart zuträfe. Sagen wir, auf Sarah Bernhardt.«

»Wenn ich unter dem Bett von Sarah Bernhardt eine Perücke und einen falschen Bart gefunden hätte, dann wäre ich überzeugt gewesen, daß sie es war, und nicht der Earl, die mich am Freitag besuchte.«

»Und Sie sind bereit, zu bezeugen – vor Gericht, zum Beispiel, und unter Eid –, daß Sie den Bart und die Perücke unter dem Bett des Earls entdeckt haben?«

»Ja.«

»Wo sind diese Gegenstände jetzt?«

»In Mrs. Corneilles Zimmer. Mr. Beaumont empfahl gestern abend, sie bei Mrs. Corneille zu lassen.«

»Haben Sie, abgesehen von Mrs. Corneille und Mr. Beaumont, noch mit anderen darüber gesprochen? Zum Beispiel mit Lord und Lady Purleigh?«

»Nein«, sagte sie. »Mr. Beaumont empfahl uns, das nicht zu tun.«

»Mrs. Corneille ist eine gute Freundin von Lady Purleigh, wie ich höre.«

»Ich glaube, ja.«

»Und sie war damit einverstanden.«

»Ja.«

Mrs. Corneille hatte sich zunächst gesträubt und war erst einverstanden gewesen, als ich sie daran erinnerte, daß die Dienstboten über alles, was in Maplewhite vor sich ging, Bescheid zu wissen schienen. Ich wies darauf hin, daß bereits jemand versucht hatte, Miss Turner umzubringen. Und ich sagte ihr, daß es für alle Betroffenen, Lady Purleigh eingeschlossen, vermutlich besser wäre, wenn wir zunächst einiges für uns behielten.

Marsh nickte. »Und das Messer, das Sie in Ihrem Bett fanden? Wo befindet es sich derzeit?«

»Ebenfalls in Mrs. Corneilles Zimmer.«

Er nickte abermals. »Na schön. Sagen Sie mir eines, Miss Turner. Werden Sie häufig von Gespenstern heimgesucht?«

»Nein.«

»Wurden Sie schon einmal von einem Gespenst heimgesucht?«

»Nein.«

»Dann war das also das erste Mal?«

»Das war kein Gespenst. Wie ich Ihnen bereits erklärt habe, war es ein Mann. Es war der Earl.«

»Und doch hat mir Mr. Beaumont mitgeteilt, daß Sie, als er und Mr. Houdini Sie am Tag darauf während Ihres mittäglichen Ausritts trafen, abstritten, ein Gespenst gesehen zu haben.«

Sie blickte rasch zu mir herüber. Sie wurde etwas rot im Gesicht. Es könnte Zorn gewesen sein, es könnte aber auch Verlegenheit gewesen sein. »Ja«, sagte sie. »Das ist richtig.«

»Tatsächlich sagten Sie ihm, Sie hätten das Gespenst nur geträumt, stimmt's?«

»Ja.«

Marsh zog die Augenbrauen hoch. »Könnten Sie mir dann erklären, *warum* Sie das sagten?«

»Ich war völlig durcheinander. Ich hatte nicht geschlafen. Ich wußte, daß ich für Unruhe gesorgt hatte, und ich fand, das Beste, was ich tun konnte, war, das Ganze zu vergessen und nicht mehr daran zu denken.«

»Das heißt, zu bestreiten, daß es überhaupt passiert war. Zu behaupten, daß Ihr Gespenst ein Traum gewesen sei.«

»Ja.«

»Aber jetzt behaupten Sie, daß es das nicht war.«

»Nein. Genausowenig ein Traum wie der falsche Bart und die Perücke.«

»Entschuldigen Sie«, sagte ich.

Marsh wandte sich mir zu. »Ja?«

»Dürfte ich Miss Turner einige Fragen stellen?«

»Lieber Freund, aber selbstverständlich! Wir sind doch Kollegen, wir beide. Nur zu.«

»Miss Turner, kannten Sie jemand von den Leuten hier, bevor Sie herkamen? Jemand von den Gästen?«

»Nein.«

»Den Earl? Lady Purleigh? Lord Purleigh? Irgend jemand, abgesehen von Mrs. Allardyce?«

»Nein. Keinen.«

»Hatten Sie jemals von dem Gespenst gehört? Bevor Sie herkamen?«

»Nein.«

»Dann haben Sie also keinen Grund, sich das alles auszudenken, richtig? Keinen Grund, einen falschen Bart und eine Perücke von daheim mitzubringen und sie im Zimmer des Earls zu deponieren?«

»Nein«, sagte sie zu mir. Zum erstenmal an diesem Morgen huschte so etwas wie ein Lächeln über ihre Lippen. Und war im nächsten Moment wieder verschwunden. »Nicht den geringsten Grund«, sagte sie zu Marsh.

Marsh lächelte mich an, und *sein* Lächeln hielt länger vor. »Vielen Dank, Mr. Beaumont, daß Sie diese nützliche Information ans Licht gebracht haben. Und ich danke auch Ihnen, Miss Turner. Ich weiß Ihre Offenheit sehr zu schätzen. Sie waren beide ungemein freimütig und präzis.« Er stand auf.

Miss Turner warf mir einen Blick zu und stand ebenfalls auf. Und dann war es an mir aufzustehen.

Miss Turner sagte zu Marsh: »Möchten Sie jetzt mit den anderen sprechen?«

»Noch nicht, danke. Bitte richten Sie allen aus, daß ich mich darauf freue, in Kürze mit ihnen zusammenzutreffen.«

Sie nickte ihm zu, nickte mir zu, drehte sich dann um und ging. Als sie das Zimmer verließ, sagte Marsh: »Ich glaube, es ist an der Zeit, einen Blick ins Zimmer des Earls zu werfen.«

Ich zeigte den Weg, führte durch die Korridore und über die Treppen. Marsh ging neben mir. Er hatte die Hände auf den Rücken gelegt, den Kopf hoch erhoben, und sah sich im Vorbeigehen neugierig die Möbel und die Antiquitäten rechts und links an. Sergeant Meadows folgte uns, Notizbuch und Stift einsatzbereit.

Marsh sagte nichts, bis wir die letzte Treppenflucht hinaufzusteigen begannen. Dann drehte er sich zu mir um und sagte: »Sie mögen das Mädchen. Miss Turner.«

»Ich glaube, sie sagt die Wahrheit«, sagte ich.

»Das merkt man Ihnen an.« Er lächelte. »Aber was ist Ursache und was ist Wirkung? Mögen Sie sie, weil sie die Wahrheit sagt, oder glauben Sie, daß sie die Wahrheit sagt, weil Sie sie mögen?«

»Ich glaube, sie sagt die Wahrheit«, sagte ich.

»Ah«, sagte er. »Nun, sie wird bestimmt eine wunderbare Zeugin abgeben. Obgleich ich gestehen muß, daß mich, bezüglich des Grundes für ihren Besuch im Zimmer des Earls vergangene Nacht, ein leicht ungutes Gefühl beschleicht.«

»Sie hat es Ihnen doch erklärt.«

»Sie hat es gerechtfertigt«, sagte er. »Aber ich bin keineswegs überzeugt, daß sie es auch erklärt hat.«

»Sie hat einiges über Medien gelesen. Sie weiß, daß sie sich Informationen beschaffen, und sie weiß, daß sie sich die gelegentlich von Dienstboten beschaffen.«

»Angenommen, sie hätte recht«, sagte Marsh, »und daß es tatsächlich der Earl war, der letzte Nacht in ihrem Zimmer herumspazierte. Dann haben wir aber noch nicht nachgewiesen, daß die Dienstboten davon wußten.«

»Aber Briggs wußte von Darleens Besuchen im Zimmer des Earls. Den Besuchen des Küchenmädchens. Vielleicht hat er Madame Sosostris davon erzählt. Und vielleicht war es das, wovon sie bei der Séance gesprochen hat. Vielleicht ist Miss Turner aus den falschen Gründen zum richtigen Schluß gekommen.«

Wir waren inzwischen im letzten Korridor. Am anderen Ende lagen die Räume des Earls. »Undurchsichtiger und undurchsichtiger«, sagte Marsh. »Erbsen und Ruben, ein Bündlein Petersilie, eine Prise Salbei.«

»Das ist Carsons Zimmer«, sagte ich ihm und deutete mit einer Kopfbewegung auf die geschlossene Tür.

»Der Kammerdiener. Ja.«

»Und das ist die Suite des Earls.«

Ich drehte den Türgriff und stieß die Tür auf, trat beiseite, um Marsh den Vortritt zu lassen.

Er sah sich im Empfangszimmer um, besah sich die nackten Steinwände und die schweren Eichenmöbel und den Orientteppich.

»Reichlich spartanisch«, sagte er. »Aber, mein Gott, ist *das* ein herrlicher Teppich!« Er sah mich an. »Kurdisch. Ein Senneh.« Er bewunderte wieder den Teppich. »Siebzehntes Jahrhundert, wenn mich nicht alles täuscht. Unbezahlbar. Schiere Blasphemie, ihn hier herumliegen zu lassen.«

Er ging zierlich um das Ding herum und auf dem Holzfußboden weiter. Ich folgte ihm, und Sergeant Meadows folgte mir. Marsh warf einen letzten Blick auf den Teppich und öffnete dann die Tür zum Schlafzimmer des Earls.

Er blieb unter der Tür stehen und betrachtete prüfend den hölzernen Türpfosten. Er streckte die Hand aus und fuhr mit den Fingern über das Holz.

»Laut Houdini«, sagte ich, »hat niemand an der Tür herumgefummelt.«

»Hmmm«, sagte er, ohne mich anzusehen. »Das sagten Sie.« Er betrat das Zimmer und untersuchte die abgebrochene Halterung des Querbalkens. Er besah sich eingehend die Türkante und fuhr mit seinen schlanken Fingern darüber. Er nickte vor sich hin und ging dann in das Zimmer hinein. Meadows und ich folgten.

Das Feuer im Kamin war ausgegangen, und die Luft im Zimmer war kühler. Ich konnte noch immer den Geruch von Pulverdampf wahrnehmen, der aber nur noch sehr schwach war und von dem Geruch von Staub und Alter überlagert wurde.

»Wo lag der Revolver?« fragte mich Marsh.

Ich zeigte es ihm. »Etwa hier. Und Sie können auch noch die Asche sehen. Auf dem Fußboden.«

Sergeant Meadows war zum Fenster gegangen und verrenkte den Hals, um hinunter in den Park zu spähen.

»Hmmm«, sagte Marsh. »Ja.« Er beugte sich vor und musterte den Fußboden. »Fußspuren. Hier scheint sich eine Herde Weißschwanzgnus getummelt zu haben.«

»Wir waren alle hier drin. Doyle, Lord Purleigh, Houdini. Und später Superintendent Honniwell und seine Leute.«

Marsh beugte sich noch immer vor. »Haben Sie die Asche untersucht, als Sie das Zimmer betraten?«

»Ja. Keinerlei Spuren. Konnte es auch nicht geben. Die Asche flog ja erst heraus, als wir die Tür aufbrachen.«

»Hmmm.« Vornübergebeugt und mit schlurfenden Schritten ging Marsh Zentimeter für Zentimeter auf die gegenüberliegende Wand zu. »Das ist ja interessant«, sagte er.

»Was?«

»Hier sind Fußspuren, die bis an die Wand führen. Und dort etwas herumtrampeln.« Er stand auf, sah mich an. »Aber nicht zurückkommen.«

In dem Moment öffnete sich lautlos ein türförmiger Teil der Wand, und aus der Dunkelheit trat der Große Meister hervor. Er hatte eine brennende Eisenbahnerlaterne in der Hand und sein breites bezauberndes Lächeln im Gesicht. »Die Fußspuren«, verkündete er, »stammen natürlich von mir.«

9 ½

Bandende?

Dreiunddreißig

Der Große Meister verstand es, einen Auftritt zu inszenieren.

Inspektor Marsh verstand es, dazustehen und zierlich zu lächeln. »Mr. Houdini«, sagte er. »Welch angenehme Überraschung.«

Der Große Meister übersah ihn geflissentlich und grinste mich an. »Sehen Sie, Phil? Schon jetzt habe ich etwas höchst Entscheidendes entdeckt?«

»Das sehe ich, Harry. Wohin führt der Gang?«

»Hier ist eine Treppe.« Er hielt die Laterne an die Öffnung in der Wand. Drinnen führte eine schmale Steintreppe hinunter in die Finsternis. Er drehte sich zu mir um. »Sie führt hinab in eine Art Tunnel, der ganz Maplewhite zu umgeben scheint. Von diesem Tunnel gehen weitere Treppen zu verschiedenen Zimmern des Schlosses ab.«

»Wie haben Sie das entdeckt?« fragte ich ihn.

»Pure Logik«, sagte er. Er wandte sich an Marsh. »Wenn ich es vielleicht erklären dürfte?«

»Aber natürlich«, sagte Marsh. »Ich brenne darauf, es zu erfahren.« Er drehte sich um, wischte mit zierlicher Hand den Bettüberwurf ab und nahm dann auf dem Bett Platz, als sei es ein Theatersessel. Er legte die Hände in den Schoß und blickte zum Großen Meister auf, die Augenbrauen gespannt hochgezogen, als sei er ganz Ohr. Sergeant Meadows stand noch immer dräuend mit dem Notizbuch in der Hand drüben am Fenster. Er verschränkte die Arme vor dem breiten Brustkasten und lehnte sich mit dem Rükken an die Fensterbank.

Der Große Meister stellte die Laterne auf den Boden. Er rieb sich die Hände. »Nun«, sagte er. »Wir wurden hier auf Maplewhite mit einer Reihe absolut rätselhafter Vorfälle konfrontiert. Eine Zeitlang gaben sie selbst Houdini Rätsel auf. Doch dann bemerkte ich, daß all diese Vorfälle, äußerlich betrachtet, in hohem Maße einfachen Zaubertricks von der Art ähnelten, derer sich mittelmäßige Zauberkünstler bedienen.« Er sah mich an. »Und worauf kommt es bei Zaubertricks an, Phil?«

Ich lächelte. »Verraten Sie es mir, Harry.«

Inspektor Marsh hatte die Augenbrauen und den Kopf gesenkt und betrachtete eingehend die manikürten Fingernägel seiner linken Hand.

»Timing«, sagte der Große Meister. »Irreführung. Und natürlich präparierte Requisiten.« Er schob die Hände in die Taschen und begann auf und ab zu gehen, während er weitersprach. Er sprach ernst und langsam, wie ein Lehrer an einer Schule für geistig Minderbemittelte. »Also. Wenn man die Technik eines erfolgreichen Tricks verstehen will, darf man keine vorgefaßten Meinungen haben. Man muß völlig unvoreingenommen sein. Doch was den Tod des Earls betrifft, ging selbst Houdini von vorgefaßten Meinungen aus. Ich hatte geglaubt, der Earl sei gelähmt und ans Bett gefesselt. Das hatten wir alle geglaubt. Aber Miss Turners Aussage – daß der Earl, als Gespenst verkleidet, in ihr Zimmer gekommen sei – ließ daran begründete Zweifel aufkommen.«

Ich sagte: »Ich dachte, Sie hätten ihr diese Geschichte nicht abgekauft.«

»Aha«, sagte er. »Das war, *bevor* ich über meine vorgefaßten Meinungen nachsann. Angenommen, sagte ich mir, angenommen, Miss Turners Geschichte wäre wahr. Angenommen, der Earl konnte in Wahrheit gehen. Falls er in der Nacht zum Samstag tatsächlich in die Privatsphäre ihres Zimmers eingedrungen war, wie war ihm dies dann gelungen, ohne gesehen zu werden?«

Marsh blickte von seinen Fingernägeln auf und runzelte die Stirn. »Es war mitten in der Nacht. Da war niemand unterwegs, der ihn hätte sehen können.«

»Aber konnte er dessen sicher sein? Ein einziger Zeuge hätte genügt, um den ganzen Schwindel auffliegen zu lassen. Und vorausgesetzt, der Earl beging am Tag darauf tatsächlich Selbstmord, wie verschaffte er sich dann den Revolver aus der Halle, ohne gesehen zu werden?«

Marsh hielt die Hand in die Höhe. »Ja, ja, gewiß. Aber es gibt noch andere Möglichkeiten, wie er das hätte bewerkstelligen können. Andererseits gibt es nun einmal auch diese Treppe, über die Sie da gestolpert sind.«

Der Kopf des Großen Meisters fuhr zurück. »Gestolpert? Wohl kaum, Inspektor Marsh. Ich habe die Sache absolut logisch durchdacht. Was den Earl und seinen Tod betrifft, zog ich auch die andere Möglichkeit in Betracht – nämlich die, daß er *nicht* Selbstmord begangen hatte. Sondern daß er ermordet worden war. Aber wie war, in diesem Fall, der Mörder entkommen? Ich selbst habe die Tür sehr sorgfältig untersucht, und ich wußte . . .«

»Ja«, sagte Marsh. »Mr. Beaumont hat es mir mitgeteilt. Sie schlossen daraus, daß es einen weiteren Zugang zu dem Zimmer gab.«

»Jawohl, genau das schloß ich daraus! Und darum besorgte ich mir von Mrs. Blandings, der Wirtschafterin, *das* hier!« Er griff in die Rocktasche und brachte ein Bandmaß zum Vorschein. Er schwenkte den Arm theatralisch durch die Luft, so daß sich das gelbe Band entrollte und einen Reifen bildete. »Und dann kam ich hier herauf.«

Er stolzierte zur Tür, um es uns zu zeigen, das in der Luft schwebende Band hinterdrein. Marsh drehte sich auf dem Bett um und sah ihm nach. Der Große Meister wirbelte herum. »Ich überprüfte das Zimmer visuell. Dann ging ich zum Fenster.«

Er schritt zum Fenster. Dort stand Sergeant Meadows, der ihn mit verschränkten Armen und ausdrucksloser Miene beobachtete. »Sie gestatten«, sagte der Große Meister und legte die Hände auf Meadows' Hüften, als wollte er ihn hochheben und woanders absetzen. Vielleicht hätte er das auch getan. Doch Sergeant Meadows sah Inspektor Marsh an, der kurz nickte, und trat dann zur Seite.

»Ich habe das Fenster sehr sorgfältig untersucht«, sagte der Große Meister. »Gemessen und immer wieder gemessen.« Er beugte sich vor und zeigte es uns. Er richtete sich wieder auf. »Dann maß ich das ganze Zimmer aus und notierte mir die Abmessungen. Jede einzelne.« Er schwenkte das Bandmaß durch die Luft. »Dann ging ich in das Zimmer nebenan.«

Einen Moment lang dachte ich, er würde tatsächlich hinübergehen und erwarten, daß wir ihm folgten. Dem war nicht so.

»Ich notierte mir *seine* Abmessungen«, sagte er. »Ich . . .«

»Ja«, sagte Marsh. »Ich glaube, ich kann Ihnen folgen. Sie ermittelten, wo sich der Gang befinden mußte.«

»Genau! Und dann, nachdem ich wieder hierher geeilt war, machte ich mich daran, ihn zu finden. Und natürlich fand ich ihn.«

Er ging zu der Öffnung in der Wand. »Ein raffinierter Mechanismus. Passen Sie auf.« Er drückte das steinerne Rechteck zu. Es fügte sich geräuschlos und wie geschmiert in die Wand ein, die nun wieder vollkommen massiv wirkte. »Eingebautes Gegengewicht. Einfach, aber wirkungsvoll. Der Knopf befindet sich hier.«

Er drückte auf einen Stein zu seiner Linken. Geräuschlos und wie geschmiert ging die Tür auf.

Mit breitem Lächeln drehte sich der Große Meister zu uns um. »Sehen Sie? Houdini gelingt, was andere nicht einmal versucht haben.«

»Wie ungeheuer kühn von Ihnen«, sagte Inspektor Marsh.

»Ja«, sagte der Große Meister. »Vielen Dank.«

»Und haben Sie diesen unterirdischen Gang zufällig untersucht?«

»Nur zu einem kleinen Teil.« Er rollte das Maßband auf. »Ich stieg eine der Treppen hinauf. Sie führt in ein Zimmer. Kein Schlafzimmer. Ein kleines Boudoir.« Er stopfte das Maßband wieder in die Tasche. »Aber es gibt viele derartige Treppen. Ich bin überzeugt, daß eine davon in Miss Turners Zimmer führt.«

»Aber einwandfrei nachgewiesen haben Sie es nicht«, sagte Marsh.

»Für mich steht das außer Frage«, sagte der Große Meister. »Und außer Zweifel, daß eine der Treppen in die Große Halle führt.« Er wandte sich an mich. »Und darum, Phil, *könnte* der Earl die Waffe aus der Sammlung entfernt haben, ohne daß es jemand bemerkte.«

»Oder ein anderer hätte sie an sich nehmen können«, sagte ich. »Der dann diese Treppe benutzte, um hier herauf zu kommen und den Earl umzubringen.«

»Ja.« Er nickte. »Es wäre natürlich beides möglich.«

»Ach ja?« sagte Marsh. Er lächelte. »Sie wollen doch nicht andeuten, daß Ihnen noch immer etwas rätselhaft ist?«

Der Große Meister hob den Kopf. »Ich werde die Wahrheit ans Licht bringen. Und schon sehr bald, wie ich meine.«

Marsh nickte. »Ja. Mr. Beaumont hat mich von Ihrer Absicht in Kenntnis gesetzt. Spätestens bis zum Tee, ist das richtig?«

»Jawohl. So ist es.«

»*Wer stolz ist, verzehrt sich selbst.* Troilus und Cressida.«

»Mit Stolz hat das nichts zu tun«, sagte der Große Meister. »Was Houdini sich vornimmt, das führt er auch aus.«

»Spätestens bis zum Tee.«

»Ganz genau.«

»Sie werden mir doch gestatten, leise Zweifel zu hegen?«

»Hegen Sie so viele, wie Sie wollen. Hegen Sie Zweifel in Hülle und Fülle. Ich werde mein Ziel nichtsdestotrotz erreichen.«

»Wetten Sie gerne, Mr. Houdini?«

Der Große Mann richtete sich zu voller Größe auf. »Ein Houdini wettet nicht.«

»Nein«, sagte Marsh. »Das hätte ich mir denken können.«

»Allerdings«, sagte der Große Meister, »ist es schon vorgekommen, daß Houdini eine Herausforderung angenommen hat.« Er sah Marsh an. »Wollen Sie mich zu einem Wettstreit herausfordern, Inspektor Marsh?«

»Ich möchte es lieber eine Wette nennen. Eine Wette unter Gentlemen, wenn Sie so wollen. Ohne daß dabei Geld im Spiel wäre. Ich wette mit Ihnen, daß Sie diesen Fall nicht bis zum Tee aufklären werden.«

»Und daß *Sie* ihn aufklären werden?«

»Oh«, sagte Marsh lächelnd. »Ich rechne fest damit, ihn lange vorher aufzuklären.«

»Ach ja?«

»O ja.«

Der Große Meister musterte ihn einen Moment. »Also gut«, sagte er. »Ich nehme an.« Er trat vor und streckte die Hand aus. Marsh erhob sich vom Bett und ergriff sie.

Der Große Meister ließ Marshs Hand los, blickte sich im Zimmer um und richtete sich auf. »Ich muß gehen«, verkündete er und ging gemessenen Schrittes zur Tür hinaus.

Marsh sah zu mir herüber. Er lächelte gequält. »Dumm von mir. Aber Ihr Arbeitgeber hat eine Art, die einem gehörig auf die Nerven gehen kann.«

»Stimmt.«

Marsh griff in die Hosentasche, holte seine Uhr heraus, warf einen Blick darauf. Er nickte, steckte die Uhr wieder ein. Er wandte sich an Sergeant Meadows. »Nehmen Sie die Laterne, Meadows, und sehen Sie sich in dem unterirdischen Gang um.

Folgen Sie allen Treppen. Stellen Sie fest, in welche Zimmer sie führen. Diskret natürlich.«

Sergeant Meadows sah mich kurz unter der breiten Stirn hervor an. Dann blickte er wieder zu Marsh hinüber. Zum erstenmal sagte er etwas: »Und Sie, Sir?«

»Oh, ich werde ein Weilchen alleine weiterwursteln.« Marsh wandte sich mir zu. »Es sei denn, Sie möchten mitkommen?«

»Wüßte nicht, was ich lieber täte«, sagte ich ihm.

Als Inspektor Marsh mit dem Großen Meister sprach, hatte er einen sehr selbstsicheren Eindruck gemacht. Diesen Eindruck machte er auch während der folgenden Stunden, doch mir fiel auf, daß wir ein ziemliches Tempo vorlegten.

Als erstes gingen wir zu Carson, dem Kammerdiener des Earls. Carson lag im Bett, in einem weißen Nachthemd, war aber bereit, mit uns zu sprechen. Er sah schlechter aus als am Vortag. Sein Gesicht war blasser, und seine Augen waren trüber. Das Zittern seiner Hände hatte sich verstärkt.

Marsh setzte sich auf den Stuhl, und ich lehnte mich stehend an die Wand. Marsh stellte Carson so ziemlich die gleichen Fragen, die ich gestern gestellt hatte, und Carson gab so ziemlich die gleichen Antworten.

Dann sagte Marsh: »Wie ich höre, statteten Lord und Lady Purleigh dem Earl am Freitag abend einen Besuch in seinem Zimmer ab.«

»Ja, Sir«, sagte Carson. »Das taten sie, Sir.« Seine zitternden Hände glitten unruhig über seine Brust.

»Waren Sie bei diesem Besuch zugegen?«

»Nein, Sir.«

»Haben Sie eine Ahnung, worüber die drei sprachen?«

»Nein, Sir.«

»Woher wußten Sie, daß Lord und Lady Purleigh den Earl besuchen kamen, Carson?«

»Ich sah sie, Sir. Als sie draußen im Flur vorbeigingen. Ich war in meinem Zimmer, Sir, und im allgemeinen lasse ich meine Tür offenstehen.«

»Tatsächlich. Lassen Sie sie immer offen?«

»Bis ich zu Bett gehe, Sir. Für den Fall, daß der Earl nach mir ruft. Gewöhnlich gehe ich gegen zwölf noch einmal hinein und sehe nach ihm, Sir.« Er runzelte die Stirn, holte abgehackt Luft. »Und *sah* nach ihm, Sir. Bevor ich schlafen ging.«

Marsh nickte. »Sie konnten den Earl also von seinem Schlafzimmer aus rufen hören?«

»Ja, Sir. Die Stimme des Earls war nicht in Mitleidenschaft gezogen, Sir.« Er lächelte matt.

»Konnten Sie ihn auch hören, wenn die Türen, seine Türen, geschlossen waren?«

»Nein, Sir. Tagsüber ließen wir alle Türen offen, Sir, meine Tür und die des Earls. Außer wenn er sein Nickerchen machte, Sir, vor dem Tee. Dann machte ich seine Schlafzimmertür immer zu. Er konnte dann besser schlafen.«

»Also war Ihre Tür gestern nachmittag offen, bevor Sie ihm seinen Tee brachten?«

»Ja, Sir.«

»Ging jemand vorbei?«

»Nein, Sir. Niemand, Sir.«

Im gleichen Plauderton, in dem er schon die ganze Zeit gesprochen hatte, fragte Marsh ihn: »Kennen Sie Darleen, das Küchenmädchen?«

Carson blinzelte verwundert. »Ja, Sir.«

»Haben Sie diese Darleen jemals an Ihrem Zimmer vorbeigehen sehen?«

»Nein, Sir.« Er blinzelte wieder. »Warum hätte ich sie hier sehen sollen, Sir?«

»Ich habe gehört, daß Darleen den Earl gelegentlich besucht hat. Spätnachts.«

Carson schüttelte den Kopf. »O nein, Sir. Warum sollte sie das, Sir? Oh.« Carsons Augen weiteten sich. »Verzeihen Sie, Sir. Das war eine Lüge. Ja, einmal, vor einigen Monaten, Sir – ich war damals krank, Sir, der Magen, und konnte meinen Verpflichtungen nicht nachkommen. Und wenn ich mich recht entsinne, dann hat Darleen, das Mädchen aus der Küche, den Earl damals bedient.«

Marsh nickte. »Sagen Sie, Carson. Wie lange wissen Sie schon von dem Geheimgang im Zimmer des Earls?«

Carsons Hand zuckte, und er runzelte verwirrt die Stirn. »Geheimgang, Sir?«

»Kommen Sie schon, Carson. Den gibt es doch seit Jahren. Seit Jahrhunderten, nehme ich an. Sie müssen davon gewußt haben.«

Carson schüttelte den Kopf. »Nein, Sir. Ich schwöre es, Sir.« Er versuchte sich im Bett aufzurichten, hustete keuchend und ließ sich wieder zurücksinken. Seine Hände flatterten über die Brust. »Ein Geheimgang, Sir? Im Zimmer des Earls? Wo, Sir?«

Marsh lächelte. »Wissen Sie, welche Strafe auf Meineid steht, Carson?«

Carsons Blick wurde hektisch. »Sir, ich schwöre Ihnen, ich weiß nichts von einem Geheimgang. Wirklich nicht, Sir. Ich schwöre es!«

Marsh sah ihn einen Moment scharf an. Dann stand er auf, griff in die Tasche, holte seine Uhr heraus, warf einen Blick darauf, steckte sie wieder ein. Er wandte sich an mich. »Dann wollen wir uns jetzt mal in die Küche begeben.«

Die Morgenpost

Maplewhite, Devon
19. August

Liebe Evangeline,

noch mehr Felsbrocken. *Viel* mehr. *Riesengroße.*

Und kein sanftes Zu-Tal-Kullern bei diesem Schwung, o nein. Alle plumpsten gleichzeitig aus den Wolken und krachten genau dort auf die Erde, wo ich, treuherzig und wohlmeinend, gerade zufällig verweilte. Und da liege ich noch immer, plattgedrückt, unter ihnen.

Der größte Brocken davon ist Mr. Beaumont.

Eine interessante Vorstellung, findest Du nicht auch? Ich plattgedrückt unter Mr. Beaumont liegend?

Falls mir diese Lage tatsächlich widerfahren sollte – irgendwo außerhalb der keuschen Grenzen der Metapher –, wäre ich bei weitem nicht die einzige Frau auf Maplewhite, die in diesen, sagen wir, Genuß gekommen wäre.

Es scheint, daß ich mich in bezug auf Mr. Beaumont geirrt habe. In mehrfacher Hinsicht.

Letzte Nacht war ich, wie Du Dich erinnern wirst, im Begriff, durch die dunklen schweigenden Hallen von Maplewhite zu schleichen in der Hoffnung, etwas zu erfahren –

Was ich auch tat; und, Evy, Du wirst es nicht glauben –

Erinnerst Du Dich an das erste Gespenst, von dem ich Dir Näheres zu erzählen versprach, dies aber nie tat? Wie sich jetzt herausstellt, war dieses Gespenst gar kein Gespenst. Sondern Lord Purleighs Vater, der Earl of Axminster.

Das ist nicht erfunden. Wann immer ihm danach zumute war, setzte sich der verstorbene Earl offenbar eine Perücke auf und hängte sich einen künstlichen Bart um und suchte die Räume erstaunter bezahlter Gesellschafterinnen heim, wo er kichernd Obszönitäten von sich gab und mit dem Körperteil herumwedelte, den Mrs. Applewhite einmal als »das Zeugeglied« bezeichnete. (*Was für ein Zeuge?* höre ich Dich sie noch fragen; Du warst ja so herzlos, Evy.)

Heute empfinde ich die ganze Episode eher als mitleiderregend denn als furchteinflößend. Eigentlich tut mir der alte Mann ausgesprochen leid. Wie ungemein traurig, die eigenen Bedürfnisse, und die eigenen Mittel, Wildfremden zu offenbaren. Wie ungemein traurig, sich zu so etwas gar gezwungen zu fühlen.

Mein Aplomb von heute könnte in gewisser Hinsicht eine Folge des erst vor kurzem eingetretenen Todes des Earls sein. Er wird sein Gemächt (das übrigens recht beachtlich war) nie wieder drohend schwingen; weder für mich noch für sonst jemanden, der Ärmste.

Aber um auf den gleichermaßen erstaunlichen Mr. Beaumont zurückzukommen. Letzte Nacht, kurz vor ein Uhr und nachdem ich den Brief an Dich zugeklebt hatte, knipste ich das Licht aus und machte behutsam meine Schlafzimmertür auf und spähte hinaus. Ich blickte nach links. Ich sah nichts. Ich blickte nach rechts. Ich sah Cecily Fitzwilliam, angetan mit einem dünnen Seidenneglige, in Mr. Beaumonts dunkles Zimmer schlüpfen, so leicht und so selbstverständlich wie ein eingepuderter Fuß in einen alten Hausschuh gleitet.

Ich wußte natürlich bereits von den beiden, von ihrer Affäre. Dennoch war ich ziemlich schockiert (und nicht wenig neidisch, wie ich gestehe) angesichts der Schamlosigkeit der jungen Dame – halbnackt durch die Korridore zu spazieren, wo sie jeder sehen konnte, sogar eine verstohlene, boshafte bezahlte Gesellschafterin.

Ich wartete. Ich horchte auf die Stille, die mir signalisieren würde, daß die Luft rein war. Die hörte ich, und so öffnete ich die Tür, machte sie leise hinter mir zu und sauste dann durch den Flur zum Briefkasten. Ich warf den Brief an Dich ein und schlenderte dann die Treppe hinunter und durch einen weiteren Korridor und wieder eine Treppe hinauf und einen weiteren Korridor hinunter zum Zimmer des Earls, wo ich unter seinem Bett die Perücke und den Bart fand.

Warum ich im Zimmer des Earls war?

Warum mußt Du mich ständig mit Fragen behelligen?

Ich befand mich in dem Moment selbst unter seinem Bett, sonst hätte ich den Bart und die Perücke ja nicht entdeckt.

Ach, das ist eine furchtbar lange Geschichte, Evy, und ich

werde sie Dir eines Tages bestimmt erzählen, das verspreche ich, aber jetzt möchte ich zu dem Messer und zu Mr. Beaumont kommen.

Das Messer war ein silberner Dolch – eine Antiquität und eigentlich ein sehr schönes Stück – und steckte wie eine Zaunlatte in meinem Bett, als ich in mein Zimmer zurückkam. Ich hatte eine Sylvia gebaut – erinnerst Du Dich an die Schlafenden Sylvias, die wir aus Kopf- und Sofakissen formten, bevor wir an Mrs. Applewhites Höherer Bildungsanstalt heimlich aus dem Fenster kletterten? Ich hatte eine Sylvia gemacht, bevor ich zum Zimmer des Earls aufbrach, und diese war gepfählt worden.

Einen Moment lang setzte bei mir der Verstand aus, denn ich fragte mich allen Ernstes, wie um alles in der Welt das Messer da hingekommen war. Dann wurde mir natürlich klar, daß es jemand dort *hingetan* hatte, absichtlich, es dort *hineingestoßen* hatte, weil er Sylvia für *mich* hielt; und prompt packte mich ein klarer Fall von kaltem Grausen.

Nein, ich weiß nicht, wer es getan hat. Und ich kann mir auch keinen Grund dafür vorstellen.

Nach einer Weile schnappte ich mir, in meiner Benommenheit, das Messer und wankte zum Zimmer von Mrs. Corneille.

Ich klopfte an die Tür. Sie machte auf, und ich taumelte hinein. Und wer fuhr dort mit einem Satz von einem kleinen Rokokosofa hoch? Mr. Beaumont.

Er war vollständig bekleidet. Vielleicht hatte er sich nach dem Rendezvous mit Cecily wieder angezogen. Vielleicht hatte sich Cecily, in seinem Zimmer, auch wie ein Panther auf ihn gestürzt, während er noch alles anhatte, und die beiden waren zu Boden gesunken, und ohne Zeit zu vergeuden, mit hektischer Begierde und leidenschaftlichen Stößen, hatten sie dort . . .

Also wirklich!

Es muß am Wetter liegen, Evy. Ein weiterer heißer und schwüler Tag, an dem sich die Süße des Sonnenscheins drückend auf den Rasen legt. Die anderen sind alle in den Sonntagsgottesdienst gegangen, und ich schreibe diesen Brief im Freien, auf der Terrasse neben dem Wintergarten. Die Eichhörnchen sind außer Rand und Band, und ich fürchte, meine Phantasie ebenfalls.

Aber egal, was für eine Erklärung es dafür gab, auf jeden Fall sah Mr. Beaumont feurig und recht fesch aus in seinem Smoking.

Sein Tête-à-tête mit Mrs. Corneille könnte doch, wirst Du vielleicht sagen, eine harmlose Zusammenkunft gewesen sein. Das hätte ich (beinahe) selbst geglaubt, hätte ich nicht, als ich Platz nahm, zufällig (und es war wirklich der pure Zufall) auf die Hose des stehenden Mr. Beaumont geblickt und entdeckt, daß er sich in einem Zustand befand, den Deine Mrs. Stopes als »männliche Einsatzbereitschaft« bezeichnet.

Vielleicht – dieser Gedanke kommt mir erst jetzt – ist sich bekleidet zu lieben wieder eine von diesen verblüffenden amerikanischen Erfindungen, so wie der Charleston. Vielleicht ist *das* damit gemeint, wenn man von »aufgestanden und zugepackt« spricht. Vielleicht wälzten er und Mrs. Corneille sich, beide in voller Kleidung, ungestüm auf dem Boden, als ich anklopfte.

Nein. Ich kann mir zwar – und mit einer Lebhaftigkeit, die keineswegs unangenehm ist – Mr. Beaumont in einer solchen Situation vorstellen, nicht aber die elegante Mrs. Corneille. Und doch habe ich den Verdacht, daß, wenn ich nicht geklopft hätte, *irgend jemandes* Kleidung zumindest stark derangiert worden wäre.

Mr. Beaumont ist unermüdlich, wie es scheint.

Jedenfalls war ich ziemlich durcheinander, als ich den beiden alles zu erzählen begann; und während der gesamten Unterhaltung konnte ich spüren, daß ich jedesmal wie ein Idiot errötete, wenn ich ihn ansah.

Er ist gar nicht so mit sich selbst beschäftigt, wie ich ihn in meinen Briefen geschildert habe, Evy. Eigentlich war er sogar ganz reizend – sowohl letzte Nacht, als ich mit ihm und Mrs. Corneille sprach, als auch heute, während meiner Befragung durch den aufgeblasenen Inspektor Marsh von Scotland Yard. Er ging sogar so weit, mich zu verteidigen.

Aber ich eile den Ereignissen voraus.

Ich erzählte ihnen gestern abend die ganze Geschichte. Mr. Beaumont und Mrs. Corneille, meine ich.

Fast die ganze Geschichte. Die beiden anderen Gespenster erwähnte ich nicht, die Mutter und den kleinen Jungen, die ich drunten bei der Mühle gesehen hatte. Je mehr ich über sie nachdenke, desto mehr komme ich zu der Überzeugung, daß sie ein Produkt meiner Phantasie waren. Ich war ja das reinste Nervenbündel, und das Licht unter der Weide war schwach und fahl. Und außerdem

Du meine Güte. Ich hatte soeben eine höchst bizarre und beunruhigende Unterredung mit Mr. Houdini. Ich weiß nicht, was ich davon halten soll. Wenn das, was er andeutet, wahr ist . . .

Mal sehen, ob ich etwas Ordnung in das Ganze bringen kann.

Er kam den Weg herunterstolziert, begrüßte mich mit einem munteren »Guten Tag!«, ließ sich neben mir auf die Bank plumpsen und verkündete, daß er die Absicht habe, alles aufzuklären.

Ich klappte meinen Schreibblock zu – um diese Seite mit ihren wilden Spekulationen zu verstecken – und sagte: »Wie bitte?«

Er wedelte mit der Hand hin und her, als wolle er Fliegen verscheuchen. »Alles, Miss Turner, diesen ganzen Wirrwarr. Gewehre und Revolver und sterbende Earls. *Gespenster.* Die Sache geht nun schon viel zu lange, und ich bin entschlossen, sie aufzuklären.«

»Ich verstehe«, sagte ich. Was eine ziemliche Übertreibung war.

Er sagte: »Ich habe mit Phil Beaumont, meinem Mitarbeiter, und diesem Polizisten aus London gesprochen. Phil hat mir von Ihrer Begegnung mit dem Earl berichtet. Sie haben mein vollstes Mitgefühl, Miss Turner. Mir ist klar, daß eine züchtige junge Frau wie Sie das Verhalten des Earls als ungeheuerlich empfunden haben muß.«

Ich nickte züchtig und blickte hinunter auf meinen Schreibblock. Und errötete züchtig, als ich an die Sachen dachte, die ich hier geschrieben hatte.

»Ich sollte Ihnen mitteilen«, sagte er, »daß ich das Instrument entdeckt habe, mittels dessen er sich Zugang zu Ihrem Zimmer verschaffte.«

»Das Instrument?« fragte ich stupide.

»Jawohl. Aufgrund sorgfältiger Untersuchung des Zimmers des Earls konnte ich einen Geheimgang hinter der Wand lokalisieren. Dieser führt über eine schmale Treppe hinunter in eine Art Tunnel, der ganz Maplewhite umgibt. Von diesem Tunnel führen weitere Treppen hinauf in die diversen Räume des Schlosses. Eine von ihnen führt zweifellos in Ihr Zimmer. Und diese benutzte der Earl zweifellos in der Nacht zum Samstag.«

»Ein Geheimgang?« Ich kam mir allmählich wie ein Papagei vor.

»Genau.«

»Aber ich dachte, er sei einfach durch die Tür hereingekommen.«

Er schüttelte den Kopf wie eine pedantische Schulmeisterin. »Er hat sein ganzes Leben hier verbracht und muß daher von dem Gang gewußt haben. Und warum sollte er das Risiko eingehen, in den Korridoren gesehen zu werden? Aber wenn Sie nur einen Moment nachdenken, Miss Turner, wird Ihnen klarwerden, daß, wenn der Earl den Geheimgang benutzte, ihn dann auch irgendwann ein anderer benutzt haben könnte.«

»Ja?« sagte ich. Ich war noch ganz in Visionen des Earls versunken, wie er in seinem langen Nachtgewand durch dunkle Gewölbe und Gänge schleicht, während Fackelschein über steinerne Mauern huscht und Ratten quieken.

»Phil hat mir auch von dem Messer berichtet, das Sie letzte Nacht in Ihrem Bett fanden«, sagte er. »Wer immer es dort hineingestoßen hat, könnte auch den Geheimgang benutzt haben.«

»Ja«, sagte ich. »Ich verstehe.«

»Begreifen Sie, was das bedeutet?«

Und ich begriff, Evy. Das bedeutete, daß der Geheimgang, falls er letzte Nacht benutzt worden war, nur von jemandem benutzt worden sein konnte, der sich auf Maplewhite auskannte. Von einem anderen als dem Earl, der ja nicht mehr unter uns weilte. »Ja, aber . . .«

»Ich habe lange über meine vorgefaßten Meinungen nachgedacht, Miss Turner«, sagte er. »Vergangene Nacht hat jemand versucht, Sie zu töten. Dies, glaube ich, war ein Versuch, Sie zum Schweigen zu bringen. Ich glaube, daß Sie etwas gehört oder etwas gesehen haben, das mir die Erklärung für die mysteriösen Vorfälle liefern wird, die sich hier ereignet haben.«

»Aber was?«

Er lächelte. »Genau um das herauszufinden, habe ich mich auf die Suche nach Ihnen begeben.« Er zog eine goldene Uhr aus der

Westentasche, warf einen Blick darauf, runzelte die Stirn und sah mich an. »Darum, Miss Turner, wäre ich Ihnen sehr dankbar, wenn Sie mir alles erzählen würden, was Ihnen seit Ihrer Ankunft auf Maplewhite widerfahren ist.«

Und das tat ich endlich, Evy. Ich erzählte ihm alles, sogar die Sache mit den zwei Gespenstern bei der Mühle. Davon hatte ich noch keinem etwas erzählt, weder Mrs. Corneille noch Mr. Beaumont, und schon gar nicht diesem herrischen Inspektor Marsh. Ich hatte das Gefühl, daß ich sie von der Identität des ersten Gespenstes nicht würde überzeugen können, wenn ich die Geschichte durch die Erwähnung eines zweiten Gespenstes, und dann noch eines dritten, komplizierte. Die eine Wahrheit hätte sich, wie ich fand, wie ein Makel auf die andere gelegt. Und wie ich bereits sagte, hatte ich allen Ernstes an der Existenz der beiden zu zweifeln begonnen.

Dabei hätte ich sie gegenüber Inspektor Marsh beinahe erwähnt. Aber der Mann war so anklagend, so eingebildet und von sich selbst überzeugt, so etepetete – wie er es zum höheren Polizeibeamten gebracht hat, ist mir schleierhaft. Die Londoner Unterwelt und ihre Bewohner müssen weit weniger robust sein, als die Presseberichte nahelegen. In Sidmouth würde Inspektor Marsh keine fünf Minuten überleben.

Mr. Houdini besitzt selbst eine gewisse Selbstgefälligkeit, doch er hörte sich alles aufmerksam an und schenkte insbesondere meiner Schilderung der Mutter und des kleinen Jungen große Beachtung. Er stellte mir unzählige Fragen, nickte immer wieder nachdenklich und bat mich dann, meine Geschichte zu Ende zu erzählen.

Das tat ich, wobei ich nur die Sache mit Cecily und Mr. Beaumont ausließ, die, wie ich meine, außer den beiden niemanden etwas angeht. Nachdem ich geendet hatte, begann er mir eine ganze Reihe höchst sonderbarer Fragen zu stellen. Dabei ging es kurz gesagt um – nein, nicht einmal *das* kann ich Dir verraten, Evy. Ich will mich keineswegs zieren, wirklich nicht. Aber ich habe es versprochen; ich habe ihm geschworen, keinem zu verraten, was er mich gefragt hat.

»Und was soll ich Inspektor Marsh sagen«, fragte ich ihn, »wenn er sich nach den Gespenstern erkundigt?«

Er hob den Kopf wie ein Cäsar. »Dann müssen Sie es ihm sagen. Houdini hält sich immer an die Spielregeln.«

Und mit diesen Worten stand er auf, dankte mir und ging eilends zurück ins Haus.

Ich weiß wirklich nicht, was ich tun soll, Evy. Das Ganze ist äußerst unangenehm. Wenn die entsetzlichen Dinge, die Mr. Houdini vermutet, wahr sind, dann . . .

Ich kann nicht.

Ich werde jetzt den Brief einwerfen und mich dann still hinsetzen und alles genau durchdenken.

Viele liebe Grüße,
Jane

Vierunddreißig

Mrs. Blandings war eine große dünne Frau mit schmalen Lippen und schmalem Kinn und ständig schmalen braunen Augen, die rechts und links einer gebogenen schmalen Nase funkelten. Sie war früher eine stattliche Frau gewesen, doch die Jahre und die Sorgen hatten die Linien in ihrem Gesicht tiefer und die Kanten schärfer werden lassen. Ihr Haar war weiß und zu so festen kleinen Löckchen gekräuselt, daß dazwischen stellenweise die rosa Kopfhaut durchschimmerte. Sie trug ein langes schwarzes Baumwollkleid, das derart gestärkt war, daß es bei jedem Atemzug raschelte wie dürres Laub.

Sie hatte die Hände auf den Küchentisch gelegt, die Finger ineinander verschränkt. Die Hände waren schmal und fast elegant, doch die Knöchel waren so rot, als hätte sie damit auf Backsteine gehämmert.

»Ich kann nicht trödeln«, teilte sie Inspektor Marsh grimmig mit. »Dazu bin ich nicht fähig. Veranlagung.«

»Wir werden Ihre Zeit nicht über Gebühr in Anspruch nehmen, Mrs. Blandings«, versicherte ihr Marsh. Auch er hatte nicht gerade getrödelt. Wir waren praktisch im Laufschritt nach unten geeilt, und er hatte kein einziges Mal Shakespeare zitiert.

Wir hatten an einem Tisch in der Ecke der Küche Platz genommen. Der Raum war riesig, an die zehn Meter hoch. In die Steinwände waren offene Kamine und Backöfen eingebaut. Es gab fünf oder sechs mächtige Holzschränke und sechs oder sieben lange Holzborde, die sich unter Reihen von schweren Vorratsbehältern aus Porzellan bogen. In die marmorne Arbeitsfläche waren vier große Spülbecken eingelassen. An den Wänden hingen Töpfe und Pfannen und Untersetzer und Siebe und Kessel. Im Boden befand sich ein großer Abfluß aus Metall, damit man alles mit dem Schlauch abspritzen konnte, wenn man seinen Wal geschlachtet hatte.

»Lady Purleigh teilte mir mit«, sagte Marsh, »daß Sie beide gestern zusammen waren, als Sie den Gewehrschuß hörten.«

»Wilderer«, sagte sie. »Keinerlei Respekt mehr heutzutage.«

»Und wo genau befanden sie sich, als Sie den Schuß hörten?«

»Im Wintergarten. Um mit ihrer Ladyschaft das Dinner zu besprechen.«

»Wie lange sind Sie schon auf Maplewhite angestellt, Mrs. Blandings?«

»Mein Lebtag lang.«

»Dann kennen Sie die Familie sicher gut.«

»Ja.«

»Würden Sie sagen, daß es eine glückliche Familie ist?«

»Gewiß.«

»Kein Streit, keine Meinungsverschiedenheiten?«

»Nein.«

»Aber selbst in den besten Familien kommt es doch vor, daß . . .«

»Ich kann hier nicht für andere Familien sprechen. Sie haben nach dieser gefragt. Ob sie glücklich ist. Und ich sagte ja.«

Marsh nickte. »Das sagten Sie. Sind Sie gewillt, über Gespenster zu sprechen, Mrs. Blandings?«

Sie musterte ihn skeptisch. »Gespenster?«

»War Ihnen bekannt, daß Miss Turner, eine der zu Besuch weilenden Personen, behauptet, in der Nacht zum Sonnabend von einem Gespenst heimgesucht worden zu sein?«

»Dummes Zeug. Die Frau muß hysterisch sein.«

»Sie glauben also nicht an Gespenster.«

»Natürlich nicht. Aber was ich glaube, geht Sie ja wohl kaum etwas an, oder?«

Marsh lächelte. »Glauben Sie, Mrs. Blandings, daß der verstorbene Earl Selbstmord begangen hat?«

»Dazu habe ich keine Meinung.«

»Nein?«

»Nein.«

»Der Earl war seit geraumer Zeit leidend«, sagte Marsh.

»Seit drei Jahren.«

»Hatten Sie Grund zu der Annahme, daß sich sein Zustand gebessert haben könnte?«

»Gebessert? Der Earl war gelähmt.«

Marsh nickte.

Mrs. Blandings blickte sich ungeduldig in der Küche um und sah dann wieder Marsh an. »War es das? Ich habe nämlich zu tun.«

»Ja. Für den Augenblick. Aber ich würde gerne mit einem der Küchenmädchen sprechen. Einer jungen Frau namens Darleen.«

»Der kleinen O'Brien? Warum?«

Marsh lächelte. »Verzeihen Sie, Mrs. Blandings, aber das geht Sie ja wohl kaum etwas an, oder?«

Sie blinzelte, schob dann die Lippen vor und stand auf. »Ich werde sie schicken«, sagte sie und ging.

Marsh drehte sich zu mir um und lächelte. »Nicht gerade gesprächig, die Dame.«

»Vielleicht ist diese Darleen anders.«

Darleen *war* anders. Sie trug schwarze Lackschuhe und weiße Baumwollstrümpfe und ein schwarzes durchgeknöpftes Baumwollkleid, das mit winzigen Lilien bedruckt war. Es war eine konservative Gewandung, oder sollte es zumindest sein, und vermutlich hatte sie sie am Morgen beim Kirchgang getragen. Der Pfarrer konnte einem leid tun.

Sie war Anfang zwanzig, und ihr Körper unter dem Kleid war so üppig und voll entwickelt, daß sie ebensogut nackt hätte sein können, und das wußte sie. Sie kam mutwillig wie ein Fohlen in die Küche gestürmt, warf das dicke rote Haar zurück und grinste uns an. »Was haben Sie denn mit der armen Mrs. Blandings angestellt, Sie beide? Die gute alte Seele schnaubt ja heftiger als ein Dampfroß.«

Marsh und ich hatten uns erhoben. »Miss O'Brien?« sagte er.

»Genau die«, sagte sie, legte den Kopf schief und lächelte. Ihre Augen waren grün und strahlend, und ihre Wangen waren zart mit Sommersprossen bestreut wie Sahne mit Zimt. »Und Sie sind von der Polizei, wie ich höre. Extra aus dem großen London hergekommen.«

»Ich bin Inspektor Marsh. Das ist Mr. Beaumont. Bitte nehmen Sie Platz, Miss O'Brien.«

Sie ließ sich auf den gleichen Stuhl plumpsen, auf dem auch Mrs. Blandings gesessen hatte. Sie streckte die langen Beine aus und legte sie an den Knöcheln übereinander und ließ die Hände in den Schoß fallen wie ein kleines Mädchen, das die Erwachsene spielt. Sie lächelte erst mich und dann Marsh an.

Marsh und ich setzten uns wieder. »Miss O'Brien«, sagte er, »ich will ganz offen mit Ihnen sein.«

»Klar«, sagte sie, lehnte sich zurück und riß gespielt unschuldig die Augen auf, »die Polizei ist doch immer offen und ehrlich, stimmt's?«

»Dann haben Sie also Erfahrung mit der Polizei, Miss O'Brien?«

»Welcher Ire hat das nicht? Erfahrung mit der Garda *und* den Engländern.« Sie lächelte. »Aber damit ist ja nun Schluß. Jetzt regieren wir uns selbst – hat lang gedauert, aber besser spät als nie.«

»Ja«, sagte Marsh, »in der Tat. Miss O'Brien, wir wissen von Ihren nächtlichen Besuchen im Zimmer des verstorbenen Earls. Wir wissen, daß diese über einen längeren Zeitraum hinweg stattfanden.«

Sie lächelte wieder. »Briggs. So heißt doch das Vögelchen, das gesungen hat. Dieser miese Schlappschwanz.«

»Dann leugnen Sie es also nicht?«

Sie zuckte die Schultern. »Was für einen Zweck hätte das schon?«

»Gar keinen.«

»Na also. Und jetzt haben Sie sicher nichts Besseres zu tun, als ihrer Ladyschaft alles brühwarm zu erzählen. Und die liebe Darleen wird mal wieder entlassen. Na ja, so ist das eben. Ich wollte sowieso heim nach Irland. Die verdammten Engländer haben wir schon zum Teufel gejagt, und wenn wir jetzt auch noch die verdammten Pfaffen zum Teufel jagen, haben wir ein Paradies auf Erden.«

»Miss O'Brien, sofern Sie mit uns zusammenarbeiten, sehe ich keine Veranlassung, Lady Purleigh oder sonst jemanden von Ihrer Beziehung zum Earl in Kenntnis zu setzen.«

»Zusammenarbeiten, ach ja?« Sie grinste und stützte den Ellbogen auf den Tisch. »Und an was für eine Art von Zusammenarbeit hatten Sie da gedacht?«

»Lediglich an die Beantwortung einiger Fragen.«

»Na, dann schießen Sie los. Ist mir ein Vergnügen, der Polizei Fragen zu beantworten.« Sie sah mich an, sah wieder Marsh an, deutete mit einer Kopfbewegung auf mich. »Der spricht wohl nicht viel, stimmt's oder hab' ich recht?«

»Mr. Beaumont ist als Beobachter hier anwesend.«

»Beobachten kann er, das muß man ihm lassen.« Sie lächelte mich an.

Marsh stellte seine Fragen. Ja, sie habe den Earl in den letzten vier Monaten ein- bis zweimal in der Woche besucht. Öfter hätte sie nicht weggekonnt. Ja, sie habe ihn nur nachts besucht. Ja, sie habe immer gewartet, bis Carson, der Kammerdiener des Earls, schlief, damit sie an seinem Zimmer vorbeischleichen konnte. Ja, sie hätte von anderen Dienstboten gehört, daß der Earl häufig mit seinem Sohn, Lord Purleigh, gestritten habe, doch sie und der Earl hätten nie über seinen Sohn gesprochen. »Oder über sonst etwas«, meinte sie lächelnd. Nein, sie glaube nicht, daß der Earl Selbstmord begangen habe.

»Wie ist er *dann* gestorben?« erkundigte sich Marsh.

»Ein Unfall, stimmt's? Es heißt, die Tür war abgesperrt, als der Schuß losging.«

»Wie, glauben Sie, hat er sich den Revolver beschafft?«

»Vielleicht von einem der Diener?«

»Es scheint Ihnen in bewundernswerter Weise zu gelingen, Ihre Trauer über den Tod des Earls im Zaume zu halten, Miss O'Brien.«

Sie funkelte ihn einen Moment lang an. Dann sagte sie: »Jetzt hören Sie mir mal gut zu, Inspektor Marsh aus dem feinen London. Ich mochte den lieben alten Kerl. Dieser elende Briggs hat Ihnen bestimmt was von Geld erzählt. Und Sie werden mich nicht bestreiten hören, daß mir der alte Mann hin und wieder eine Kleinigkeit zugesteckt hat. Warum nicht? Er wollte, daß ich mir hübsche neue Kleider kaufe und schöne handgearbeitete Schuhe und Seidenstrümpfe, damit ich, wenn ich zu ihm kam, wie eine Lady aussah. Und warum hätte ich ihm das ausreden sollen? Schließlich konnte er es sich weiß Gott leisten. Aber ich mochte ihn wirklich. Er war sehr lieb zu mir und er war dankbar wie ein kleiner Junge, wenn ich bei ihm war. Nun, jetzt ist er tot, und das tut mir leid. Ich hoffe, daß er da, wo er jetzt ist, wunschlos glücklich ist, und das ist bei Gott die Wahrheit, aber wenn Sie darauf warten, daß ich *Ihretwegen* zu heulen und zu plärren anfange, dann können Sie lange warten, Herr Inspektor.«

Marsh lächelte. »Aber Sie haben ja bereits um ihn getrauert, nicht wahr? Gestern abend. Im Schlafzimmer des Earls.«

Sie starrte ihn an. Sie drehte sich um und starrte mich an.

»Man hat Sie gesehen, Miss O'Brien«, sagte Marsh.

»Aber wer . . .« Sie reckte das Kinn vor. »Na und? Ist das vielleicht verboten?«

»Nein. Sagen Sie mir nur eins. Hat der Earl Ihnen je Anlaß zu der Vermutung gegeben, daß er sich von seiner Lähmung erholt haben könnte?«

»Aber, Sir, es waren doch nur die Beine, die nicht richtig funktioniert haben. Alles andere an ihm funktionierte prima.«

»Aber er war noch immer unfähig, seine Beine zu gebrauchen.«

Sie grinste. »Die brauchte er ja auch nicht.«

Marsh lehnte sich zurück und nickte. »Danke, Miss O'Brien. Vielleicht werde ich später noch einmal auf Sie zurückkommen.«

Sie zuckte die Schultern, als wäre ihr das, so oder so, ziemlich egal.

Nachdem sie gegangen war, kam mir die Küche noch größer vor.

Ich drehte mich zu Marsh um, der zu Boden starrte. Ich sagte: »Sie waren nicht sicher, daß sie die Frau im Zimmer des Earls war.«

Er blickte auf. »Hmmm? Nein, nicht bevor sie es zugab. Ich mußte va banque spielen.«

»Sie haben richtig gehandelt.«

Er lächelte. »Das soll vorkommen.«

»Sie schien nichts von dem Geheimgang zu wissen. Oder davon, daß der Earl gehen konnte.«

»Nein. Falls er das tatsächlich konnte.« Er schob die Hand in die Tasche, zog seine Uhr heraus, warf stirnrunzelnd einen Blick darauf. Dann sah er mich an. »Schluß für heute mit der *dienstbaren Klasse*. Zurück zum Adel.«

Ein Diener teilte uns mit, daß sich die meisten Gäste im Salon aufhielten. Sir David war da, auch Cecily und Dr. Auerbach und Lady Purleigh. Alle saßen am anderen Ende des riesigen Raumes beisammen.

Alle blickten zu uns auf, als wir näher kamen, aber nur Lady Purleigh sagte etwas. »Inspektor Marsh. Und Mr. Beaumont. Kann ich Ihnen irgendwie helfen?«

»Ich bitte um Verzeihung, daß ich Sie abermals stören muß, Lady Purleigh«, sagte Marsh.

»Ganz und gar nicht. Bitte nehmen Sie Platz. Bitte, Mr. Beaumont.«

Wir setzten uns nebeneinander auf ein kleines Sofa. »Wie ich bereits erwähnte«, sagte Marsh, »ist es für mich überaus wichtig, in Erfahrung zu bringen, wo sich jeder einzelne von Ihnen gestern aufgehalten hat, als sich diese unerfreulichen Vorfälle ereigneten. Wie ich höre, waren Sie alle hier im Salon, als der Earl starb. Folglich muß ich nur noch ermitteln, wo sich jeder aufhielt, als der Gewehrschuß abgefeuert wurde.«

»Ja«, sagte sie. »Ich verstehe vollkommen. Hätten Sie gerne mit einem von uns unter vier Augen gesprochen?«

»Danke, aber das wird nicht nötig sein. Ich habe lediglich einige Fragen.« Er sah Cecily an. »Miss Fitzwilliam?«

Cecily blickte ihn mit ruhiger und ausdrucksloser Miene an. »Ja?«

»Könnten Sie mir sagen, wo Sie gestern gegen ein Uhr nachmittags waren?«

»Ich habe Mrs. Coburn im Dorf besucht. Sie ist eine alte Freundin der Familie.« Cecily hatte ihre gedehnte Sprechweise wiedergefunden und hörte sich an wie jemand, der sich vorgenommen hatte, in Zukunft besser darauf aufzupassen.

»Um wieviel Uhr, Miss Fitzwilliam, kamen Sie dort an, und um wieviel Uhr gingen Sie wieder?«

»Ich kam so gegen elf an, glaube ich. Und ich ging gegen zwei. Kurz nach zwei Uhr. Ja. Als Ripley mich abholen kam, sagte Mrs. Coburn, es sei kurz nach zwei.«

»Wer ist Ripley?« erkundigte sich Marsh.

»Einer der Dienstboten. Mrs. Coburn schickte ihren Neffen in die Drogerie, von wo aus er meine Mutter anrufen sollte. Um ihr auszurichten, daß man mich abholen sollte.«

Marsh wandte sich an die Mutter. »Und Sie schickten Ripley, Lady Purleigh?«

»Ja«, antwortete sie ihm. »Das war kurz vor zwei Uhr. Mit dem Wagen sind es etwa fünfzehn Minuten bis zu Mrs. Coburn, vielleicht etwas mehr.«

Marsh nickte und wandte sich wieder Cecily zu. »Und Sie waren die ganze Zeit bei Mrs. Coburn?«

»Ja.«

»War sonst noch jemand da?«

»Nein.«

Marsh nickte. »Vielen Dank. Dr. Auerbach. Wo waren Sie zu der bewußten Zeit?«

Dr. Auerbach nickte. Die Gläser seines Kneifers blitzten. »Aha, nun ja. Wie ich dem Mr. Beaumont schon g'sagt hab', war ich auf dem Friedhof der kleinen Kirche. Schaun S', ich mach' doch so gern Abreibungen von Grabsteinen. Ich hab' schon eine ganze Sammlung.«

»Und um wieviel Uhr verließen Sie den Friedhof, Dr. Auerbach?«

»Um ein Uhr?« Er fuhr sich mit der Hand über den glänzenden Schädel. »Ja. Um eins. Ich bin zu Fuß nach Maplewhite zurückgegangen, und ich hab' für die Strecke ziemlich genau eineinhalb Stunden gebraucht. Es müssen an die sechs Meilen sein. Ich brauch' für eine Meile nämlich exakt fünfzehn Minuten. Die Mrs. Corneille hat mir g'sagt, daß es zwei Uhr dreißig war, als ich die Miss Turner untersuchen gangen bin.«

»Und warum haben Sie Miss Turner untersucht?«

»Aha, nun ja. Sie war doch vom Pferd g'fallen. Sie hat Prellungen g'habt, aber sonst war's unverletzt. Ein kräftiges, g'sundes junges Madel, was das Körperliche angeht.«

Marsh nickte. »Und haben Sie, während Sie auf dem Friedhof waren, jemanden gesehen? Oder hat *Sie* jemand gesehen?«

»Ja, das hat mich der Mr. Beaumont auch schon g'fragt. Ich hab' mit dem Pfarrer g'sprochen. Ein ganz reizender Mensch.«

»Vielen Dank, Dr. Auerbach. Und Sie, Sir David?«

»Bitte?« sagte Sir David. Er hatte mich, seit Marsh und ich gekommen waren, keines Blickes gewürdigt. Unter dem rechten Auge hatte er ein kleines Veilchen und links an der Kinnlade einen blauen Fleck.

»Wo waren Sie, Sir David, gestern zwischen zwölf und ein Uhr?«

»Im Dorf.«

»Wo im Dorf?«

»Im Cock and Bull.«

»Das ist ein Pub, nehme ich an?«

»Das ist *das* Pub.« Er lächelte. Verbindlich. »Nicht auf Grund seines hohen Niveaus, wie ich gleich hinzufügen möchte, sondern auf Grund seiner Einzigartigkeit. Es ist das einzige Pub im Dorf.«

»Und Sie waren in einem der Schankräume?«

»Sie überschätzen die Pracht dieses Hauses. Es gibt nur einen. Und in dem war ich nicht. Ich hatte mir ein Zimmer genommen.«

»Ein Zimmer, Sir David?«

»Ja. Ich fühlte mich nicht wohl. Ein periodisch auftretendes Leiden – etwas, das ich mir vor Jahren am Bosporus geholt habe. Ich nahm mir daher ein Zimmer, um mich ein Weilchen hinzulegen.«

»Warum fuhren Sie nicht einfach nach Maplewhite zurück?«

Sir David zuckte die Schultern. »Dazu hätte ich erst ein Transportmittel organisieren und dann eine unangenehme Autofahrt über mich ergehen lassen müssen. Ich war im Pub. Dort war ein Zimmer frei. Es war so lala. Ich nahm es.«

»Und um wieviel Uhr verließen Sie das Pub, Sir David?«

»So gegen drei, würde ich sagen.«

»Und wie kamen Sie nach Maplewhite zurück?«

»Der Wirt stellte mir eine Fahrgelegenheit zur Verfügung. Einen Wagen samt Fahrer.«

»Und wie war der Name des Wirtes?«

»Ich habe keine Ahnung.« Er lächelte. »Aber er kann ja nicht schwer zu finden sein.«

»Kennen Sie den Namen des Fahrers, Sir David?«

»Natürlich nicht.«

Marsh nickte. Er stand auf. Ich erhob mich ebenfalls. »Ich danke Ihnen allen«, sagte er.

Fünfunddreißig

Im Empfangszimmer vor dem Salon wandte sich Marsh an mich. »Reizendes Kerlchen, dieser Sir David. Sagen Sie. Ich habe nur das Finale Ihres Boxkampfes mit ihm gesehen, lediglich die letzten Minuten. Wie lange dauerte das Ganze?«

»Sie haben praktisch die ganze Partie gesehen.«

»Ach«, sagte er. »Entzückend.« Er lächelte. »Nun denn. Fühlen Sie sich einem Besuch in der Metropole gewachsen?«

»In Purleigh?« sagte ich. »Warum nicht.«

»Ich . . .«

»Phil?« Es war der Große Meister, der uns im Flur entgegeneilte.

»Ja, Harry?«

Er erreichte uns. Sein Haar war zerzauster als sonst und stand an den Schläfen ab wie die Polsterfüllung einer zerschlissenen Couch. Er rückte die Krawatte zurecht und nickte Inspektor Marsh knapp zu. »Phil«, sagte er, »ich brauche kurz Ihre Hilfe.«

Ich sah Marsh an.

»Gehen Sie ruhig«, sagte er, »ich werde den Wagen nehmen und alleine ins Dorf brausen.« Er wandte sich an den Großen Meister. »Kommen Sie gut voran, Mr. Houdini?«

»Gewiß. Und Sie, Inspektor?«

»Schrittchen für Schrittchen.« Er lächelte. »Dann sehen wir uns also beim Tee?«

»Selbstverständlich.«

Marsh nickte, machte kehrt und ging.

Als er außer Hörweite war, sah ich den Großen Meister an. »Was gibt's, Harry?«

Er blickte kurz der sich entfernenden Gestalt von Inspektor Marsh nach und wandte sich dann mir zu. »Phil«, sagte er mit leiser Stimme, »wir müssen uns zu der alten Mühle begeben.«

»Zu welcher alten Mühle denn?«

»Dort drüben.« Er deutete mit der Hand – vage, ungeduldig – in Richtung des Parks. »Kommen Sie.«

»Was sollen wir denn bei einer alten Mühle?« fragte ich ihn, während wir den Flur hinuntergingen.

»Nachforschungen anstellen.«

»Aha. Und warum brauchen Sie mich dazu?«

Er sah mich ernst an. »Aber, Phil. Angenommen, da draußen lauert Chin Soo? Es war doch Ihre Idee, daß wir vorsichtig sein sollten, oder etwa nicht?«

»Nun mal langsam, Harry. Sie glauben doch gar nicht, daß Chin Soo da draußen ist. Um was geht's denn wirklich? Brauchen Sie einen Handlanger?«

Wir trotteten inzwischen eine breite Treppe hinunter, an den Wänden alte Bilder von toten Leuten, deren Blicke uns aus toten Augen folgten.

»Das wäre durchaus möglich«, sagte er. »Man ist immer gut beraten, Vorsichtsmaßregeln zu treffen.« Er räusperte sich. Beiläufig – beiläufiger als seine Schritte – sagte er: »Na, Phil, haben Sie eine angenehme Zeit mit Inspektor Marsh verbracht?«

»Eine sehr angenehme.«

»Und hat er etwas Interessantes in Erfahrung gebracht?«

Wir eilten jetzt durch einen Korridor, der zum Wintergarten führte. »Fänden Sie das fair, Harry? Wenn ich Ihnen das verraten würde?«

Er hob den Kopf. »Dann eben nicht, Phil. Vergessen Sie, daß ich gefragt habe.«

Ich lächelte. »Schon gut, Harry. Zuerst haben wir mit Carson gesprochen, dem Kammerdiener des . . .«

»Beaumont! Houdini!«

Lord Bob, der hinter uns her kam. Er sah wieder zerknautscht aus, und hektisch. Er eilte mit schweren Schritten auf uns zu. »Man hat das verdammte Ding gefunden«, sagte er zu mir. Er zupfte an seinem weißen Schnurrbart. »Die Polizei. Sie wußten davon, stimmt's? Von dem verdammten Tunnel?«

Ich nickte. »Harry hat ihn entdeckt.«

Lord Bob sah von mir zum Großen Meister und wieder zu mir. Seine Schultern hoben und senkten sich mit einem tiefen Seufzer. Der Schnurrbart flatterte, als er einen Schwall Luft ausstieß. »Der Große, dieser Sergeant. Stolpert da in das Zimmer von Marjorie. Mrs. Allardyce. Hatte sich ein bißchen hingelegt. Hat prompt Zustände bekommen. Marjorie, meine ich. Hat ihm eine Vase über den Schädel geschlagen. Riesentumult. Einer der Diener hörte den

Krach, holte Higgens, der holte mich.« Er schüttelte betrübt den Kopf. »Aus Frankreich. Achtzehntes Jahrhundert, glaube ich. Natürlich völlig zerdeppert.«

Ich sagte: »Warum haben Sie uns nichts von dem Tunnel gesagt, Lord Purleigh?«

»Ich . . .« Er blickte sich um, sah wieder uns an. Dann nickte er. »Kommen Sie mit. Ich werde es Ihnen erklären.«

»Sagte Ihnen ja bereits, daß mein Vater wahnsinnig war«, sagte Lord Bob.

Er und der Große Meister und ich waren in dem kleinen Wohnzimmer nicht weit vom Wintergarten, das Doyle und ich gestern benutzt hatten. Lord Bob nahm am anderen Ende des Zimmers Platz.

»Er war eindeutig geistesgestört«, sagte er. »Nicht nur, weil er jeden auspeitschen lassen wollte – wär' natürlich schlimm genug. Aber er trieb es noch toller. Machte ihm nämlich einen Heidenspaß, sich als Lord Reginald zu verkleiden – das Schloßgespenst – und junge Damen zu erschrecken. Gäste. Trug ein Nachthemd, einen falschen Bart, eine Perücke. Klebte sich beides mit Mastix an, sah ganz überzeugend aus. Wartete, bis sie schliefen. Benutzte den Geheimgang, um in ihre Zimmer zu schleichen. Weckte sie mit einem Schrei und kreischte dann, daß er sie schänden wolle. War natürlich alles vor seinem Unfall.«

»Wieso ist er damit durchgekommen?« fragte ich ihn. »Hat keine der Frauen etwas gesagt? Hat sich denn keine beschwert?«

»Na ja, *so* viele waren es ja nun auch wieder nicht. Fünf oder sechs im Laufe der Jahre. Und alle glaubten natürlich felsenfest, daß es Lord Reginald war. Fielen auf der Stelle in Ohnmacht oder rannten schreiend hinaus auf den Korridor. Eine Frau – merkwürdige Person, Schriftstellerin – *bestand* sogar darauf, von ihm geschändet zu werden. Was das alte Schwein auch tat, wie ich zu meinem Bedauern sagen muß. Empörend, ich weiß, aber so war es nun mal. Der Earl brüstete sich wochenlang damit.«

»Und er hat diesen Frauen nie Gewalt angetan?«

Lord Bobs Augenbrauen sausten nach oben. »Großer Gott, nein! Gewalt? Der Mann war zwar geistesgestört, Beaumont, aber er war ein *Fitzwilliam*.«

»Miss Turner glaubte, er wolle sie . . .«

»Ja.« Er fuhr zurück und hielt die Hand hoch wie ein Schutzmann. »Miss Turner. Das mit Miss Turner ist mir peinlich. Das andere, die anderen Frauen, das passierte alles vor seinem Unfall, wie ich bereits sagte. Als wir erfuhren, daß er gelähmt war, habe ich einen Seufzer der Erleichterung ausgestoßen, das dürfen Sie mir glauben. Keine hysterischen Frauen mehr, die kopflos über die Flure rennen. Keine albernen Spukgeschichten mehr.«

Er holte tief Luft. »Doch dann, im Laufe der Jahre, veränderte er sich. Das Liegen, was? Fraß an ihm, wie eine Wunde. War schon vorher verrückt gewesen, wurde nun schlimmer. Vergaß sogar, wer er war. *Vergaß*, daß er ein Fitzwilliam war. Als er schließlich wieder gehen konnte, war er total übergeschnappt. Hat es uns nie gesagt. Daß er gehen konnte. Hat es verheimlicht.«

»Wie sind Sie dahintergekommen?«

»Bei einer Wochenendgesellschaft. Vor einigen Monaten. Hatten Leute aus London da. Freunde von Alice – Künstler, Schriftsteller und dergleichen. Sie lernt sie dort kennen, in London, nimmt sie unter ihre Fittiche. Eine von den Frauen, ein junges Ding namens Cora – Dora? Harrington oder so ähnlich. Ist auch egal. Weckt mitten in der Nacht den ganzen Ostflügel mit ihrem Gezeter auf. Sie habe ihn gesehen, sagte sie. Reginald. Er habe nach ihr gegrapscht, sagte sie. Das hatte er noch nie getan. Die Frauen wirklich angefaßt, meine ich. Abgesehen von dieser Schriftstellerin natürlich. Ich hörte am nächsten Morgen von der Sache.«

»Haben Sie mit ihm gesprochen? Mit Ihrem Vater?«

»Natürlich. Binnen einer Stunde. Bin zu ihm raufgestürmt, habe ihm die Leviten gelesen. Hat alles abgestritten. Mich gefragt, wie er das hätte anstellen sollen. Wo er doch gelähmt sei. Alles mit Unschuldsmiene. Hätte mich beinahe überzeugt, wie ich gestehen muß. Ich sagte mir, daß diese Harrington vielleicht eine von der überspannten Sorte ist. Oder ihre Tage hatte, was? Hatte die Spukgeschichten gehört und prompt halluziniert. Redete mir ein, daß es so gewesen sein mußte.«

Der Große Meister fragte: »Haben Sie irgendwelche Vorsichtsmaßnahmen ergriffen, Lord Purleigh, um eine Wiederholung dieses Zwischenfalls zu verhindern?«

»Habe den Zugang zum Tunnel verriegelt. Für alle Fälle. *Seinen* Zugang, von der Tunnelseite aus. Gibt da Metallringe für diesen Zweck. Seit Jahrhunderten. Habe eine Brechstange durchgeschoben. Da kam er nicht mehr durch.«

»Da war aber keine Stange«, sagte der Große Meister, »als ich den Zugang entdeckte.«

»Ich weiß«, sagte Lord Bob. »Habe gestern selbst nachgesehen.« Er wandte sich an mich. »Nachdem ich Sie zu Carson gebracht hatte. Habe einen anderen Zugang benutzt, weiter vorne im Korridor, um in den Tunnel zu kommen und mich zu vergewissern. Das verdammte Ding war verschwunden.«

Ich sagte: »Ihr Vater hätte den gleichen Zugang benutzen und die Stange entfernen können.«

Er nickte. »Muß wohl so gewesen sein. Aber am Freitag vormittag war sie noch da. Habe selbst nachgesehen.«

Ich fragte ihn: »Wer wußte sonst noch von dem Tunnel?«

»Niemand. Familientradition. Nur der erstgeborene Sohn wird eingeweiht. Unter Eid zur Verschwiegenheit verpflichtet und ähnlicher feudaler Hokuspokus. Absurd, das Ganze. Aber solange er lebte, der Earl, habe ich mich an meinen Eid gehalten.«

»Lady Purleigh hat doch sicher gewußt, daß Ihr Vater sich als Gespenst ausgab.«

»Natürlich wußte sie das. Hat die ganze Sache wesentlich wohlwollender betrachtet als ich. Nachsichtiger. Meinte, das sei eine Krankheit, dagegen könnten wir nichts tun. Außer zu verhindern versuchen, daß es wieder vorkommt. Aber von dem unterirdischen Gang wußte sie nichts. Dachte, er würde einfach durch die Korridore spazieren, dachte Alice.«

»Wann wurden der Tunnel und die Zugänge gebaut?« fragte der Große Meister.

»Im Bürgerkrieg, wie es heißt. Cromwell, die Roundheads, die ganze Bande. Halte ihn aber für älter, ich persönlich. Spätnormannisch, würde ich sagen. Ein Teil des Mauerwerks ist . . .«

»Lord Purleigh«, sagte ich. »Als wir gestern versuchten, ins Zimmer des Earls zu kommen, fragte Sir Arthur Sie, ob es noch einen anderen Zugang gibt. Sie sagten nein.«

Er holte erneut tief Luft und stieß sie langsam wieder aus. Dann nickte er. »Ja«, sagte er. »Ich weiß. War nicht richtig von mir. Völlig falsch sogar. Aber da war der Eid, wissen Sie. Die Tradition. Aberhundert Jahre.« Er runzelte die Stirn, schüttelte den Kopf, seufzte wieder. »Aber das war nicht der wahre Grund.«

»Sie wollten nicht, daß das mit Ihrem Vater bekannt wird.«

»Ja. Genau das wollte ich nicht. Alle Welt wußte, daß er ein reaktionäres Schwein war. Die meisten billigten das natürlich. Ihnen war er so lieber. Aber von der anderen Sache wußte niemand etwas.«

Er schien verlegen zu sein. »Hören Sie, Beaumont, es gibt da Dinge, die ich tun möchte. Wichtige Dinge. Den Arbeitern helfen. Den Bauern. Die armen Tröpfe haben jahrhundertelang nichts zu lachen gehabt. Ausgebeutet von allen. Der Aristokratie, der Kirche, der Bourgeoisie, dem Staat. Ich könnte etwas *bewegen*, verstehen Sie? Gewiß, man hält mich für einen Narren. Die Gesellschaft. Alle samt und sonders. Das ist mir klar. Lebe damit schon seit Jahren, stört mich nicht weiter. Aber wie stünde ich vor ihnen da, wie stünde der Adel da, wenn *das* bekannt würde? Wie sollte ich dann noch irgend etwas *bewegen*?«

»Glauben Sie, daß Ihr Vater Selbstmord beging, Lord Purleigh?«

Einen Moment lang sah er mich nur an. Dann nickte er langsam. »Ja, das glaube ich. Ich sprach nämlich mit ihm. Gestern vormittag, nachdem die anderen ins Dorf gefahren waren. Bevor wir uns beim Frühstück sahen. Ich beschuldigte ihn, Miss Turner belästigt zu haben. Er stritt es natürlich ab. Ich sagte ihm, daß ich die Absicht hätte, ihn in ein Heim zu stecken. Eine Anstalt. Anscheinend glaubte er mir.« Er blickte zur Seite. »Ich nehme an, daß er sich deshalb das Leben genommen hat.« Er sah uns wieder an. »Also bin ich natürlich gewissermaßen verantwortlich. Vermutlich habe ich deshalb gestern so viel getrunken. Mich zum Gespött gemacht.«

»Früher oder später müssen Sie das der Polizei erzählen.«

Lord Bob seufzte bedrückt. »Ja. Ja, das ist mir klar.« Er schüttelte den Kopf, wandte wieder den Blick ab. »Könnte das Ende sein.«

»Entschuldigen Sie, Phil«, sagte der Große Meister. »Aber halten Sie es für absolut erforderlich, daß Lord Purleigh Inspektor Marsh über den seligen Earl unterrichtet? Unverzüglich, meine ich? Vielleicht sollten wir warten, bis . . .«

»Nach dem Tee? Zu spät, Harry. Marsh weiß schon Bescheid.« Ich wandte mich an Lord Bob. »Er hat mit Miss Turner gesprochen.

Sie hat alles ausgeknobelt. Sie ging letzte Nacht im Zimmer Ihres Vaters auf Entdeckungsreise. Sie fand den falschen Bart und die Perücke.«

»Ah«, sagte er und seufzte wieder. »Hatte gleich den Eindruck, daß sie was auf dem Kasten hat, diese Miss Turner.«

»Ich werde mit ihr reden«, sagte ich. »Mit der Polizei. Mal sehen, ob ich sie dazu bringen kann, die Sache nicht an die große Glocke zu hängen.«

Lord Bob lächelte trübsinnig. »Danke, Beaumont. Ich weiß das zu schätzen. Tja.« Er richtete sich auf. »Wir werden ja sehen, was passiert, was?«

»Das wird schon wieder«, sagte ich zu ihm.

»Ja. Ja, natürlich.« Er blickte sich im Zimmer um und blinzelte wie jemand, der gerade aus einem Tagtraum gerissen worden war. Er wandte sich wieder an mich. »Wissen Sie zufällig, wo meine Frau ist? Ich sollte ihr wirklich sagen, was los ist.«

»Sie ist im Salon«, sagte ich.

»Danke.« Er stand auf. Er sah noch immer zerknautscht aus, doch jetzt außerdem müde und geschlagen und zehn Jahre älter. Wir erhoben uns, und er kam mit ausgestreckter Hand auf uns zu. »Houdini. Beaumont. Danke fürs Zuhören.«

»Übrigens, Phil«, sagte der Große Meister, als wir die Terrasse vor dem Wintergarten überquerten. »Sie sagten, Inspektor Marsh habe mit Miss Turner gesprochen?«

»Ja.«

»Und sie sagte ihm . . .«

Eine Stimme unterbrach ihn. »'tschuldigung, die Herrn.«

Es war ein Polizist, der hinter einem Baum hervortrat. Ich hatte vergessen, daß Sergeant Honniwell zwei Beamte für die Bewachung Maplewhites abgestellt hatte. Dieser war groß und bullig, trug eine dunkle Uniform und hatte dringend eine Rasur nötig.

»Tut mir leid, die Herrn«, sagte er, »aber ich soll hier aufpassen, wer so alles kommt und geht. Und wer . . .«

»Ich bin Harry Houdini«, verkündete der Große Meister. »Und das ist Phil Beaumont, ein Privatdetektiv von der Firma Pinkerton. Und wie Sie sehen, gehen wir. Oder haben Sie Anweisung, die Leute am Gehen zu hindern?«

»Nein, Sir«, sagte der Polizist und wich wieder hinter seinen Baum zurück. »Verzeihung, Sir. Ich tue nur meine Pflicht, Sir.«

»Danke«, sagte der Große Meister. »Idiot«, sagte er, als wir zehn bis zwölf Meter weitergegangen waren, hinaus auf den sonnenbeschienenen Rasen.

»Der Mann hat recht, Harry. Er tut nur seine Pflicht.«

»Er hat ja nicht einmal eine Waffe, Phil.«

»Englische Polizisten tragen keine Schußwaffen.«

Er sah mich an. »Aber wie können sie dann schießen?«

»Tun sie ja nicht.«

Er runzelte die Stirn. »Sie tragen niemals Schußwaffen? Keiner von ihnen? Nicht einmal Ermittlungsbeamte wie Marsh und Sergeant Meadows?«

»Marsh könnte vermutlich eine Waffe zugeteilt bekommen. Wenn er es mit einer Bande Anarchisten zu tun hätte. Oder mit Bombenlegern. Aber normalerweise nicht.«

»Erstaunlich.« Er legte den Kopf schief und starrte hinunter auf den vorbeiziehenden Erdboden. »Wirklich erstaunlich.«

»Wollten Sie nicht etwas über Miss Turner wissen?«

Er sah mich an. »Ja. Hat Miss Turner dem Inspektor von dem Messer in ihrem Bett erzählt?«

»Ich habe es ihm gesagt.«

»Und wie hat er darauf reagiert?«

»Gar nicht, Harry. Jedenfalls nicht mir gegenüber.«

»Glauben Sie, daß er es für wichtig hält?«

»Ich habe keine Ahnung, was er denkt.«

Er nickte. »Mit wem hat er gesprochen?«

Ich berichtete ihm von meinem Vormittag mit Marsh, während wir den leuchtend grün bewachsenen Hang hinuntergingen und dann dem Kiesweg folgten. Es war wieder ein herrlicher Tag, schon der zweite. Die Eichhörnchen konnten es nicht fassen. Sie liefen die Bäume hinauf und hinunter, als käme die Gelegenheit nie wieder.

»Diese Darleen«, sagte der Große Meister. »Das Küchenmädchen. Sie hat den Earl also regelmäßig besucht?«

»Ja.«

»Aber warum sollte sich der Earl dann genötigt sehen, diese anderen Frauen zu belästigen, Miss Turner eingeschlossen?«

»Keine Ahnung. Vielleicht haben ihn erst Darleens Besuche veranlaßt, wieder durch die Gegend zu wandern. Vielleicht war Darleen nicht genug für ihn.«

Er verzog das Gesicht. Diese Vorstellung behagte ihm nicht. »Und warum sollte er wertlosen Plunder aus anderer Leute Zimmer stehlen?«

»Weiß der Himmel. Er war eben verrückt, Harry. Vielleicht sollten wir Dr. Auerbach fragen.«

Er schüttelte den Kopf, blickte ins Leere, sah wieder mich an. »Und mit wem haben Sie außerdem gesprochen?«

Ich sagte es ihm.

Als ich geendet hatte, waren wir ein ganzes Stück hinter Maplewhite, das in der Ferne als graue Masse über den Bäumen aufragte. »Und was haben *Sie* herausgefunden, Harry?« fragte ich ihn.

»Nun, Phil«, sagte er, »ich glaube, ich habe das Rätsel gelöst.«

»Welches?«

»Alle. Ah, da ist der Pfad, den Miss Turner erwähnte. Kommen Sie, Phil.«

In der Wand aus Bäumen und Brombeergestrüpp befand sich eine schmale Öffnung. Der Große Meister stürmte hindurch. Ich folgte ihm.

»Und wie lautet die Lösung?« fragte ich seine Hinteransicht.

»Alles zu seiner Zeit, Phil«, sagte er über die Schulter.

Der Pfad war nichts Besonderes. Er wand sich durch den Wald und war überwuchert von Ästen und Kletterpflanzen und Spinnweben. Nach einer Weile stieß er auf einen breiten Weg, der aussah, als sei er früher eine Art Straße gewesen. Dieser Fahrweg führte nach links und nach rechts, zwischen den hohen Bäumen hindurch. Der Große Meister bog nach links ab.

Ich holte ihn ein. »Wohin gehen wir, Harry?«

»Das habe ich Ihnen doch gesagt. Zur alten Mühle. Ich vermute, daß es noch einen anderen Weg gibt, näher beim Schloß, der dort hinführt, aber das hier ist der Weg, den Miss Turner einschlug.«

»Wann?«

»Gestern. Auf ihrem Ausritt.«

»Als sie die Schlange sah?«

Der Große Meister lächelte. »Sie sah viel mehr als nur eine Schlange, Phil. Sie sah die Mörder des Earls.«

Ich starrte ihn an. »Was reden Sie denn da, Harry?«
»Alles zu seiner Zeit.«
Ich dachte an den Colt in meiner Tasche und überlegte mir, ihn zu benutzen. Dann überlegte ich es mir anders. Wir folgten dem alten Fahrweg zwei- bis dreihundert Meter weit.
»Ah«, sagte er. »Die Mühle.«
Die Mühle war alt, aus Stein gebaut, jetzt aber verfallen. Das große hölzerne Mühlrad war in den schmalen rostig wirkenden Bach gestürzt. Der Bach kam aus einem Teich, um den herum schlaffe Rohrkolben standen. Das Wasser war dunkel und ruhig, und die tief herabhängenden Zweige einer ausladenden Weide spiegelten sich darin.
»Und dort ist die Weide«, sagte der Große Meister. Er drehte sich zu mir um. »Wollen wir einen Blick in die Mühle werfen?«
»Sie sind der Boß, Harry.«
Er tappte durch das Gras und sprang über den Bach. Ich folgte ihm. Die Holztür der Mühle hing einwärts in den Angeln. Wir traten ein. Drinnen roch es nach Moder und verbranntem Holz.
»Jemand hat hier Feuer gemacht«, sagte der Große Meister.
Das Gebäude war zylindrisch und hatte einen Durchmesser von etwa fünf Metern. Auf dem unebenen Steinboden an der Wand gegenüber lagen Asche und verkohlte Holzreste, zersägte Bohlen und Balken auf einem Haufen.
»Landstreicher«, sagte ich.
»Gibt es in England Landstreicher?« Er ging hinüber zu dem kleinen Stoß.
»Es gibt zwei Millionen Arbeitslose, sagt Lord Bob. Einige davon sind bestimmt Tippelbrüder.«
»Lord Purleigh«, verbesserte er mich. Er sah auf. »Fällt Ihnen an diesem Boden etwas Interessantes auf, Phil?«
»Nur daß er lange nicht gefegt worden ist.« Die Steinplatten waren mit Staub und Asche bedeckt.
Er nickte. »Kommen Sie.«
Draußen starrte er über den Teich zu der Weide hinüber. »Dort haben sie gestanden«, sagte er. »Unter der Weide.«
»Wer?«
»Die Gespenster, die Miss Turner sah.«
»Harry.«

Er drehte sich zu mir um. »Sie müssen mir suchen helfen.«
»Was denn?«
»Den Tunnel.«

Sechsunddreißig

»Welchen Tunnel?«

»Den Tunnel, der von hier zum Schloß führt. Es *muß* ihn geben.« Er blickte sich um, kniff die Augen zusammen. »Haben Sie bemerkt, daß der Fahrweg einen leichten Bogen nach Süden beschreibt? Meiner Schätzung nach sind wir nur etwa sechzig Meter vom Haus entfernt. Auf der Westseite.« Er deutete mit dem Kopf auf eine weitere Wand aus Bäumen und Brombeergestrüpp. »Es muß gleich hinter dem Wald liegen.«

»Wieso ein Tunnel, Harry?«

Er sah mich an. »Aber, Phil. Wie sollten die Gespenster denn sonst von hier ins Haus gelangen, ohne gesehen zu werden?«

Ich mußte wieder an den Colt denken. »Harry . . .«

»Bitte, Phil. Wir haben nicht viel Zeit. Wir müssen ihn finden. Er kann nicht weit weg sein.«

Das war er auch nicht. Er war, etwa zwanzig Meter von der Mühle entfernt, in den Hang einer kleinen Böschung gebaut und hinter den überhängenden dichtbelaubten Ästen einer mächtigen Eiche versteckt. Der Eingang bestand aus einem breiten Flügeltor aus Holz, ähnlich dem zum Frachttunnel unterhalb des Ziergartens. Neben dem Tor lag ein kleiner Picknickkorb im Gras.

»Harry?« rief ich laut.

Er war etwa fünfzehn Meter weiter im Unterholz. Er hielt inne und kam herübergelaufen. Er hatte Kratzer auf den Wangen, die aussahen wie afrikanische Stammeszeichen.

»Aha!« rief er aus. Er streckte die Hand nach dem Tor aus. »Ich wußte es, Phil!«

Das Tor öffnete sich, bevor er es erreicht hatte. Er trat rasch einen Schritt zurück.

»Miss Turner!« sagte er.

Sie stand mit einer Laterne in der Hand in der Türöffnung. Ihre Wangen waren verschmiert, und Haarsträhnen hingen ihr ins Gesicht. Aber sie lächelte.

»Ich habe Sie kommen hören, Mr. Houdini! Sehen Sie nur! Ich habe ihn gefunden!« Es klang, als spreche sie von Eldorado.

»Aber, Miss Turner . . .«

»Moment mal«, sagte ich. Ich wandte mich an Miss Turner. »Sie sagten doch, daß Sie keine Alleingänge mehr unternehmen würden. Das hatten wir doch abgemacht. Letzte Nacht, in Mrs. Corneilles Zimmer.«

»Ich weiß, ich weiß«, sagte sie hastig. »Aber die anderen waren alle in die Kirche gegangen, und ich saß draußen auf der Terrasse, wo es völlig sicher war – schließlich kam fast alle zehn Minuten ein Polizist auf seiner Runde vorbei –, und dann erschien Mr. Houdini und sprach mit mir, und aufgrund der Fragen, die er mir stellte, wurde mir klar, was er vermutete, was er vermuten *mußte*, in bezug auf die Gespenster . . .«

»Okay«, sagte ich. »Ganz langsam. Um was für Gespenster geht es hier eigentlich?«

». . . und somit werden Sie einsehen, Phil«, sagte der Große Meister, »daß dies die einzige logische Erklärung war. Ein Tunnel. Die einzige Möglichkeit, wie die beiden so schnell ins Haus gelangen konnten. Und ohne gesehen zu werden.«

Ich sagte: »Ohne *wieder* gesehen zu werden, wollen Sie sagen.«

»Korrekt. Miss Turner hatte sie ja bereits gesehen. Unglückseligerweise. Auf jeden Fall beschloß ich, ihn zu lokalisieren. Und das *hätte* ich auch«, sagte er. Er sah Miss Turner an. »Ich glaube«, sagte er steif, »ich sollte Ihnen meine Gratulation aussprechen, Miss Turner.«

»Aber, Mr. Houdini«, sagte sie. »Ich hätte doch niemals die Möglichkeit eines Tunnels auch nur in Erwägung gezogen, wenn Sie nicht mit mir gesprochen hätten. Schließlich waren Sie der erste, der erkannte, welche Bedeutung die Gespenster hatten. Nachdem ich begriffen hatte, was Sie vermuteten, wurde mir klar, wie wichtig die beiden waren. Und wie sie ins Schloß zurückgekommen sein mußten. Ich besorgte mir eine Laterne aus dem Stall und versteckte sie in dem Korb hier und kam her. Und fand den Tunnel, gewiß, aber die Anerkennung dafür gebührt allein Ihnen.«

Er sah sie nachdenklich an. »Nun ja. Gewiß. Sie haben natürlich vollkommen recht. Und wohin führt der Tunnel?«

»Er endet in einer Art Vorratskammer neben der Küche«, sagte sie. »Er muß früher dazu benutzt worden sein, gemahlenes Getreide anzuliefern. Von der Vorratskammer führt eine Tür in die Küche. Und dann ist da noch ein weiterer Tunnel, der im rechten Winkel von diesem abgeht. Ich habe ihn aber nicht erkundet.«

»Der Frachttunnel«, sagte ich. »Unter dem Ziergarten.«

Der Große Meister nickte. »Genau wie ich vermutet hatte.« Er drehte sich lächelnd zu mir um. »Das ganze Schloß, Phil, ganz Maplewhite ist eine einzige präparierte Requisite.«

»Okay, Harry«, sagte ich. »Sie haben alles ausgetüftelt. Aber es dürfte Ihnen schwerfallen, es auch zu beweisen.«

Er richtete sich zu voller Größe auf. »Ich habe einen Plan«, verkündete er.

»Aha.«

»Und noch eine weitere Sache konnte ich klären, Phil.«

»Welche denn?«

Er sagte es mir. Miss Turner schnappte nach Luft.

»Ja«, sagte ich. »Das weiß ich bereits.«

»Aber . . . wie das?« sagte er. Ich hatte ihn noch nie überrascht dreinblicken sehen. »Woher wußten Sie das?«

Ich sagte es ihm.

»Und was machen wir jetzt, Phil?« fragte er, als ich geendet hatte.

Ich lächelte. »Ich habe einen Plan.«

»Kann ich dabei helfen?« fragte Miss Turner.

Ich sah sie an. »Vielleicht können Sie das.«

Der Große Meister und Miss Turner nahmen den Weg, um ins Schloß zurückzukehren. Ich nahm Miss Turners Laterne und den Tunnel.

Er führte direkt ins Haus, in die Vorratskammer, die Miss Turner entdeckt hatte, und war alles in allem nur etwa sechzig Meter lang. Der Boden des Ganges war mit dem gleichen Kies bedeckt wie der Rundweg, der um ganz Maplewhite herum verlief. Die Wände waren aus dunklem Stein, feucht und glitschig.

Das waren auch die Wände des zweiten Tunnels, der unter dem Ziergarten ins Freie führte. Ich warf einen Blick hinein, kehrte dann um und ließ die Laterne in der Vorratskammer zurück, bevor ich in die Küche schlüpfte. Sie war leer. Um von der Küche in die Große Halle zu kommen, brauchte man weniger als eine Minute.

Lord Bob war nicht da. Ich fand ihn und Lady Purleigh in der Bibliothek, wo sie nebeneinander auf einem der Sofas saßen. Beide sahen etwas bedrückt aus, fast verloren. Ich frage Lord Bob, ob der Große Meister und ich sein Telefon benutzen dürften. Ich sagte, daß wir die Gespräche natürlich bezahlen würden.

»Geld«, sagte er trübsinnig, »ist im Moment meine kleinste Sorge.« Lady Purleigh lächelte tapfer und nahm seine Hand.

»Es wird schon alles gut werden«, sagte ich zu ihnen, aber ich wußte, daß das nicht ganz stimmte.

Der Große Meister und ich waren etwa eine Stunde in Lord Bobs Arbeitszimmer und telefonierten. Miss Turner unterstützte uns eine Zeitlang dabei. Sie machte ihre Sache gut, und wir hatten unverschämtes Glück. Um ein Uhr hatten Miss Turner und ich unser Pensum erledigt. Sie ging, während der Große Meister blieb, um auf gewisse Anrufe zu warten. Ich machte mich auf die Suche nach Higgens, dem Butler, und bat ihn, Inspektor Marsh zu bitten, sofort nach seiner Rückkehr aus Purleigh in mein Zimmer zu kommen. Dann ging ich nach oben und legte mich hin. Mehr konnte ich zu diesem Zeitpunkt ohnehin nicht tun, und außerdem war ich müde. Es war ein langer Tag gewesen, und er war noch keineswegs vorbei. Mir stand noch die Teegesellschaft bevor.

Ich schlief, als es an der Tür klopfte. Meine Uhr lag auf dem Nachttisch. Halb drei. Ich setzte mich auf, schwang die Füße vom Bett und sagte: »Herein.«

Es war Marsh, der zufrieden lächelte. »Ah, Beaumont. Ein Schläfchen sollte wohl des Grams verworr'n Gespinst entwirren?«

»Genau. Setzen Sie sich. Wie war's in Purleigh?«

»Entzückend.« Er zog den Stuhl unter dem Schreibtisch hervor, wirbelte ihn herum und nahm darauf Platz. »Ein Dörfchen, wie es für Devon typisch ist: weißgetünchte Mauern und strohgedeckte Dächer und fröhliche Bewohner, die der Inzucht frönen. Sehr pittoresk. Es hat mir ausnehmend gut gefallen.«

»Wie schön. Konnten Sie etwas herausfinden?«

»Ja, das konnte ich.« Er lächelte. »Möchten Sie es hören?«

»Ich bin ganz Ohr.«

»Nun«, sagte er, »um es gleich vorwegzunehmen, Dr. Auerbach hat die Wahrheit gesagt. Er *war* auf dem Friedhof und hat in der

Tat Abreibungen der Grabsteine gemacht. Der Vikar sprach mit ihm, und wie er mir sagte, ging der Doktor zu Fuß nach Maplewhite zurück, und zwar vor eins. Aber nicht lange vor ein Uhr, und auf jeden Fall nach halb eins. Etwas konfus, der Mann, was Zeitangaben betrifft. Eigentlich auch ansonsten etwas konfus. Aber ich habe die Entfernung zwischen der Kirche und Maplewhite gemessen. Sechs Meilen. Dr. Auerbach *konnte* folglich nicht vor ein Uhr zurück sein, und wahrscheinlich nicht viel früher als zwei.«

Ich nickte.

»Sir David hat ebenfalls die Wahrheit gesagt. Er nahm gestern tatsächlich ein Zimmer im Cock and Bull, genau wie er sagte. Er versäumte jedoch zu erwähnen, daß dies nicht das erstemal war. Er hat dort in den letzten Monaten mehrmals ein Zimmer genommen.«

»Muß ihm wohl entfallen sein.«

»*Laßt die Erinnerung uns nicht belasten / Mit dem Verdrusse, der vorüber ist.* Der Sturm.«

»Genau.«

»Außerdem versäumte er zu erwähnen, daß er nicht in seinem Zimmer geblieben ist. Das Zimmer liegt im Erdgeschoß, auf der Rückseite des Gebäudes. Ich habe mich umgesehen und entdeckte deutliche Fußspuren auf der Erde unter dem Fenster des besagten Zimmers. Der Boden war noch ziemlich feucht. Bis gestern hatten wir nämlich starke Niederschläge.«

»Das habe ich gemerkt.«

Er lächelte. »Die Fußspuren waren sehr charakteristisch. Der Abdruck des linken Fußes wies eine kleine Kerbe auf, da an der Schuhsohle ein Stückchen Leder abgerissen war. Und die Abdrücke stammten eindeutig von jemandem, der das Zimmer durch das Fenster verlassen hatte und später auf dem gleichen Weg wieder zurückgekommen war.«

»Die Fußspuren hätte auch ein anderer hinterlassen können.«

»Nach Aussage des Wirtes war das Zimmer, außer von Sir David, seit einer Woche nicht benutzt worden.«

Ich nickte.

»Merkwürdigerweise wohnt Mrs. Coburn, bei der Cecily Fitzwilliam gestern zu Besuch weilte, rein zufällig nur zwei Häuser weiter. Dorthin führten die Fußspuren, zu einem Schlafzimmer im Erdgeschoß, auf der Rückseite des Hauses. Und anhand der Fußspuren ist klar, daß Sir David durch dieses Fenster stieg. Ich sprach mit Mrs. Coburn, die so freundlich war, mir mitzuteilen, daß Cecily sich während ihres Besuches unwohl gefühlt und sich im hinteren Schlafzimmer für ein Stündchen hingelegt hatte. Um etwas zu ruhen.«

Ich nickte.

»Mrs. Coburn ist fast taub«, sagte er, »doch es gelang mir zu guter Letzt, von ihr genaue Angaben über Miß Fitzwilliams frühere Besuche in ihrem Haus zu erhalten. Diese stimmen exakt mit den Tagen überein, an denen sich Sir David im Cock and Bull aufhielt. Und jedesmal legte sie sich für ein Stündchen, manchmal auch länger, in das hintere Schlafzimmer.« Er lächelte. »Anscheinend ist Miß Fitzwilliam eine wesentlich leichtlebigere junge Dame, als es den Anschein hat.«

»Nicht zu glauben«, sagte ich.

»Sie verstehen natürlich, was das bedeutet. Wenn Sir David und Miß Fitzwilliam dergestalt miteinander beschäftigt waren, kann keiner der beiden gestern das Gewehr abgefeuert haben.«

»Stimmt. Aber wer dann?«

Er lächelte. »Mein lieber Beaumont, wissen Sie das denn nicht längst?«

»Ich habe da so meine Vermutungen. Aber wer war es *Ihrer* Meinung nach?«

Ein weiteres Lächeln. »Das werden Sie in« – er holte seine Taschenuhr hervor – »zwanzig Minuten erfahren. Nun, hat sich während meiner Abwesenheit etwas von Bedeutung ergeben?«

»Ja.« Ich erzählte ihm von Lord Bob und dessen Vater.

»Entzückend. Dann nimmt die Sache ja allmählich feste Formen an. Und Sie sagen, Houdini war dabei zugegen?«

»Ja.«

»Hat er das Rätsel tatsächlich gelöst?«

»Er glaubt es jedenfalls.«

»Entzückend. Ich freue mich schon auf die Zusammenkunft mit ihm.« Er warf wieder einen Blick auf seine Uhr. »Ich muß Sergeant Meadows aufstöbern.« Ein letztes Lächeln. »Wir sehen uns dann im Salon.«

»Klar.«

Nachdem er gegangen war, machte ich mich frisch, überprüfte den Colt, steckte ihn wieder ein.

Unten wartete Sir Arthur Conan Doyle vor dem Salon auf mich, groß und massig und in Tweed. »Kann ich Sie kurz sprechen, Beaumont?«

»Klar.«

Er führte mich ein Stück den Flur hinunter. Dann sagte er stirnrunzelnd: »Ich habe versucht, mit diesem Marsh zu reden, doch er lehnt es ab, mich anzuhören. Das ist ein starkes Stück! Ich besitze nämlich Informationen, die für seinen Fall von ausschlaggebender Bedeutung sind.«

»Was für Informationen?«

»Madame Sosostris hatte die Güte, heute nachmittag eine kleine Séance abzuhalten, bei der nur ich zugegen war, und Mr. Dempsey natürlich.«

»Sie haben mit Flinker Bär gesprochen.«

»Ja. Es verhält sich so, wie ich dachte, Beaumont. Lord Reginald hat den Tod des Earls bewirkt.«

»Das Gespenst.«

»Ja. Er trieb den Earl in den Wahnsinn, müssen Sie wissen. Trieb ihn in den Wahnsinn und schließlich in den Selbstmord.«

»Aha. Und wie kam der Revolver ins Zimmer des Earls?«

»Offensichtlich entmaterialisierte Lord Reginald ihn in der Großen Halle und ließ ihn in den Gemächern des Earls wieder erscheinen. Und wie Sie, vielleicht besser als jeder andere, wissen, sind Entmaterialisierungen eine Realität.«

»Mhm.«

Er runzelte ungeduldig die Stirn. »Ich weiß, daß Sie sich gern das Mäntelchen des Skeptikers umhängen, Beaumont. Aber sagen Sie, Mann, ist Ihnen zufällig das Grundprinzip meiner Detektivarbeit bekannt? Es ist folgendes: Wenn man alles Unmögliche aus seinen Überlegungen eliminiert hat, dann muß das, was übrigbleibt, selbst wenn es noch so unwahrscheinlich ist, die Wahrheit sein. Und das ist hier ganz eindeutig der Fall. Ich möchte nur, daß Inspektor Marsh mich anhört.«

»Ich mache Ihnen einen Vorschlag, Sir Arthur. Sie behalten Ihre

Meinung noch ein Weilchen für sich. Und wir warten ab, was sich im Salon ergibt. Wenn Sie dort keine Erklärung erhalten, die Sie zufriedenstellt, dann verspreche ich Ihnen, daß ich Marsh dazu bringen werde, Sie anzuhören.«

»Tja . . . ich glaube, das ist besser als gar nichts.«

»Als Gegenleistung«, sagte ich, »möchte ich Sie um einen kleinen Gefallen bitten.«

»Und der wäre?«

Ich sagte es ihm.

Siebenunddreißig

»Meine Damen«, sagte Inspektor Marsh, »meine Herren, ich danke Ihnen, daß Sie gekommen sind.«

Zierlich lächelnd blickte er sich im Salon um.

Wieder hatte jeder Platten mit Sandwiches und Gebäck vor sich stehen, und Kannen mit Tee und Kaffee. Lord Bob und Lady Purleigh und Cecily saßen zusammen auf einem der Sofas. Mr. Dempsey saß neben dem Rollstuhl von Madame Sosostris. Mrs. Allardyce und Miss Turner saßen nebeneinander, desgleichen Sir David und Mrs. Corneille und Dr. Auerbach. Sergeant Meadows lehnte wieder dräuend an der Wand, und Doyle stand noch dräuender einige Schritte daneben. Ich saß etwa einen Meter von der Stelle entfernt, an der Marsh stand. Der Große Meister saß alleine auf der anderen Seite des Raumes. Er hatte mir leicht zugenickt, als ich eingetreten war, und so wußte ich, daß alles arrangiert war.

»Lord Purleigh«, sagte Marsh, »hat mir freundlicherweise gestattet, diese Gelegenheit zu nutzen, um mit Ihnen allen zu sprechen und die merkwürdigen Vorfälle zu erörtern, die sich in den letzten Tagen auf Maplewhite ereignet haben. Und es hat sich in der Tat höchst Sonderbares ereignet. Auf einem sonnenbeschienenen Rasen wird unvermittelt ein Gewehr abgefeuert. Ein älterer Herr liegt plötzlich tot in seinem eigenen, von innen verschlossenen Schlafzimmer. *Die Welt ist schwindlicht, in der Tat, Mylord, / Und, glaub' ich, wird auch niemals aufrecht stehn.* Richard der Dritte natürlich.«

Er lächelte. »Nun. Sie alle wissen über den Tod des seligen Earls Bescheid. Aber was wissen Sie über sein Leben? Wußten Sie, daß er, nach Aussage seines eigenen Sohnes, wahnsinnig war? Jawohl, wahnsinnig, und *nicht mehr gelähmt.*«

Dies rief eine gewisse gesittete Reaktion hervor. Köpfe fuhren herum, Augenbrauen wanderten nach oben. Cecily Fitzwilliam beugte sich zu ihrer Mutter. Lady Purleigh preßte die Lippen zusammen und nahm die Hand ihrer Tochter. Mrs. Corneille runzelte die Stirn und warf einen Blick auf Lady Purleigh.

»Nachts«, sagte Marsh, »wenn die Hausgäste schliefen, durchstreifte der selige Earl ein Gewirr von Geheimgängen, die die Räume und Gemächer von Maplewhite verbinden. Verkleidet als sein Vorfahr Lord Reginald, schlich er sich in die Zimmer gewisser weiblicher Gäste und versuchte, sich an ihnen zu vergehen.«

Wieder fuhren Köpfe herum. Wieder wanderten Augenbrauen nach oben. Lord Bob und Lady Purleigh saßen reglos da und starrten vor sich hin wie zwei offizielle Beobachter bei einer Hinrichtung.

»Dies tat er vor zwei Monaten«, sagte Marsh, »und dies tat er erneut in der Nacht zum Sonnabend, als er das Zimmer von Miss Turner betrat.«

Köpfe drehten sich nach Miss Turner um.

»Am Freitag abend«, sagte Marsh, »hatten Lord und Lady Purleigh mit dem seligen Earl in dessen Zimmer gesprochen.« Köpfe drehten sich nach Lord Bob und seiner Frau um. »Sonst war niemand zugegen, doch in Anbetracht der zwei Monate zuvor erfolgten versuchten Tätlichkeit halte ich es für wahrscheinlich, daß Lord Purleigh seinen Vater davor warnte, in der Nacht einen weiteren Versuch zu unternehmen.«

Marsh zuckte die Schultern. »Aber wie wir inzwischen alle wissen, versuchte es der Earl trotzdem.«

Er griff nach einem Glas Wasser, das neben ihm auf dem Tisch stand, nippte daran, stellte es wieder ab. »Nach Lord Purleighs eigener Aussage, die er freiwillig gegenüber Mr. Beaumont machte, sprach er am Morgen nach dem Vorfall mit seinem Vater. Er teilte dem Earl mit, er beabsichtige, ihn in eine Irrenanstalt zu stecken. Einige Stunden später, als eine Gruppe von Gästen sowie Lord Purleigh draußen auf dem Rasen versammelt waren, schoß jemand mit einem Gewehr auf diese Gruppe.«

Marsh lächelte. »Liegt es da nicht klar auf der Hand, meine Damen und Herren, *wer* das Gewehr abgefeuert hat? Und liegt es nicht klar auf der Hand, auf *wen* das Gewehr abgefeuert wurde? Es war natürlich auf Lord Purleigh gerichtet. Und es wurde von seinem Vater abgefeuert.«

»Blödsinn!« sagte Lord Bob. »Hören Sie, Marsh . . .«

Marsh lächelte. »Alle Waffen in der Sammlung gehörten dem Earl. Der Earl wußte, wie man mit ihnen umgeht. Und er wußte, daß sein Sohn die Absicht hatte, ihn schmählich aus seinem eigenen Haus zu vertreiben. Und so griff er zu dem einzigen Mittel, das seinem kranken Gehirn als angebracht erschien. Er versuchte seinen eigenen Sohn zu ermorden. Er schlich hinunter in die Große Halle, lud das Winchester-Gewehr . . .«

»So ein Blödsinn!« Lord Bob hatte sich halb erhoben. Lady Purleigh hielt ihn fest, und er drehte sich mit puterrotem Gesicht zu ihr um. Sie murmelte etwas, woraufhin er kopfschüttelnd wieder Platz nahm. »Das ist doch ausgemachter *Blödsinn*, Alice. Völliger *Quatsch*!«

»Dann begab er sich nach draußen«, fuhr Marsh fort, »und versteckte sich in der Nähe des Ziergartens im Wald. Und als er seinen Sohn auf dem Motorrad nach Maplewhite zurückkommen sah, schoß er auf ihn. Zu Lord Purleighs Glück verfehlte ihn der Earl.«

Lord Bobs Augenbrauen waren die Stirn hinaufgewandert. »Auf diese Entfernung hätte das alte Schwein nie und nimmer danebengeschossen.«

Marsh nahm keine Notiz davon. »Lord Purleigh begriff natürlich, was sein Vater getan hatte. Er *wußte*, wer das Gewehr abgefeuert hatte. Und er wußte nun auch, daß sein Vater noch verwirrter war, als er angenommen hatte. Vielleicht – und ich spekuliere jetzt – vielleicht wurde ihm klar, daß diese Verwirrtheit bei einer etwaigen Untersuchung, einem etwaigen Versuch, den Earl in eine Anstalt einweisen zu lassen, öffentlich bekannt werden würde. Und vielleicht war er auch über den Anschlag auf sein Leben erbost. Wo immer auch die Wahrheit liegen mag, auf jeden Fall holte Lord Purleigh später, als alle im Salon waren, einen Revolver Marke Smith and Wesson aus der Großen Halle, benutzte den Geheimgang, um in das Zimmer seines Vaters zu gelangen, und tötete ihn.«

»Was?« sagte Lord Bob. Er sah eher verdutzt als wütend aus.

»Lord Purleigh war der einzige, der sich zu der Tatzeit nicht im Salon aufhielt«, sagte Marsh. »Lord Purleigh war der einzige, der Gelegenheit hatte, den Earl zu töten. Und Lord Purleigh war der einzige, der ein Motiv hatte. Der Tod seines Vaters würde nicht nur eine peinliche Situation aus der Welt schaffen, sondern auch eine konkrete Gefahr für sein eigenes Leben. Und ihm natürlich das gesamte Erbe seines Vaters einbringen.«

»Das ist purer Unsinn.« Der Große Meister war aufgesprungen, den Kopf hoch erhoben. »Ich werde mir das nicht länger anhören.«

Auf der anderen Seite des Raumes schob sich Sergeant Meadows von der Wand weg. Marsh warf ihm einen Blick zu, schüttelte leicht den Kopf. Meadows lehnte sich wieder an, und Marsh wandte sich dem Großen Meister zu. »Haben Sie eine andere Erklärung, Mr. Houdini?«

»Ich habe *die* Erklärung.«

Marsh lächelte. »Dann werde ich Ihnen mit Freuden, wenn auch nur vorübergehend, das Wort überlassen.« Er nahm Platz und blickte mit dem gleichen gespielten Interesse, das er schon im Schlafzimmer des Earls an den Tag gelegt hatte, zum Großen Meister auf.

Der Große Meister legte die Hände auf den Rücken und blickte sich langsam im Zimmer um. »Wir wurden hier auf Maplewhite mit einer Reihe absolut rätselhafter Vorfälle konfrontiert.«

Dann wiederholte der Große Meister praktisch Wort für Wort seine Erläuterung, wie er auf den Geheimgang gekommen war. Daß die rätselhaften Vorfälle selbst *ihn* vor ein Rätsel gestellt hatten. Daß er schließlich erkannt hatte, daß alles nur mittelmäßige Zaubertricks waren. »Wenn man«, sagte er, »die Technik eines erfolgreichen Zaubertricks verstehen will, darf man keine vorgefaßten Meinungen haben.«

Marsh verdrehte die Augen. Zierlich, wie es seine Art war.

Der Große Meister blickte sich wieder im Zimmer um, wie um sich zu vergewissern, daß ihm alle folgen konnten. »Gestern nachmittag, als Miss Turner ausritt, sah sie etwas, das sie für zwei Gespenster unter einer Weide nahe der alten Mühle hielt. Und warum hielt sie das, was sie sah, für Gespenster? Aufgrund vorgefaßter Meinungen. Man hatte ihr erzählt, daß unter eben diesem Baum schon des öfteren zwei Gespenster gesehen worden waren, eine Frau und ein kleiner Junge. Und als sie dort zwei Personen stehen sah, wurde sie, aufgrund vorgefaßter Meinungen, dazu verleitet, diese für die besagten Gespenster zu halten. Miss Turner ist eine intelligente und einfallsreiche Frau, aber sie ist keine geschulte Beobachterin. Und, was vielleicht das Wichtigste ist, sie trug zu diesem Zeitpunkt *nicht* ihre Brille. Ohne diese ist sie jedoch stark kurzsichtig. Ist es nicht so, Miss Turner?«

Köpfe fuhren herum. »Ja«, sagte sie. Ihre Stimme war kräftig und klar. Neben ihr runzelte Mrs. Allardyce die Stirn.

Inspektor Marsh gähnte und gab vor, die Hand vor den Mund zu halten.

Der Große Meister nickte. Er wandte sich wieder dem Publikum zu. »Doch was Miss Turner sah, waren keine Gespenster. Was Miss Turner sah, waren zwei Individuen, die den Mord an Lord Purleigh planten.«

Ein Raunen ging durch das Publikum.

»Die beiden hatten sie natürlich auch gesehen. Sie mußten annehmen, daß Miss Turner sie erkannt hatte. Und zusammen erkannt zu werden, konnte für sie zur Katastrophe führen.«

Er blickte sich wieder in der Runde um. »Sie handelten unverzüglich. Gemeinsam kehrten sie nach Maplewhite zurück, wobei sie einen Tunnel benutzten, der von der Mühle zu einer versteckten Vorratskammer neben der Küche führt. Von dort lief einer von ihnen in die Große Halle und nahm das Winchester-Gewehr an sich. Vielleicht lud der Betreffende die Waffe zu diesem Zeitpunkt. Vielleicht hatten die beiden die Waffe für alle Fälle bereits vorher geladen. Egal. Es hätte ohnehin nur Sekunden gedauert, das Gewehr einsatzbereit zu machen. Mit dieser Waffe lief der Betreffende zurück in die versteckte Vorratskammer und benutzte den anderen Tunnel, nämlich den Frachttunnel, um außerhalb des Ziergartens ins Freie zu gelangen. Dort in der Nähe hatte man freie Schußbahn auf die Stelle, an der Miss Turner erscheinen würde.«

Der Große Meister runzelte die Stirn. »Der Betreffende hatte Glück. Hätte Miss Turner sich ausgekannt, so hätte sie auf einem direkteren Weg zum Schloß zurückkehren können. Doch das wußte sie nicht. Und dann ging ihr Reittier durch und führte sie an dem Weg vorbei, den sie ursprünglich eingeschlagen hatte. Und dann wurde sie vom Ast eines Baumes am Kopf getroffen und vom Pferd geschleudert. Sie war eine Zeitlang bewußtlos. All dies half dem Mörder in spe. Als Miss Turner schließlich unter dem Baum neben dem Rundweg erschien, war der Mörder mehr als bereit. Er schoß. Einmal, nur ein einziges Mal. Denn warum sollte er einen weiteren Schuß abgeben? *Er sah Miss Turner vom Pferd fallen und ging davon aus, daß er sie getroffen hatte.*«

»Faszinierend«, sagte Inspektor Marsh. Er lächelte. »Aber wer war denn nun dieser sogenannte Mörder? Und wer war sein Komplize?«

»Eine weit interessantere Frage«, sagte der Große Meister, »wäre im Moment: *Was taten die beiden bei der alten Mühle?* Warum trafen sie sich ausgerechnet *dort*? Und darauf habe ich, wie ich mit Befriedigung feststellen darf, die Antwort gefunden.«

Er kniff wieder die Augen zusammen. »Ich glaube, daß diese beiden dort bei der alten Mühle über einen längeren Zeitraum hinweg ihr Komplott schmiedeten. Daß sie dort mit der *Technik* experimentierten, mittels derer es ihnen beinahe gelungen wäre, uns alle zu täuschen.«

»Ach ja?« sagte Marsh.

Der Große Meister nahm keine Notiz von ihm. »Ich habe mich mit meinem Mitarbeiter, Mr. Beaumont, in der alten Mühle umgesehen. Auf dem Fußboden fanden wir die Überreste eines Feuers. Nicht etwa eines Feuers aus trockenem Gras und dürren Zweigen, wie es ein durchreisender Vagabund gemacht hätte« – er warf mir einen Blick zu, um diesen Punkt zu unterstreichen –, »sondern ein Feuer, das aus zersägten *Balken* gemacht worden war. Und warum aus Balken?«

Er legte den Kopf schief. »Angenommen, Sie nehmen ein Stück von einem Balken und sägen es genau in der Mitte durch. Angenommen, Sie bohren in eine der beiden Hälften ein kleines Loch und legen in diesen Hohlraum eine scharfe Patrone. Zuvor haben Sie das Geschoß aus der Patrone entfernt und die Patronenhülse oben wieder zugedrückt. Angenommen, Sie kleben die beiden Balkenhälften wieder sorgfältig zusammen. Und dann legen Sie dieses Balkenstück ins Feuer. Was wird passieren? Sobald die Hitze des Feuers die Patrone erreicht, explodiert sie. Als Folge dieser Explosion kann Asche aus dem Feuer geblasen werden. So wie die Asche, die Mr. Beaumont und ich auf dem Boden der alten Mühle entdeckten. Und so wie die Asche, die im Schlafzimmer des Earls auf dem Fußboden gefunden wurde. Für mich liegt es auf der Hand, daß unsere beiden Verschwörer dort in der Mühle mit Balken und Patronen experimentierten, bis sie genau die richtige Zusammenstellung herausfanden, die für ihre ruchlosen Zwecke geeignet war.«

Er wandte sich an Doyle. »Es war nicht unser Eindringen in das Zimmer, Sir Arthur, das die Asche aus dem Kamin blies. Es war die Explosion einer Patrone, die in einem Stück Brennholz versteckt war.«

Doyle runzelte die Stirn. »Es wurde aber keine Patronenhülse im Kamin gefunden.«

»Ah«, sagte der Große Meister. »Es hat aber auch niemand danach gesucht. Wir taten es nicht, weil das Feuer noch brannte, als wir eintrafen. Superintendent Honniwell und seine Leute taten es nicht, weil sich der Superintendent mehr dafür interessierte, sich bei Lord Purleigh lieb Kind zu machen. Natürlich wurde die Patrone später entfernt.«

»Und von wem?« fragte Marsh.

Im Augenblick interessierte sich Doyle mehr für das *Wie* als für das *Wer*. Er sagte: »Heißt das, als Carson den Schuß hörte, war der Earl bereits . . .«

»Tot! So ist es!« sagte der Große Meister. »Einige Minuten vor diesem Schuß, vielleicht bis zu einer halben Stunde früher, war der Mörder, über den Geheimgang und die versteckte Treppe, mit dem Revolver ins Zimmer gekommen. Es fiel ein einziger Schuß, der vielleicht mittels eines Kissens gedämpft wurde, und der Earl war tot.«

»Aber laut Superintendent Honniwell«, sagte Doyle, »fanden sich Schmauchspuren an der Wunde. Wären diese auch vorhanden gewesen, wenn die Waffe durch ein Kissen abgefeuert worden wäre?«

»Mr. Beaumont versichert mir, daß dies möglich ist, sofern die Mündung der Waffe dicht genug an die Einschußstelle herangeführt wird. Außerdem ist es möglich, daß bei der Obduktion Stofffasern in der Wunde entdeckt werden, was meine Angaben erhärten würde.«

»Und der Mörder«, sagte Doyle, »wischte sodann seine Fingerabdrücke ab und drückte die des Earls auf die Waffe.«

»Genau das tat der Mörder«, sagte der Große Meister. »Korrekt. Und nachdem er das Stück Holz vorsichtig ins Feuer gelegt hatte, vermutlich mehr am Rand des Kamins, um die Explosion hinauszuschieben, ging der Mörder. Und kam herunter in den Salon, um mit uns allen Tee zu trinken.«

»Und wer *ist* nun Ihr Mörder?« fragte Marsh. »Wer *sind* diese Verschwörer?«

»Wer?« sagte der Große Meister. »Liegt das denn nicht klar auf der Hand, Inspektor Marsh? Es müssen zwei Personen sein, die wußten, daß ihr Plan durchkreuzt würde, falls sie zusammen gesehen wurden, in trauter Zweisamkeit. Mindestens einer von ihnen muß sich auf Maplewhite auskennen, muß die Tunnels und Geheimgänge kennen. Und einer von ihnen muß von der Statur her klein und zierlich sein, um von einer Frau, die an Kurzsichtigkeit leidet, aus der Ferne mit einem kleinen Jungen verwechselt zu werden. Auf Maplewhite *gibt* es keine kleinen Jungen, weder gespensterhafte noch sonstige.« Er stellte sich so hin, daß er dem Publikum das Gesicht zuwandte. »Die beiden Verschwörer *können* daher nur Lady Purleigh und Dr. Auerbach sein.«

Das Publikum gab ein abgehacktes zischendes Geräusch von sich, das sich anhörte, als würde eine Bestie Luft holen. Lady Purleigh sah verwirrt aus, Dr. Auerbach alarmiert. Lord Bob war wie vom Schlag gerührt und starrte den Großen Meister mit offenem Mund an. Inspektor Marsh stand auf. »Das ist ja lächerlich«, sagte er. »Man hat Dr. Auerbach in Purleigh gesehen. Er kam von dort zu Fuß nach Maplewhite zurück. Er konnte auf gar keinen Fall zu der Zeit hier sein, als der Schuß fiel.«

Ich warf einen Blick auf Sergeant Meadows. Er lehnte noch immer an der Wand.

Der Große Meister lächelte. »Hätten Sie gründlichere Ermittlungen angestellt, *Inspektor*, dann hätten Sie erfahren, daß in Purleigh gestern ein Fahrrad gestohlen wurde. Mr. Beaumont erfuhr dies von Dubbins, dem hiesigen Polizeiwachtmeister. Mit Hilfe dieses Fahrrades und unter Benutzung von Waldwegen, die ihm Lady Purleigh exakt beschrieben hatte, traf Dr. Auerbach mühelos vor ein Uhr an der alten Mühle ein. Das Fahrrad ruht zweifellos auf dem Grunde des Mühlteichs. Und hätten Sie weitere Ermittlungen angestellt, so hätten Sie mit der Universität Leeds telefoniert, wie ich dies heute tat, und erfahren, daß sich Dr. Auerbach nicht in Devon aufhält, sondern in Edinburgh. Wo ich ihn anrief und mit ihm sprach.« Er deutete mit dem Finger. »Dieser Mann ist *nicht* Dr. Auerbach.«

Der kleine glatzköpfige Mann sprang von seinem Stuhl auf und spurtete auf die Türen des Salons zu. Dabei mußte er an Miss Turner und Mrs. Allardyce vorbei. Miss Turner streckte das Bein aus. Er blieb mit dem Fuß hängen, warf die Arme nach vorn, als greife er nach einem Trapez, und segelte über den Teetisch. Als er auf dem Boden landete, stand ich bereits mit dem Colt über ihm. Ich zerrte ihn auf die Füße. Er wand sich wie ein Aal, bis ich ihm die Pistole aufs Ohr drückte.

Andere waren ebenfalls aufgestanden – Sir David, Mrs. Allardyce. Mrs. Corneille erhob sich gerade.

Aber der Große Meister war noch nicht fertig. Er drehte sich zu Marsh um. »Und der Grund, *Inspektor Marsh*, weshalb Sie keine gründlichen Ermittlungen anstellten, wie Sie das eigentlich hätten tun müssen, ist der, daß Sie ein in höchstem Maße unfähiger Inspektor Marsh sind.« Er wandte sich wieder dem Publikum zu und lächelte. »Meine Damen und Herren, gestatten Sie mir, Ihnen einen Mann vorzustellen, der als Polizist fast ebenso untauglich ist wie als Zauberkünstler.« Er streckte den Arm aus. »Hier ist: Chin Soo!«

Das war das Signal. Die Türen des Salons flogen auf, und herein stürmte eine, wie es schien, Hundertschaft von Polizisten, teils in Uniform, teils in Zivil. Einer davon war Superintendent Honniwell. Ein weiterer war ein wütend dreinblickender Mann, der sich später als der echte Inspektor Marsh entpuppte. Drüben an der Wand griff »Sergeant Meadows« in die Rocktasche, doch Doyle war bereits zur Stelle und packte die Hand des Mannes mit seiner Linken und versetzte ihm mit der Rechten einen einwandfreien Kinnhaken, der den Burschen zu Boden streckte.

Epilog

Es dauerte einige Tage, um Ordnung in den Wirrwarr zu bringen. Der Schlüssel, wie der Große Meister es auszudrücken beliebte, war Moseley.

Carl Moseley war der Mann, der sich als Dr. Auerbach ausgegeben hatte. Bei der Vernehmung durch Honniwell und Marsh gab er alles zu.

Als Journalist und verkrachter Bühnendramatiker hatte er Lady Purleigh vor einem Jahr in London kennengelernt, in einem Kreis von Leuten, die in Bloomsbury lebten. Und dort hatte, wie er sagte, etwa einen Monat später ihre Liebesaffäre begonnen. Ein Mitglied der Gruppe, eine Lyrikerin namens Sybil Prescott-Vane, wußte von der Affäre und stellte Lady Purleigh und Moseley für ihre Rendezvous in London ihre Wohnung zur Verfügung. Ihre Aussage bei dem Prozeß war für die beiden verhängnisvoll.

Lady Purleigh und Moseley hatten sich getroffen, wann immer sie nach London gekommen war, und er war zweimal in Maplewhite gewesen, jedesmal zusammen mit anderen Mitgliedern der Bloomsbury-Gruppe. Sie trafen sich in seinem Zimmer oder draußen bei der alten Mühle. In beiden Fällen benutzte Lady Purleigh die Geheimgänge und die Tunnels. Moseley sagte aus, daß Lady Purleigh schon seit geraumer Zeit von den Tunnels gewußt hatte.

Laut Moseley hatten sie ursprünglich vorgehabt, Lord Bob zu töten. Lady Purleigh wollte, wie er sagte, nichts von Lord Bobs proletarischem Golfclub wissen und von Lord Bob eigentlich auch nichts mehr. Sie wollte Moseley, sagte Moseley. Der Plan wurde während seines letzten Besuchs in Maplewhite geändert, nachdem der verstorbene Earl in Moseleys Schlafzimmer spaziert kam, während er und Lady Purleigh sich »einander hingaben«. Das war in der gleichen Nacht, in der der Earl bei einer Frau namens Dora Carrington zudringlich wurde. Der Earl, der zu diesem Zeitpunkt schon völlig übergeschnappt war, willigte ein, nichts von dem, was er gesehen hatte, zu verraten, solange Lady Purleigh sich nicht in seine »Spielchen« einmischte.

Damit war der Earl für Lady Purleigh geliefert. Sie dachte nicht im Traum daran, wie sie zu Moseley (laut Moseley) gesagt hatte, Maplewhite unter ihre Herrschaft zu bringen, »um es mir dann von einem sabbernden Lustmolch entreißen zu lassen«. Auch das kam bei den Geschworenen nicht gerade gut an.

Sie und Moseley arbeiteten einen anderen Plan aus – den Earl umzubringen und die Schuld Lord Bob zuzuschieben. Selbst wenn man ihn nie wegen Mordes vor Gericht stellen würde, könne man ihn als Geisteskranken in eine Anstalt sperren lassen, dachten sie.

Moseley hatte Dr. Auerbach in Wien kennengelernt, während er einen Artikel über Psychoanalyse schrieb, und er wußte, daß Auerbach zur Zeit in Edinburgh war. Es war seine Idee gewesen, sich den Schädel zu rasieren und einen falschen Bart zu tragen, was ihn praktisch zu Auerbachs Doppelgänger machte. Beim Prozeß fragte ihn der Staatsanwalt, was passiert wäre, wenn die Edinburgher Polizei mit dem echten Doktor gesprochen hätte. Moseley sagte, das gleiche habe er Lady Purleigh auch gefragt, und sie habe gesagt, in diesem Fall »müssen wir Dr. Auerbach eben auch aus dem Weg räumen«.

Moseley gab zu, den Schuß abgefeuert zu haben, der Miss Turner verfehlte. Genau wie der Große Meister gesagt hatte, dachte er, er hätte sie getötet. Außerdem gab er zu, eine Stunde später einiges ausgestanden zu haben, als er sie, als Dr. Auerbach, »untersuchte«. Dabei erfuhr er auch, daß sie kurzsichtig war und daß sie ihn und Lady Purleigh nicht erkannt hatte. Von Gespenstern erwähnte sie nichts, und er fragte sie nicht danach.

Laut seinen Aussagen weigerte sich Lady Purleigh zu glauben, daß Miss Turner keine Gefahr darstellte. Lady Purleigh war es auch, die den Dolch in Miss Turners Bett stieß. Moseley war ihr, wie er behauptete, durch den Geheimgang nachgeeilt und hatte sie mit Gewalt in ihr Zimmer zurückgebracht. In der Aufregung hatten beide vergessen, das Messer mitzunehmen.

Die Obduktion der Leiche des Earls hatte erwiesen, daß er nicht Selbstmord begangen hatte. Genau wie der Große Meister vorausgesagt hatte, fanden sich Spuren von Stoff in der tödlichen Wunde. Damit hatten Moseley und Lady Purleigh nicht gerechnet. Das Kissen, das benutzt worden war, um den Schuß zu dämpfen, wurde nie gefunden. Moseley sagte, Lady Purleigh hätte es verbrannt.

Und Lady Purleigh war auch diejenige, so Moseley, die den Revolver abgefeuert hatte. Während ihr Mann bei MacGregor war und mit diesem über ein Aufgebot von Pächtern sprach, ging sie durch den Geheimgang in das Zimmer des Earls. Sie brachte ein Kissen und das Stück Holz mit der präparierten Patrone mit. Laut Moseley tötete sie den alten Mann, legte das Holzstück in den Kamin und ging dann hinunter zu den anderen zum Tee. Sie wußte, wann Lord Bob zurückkommen würde – er war immer pünktlich, wie Cecily mir gesagt hatte –, und sie wußte, daß er für den Zeitpunkt, zu dem der Schuß fiel, kein Alibi haben würde.

Lady Purleighs Anwalt versuchte, Moseley die Schuld in die Schuhe zu schieben. Doch Moseley war den ganzen Nachmittag über in Sichtweite gewesen. Lady Purleigh dagegen nicht. Sie war die einzige, die in das Zimmer des Earls hinaufgegangen sein konnte.

Vom Augenblick ihrer Verhaftung an wies Lady Purleigh alle Beschuldigungen ruhig und gelassen zurück. Während des Prozesses erklärte Lord Bob gegenüber der Presse, daß sie dergleichen niemals tun würde, daß sie von dem Geheimgang überhaupt nichts gewußt habe. Er war recht überzeugend, aber ich glaube, er war sich darüber im klaren, daß sie davon gewußt hatte und daß sie alles ihr zur Last Gelegte getan hatte.

Sie wurden beide verurteilt. Moseley wurde gehenkt. Lady Purleigh ist noch im Gefängnis, wo sie eine lebenslängliche Freiheitsstrafe verbüßt. Lord Bob hat die Idee mit dem Golfclub aufgegeben und gibt keine Wochenendgesellschaften mehr.

Was Chin Soo betrifft, so hieß er in Wahrheit Archibald Crubbs und war Engländer. Er war Akrobat, Schlangenmensch und, eine Zeitlang, Shakespeare-Schauspieler gewesen, bevor er nach Amerika ging und sich als Zauberkünstler einen Namen machte. »Sergeant Meadows« war in Wahrheit ein Mann namens Peter Collinson, ein alter Freund von Crubbs und ein ehemaliger Polizist, der noch Beziehungen zu Scotland Yard hatte. Wie Doyle vermutet hatte, hatte Chin Soo am Mittwoch durch den bewußten Zeitungsartikel erfahren, daß Doyle das Wochenende in Maplewhite verbringen würde. Chin Soo ging, zu Recht, davon aus, daß auch Houdini anwesend sein würde. Er und Collinson hatten sich seit Donnerstag in Cumbermoorleigh aufgehalten, einem Dorf nicht weit von Purleigh.

Als die beiden erfuhren, daß Inspektor Marsh am Sonntag vormittag in Maplewhite eintreffen würde, hatten sie ein paar Ganoven aus London kommen lassen und ihm dann aufgelauert. Marsh und sein echter Sergeant, Maynard Vine, verbrachten den größten Teil des Sonntags gefesselt in einer Scheune etwa zehn Meilen südlich von Maplewhite, bewacht von den Ganoven. Sie wurden nur deshalb entdeckt, weil Miss Turner, mit Hilfe einer ziemlich guten Imitation der Stimme von Lady Purleigh, bei der Polizei in Amberley anrief und verlangte, daß nach den beiden gesucht wurde. Die Polizei wollte sich den falschen Marsh sofort schnappen, doch Lady Purleighs Stimme hatte großes Gewicht bei Superintendent Honniwell, auch wenn es gar nicht ihre eigene Stimme war. Miss Turner bewegte ihn dazu, den Großen Meister anzuhören.

Crubbs und Collinson wurden vor Gericht gestellt und wegen Entführung und betrügerischen Auftretens als Polizeibeamte verurteilt, wobei letzteres in England ein fast ebenso schweres Verbrechen ist wie das erstgenannte. Beide wurden nach Dartmoor geschickt, aber während der Fahrt in dieses Gefängnis verschwanden sie auf eine Art und Weise aus dem Zug, die die englischen Zeitungen als »die dreisteste Flucht des Jahrhunderts« bezeichneten. Keiner der beiden wurde je wieder gesehen.

Dreist ist ein passendes Wort. Sir Arthur Conan Doyle benutzte es an jenem Sonntag nachmittag, nachdem sich die Aufregung gelegt hatte, auf Chin Soo gemünzt. »Das war wirklich dreist von ihm, nicht wahr? Sich als Polizeibeamter auszugeben, während tatsächlich polizeiliche Ermittlungen im Gange waren. War ihm denn gar nicht mulmig bei dem Gedanken, daß Scotland Yard Berichte des echten Inspektor Marsh erwarten würde? War ihm denn nicht bewußt, daß Honniwell jederzeit wieder aus Amberley hierher kommen konnte? Die Polizei in Amberley untersucht noch immer das Gewehr und den Revolver. Die Obduktion des Earls muß erst noch stattfinden. Wie konnte er sich nur in eine solche Lage manövrieren?«

Ich zuckte die Schultern. »Er war eben dreist. Genau wie Sie sagten.«

Wir waren in der Bibliothek, in die mich Doyle geschleppt hatte.

Er schmauchte seine Pfeife. »Gewiß, aber warum sich einer solchen Gefahr aussetzen?«

»Er wollte Harry bloßstellen. Wie gesagt, ich glaube nicht, daß er ihn tatsächlich umbringen wollte. Für mich verhielt er sich eher wie ein Sioux-Indianer. Er wollte dicht genug an den Gegner herankommen, um ihn töten zu können, und dadurch seinen Stolz befriedigen. Wenn es ihm gelungen wäre, hätte er es Harry vermutlich später irgendwann wissen lassen. Und ich glaube nicht, daß er sich hier lange genug aufhalten wollte, um geschnappt werden zu können. Vermutlich wäre er nicht so lange geblieben, wenn er sich nicht auf diese Wette mit Harry eingelassen hätte. Die Chance, den Fall schneller aufzuklären als Harry, war für ihn einfach zu verlockend, um sie sich entgehen zu lassen.«

Chin Soo gab dies bei seinem Prozeß auch zu.

»Gewiß«, sagte Doyle, »aber das war doch außerordentlich gefährlich.«

»Sie dürfen nicht vergessen, daß dieser Bursche Kugeln mit den Zähnen auffängt.«

»Aber Sie sagten doch, das sei nur ein Trick.«

»Harry hat mir erzählt, daß zwei Zauberkünstler dabei gestorben sind.«

Doyle machte ein finsteres Gesicht um seinen Pfeifenstiel herum. »Hmmm. Und Lady Purleigh. Auch sie war sehr dreist.«

»Stimmt.«

»Ich hätte sie nie und nimmer verdächtigt. Ich dachte, sie sei eine bezaubernde Frau, die ihrem Gatten treu ergeben ist. Ich habe sie aufrichtig bewundert.«

»Ich mochte sie auch«, sagte ich. »Aber wenn Mörder immer wie Mörder aussähen, und sich immer wie Mörder benähmen, brauchten wir keine Polizisten.« Ich lächelte. »Und keine Krimiautoren.«

»Hmmm. Ja. Dem ist so.« Er sah mich an. »Glauben Sie, Lord Reginald hat einen Einfluß auf Lady Purleigh ausgeübt? Ihre geistigen Wahrnehmungen verzerrt, ihr Wesen verändert?«

»Das müssen Sie Flinker Bär fragen«, sagte ich. »Aber er hat sich ja schon einmal geirrt.«

Er runzelte die Stirn. »Nicht, was Mrs. Corneilles Tochter betrifft. Oder die Tatsache, daß der Earl sich Miss Turner aufdrängte.«

Ich war noch immer der Meinung, daß Madame Sosostris ihre

Informationen von Briggs bekommen hatte und daß die unschuldige Frau, von der sie gesprochen hatte, Darleen gewesen war. Aber ich wußte, daß Madame Sosostris das nie zugeben würde.

»Man sollte meinen, daß er jedesmal recht hat«, sagte ich.

»Der Übergang in das nächste Leben macht einen nicht unfehlbar. Man erlangt zwar ein höheres Selbst, aber man unterliegt noch immer menschlichen Irrtümern.«

»Was hat es dann für einen Sinn, zu sterben?«

Er lächelte. »Sie müssen wohl immer den Skeptiker spielen, wie, Beaumont? Nun ja.« Er stand auf. »Nichtsdestoweniger war es ein Vergnügen, Sie kennenzulernen. Und höchst lehrreich. Ich hoffe, wir sehen uns irgendwann wieder. Das hoffe ich wirklich. Vielleicht können wir uns einmal in London treffen.«

Ich stand auf. »Sie brechen Ihre Zelte ab?«

»Zelte? Ach so, ja. Ich fahre mit Madame Sosostris und Mr. Dempsey nach London zurück. Uns erwartet Arbeit. Sehr viel Arbeit.«

»Haben Sie schon mit Harry gesprochen? Über die Séance?«

Er paffte an seiner Pfeife. »Nur kurz. Er war nicht so beeindruckt, wie ich gehofft hatte. Er behauptet, daß alle Wunder, die Madame bei der Séance wirkte, ebensogut von einem Schwindler hätten gewirkt werden können.«

»Da hat er recht.«

»Natürlich hat er recht. Das bestreite ich auch gar nicht. Aber da Madame Sosostris *keine* Schwindlerin ist, ist dieses Argument irrelevant. Die Frau ist ein Phänomen, Beaumont. Sie hat buchstäblich Hunderten von Menschen Trost und Frieden geschenkt. Wer von uns kann *das* schon von sich sagen?«

»Nicht viele.« Ich jedenfalls nicht.

»Ich habe als Arzt angefangen, wissen Sie. Ich habe den Menschen geholfen. Und dann wurde ich Schriftsteller und habe die Menschen jahrelang eigentlich nur erheitert. Sie unterhalten. Doch nun kann ich wieder Teil von etwas sein, das ihnen hilft.«

Ich nickte. Ich hatte zwar das Gefühl, daß erheiternd und unterhaltend zu sein vielleicht hilfreicher war, als die Menschen mit Gespenstern und Geistern zu verwirren, hielt es aber nicht für sinnvoll, dies zur Sprache zu bringen.

»Nun denn. Ich wünsche Ihnen alles Glück der Welt.«

»Das wünsche ich Ihnen auch, Sir Arthur.« Wir schüttelten uns die Hand, und er verdoppelte die Zahl der Quetschfalten in meiner Handfläche.

Er lächelte mir nochmals zu, und dann ging er, gefolgt vom Geruch kokelnder Säcke.

Am späten Nachmittag verabschiedete ich mich auch von Mrs. Corneille. Sie war schon auf dem Weg hinaus, um mit Sir David nach London zurückzufahren. Ich erwischte sie in der Großen Halle, fragte sie, ob ich sie einen Moment sprechen könnte.

»Ich wüßte nicht«, sagte sie, »was wir einander zu sagen hätten.«

»Nur eine Minute. Mehr verlange ich nicht.«

Sie zögerte einen Moment, kniff die dunklen Augen zusammen, drehte sich dann nach Sir David um. »Würdest du bitte im Wagen auf mich warten, David? Ich komme gleich nach.«

Sir David sah mich kurz an und runzelte die Stirn, sagte aber nichts. Der blaue Fleck an seinem Kinn hatte die Farbe von gedünsteten Pflaumen angenommen.

»Worum geht es?« sagte sie, als Sir David die Halle verließ.

»Ich wollte Ihnen nur sagen, daß mir das mit Lady Purleigh leid tut. Ich weiß, daß sie Ihre Freundin war.«

»Sie ist unschuldig.«

»Sie wird Gelegenheit haben, das zu beweisen.«

»Und das wird sie auch. Aber Sie haben ihren guten Namen ruiniert. Sie haben diesem gräßlichen Menschen geholfen. Diesem Houdini. Sie *halfen* ihm, Beweismaterial gegen sie zusammenzutragen.«

Ich nickte.

»Und Sie gaben vor, diesem Chin Soo zu helfen. Dem falschen Inspektor Marsh. Sie haben ihn bewußt in die Irre geführt.«

Ich nickte.

»Sie und Houdini wußten, daß er kein Polizeibeamter war.«

»Stimmt«, sagte ich.

Der Große Meister war dahintergekommen, als ich ihm sagte, daß englische Polizisten keine Schußwaffen tragen. Er hatte nämlich eine Schußwaffe in Sergeant Meadows' Tasche gefühlt, als er ihn, oben im Zimmer des Earls, wegzuschieben versuchte. Das war es, was er mir bei der alten Mühle gesagt hatte und was Miss Turner den Atem verschlagen hatte.

Ich war dahintergekommen, als ich Chin Soo bei der Arbeit beobachtete. Kein Polizist, nicht einmal ein so zierlicher, schließt mit einem Zauberkünstler eine Wette über einen Fall ab. Und er hatte Darleen O'Brien, eine der Verdächtigen, mit keinem Wort nach einem Alibi gefragt, weder für die Zeit, als der Earl erschossen, noch für die, als das Gewehr abgefeuert wurde.

»Und letzte Nacht«, sagte sie, »mußte ich Ihnen versprechen, Alice nichts zu erzählen. Ihr nicht zu sagen, was Miss Turner im Zimmer des Earls gefunden hatte. Bereits da haben Sie versucht, ihr eine Falle zu stellen.«

»Nein«, sagte ich. »Aber sie gehörte zum Kreis der Verdächtigen, genau wie alle anderen auch.«

»Heißt das, daß *jeder* verdächtig war?«

»Ja.«

Sie nickte. »Natürlich. Deshalb also sind Sie letzte Nacht in mein Zimmer gekommen?«

»Ich kam, weil Sie mich dazu aufgefordert hatten.«

Sie schüttelte den Kopf. »Was war ich bloß für eine Närrin. Dinge wie Ehre, Freundschaft, Loyalität – bedeutet Ihnen all das denn gar nichts?«

»All das bedeutet mir sogar sehr viel. Genau wie meine Arbeit.«

Sie blickte mich an. »Dafür sollte ich Ihnen wohl Respekt zollen«, sagte sie. »Aber mögen muß ich Sie nicht, oder?«

»Nein.«

Sie nickte. »Leben Sie wohl, Mr. Beaumont.«

»Leben Sie wohl, Mrs. Corneille.«

Und dann drehte sie sich um und ging, und ihre Absätze klapperten über den Marmorboden, und ihre Wadenmuskeln spannten und entspannten sich wie Fäuste unter dem flatternden Rocksaum. Zurück blieb der Duft ihres Parfums.

Ich hätte sie daran erinnern können, daß ich niemandem etwas von ihrer Tochter erzählt hatte. Im Ziergarten hatte sie gesagt, daß sie ihren Mann zehn Jahre nicht gesehen hatte, als er im Krieg fiel. Später, in ihrem Zimmer, war ihr herausgerutscht, daß ihre Tochter zwei Jahre *nach* der letzten Begegnung mit ihm geboren wurde.

Falls sie nicht gelogen hatte, war ihr Mann nicht der Vater ihres Kindes gewesen.

Aber das war ein weiteres Thema, das ich sinnvollerweise besser nicht zur Sprache brachte.

Einige Minuten später verabschiedete ich mich vom Großen Meister. Ich war in der Großen Halle und starrte hinauf zu der Wand mit den Waffen. Vom Knüppel bis zur modernsten Pistole. Die Menschen benutzten schon seit langer Zeit Mordwerkzeuge, und die Werkzeuge wurden immer besser. Und sie würden auch weiterhin immer besser werden, solange das Töten eine der abertausend Möglichkeiten war, wie wir unsere eigene Bedeutungslosigkeit leugnen oder ihr entrinnen konnten.

»Phil! Sind Sie reisefertig? Alles gepackt?« Es war der Große Meister, mit dem Koffer in der Hand.

»Hallo, Harry. Nein, noch nicht. Ich habe mit Mrs. Allardyce und Miss Turner gesprochen. Ich fahre mit ihnen nach London zurück. Unser Zug geht erst um sieben.« Ich griff in die Tasche, holte den Schlüssel des Lancia heraus, gab ihn ihm.

Er betrachtete ihn, sah dann wieder mich an. »Aber, Phil! Ich dachte, wir würden zusammen reisen.«

»Chin Soo ist im Gefängnis. Mein Auftrag ist beendet. Sie brauchen mich nicht mehr.«

»Was ist los, Phil? Sind Sie verärgert?«

»Nein, Harry. Alles bestens. Ich wünsche Ihnen eine gute Reise. Vielleicht sehen wir uns in London.«

»Sie *sind* verärgert, Phil. Warum? Ich habe das Rätsel gelöst. Das ist doch ein Grund zum Feiern.«

»Für wen?«

»Für Sie und mich. Jetzt können wir abreisen. Wir können Bess am Bahnhof abholen und dann alle miteinander ein herzhaftes Frühstück zu uns nehmen. Im Savoy, würde ich vorschlagen. Das wird herrlich, Phil!«

»Harry«, sagte ich, »es geht hier um Menschen.«

»Wie bitte?«

»Das war nicht bloß ein Rätsel, Harry, damit Sie kommen und es lösen konnten. Hier geht es um Menschen. Lady Purleigh und dieser Moseley da . . .«

»Aber die beiden haben den Earl umgebracht!«

»Ich weiß. Und dafür müssen sie bestraft werden. Aber sie haben Freunde, Harry. Sie haben Angehörige. Lord Bob. Cecily. Mrs. Corneille. Sogar die Diener. Wenn so etwas passiert, berührt es alle, die dem Betreffenden nahestehen. Und zwar für lange Zeit. Vielleicht sogar für immer. Sie und ich, wir können einfach gehen.«

»Aber, Phil, jemand *mußte* den Fall doch aufklären!«

»Stimmt. Und Sie haben saubere Arbeit geleistet. Sie waren großartig.«

»Was ist es dann?«

Ich benahm mich albern. Er war nun einmal, wie er war. Ich legte die Hand auf seine Schulter und sagte: »Vergessen Sie es. Fahren Sie schon voraus. Und grüßen Sie Bess von mir. Wir sehen uns in London.«

»Phil . . .«

»Wirklich. Alles in Ordnung. Fahren Sie ruhig.«

»Na schön, Phil. Wenn Sie darauf bestehen.« Er war drauf und dran zu schmollen.

Doch dann drehte er sich, genau wie die anderen, um und ging. Mit geradem Rücken und erhobenen Hauptes marschierte er von dannen.

Ich rief ihm nach: »Fahren Sie vorsichtig!«

Aber er hörte mich nicht, oder wollte mich nicht hören, und so behielt ich ausnahmsweise einmal das letzte Wort.

Die Abendpost

Maplewhite, Devon
19. August

Liebe Evangeline,

ich hoffe, daß Dich dieser Brief erreicht. Hier geht alles derart drunter und drüber, daß die Abendpost vielleicht gar nicht zur Post gebracht wird. Vielleicht wird sie erst morgen vormittag aufgegeben. Doch dann werde ich selbst bereits abgereist sein. Die Allardyce und ich, und Deine Mrs. Stopes, nehmen heute abend den Acht-Uhr-Zug nach London.

Ich kann Dir wirklich nicht mitteilen, was passiert ist, Evy, nicht hier und jetzt. Es ist viel zu kompliziert und, in gewisser Hinsicht, auch zu traurig, um es in einem Brief zu schildern.

Außerdem habe ich im Augenblick ein ziemlich schlechtes Gewissen. Trotz aller Tragödien, die sich hier ereignet haben, und der Verluste bin ich noch immer unermüdlich mit mir selbst beschäftigt. Ein kleiner Teil von mir (den ich gerne ignorieren würde, aber nicht kann) zittert wie wild vor Verwirrung und Aufregung zugleich.

Es ist wirklich lächerlich.

Was würdest Du dazu sagen, Evy, wenn Du eine unverehelichte Freundin hättest, die keine ehrbare bezahlte Gesellschafterin ist, sondern ein »Op« der Privatdetektei Pinkerton? (Die Mitarbeiter der Firma werden tatsächlich »Ops« genannt! Ist das nicht *zu* albern?)

Jawohl. Eine Ermittlerin, eine Privatdetektivin. Mr. Beaumont meint, daß ich »das Zeug dazu« hätte. Er war es, der dieses Thema anschnitt, vor nicht einmal einer Stunde. Er sagt, daß die Firma Pinkerton auch Frauen einstellt und daß einer ihrer besten »Ops« eine Frau ist.

Das Ganze ist natürlich grotesk, und das sagte ich ihm. Er meinte, daß ich mich nicht sofort entscheiden müsse. Er werde sich noch einige Zeit in London aufhalten, sagte er, mindestens bis zur Gerichtsverhandlung (davon erzähle ich Dir, wenn wir uns das nächste Mal sehen), vielleicht auch länger; und daß wir uns noch, nach meinem Gutdünken, darüber unterhalten können. Ich solle es mir »durch den Kopf gehen lassen«, sagte er.

Evy, das würde die Freiheit von der Allardyce bedeuten!

Ich weiß ehrlich gesagt nicht, was ich tun soll.

Kannst Du Dir vorstellen, daß *ich* Verbrechen aufkläre und Missetäter aufspüre? Nun ja, gewissermaßen habe ich dergleichen ja bereits getan, hier auf Maplewhite, habe ich recht?

Also werde ich es mir »durch den Kopf gehen lassen«. Auf diese Weise kann ich wenigstens gelegentlichen Besuchen von Mr. Beaumont erwartungsvoll entgegensehen; und mit etwas Glück werden diese sich vielleicht sogar als interessant erweisen.

Alles Liebe,
Jane

Danksagung

Ich bedanke mich bei meinem Agenten Dominik Abel, bei meinem Lektor Arthur Reagan und bei meiner Mutter Jeanne Satterthwait. Dank und Gruß auch an Derek und Alma Harding in Exeter, John und Jane Pack vom Aegean Center for the Fine Arts, Lelli Rallis in Athen, Heidi Reich in St. Moritz, Mike Ripley in Heathside, Susan Rose vom Snoop Sisters Bookstore in Bellaire Bluffs, Eva Schegulla in New York City, Yianni und Marsha Spiridoyiannakis in Delphi, Maggie Steed in »Harvey Moon«, John Tilke im Center für Polizei- und Strafrechtsstudien an der Universität von Exeter und an George und Gigi Wolff, zwei liebe Menschen in Knightsbridge. Für ihre Hilfe bedanken möchte ich mich auch bei Ted und Barbara Flicker aus Santa Fe und Gegenden weiter westlich. Ganz besonderer Dank gebührt der außergewöhnlichen Sarah Caudwell aus London, die sich durch das Manuskript gebissen hat, um wertvolle Anregungen zu geben und Vorschläge zu machen, und die so ihrem eigenen sehnlichst erwarteten Opus viel Zeit gestohlen hat. Hi, Sarah!